시인, 강을 건너다

시인, 강을 건너다

Thời của thánh thần

호앙 밍 뜨엉 지음
Hoàng Minh Tường

배양수 옮김

도서출판 b

한국의 독자 여러분께

    지금으로부터 11년 전인 2004년 말에 나는 김치의 나라 한국에 발을 디딜 기회를 가졌습니다. 화남항공의 비행기에서 깊은 바다를 내려다보며 나는 베트남 난민이었던 우리 조상의 역사적 여정에 대해 생각했습니다. 그분은 바로 탕롱-하노이 시대를 열었던 빛나는 베트남 봉건왕조인 리 왕조의 왕손 리롱뜨엉 왕자였습니다. 1226년 리 왕조로부터 정권을 탈취한 쩐 왕조의 살해 위협을 피해 리롱뜨엉 왕자는 선단에 권속들과 처자를 태운 채 태풍과 위험을 무릅쓰고 고려 땅을 밟아 그곳에 정착했습니다. 그리고 리롱뜨엉 왕자는 베트남인으로 군대를 조직하여 고려군을 도와 유명한 원나라 몽고군을 격파했습니다. 리롱뜨엉 왕자는 화산상군에 봉해졌고, 수항문에 땅을 하사받고, 한국 화산 이 씨의 시조가 되었습니다.

    아주 유감스럽게도 그때는 인천공항을 경유하는 일정이라서 약 1시간 정도 공항 안에만 머물게 되었습니다. 때문에 공항에서 멀리 인천 시내 주변을 바라볼 수밖에 없었습니다. 이어 비행기를 타고 황해를 건너 청도로 갔습니다.

그래서 아직도 한국을 방문하려는 내 꿈은 이루어지지 않았습니다. 그러나 그것 대신 나의 정신적 자식인 『시인, 강을 건너다』가 작가를 대신하여 머나먼 바다를 건너 한국의 문학을 사랑하는 분들에게 인사를 드리는 기쁨을 갖게 되었습니다.

『시인, 강을 건너다』가 한국 독자들에게, 베트남이 오늘에 이르기까지 수많은 고생을 겪으며 용기로 극복했고, 그리고 엄청난 상실의 아픔이 그리 멀지 않은 과거에 있었다는 것을 조금이나마 이해시킬 수 있기를 희망합니다. 독자 여러분께서는 베트남의 풍속, 문화, 삶의 방식과 꿈 등이 친숙하고도 낯익은 느낌이라는 것을 알게 될 것이고 또 공감할 수 있을 것입니다. 특별히 옛날 베트남인의 피가 섞인 사람들은 틀림없이 뿌리와 혈통으로부터 울리는 깊은 소리를 듣게 될 것입니다.

그것만으로도 작가인 나는 아주 행복합니다. 내가 썼던 글이 가야 할 곳으로 찾아갔다고 생각합니다. 그것은 문화를 잇는 날개이고, 과거의 끈을 알게 하는 반사광선이며, 베트남에서부터 울려 퍼지는 비파소리입니다.

이 책이 베트남과 한국 사이의 문화 사절이 되느냐 마느냐는 한국 독자 여러분이 『시인, 강을 건너다』를 사랑하는 마음과 받아들이는 정도에 따라 다를 것입니다. 이 책은 베트남의 문학과 문화 및 생활을 잘 이해하고 있고 베트남 문학연구자이자 부산외국어대학교에서 강의하시는 배양수 교수님께서 번역하셨습니다. 그분은 직접 이 작품을 가지고 베트남 유학생의 박사논문을 지도하고 계십니다. 그분이 이 작품을 번역했기 때문에 나는 이 작품이 한국 독자 여러분의 바람을 외면하지 않을 것이라고 확신합니다. 나는 배양수 교수님과 친구이며, 그분께서 번역한 책의 저자라는 것에 아주 큰 자부심을 가집니다.

6

최근 베트남 텔레비전에서는 한국과 베트남이 합작한 <청춘>이라는 드라마가 방송되었습니다. 이것은 드라마와 문학 작품이 양국에서 발표되고 있다는 것을 보여주고 있습니다. 청춘은 인간에게 가장 아름다운 시기이며, 한국과 베트남 양 민족 사이의 우정이 가장 깊은 때입니다.

『시인, 강을 건너다』가 한국 독자 여러분에게 좋은 친구가 되기를 바라고, 여러분이 베트남과 가까워지고 좋아하게 되는 데 이 책이 도움이 되기를 바랍니다. 그것은 독자 여러분이 저자인 저에게 주는 행복입니다.

끝으로 이 책이 나올 수 있도록 지원을 아끼지 않은 도서출판 b의 조기조 사장께 감사의 인사를 전합니다.

2015년 3월 하노이에서
호앙 밍 뜨엉

|차 례|

| 주요 등장인물 |

응웬끼 동 : 응웬 왕조 말기에 교육청장을 역임한 푹 씨의 할아버지.

응웬끼 카 : 푹 씨의 아버지로 훈장을 하며 한약을 지음.

응웬끼 푹 : 한의사를 하며, 첫째부인이 큰아들 코이를 낳고 사망하자 둘째부
인 부이티언을 얻어 비와 봉 두 아들과 막내딸 허우를 낳았고,
넷째 아들 꾹을 입양하였다. 마을 이장을 맡아서 공산주의자들을
돕는다. 이장을 맡은 후로 사람들은 그를 리푹이라고 불렀다.
토지개혁 때에 지주로 몰려서 재판을 앞두고 자살한다.

응웬끼 코이 : 1930년생이며 리푹의 큰아들로 일찍 공산주의 운동에 참여하였
고, 이름을 '찌엔탕 러이'로 개명하고, 공산당의 고위직에 오른
다.

응웬끼 비 : 리푹의 둘째 아들로 시인이며, 필화사건에 연루되어 오랫동안
수감생활을 하는 등의 가구한 삶을 산다.

응웬끼 봉 : 리푹의 셋째 아들이며 '벤'이라는 아명도 있고, 1954년 월남하여
천신만고 끝에 성공하여 고위 공무원이 되었으나 통일 이후
베트남을 탈출하여 미국에 정착한다.

응웬티 끼 허우 : 리푹의 막내딸로 아버지의 죽음을 목격한 이후로 성장이
멈춰버린 장애인이 되었다.

응웬끼 꽉 : 쯔엉피엔과 다오티 깜 사이에서 태어난 버려진 사생아로, 리푹
부부가 넷째 아들로 입적을 시켜서 키웠다. '꾹'이라는 별명이

있었고, 첫째 아내는 미군의 폭격으로 사망하고, 아들 둘을 전쟁
으로 잃었다. 응웬 가문을 끝까지 지키는 아들이다.

다오티 깜 : 쯔엉피엔을 만나 사생아 꾹을 낳고, 승려가 되었다가 공산주의
간부와 결혼하였고 그 남편(레투엣)이 사망한 이후, 응웬끼 코이
와 짧은 사랑을 했고, 그들 사이에 아들 레끼 쭈를 낳는다. 성
여성연맹의 부위원장까지 오른다.

쯔엉피엔 : 프랑스 혼혈아 출신으로 군관학교를 졸업하고 프랑스 장교로
월맹군을 소탕하다가 1954년 남부 베트남으로 가서 다시 남부
베트남 정부의 고위 장교로 근무하다가 탈출하여 미국에 산다.

뜨부옹 : 본명은 응오시 리엔으로 베트남 공산당 문예담당 최고위직에 있으
며, 문인과 예술인들의 생사여탈권을 쥐고 있다.

레끼 쭈 : 찌엔탕 러이와 다오티 깜 사이에 태어난 아들로, 꽝락 장군의
딸과 결혼한다.

다쟝(쩌우하), **한텀뇨**(쩐년아잉), **쩐 비엔** : 비의 친구들

주산(수엔썬) : 비의 친구였지만 남부 베트남으로 귀순하였다.

반꾸엔 : 비의 형 찌엔탕 러이 밑에 근무하면서 비를 곤경에 빠뜨린 자.

제1부

풍진風塵

천하에 전란戰亂이 일 때는,
홍안紅顏의 여자들이 고난을 당한다.

— 도안 티 디엠-당 쩐 꼰

제1장 응웬 끼 비 엔^{阮奇園}

응웬끼 가문의 사당을 신축하려고 준비하다가 리푹 씨 부부의 양자이며, 호적에는 응웬끼 꽉으로 이름을 올린 꾹이 조상의 제단 아래에서 금덩이를 캐냈다는 소문이 돌았다. 온 프엉딩 현이 시끌벅적했다.

재물을 건지지 않았다면 귀머거리에다가 물 위에서 흔들리는 물토란 대처럼 팔을 떠는 거동이 불편한 노인네와 아주 야위어 몸을 근근이 부지하며 흐르는 콧물을 들이마시기도 힘든 자식을 여럿 둔 할머니가 갑자기 어떻게 금 수십 냥을 내서 토지개혁 때 나누어준 이웃 농민들의 집 여섯 채를 살 수 있단 말인가! 그리고 주춧돌 하나 남기지 않고 깨끗하게 허물어서 새로 사당을 지으려고 준비한단 말인가! 더구나 그 규모가 하노이에 있는 국자감에 뒤지지 않는다고 하니 하늘도 놀랄 일이었다. 그들 부부는 한 사람은 양자였고, 아내는 식모였으며, 그 집 가문과는 실제로 피 한 방울 섞이지 않았다. 그렇지만 어질고 덕 있게 살아서 틀림없이 하늘이 도운 것이라고 생각들을 했다.

사람들은 아주 이상한 얘기를 꾸며냈다. 어느 날 밤, 꾹이 잠을 자다가 벌떡 일어났는데 온몸이 땀범벅인 채로 손발을 벌벌 떨고 있었다. 하얀 소복을 입고 수염이 가슴까지 내려온 사람이 조상의 사당 가운데에서 바나나 나무를 심고 있는 것을 선명하게 본 것이다. 너무나 황홀한 나머지 꾹은 감히 쳐다볼 수가 없어서 손으로 얼굴을 가리고 있었다. 바로 토지개혁 때 고소를 당해 죽었던 꾹의 양아버지인 리푹 씨였다.

"꾹아! 아비다. 놀라지 마라."

바나나 나무를 심던 사람이 속삭이며 꾹에게 다가왔다.

"아버지! 죽지 않고 살아계셨습니까? 저희 부부에게 하실 말씀이 있어 이곳에 오신 것입니까?"

꾹은 장애를 입어 축 처진 팔을 들어 합장하며 소리쳤다.

"아버지, 간절히 말씀드립니다. 저는 단지 토지개혁 초반에 아버지를 고소했을 뿐입니다… 제가 아버지를 돌아가시게 한 것이 아닙니다… 아버지 너무 억울합니다…" 하얀 소복의 그림자가 갑자기 웃음소리가 되어 울려 퍼졌다. 밤중의 웃음소리는 연못가에서 대나무가 툭툭 부딪치는 소리처럼 무서웠다.

"다 지나간 옛날 얘기다. 더 생각하지 마라. 아버지가 안다. 그 당시의 시국이 그랬지. 피할 수도 없었다. 저들은 벌레나 개구리한테 사람이 되라고 했었지. 그래서 아비가 스스로 죽음을 선택했던 것이다. 제대로 죽은 게 아니야, 가장 비참한 죽음이었다…"

"예, 그때 저는 문 앞 계단에 누워있는 동생 허우를 보았고, 그 애가 죽었다는 생각이 들어 정신이 없었습니다. 다가가서 보니 아버지가 대들보에 거꾸로 매달려 있었습니다. 저는 정신을 잃고 말았지요…"

"내가 스스로 그렇게 죽는 방법을 생각해 낸 것이다. 아비가 사다리를

16

놓고 올라가서 대들보에 밧줄을 걸고 발가락을 단단히 묶었다. 물론 밧줄의 길이를 땅에 몸이 닿을 정도로 남긴 다음에 머리를 땅에 박았다…."

"그때 저는 막 창고에서 돌아오는 길이었습니다. 토지개혁대가 저를 의심하기 시작했고, 저에게 낮에는 창고만 지키도록 했습니다. 대문을 열고 들어서자마자 저는 기겁해서 소리쳤습니다. 마귀가 사당에 나타난 것으로 생각했습니다. 아버지 발이 대들보에 연결된 밧줄에 묶여 흔들거리고, 아버지 머리는 벽돌에 부딪혀 터져서 마당에 하얀 뇌와 피가 범벅이 되어 있었습니다. 온전한 상태가 아닌 죽음이었습니다."

"머리를 땅에 박는 느낌은 강력했고, 아주 재미있었다. 아비가 목을 매달지 않은 것은 바로 강력한 느낌을 누리고 싶었고, 온전치 못한 상태로 죽고 싶었기 때문이었다…. 그러나 이제 됐다. 다 지나간 얘기다. 자식이 아비 죽이고, 아내가 남편을 죽였다고 소문낸 놈들도 이제 모두 죽었다. 옛 얘기는 잊어라, 아들아…."

"예, 예…. 그렇지만…, 아버지 억울하시지요? 어찌 아버지께서 다시 돌아오셨는지요?" 꾹의 목소리가 갑자기 떨고 있었다.

"수년 동안 아비는 이 일을 가슴에 묻어두고 있었다…. 이제야 비로소 너에게 말하는구나…. 당연히 큰아들 코이, 둘째 비, 셋째 붕이 이 일을 해야 하지만 그놈들은 뿌리를 버리고 멀리 간 놈들이다. 그놈들은 고향을 찾지도 않고, 가족을 중시하지도 않으며, 심지어 어디에 있는지도 모를 대동세계만 생각하고, 조국도 원하지 않고 있어…. 아비는 너무나 가슴 아프다…."

"형들은 혁명하러 갔어요…. 저는 장애인이라서 방구석이나 지키고 있지요."

"너의 세 형들은 내 친자식이지만 버린 것이나 마찬가지다. 응웬끼 코이는 장남이지만 나는 그놈을 버렸다. 차남 응웬끼 비는 샌님처럼 얼굴이 하얗고 출세하기 힘들다는 글쟁이를 하고 있다. 그런 놈들은 일생 동안 남의 하수인 노릇이나 하고, 결코 중용되지 못한다. 셋째 봉처럼 착한 사람은 유배당하고, 시골사람처럼 고생하며 불안정하다… 오직 너뿐이다. 꾹아! 너야말로 조상님 제사를 모실 효자다. 그래서 아비가 우리 옹웬끼 가문의 사당을 새로 짓는 일을 너와 상의하는 것이다…. 집의 핵심은 대들보다. 가문의 핵심은 조상의 묘와 가족의 제단이다. 그러한 신령한 것이 없다면 어찌 사람이라고 할 수 있겠느냐? 우리 옹웬끼 가문을 보니 수만 곳으로 흩어져 있고, 형제들이 서로 미워하고 있으니 아비는 너무나 가슴 아프다. 내가 죽었지만 떠날 수가 없구나, 애야…"

"아버지 말씀 잘 들었습니다. 비록 아버지께서 낳은 자식은 아니지만 길러주신 은혜는 저를 낳은 은혜보다 큽니다. 제가 어렸을 때 아버지께서 성현들의 글을 가르쳐주셔서 인간으로서의 도리를 조금은 배웠습니다…"

흰옷의 그림자가 하하 웃으며 만족한 듯 말했다.

"그래서 아비가 해결책을 준비했다… 수년 동안 가르치고, 약을 지으면서 아비가 금을 모았다. 그것을 내가 사당 기둥 아래에 묻어놓았다…. 그 금이면 예전 우리 조상들의 땅을 다시 사들이고, 옹웬끼 가문의 사당을 수리하는 데 충분할 것이다…"

***

사람과 귀신 사이의 대화는 중국 포송령의 『요재지이』 속 얘기 같았다. 꾹이 말했는지 아니면 누가 지어낸 말인지는 몰라도 이 얘기는 비밀스럽게 동 마을 전체로 퍼져나갔다. 얘기 후반부는 여러 사람이 지어낸 것일 수 있었지만 전반부는 바로 꾹이 한 말이었다. 꾹이 자주 사당 안에서 여전히 바나나 나무를 심는 흰옷 입은 그림자를 만난다는 얘기는 틀림없는 사실이었다. 특히 토지개혁 이후 여러 해 동안, 농업 합작사 설립 시기에 그랬다. 그가 아내에게 조용히 말했고, 향을 피우고 합장을 하고 나서 리푹 씨 부인에게도 전했다. 그리고 그가 들판에 나가 큰소리로 외쳤다.

"내 말이 거짓이라면 나를 개새끼라고 해라! 아버지는 정말 신령하지. 매월 첫째 주에 아버지가 나타난단 말이야. 정말 신기해. 언제나 아버지는 새하얀 옷을 입고 사당 가운데서 바나나 나무를 심고 있어!"

귀신을 연상케 하는 이 얘기는 다섯 칸짜리 사당에 아무도 접근하지 못하게 만들었다. 특히 아이들에게는 더욱 무서운 얘기라서 밤이 되면 부엌으로 달려가 엄마의 치맛자락을 붙들었고, 개똥벌레가 사당으로 날아드는 것만 봐도 바지에 오줌을 지렸다.

귀신 얘기를 믿지 않는 사람들은 응웬끼 가문의 사당 건축에 대해 다른 방향으로 이해하고자 했다. 그들은 리푹 씨의 장남이며 사회주의 정치체제 아래에서 응웬끼 가문에서 가장 출세하여 고위직에 오른 응웬끼 코이에게 집중했다.

솔직히 말하면 응웬끼 코이라는 이름을 아는 동 마을 사람들은 아주 드물었다. 그 이름은 단지 어린 시절을 정확히 기억해야 생각나거나, 가족들만 가끔 입에 올리는 이름이었을 뿐이다.

응웬끼 코이는 리푹 씨 첫째 부인의 자식이었다. 코이가 두 살 때 그의 어머니는 출산 후유증으로 죽었다. 리푹 씨는 강 건너편에 사는 훈장 하잉 씨의 막내딸 부티 언을 둘째 부인으로 맞아들였다. 언 여사는 응웬끼 비와 응웬끼 봉이라는 두 아들과 응웬티 끼허우라는 막내딸을 낳았다. 장남 응웬끼 코이가 열다섯 살이 되던 해에 8월 혁명(1945년)이 일어났다. 중학교 졸업반이었는데 학업을 그만두고 혁명 선전대로 들어갔다. 그리고 고향을 떠나 군에 입대했다.

북부지구로 간 후, 코이는 이름을 대 프랑스 항전과 피를 연상시키며,

"전쟁에서의 승리"라는 의미를 가진 찌엔탕 러이로 바꾸었다. 그런 이름을 갖게 되었다는 것은 응웬끼 코이가 상당한 신임을 얻기 위해 절대적인 충성을 했으며 분투, 노력했다는 것을 증명하는 것이다.

대 프랑스와 대미 항전 세대들은 누구나 찌엔탕 러이라는 이름, 찌엔탕 러이 동지를 알고 있었다. <새 시대>라는 아주 유명한 신문의 '전사의 모습'이라는 란에 '나의 형 ─ 찌엔탕 러이'라는 제목으로 아주 긴 기사가 실렸다. 글쓴이는 시인 응웬끼 비였다. 독자들은 처음으로 응웬끼 코이, 즉 찌엔탕 러이 동지가 『신의 시대』라는 시집으로 두각을 드러내고 있던 시인 응웬끼 비의 친형이란 사실을 알게 되었다. 작가는 동 마을과 두 형제의 어린 시절과 찌엔탕 러이가 ATK[1]에서 돌아와 비를 설득해서 북부지구로 데려온 얘기를 썼던 것이다.

토지개혁 당시에 찌엔탕 러이라는 이름이 각종 문서와 지침서에 아주 많이 등장했다. 정치를 이해하는 사람들은 그가 1960년 북베트남에서의 상공업 개혁, 1976년 남베트남에서의 경제개혁과 같은 사회주의 경제체제에서 결정적 성격의 크고 중요한 여러 정책의 설계자이며, 문서들의 정신적 출처라는 것을 알았다. 1980년대에 찌엔탕 러이라는 이름은 그의 고향 마을은 물론 현과 성에서도 자부심이며, 대표적인 상징이었다.

유명한 형 때문에 귀신과 대화하는 뛰어난 재주를 가진 꾹도 세상의 눈을 가릴 수는 없었다. 사당 터를 매입하기 위해 수십억 동을 쓰며, 응웬끼 가문의 사당을 새로 지으려는 일은 찌엔탕 러이 부자와 비, 봉, 꾹 형제는 물론 더한 것을 보탠다 하더라도 이룰 수 없는 일이었다. 사람들은 찌엔탕 러이가 '그동안 모은 돈을 고향으로 가져오는 일'과 퇴직 후의 '연착륙'

---

1. An Toàn Khu의 첫 글자를 딴 것으로 안전구역이라는 의미이다. 프랑스 식민지 시절 베트남군의 통제가 미치는 지역을 일컫는다.

작전은 죽기 전에 묘를 만든 조조의 일에 결코 뒤지지 않는다고 땅에 기둥 박듯이 확신하고 있었다. 옛 사람들이 수구초심이라고 하지 않았던가? 수십 년 동안 혁명을 하면서 모은 급여와 재산을 가문의 영광과 조상의 은혜를 갚기 위해 고향으로 가져오는 것은 당연한 일이라고 고향 사람들은 생각했다. 어떤 이는 '찌엔탕 러이 부자는 엄청난 붉은 자본가'라고 말하기도 했다. 1985년 화폐개혁 사건 때, 화폐 가치가 떨어질 것을 미리 알고 그는 돈을 모두 금으로 바꾸었다. 바로 이듬해에는 금이 산더미처럼 쌓였다. 그리고 큰아들은 러시아에서 밀수꾼의 우두머리로 러시아 봄 시장의 물건을 매점하고, 줄줄이 베트남으로 송금했다. 그들 부자는 속썬, 화락, 빙즈엉에 3개의 농장을 갖고 있었고, 하노이와 사이공에 두 채의 고급 빌라가 있었다. 게다가 수천만 달러를 유럽 은행에 넣어놓았다는 얘기도 있었다. 그의 아들 찌엔 통녓은 이제 막 서른 살이었지만 회사를 설립하고 부동산, 자동차 매매 사업으로 큰돈을 벌었다. 아버지의 성격과는 달리 찌엔 통녓은 낭비벽이 심했다. 일 년에 자동차를 두세 대 바꾸고, 애인을 서너 명씩 바꾸었다. 모두 다리가 긴 모델들이었다. 리푹 씨의 부인인 그의 할머니가 살아 있을 때에 찌엔 통녓이 말했었다.

"조상의 은덕으로 저희 아버지가 그렇게 되었지요. 나중에 제가 제대로 조상님께 고하고 나서, 제 성과 돌림자를 응웬끼로 바꿀 것입니다, 할머니. 찌엔 통녓이란 이름은 무슨 게이 이름 같아요." 리푹 씨 부인은 게이가 무슨 말인지 이해하지 못했지만 찌엔 통녓이 근본을 잃어버린 놈은 아니라고 믿었다.

***

동 마을의 응웬 씨 족보에는 그들의 조상이 리 씨였으며, 박닝 성 딩방 마을이 고향이고, 본명은 리끼 퐁이라고 기록되어 있다. 또한 대월사기전서에는 "1232년 임신년, 건중 8년에, 쩐 씨의 시조 이름이 쩐 리였기 때문에, 리 씨 성과 이름이 같으므로 쩐 왕조는 리 씨 성을 응웬 씨로 바꾸도록 했다. 특히 백성들이 리 왕조를 기억하는 것을 막기 위해서였다. 또 그해 겨울 리 씨 가문이 수도 화럼 타이드엉에서 리 씨 왕조 제사를 지낼 때, 미리 깊은 연못을 파고 그 위에 집을 지어놓았다. 그리고 그들이 술에 취하기를 기다렸다가 갑자기 허물어서 산채로 매장했다."고 기록하고 있다. 그 당시 응웬 씨의 시조는 왕족이었고, 리 왕조 영종의 아들인 리롱뜨엉(이용상) 장군이 동해 바다의 번돈 진陣에 주둔하고 있었다. 리롱뜨엉 왕자는 수도인 탕롱에서 쩐투도[2]가 자기를 살해하려는 음모를 꾸미고 있다는 밀사의 소식을 접했다. 그는 즉시 비밀리에 아내와 가족을 데리고 바다를 통해 대월국을 떠날 준비를 했다. 이때 리끼 퐁은 수백 마리의 개와 장작을 사서 선적하는 특별 임무를 맡았다. 이것은 고난의 긴 여정에서 사용할 식품이었다. 리끼 퐁은 오백 마리가 넘는 개를 사서 번돈 진으로 운송하여, 맡은바 임무를 훌륭히 수행하였다.

그런데 리롱뜨엉 왕자가 가족과 부하들을 데리고 고려로 가기 위해 동북쪽으로 배를 띄운 날, 리끼 퐁은 위급한 상황에 처한 아내의 출산 때문에 떠날 수가 없었다. 그 후에 그는 아내를 데리고 외가인 동 마을로 갔고, 멸족을 피하기 위해 응웬 씨로 성을 바꾸었다. 족보에는 리끼 퐁이 동 마을에 와서 응웬 리로 전입신고를 했다고 기록하고 있다. 막 씨 왕조 시대인 1578년 숭캉 13년, 무인년에 동 마을의 응웬 리 가문에서 응웬끼 지파가 분리되었다. 운명이었는지, 그 시기에 조상의 묘를 새로 쓰기 위해

---

2. Trần Thủ Độ(陳守度, 1194-1264). 쩐 왕조를 세우는 데 큰 공을 세운 권신으로 1226년부터 죽을 때까지 실질적인 권력을 행사했다고 알려졌다.

중국인 관상쟁이를 불렀다. 복채를 충분히 주지 않았기 때문인지 중국 관상쟁이는 얼굴색을 바꾸고 즉시 부적을 붙인 다음 "동 마을 응웬 씨 가문의 형제들과 부모 자식들이 서로 미워하게 될 것이고, 심지어 서로 죽이는 일도 일어날 것"이라고 전했다. 과연 그 뒤로 종손과 차남이 서로 각기 다른 길을 갔다. 종손은 후 레 왕조에 대항하는 막머우 협을 돕던 응웬 꾸엔의 군을 따랐고, 차남은 막 씨를 멸하고 레 왕조를 지원하던 찡뚱의 군사를 따랐다. 그리고 동 마을의 응웬 씨 형제는 막 왕조를 끝내는 결정적 전투인 1592년 임진년 설 전투 중, 탕롱 성 정문에서 서로를 죽이게 된다.

그 형제상잔 때부터 응웬끼 푹까지 14대가 흘렀다. 응웬끼 푹의 아버지는 훈장을 하던 응웬끼 카로, 동경의숙 운동에 참여한 적이 있는 밧 마을 사람이며 과거에 4등으로 급제한 응웬 트엉 히엔과 친구였다. 응웬끼 푹은 외아들로 교육을 잘 받았으며, 1919년 응웬 왕조의 마지막 과거시험에 응시하여 합격했지만 노모를 봉양해야 했기에 관리로 나가지 않고, 고향에서 훈장을 하며 한약 짓는 일을 했다.

응웬끼 가문의 사당은 뜨득 왕 때부터 건축을 시작했는데, 푹 씨의 할아버지이며 훈장 카의 아버지로 교육청장을 역임한 응웬끼 동의 작품이다. 이 사당은 동아시아의 특징을 지닌 건축물이었다. 주 건물은 조상의 제사를 모시는 곳으로 다섯 칸이며, 일상적으로 분향을 하는 앞채가 있었고, 본당 뒤에는 자그마한 뒤채가 있었다. 본당 앞 양쪽에는 두 개의 자연 샘이 있어서 마당에 있는 꽃밭과 인공 정원에 물을 댈 수 있었다. 이 시설은 교육청장이, 뜨득 황제가 자신을 위해 지은 겸궁謙宮과 겸당謙堂의 형태를 연구하고, 겸궁을 지었던 기술자를 불러서 시공했다고 한다.

바로 그렇기 때문에 대들보, 내림마루, 목기연에서 실내에 건 족자까지 아주 정교하게 부조하거나 조각하여 예술성이 뛰어났다. 앞채의 좌우에는 주인 집 서고와 공부방과 응접실을 두었다. 이어서 하인들의 숙소와 창고, 부엌을 두었고 가장 멀리 떨어진 구석에는 닭장과 돼지우리, 외양간을 두었다. 사당은 마치 운동장처럼 넓었고, 앞마당에는 밧짱에서 생산된 빨간색 벽돌을 깔았다. 이곳에서는 각종 제례 의식을 거행하거나 교육청장이 친구들과 함께 인간장기를 두는 곳이었다. 바로 이 전무후무한 인간장기 놀이로 인해 이곳은 많은 문인들이 모이는 곳이 되었다. 북부, 중부, 남부 등 전국 방방곡곡의 장기 고수들이 찾아와 재능을 겨루었다. 쯔놈 시의 여왕이라고 불리는 호 수언흐엉[3]의 '인간 장기'라는 시의 음률에 붙여 북부 문인들이 지은 시도 전해진다.

> 한밤중에 당신과 소첩이 뒤척이다
> 등불을 밝히고 인간 장기를 둔다.
> 시작하자마자 당신은 마馬를 몰았고
> 소첩은 서둘러 졸卒로 막는다.
> 당신이 양 차車로 구석으로 몰아치니
> 장군을 부를까봐 소첩은 사士로 막는다.
> 당신은 소첩이 외통수에 걸린 것을 알고
> 서둘러 졸卒을 궁宮으로 밀어붙인다.

타일을 붙여 쌓은 높은 벽 뒤에는 반달 모양의 연못이 있고, 연못 가운데에는 옥도玉島라고 불리는 작은 섬과 이를 연결하는 월교月橋라는 다리를 놓았다. 옥도에는 낚시를 하거나 풍경을 감상하며 시를 짓는 팔좌루八座樓가 있었다. 각 건축물을 포함한 전체 면적은 북부지역의 면적 단위로 2머우로, 이는

• •
3. Hồ Xuân Hương(胡春香). 18세기 말에서 19세기 초에 활동한 베트남 최고의 여류시인.

24

칠천 제곱미터에 해당한다. 주변은 벽돌로 담장을 쌓아 은둔하는 곳처럼 폐쇄적이면서 나무가 우거지고 새소리만 울리는 조용한 정원이었으며 고요하고 따뜻했다.

응웬끼 가문의 정원이라는 의미의 '응웬끼비엔'이라는 이름은 응웬끼 동 교육청장을 찾아온 한 문객이 지어준 것이었다. 그 친구가 지어준 이름이 너무나 좋았고, 감격스러웠던 교육청장은 그에게 며칠 더 머물기를 청하고, 현판까지 써 달라 부탁했다. 조상께 제사를 크게 지낸 다음 기술자를 불러 대문을 새로 만들고 친구가 지어준 "응웬끼비엔"이라는 현판을 걸었다.

그리고 내친 김에 교육청장은 그 친구에게 '양일진養一眞'이란 세 글자를 써달라고 부탁했다. 그리고 후에 자개로 유명한 쭈온 마을의 기술자를 불러다가 이 글자들을 자개로 박아 조상의 제단 앞에 정중하게 걸었다. 한자를 아는 사람들은 이 글자를 읽을 수는 있었는데 이 세 글자의 의미를 아는 사람은 드물었다. 그 문객의 설명에 따르면, 명의로 소문난 하이 트엉 란 옹[4]이 찡썸 군주와 찡깐 세자를 치료하러 경도에 갔다 와서 쓴 시집 『상경기사上京記事』에 실린 시구에서 뽑은 것으로, 그 시구는 '둔세종의양일진遯世從醫養一眞, 부지위부개지빈不知爲富豈知貧'이었다. 이는 "부자가 되거나 가난해지거나 상관없이 오직 있는 그대로 약을 지으며 평생을 보내겠다."는 의미였다. 이 세 글자의 또 다른 의미는 응웬끼 가문에서 한의사가 나오기를 바라는 염원을 담고 있었다. 이 염원은 당대에 이루어졌다. 카 훈장의 아들인 푹이 한의사가 되었던 것이다. 후에 서예 연구자가 글자를 대조하여 그 현판을 쓴 문객이 바로 응웬 쿠엔[5]이라는 것을 밝혀냈다. 응웬 쿠엔은 프엉딩

4. 해상라옹(海上懶翁, Hải Thượng Lãn Ông)은 여유탁(黎有晫, Lê Hữu Trác, 1720-1791)의 별호로 여유탁은 베트남의 명의로 알려져 있다.
5. Nguyễn Khuyến(阮勤, 1835-1884)은 베트남의 유명한 시인으로 향시, 회시, 정시에서 장원을 하였기 때문에 백성들이 그를 존경하여 삼원알도(三元關堵)라고 불렀다고 한다.

마을 사람 응에 즈엉 쿠에의 친구였고, 응에 즈엉 쿠에는 응웬끼 동 교육청장의 친구이자 사돈이었던 것이다. 그런 연유로 응웬 쿠엔이 그 현판을 쓰게 된 연유는 앞뒤가 분명했다.

카 씨가 프랑스에 저항하는 시를 썼다는 혐의로 프랑스 당국에 체포되어 교도소에 수감된 이후, 특히 식민지 교도소에 6개월간 수감된 뒤 병상에 눕게 된 이후로 푹 씨 가문의 가세는 현저하게 기울었다. 마을에서 가까운, 등급이 높은 논과 물소들을 소송비용과 약값 그리고 네 아들의 학비를 대기 위해 차례로 팔아야 했다. 첫째 코이와 둘째 비가 항전에 참가한 뒤로, 가장 돈이 많이 드는 일은 셋째 봉의 학비였다. 초등학교부터는 프엉딩 읍내로 나가 하숙을 해야 했고, 고등학교는 하노이로 가야 했다. 상급학교에 진학할 때마다 천 평이 넘는 논과 물소 한 마리를 팔아야 했다. 푹 씨 부인은 마치 시인 뚜스엉이 '일 년 내내 강가에서 장사해야, 남편과 다섯 자식을 먹여 살린다네.'라고 자기 부인에 대해 쓴 시처럼, 찬밥에 물 말아 먹고 하루 종일 일만 해야 했다.

소작료 인하운동이 벌어졌던 1954년에 이르자 푹 씨의 재산은 약 칠천여 평의 논과 물소 두 마리, 송아지 한 마리 그리고 백 년이 넘은 낡은 사당과 고요하고 음침한 "응웬끼비엔"만 남게 됐다.

비록 가세는 기울었지만 푹 씨는 속으로 만족하고 있었고, 뜻을 이룬 유학자로서의 거만함도 풍겼다. 염세적이고 고루한 유학자의 마지막 세대로서, 푹 씨는 친구들과 동문들에게 시국 앞에서 무력함과 유약함 그리고 유학을 포기하기로 했다는 것을 공개적으로 시인한 바 있었다. 그는 응웬끼 코이, 응웬끼 비 두 아들에게 희망을 걸고 있었으며 자부심을 갖고 있었다. 두 아들의 입대는 항전사업과 민족해방을 위해 그의 가족과 그의 삶을 바치는 의미였고, 기대와 희망 그 이상의 것이었다. 푹 씨는 집 한가운데에 있는 평상에 웅크리고 앉아 차를 마시고 담배를 피우며 눈길은 아주 먼

곳에 주고, 귀로는 저 멀리 낌보이 산에서 울려 퍼지는 윙윙거리는 소리를 들었다. 그렇게 수많은 밤을 지새웠다. 그리고 호찌민의 군대에 입대한 두 아들이 화빙과 서북 산악지역에서 적의 진지를 공격하고 있는 모습도 상상을 했다. 디엔비엔푸에서의 승리는 불멸의 눈부신 성과였고, 영원한 세상과 생기가 동 마을과 그리고 푹 씨의 '정원'으로 밀려들어오는 듯했다. 그런데 1955년 을묘년 검은 폭풍이 몰아쳤다. 세상이 그렇게 깜깜해지리라고는 전혀 생각하지도 못했다.

항전에 참가한 두 아들도 아버지가 악덕 지주로 몰린 것을 구할 수 없었다. 푹 씨는 착취계급을 말살시키기 위해 농민들이 들고일어난, 천지가 진동할 고소를 피할 수 없었다. 푹 씨는 순식간에 팔십 세의 노인처럼 늙어버렸다. 악취 나는 검은 바람과 저승사자의 먹구름이 응웬끼비엔을 파괴하고, 기화요초를 심은 수백 년 된 화분들을 휩쓸었으며, 리 왕조와 쩐 왕조 시대의 도자기들, 그리고 중국 명나라 청나라 시대의 용과 해태 상을 파괴했다. 그리고 차례로 팔좌루와 월교를 넘어뜨렸다. 삼원알도가 쓴 현판과 족자 그리고 수백 권의 한의서는 물론 유교 경전들이 불태워진 다음에, 잘린 대나무와 멀구슬 나무 그리고 부서진 관과 인분, 쥐의 시체와 섞여 연못에 던져졌다. 마을회관의 운동장처럼 넓었던 타일 깔린 마당도 뒤집어엎어, 몇 평씩 농민들에게 나누어 주어 감자나 가지를 심도록 했다. 가난한 농민 여섯 가구가 그것들을 수확하여 나누어 가졌다. 좌우에 있던 집과 앞채를 그들이 차지하고, 벽돌로 지은 사당을 헐어 그 벽돌로 마치 성곽을 쌓은 것처럼 각 가구 사이에 담장을 쌓았다. 그리고 여섯 개의 부엌과 돼지우리, 물소우리를 지었다. 그들은 대변을 바나나 나무 뒷밭에 또는 거름더미에 또는 연못에서 바로 해결했기 때문에 그 연못은 썩은 연못이 되었다.

그렇게 사십여 년이 지났다. 응웬끼 가문의 사당과 응웬끼비엔은 영원히 버려진 유적이라 여겼고, 점점 파괴되어 이 세상에서 흔적 없이 사라졌을 것이라고 생각했다. 그런데 전혀 예상치 못한 응웬끼비엔을 복원하는 대규모 프로젝트가 전설처럼 실시된 것이다. 이 세기의 공사를 진행하기 위해, 1985년에 이 프로젝트의 1단계가 완성되었다. 칠천 평방미터의 응웬끼비엔 터를 완전하게 다시 사들인 것이다. 토지개혁 때의 여섯 가정이 이제는 식구들이 불어나 열여섯 가정이 되었고, 도박, 마약, 도둑들이 들끓는 비좁은 곳으로 변해 있었다. 그러나 꾹 씨 부부는 깔끔하게 해결했다. 돈이면 다 해결되었다. 일곱 가정은 돈을 받고 신경제 지역인 럼동 성이나 송베 성으로 가 커피농장이나 고무농장을 샀다. 세 가정은 하노이로 가서 쌀국수를 팔거나 공사판에서 일했다. 나머지 가구는 마을 입구에 가라오케, 생맥주집, 자전거 오토바이 수리점을 열었다.

응웬끼비엔을 완전하게 재건축하는 일은 2년 정도 걸릴 것으로 예상했다. 응웬끼 꽉과 그의 아들 응웬끼 딱 그리고 사위 딩먼이 시공을 관리하기로 했다. 꾹 씨 본인이 직접 수 주일을 기다려 지역 내에서 가장 유명한 풍수지리가이며 관상쟁이인 까오 씨에게 도와달라고 청하였다. 전체 및 세부 설계도는 도시계획 및 건축 연구소에 부탁했다. 호찌민이 "산도 있고 물도 있으며 사람도 있다. 미국을 물리치고 나면 우리는 지금보다 열 배나 더 부강한 나라를 만들 것이다."라고 장담했던 말처럼 응웬끼비엔은 옛날보다 열 배나 더 크고 아름답게 지어질 것이라고 믿었다.

꾹의 막내아들, 우수한 성적으로 건축사를 취득한 응웬끼 딱의 개략적인 설명을 들어보면 향후 지어질 응웬끼비엔의 모습을 상상할 수 있었다. 바깥 길에서 시작하여 마을 끝으로 들어오면 '응웬끼비엔阮奇園, 응웬끼 뜨드엉阮奇祠堂'이라고 한자와 국어로 쓴 대문이 나오고, 네 개의 기둥이 있는데, 정문에 있는 두 개의 기둥은 탑처럼 높이가 10미터가 넘었다. 이어서 큰 연못이 있는데, 오성급 호텔이나 리조트의 수영장처럼 바닥에 타일을 깔고 주변은 석축을 쌓았다. 호수 가운데에 옥섬을 두었고, 팔좌루를 지었는데, 이 옥섬까지는 중국 자금성의 다리처럼 생긴 월교가 연결되어 있다. 옛날의 마당은 이제 더 넓어지고 붉은 색 타일을 깔았다. 가장 중요하고 위용을 자랑할 만한 것은 응웬끼 가문의 사당이 하노이에 있는 문묘, 국자감의 태학당에 비해 결코 뒤지지 않는다는 점이다.

이 사당은 추녀 끝이 확 휘어진 옛날 전통 방식의 다섯 칸짜리 집이었다. 시멘트와 철근은 모두 고급 제품을 썼고, 기와는 흐엉까잉 상표, 벽돌은 지엥다이 상표, 도자기류는 밧짱의 제품을 썼다. 목재는 동 마을의 뛰어난 목수가 가공했고, 흑단, 자단 등 고급 목재를 사용했다. 가장 독특한 것은 목기연과 박공장식, 기둥, 대들보를 정교하게 조각하였고 특별한 향이 나는 붉은 색 자단나무로 만들었다. 가격이 침향나무 가격과 맞먹었는데 킬로그램 당 수십만 동이었다. 이어서 스물네 개의 기둥이 있었는데, 모두 라오스 산악지역에서 가져온 단단한 나무였고, 가운데에 놓인 열두 개의 기둥은 높이가 칠 미터에 직경 삼십 센티미터로 문화재로 지정된 마을 정자의 기둥에 뒤지지 않았다.

사당의 중앙부에서 뒤로 이어진 뒤채는 비록 면적은 좁았지만 많은 공과 돈을 들였다. 기둥을 여럿 세운 위에 이층 누각 형태로 지었고, 발코니와 바람이 통하는 창문을 두었다. 사당 안에는 족보, 책봉서, 관모, 관복, 칼, 서적 등과 같은 가문의 보물과 제사용품 등을 두었다.

그 보물들을 새 사당에 넣었는데, 아주 특별한 영물, 즉 꾹 씨가 직접 눈으로 보고 보관해오던 것을 같이 넣었다. 그리고 직접 가문의 책봉서를 넣어둔 통에 그 영물을 비밀스럽게 넣어두었다.

그것은 오래 되어 색깔이 거무스름하게 변하고 굳은, 피와 살점이 묻어 있는 밧줄 조각으로 마치 흑단나무 조각처럼 굳어 있었다.

제2장 넷째 아들 꾹

그 해는 2월이 지났지만 날씨는 여전히 쌀쌀했고, 마을 입구의 못자리에 세 번이나 볍씨를 뿌렸지만 싹이 올라오다가 검게 말라죽었다. 도무지 싹이 트지 않았다.

"날씨가 이렇게 추운데, 재라도 가져다 볍씨를 덮어야 하는 것 아닌가요?"

이른 새벽에 꾹 씨의 아내가 두꺼운 솜옷을 걸치며 남편에게 말했다.

"아직 일러. 안개가 저렇게 껴있는데. 해가 뜨면 갑시다."

꾹 씨가 기침을 하면서 이불을 젖히고 일어났다.

"애들 좀 봐주세요. 빨리 갔다 올게요. 사람 손이 곱을 정도로 추운데 볍씨 생각하면 더 안됐어요. 부엌에 더운 물 데워놨으니 당신은 차를 마셔요. 할머니께 막내 이불 잘 덮어달라고 하는 것 잊지 마세요…."

양쪽에 통을 단단히 매달고 능숙한 몸놀림으로 가잉을 메고 꾹의 아내가

30

들판으로 나갔다. 푹 씨는 아내를 바라보면서 긴 한숨을 쉬었다. 약을 지으며, 훈장을 하고 또 마을에서 가장 높은 직책을 가진 사람의 아내라는 소리를 들었지만 푹의 아내는 소작농과 다를 바 없었다. 늦게 자고 일찍 일어나 아이들 들쳐 업고 새벽에 들판에 나갔다가 어둑해져서야 집에 돌아왔다. 5월 10일에만 논 갈고, 수확하는 사람을 얻었을 뿐, 한가할 때조차도 집안일과 농사일을 그녀 혼자서 다 해치웠다. 동 마을 아낙네 모두가 자우무옹[6]을 심고, 간장을 담그고, 야채절임, 까 절임, 감자말림, 감자볶음 등을 만들었는데 푹의 아내가 가장 잘 만들었다. 그 전략적 비축 식품들을 이제 막 스무 살을 넘긴 한 여자가 다 만들었다. 근검절약은 증조할머니에서 할머니 그리고 어머니를 거쳐 푹 씨 아내에게 전해진 오래된 품성의 근거였다.

대나무로 둘러싼 마을을 벗어나니 찬바람이 얼굴을 때렸다. 가잉[7]에 매달린 통이 바람 때문에 빙빙 돌고 싶어 하는 것 같았다. 푹의 아내가 막 못자리에 가잉을 내려놓으려다가 갑자기 일어섰다. 두 발이 얼어붙고 온몸에 소름이 돋았다. 눈앞 옹동 언덕에서 찢어지는 것 같은 아이의 울음소리가 들렸다. 그 울음소리는 이제 갓 한 살 된 그녀의 셋째 아이 봉의 울음소리 같았다. 두 손으로 가잉 통을 잡고 마을 쪽으로 몸을 돌려 주의 깊게 들어보았다. 애가 놀라서? 아니면 자다 일어나보니 엄마가 없어서? 아니었다. 그녀는 마음을 진정시켰다. 틀림없이 눈앞 옹동 언덕의 찔레꽃 덤불 속에서 나는 울음소리였다. 반얀나무[8] 신 아니면 옹동의 귀신? 아니면

---

6. 열대지방에서 자라는 반 수생식물로 잎사귀를 먹는다. 베트남에서 가장 흔한 채소이며 상시적으로 먹는 것으로, 서민의 음식을 상징하기도 한다.
7. 베트남의 전통적인 운반도구로, 긴 막대의 양 끝에 소쿠리를 매달아 물건을 얹은 다음 어깨에 메고 이동하는 도구를 말한다.
8. 상록 뽕나무과에 속한 나무로, 가지에서 뿌리가 내려 땅에 닿으면 그 뿌리가 기둥처럼 자라서 가지를 받친다. 베트남어로는 꺼이다(Cây đa)라고 부른다. 사찰이나 마을 정자 주변에서 많이 볼 수 있으며, 영구함과 신령함의 표상이기도 하다.

귀신이 배가 고파서 사람을 잡으려는 것? 푹의 아내는 가잉을 버리고 집 쪽으로 도망쳤다.

그러나 아이의 끊어졌다가 이어지는 울음소리가 그녀의 발길을 끌어당겼다. 그녀는 재를 담은 두 통을 내려놓고, 가잉 막대기를 마치 스스로를 방어하는 무기처럼 손에 쥐고 용감하게 다가갔다.

저것이 무엇이지? 거무스름한 걸레뭉치가 찔레꽃 덤불 속에서 굴러 내려와 잔디 위에 풀어지며 붉은색 살덩어리를 드러냈다. 퉁퉁 부어오른 눈, 하얀 코, 언청이 입술로 울었다 그쳤다하는 아이의 얼굴을 보고 그녀는 넘어질 뻔했다. 마치 자신의 아이를 누가 유괴해서 들판에 버린 것처럼 정신없이 몸을 굽혀 아이와 걸레조각을 끌어안고, 옷을 당겨 찬바람을 막은 다음 정신없이 집으로 돌아왔다.

그때 푹 씨는 평상에 앉아 있었다. 하루를 시작하는 첫 찻잔과 반짝반짝 빛나는 놋쇠 담뱃대를 입에 물고 빨아들이는 연기는 그의 정신을 몽롱하게 만들었다. 수십 년 전부터 푹 씨가 아침에 일어나 습관처럼 하는 일이었다. 그는 담배연기에 몽롱하게 취하여 차 한 주전자를 다 비울 때까지 몇 시간이고 그렇게 앉아 있을 수 있었다. 보통 그는 스스로 자신의 머릿속을 비웠다. 그는 머릿속에 어떤 정보도 넣거나 빼지 않았다. 그것은 그가 그 자신을 단련하는 건강법이었다. 그리고 그것은 뇌뿐만 아니라 경락계통에도 아주 효과가 있었다.

그러나 오늘 아침은 일상의 규칙이 깨졌다. 지난밤 내내 그리고 지금까지도 그의 머릿속에는 온통 그의 아들 봉의 사주팔자가 아른거렸다. 아들의 돌을 맞이하여 푹 씨를 가르친 니에우 비에우 선생에게 아이의 사주팔자를 적어주었다. 어제 오후 내내 선생과 제자는 함께 12간지를 자세히 풀어봤다. 봉은 명무정요命無正曜로, 외부의 영향을 받기 쉬운 사주였다. 그리고 평생 떠돌며 산다는 점은 위 두 형과 너무도 똑같았다.

눈을 감고도 푹 씨는 아들의 별자리 하나하나를 다 볼 수 있었다. 특히 봉은 물이나 강 때문에 죽을 수 있다고 나왔다.

"자네 양자를 들여야 하네."

니에우 비에우 선생이 한참을 생각하고 나서 푹 씨를 바라보며 천천히 입을 열었다.

"아들 셋이면 부자가 될 수 없다는 말은 차치하고, 만약 양자를 하나 들인다면, 호랑이 네 마리는 절대로 약해질 수 없다는 말처럼 되는 거야. 그러면 세 아들의 떠돌이 운명도 깨지게 되지. 우리 잘 생각해보세. 세 아들 녀석의 사주를 자네와 대조해보니 걱정이 많이 되네. 자네 셋째 봉의 별자리를 보고 내가 왜 놀랐는지 아나?"

"예, 그놈 운수가 명무정요이기 때문이지요?"

푹 씨가 감정을 억누르며 대답했다.

"그것은 단지 일부일 뿐이고. 주역과 비교해보면 그 녀석은 이곳을 떠나 저곳으로 옮길 팔자야. 하늘이 아래에 있고 산이 위에 있는 형국이지. 하늘은 만물의 위에 있는 것이고, 양기가 올라가는 곳이지. 산은 뾰족하지만 꼭대기가 있어서 더 이상 올라갈 수 없지. 그래서 앞으로 나간다고 해도 끝이 있으므로 더 이상 나갈 수가 없지. 하늘이 오르려고 하지만 산에 막혀있지. 아래가 올라가면 위가 더 멀리 도망가지. 그래서 더 멀어지는 것이야. 그래서 피해야 하는 것일세. 아래의 음기가 극성할 때는 양기가 물러나야 하고, 소인배가 성할 때는 군자가 피해서 물러나야 하는 것이지. 그래서 도망치는 것이지…"

니에우 비에우 선생의 말은 푹 씨로 하여금 황망하게 만들었다. 그가 서재를 뒤져 주역 책을 찾아서 보려고 하는 찰나에 아내의 정신없는 발걸음 소리를 들었다.

"당신, 무슨 일이야?"

"옹동 언덕에서 이 아이를 주웠어요."

그녀의 목소리는 떨리며 말라있었다.

"누가 아이를 숲 속에 버렸나 봐요. 처음에는 아이 울음소리로 들리다가 생각할수록 귀신이 부르는 소리 같았어요…"

푹 씨는 황급히 셋째 봉의 기저귀를 가져다 아이에게 채워주도록 했다. 남편의 도움 때문에 그녀는 안심이 되었는지 떨지 않았다.

어머니가 자식들을 키운 익숙한 동작으로 아이에게 새 기저귀를 갈아주었다. 그때서야 비로소 사내아이라는 것을 알게 되었다. 고추가 마치 떨어진 사포딜라[9] 열매 같았다. 그리고 배꼽 바로 밑에 마치 조물주가 표식을 해놓은 것 같은 동전만 한 쥐색 흉터가 있었다.

"당신 복이 있구먼." 갑자기 니에우 비에우 선생의 말이 생각나서 푹 씨는 고개를 끄덕이며 아내에게 말했다. "저 녀석 배고프구먼. 당신 젖 좀 주게나."

푹의 아내가 겉옷의 단추를 풀고 빨간색 속옷을 들추니 통통한 하얀 젖이 드러났다. 두 손가락으로 젖꼭지를 가볍게 누르자 젖이 흘러나왔다. 그리고 그녀는 아이를 안아서 자신의 젖을 물렸다. 허기와 추위에서 깨어난 아이는 젖꼭지를 꽉 물고 게걸스럽게 쭉쭉 빨아댔다.

생존본능의 움직임과 움푹 들어간 볼, 작고 귀여운 입을 보며 그녀는 측은한 마음이 들었다. 아이의 무의식적인 숨결이 본래 어질고 다정다감한 그녀의 마음을 흔들었다. 그녀의 두 눈에서 눈물이 흘러내렸다.

"아이고, 배고팠구나! 나쁜 사람들이지? 찔레꽃 덤불 속에 버리다니! 그 사람은 사람도 아니지, 맞지?" 그녀가 어머니의 사랑으로 쥐 눈과 같은

..

9. 감나무목 사포타과에 속한 다년생 과실 수이며, 베트남어로는 홍시엠(hồng xiêm)이라고 부른다. 황갈색의 과육은 부드럽고 아주 달다.

작은아이의 두 눈을 바라보며 이야기하는 모습은 천생 어머니였다. 그녀는 저 들판에서 미친 듯이 울부짖고 있는 어떤 젊은 여자를 상상했다. 그 여자는 지금 마지막 절벽으로 치닫고 있을 것이다. 그 여자는 어떤 사람인가? 젊은 아가씨가 저주를 받았는지 아니면 학대받는 첩의 운명이었을까? 왜 그녀는 쪽지 한 장, 흔적 하나도 남기지 않았지? 왜 그녀는 아이를 병원이나 절에 보내지 않았지? 아이가 논으로 굴러 떨어졌다면 진흙에 숨이 막히거나 개미나 뱀에 물리거나, 까마귀에게 쪼이거나 이슬비나 찬바람에 죽을 수도 있었다.

갑자기 진저리를 치며 푹의 아내는 마을 끝, 먼 푸른 하늘을 바라보았다. 바람 속에서 누군가의 울음소리가 들리는 것 같았다. 그녀는 남루한 옷에 머리를 풀어헤친 채 표정 없는 얼굴로 이리저리 들판을 헤매며, 가슴이 찢어지는 슬픔을 안고 웅동 언덕의 찔레꽃 덤불로 발걸음을 옮기고 있는 한 여인을 선명하게 보는 것 같았다.

푹의 아내가 아이와 속삭이고 있을 때 푹 씨는 조용히 사당으로 갔다. 다섯 칸 사당은 아주 조용했다. 정결하고 매혹적인 월하향이 가득했다. 푹 씨는 도포를 입고 두건을 쓴 다음에 제수를 갈고 나서 향을 피웠다. 은은한 향내가 심오한 분위기를 만들어서 푹 씨는 마치 자신이 돌아가신 조상들과 한 방에 앉아 얘기를 하는 것과 같은 상상에 빠졌다.

"유세차…. 베트남국 썬밍 성, 프엉딩 현, 프엉뚜 면, 동 마을의 신주 응웬끼 푹 삼가 고조, 증조할아버지 할머니, 백부, 숙부, 고모, 이모, 조왕신, 육가…. 조상님께 아뢰옵니다. 하늘과 같이 크고 넓은 은혜를 잊을 수가 없습니다…."

푹 씨는 동 마을을 세운 선인들에서부터 그의 할아버지와 아버지 대까지 아주 오랜 기간을 회상하듯이 불러내고, 현재 세 아들에다 새로운 아들 하나를 더 얻었다고 보고하였다. 조상님께 새 아이에게 은혜를 베풀고,

응웬끼 가문의 이름을 달라고 축원했다.

***

"이 강아지 정말 잘 먹어요, 여보, 기릅시다." 푹 씨가 사당에서 내려오자 아내가 말했다. 그녀의 얼굴은 막 한 생명을 구한 관세음보살처럼 밝았다. 행복으로 가득 찬 두 눈이 빛났다.

아이가 젖을 물어 간지러우면서도 아주 기분 좋은 느낌이 젖을 타고 흘렀고, 편안하고 만족한 표정으로 그녀의 품속에 자그만 아이의 생명이 안겨 있었다. 그리고 그녀는 행복에 겨운 느낌을 남편에게 감출 수 없었다.

"두 강아지가 함께 젖을 먹으면 서로 시합하듯 더 빨리 클 것 같아요, 여보! 그리고 우리 집 식구 하나가 늘어서 이제 호랑이 네 마리가 되었는데, 천하에 무서울 것이 없지요."

푹 씨는 행복의 파도가 그의 마음속으로 몰아치는 것을 느꼈다. 그리고 그는 단맛과 쓴맛을 함께했던 반려자의 이타적이고 후덕한 마음과 아름다운 인품의 깊이를 더 들여다보게 되었다. 그것은 6년 전 일이었다.

푹 씨는 첫째 부인이 출산 후유증으로 사망한 해에 큰아이 코이가 막 두 살이었다는 것이 생각났다. 수개월 동안 엄마 품이 그리운 코이는 할머니의 품속에서 울어댔고, 밤이 되면 그는 등잔 밑에서 긴 한숨을 몰아쉬었다. 자식이 불쌍하기도 했고 또 손자 돌보는 어머니도 안타까웠다. 그래서 아내의 일 년 상을 치르고 나자 어머니가 소개한 언과 결혼하기로 했다.

당시 부티 언 아가씨는 열일곱 살이었는데, 뽕나무를 심어 누에를 쳐서 실크를 짜던 동네의 기울어진 지주인 니에우 하잉 씨의 막내딸이었다. 푹의 아버지 도카 씨는 생전에 니에우 씨와 서로 사돈을 맺기로 약속했다. 안타깝게도 도카 씨의 아들이 결혼할 나이가 되었을 때, 니에우 씨의 딸은 너무 어렸다. 양가는 할 수 없이 약속을 깼다. 그리고 푹 씨의 아내가 죽던 해, 언 아가씨는 열여섯 살이었다. 동네 여러 총각들이 눈독을 들이고 있었지만 니에우 하잉 씨는 도카 씨 부인에게만 기별을 넣어 옛날 약속을 상기시켰다. 그래서 푹 씨 입장에서는 니에우 하잉 씨가 사랑하는 딸을 자기 집에 시집보낸 일은, 커다란 소원을 성취한 것이었으며 고귀한 의거를 성사시킨 것과 같았다. 이는 마치 국가 대사와 대의를 위해 쩐 왕이 점성국의 나이든 왕, 자야 신하바르만 3세에게 후옌쩐 공주를 시집보낸 일과 같았다. 언 아가씨는 푹 씨보다 스무 살 아래로 딸 같은 나이에 사춘기였으며, 막 피어난 꽃처럼 아름다웠다. 언 아가씨에게 이 결혼은 너무 갑작스러운 것이었지만 피할 수 없는 운명으로 받아들였다. "부모가 정해주는 자리에 자식이 앉는다."는 속담처럼 그렇게 하는 것이 유교적 도리라고 생각했다. 그녀는 단지 결혼 전 2주 동안만 조금 불안하고 걱정스러웠을 뿐이었다. 전처소생의 세 살짜리 아들 하나를 두고, 서른 살이 넘는 남자여서 그녀는 행복을 기대하기보다는 책임과 본분을 걱정한 것이었다. 그렇지만 첫날밤은 두 사람 모두에게 영원히 기억할 만한 밤이었다.

언 아가씨는 낮에 입었던 결혼식 예복을 몸에 걸친 채로 침대 구석에 웅크리고 누워서 흑흑 울고 있었다. 두려움과 자신의 처지, 부모에 대한 그리움, 부끄러움 등이 매순간 그녀의 몸을 떨게 만들었다. 푹 씨는 그것을 잘 알고 있는 것 같았다. 그는 움직이지 않고 누워서 두 손을 가슴에 올려놓고 대들보만 바라보고 있었다. 그는 죽은 아내에게 죄를 짓는 것 같기도 하고, 언 아가씨의 순수한 처녀성에 맞지 않을 뿐만 아니라 자신이 이기적이고 잔인하다는 생각이 들었다. 정말 이상한 것은 그의 마음속에 전혀 욕망이 생기지 않는 것이었다. 이런저런 생각들이 그의 심혼을 맑고 선하게 만들었다. 푹 씨는 소리 없이 울다가 언제인지 모르게 잠이 들었다.

신혼의 첫날밤은 아무런 일 없는 순결한 밤이 되었다. 그것은 그들의 결혼 생활이 날이 갈수록 서로 돕고 존중하며 감사하고 도덕적 색채를 더해 가는 사랑으로 가득 차게 이끌어가는 이정표가 되었다. 삼 년 후, 사람들이 언 아가씨를 푹 씨 둘째라고 부를 때, 응웬끼 비를 낳았다. 그리고 이 년 뒤에는 응웬끼 봉을 낳았다. 삼형제, 그러나 이들이 이복형제라는 것을 아는 사람은 드물었다. 언 아가씨는 심지어 큰아들 코이를 두 동생보다 더 잘 보살폈다. 그녀는 입는 것은 물론 아플 때 약을 챙기는 일도 그리고 학업도 모든 일에서 언제나 코이를 가장 우선했다. 코이는 장남이기 때문에 특별히 먼저 챙겨야 차후에 "아버지가 돌아가시면 형으로서 동생들의 일을 돌볼 수 있다."고 항상 남편에게 말했다.

"삼남불부三男不富, 아들 셋이면 절대 부자가 될 수 없다고 했는데, 이제 하나가 더 늘어서 아들 넷이 되었네. 사호불약四虎不弱, 호랑이 네 마리면 절대 약해질 수 없다는 말이야. 당신 알지?"

푹 씨는 담배를 한 모금 빨고는 바람 속에 흩어지는 연기를 바라보다가 갑자기 어떤 생각이 떠올랐는지 고개를 끄덕였다.

"여보, 그놈 이름을 응웬끼 꽉으로 지어야겠네. 녀석이 우리 집에 온 일이 신기한 일 아닌가! 그래서 '신기하다'는 의미로 '끼 꽉', 줄여서 '꽉'으로 부르지. 이 녀석을 얻은 것은 어떻게 설명할 수 없는 갑작스러운 일이 아니었나? 이 녀석은 틀림없이 화를 가져오는 것이 아니라 복만 가져올 것이야. 니에우 비에우 선생이 말한 대로. 어쨌든 나와 당신은 이 녀석을 사람으로 만듭시다. 코이, 비, 봉같이 우리 친자식으로 생각합시다. 봉보다 한 달밖에 늦지 않지만 동생이라고 하지. 내가 이 녀석 사주를 한 번 보겠소 이달 이날 이 시간에 당신이 꽉을 낳은 것으로 간주합시다."

***

응웬끼 꽉은 그렇게 응웬끼 푹 씨 부부의 집에서 다시 태어났다. 그는 봉과 같이 젖을 먹고 같은 요람에서 잠자고, 겉옷과 속옷을 같이 입고 자랐다. 자식이 없는 사람들이 찾아와 그를 달라고 사정하고, 심지어 어떤 이는 꽉을 주면 큰돈을 내겠다고 했으나 어떤 경우에도 푹 씨 부부는 한 번도 흔들리지 않았다.

강아지 같은 두 아이는 하루 종일 엄마의 치맛자락에서 떨어지지 않았다. 도카 씨 부인, 아이들의 할머니가 이름이 좋으면 귀신이 좋아한다는 미신을 믿고 두 아이에게 벤과 꾹이라는 흔해빠진 이름을 지어주었다. 봉을 벤이라고도 불렀는데 이는 편한 대로 낼 수 있는 발음이었다. 그리고 할머니가 꽉을 꾹이라고 부르는 데는 이유가 있었다. 꽉과 봉이 달려 다니기 시작하고, 엄마, 할머니를 부를 줄 알게 되었을 때였다. 이미 감자나 사과, 푹 씨가 대나무나 나무를 깎아 만든 장난감을 서로 가지려고 할 때의 일이었는데, 한 번은 자몽을 서로 가지려고 다퉜다. 자몽은 덜 익어 먹을 수가 없었다. 그래서 할머니는 그것을 공 삼아 갖고 놀게 했다. 봉은 금방 흥미를 잃은 듯 잠시 공을 차는 시늉을 하더니 집어 들었다. 먹을 속셈인 것 같았다. 꽉이 뺏으려 했지만 봉은 자몽을 더 세게 움켜잡았다. 꽉이 대나무 막대기로 봉의 얼굴을 찔렀다.

두 아이가 울고 있는 것을 할머니가 발견했을 때, 한 놈은 자몽을 단단히 붙잡고 있었고, 한 놈은 뺏으려 안간힘을 쓰고 있었다. 봉의 볼은 긁혀 이미 찢어져서 피가 철철 흐르고 있었다. 그 후로 봉은 왼쪽 눈꼬리에 흉터가 생겼다. 그때부터 할머니는 꽉의 이름을 '싸움박질 잘하는'이라는 뜻의 꾹으로 불렀다.

커갈수록 벤과 꾹의 핏줄이 다르다는 것을 분명히 알 수 있었다. 벤은 뚱뚱하고 희며 검은 눈에 온순한 성격이었다. 꾹은 키가 크고, 말랐으며 푸르스름한 눈이 위로 치켜져 있고, 저승사자가 사람을 놀리는 것처럼 장난기가 심했다.

벤과 꾹이 열 살이 되던 해에 한 여자가 푹 씨 집에 찾아왔다. 그녀는 임신 5-6개월은 된 듯 배가 불룩하고, 검은 스카프로 얼굴을 가린 데다 낡은 삿갓을 쓰고 있어 환자처럼 보였다. 푹 씨에게는 아주 먼 곳에서 여러 환자들이 찾아왔고, 어떤 사람은 몇 주 동안 먹고 자며 치료를 하는 사람들도 있었다. 때문에 이상한 차림의 여자가 찾아오는 일은 항상 있는 일이었다. 하지만 이번에 치료차 찾아온 여자는 아주 신중했다. 그녀는 조심스럽게 주위를 둘러보고, 대문 앞에 서서 동정을 살핀 다음, 조용히 집안으로 들어갔다.

그녀가 스카프를 벗자 푹 씨는 깜짝 놀랐다. 하얀 피부에 붉은 볼, 멀구슬 열매처럼 갸름한 얼굴에 뛰어난 미모였고, 전통극 뚜옹에서 본 서 씨의 눈처럼 눈꼬리가 올라가서 의지가 강한 인상이었다. 순간이었지만 푹 씨는 이 여자가 스물대여섯 살쯤이며 환자가 아니라는 것을 알 수 있었다.

"어르신, 저는 코이 씨가 근무하는 데에서 왔습니다."

"어떤 코이?" 푹 씨가 놀란 표정을 지었다.

"어르신 큰아들인 코이죠." 그녀는 모든 것을 알고 있으니 형식적인 인사는 필요 없다는 눈빛으로 그를 바라보았다.

그녀는 주변을 경계하며 둘러본 후, 배를 감싸고 있던 천을 풀어 아주 작게 여러 번 접은 편지를 건넸다.

"코이 씨가 어르신께 보낸 편지입니다."

푹 씨는 안경을 벗고 눈에 익은 글자를 읽었다.

"존경하는 아버지, 이 편지를 휴대한 사람은 깜입니다. 저와 같이 일하고 있습니다. 깜이 제가 편지에는 쓰기 어려운 내용에 대해 설명할 것입니다. 아버지, 어머니 그리고 동생들 모두 건강하지요? 저는 늘 가족을 생각하고 있습니다. 아버지 항상 건강에 유의하십시오. 아들 코이 올림."

이제 푹 씨는 한의사인 자신과 환자인 그녀의 입장이 서로 바뀌고 있다는 것을 알았다. 그는 큰아들의 안부를 묻고, 무얼 어떻게 해야 하는지 듣는 환자의 처지가 되어 있었다. 여자는 바로 월맹 측 간부였다. 그녀가 아들의 상급자일 가능성이 매우 높았다.

"미안하지만 우리 코이의 일과 건강은 어떻소?"

대답 대신 깜은 속옷 속에서 인물 사진 한 장을 꺼내 푹 씨에게 건넸다.

"코이 씨는 아주 건강합니다. 이것이 그의 최근 사진입니다. 어르신께서 보기에도 준수한 청년이지요? 그가 이 사진을 어르신께 보낸 것은 어르신께서 이 사진으로 신분증을 만들어 달라고 부탁드리려는 것입니다. 곧 코이 씨가 하노이에 올 일이 있거든요."

푹 씨는 손을 떨며 지난 삼 년 동안 만나지 못했던 아들의 사진을 자세히 살펴봤다. 이제 그의 아들 코이는 건장한 사내가 되어 있었다. 사진 속의 모습으로는 그가 이제 막 18세라고 생각할 사람이 아무도 없을 듯했다.

그 여자가 의자를 푹 씨 쪽으로 당겨 앉으며 작은 소리로 말했다.

"어르신께서도 확실히 알고 계시겠지만 월맹군이 아주 강해졌습니다. 코이 씨는 위로부터 특별한 신임을 받고 있고, 여러 중책을 맡았습니다. 북부지구에서의 가을-겨울 전투는 프랑스군에 치명적인 상처를 입혔습니다…."

"그런데 아가씨! 북부 평야지역에서의 프랑스군 세력은 아직도 강력합니다." 푹 씨는 깜이 한 말에 반박하는 의미로 고개를 저었다. "최근 프랑스 낙하산 부대가 프엉딩과 바터우에 내려온 일은 월맹군으로 하여금 설 곳이 없게 만든 것 같은데…."

"프랑스가 수세에 몰린 가운데 낙하산 부대를 떨어뜨린 것이지요. 그것은 프랑스가 바로 하노이의 옆구리에서 월맹군에 반격을 할 정도로 수세에 몰려있다는 것을 증명하는 것입니다. 상부의 평가에 따르면, 프랑스는 하노이 외곽을 지키기 위해 곧 디엔 강가를 따라서 경계초소들을 짓고, 괴뢰정권을 세운다고 합니다. 그리고 월맹군을 제3해방구에 묶어둔다는 것입니다. 어르신의 동 마을도 적의 초소를 세우는 지점입니다."

"맞아요. 저들이 초소를 세우기 위해 우리 마을회관을 골랐다는 얘기가 있어요. 마을 노인회에서 성과 부에 반대하는 청원을 하고 있지요."

"어르신, 상부의 지시로 제가 어르신과 이 일을 상의하기 위해 왔습니다. 우리는 상대방의 계략을 미리 알아채고 반대로 그것을 이용하는 장계취계를 써야 합니다. 적이 제방을 따라 행정체계를 설립하려고 하면 우리 월맹은 그 행정체계를 우리의 근거지로 만들어 항전해야 합니다. 그래서 우리는 낮에는 적과 일하고 밤에는 우리와 일하는 사람들이 있어야 합니다."

"알겠는데… 그러나 이것은 쉽지 않은 일이라서…"

"이 일을 위해서 월맹 측에서는 어르신과 어르신 친구 웅이쎤에 사는 호이 티엔 씨, 찌하에 사는 도삭 씨, 쩜보이에 사는 랑 끼에우 씨 등과 같은 애국자들에 의지해야 합니다."

푹 씨는 눈이 휘둥그레져 놀란 눈으로 깜을 바라보았다.

"어! 어떻게 아가씨가 내 친구들을 알지?"

"우리 월맹군이 모르는 것은 아무것도 없어요." 깜이 매혹적이며 장난스런 미소를 지으며 눈을 찡긋했다. "우리들은 지난주에 쯔엉피엔 초소장이 또똠 도박을 하자고 했는데 어르신이 거절했다는 것도 알고 있어요. 쯔엉피엔은 또똠 도박을 잘하기로 유명하지요. 이 프엉딩 현에서 쯔엉피엔은 그의 또똠 적수로는 오직 어르신밖에 없다는 것을 잘 알고 있지요…"

푹씨는 몸을 떨며 서늘한 기운을 느꼈다.

"그렇지만 내가 어떻게 감히…. 동 마을 노인회에서 서양 놈들이 마을회관에 초소 세우는 것을 반대하고 있는데, 내가 피엔 초소장과 또똠을 할 수는 없지요."

"월맹 측의 지시에 따라 어르신이 동 마을의 이장직을 받아들인다면 적의 여러 정보를 얻기 위해 피엔 초소장과 또뜸을 하셔야만 합니다. 혼혈아 쯔엉피엔 초소장이 최근 프랑스인 공동체에 가입했는데, 이는 프랑스가 이 지역에 씨앗 심기를 원하고 있다는 것이고, 이 점을 알아야 합니다. 이곳에 주둔하기 전에 쯔엉피엔은 쿠짱 전투에 참가했고, 엄청난 죄악을 저질렀습니다…"

"나도 그 학살사건을 알고 있소." 푹 씨가 한숨을 쉬었다. "쯔엉피엔 자신이 직접 30명의 유격대원을 사살하고, 목을 자른 다음 쩜케 들판의 반얀 나무 가지에 걸어놓았지."

"그 피 값을 치러야 해요." 깜이 단호하게 말했다. "상부의 지시에 따르면, 이 나쁜 놈은 언제든지 제거할 수 있지만 그가 중요한 연결고리이기 때문에 우리는 그를 이용할 필요가 있다고 합니다. 그래서 어르신의 임무는 반드시 그와 친구를 맺어야 하는 것입니다. 친하면 친할수록 좋지요. 지금 적에게 접근하기 가장 좋은 사람은 바로 어르신들과 같은 지식인입니다. 그렇기 때문에 상부에서는 도삭 씨와 랑 끼에우 씨 그리고 포 다이 씨를 움직여 적의 여러 직책을 맡아주기를 간절히 바라고 있습니다. 특히 상부에서는 어르신께서 의형제를 맺은 호이 티엔 씨를 설득해서 프랑스 기관의 면장을 맡도록 하고, 후에 월맹을 도울 수 있는 여건을 만들라 합니다."

푹 씨는 깜을 바라보며 아주 감탄했다. 무엇 하나 그녀의 눈을 피해 나가거나 그럴 수도 없을 것 같았다. 호이 티엔 씨가 푹 씨의 백년 지기라는 것은 맞는 말이었다. 이들은 옛날 베트남 고전에 나오는 리우 빙과 즈엉 레처럼 서로의 아내를 바꿀 수 있을 정도로 친했다. 푹 씨와 호이 티엔은 쭈옹 선생의 수제자였다. 쭈옹 선생은 응웬 트엉 히엔과 일본 유학을 가려다 모친상을 당하는 바람에 가지 못하고 고향에 은둔하면서 학교를 열었다. 호이 티엔과 푹 씨는 포호엉 절에서 피를 나누어 마시며, 즐거움과 고난,

환란을 일생 동안 함께하기로 의형제를 맺은 사이였다.

"내가 알기로는 프랑스 사람이 내 친구인 호이 티엔을 직접 세 번이나 찾아와 간절히 면장을 맡아달라고 부탁했지만 내 친구가 거절한 것으로 알고 있소."

푹 씨가 말했다.

"그러니 어르신께서 호이 티엔 씨를 설득하여 면장을 맡도록 하십시오. 프랑스는 애국 문신들과 교류를 했던, 프랑스 사람이 설립한 학교에서 교육받은 지식인들의 협력을 아주 필요로 하고 있습니다. 호이 티엔 씨야말로 프랑스가 매우 끌어들이고 싶어 하는 사람입니다. 지금 호이 티엔 씨가 월맹 조직에 협력할 목적으로 프랑스 측에 들어가기만 한다면 애국적인 행동이 될 것입니다. 월맹 측은 언제라도 호이 티엔 씨에게 연락하고, 지시할 사람을 준비할 것입니다. 호찌민 정부는 나라가 독립할 때 적절한 포상을 하고, 공을 기릴 것입니다."

월맹 대표와의 비밀스런 대화는 푹 씨의 삶에서 새로운 이정표를 찍었다. 애매한 애국사상을 가진 염세적인 유학자에서 용감하게 몸을 던져 행동하는 사람으로, 항전의 국외자이며 방관자가 적 지역에서 활동하기 위해 월맹 측의 지시를 받는 월맹 측 사람이 되었다. 깜과의 만남이 있은 후 두 달 뒤에, 푹 씨는 동 마을의 이장을 맡았다. 그러면서 '리장'의 '리'자를 붙여서 정식으로 리푹이라는 이름을 쓰기 시작했다. 또 자신 주변에 자신의 성향과 같은 사람들을 모아 직책을 맡겼다. 낮에, 그리고 겉으로는 프랑스 식민지의 하수인 괴뢰정권을 위해 일했다. 그러나 진짜 리푹은 적 내부에 심겨진 월맹의 사람이었다. 도삭, 랑 끼에우, 짜잉탑, 끼우 까오, 호이 티엔과 같은 그의 친구들도 월맹 측에서 적의 대열 속에 심어놓았다.

리푹 씨의 소개로 깜은 이엔테 봉기에서 비밀리에 데탐을 지원했던 사람이며, 껑박 성의 안찰사 아들인 호이 티엔 씨를 알게 되었다. 호이 티엔 씨는 대지주이며 지식인으로, 친구가 많고 교류의 폭이 넓었다. 특히 지역 내 인민들의 신임이 두터웠다. 깜과의 몇 차례 만남 뒤에, 호이 티엔 씨는 자원하여 월맹에 가입했고, 괴뢰정권에서 일하고 월맹에 협력하는 이중적인 활동에 동의했으며, 썬밍 성, 프엉딩 현의 가장 큰 면인 프엉럼 면장을 맡았다.

***

오리털과 고철을 사는 여자로 가장하고 깜은 몇 번 더 리푹 씨를 찾아왔다. 한번은 응웬끼 코이의 신분증을 찾아갈 겸 현 내 일곱 애국지주들이 월맹 항전정부를 지원하는 800동의 인도차이나 화폐를 받으러 왔다. 그리고 그 뒤 몇 번은 동 마을 초소와 푸 초소의 배치도면을 받으러 왔다.

깜이 리푹 씨를 찾은 또 다른 목적은 사적인 것이었지만 아주 신성하고 중요한 것이었다. 이 개인적인 일로 리푹 씨를 찾은 목적을 아무도, 영원히 그 뒤로도 영원히, 깜 외에는 아무도 낭자의 주된 목적을 알지 못했다. 그것은 꾹의 얼굴을 바라보는 것인데, 깜으로서는 너무 큰 고통이었다.

그 아이는 커갈수록 그와 동년배의 형제들과 모습이 뚜렷이 달랐다. 이제 벤과 꾹은 열 살이 되었다. 함께 마을 학교에 다녔는데, 사발과 숟가락처럼 달랐지만 물체와 그 그림자처럼 붙어 다녔다. 벤은 마르고 샌님 같고, 꾹은 키가 크고 얼굴은 서양 혼혈아 같았으며 파란 눈에 곱슬머리와 수염이 있었다.

동 마을 사람들은 꾹이 쯔엉피엔 초소장과 닮았다고 수군거렸다. 이 서양 혼혈아 초소장은 여자들이 마음을 쉽게 홀릴 것 같이 잘생긴 데다 실제 호색한이며 포악하기로 지역 내에서 유명했다. 소탕작전을 할 때는 언제나 그의 하수인들이 몇 명의 예쁜 여자들을 찾아서 그에게 바쳤다.

그는 여자들을 범하고 반드시 부하들에게 넘겨 집단폭행을 시켰으며, 또 술을 마시면서 그것을 바라보는 짐승 같은 짓을 저질렀다. 유격대를 궤멸시키고, 여러 공산당 근거지를 제거한 공로로, 연속적으로 메달을 받았고, 승진하여 기동대에서 하노이 외곽 방어진지로 전보되었다. 동 마을에 초소가 설치된 바로 그날부터 쯔엉피엔 초소장을 만난 사람은 누구나 꾹을 연상했다. 특히 리푹 씨는 더욱 그랬다. 초소장이 또뚬을 하자며 그의 부하들을 데리고 푹 씨 집에 찾아온 첫날, 푹 씨는 너무 경악하여 소리를 지를 뻔했다. 어찌하여 이 초소장이 자신의 아들인 꾹과 이렇게 닮았단 말인가? 흔치 않은 서양 혼혈의 얼굴이라서 결코 잘못 볼 수가 없었다. 특히 높은 코와 파랗고 깊이 들어간 쌍꺼풀진 눈이 그랬다. 유일하게 다른 점은 꾹의 이마가 조금 작고 좁았고, 초소장의 이마는 높고 앞으로 튀어나와 사납게 보일 뿐이었다. 운 좋게도 그날 푹 씨는 빨리 진정할 수 있었다. 다행스럽게도 벤과 꾹은 학교에 가고 없었기 때문이다. 그래서 초소장도 이 신기한 일은 알 수 없었다.

깜은 임신한 여자로 가장하고 푹 씨를 치음 만나러 찾아왔을 때부터 꾹에게 관심을 두었다. 월맹 간부로서의 임무가 아니라 그것이 그녀의 주목적이었는지도 모른다. 그 첫 번째 꾹과의 만남에서 깜은 어쩔 줄 몰랐다. 거의 심장이 멎는 듯했다. 그녀는 몸이 떨려서 어깨에 멘 가방을 놓칠 뻔했다. 그리고 넘어지지 않으려고 멀구슬 나무에 몸을 기대야만 했다. 저절로 눈물이 흘러내렸다. 눈물이 앞을 가려 희미한 상태에서 그녀는 어느 해 겨울 오후에 휘휘 몰아치던 북풍을 그려내고 있었다.

깜은 푹 씨를 만나러 온 것이 아니라 오직 꾹을 보기 위해 온 적도 몇 번 있었다. 그녀는 감히 가까이 다가가지는 못하고, 골목 대나무 숲속이나 덤불 뒤에 숨어 또는 빨래터에서 씻는 척하며 멀리서 그 아이를 바라보았다. 벤이 꾹에게서 떨어지는 경우는 아주 드물었다. 그들은 함께 학교를 다녔다.

46

그들은 연못가에서 이리저리 뛰어다니며 메뚜기를 잡거나 노란 수세미 꽃을 낚시에 묶어 개구리를 잡았다. 어떤 때는 자치기를 하거나 물가에 서 있는 나무에서 Y자로 된 가지를 찾아 고무총을 만들었다. 오줌 누기 시합을 하는 것을 깜이 본 적이 있는데 가장 웃기는 일이었다. 그들이 연못 가장자리에 서서 바지를 내리고 동시에 고추를 꺼낸 다음 두 개의 물토란 잎사귀에 몸을 흔들면서 오줌을 누는 것이었다. 누가 더 멀리 보내고, 누가 먼저 잎사귀에 구멍을 내는지 겨루었다. 깜이 관심을 갖고 지켜보았는 데, 언제나 꾹이 능숙함을 드러냈다. 꾹이 벤보다 멀리 보낸 것이 분명했다. 꾹은 민첩하고 특히 활동적이었다. 벤은 문장에 소질이 있었고, 꾹은 특별한 용모와 무술에 자질이 있었다. 깜은 보면 볼수록 그 녀석이 이상한 그 사람과 닮았다는 것을 느꼈다.

어찌하여 조물주는 그 자의 모습을 더 줄 정도로 잔인한가? 그녀는 잡초를 들판에 버리듯이 그 아이를 던져버릴 정도로 잔인한 짐승이었다. 그럼에도 불구하고 그는 여전히 살아있고, 여전히 신선처럼 활기찼다. 어찌 하여 조물주는 이 땅의 다른 아이들처럼 그에게 검은 눈, 검은 머리 그리고 납작한 코를 가진 보통의 모습을 주지 않고, 그녀의 민족에게 피를 흘리게 하고, 아픔을 준 자의 모습을 그에게 이어받게 했는가?

그것은 운명의 장난이고, 그녀에게 엄청난 징벌이었다. 그런 생각들이 그녀의 가슴을 아프게 했다. 그녀는 그녀가 버린 핏줄이 믿을 만한 곳에서 살고 있다는 것을 알았을 때 행복을 느끼면서도 이제 자신이 영원히 그 아이를 잃었다는 생각이 들 때는 너무나 마음이 아팠다.

계속해서 기회를 엿보다가 깜은 꾹과 단둘이 만날 기회를 잡았다.

"꾹아, 내가 보기에 너는 푹 씨 부부의 자식들과 닮지 않았어. 너 양자 맞지?"

그가 낚싯밥을 만들기 위해 청개구리를 잡으려고 할 때 그녀가 길을 막았다.

깜은 친해보자는 뜻으로 캐러멜 사탕을 내밀었다. 우선 꾹은 그가 처음 보는 종이에 쌓인 사탕에 특별한 흥미를 나타냈다. 하지만 양자, 친자라는 말을 듣자 눈을 찡그리며 화를 냈다.

"아줌마, 말을 그렇게밖에 못해요? 나와 벤은 쌍둥이에요."

"너 거울 한번 들여다봐라. 너희 둘은 전혀 닮지 않았어. 게다가 너는 배꼽 밑에 벤에게는 없는 쥐색 흉터가 있잖아. 동네 친구들이 너에게 옹동 언덕의 찔레꽃 덤불에서 주어온 아이라고 하지, 맞지?"

꾹은 슬픈 표정으로 눈을 감았다. 그리고 몰래 몸을 돌려 재빨리 바지를 내리고 배꼽 밑을 보았다. 어떻게 이 여자가 배꼽 밑의 흉터를 알지? 이 여자가 마을회관 앞 연못에서 그가 수영하는 것을 보았거나 아니면 점쟁이인가? 이 여자는 마을 어린애들보다 더 많이 아는 것 같았다. 애들이 놀리는 것은 사실이었다. 특히 옹아오 씨 아들인 삐드렁니 옹아잉 녀석은 그를 사생아 또는 들판에서 까마귀에 쪼일 놈이라고 놀렸다.

"내가 농담 좀 했을 뿐이야."

깜은 갑자기 목이 막혔다.

그런 행동이 꾹의 주의를 끌었다. 이 여자 정말 이상하다. 경계를 해야겠다. 이 여자가 이 귀하고 특별한 사탕을 어디서 가져다가 그를 준단 말인가? 사탕을 주면 즐거워야 하는데 왜 이렇게 눈물이 나려고 하지?

"자, 벤에게도 갖다 주고 같이 먹도록 해라… 서로 우애하고, 싸워서는 안 된다…"

말을 마치고 깜은 몸속에서 물건 하나를 꺼냈다. 은 목걸이와 호랑이 발톱이었다. 은 목걸이를 목에 걸어주기 위해 꾹을 가슴 쪽으로 당겼을 때 그녀는 갑자기 몸을 떨었다. 그녀는 울었다. 눈물방울이 그 아이의 손에 떨어지자 놀라서 목걸이를 뿌리치고 도망갔다.

***

깜이 바로 십 년 전에 동 마을 초입의 옹동 언덕에 꿈을 버린 젊은 엄마였다. 그녀의 호적 이름은 브엄[10]으로, 아주 옛날에나 썼던 촌스럽고 상스럽기까지 한 이름이었다.

브엄의 친아버지인 까이썸 씨에 따르면, 그녀의 어머니는 데탐 봉기군의 유명한 장군의 딸이었다고 한다. 봉기를 일으켜 돌아다니던 시절에 그의 어머니는 열 살밖에 안 되었지만 인물이 예뻤다고 한다. 그 아이는 도박으로 유명한 병사의 전리품이 되었다. 보하 근거지를 공격하기 전날 밤에, 까이썸 씨의 도박 맞수가 주머니를 다 털리고 나서 전리품으로 얻은 딸을 까이썸 씨에게 팔았다. 다음 날 그 불쌍한 친구가 전사했다. 까이썸 씨는 그 아이를 좀 키워 첩으로 삼을 의도로 답께우 지역에 사는 친척에게 맡겼다. 까이썸 씨는 오래 기다릴 필요도 없었다. 몇 년 뒤 제대를 했고, 그는 막 잘 익은 열매를 제때에 땄다. 그리고 그녀는 임신을 했다. 1년을 기다렸고, 아이를 낳았다. 까이썸 씨는 귀여운 딸아이를 다시 친척에게 맡기고, 어린 엄마는 타이족 화폐로 10동을 받고 므엉비에 사는 관리에게 팔았다.

까이썸 씨는 군대생활을 하는 동안 수십 명의 아내를 두었고, 자식도 수십 명을 두었다. 그러나 그는 호앙 호아 탐 봉기군의 영웅적 혈통을 타고난 어여쁜 딸, 브엄만을 데리고 고향으로 돌아왔다. 그는 하동 사자[11]로 불리는 아내에게, 프랑스군이 이옌테 산악지역에서 베트남군을 밀어붙일 때, 자신을 희생하여 그의 생명을 구해준 군대 친구의 사랑하는 딸이라고

. .

10. 브엄(bướm)은 '나비'를 말하는데, 속어로는 여성의 생식기를 지칭한다.
11. 질투심 많고 사나운 아내를 가리키는 말.

거짓말했다.

　브엄은 커 갈수록 외모가 두드러졌고, 열다섯 살 즈음에는 열여덟 살 처녀처럼 몸집이 컸다. 많은 총각들이 그녀의 눈에 들고 싶어 했다. 까이썸 부부는 갑자기 가격을 올렸다. 마치 옛날 홍 왕이 사위를 고르던 일과 같았다. 사위를 신중하게 고르려는 의도였고, 방방곡곡에서 잘났다는 청년들이 찾아왔다. 까이썸 씨를 아주 오래전부터 알았던 판 씨, 한 부인, 독 부인 등이 갑자기 사돈을 삼자고 했다. 그리고 한 청년이 나타났는데, 그 자가 까이썸의 군대 친구였던 뱁따오의 막내아들, 쯔엉피엔이었다. 뱁따오는 지원 업무를 주로 하는 부대의 병사였는데, 요리에 재능이 있었고, 호앙쫑 푸 총독과 친척이었기 때문에 총독부에서 프랑스 관리들을 초청하여 연회를 베풀 때면 자주 불려와 주방장을 맡았다. 그 당시 뱁따오에 관한 우스운 이야기가 있었다. 뱁따오가 응웻을 아내로 맞이하던 때의 얘기였다. 응웻은 답꺼우 지역에서 아주 이름난 여자였다. 뱁따오를 알기 전에 응웻은 프랑스 관리 포르니에의 첩이었다. 응웻이 임신한 지 한 달이 되었을 때, 포르니에는 전투가 벌어지고 있던 알제리로 전근을 가버렸다. 그 사실을 알았지만 프랑스 상류층에 끼어들어 자신의 신분을 높이려는 뱁따오는 포르니에의 첩인 응웻을 아내로 받아들였다. 아주 다행스러운 일은 쯔엉피엔이 아프리카의 곱슬머리가 아니라 남부 프랑스 지중해 지역의 혈통적 특징을 지닌 파란 눈을 갖고 태어났다는 것이다. 마치 "개가 짖어도 사람은 간다."라는 서양 속담처럼 세상 사람들이 수군거리는 것을 무시하였고, 뱁따오와 응웻 그리고 그들의 아들 쯔엉피엔은 여론을 잠재우고 곧바로 상류층으로 진입했다.

　열아홉 살 때 쯔엉피엔은 이름뿐인 아버지의 직업을 따라 썬떠이 무관학교에 들어갔다. 졸업할 때는 어깨에 노란 매화꽃을 달고 나왔다. 장래가 촉망되는 무관으로서 이상적인, 175cm의 키에 용모가 준수한 서양 혼혈아는 브엄을 처음 보자마자 혼이 나간 듯했다. 그에 대답이라도 하듯, 브엄도 불에 뛰어드는 불나방 같았다. 정월과 이월 내내 그들은 흐엉 사[12]와 터이 사[13]의 축제를 돌아다녔다. 옛말에도 "남편 없는 처녀는 깍꺼 동굴로 가고, 아내 없는 총각은 터이 사로 가라."고 했는데, 깍꺼 동굴은 브엄에게는 운명의 동굴이었다. 그곳에서 브엄은 쯔엉피엔에게 몸을 주었다.

브엄이 임신 4개월이 되었을 때 갑자기 쯔엉피엔이 흔적 없이 사라졌다. 이유는 뱁따오 씨가 식민지 정부로부터 북두칠성 훈장을 받았고, 베트남 조정으로부터는 칠품의 직을 받아 하노이로 가게 되었기 때문이었다. 화려한 하노이로 간 쯔엉피엔은 갑자기 수백 명의 규수들이 있는 상류세계에 포위되어 정신을 차릴 수 없었다. 석 달 후, 장래 식민지 정부의 장교가 될 청년은 북부 민의원의 중요 인물인 부이 뜨조의 딸인 끼에우 니와 정혼했다.

까이썸은 얼굴에 오줌을 맞은 것 같았다. 몇 번이나 총을 꺼내 브엄의 가슴에 대고 방아쇠를 당기려 했다. 그리고 중상을 입은 호랑이처럼, 화가 나서 점괘를 버리듯 총을 던지고 술을 벌컥벌컥 들이켰다. 브엄은 미치려 했다. 그녀는 아버지를 피해 집을 나갔고, 호아빙 지역의 끰보이 산속에 은둔했다.

태아는 업보 때문인지 아홉 달 동안 고생하고 심지어 저주받고 학대받다가 결국 세상에 나왔고, 브엄은 동 마을 옹동 언덕의 찔레꽃 덤불 속에 버렸다. 자식을 버리고 나서 그녀는 자신의 행동이 몰인정하고 미친 짓이라는 것을 깨달았다. 저녁이 되어 끝없는 후회와 양심의 가책으로 그녀는 다시 돌아와 자식을 찾았다. 그러나 아이가 없었다. 황망하여 미친 듯이

12. 17세기에 세워진 하노이 외곽지역에 있는 유명한 사찰로 음력 정월에 많은 사람들이 찾는다. 그 외에도 도교의 사당, 마을 정자 등이 모여 있다.
13. 하노이에서 서남쪽으로 약 20킬로미터 떨어진 사이썬 산자락에 있는 사찰로, 리 왕조 시대의 선사 뜨다오하잉(Từ Đạo Hạnh, 徐道行, 1072-1116)이 수행했던 곳으로 유명하다.

그녀는 들판을 헤매다가 강가로 가 소리를 지르며 차가운 물속에 뛰어들었다.

전설 속의 애기처럼, 그 차가운 서리가 내리던 밤에 강에서 물고기를 잡던 부부가 브엄을 구했다. 그녀의 기막힌 처지를 알게 된 그들은 들판에 외로이 서 있는 오래된 사찰인 포호엉 사의 스님을 찾아가서 그녀를 받아달라고 청하였다.

열일곱 살 때 브엄은 머리를 깎고 틱 담히엔이라는 법명을 받았다. 1939-1940년에 민주 및 평민전선 운동이 해산되고 난 뒤 프랑스는 식민지에서의 혁명운동을 다시 탄압하기 시작했다. 마을에서 멀리 떨어진 강가에 있는 포호엉 사는 사방이 대나무와 등나무로 둘러싸여 있고, 오래된 고목으로 우거져 혁명 전사들을 숨겨주는 장소, 비밀아지트가 되었다.

여승 틱 담히엔은 본능적으로 활발하고 과감하며 지적 호기심으로 가득 찼고, 스스로 원한 것은 아니었지만 점점 자연스럽게 공산주의자들과 교류하고, 연결하는 사람이 되었다.

그리고 운명은 장난을 치는지 한 번 더 틱 담히엔을 속세로 끌어들였다. 그녀는 충성스런 혁명전사이며 히우응안 지역위원회 위원인 레투엣을 사랑하게 되었다. 그리고 자원하여 레투엣의 공산조직에 가입했다.

그리고 그녀는 레투엣을 따라 포호엉 사를 떠나 지역 내의 마을 사찰을 돌며 활동했다. 그때부터 옛날의 브엄, 여승 틱 담히엔은 다오티 깜이라는 비밀 이름을 쓰기 시작했고, 홍하델타 각 성 내의 비밀조직 라인에서 활동하는 실질적인 월맹의 사람이 되었다.

***

꾹은 깜이라는 이름의 여자를 만난 날부터 성격이 갑자기 바뀌었다. 그가 내던진 은 목걸이는 여자가 주워 나뭇가지에 올려놓았다. 무슨 생각이

52

들었는지 바로 뒤 꾹은 되돌아가 그것을 찾았다. 그는 호랑이 발톱이 들어 있는 천주머니에 은 목걸이를 아주 조심스럽게 넣어두었다. 그리고 마치 그의 목숨을 지켜주는 부적이라도 되는 것처럼 가끔 열어 바라보았다. 그는 말수가 적어졌고 자주 벤과 거리를 두고 혼자 놀았다.

꾹은 자주 배꼽 밑에 있는 쥐색 흉터를 보게 되었고, 이상한 여자가 그에게 한 말에 대해 이런저런 쓸데없는 생각도 해보았다. 꾹은 할머니에게 이 의문에 대해서 물었다. 도카 부인은 본래 결코 거짓말을 한 적이 없었다. 할머니는 은 목걸이와 꾹에게 그 귀한 물건을 선물한 여자에 대한 말을 듣고 경악했다. 할머니는 꾹에게 옹동 언덕 찔레꽃 덤불에서 태어났다고 털어놨다.

"그런데 누가 저를 낳았어요, 할머니? 어머니가 낳은 것 맞죠?"

"그래, 엄마 말고 누가 있겠니? 너와 벤은 쌍둥이야. 그리고 이제부터는 누가 뭐라고 해도 듣지 마라. 그 여자 만나면 멀리 피해라…" 도카 부인은 대충 얘기한 다음 말을 돌렸다.

자신이 태어난 장소에 대한 생각이 꾹의 꿈속에서 늘 왔다 갔다 했다. 그는 성지순례를 꿈꾸는 신도처럼 옹동 언덕을 꿈꾸었다. 그리고 도카 부인이 자주 들려주었던 베트남 옛날 얘기인 타익 사잉 얘기처럼, 꾹은 타익 사잉이 그가 태어난 반얀 나무 아래로 돌아가기를 원한 것처럼 갈망했다. 그는 조용히 연못가로 빠져나와 늙은 대나무 하나를 자른 다음, 곧게 뻗은 부분을 두 팔 길이쯤 잘랐다. 그리고 점심 때 벤과 온 집안 식구들이 잠을 잘 때 혼자 옹동 언덕으로 향했다. 언덕의 찔레꽃 덤불은 아주 우거져 있었다. 물소를 기르는 아이들은 보통 찔레꽃 덤불에는 마귀가 살기 때문에 피해야 한다고 말했었다. 그렇지만 꾹은 무섭다고 하더라도 그가 태어난 곳이 어떤 곳인지 알고 싶었다. 옛날 얘기 속에서 타익 사잉이 용기를 냈던 것처럼, 그는 옹동 언덕으로 기어 올라가 찔레꽃 덤불에 가까이 다가갔다. 하얀 찔레꽃과 노란 수술은 빨간색과 흰색이 섞여 있는 장미처럼 향기로 웠다. 그의 어머니는 특별한 장소를 골랐고, 아주 독특한 곳에서 애를 낳았다. 찔레꽃 더미가 길게 원형으로, 마치 울타리처럼 피어 있어서 그 안쪽은 궁전처럼 은폐되어 있었다.

꾹은 찔레꽃 덤불을 한 바퀴 돌았다. 자연스레 그는 푸른 잎과 향기로운 흰 꽃 그리고 정오의 뜨거운 햇빛 아래 시원하게 그늘진 정말 궁전 같은 곳, 그리고 그가 10년 전 태어난 곳이 어떤 느낌인지 찔레꽃 덤불 가운데로 기어들어가 눕고 싶다는 어린아이 같은 욕망이 솟아났다. 아주 신중한 동작으로 그는 풀에 몸을 바짝 붙이고 대나무 막대기로 덤불을 들춰 가시를 털고는 천천히 기어들어갔다.

꾹은 눈을 감았다. 그는 콧구멍을 최대한 열고 찔레꽃의 진하고 정결한 향기를 깊이 들이마셨다. 그는 자신이 향기로 가득차고 빛이 가득한 위엄 있는 궁전에 있는 상상을 했다. 어디선가 옷깃이 스치는 소리가 났다. 길게 늘어뜨린 아오자이를 입은 선녀가 궁전에서 뿌연 연기를 타고 나와 그를 영접하는 것 같았다.

갑자기 뭐에 찔린 것 같았고, 작은 비명을 질렀다. 왼손이 너무 아팠다. 검은 색 코브라가 꾹의 눈앞을 지나고 있었다.

죽었구나. 그는 코브라에 물린 것이다. 꾹의 첫 번째 반사행동은 찔레꽃 덤불 속에서 빠져나오는 것이었다. 그리고 언덕 아래로 한 바퀴를 굴렀다.

반 시간 내로 그는 죽을 것이다. 그러한 생각은 꾹으로 하여금 몸을 떨고 온몸을 땀으로 젖게 만들었다. 그는 오른손으로 왼쪽 팔목을 세게 눌러 독이 심장으로 가지 못하게 막았다. 그러고도 안전하지 않다는 생각에 바지 끈을 풀어 팔을 몇 번이고 꽉꽉 감았다.

꾹은 대문 앞에 도착하자마자 아무것도 모른다는 듯이 눈이 풀린 모습으로 기절했다. 푹 씨가 곧바로 달려 나와 아이를 안았다. 직업적인 느낌으로

푹 씨는 무엇을 해야 할지 알고 있었다. 몇 분 후면 아이가 죽을 수 있었다. 꾹의 왼팔이 거무스름하게 부어 있었다. 푹 씨는 정맥을 눌러서 독이 퍼지는 것을 막고, 전통적인 특효약을 지어 꾹에게 먹여 해독시키는 동시에 심장이 잘 뛰도록 조치했다.

꾹은 목숨은 건졌으나 그 뒤로 귀가 잘 들리지 않았고, 왼팔 근육이 풀어져서 일생 동안 물토란 대처럼 흔들거렸다.

그리고 그때부터 꾹은 결코 옹동 언덕에 가지 않았다. 그는 억지로 그가 태어난 곳을 잊으려고 했으며, 그가 옹동 언덕을 찾게 만들어 일생 동안 장애를 입게 만든 그 여자를 잊으려고 했다.

제3장 곡절 많은 사랑

당 조직에서 1945년 8월 프엉딩 현에서의 정권탈취 봉기의 지도자로
데려간 핵심 간부들 중 다오티 깜이 있었다.

그해 깜은 스물네 살로, 사람들의 관심을 피하기 위해 밥솥의 그을음과
재를 섞어 얼굴에 발라야 할 정도로 예뻤다. 포호엉 사 정문 앞에 있는
오래된 말망고 나무[14] 아래에서 연설할 때, 그녀가 출현한 것은 전에 없던
사건이었다. 긴 목을 드러낸 머리와 갈색 윗도리에 검은 허리띠를 두르고
오리 주둥이 같은 수류탄 두 개를 걸쳤는데, 동그란 가슴이 더 드러나고
활짝 핀 엉덩이는 아주 매혹적이어서 남자들이 눈을 뜨지 못할 정도였다.
여러 남자들은 그녀를 삼키고 싶다는 듯이 계속 입을 벌리고 있었고, 그녀가

---

14. 망고보다 과일이 작고, 신맛이 강한 망고와 비슷한 열매를 맺는 나무로 베트남어로는
    꺼이무옴(cây muỗm)이라고 한다.

무슨 말을 하는지는 알 필요도 없었다.

지역 내 각 면과 마을에서 온 수만 명의 사람들이 절 앞 풀밭에 모여 있었고, 봉기를 일으키라는 명령이 떨어질 때, 깃발을 흔들며 구호를 외치는 소리가 하늘을 찢었으며, 창과 대나무, 몽둥이를 두드리는 소리가 지축을 흔들었다. 깜은 지도부의 남자 세 명과 함께 데모를 이끌었고, 금성홍기와 망치와 낫이 그려진 깃발을 높이 들고 푸엉딩 현으로 나갔다. 깜의 그 모습과 자세는 하이바쯩이 중국 태수 또딩의 죄를 묻기 위해 군사를 이끌고 메링 성으로 진격할 때의 모습에 뒤지지 않았다. 사람들은 그녀의 위엄 있는 자세와 황홀하게 아름다운 모습에 대해 수군거렸다. 그리고 그녀가 바로 몇 년 전 포호엉 사의 여승 틱 담히엔이라는 것을 알았을 때는 더욱 경악했다.

깜의 얼굴을 처음 보고 혼을 뺏기고 정신을 잃은 사람은 응웬끼 코이 학생이었다. 몇 년 전 코이로 하여금 푹 빠져들게 만들었던 포호엉 사의 어여쁜 여승이 이제는 현의 혁명지도자가 된 것이었다.

코이가 따오케 소학교의 8학년, 9학년 때쯤이었다. 집에서 학교까지는 약 7킬로미터 정도로, 강가에 도착하기 전에 몇 개의 들판과 포호엉 사 그리고 연못을 지나야 했다. 포호엉 사에 세상에 내려온 선녀와 견줄 만한 예쁜 여승이 새로 왔다는 소문을 듣고, 코이는 같은 장난꾸러기 학생 몇 명과 분담해 정탐하기로 했다. 그들은 직접 눈으로 확인하기 위해 나무에 올라가 절 안을 몰래 살폈다.

과연 명불허전이었다. 그때 여승이 연못에서 부초를 건져내고 있어 뒷모습만 볼 수 있었다. 가는 허리와 갈색 승복 뒤로 부풀어 오른 엉덩이 그리고 하얀 허벅지는 특히 매혹적이었다. 코이는 일부러 마른 나뭇가지를 부러뜨렸다. 여승은 놀라서 돌아보았다. 아! 저렇게 예쁜 선녀가 절로 도망치다니, 낭비 아냐?

여승을 본 뒤로 코이는 한 달 내내 어쩔 줄 몰랐다. 상사병에 걸린 것이다. 코이는 여승 히엔만 마음에 두었고 늘 절만 생각했다. 그는 사춘기여서 항상 여성의 신체만을 상상했다. 코이는 마치 신대륙을 발견한 탐험가 같았다. 그는 아주 여러 번, 점심 때 면장 주엔 씨 집 연못가를 배회하면서 여자가 목욕하는 것을 몰래 훔쳐보았다. 면장 주엔 씨네 연못은 동네에서 가장 깊고 넓었으며, 물고기들이 떼 지어 먹이를 찾아다니는 모습이나 수초의 잎사귀 하나까지도 보일 정도로 맑았다. 우담바라 나무[15] 아래의 빨래터는 거의 트엉 골목 여인네들과 처녀들이 목욕하는 곳이었다. 목면화 나무[16] 아래 대나무 덤불 뒤에 숨어 서서, 개구리나 게를 잡는 척하며 여자들이 목욕하는 것을 훔쳐보는 일은 정말 좋았다. 오늘날 사람들이 섹스 비디오를 보는 것처럼 편안히 즐겼다.

뚱뚱한 여자, 마른 여자, 가슴이 큰 여자, 작은 여자, 엉덩이가 통통한 여자, 야윈 여자 등 모든 것이 다 있었다. 가장 재미있는 것은 여자들이 옷을 갈아입을 때였다. 조심성 있는 여자는 검은 수건을 몸에 두른 다음 또는 치미를 머리까지 올린 다음에 바지를 내렸다. 어떤 여자는 주변을 둘러보고 사람이 없으면 바로 벗었는데, 하얀 곳도 있고 새까만 곳도 있었다. 이때 코이는 눈이 휘둥그레져 침만 삼켰다. 망원경이 있다면 확실하게 볼 수 있을 것이라 생각했다.

승려 틱 담히엔이 목욕하는 것을 보고 싶다는 욕망은 그녀가 연못에서 수초를 건지며 드러낸 허벅지를 본 날부터 생겨났다. 어떤 친구에게도

15. 뽕나무과에 속한 나무로 베트남어로는 꺼이숭(cây sung)열대 및 아열대 습지에서 잘 자라는 나무로 키가 25-30미터에 이른다. 과일을 소금에 절여서 먹기도 하고, 잎사귀는 생선, 돼지 수육과 함께 먹는다.
16. 홍면화 나무라고도 하며, 베트남어로는 꺼이가오(cây gạo)라고 한다. 다섯 개의 붉은 색 꽃잎이 잎사귀가 나오기 전에 핀다. 작은 과일은 면화처럼 실을 품고 있다. 이 꽃은 중국 광저우 성과 대만 가오슝 시를 상징하는 꽃이다.

알리지 않고, 코이는 몰래 계획을 세웠다. 그는 절을 정탐하기 위해 오후를 보냈고, 아주 이상적으로 절로 숨어들 수 있는 곳을 발견했다. 절 대문 옆의 용안 나무[17] 가지를 잡고 그네를 타듯 뛰어오르면 연못가의 돌망고 나무에 이를 수 있었다. 그리고 그곳에서는 쉽게 별채로 기어갈 수 있었고 다시 종각으로 올라간 다음에는 오른쪽이든 왼쪽이든 절의 어느 곳으로도 갈 수 있었다. 길을 찾았으니 목적지로 떠나야 했다. 그해 여름방학 내내 코이는 부모님께 공부하러 간다고 거짓말하고 교과서 몇 권을 들고는 포호엉 사 종각에 올라가 공부하는 척했다. 사실은 여승 히엔이 목욕하는 것을 훔쳐볼 기회를 기다리고 있었다.

그러나 일주일 내내 공을 들였지만 소득이 없었다. 여전히 갈색 수건을 머리에 두르고, 여전히 갈색 승복만 입고 있었다.

그러던 어느 날 코이는 평상시와는 아주 다른 행동을 하는 여승 히엔을 보았다. 그녀가 누군가를 애타게 기다리는 것 같은 모습이었다. 밭에서 곡괭이질을 하다가 갑자기 곡괭이를 던지고 빨래터로 달려가서 얼굴에 물을 끼얹은 다음, 바지를 걷어 올리고 허벅지까지 물을 뿌리고 나서 재빨리 밭으로 돌아와서는 다시 곡괭이질을 해댔다. 잠시 후 곡괭이질을 멈추고 몸을 폈다. 여승 히엔에게 무슨 일이 있는 것이지? 그녀가 지금 누구를 간절히 기다리는 것인가? 코이는 그 어떤 사람을 질투하는 듯 속이 탔다.

그녀가 바라보는 눈빛의 방향을 보고 코이는 그녀가 막 열매를 맺기 시작한 옥수수 밭을 보고 있다는 것을 알았다. 옥수수는 아직 새파랬고, 옥수수 알이 한두 알 정도 맺혀 있었다. 갑자기 히엔이 곡괭이를 놓고 재빨리 옥수수 밭으로 달려가 가장 큰 옥수수를 따서 옷 속에 감추었다.

17. 무환자나무과에 속하는 열대 과실수로, 열매가 용의 눈과 같다고 하여 용안이라고 부른다. 반투명의 과육 속에 검은 씨가 들어 있고, 당도가 높다. 과육을 말린 용안육은 한약재로 사용된다.

코이는 그녀가 배가 고파서 그럴 것으로 이해했다. 그는 그녀가 옥수수를 어떻게 먹는지 보고 싶었다.

그런데 어째서 옥수수를 하나만 따지? 그리고 어째서 그녀는 부엌으로 가서 옥수수를 삶던지 굽던지 하지 않고 창고로 가지? 코이는 머리를 굴리며 주시하고 있었다. 아무리 기다려도 히엔이 나오지 않았다. 코이는 속이 탔다. 그는 종각에서 옆 건물을 지나 가시가 가득한 자몽 나무를 건너 창고 지붕에 도착했다. 깊은 숨소리와 이상한 신음소리가 들렸다. 히엔에게 무슨 일이 난 것인가? 코이는 지붕에 귀를 바짝 갖다 댔다. 숨소리와 신음소리가 더 잘 들렸다. 틀림없이 몸살 아니면 식중독? 내려가서 창고 문을 부수고 히엔을 구한다? 안 되지. 그러면 들통 나지. 큰스님이 달려와 소리칠 것이고 그러면 내 스스로 들통 내는 것 아닌가!

아주 운 좋게도 코이는 처마 끝의 깨진 기왓장이 떨어지려고 하는 것을 보았고, 미끄러져 가서 땅으로 떨어지는 것을 막았다. 그 구멍을 통해서 코이는 순간적으로 아주 이상한 광경을 목격했다. 여승 히엔은 갈색 수건을 발밑에 던져놓고 땀에 젖어 흐트러진 머리칼에 거의 발가벗은 상태로 마른 감자를 담아놓은 항아리 뚜껑에 반쯤 누운 자세로, 아주 고통스러우면서도 쾌감과 만족의 정점에 있는 것같이 얼굴이 불그스레하게 상기되어 있는 모습이었다. 가장 이상한 것은 두 손이었다. 한 손은 젖가슴을 주무르다가 쓰다듬다 하고 있었고, 다른 손으로는 어떤 물건을 쥐고 허벅지 사이에 꽉 끼고 있었다. 꽉 쪼이면 쪼일수록 그녀는 신음하며 몸을 비틀었다. 억지로 참고 있는 듯했지만 저절로 그녀의 신음소리가 입 밖으로 새어나왔다.

기왓장 틈새에 눈을 바짝 댄 코이는 막 벗긴 옥수수 껍질이 마치 꽃잎처럼 바닥에 떨어져 있는 것을 보았다.

그날 오후 코이는 자신이 어떻게 집에 돌아왔는지, 어떻게 히엔 몰래 포호엉 사 창고 지붕을 벗어났는지 알 수 없었다. 그의 바지가 흥건히 젖었다. 그는 자신이 남자가 되었다는 것을 느꼈다. 코이는 간절한 욕망으로 가득 찼고 불문에 귀의해 억눌러야만 했던 여자의 가장 깊고 은밀한 것을 알게 되었다.

그리고 석 달 뒤 여승 히엔이 흔적 없이 사라졌다. 그녀가 어디로 갔는지 아는 사람이 아무도 없었다. 포호엉 사의 주지는 "그 사람의 업보가 너무 무거워. 부처님도 구할 수 없지."라고 말했다.

***

8월 중순의 그녀와의 만남은 코이에게 최고의 행복을 가져다주었다. 그녀가 삼 년 넘게 흔적 없이 사라졌다가 돌아온 것이다. 이번에 그녀가 포호엉 사로 돌아온 것은 뛰어난 위세와 함께였다. 혁명이란 그렇게 크고, 모든 것을 빨아들여야 하는 것 아닌가! 혁명이란 오직 가난한 노동자, 농민들만 하는 것이라고 생각했던 사람들은 어리둥절할 수밖에 없었을 것이다. 저거 봐! 눈을 크게 뜨고, 혁명하는 사람들 중에도 저렇게 미칠 듯이 아름다운 여성 지도자도 있구나. 수만 명의 노동자들이 들고 일어날 준비가 된 뜨거운 열기에다가, 이제 혁명에 참가한 미녀의 낭만적이고 매력적인 아름다운 모습, 그리고 취기가 더해져 코이는 신 내린 무당처럼 붕붕 뛰며 몸을 주체할 수 없었고, 흥분을 감출 수 없었으며 어떤 희생도 감수할 수 있는 용기가 생겼다. 깜이 가는 곳에는 어디라도 코이가 나타났다. 코이는 일본군의 쌀 창고를 부수고 가난한 사람들에게 나누어주었다. 코이는 현 사무실로 진입하여 현감의 직인을 탈취하고 봉건제국과 관련된 서류와 서적을 불태웠다.

"코이 동지는 푹 씨의 아들 맞지요? 동지 아주 잘하는데…."

눈빛을 맞추며 하는 깜의 한 마디 말은 코이를 떨게 만드는 데 충분했다.

어떻게 그녀가 내 이름을 알지? 그녀가 우리 가족을 다 알고 있는 것인가?

코이가 그녀의 자그마한 손을 잡았다. 마치 그녀의 피가 손을 통해 자신에게 전해지는 것처럼 뜨거워지는 느낌을 받았다. 그리고 때로는 자신의 심장이 멎는 것 같았다.

그 후 코이 자신도 분명히 설명할 수 없었지만 그 천지가 진동하던 혁명 이후로 그는 학교를 그만두었고, 부모와 가족을 떠나 혁명의 길로 들어섰다. 늑대 같은 제국주의에 대한 적개심이나 계급의식 때문이었는지 아니면 깜의 고혹적이고 매력적인 아름다움, 미소, 눈빛 때문이었는지 알 수 없었다.

그 뒤로 깜의 모습은 언제나 성장기에 있던 청년의 심장 속에 새겨졌다. 그리고 이건 정말 신기한 일이었다. 매달, 심지어 매주 그는 꿈속에서 그녀를 만났다. 꿈은 보통 옛날 포호엉 사의 창고에서 발가벗고 신음하고 몸을 비틀던 그녀의 모습과 연결되어 있었다. 꿈속에서 그녀를 볼 때마다 코이의 바지가 흥건히 젖었다. 그녀는 쾌감의 목표처럼, 그의 삶에서 도핑 물질처럼 느껴졌다.

어떻게 입수했는지 기억나지 않지만 그의 손에는 깜의 사진 한 장이 들려 있었다. 코이는 수천 번이나 그 사진에 키스를 했다. 코이는 사진 뒤에 시를 적어서 천 지갑에 넣은 다음 항상 목에 걸고 다녔다.

> 내 혼은 붉은 깃발에 황홀하고
> 그녀의 입술 역시 불타는 가을 색이다.
> 혁명의 길에 가시와 폭풍이 몰아쳐도
> 우리는 손잡고 반드시 적을 물리칠 것이다.

코이가 쓴 최초의 사랑의 시인 동시에 혁명의 시였다. 그 언젠가 반드시

이 시를 그녀에게 읽어줄 것이라고 마음먹었다.

그리고 그 운명의 날이 다가왔다. 당의 지시로 코이는 꺼우점 근거지에서 전출되어 새로운 임무를 부여받았다. 만나기로 약속한 지점은 해방구와 적이 통치하는 지역의 접경 지역인 쩌다잉 근거지에 있는 한 집이었다. 그곳은 코이가 오래전에 가본 적이 있는 편지를 보관하는 주소지였다. 아주 작은 움직임이나 의심스러운 흔적만 있어도 코이를 태운 배는 즉시 강을 건너 안전한 곳으로 피신할 준비가 되어 있었다.

코이가 만난 상급자는 다름 아닌 깜이었다. 그녀는 천으로 얼굴을 가리고 두 눈만 드러내고 있었다. 코이는 몸이 떨렸다. 삼 년 내내 떨어져 있었지만 한시도 그녀를 잊지 못했고, 그녀의 소식을 알아내려는 일을 한 번도 멈추지 않았다. 코이는 깜이 포흐엉 사를 떠나도록 끌어낸 사람이 히우웅안 지구당 위원 레투엣이라는 것을 알았다. 그는 많은 지식인들이 무산계급 운동에 참여하도록 이끌었다. 코이는 그에게 질투를 느꼈지만 불가항력이었다. 그리고 레투엣이 하이퐁에서 국민당에 의해 살해되었다는 소식을 접하고, 코이는 속으로 모호한 희망을 품었다. 코이는 깜이 과부가 된 때라 접근을 주저했지만 속으로는 기회를 엿보고 있었다.

코이의 눈빛은 깜에게 자신이 다 성장했다는 신호를 보내는 것 같았다. 열여덟 살에 얼굴은 여드름이 가득했고, 큰 몸집에 넓은 가슴 그리고 팔뚝은 굵었다. 보기에도 남자다웠다. 코이는 막 자란 말 같기도 하고 염소 같기도 한 팔자수염을 길렀다.

그들이 집안에서 조용히 업무에 대해 얘기를 하고 있을 때, 강가에서 이리저리 비추는 손전등 불빛과 적군의 발자국 소리가 들렸다. 평상시처럼 강둑길로 오지 않고 쩌다잉 초소에 근무하는 군인들이 강을 타고 올라왔다. 그들은 강력한 전조등을 부착한 카누를 강가에 세워두고 지키고 있었다. 이러면 강을 따라 철수하는 길이 막힌 것이다. 늙은 집주인은 경험이 풍부하고 본능적으로 민감한 사람이었다. 능숙하게 담뱃불을 끄고 이마를 찡그리며 계책을 생각해낸 그는 아이들이 잠자던 옆방 평상 위에 갈색 담요를 깔고는 깜과 코이에게 부부처럼 끌어안고 자는 시늉을 하라고 말했다. 나머지는 자신이 알아서 군인들을 처리하겠다고 했다.

과연 그의 말대로, 노인은 술 한 항아리를 가져다 군인들에게 한 사발씩 권한 다음, 집안에는 동방 시장에 빈랑[18] 팔러갔다 와서 너무 피곤해 자고 있는 자식 부부밖에 없다고 말했다. 군인들은 그대로 믿었다. 그들은 삶은 옥수수 한 소쿠리와 바나나 한 다발을 얻어 가버렸다.

그 삶과 죽음의 경계를 오가던 수 분 동안에도 신선세계의 순간이 끼어들었다. 코이는 그가 미치도록 사랑한 여인의 옆에 누워있었다. 그는 그녀의 뜨거운 숨소리를 느낄 수 있었고, 아름다운 곡선의 그녀의 신체가 그를 둘러싸고 있는 것 같았다. 그녀의 가슴은 정신없이 두근두근 뛰고 있는 자신의 심장소리를 막을 수 없는 것 같았다. 정말 신기한 것은 총이 부딪치는 소리나 순찰병들의 웃고 떠드는 소리에 상관없이 그해 창고에서의 여승 히엔의 모습이 갑자기 나타났다. 코이의 몸은 폭발을 기다리고 있는 포탄 같았다.

군인들이 강가로 내려갈 때까지, 그리고 노인이 그들을 배웅하고 있는 중에도 그녀의 팔이 자신을 꽉 껴안고 있다고 느꼈다. 반사적으로 코이는 얼굴을 돌렸다. 너무나 신기하게도 촉촉이 젖은 부드럽고 따뜻한 그녀의 입술이 순간적으로 그의 입술에 부딪혔다. 정신이 혼미하고 숨이 막혔다. 아주 오랜 시간이 지난 것 같았고, 그녀는 눌리고 봉쇄당한 것 같았다.

••

18. 동남아시아 지역에 널리 퍼진 기호식품의 일종으로 베트남에서는 까우(cau)라고 하는 열매와 쩌우(trầu)라고 하는 잎사귀 그리고 하얀 석회석(vôi)을 같이 씹으면 침이 더해져서 빨간색으로 변한다. 옛날에는 남녀노소 즐겼다고 하는데, 지금은 일부 노인들이 즐긴다. 이것은 베트남 결혼식 필수 예물로, 부부의 사랑과 정절을 의미한다.

그녀의 팔과 입술이 그렇게 말하는 것 같았다. 코이가 그녀를 껴안으려고 하자 그녀는 일어나서 발로 바닥에 있는 머리칼을 훔쳤다.

그때 집주인 노인네가 돌아왔다.

"저희들 철수할 수밖에 없네요." 조금 전 아무 일도 없었다는 듯이 깜이 딱딱하게 말했다. "당신 신분증이 나오면 다시 만나죠."

처음으로 그녀가 코이에게 당신이란 말을 사용했다. 그녀가 다시 만날 것을 약속했다. 그는 미치고 싶을 정도로 기뻤다. 그리고 정말로 떨고 있었다. 말이 나오지 않을 정도였다. 그는 그녀에게 선물하기 위해 그가 지은 시를 한자 한자 정성을 들여 써놓은 종이를 재빨리 그녀의 손에 건넸다. 뜻을 알겠다는 표정으로 그녀는 그 종이를 앞가슴 속옷 속에 넣었다.

***

두 사람의 기다림은 한 세기처럼 길었다. 그 기간은 깜이 위장하고 리푹 씨와 그의 친구들을 월맹 측에 가입시키기 위해 세 번을 찾아다닌 때이고 또한 그녀가 버린 자식인 꾹을 찾아다니던 기간이었다.

다잉 시장에서 부부인 척하고, 불타는 키스를 했던 밤은 두 사람 모두에게 위기모면용의 불가피한 일이었지만 자신들을 달랠 수 없을 정도로 서로를 그리워하게 만들었다. 단 네 줄의 시 한 편으로 코이는 깜에게 사랑의 통첩을 보낸 것이다. 깜은 자신의 일생에서 처음으로 시를 선물 받았다. 코이는 쯔엉피엔 그리고 레투엣과는 완전히 달랐다. 쯔엉피엔은 그녀의 마음을 얻으려고 온갖 술수를 다 썼다. 레투엣은 그녀가 죄책감으로 어리둥절할 때 일상생활로 이끌었다. 코이는 그들과 달랐다. 그는 깨끗하고 대가를 바라지 않으며 이기적인 욕망으로 더럽혀지지 않았다. 그가 그녀를 좋아하는 마음은 신성하고, 절대적인 존경이었으며, 그녀를 하얗고 정결하게 씻겨주고 처녀로서의 갈망을 되돌려줄 수 있는 능력이 있었다. 심지어 오랫동안 억눌려 있던 검은 욕망조차도 씻어줄 수 있었다. 스물여섯 살이 된 지금에서 야 깜은 실질적으로 갈망을 일깨웠고, 사랑을 갈구하는 심혼의 세계가 비로소 열리게 되었다. 연상의 여자와 연하의 남자라는 장벽은 곧 없어질 헛된 얇은 막이었을 뿐, 오히려 더욱더 격정적으로 서로 부르고 기다리게 되었다. 깜은 섭씨 일천 도의 용암을 품고 있는 화산과 같았다. 레투엣이 죽은 뒤로 깜은 자신에게 아무도 사랑하지 않겠다고 맹세했었다. 그녀는 남편의 원수를 갚으려고 혁명 활동에 전념했다. 그녀는 스스로 자신을 쇠나 돌처럼 단련시켰고, 옛 열녀들의 뒤를 잇겠다고 다짐했다. 그런데 바로 코이가 쇠 같고 돌 같은 껍질을 파괴했다. 그는 분화구에 정확히 맥을 잡은 격이었다. 그리고 용암이 흘러내리는 것을 막을 수 있는 것은 아무것도 없었다. 조직에 가입한 날부터 코이는 스스로 규칙을 깨고, 안전지 역에서 강을 건너 적의 지역으로 들어가 깜을 찾았다.

"당신 너무 무모해요. 당신이 이렇게 찾아온 것을 상부에서 알면 그냥두 지 않을 테데요." 그녀는 나무랐다. 그러나 그녀의 두 눈은 "당신 정말 잘생겼어요. 진짜 남자 얼굴이야. 제가 당신을 미치도록 그리워한 것 알죠?" 라고 말하는 것 같았다.

하노이에서 피난 온 사람을 찾으려는 부부로 가장하고 그들은 프엉딩 거리에 있는 깨끗한 여관에서 3일 동안 신선처럼 살았다. 부부생활을 해본 여자로서의 경험과 그동안 쌓인 에너지 그리고 오랫동안 억눌렸던 욕망으로, 그녀는 순진한 응웬끼 코이 청년을 격정적이고 제대로 된 섹스로 이끌었다. 그것은 코이의 일생에서 최고의 절정의 날들이었다. 그는 떨리고 어리둥절하 며, 미칠 것 같고, 사랑에 푹 빠지는 충격을 겪었다.

아줌마가 총각을 건져서

금을 캔 듯이 밤에 희락을 즐겼다.

코이와 지낸 시간은 깜이 금덩이를 안은 것 같았다. 이제 깜은 유부녀라고도 할 수 없었다. 스물여섯 살이 된 지금에서야 비로소 진정한 여자가 된 것이다. 열여섯에 쯔엉피엔에게 몸을 바친 때로부터 10년이 지났고, 3-4년 동안 레투엣의 아내였지만 지금에서야 비로소 섹스의 절정에 이른 것이다. 남자가 처녀성을 뚫는 것이 섹스에서의 신선한 의식이라고 한다면, 여자에게 있어서는 남자의 원기를 끝까지 맛보는 것이 쾌감의 절정이요, 행복의 정수라고 할 수 있을 것이다.

옛말에 "많이 해본 놈이 더 하려고 한다."는 말이 있다. 월요일 아침, 코이는 학생 때 포흐엉 사의 지붕에 숨어 깜의 자위행위를 훔쳐봤던 일을 깜에게 털어놨다. 말이 끝나기도 전에 깜이 주먹으로 코이를 두드렸다.

"당신 정말 못됐어. 훔쳐봤다고? 그런데 저는 몰랐잖아요."

"내가 얼마나 오랫동안 신음하고 몸부림쳤는지. 자, 여기 옥수수, 좋지?"

"그래요. 나쁜 말만 하고. 승려 되는 것이 쉽다고 생각해요? 제가 절에서 일곱 달을 버틴 것도 잘한 거예요…. 그 얘기는 그만해요. 다른 얘기해요."

"무슨 얘기?"

"여기 이 옥수수 얘기…."

깜이 킥킥대며 웃고는 코이의 아랫도리에 손을 넣었다.

그녀가 이번에는 신중하면서도 가볍게 몸을 움직였다. 그녀의 부드럽고 따뜻한 손이 보물을 다루듯이 조심스러웠다. 그녀는 매혹적으로 몸을 놀려 코이가 신음하고 몸부림치도록 했으며, 코이로 하여금 새로운 춤을 추도록 이끌었다.

한참이 지난 후에야 그들은 비로소 여유롭게 일 얘기를 했다. 코이가 깊은 잠에서 막 깨어나 말을 걸었다.

"우리 아버지 만나보니 멋진 분이지?"

"나를 좋아하지 않을 거란 말이죠?" 깜의 얼굴에 화가 올라오고 있었다. "당신보다 내가 여덟 살이나 더 많으니…"

"그만두지…."

"당신 그만두자는 소리가 입에 붙었어. 어서 말 해봐요. 당신 아버지가 어떤데?"

"아버지는 의를 중시하고 재물을 경시하는 유학자인 데다 집안 걱정을 너무 많이 하시지. 그런 아버지를 월맹 측에 참여하도록 동의를 받아낸 일은 아주 큰 승리지."

"그렇지만 당신은 계속 걱정하고 있잖아요…. 월맹 측 유격대가 당신 아버지가 하신 일을 모르면, 그들이 당신 아버지를 제거하려고 할 건데요…."

"그래! 간단한 일이라고 생각했는데 아주 위험하구먼. 이중첩자 임무에 대해서는 오직 조직 내에서만 알고 있지. 적이 안다면 그들 역시 제거하려고 할 것인데…."

"쯔엉피엔 초소장은 악하기로 유명한 놈이에요. 그가 당신 아버지랑 또뚬을 즐기는 것은 아버지를 통제하고 탐색하려고 하는 것이지요. 귀신과 같이 갈 때는 종이옷을 입었더라도 발각되는 것은 일상적인 일이에요."

쯔엉피엔에 대해 얘기할 때 깜은 갑자기 꾹이 그리워졌다.

"이상해요. 당신 부모님이 두 애들에게 이름을 지어준 것을 보면 웃겨요. 누가 벤이나 꾹이라고 이름을 짓나요."

"그렇게 이상한 이름으로 지어야 귀신이 시기하지 않고 잘 기를 수 있다고 하지 않는가. 당신이 보기에 두 아이 귀엽지?"

"저도 그런 아이 하나 있었으면 해요." 깜은 갑자기 꾹에 대한 그리움이 사무쳤다. 그녀는 한숨을 쉬면서 팔을 벌려 코이를 껴안았다.

"우리에게 아이가 생기면 큰일 나지. 우리는 부부가 아니잖아. 조직에서 징계할거고…" 코이는 말하면서 숫자를 세어보았다. 오늘까지 그들은 일곱 번이나 섹스를 했다.

"당신, 조직이 두려워요? 임신하면 낳지 뭐 어때서. 저는 당신과의 사이에 꼭처럼 잘생긴 사내 아이 하나 낳고 싶은데."

"안 돼. 나는 더욱더 열심히 투쟁해야 돼서…."

코이가 애들처럼 표정을 지으면서도 고개를 저었다. 깜은 그를 쳐다보다가 갑자기 새로운 욕망이 솟구치는지 아래로 내려가 코이의 발꿈치에 가볍게 키스를 했다. 그녀의 입술이 닿는 곳이 어디든 코이는 간지럼을 탔다. 그녀의 입술은 코이의 허벅지 사이에서 멈추어 아주 오래 머물렀고, 그에게 새로운 주기를 불러일으켰다. 한숨을 자고 난 뒤라 코이는 다시 원기가 넘쳤다. 그는 그녀의 통통한 유방 아래에 손을 넣어 그녀의 몸을 다 관통한다는 느낌을 들 때까지 천천히 밀어 올렸다. 여덟 번째 섹스가 시작되었다.

***

3일 동안의 신선놀음 뒤, 응웬끼 코이는 응웬 칵캉이라는 이름의 새로운 신분증으로 하노이 시내에서 활동하라는 조직의 특별 임무를 부여받았다. 지식인, 문인, 예술가, 민족 자본가들이 북부 전투지역으로 가 대 프랑스 항전에 기여하도록 독려하는 일이었다.

이 일은 흥미롭고 약동적인 활동이었지만 또한 대단히 위험한 일이기도 했다. 그와 조직 안의 동지들은 요령 있게 적의 눈을 가리면서 깨어있는 군중들에게 접근하고 연결하여 지식인들을 독려하는 운동을 돕도록 하는 동시에, 애국자들을 자기편으로 끌어들이고 있던 반동적인 베트남 괴뢰정부와 머리싸움을 해야 했고, 목숨을 건 투쟁을 해야 했다.

코이는 아편 중독자가 약이 떨어졌을 때 약을 찾는 것처럼 깜을 그리워했다. 두 번이나 그는 조직 몰래 해방구로 깜을 찾아 갔지만 만나지 못했다.

전투지역에서는 코이를 필요로 하고 있었다. 그래서 1년이 조금 지난 뒤 코이는 타이응웬을 지나 다이뜨 그리고 케 고개를 넘어 뚜옌꽝에 있는 ATK지역으로 갔다.

리푹 씨가 말한 사주팔자처럼, 코이는 산속에 발을 딛자마자 말이 고향에 돌아온 것처럼, 자기 세상을 만난 것 같았다. 코이가 독려하여 하노이에서 온 많은 지식인들 사이에서 코이의 평판도 좋았다. 그래서인지 막 전투지역으로 올라왔음에도 코이는 상부로부터 특별한 신임을 받았다. 뜨부옹 동지가 직접 임무를 부여했으며, 코이를 측근으로 썼다. 뜨부옹 동지는 월맹의 고위 간부였다. 그를 접촉할 수 있고 특히 그의 직속 부하가 되었다는 것은 행복한 일이었다.

절대적인 충성심과 능력을 알아보기 위해 6개월 동안 여러 가지 업무와 다양한 상황 그리고 이에 대처하는 시험을 받은 뒤, 코이는 특별한 임무를 띤 특별 부대에 배속되었다. 그리고 특별한 은혜가 주어졌는데, 그것은 상부로부터 신뢰를 받았다는 증거인 개명 허락이었다. 찌엔탕 러이로 이름을 바꿔도 좋다는 허가를 받은 것이다. 이때부터 코이의 삶은 무술하는 사람이 하얀 띠에서 검은 띠로, 맨발의 축구선수가 축구화에 유니폼 입고 잔디구장에서 뛰는 것같이 완전히 새롭게 한 차원 올라갔다.

찌엔탕 러이는 깜과의 어렵고 힘든 순간적 사랑이 열매를 맺었다는 것을 전혀 알지 못했다. 아마도 여덟 번째의 결과인 것 같았다. 깜은 그렇게 믿었다.

어쩔 줄 모르고 정신이 없던, 아직은 어린 열여섯 살에 쯔엉피엔의 아이를 가졌을 때와는 달리, 그녀는 동정녀 마리아가 예수를 잉태했을 때처럼 뱃속의 태아를 사랑으로 돌보았다. 출산을 준비하는 동안 깜은 같은 또래의 난이라고 하는 잡화점을 하는 아가씨 집에서 살았는데, 이곳 역시 근거지 중의 하나였다.

난은 깜보다 예쁘지는 않았지만 여성스럽고 평범한 용모로 나름의 매력이 있었다. 난은 길쭉한 두 통에 물건을 들고 나가 시장에서 팔았는데, 그 안에는 실과 바늘, 미국제 호롱불, 분유, 담배에서부터 알루미늄 냄비와 각종 옷과 신발 등 모든 것이 다 있었다. 난은 매일 새벽 네 시에 일어나서 물건을 정리하여 시장에 갔다. 야윈 어깨에 힘들게 가잉을 매고 도랑과 들판을 지나 5킬로미터를 걸어서 시장에 도착하면 해가 떠오르기 시작했다. 난의 가게는 동 마을 초소에서 1킬로미터 정도 떨어진 시장 바로 입구여서 언제나 초소장인 쯔엉피엔의 쌍안경 시야 내에 있었다. 시골에서 보기 드문 난처럼 깨끗하고, 매력 있는 처녀가 쯔엉피엔과 같이 여자를 좋아하는 자의 눈을 피할 수 있었겠는가?

깜과 쯔엉피엔 사이의 대면은 피할 수 없는 운명의 장난 같았다.

그날 오후 깜은 부엌에서 밥을 지어놓고 난이 시장에서 돌아오기를 기다리고 있었다. 문밖에 지프차가 멈추는 소리가 들렸다. 검은 베레모를 비스듬히 쓰고, 말똥색의 군복에 반짝이는 구두를 신고, 엉덩이에 비스듬히 권총을 찬 서양 혼혈아 쯔엉피엔 초소장이 암탉처럼 잘 차려입고는 먼저 내려 난의 물건을 내려주었다. 부엌 문 틈으로 이를 바라 본 깜의 가슴은 북을 치듯 둥둥거렸다. 갑자기 피가 머리와 얼굴로 솟구치는 느낌이었다. 쯔엉피엔은 그녀를 꼬드길 때인 10여 년 전과 다를 바 없었다. 여전히 잘생긴 서양 혼혈의 얼굴에 바람둥이의 파랗고 깊은 눈에 쌍꺼풀 그리고 오뚝한 코와 잘 다듬어진 수염이 그대로였다. 아! 어쩌면 꾹이 저자와 그렇게 닮았는지! 눈을 깜박이는 것조차도 닮아서 소름이 돋을 지경이었다. 그녀는 자신의 소녀시절을 죽여 버린 그에게 한을 품었다. 그와 끼에우 니가 하노이 고다 레스토랑에서 결혼식을 올렸다는 것을 알 때부터 그녀는 뱃속의 아이를 지울 생각을 했다.

그녀는 일생 동안 그 바람둥이의 얼굴을 보지 않겠다고 맹세했었다. 더구나 그녀와 그는 이제 서로 적이었다. 쯔엉피엔이 그녀와 동지들의 사정거리 안에 놓인 적이 한두 번이 아니었다. 그러나 조직의 명령을 따라 그를 살려주었고, 그는 여전히 거리를 활보했다. 그의 삶은 장애물이 없는 것 같았다. 썬떠이 무관학교를 졸업한 날부터 그는 군대에서 빠르게 승진했다. 그가 중위로 승진해서 동 마을 초소장을 맡은 일은 대단히 빠른 승진인데, 프랑스를 지키기 위해 많은 동포들을 죽였다는 것을 증명하는 것이다. 월맹 측의 분류에 따르면 쯔엉피엔은 피의 채무를 진 악덕 분자들 중 하나로 블랙리스트에 올라있었다.

깜은 반사적으로 힐끗 주변을 둘러보았다. 숨을 곳을 찾았다. 그런데 운 나쁘게 밥솥이 끓고 있었고, 흔적을 숨길 수가 없었다. 그녀는 급히 수건으로 얼굴을 가리고 부엌 앞에 웅크리고 앉았다.

냔이 가로막았는데도 쯔엉피엔은 집안으로 들어가겠다고 고집을 부렸다. 쯔엉피엔은 냔의 어색한 행동을 알아챈 듯 바로 부엌으로 뛰어들었다.

"월맹 사람?" 아주 거칠게 깜이 두르고 있던 수건을 벗겼다. 너무 놀라서 냔이 달려와 쯔엉피엔의 손을 잡아당겼다.

"중위님! 제 동생 놀라게 하지 마세요. 저 아이는 제 사촌 동생이에요. 여기 온 건 저와 같이 있다가 조산소로 가려는 거예요."

머리에서 수건이 떨어지고 부드러운 검은 머리칼이 드러났다. 깜이 몸을 돌려 얼굴을 마주칠 준비가 된 듯이 쯔엉피엔을 노려보았다. 초소장이 갑자기 뒷걸음을 치며 잠시 주저하다가 소리쳤다.

"브엄? 정말 브엄이네! 옛날보다 더 예뻐졌는데."

"초소장님 안녕하세요? 틀렸습니다. 브엄이라는 이름은 죽은 지 오래지요."

"어떻게 틀리지? 내가 너를 10년 동안이나 찾았는데. 허허, 승려 틱 담히엔에서 이제는 여자 월맹군 다오티 깜 그리고 소녀 쭈티 브엄이 같은 사람이지. 오늘 우리가 이렇게 다시 만나다니 지구가 정말 둥글긴 하구먼.”

“초소장님은 상상력이 너무 풍부하네요. 당신 지금 어떤 쭈티 브엄에 대해 말하려고 합니까?”

“브엄! 연극 그만해라. 우리의 애는 어디 있어? 지금까지 난 자네와 아이를 찾지 않은 때가 한시도 없었어.”

자연스럽게 깜의 눈이 쓰렸다. 그녀는 꿈을 생각했다. 그녀는 속으로 그 아이를 구해주고, 길러준 리푹 씨 부부에게 감사하고 있었다. 그 아이가 악명 높은 초소장 쯔엉피엔이 자신의 친아버지라는 것을 알까? 그리고 쯔엉피엔이 리푹 씨 집에서 또똠을 즐기러 갈 때마다 그와 닮은 꿈을 알아보지 못했단 말인가? 아니면 그가 꿈을 알고 있으면서 일부러 물어보는 것은 아닐까? 운명이 너무 야속했다. 매일 그들 부자가 만나면서도 그가 장님처럼 못 본 체하는 것은 아닐까?

“말도 안 됩니다, 초소장님. 나는 결코 당신의 아내인 적이 없어요. 그리고 당신과의 사이에서 자식을 둔 적도 없고요.”

“브엄, 농담하지 마. 내 자식 어디 있어?”

쯔엉피엔이 그녀의 목을 잡으려고 했지만 그녀가 재빨리 피했다. 쯔엉피엔은 그녀가 곧 아이를 낳을 때가 되었다는 것을 알고는 눈이 휘둥그레졌다.

“아이고! 공산주의자 놈의 자식을 가졌어? 레투엣 이미 죽었잖아? 누구의 아이를 가진 거지?”

“내가 아이를 가진 것은 당신과 상관없지요. 당신이 나를 체포하고 싶다면 그렇게 하세요.”

깜의 단호한 태도와 그녀의 눈에 띄게 불룩한 배는 쯔엉피엔으로 하여금 짜증나서 어깨를 으쓱하게 만들었다.

“여자 공산주의자 다오티 깜. 현재 히우응안 지역 사령부에서 당신

목에 5천 관의 현상금을 걸었지."

"그렇다면 당신은 현상금도 벌고 메달도 받을 수 있는 기회를 잡았군요."
깜이 시니컬하게 웃으며 조롱했다. 그 웃음이 쯔엉피엔의 무인으로서의
자존심을 제대로 건드렸다.

"십년 전의 정을 생각하고, 몸속에 아이를 가지고 있으니 인도적으로
이번에는 놔 주겠다. 그리고 이번뿐이라는 것을 명심해라. 알았어? 다음에
걸리면 용서 없다."

쯔엉피엔은 허허 웃으며 저글링하듯 브라우닝 권총을 돌려 권총집에
넣고는 씩씩대며 차로 향했다.

쯔엉피엔과의 대면 이후 깜은 머물 곳을 바꿔야 했다. 그녀는 일 년
내내 물이 풍부한 쿠짱 지역에 있는 농촌 근거지로 가 아이를 낳았다.
그녀가 낳은 아이는 응웬끼 코이와 신기하게도 닮았다. 그녀는 레끼 쭈라고
이름을 지었다. 레투옛의 성 '레'자에다 코이의 돌림자인 '끼' 그리고 자신의
성인 '쭈'를 합쳐서 만든 이름이었다.

제4장 혁명 시인

새 이름으로 바꾼 날부터 찌엔탕 러이는 혁명노선에 충실한 핵심 간부가 되었다. 뜨거운 불과 찬물에서 담금질된 쇠처럼, 스물두 살의 약관이었지만 출세한 서른 살 먹은 사람처럼 보였다. 상급자와 같이 다니면서 그가 하는 임무는 오직 명령을 받들고 복종하는 일이었다. 상급자 가 명령하면 주저하거나 토를 달지 않고 절대적으로 준수하며, 모든 수단 방법을 가리지 않고 임무를 완수해야 했다. 업무와 관련해서는 오직 자신에 게 직접 전달하는 사람으로부터만 지시를 받을 수 있었다. 삼삼조[19] 내에서만 토론할 수 있었고, 상급의 지시만을 요청할 수 있었다. 의심스러운 징후가 보이면 즉시 상급자에게 보고해야 했다. 적의 라디오를 청취하거나 신문이나

19. 3명이 한 조가 되어 같이 먹고, 자고, 생활하면서 서로를 감시하도록 한 월맹 측의 조직단위.

전단을 읽으면 안 되었다. 부모나 형제자매, 아내와 자식보다 그리고 그 무엇보다도 조직을 더 신성한 것으로 간주해야 했다. 사적인 것을 희생할 준비가 되어 있어야 했고, 사적인 일이 없다면 더 좋았다. 가족 간의 모든 소식과 편지는 조직에 보고해야 했다. 찌엔탕 러이는 그러한 원칙을 날마다 시간마다 관철시켰다. 찌엔탕 러이는 한 개인에서 완전한 조직의 사람으로 바뀌었다.

한번은 비밀작전을 수행하기 위해 상급자와 출장을 간 적이 있었다. 그때 갑자기 홍수가 져 물이 밀려왔다. 계곡이 폭포로 변하고 있었다. 상급자가 미끄러져 100미터 이상 휩쓸려갔다. 30미터만 더 가면 폭포였고, 폭포는 모든 것을 휩쓸어 절벽 아래로 떨어뜨릴 기세였다. 대단히 위험한 상황에서 찌엔탕 러이는 절벽 가장자리로 달려가 물속으로 뛰어들어 밧줄을 던졌고, 아주 운 좋게도 상급자가 그것을 붙잡을 수 있었다. 그 목숨을 건진 사건 뒤로 상급자는 더욱 그를 신뢰했고 찌엔탕 러이의 승진을 도왔다. 1952년 말에 그는 북부지구에서 평야지역의 각 성으로 내려가 해방구 및 적 후방지역에서 무기운반 민병대를 조직하고, 농업세를 징수하며 항전을 위한 인력과 물자를 동원하도록 하는 공작단의 부단장을 맡았다.

4년 동안 산속에 있던 찌엔탕 러이가 새로운 인식과 불타는 기세로 평야지역으로 내려간 것이다. 대 프랑스 항전은 수세와 방어의 단계를 넘어서 공격의 단계로 접어들었다. 국경지역 전투와 화빙 전투 그리고 1952년 말 서북지역 전투에서의 승리는 전쟁의 국면을 완전히 뒤바꿔 놓았다. 호찌민 군대의 기세는 파죽지세였다. 탱크와 대포 같은 중화기가 월맹 측에 처음 출현하자 프랑스 식민지 당국은 정신이 없었다. 그래서 그들은 주력부대를 서북지역과 라오스 전선에 투입하고 있었다.

찌엔탕 러이의 농업세 징수 공작단에는 일부 몇 명의 작가와 음악가가 있었고, 그들 중에는 1948년 러이가 독려하여 하노이에서 북부지구로 왔던 사람들도 있었다. 한번은 닝빙성 뇨꽌에 있는 민가의 방공호에서 자력문단[20] 때부터 이름을 날린 쩐웅원이라는 작가가 찌엔탕 러이에게 제3지구 문예회에서 등사한 『벼꽃』이라는 잡지에 실린 시 한 편을 보여주었다. 그가 혀를 차며 고개를 저었다.

"이 웅웬끼 비라는 작가는 신인이지만 그의 시는 아주 좋아. 시풍이 새로우면서도 젊어. 시모노프, 보들레르, 라마르틴에 뒤지지 않지."

웅웬끼 비라는 이름을 흘낏 보고는 찌엔탕 러이의 심장이 계속 뛰고 있었다. 그는 한 구 한 구를 삼킬 듯이 읽었다.

삶

나는 어두운 밤 이후로 죽었다

비참한 노예로 백 년을 보낸 뒤

나라 잃고, 나라처럼 집도 흩어졌고

군화발이 고향 땅을 갈아버렸으니

키스는 다음 생에서나 해보자

나를 변변치 못하다고 책망하지 마라

나라를 위해서는 말가죽에 싸이는 것도

감내할 것이고

남아의 의지 앞에는 선녀도 아쉽지 않고

나는 노예의 삶을 살 수 없다

아가씨여, 군복을 붙잡지 마라

••
20. 소설가 녓링(Nhất Linh)이 주창하여 결성된 작가 그룹으로 1932년에 결성되어 1942년까지 활동했다. 동인지로 『풍화』와 『오늘날』을 발간했다.

청동 북이 재촉하며

구국의 영웅을 부르니

진흙이 날아가 은하수가 되리.

찌엔탕 러이는 시 위에 쓰인 응웬끼 비라는 작가의 이름을 계속 바라보았다. 분명 자기 동생 응웬끼 비였다. 그의 시가 분명했다. 그는 눈을 들어 작가 쩐응웬을 살폈다. 이 작가를 경계해야 했다. 그가 응웬끼 비가 내 동생이라는 것을 알고 있는가? 그 나이에 어떻게 이런 시를 쓸 수 있을까? 전부 남녀 간의 사랑에 대해서 쓴 것뿐이야. 온 민족이 적과 싸우고 있는데 키스에 관한 시를 쓰다니. 반동적이고 감상적이며 구역질나는 소자본가 냄새가 난다. 이 작가의 입장은 문제가 있다. 여전히 자력문이나 토요소설[21] 시대의 애매한 계급의식과 감상적인 음조가 남아 있었다. 아니면 그가 찌엔탕 러이의 계급에 관한 입장을 시험하려는 것인가? 설탕을 바른 실탄에 대해 주의해야 한다.

"제 생각에 이 시는 반동입니다. 소자본가 입장을 표현하구요. 혁명 시기는 이럴 수 없지요. 아주 위험해요. 남녀가 맘대로 키스하고 계급투쟁을 소멸시키고, 혁명 의지가 없어요. 이 『벼꽃』 잡지 편집장은 문제가 있어요. 상부에 보고해야 합니다."

작가 쩐응웬은 눈을 크게 뜨고 이상한 물건을 보듯 찌엔탕 러이를 바라보았다. 그리고 고개를 저으며 항상 몸에 지니고 다니는 술통을 꺼내서 뱀장어 가죽색의 작은 술잔에 술을 따라 한 모금을 마시고 나서 입을 열었다.

"자네의 예술에 대한 관점은 아직 멀었어. 나 실망했다고. 나는 소설가야.

21. 자력문단에서 발간한 『풍화』에 대응하여 나온 주간지로 동인그룹에 속하지 않던 소설가들의 작품을 주로 실었다. 1934년 6월부터 1945년까지 발간되었다.

그렇지만 네가 생각하는 만큼, 시를 감상하지 못할 정도로 어리석지는 않아. 이 응웬끼 비의 시야말로 진짜 시지. 애국시, 혁명시야. 자네한테 익숙한, 구호를 외칠 때 사용하는 시가 어떻게 이런 시를 누를 수 있단 말인가!『벼꽃』편집장은 아주 예리한 사람이야. '키스는 다음 생에서나 해보자 / 나를 변변치 못하다고 책망하지 마라 / 나라를 위해서는 말가죽에 싸이는 것도 / 감내할 것이고 / 남아의 의지 앞에는 선녀도 아쉽지 않고' 봤어? 계급에 관한 입장, 애국심, 이 자의 프랑스에 대한 적개심은 우리보다 만 배는 될 거야. 사랑은 인간의 속성이야. 남녀의 사랑은 더욱 신성하고 존중받아 마땅한 것이지. 그런데도 이 남자는 나라를 구하러 가기 위해 키스를 미루잖아. 남녀의 사랑의 키스는 신성한 신호지. 그렇지만 나라를 사랑하는 것은 더 신성한 것이야. 조국이 외국의 발꿈치 아래에서 신음할 때 사랑의 키스란 노예의 얄팍한 행동이고, 슬픈 일이지. 개인의 사랑은 민족의 큰 사랑 속에 있어야 하는 것이야. 우리 베트남 사람이라고 한다면 누구나 애국심이 있고, 그들은 자신의 방법대로 애국하는 것이지. 쩐투도와 쩐 꽝 카이 사이에 또는 호뀌리와 레러이 사이에 누가 더 애국심이 큰지는 알 수 없는 것이지. 애국심을 독점하지 마라. 객관적으로 봐야 하고, 각자의 애국심을 보살펴주어야지. 응웬끼 비는 젊은이들의 말과 항전에서 총을 쥐고 있는 세대의 말을 전했어. 시를 짓는 사람들은 일생 동안 그런 시를 쓰는 것이 꿈이지. 이 응웬끼 비는 혁명의 시인으로 칭찬받아야 해. 자네 우리 병사들이 이 시를 손에서 손으로 전하며 읽는 것을 알아? 군중들은 예민해. 좋은 시는 그들이 먼저 알아. 얼마나 많은 청년들이 수첩에 이 시를 적어서 외우고 있는지 모를 정도야."

"정말 그래요?" 찌엔탕 러이는 입을 벌리고 주의 깊게 들었다.

"좋은 시는 한 개 사단과 맞먹는 힘이 있지. 레닌이 그렇게 말했었지. 그래서 그는 고리키가 폭풍을 예고하는 새이며, 혁명의 대예술가라고 했잖

아. 마야코프스키는 노동자 계급의 선봉 시인이자 소비에트 정권의 선동가였지. 그래서 호찌민 주석이 자네들에게 지시하여 우리들을 북부지구에 집합시켜, 항전에 기여하도록 한 것 아니냐. 주석님의 문인과 지식인에 대한 정책은 아주 천재적이지. 주석님의 호소 한마디면 얼마나 많은 인재들이 프랑스에서 일본에서 영국에서 소련에서 중국에서 그리고 하노이에서 후에에서 사이공 등지에서 항전에 참가하려고 북부지구나 남부 게릴라 근거지로 몰려들었는지 모른다. 월맹은 프랑스 식민 제국주의에 승리할 것이다. 왜냐하면 그들은 새로운 지엔홍[22] 대회에서 전 인민을 모았고, 수백만 명을 하나같이 움직이는 기적을 이루어냈기 때문이지."

작가 쩐응웬은 다시 한 잔을 마시고, 직접 술을 따라 찌엔탕 러이에게 한 잔을 건넸다.

"자네 우리 문인들과 많이 접촉하려면 인재를 중시하고 재능을 보살펴야 한다는 주석님의 가르침을 새겨들어야 해. 인재란 국가의 원기이고, 그것은 국자감, 문묘 비석에 새겨진 우리 선조들의 사상이지. 자네에게 솔직히 말하면, 자네들도 재능 있는 자들은 자존심이 있을 거네. 재능이라는 것, 인재는 하늘에서 받은 것 외에도 유전적인 인자나 훈련을 통한 자질이 있어야지. 수백만 명의 사람 중에서 인재는 몇 명밖에 없어. 그런데 이 응웬끼 비는 인재야. 내가 감히 자네에게 이것만은 확신한다고 할 수 있네. 자네 한 번 두고 보게. 믿고 사용하고 혁명 측에서 사용한다면 응웬끼 비는 폭풍을 알리는 새, 혁명의 진정한 시인이 될 것이네…"

찌엔탕 러이는 삼키듯이 한 마디 한 마디를 새겨들었다. 그는 작가 쩐응웬이 이때처럼 속을 다 드러내놓은 것을 본 적이 없었다. 정말 그

. .
22. 1284년 몽고의 2차 침입 때 쩐 왕조 성종이 지엔홍 궁전의 계단에서 사람들을 모아서
     화해를 할 것인지 전쟁을 할 것인지 민의를 물었던 모임을 말함.

작가가 말한 것이 맞으면, 이번 일을 마치고 집에 들러서 응웬끼 비를 데리고 북부지구로 데려와야 했다. 그리고 자신이 직접 조직에 비를 소개할 것이다. 그리고 바로 자신이 비에게 도덕적인 자격, 계급에 대한 입장, 정치성에 대해서 가르칠 것이다. 이런 때 친형제 지간에 서로 돕는 것보다 더한 것이 무엇이 있겠는가. 그는 혁명에 공을 세웠고, 이제 비도 가족과 가문을 빛낼 기회를 갖게 된 것이다. 수도원에서 세운 중학교를 졸업하였고, 프랑스어를 잘하고 시 짓는 재능이 있기 때문에 <위국> 신문이나 <독립> 신문 또는 문학이나 선전과 관련된 일을 한다면, 비는 틀림없이 뛰어난 기자나 혁명의 재능 있는 시인이 될 수 있을 것이다.

***

회색 옷에 회색 모자를 쓴 기자의 복장으로 찌엔탕 러이는 통금시간이 가까워진 시간에 동 마을에 도착했다.

동 마을 가운데에 적의 초소가 우뚝 솟은 지 3년이 지났고, 적의 가장 안전한 마을이 되었다. 프랑스 식민지 당국은 하노이를 지키기 위해 외곽을 둘러싼 리엔다오, 푸꾸, 타잉암, 깐싸, 다잉, 띠에우보에 초소를 세워, 월맹 측의 가장 안전한 난공불락 지역인 쿠짱을 포위했다. 외곽지역의 초소에서 가끔 적들이 항전군을 제거하기 위해 쩸 마을 등으로 내려와 소탕작전을 벌였다.

몇 년 동안 마을을 떠났다가 돌아온 찌엔탕 러이는 이상한 느낌이었다. 마치 연못에서 놀다가 넓은 바다로 나갔던 아이가 이제 다시 옛날 놀던 곳으로 돌아온 느낌이었다.

그의 동 마을은 가난한 농촌으로 주변은 대나무로 둘러싸여 있고, 넓은 들판 가운데 불룩 튀어나온 오아시스 같은 곳이었다. 어른들의 얘기에 따르면, 리끼 퐁 선조가 번돈에서 이곳으로 왔을 당시에 동 마을은 물 한가운데에 있던 언덕이었다. 수확 철이 되기도 전에 홍강과 디엔 강가의 침수지역에 살던 강도들이 무리지어 와서 벼를 베어갔다. 그들은 수백 척의 카누를 타고 와서 들판을 모두 거두어 날아가듯 도망갔다. 낫과 몽둥이, 대나무는 벼를 도둑질 하는 도구인 동시에 사람을 살해하는 무기였다. 선조 리끼 퐁은 원래 강물에서 놀던 사람이고, 보통이 아닌 아주 뛰어난 무예가 있었다. 그는 마을 주변에 대나무를 촘촘히 심었다. 화살이 통과하지 못할 정도로 촘촘히 심었다. 그리고 둘레가 수십 명이 안을 만큼 크고, 사람 키 몇 배의 높이로 대나무를 엮어 큰 통을 만들어 나락을 보관했다. 그리고 높은 나무 위에 초소를 만들어 수 킬로미터까지 볼 수 있도록 했는데, 멀리 쩜 마을까지도 볼 수 있었다. 그는 또 여러 척의 대나무 배와 자루가 긴 낫 그리고 표창과 활과 화살을 만들어 도둑들과 싸웠다. 동 마을은 그때부터 실질적인 포대가 되었다.

역사적으로 보면, 리 씨 가문이 응웬 씨로 성이 바뀌었고, 응웬끼 가문은 마을을 개발하고 가업을 세우는 공을 세웠지만 동시에 빈농을 착취하는 대지주이기도 했다. 봉건시대부터 근래 식민지에 이르기까지 반동적 성격의 착취가 더해갔고, 사회의 진화를 가로막았다. 북부 전쟁지역에 있는 동안 사상을 깨우치고 계급관념을 익힌 찌엔탕 러이는 동 마을과 자신의 응웬끼 가문에 대해 완전히 다른 시각으로 바라보았다. 즉, 역사유물론과 변증유물론의 시각으로 본 것이다. 고루한 천 년의 대나무 울타리와 저 봉건제도를 쳐부술 때가 올 것이라고 생각했다. 그리고 그의 아버지가 끌어안고 있는 응웬끼비엔 소굴을 부술 때가 올 것이고, 무산계급이 전 세계의 주인이 되는 대동세계로 나가야 할 것이라고 생각했다.

조직의 안내에 따라 찌엔탕 러이는 보안군이 주둔하고 있는 마을회관으로 가는 길을 피해 트엉 골목을 돌아서 응웬끼비엔에 도착했다. 울창한 대나무 숲을 지나 옛날에 귀신들의 소굴이었던 버려진 밭을 통해 찌엔탕 러이는 등불을 환하게 밝힌 그의 집안을 바라보았다. 무슨 일인데 이 시간에 불을 환하게 켜놓았지? 대문으로 들어갈 수 없어 그는 그만이 알고 있는 울타리의 비밀 구멍으로 기어들어갔다. 옆채를 돌아 울창한 돌망고 나무에 올라가서 둘러보니 대문 바로 앞에 세워둔 우윳빛 르노 자동차 한 대와 군용 지프차 한 대가 있었다. 노란 군복을 입은 병사 한 명이 총을 메고 순찰을 돌고 있었다. 그 병사를 힘들게 따라다니는 것은 하얀색 줄을 목에 맨 엄청나게 큰 셰퍼드였다.

마을 초소의 적들이 자기가 오는 것을 알고 매복하고 있는 것인가? 몸에 지닌 권총을 확인한 뒤 찌엔탕 러이는 돌망고 나무에 바짝 엎드려 동정을 살핀 다음 앞채 지붕으로 건너갈 방법을 찾았다. 저만큼 떨어진 곳에 요즘 동네 사람들이 리푹 씨라고 부르는 그의 아버지가 또똠 판 가운데에 앉아 있었다.

모두 여섯 명이었다. 두 개의 등과 심지가 세 개인 등의 불빛이 사당 옆방에 있는 평상을 환하게 비추고 있었다. 아버지의 친구인 응이썬 마을의 호이 티엔 씨도 보였다. 옆에는 하얀 면바지를 입은 젊은 애가 있었고, 그 옆에는 세 명의 장교가 있었는데 두 명은 노름을 하고 한 명은 구경하고 있었다. 호이 티엔 씨 옆에 앉은 장교는 서양 혼혈아가 분명했는데, 동 마을 초소장이며 지역에서 노름과 도박으로 유명한 쯔엉피엔일 것이라고 찌엔탕 러이는 짐작했다.

아픔과 억울함이 밀려와 찌엔탕 러이의 얼굴이 화끈거렸다. 그의 아버지는 깜이 프엉딩에서 3일 동안 같이 보낼 때 말했던 것처럼 이중첩자가 아니라 정말로 적의 하수인이 된 것 같았다. 초록은 동색이라고 했다. 이렇게 밤을 새우면서 하는 노름이 언제부터 시작됐지? 아버지가 동 마을의 이장을 맡았다는 소식은 찌엔탕 러이가 북부지구에 있을 때 들었다. 그 소식은 조직도 알고 있었다. 어떻게 변호할 수 있단 말인가? 이제 그의 눈으로 직접 자신의 아버지가 여유 있게, 아니 흥이 나서 인민의 적과 또뜸을 즐기는 것을 본 것이다.

목에 걸린 덩어리를 억지로 삼키려 했지만 여전히 목에 걸린 느낌이었다. 찌엔탕 러이는 저 또뜸 판에 수류탄을 던지고, 총을 쏴대고 싶었다. 그러나 회색 호랑이 같은 셰퍼드와 소형 연발총을 쥐고 넓은 마당을 왔다 갔다 하는 덩치가 큰 경호원을 보고는 무력함에 눈물을 삼켜야 했다.

***

또뜸은 열세 판째였는데, 리푹 씨가 아홉 판을 이겼고 나머지 네 판 중에서 쯔엉피엔이 세 판, 양복 입은 손님이 한 판을 이겼다. 결국 리푹 씨는 적수가 없는 또뜸의 승자였다. 가장 씁쓸한 자는 쯔엉피엔이었다. 그는 현재 북부 민의원 대표로 있는 흰 양복의 판 리에우에게 오늘 밤 리푹 씨의 마지막 동전 한 닢까지도 나 털어버리겠다고 큰소리쳤었다.

사실 이 살벌한 노름 자체는 판 리에우의 주목적이 아니었다. 그는 특별한 일이 없다면 다음 달 초 월맹 측에게 힘을 못 쓰는 연약한 현감 대신 프엉딩 현의 현감으로 임명될 예정이었다. 이 자리는 장래의 현감이 티엔 면장과 리푹 씨가 앞으로 같이 협력할 수 있는 사람인지를 탐색하기 위해 만든 자리였다. 지역 내의 고정간첩의 보고에 따르면 이 두 사람이 월맹 측에서 프랑스 측에 심어놓은 인물이라는 증거가 있었다.

가장 분명한 증거는 리푹 씨가 동네의 한 공산당 우두머리를 고의로 숨겨주었다는 혐의로 부의 프랑스 관아에 이틀 동안 감금된 일이다. 티엔 면장과 쯔엉피엔의 적절한 요청이 없었다면 리푹 씨는 몇 년의 징역을 살 수도 있었다.

또뜸을 즐기는 동안에 베틀의 북처럼 부엌을 왔다 갔다 하는 한 사람이 있어 찌엔탕 러이는 눈을 크게 뜨고 관찰하며 여러 생각을 했다. 비도 아니고 봉도 아니고 꾹도 아니었다. 새어머니와 세 동생들은 잠이 든 지 오래되었을 것이다. 잠시 후 러이는 비로소 옆집 사는 마을에 잔치나 제사 때 돼지를 도맡아 잡는 모 응오 씨의 아들인 곰보 디 응아오라는 것을 알았다. 디 응아오는 동 마을의 가장 하급민이었다. 그의 아버지와 할아버지는 어부였는데, 동네에서 돼지 잡는 일이라도 하고 싶다 하여 도카 씨가 진심으로 도와주었다. 도카 씨는 연못가에 땅을 주어 집을 짓고 살게 했다. 러이의 할아버지 대부터 디 응아오 부자를 집안에 사는 도둑놈으로 간주했다. 잔치나 무슨 일만 있으면 냄새를 맡고 찾아와 정성을 다하는 척했다. 당연히 도마에 냄새가 나면 파리가 모여드는 것과 같았다. 디 응아오의 식구들은 음식을 빼돌리거나 몰래 먹는 데 아주 능수능란했다. 저 부엌에 있는 맛있는 음식도 틀림없이 아버지가 하나를 먹으면 그가 둘을 먹을 것이다. 디 응아오는 맛있는 닭죽 한 솥을 들고 신중하게 도자기에 떠 담고 있었다.

찌엔탕 러이는 배고픔을 느꼈다. 맛있는 닭죽 냄새가 셰퍼드도 킁킁대게 만들었다.

근거지로 돌아갈까? 4년여를 소식을 끊고 지내다가 마을로 돌아왔는데 이처럼 씁쓸하고 우울한 것은 어찌된 일인가? 순간적으로 응웬끼 비와 그의 시 「삶」이 생각나서 찌엔탕 러이는 마음을 다스릴 수 있었다. 지금 비는 학기를 마치고 고등학교 진학 준비를 하고 있을 것이다. 수단과 방법을 가리지 않고 응웬끼 비를 만나야 한다. 그를 설득해서 북부지구로 데려가야 한다. 정말 비가 그 시를 쓴 사람이 맞다면 이번에 그는 제갈공명을 얻기 위해 유비가 한 삼고초려에 맞먹는 일을 하는 셈이었다.

자신이 현명한 사람인 것을 알면 인재라고 할 수 있지만 현명한 사람을 추천하는 사람 역시 인재라고 할 수 있다. 전에 아버지가 가르쳐준 한나라

류향의 말인데, 그는 여전히 마음속에 새기고 있었다. 코이는 지붕에서 내려와 세 동생이 자고 있는 방으로 찾아갔다. 불빛이 기와 틈으로 새나왔다. 비가 아직 자지 않을 가능성이 높았다. 살금살금 추녀 끝으로 다가가 내려다보니, 비가 책상 앞에 앉아 있었다. 호롱불이 펼쳐진 책장 위를 비추고 있었다.

"딱깨⋯. 딱깨⋯. 딱깨."

도마뱀 울음소리를 냈다. 사당 앞 돌망고 나무 위에서 울고 있는 도마뱀처럼 다섯 번이 아니라 세 번만 소리를 냈다. 그것은 코이와 비가 집에 있을 때 둘만이 알고 있는 신호였다.

순찰하던 병사가 발길을 멈추고 귀를 쫑긋하는 시늉을 하더니 다시 왔다갔다를 반복했다.

응웬끼 비는 독서를 멈추고 지붕을 쳐다봤다. 영감으로 비는 코이 형이 집에 왔다는 것을 알았다. 틀림없이 코이 형이었다. 이 세 번의 도마뱀 소리를 비는 코이 형이 혁명의 길을 따라 가족을 떠난 날부터 4년 동안 기다렸다. 여러 날 밤을 잠 못 이루고 비는 누워서 지붕을 바라보며 코이 형을 생각했고, 그 세 번의 도마뱀 소리를 꿈꾸었다.

문을 살짝 열고 비는 뒤쪽으로 돌아 바나나 나무와 짚 덤불이 있는 곳으로 갔다. 사방을 관찰하고 나서 비는 손을 모아 확성기를 만들어 말망고 나무 쪽 방향으로 딱깨, 딱깨, 딱깨 세 번 답했다. 두 형제 사이에 알았다는 신호였다.

집 뒤 마당 구석의 짚 덤불 아래에서 두 형제가 서로 끌어안을 때에 찌엔탕 러이는 딱깨라는 소리를 이복동생이 마음속에 얼마나 아프게 기다렸는지 확인할 수 있었다.

"형, 매일 생각했어. 나 이제 학교 가고 싶지 않아. 나도 형 따라서 북부지구로 가고 싶어."

그것은 몇 년 동안 떨어져 있다가 만난 형에게 응웬끼 비가 내뱉은 첫마디였다. 비에게 있어서 코이는 자부심이고, 희망이며 항전의 표상이었다. 학교에서 비는 공개적으로 자신의 형이 혁명하러 갔다고 친구들에게 자랑했다. 비는 항전을 왜곡하고 코이 형을 욕하던 하잉의 입을 두 번이나 주먹으로 내지른 적이 있었다. 북부지구에서 월맹 측의 빛나는 승리 소식이 학교에까지 퍼졌다. 그리고 매주 또는 매월 몇 명의 학생들이 학업을 그만두고 군대를 따라 해방구로 갔다. 학교의 분위기가 파장 때의 시장처럼 어수선했고, 그럴수록 비는 불덩이 위에 앉아 있는 것 같았다. 비는 카이홍과 넛링 그리고 자력문단의 연애소설에 대해 싫증났고, 심지어 내다버리기도 했다. 그는 라마르틴, 위고, 보들레르, 볼테르와 프랑스 낭만파, 개혁파를 좋아하지 않았다. 그는 노트의 첫 장에 테르의 '동물원 호랑이에게'라는 부제가 붙은 「숲을 그리며」라는 시를 적어놓았다.

> 철창 속에서 한을 삭이며
> 길게 누워서 세월을 보내지만
> 오만하고 어리석은 자들을 경시한다…

비는 스스로 자신이 감금당한 호랑이고, 호랑이가 도망치려는 푸른 숲은 코이 형과 애국자들이 항전을 벌이고 있는 먼 북부지구를 암시하고 있다고 믿었다.

"오늘 밤 아버지는 늦게까지 쯔엉피엔 초소장과 또뚬을 해야 해. 저들이 형이 온 것을 알면 아주 위험해. 우선 형은 굴속에서 기다려. 내가 집에 가서 동정을 살피고 올게."

비가 찌엔탕 러이의 귀에 대고 속삭였다. 그리고 형을 데리고 집 뒤 대나무 밑에 있는 비밀 동굴로 안내했다. 이 비밀 동굴은 리푹 씨가 동 마을 이장을 맡은 날 파도록 했었다. 이 동굴은 길이가 3미터, 폭이 2미터에 높이는 거의 사람 키 정도이며 아주 견고했고, 쌀 창고에서 대나무 숲으로 바로 통했으며 10여 명이 들어갈 수 있었다. 비밀 동굴은 리푹 씨가 이중첩자 활동을 아주 편하게 할 수 있게 도왔다. 지역 월맹 간부들과 회합도 여러 번 이 동굴에서 했었다. 프엉딩 현의 당서기가 리푹 씨 집에서 일주일을 머문 적도 있었다. 리푹 씨가 집에서 초소장 쯔엉피엔과 또뚬을 즐기고 있을 때 동굴에서는 월맹 측 간부들이 느긋하게 회합을 한 경우도 있었다. 그리고 한 달 전에는 항전운동을 지도하던 월맹의 고위간부가 이 동굴 때문에 탈출할 수 있었다. 이 일로 리푹 씨는 이틀 동안 유치장에 갇히기도 했다. 그리고 월맹을 도왔다는 의심을 받아 블랙리스트에 올랐다. 또 초소장 쯔엉피엔도 견책을 받았으며, 한 등급이 강등되었다.

동굴에서 찌엔탕 러이가 비의 손에 쥐어준 『벼꽃』 잡지보다 더 값진 선물은 없었다. 자신이 쓴 「삶」이라는 시와 응웬끼 비라는 이름을 보고 그는 몸을 떨었고, 심장이 지옥에서 뛰쳐나가고 싶다는 듯이 뛰었다. 그러면 깜 누나가 약속을 지킨 것이다. 낌 누나가 비의 시를 코이에게 보냈고, 코이가 이 『벼꽃』 잡지에 싣도록 했다고 생각했다.

비는 작년에 깜을 만났던 일이 생각났다. 아버지의 환자로 가장하고 이 동굴에서 머물렀다. 일주일 동안 깜은 비에게 자주 코이에 대해서 물었었다. 그녀는 총봉기 때부터 코이를 알았다고 했다. 그리고 두 사람 사이에는 비밀활동을 할 때에 많은 추억이 있다고 말했다. 그리고 "비 편지 써라. 내가 코이에게 전해줄게."라고 재촉했었다.

깜과 만날 때마다, 비는 그녀가 겉모습뿐만 아니라 정신도 아름답다고 느꼈다. 항상 비를 신기하게 바라보는 월맹 여성간부의 아름다운 두 눈, 그게 아니면 쭈어 골목의 여자 친구 마이의 매력으로 가득 찬 하트 모양의 두 입술이 비로 하여금 「삶」이란 시를 쓰게 만들었는지 모를 일이었다.

신기한 것은 그 시는 여성과 한 번도 키스한 적이 없는 비가 신들린 듯이, 최고의 느낌 속에서 하루 밤 만에 썼다는 것이다. 비는 "제가 막 시 한 편을 썼어요, 누나가 코이 형에게 전해주세요."라고 깜에게 말했다. 그녀는 읽고 나서 "나는 시를 모르지만 만약 내가 시의 대상이라면 아주 행복할 것 같구나. 누나가 이 시를 북부지구에 있는 응웬끼 코이에게 전달하겠다."라고 말했다.

추억이 호롱 불빛 소리처럼 환하게 소리치며 타오르고, 비를 반쯤 잠든 상태로 이끌었다. 그는 펼쳐진 잡지를 두 팔로 끌어안고 책상에 엎드렸다.

***

한밤중이 되어서야 또뜸 놀이가 끝났다. 흰 양복을 입은 손님과 초소장 쯔엉피엔의 수하들이 세퍼드와 함께 지프차와 르노 차를 타고 떠났다.

비의 귀에 두 남자가 속삭이는 소리가 들렸다. 아버지와 호이 티엔 아저씨의 목소리라는 것을 짐작할 수 있었다.

"저 민의원 대표라는 놈은 또뜸의 고수야. 몇 번이나 내가 신호를 보냈는데 자네 알아채지 못했지?"

"알았지. 그런데 위험을 감수하고 싶지 않았네. 그렇다면 우리가 앞으로 3일 동안 판 리에우 놈의 계획을 알고 있다는 것 아닌가. 그놈을 빨리 제거해야 우리 근거지가 안전할 수 있네."

"내일 그놈이 바터우로 시찰을 가네."

"우리 근거지에 연락해서 내일 저녁에 바터우 다리 입구에서 그놈을 제거할 방법을 찾도록 하지."

"자네는 안심하게. 내일 아침 일찍 X5가 계획을 수령하게 될 거야."

속삭이는 소리가 점점 더 작아졌다.

비는 정신이 들었다. 그 앞에 리푹 씨가 서 있었다. 리푹 씨는 방금까지도 호이 티엔 아저씨와 흰 양복을 입은 민의원 대표에 대해 얘기를 하고 있었다.

"너 아버지한테 일찍 잔다고 약속했었잖아." 리푹 씨는 비의 어깨 위에 손을 올리고 심각한 표정으로 바라보았다. 그 다음 비의 품 안에 든 잡지를 꼼꼼하게 살펴보았다. "이것이 무엇이냐?『벼꽃』잡지? 어디서 얻었니? 누가 이 잡지를 너에게 줬지? 아주 위험하다, 애야!" 리푹 씨는 뭔가 의심쩍은 듯 주위를 살폈다.

"예, 아버지…."

비는 동굴 속에 아직도 코이 형이 있다는 것을 깨달았다. 아버지한테 말해야 하나? 티엔 면장 아저씨가 오늘 밤 집에서 자는데, 말해도 괜찮을까?

비가 주저하는 것을 보고 리푹 씨는 더 의심이 들었다. 그는 잡지를 몇 페이지를 넘기다가 응웬끼 비라는 이름과 그의 시「삶」을 보았다.

"예, 아버지 코이 형이 이 잡지를 줬어요."

"그놈 어디 있어? 코이가 어디 있어?" 리푹 씨 얼굴이 새파래졌다. 그는 쭈어 골목에서 니는 개짓는 소리를 주의 깊게 들었다. "왜 너는 형이 왔을 때 바로 말하지 않았니?"

"예, 저는 두려워서요…. 동굴에 숨겼습니다…. 틀림없이 형 배고플 텐데…."

리푹 씨는 방으로 들어가 아내를 깨웠다. 온 집안이 야단법석을 떨었다. 코이의 저녁밥이 급히 준비되었다. 그리고 리푹 씨와 비가 동굴로 내려갔을 때 코이는 구석에 놓인 평상 위에서 길게 뻗어 쿨쿨 코를 골면서 자고 있었다.

다음 날까지 형제는 비밀 동굴에서 함께 놀았다. 코이가 집에 온 사실을 벤과 꾹 그리고 세 살 된 막내딸 허우에게도 숨겼다.

***

"너 작가 쩐응웬을 아니?" 찌엔탕 러이는 닝빙성 뇨꽌에서의 얘기가 생각났다.

"토요소설 그룹의 선두 작가지." 비가 대답했다. "그 뛰어나고, 방랑자 같은 분이 항전에 참가한 것은 월맹 측의 위신을 배로 높여준 거지. 문학 선생님께서 말씀하시기를 그분은 독특함에 있어서 당대의 어떤 작가와도 섞이지 않는다고 했어. 아주 개성이 강한 분이야. 나는 그분이 쓴 좌파 작가인 부쫑풍의 죽음에 대한 연재물을 가장 좋아해. 아! 문인들의 우정보다 더한 우정은 없는 것 같아. 쩐응웬의 「부쫑풍의 상여를 메고 가던 밤」을 읽고 눈물을 줄줄 흘렸어…."

"개성과 자부심으로 가득 찬 그 사람이 너를 말로 할 수 없을 만큼 칭찬하더라. 그분이 너를 혁명의 시인이라고 했어. 바로 작가 쩐응웬이 나에게 너의 「삶」이라는 시를 보여주었지. 그는 『벼꽃』 잡지를 보물처럼 소중하게 간직하고 있어."

"정말이야?" 비는 놀랐다. 동굴의 어둠 속에서 두 눈이 빛났다. "그런데 나는 깜 누나가 형에게 보낸 것이라고 생각하고 있었어."

찌엔탕 러이는 깜이라는 말이 나오자 깜짝 놀랐다.

4년 동안 만나지 못했다. 프엉딩 거리에서 헤어지고 나서 오랫동안 다시 만나지 못할 줄은 생각도 못했다. 응웬 칵캉이라는 신분증으로 하노이 시내에서 활동할 때 그는 몇 번이나 규율을 위반하고 조직을 떠나서 그녀를 찾으러 간 적이 있었다. 매일 밤 그는 그리움에 사무쳐서 몸부림쳤고, 미치지 않은 것이 다행이었다. 눈을 감으면 그녀가 떠올랐다. 아름다운 눈이 심장을 바라보고 있었다. 하얀 이가 드러나는 미소는 너무나 매혹적이었다. 그는 그녀를 얻을 수만 있다면 수백 명의 열여덟 살 스무 살의 예쁜 처녀들과 기꺼이 바꿀 수 있었다. 그녀가 주술을 건 것처럼 그는 어리둥절하고 마치 몽유병자처럼 언제나 망상에 빠져있었다. 프엉딩 거리로 그녀를 찾아갔을 때 깜이 임신했으며 아이를 출산했다고 말하는 사람이 있었다. 어떤 사람은 깜이 강에서 장사하는 사람을 따라다니며 디엔 강에서 떠돌이 생활을 하고 있다고 했다. 누구의 아이를 가진 거지? 누구의 아이를 낳은 거지? 디엔 강에서 어떤 놈과 살고 있지? 고통스러운 의심으로 코이는 몇 달을 보냈다. 다행히 그 뒤에 상부에서 그를 북부지구로 불렀고, 그 어리석고 미친 사랑은 끝이 났다.

북부지구는 과연 혁명의 위대한 학교였다. 세속적인 것을 버리고 구세주 앞에 다가가도록 죄를 회개하고, 구원을 꿈꾸면 천당 문이 열린다는 믿음으로 하나님 앞에 엎드린 신도처럼, 응웬끼 코이도 수신을 위해 성장기 초기의 어리석고 도리에 어긋난 사랑을 버릴 줄 알았고, 상부에서 자신을 믿고 써주기만 바랐다. 그 고생스럽고 힘든 과거와의 단절과 회개를 하는 데 있어 코이는 『열 가지 당부』라는 핸드북에게 감사했다. 그는 열 가지 당부의 한 자, 한 구절을 외웠고, 매일 스무 번씩 읽었다.

첫째는 입장을 분명히 하는 것, 둘째는 마르크스-레닌 사상, 셋째는 계급의 분화, 넷째는 양심을 버리지 않는 도덕성, 다섯째는 음행을 멀리하는 것, 여섯째는 인민의 것을 손대지 않는 것… 등이다.

결론적으로 깜과의 나이 차이가 나는 힘든 사랑은 다섯 번째 당부에 해당되었다. 실제로 그 사랑은 도덕적으로 타락하고 퇴폐적인 것이었다. 결혼을 몇 번 한 여자의 인생 경험으로 깜은 코이를 유혹하고 타락의 길로 밀어 넣은 것이다. 그리고 코이는 육체적인 욕망을 억누르지 못하고, 깜의 음탕한 습관을 자극하고 동조했던 것이다. 남녀가 3일, 즉 72시간 동안 밤낮을 가리지 않고 뒤엉켜서 8번이나 그 짓을 했다고 믿을 사람이 있겠는가? 들고양이와 주인 없는 닭처럼 교육받지 못한 사람들 아닌가? 늙은 여자가 젊은 놈 만난 격 아닌가? 아니면 그 음탕한 습관이 병적인 상태에 이른 것인가? 퇴폐와 타락의 죄는 혁명에서 가장 위험한 적이었다.

세속에 물든 자가 모든 것을 깨닫고 부처 앞에서 머리를 깎기로 결심한 듯, 코이는 편지, 일기, 깜과 관련된 물품을 모두 찢거나 태워버렸고, 그녀에 관한 그리움, 추억, 모습을 모두 지워버렸다. 코이는 깜과의 연애는 위험하고 미친 짓이라는 것을 깨달았다. 조직에서 알게 된다면 그의 미래, 앞날은 모두 사라져버릴 것이다. 깜을 알던 사람을 만나거나, 그녀에 대한 말이 나오면 코이는 피하거나 모른 척하고, 아예 입과 귀를 닫았다. 그는 실제로 그 위험하고 매력 있는 여자와 잘못된 사랑의 시간들의 흔적을 깨끗하게 지우고 또 끊고 싶었다.

아주 다행스러운 것은 비록 그것이 신의 사랑이라고 할지라도 시간이 모든 것을 지우고, 파괴하는 힘이 있다는 것이다. 더 운 좋았던 것은 조직에서 코이의 이름을 찌엔탕 러이로 바꿔준 것이다. 그는 다른 사람이 된 것이다. 과거는 없어졌고, 옛것에 대한 얽매임도 없어졌다. 응웬끼 코이라는 이름으로 북부지구로 보낸 많은 편지들을 문서수발 부서에서 되돌려 보내거나 쓰레기통에 버렸다. 마치 수신자가 없는 것처럼 간주했다. 가끔 편지가 그의 손에 전해져도 찌엔탕 러이는 바로 거절하거나 받자마자 바로 태워버렸다.

깜의 편지가 찌엔탕 러이의 손에 전해진 적이 있었다. 깜이 제3지구 여성대표로 전국여성동원회의에 참석하기 위해 북부지구에 왔을 때였다. 12일을 걸어와서 3일 동안 회의를 하고, 돌아갈 때도 거의 그만큼의 시간이 걸리는 일이었지만 깜은 대부분의 시간을 코이를 찾는 데 보냈다. 북부지구를 떠나는 마지막 날 깜은 편지를 써서 운송기관 사람을 찾아 직접 찌엔탕 러이가 있는 곳으로 보냈다. 회신 없는 수십 통의 편지와 수년 동안 찾아다닌 후, 그녀는 힘이 빠졌다. 그녀가 미치지 않은 것이 다행이었다. 무감각하게 단련된 것은 큰 힘이었다. 그녀의 편지에 그렇게 쓰여 있었다. 코이는 비겁하고 심장이 없는 놈이라고, 저주였다. 그리고 그녀에게 있어 응웬끼 코이는 죽었다고 선언했다.

만약 코이가 그 편지에 회신을 했다면 아마도 깜은 용서했을 것이다. 그녀의 마음속 깊은 곳에서는 여전히 그를 사랑했기 때문이다. 그러나 러이는 침묵했고, 깜의 편지와 그녀의 사랑을 영원히 떠나보냈다. 자기 일도 아닌 일을 하다가 괜히 고생할 필요가 없었다. 그리움에 아쉬워하는 것은 소자본가의 감정이다. 모두 쓰레기통에 버려라!

"깜 누나가 내 시를 형에게 전해준 것 맞지?" 비는 여러 번 물었다. 비가 여러 번 묻다가 프랑스어로 말했다. "깜 누나가 형을 사랑하는 거지?"

"아니, 나는 그 여자 몰라. 내가 말했잖아. 나는 깜이라는 이름이 누군지 모른다고. 헷갈린 것 아니냐? 그리고 이제부터 나를 응웬끼 코이라고 부르지 마라. 조직에서 찌엔탕 러이라는 새 이름을 지어줬잖아. 찌엔탕 러이라고 부르는 것을 명심해라!"

"야, 좋다! 진짜로 그래? 혁명에 걸맞은 이름이네. 상부에서 형을 아주 신임하고 귀하게 여기기 때문에 찌엔탕 러이라는 이름을 지어준 것이겠지."

"정말 은총이지. 옛날에는 신임하는 공신들에게만 왕이 성을 하사하는 특별한 은혜를 베풀었지. 예를 들어, 응오 뚜언을 리 왕조의 성을 따서 리트엉 끼엣으로 바꾼 것처럼. 응웬 짜이를 레러이 왕은 레짜이로 불렀지. 찌엔탕 러이 역시 나라의 성을 하사받은 것이라고 볼 수 있지."

"형! 내가 북부지구에 가면 상부에 내 이름을 찌엔 타잉꽁[23]이라고 지어달라고 해줘. 형은 찌엔탕 러이 동생은 찌엔 타잉꽁, 정말 멋지지 않아?"

"노력해볼게." 찌엔탕 러이가 알았다는 듯 고개를 끄덕였다. 그리고

• •

23. 찌엔 타잉꽁(Chiến Thành Công, 戰成功).

94

당부했다. "너 명심해라. 앞으로 형을 찌엔탕 러이 또는 러이라고 불러. 응웬끼 코이라고 부르면 안 돼. 아마도 내가 이름을 바꿔서 그런지 근래에 많은 편지들을 받을 수 없었다." 그리고 코이는 갑자기 생각난 듯 비의 손을 잡고 말했다. "그리고 깜을 만나면 내가 이름을 바꾸었다는 것을 절대 말하면 안 돼."

비는 자신의 형을 이해할 수 없었다.

"어째서 형은 깜 누나를 모른다고 하는 거야?"

"아니…. 아니야…. 나 정말로 깜을 몰라." 찌엔탕 러이는 방금 해서는 안 될 말을 했다는 것을 깨닫고 서둘러 말을 바꿨다. "적들이 나에 대한 정보를 캐려고 여자를 사용할 가능성이 아주 높거든. 대체적으로 너는 형에 대해서 누구와도 얘기하지 않는 것이 좋아. 이번에 내가 집에 온 것조차도 절대 비밀로 지켜야 한다."

"형, 깜 누나를 이상하게 생각하지 마. 나는 깜 누나가 월맹 측 사람이라고 확신해. 그리고 보통이 아닌 고위 간부라고. 내 시가 잡지에 실릴 수 있었던 것도 아마 누나가 『벼꽃』 잡지에 보냈기 때문일 거야."

"됐다. 깜 얘기는 그만해라." 그리고 러이는 말을 돌렸다. "이번에 내가 와서 안 것은, 아버지가 뉘우치고 월맹 측과 협력하고 있어 기쁘지만 한편으로는 아버지가 적들과 너무 친하게 보여서 걱정이다."

"여러 사람들이 말하기를 아버지가 이장을 맡지 않았다면 우리 동네 유격대가 목을 잘랐을 것이라고 하던데."

"저들이 내 문제 때문에 아버지를 괴롭히지는 않았니?"

"어제 오후 초소장 쯔엉피엔이 아버지에게 '당신 아들 귀순시키세요. 용서를 받을 겁니다. 내가 당신의 친구로서 그리고 군인의 명예로 보증을 서겠소. 그렇지 않으면 프랑스가 곧 북부지구와 서북지역을 깨끗이 쓸어버릴 것이오, 그러면 당신 아들은 지렁이와 같이 잠을 자게 될 것이오…' 하고 말했어."

"그것은 죽일 놈들의 말이고, 너는 적의 논조를 믿지 마라. 이 추세로 가면 항전은 곧 성공할 거야."

전쟁 얘기가 나오자 러이는 흥이 나서 비에게 설명하기 시작했다. 월맹 측의 점거, 방어, 공격전략 그리고 전국 각 전선에서의 호찌민 군대의 빛나는 승리 특히 북부지구 전쟁에서 전략적 의미를 지닌 승리에 대해서 열변을 토했다.

"너에게 일급비밀을 말해줄게." 러이는 비를 가까이 잡아당기며 말했다. "국경과 화빙 지역에서 패한 후에 프랑스의 명장 데라트리 드 타시니를 인도차이나 고문관 겸 총사령관으로 파견해서 전세를 뒤집으려고 했다. 그러나 데라트리 역시 실패했고, 살랑 장군으로 교체했는데, 살랑 역시 각 전선에서 대패했다. 그래서 나바르 장군을 원정군 총사령관으로 파견한다는 소문이 있다. 프랑스와 우리 사이에 전략적 결전이 벌어질 가능성이 아주 높다. 이번에 우리 공작단이 평야지역에 내려온 것은 앞으로 벌어질 서북지역 전쟁에 필요한 인력과 물자를 동원하기 위한 것이야."

러이가 한 말들은 비의 결심을 더 굳게 만들었다.

"나는 결심했어. 아버지 어머니가 뭐라 하든. 고등학교 졸업장 따려고 하노이에는 안 갈 거야. 형, 나를 북부지구로 데려가."

"부모님 의견을 물어볼까?" 러이는 걱정했다. "너의 시를 읽고, 나는 너를 더 이해하게 됐어. 남자라면 삶의 이상이 있어야지. 노예국가의 백성으로 살 수는 없지. 내가 알기로 너는 삼거리에 서 있는 것과 같아. 너 혁명 시인 또히우의 '두 줄기 강 사이에 서서 걱정한다 / 휩쓸려 갈 것인가 아니면 한 줄기를 선택해야 하는가?'라는 시를 알지?"

"나도 그 시를 아주 좋아해. 우리 학생들 중 많은 애들이 외우고 있어. 고등학교 공부해서 뭘 하지? 비서나 판사 아니면 통역사를 하는 것도 결국은 프랑스의 하수인이 되는 거고, 우리 동포를 죽이는 데 기여하는 것이지. 안 돼지, 나는 절대로 백성을 해치는 매국노가 될 수 없어. 아버지처럼 원래부터 편안히 지내고 싶어 귀 막고 눈 가리고 안빈낙도하며 살려고도 했지만 결국 정치에 손을 담글 수밖에 없잖아. 그나마 아버지가 즉시 월맹 측과 협력하기로 동의한 것이 다행이지."

두 형제는 하루 종일 얘기를 나누었다. 비를 북부지구에 있는 <위국> 신문이나 <독립> 신문에 소개할 것이라는 찌엔탕 러이의 의도를 알고 비는 미칠 듯이 기뻐서 형의 목을 끌어안았다. 그들은 몰래 집을 떠나 북부지구로 가기로 결정했다. 물론 리푹 씨 부부 몰래.

길에 오르기 전 비는 편지 한 통을 써놓았다.

부모님 전상서,

저와 형은 도망칠 수밖에 없습니다. 아버지, 어머니, 동생들 그리고 할머니가 눈물 흘리는 것을 보고 싶지 않기 때문입니다. 이렇게 말씀드리는 것은 부모님께서도 저희들이 대의를 위해 가는 길에 완전히 동의하시리라 생각하기 때문이기도 합니다. 조국이 위기에 처하면 남아의 책임이라는 아버지의 가르침을 저희들은 가슴에 새기고 있습니다. 아버지 어머니 저희들이 조국을 돌보는 데 힘을 주시고, 남아의 의지를 펼칠 기회를 주십시오.

저희들은 천만 번 부모님의 용서를 구합니다.

부모님의 두 아들,

응웬끼 코이, 응웬끼 비 올림.

제5장 이를 악물고 헤어지다

ㅇ 웬끼 비의 첫 시집 『신의 시대』가 북부지구에서 막 출판되자, 곧바로
리히터 지진계 진도 10에 이르는 지진이 난 것처럼, 수백만 명의
심금을 울리며 여론의 특별한 관심을 받았다. 시집은 32편의 시가 실린
얇은 것이었고, 누런 갱지에 수공 식자 방식으로 흐릿하게 인쇄되었지만
북부지구, 서북지구, 3지구, 4지구, 5지구, 서부고원지역, 롱쩌우하 사각지대,
우밍 숲 그리고 호랑이 우리라고 불리는 꼰다오까지 방방곡곡의 수만 명의
전사들이 손에서 손으로 전하며 읽었고, 한 소절 한 소절을 수첩에 적어
전달하거나 외웠다.

작가 응웬끼 비는 항전에 참가한 지 단 2년 만인 18세에 항전문학이라는
하늘에 뜬 빛나는 별, 신드롬이 되었다. 더 좋았던 것은 이 시집의 머리말을
바로 월맹 지도부에서 중요한 위치를 차지하고 있는 뜨부옹 동지가 써주었다
는 것이다. 뜨부옹 동지의 본명은 응아시 리엔으로, 응아라는 성씨는 아주

드문 성이었다. 고향에서 부모가 지어준 원래 이름은 룬, 즉 응아시 룬이라고 말하는 사람도 있었다. 그가 제2의 조국이라고 생각하는 소련을 너무나 사랑해서, 룬을 리엔(련)으로 바꾸었다고 한다. 그의 시를 인쇄할 때 식자공이 실수로 응아를 응오로 잘못 인쇄한 적이 있었는데, 그는 모른 척했고 이후로 그 성에 익숙해져서 응오시 리엔이라는 필명을 사용했다고 한다. 이 필명은 공부를 한 사람들에게 대월국의 가장 수준 높은 역사서인『대월사기전서』의 저자인 레 왕조 시대의 유명한 사학자, 응오시 리엔[24]을 연상하게 했다. 선인들의 이름을 취해서 자신의 이름으로 삼는 일은 정말 대담무쌍한 발견이 었으나, 초기에 많은 사람들, 특히 역사와 문화를 이해하고 있는 사람들에게 는 반감을 갖게 했다. 그렇지만 당 조직이 인정했다. 그것은 조직에서 내부적 으로 지지하고 있다는 것을 선포한 것과 같았다. 그 뒤 그러한 일이 습관처럼 되어버렸고, 여러 관리들이 따라하는 거울이 되었다. 예를 들어 레뀌돈[25]이나 응웬주[26] 등과 같은 명인들의 이름을 따서 자기 이름으로 만든 경우다.

응오시 리엔 시인의 머리말은 실제로 많은 사람들의 상상 이상으로 응웬끼 비를 아끼는 것이었으며 젊은 작가인 응웬끼 비에게는 영광이었다. 『신의 시대』라는 시집의 주도적인 음향은 지도자와 인민 그리고 항전을 칭송하는 것이었다. 「비분」, 「원한의 불」, 「지나온 농촌 마을들」과 같은 시에서 작가가 프랑스 식민지 당국의 잔학하고 극렬한 제도와 응웬 왕조 봉건 관리의 비인격적인 행동 그리고 수백만 노동자의 고통을 고소하는 데 집중했다면, 시집의 제목이기도 한 「신의 시대」라는 시에서 응웬끼

• •
24. Ngô Sĩ Liên(吳士連). 15세기 레 왕조 초기에 살았던 인물로,『대월사기전서』를 편찬한 역사학자.
25. Lê Quý Đôn(黎貴惇, 1726-1784). 시인이며 유명한 학자로 많은 저술이 있음.
26. Nguyễn Du(阮攸, 1765-1820). 베트남 최고의 문학작품이라고 하는『쭈엔끼에우』의 저자.

비는 '신성'이나 '푸둥티엔브엉'과 '진흙을 별에 던지다'와 같은 시구에서 고통 받는 노동자와 무산계급을 인격화했다. 그 화신과 개심은 바로 혁명의 신비함이었고, 삶을 바꾸는 것이었으며, 계급투쟁의 반란이었다. 응웬끼 비의 『신의 시대』는 문예, 문화전선에서 선봉자에 걸맞은 것이었다.

그처럼 칭송하고, 그렇게 광고하는 것은 정말 혁명문학 비평에서 유일무이한 것이었다.

무산계급 시가의 공신록을 보면 혁명 이전의 '자력문단', '토요소설', '신시' 등에서 이름을 날린 유명한 사람들 외에도 항전과 함께 태어난 소장파로, 혁명의 자식인 응웬끼 비가 있었다.

실제로 그러한 최고의 홍보를 할 수 있었던 것은 응웬끼 비의 재능 때문이 아니라 바로 찌엔탕 러이의 전략에 의한 것이었다. 찌엔탕 러이는 지위와 업무 관계에서 뜨부옹 동지의 직접 지도하에 일하고 있었다. 응웬끼 비를 고향에서 북부지구로 데려오자마자 찌엔탕 러이는 뜨부옹 동지에게 자신의 동생을 천거했다. 준수한 용모에 행동이 빠르고 총명한 수도원 중학교 학생을 보고, 뜨부옹 동지는 좋은 인상을 받았다.

"아! 「삶」이란 시의 작가지? 아주 잘했어. 얼굴이 잘생겼구먼. 찌엔탕 러이 동지에게 인재를 소개한 공이 크다고 적어두어야겠어. 혁명하는 우리는 지금 재능 있는 사람이 아주 필요해. 동지야말로 재능 있는 젊은이지. 아주 좋아. 항전과 혁명에 젊은 지식인들을 보충해야 해. <위국> 신문에서 일하는 건 어때? 내가 동지를 그곳에 소개하겠네."

처음 만남에서 응오시 리엔은 시인 응웬끼 비가 이륙할 수 있도록 큰 활주로를 깔아주었다.

그 뒤 <위국> 신문에 연이어 전선의 르포기사와 응웬끼 비의 시가 출현하기 시작했다. 그리고 책임감 있고 헌신적인 보모처럼 찌엔탕 러이는 조용히 응웬끼 비의 시를 스크랩해두었다. 서른여섯 편의 시가 모였을 때, 시인 응오시 리엔의 생일을 맞이하여 찌엔탕 러이는 그것을 그에게 바쳤다.

"보고 드립니다. 동생 녀석이 감히 할 수 없다고 합니다. 하여 제가 겁 없이 이 시집을 드립니다. 생일 축하 선물로 드립니다. 제 생각에 형님이 없었다면 제 동생 비에게 어찌 오늘날과 같은 날이 있었겠습니까? 형님이야 말로 양부이며, 출생신고를 해주신 분이지요…."

"아니, 그렇게 말하지 말게. 그런 말이 어디 있나. 윗사람을 욕보이는 것일세. 이리 주게. 내가 이것을 받는 것은 내가 항전 시인들을 고무하는 사람으로서 받는 것일세…."

일주일 뒤 시인 응오시 리엔이 찌엔탕 러이를 불러서 말했다.

"자네 아주 눈이 예리한 사람일세. 응웬끼 비 시집을 읽었는데 아주 좋아. 네 편만 빼면 인쇄할 수 있네. 시집의 제목은 『신의 시대』로 하지. 비에게 내가 보자고 한다고 전하게. 내가 편지를 써줄 테니 인쇄소에 갖고 가라고 하게."

5일 뒤 비는 도안홍으로부터 하루 밤낮을 걸어서 시인 응오시 리엔을 만나러 왔다. 대시인의 면전에서 비는 불쌍할 정도로 떨고 있었다. 그가 떤 것은 그가 앙망하고 존경했던 사람으로부터 관심을 받아, 너무 감동했고, 너무나 행복했기 때문이었다.

거의 두 달이 걸려 『신의 시대』가 인쇄소를 나와 전군에 배포되었다. 응웬끼 비 신드롬은 각 전선에 폭발적인 생기를 불어넣었고, 수백만 명을 동원하는 힘이 있었으며, 수백만 명의 병사와 민간 운송대를 독려했다. 농민, 노동자, 군인, 지식인들로 하여금 특히 홍하델타, 북부 구릉지, 중부지역에서 소작료 인하운동과 토지개혁을 촉발시켰다. 부대에 산을 옮겨 바다를 메울 수 있는 힘을 주어 위대한 디엔비엔푸 작전, 마지막 혈전으로 나가도록 했다.

「신의 시대」는 즉시 열두 명의 작곡가에 의해 노래로 만들어졌다. 가장 인상적인 것은 유명한 작곡가 즈엉 타잉의 <별이여>라는 노래였다.

사천 년 동안 고여 있던 진흙 연못에서
우리는 푸동 신과 어깨를 나란히 하며 일어선다.
피가 파도처럼 빨갛게 하늘을 덮으니
낫과 망치여, 빛나는 별, 노란별이여!

응웬끼 비의 시집은 북부지구 근거지로부터 프랑스 식민지 당국의 통제와 촘촘한 그물 같은 포위망을 뚫고 와, 가뭄에 소나기 만난 것처럼 하노이의 애국자들로부터 환영을 받았다. 가장 호응이 컸던 사람들은 중고생과 대학생 그리고 지식인이었다. 사람들은 수첩에 독립 고개, 반깨오, 므엉타잉 다리 습격에 관한 소식과 함께 『신의 시대』 시집 중의 시를 적어 가지고 다녔다. 또 <별이여>라는 노래를 속으로 부르며, 디엔비엔푸 전쟁에 관한 소식이나 제네바 협정에 관한 소식 그리고 인도차이나에서의 평화가 다시 온다는 소식도 들었다.

1954년 그 뜨거웠던 여름은 리푹 씨의 아들 응웬끼 봉 학생이 하노이에서 고등학교 입학시험을 준비하던 때로, 이때는 봉의 손에도 『신의 시대』가 쥐어져 있었다.

"시인 응웬끼 비가 너의 형 맞지?" 같은 반 친구인 따돈이 봉의 손에 시집을 건네며 물었다. 그리고 매우 심각한 얼굴로 바라보았다. "사람들이 너의 두 형이 월맹군이라고 하던데, 이 시집은 재미있지만 공산주의 냄새가 나."

봉의 얼굴색이 변했다. 그는 시집을 가슴속에 감추고 따돈의 손을 힘주어 잡아당기면서 그의 귀에 대고 속삭였다.

"입 조심해라. 나도 알아보고 있어."

정말로 고등학교 입시준비를 위해 하노이로 온 날부터 최근 몇 달 동안 봉은 누군가 항상 자신을 따라다니는 느낌을 받았다. 어떤 때는 선글라스에 야구 모자를 쓴 사람이, 어떤 때는 회색 옷에 하얀 중절모를 쓴 사람이었다. 예비 합격자 명단에는 봉의 프엉딩 중학교 42명 중 봉과 따돈, 둘만 들어 B반과 C반에 배치되었다. 봉은 미칠 듯이 기뻤다. 따돈을 끌어안는데, 한 남자가 둘 사이에 끼어들면서 봉에게 악수를 청했다. 그가 봉을 따라 자취집까지 와서 말했다. "네가 바오다이[27] 황제의 상을 받게 된 썬밍 성의 유일한 중학생이다. 정부는 너에 대해서 특별한 관심을 갖고 있다. 너는 프랑스와 베트남의 미래이다. 이번에 너는 최초로 남부로 가는 학생들 명단에 들어 있다."

'남으로 간다.'는 두 마디를 봉은 처음 들었다. 바로 디엔비엔푸 전투가 끝나갈 무렵이었다. 온 하노이 사람들은 월맹군이 A1 고지와 드까스트리 장군의 참호를 포위했다는 소식과, 다시 A1 고지를 점령했다고 소식을 들었다. 베트남 민주공화국은 프랑스 대표와 제네바 협정에 서명했다. 프랑스 사람들은 월맹 측에 항복을 선언했다.

봉이 『신의 시대』에서 막 두 편의 시를 읽었을 때 검은 선글라스에 야구 모자를 쓴 사람이 봉의 자취집에 나타났다.

"자네한테 권하는데 월맹 측의 그 어떤 자료도 읽지 말게. 따돈이 자네 형의 시집을 전해준 것 맞지? 이리 줘보게. 자네 생명을 보존하기 바란다면 이 책을 나에게 맡기게. 프랑스는 디엔비엔푸에서 잠시 패했을 뿐이야. 그렇지만 프랑스는 반드시 다시 돌아올 거야. 미국인들이 결코 프랑스

27. Bảo Đại(保大, 1913-1997). 베트남 응웬 왕조의 마지막 왕으로 프랑스에 망명하여 살다가 사망했다.

사람을 버리지 않아. 그들의 비행기와 전함이 현재 남부에 있지. 바오다이 황제가 자네에게 중학교 졸업 표창장을 하사했네. 자네 같은 충성스런 사람들이 아주 필요한 때야. 자네 주님을 따라 남부로 갈 준비를 하게.”

“그런데 당신은 누구입니까? 왜 당신이 저에게 관심을 갖지요?” 봉이 따지듯 물었다.

“나는 자네가 바오다이 황제의 표창장을 받은 날부터 아는 사람이야. 그리고 오늘내일 사이에 자네를 가장 안전한 방법으로 사이공에 데려가고, 보호할 책임을 진 사람이야. 자네는 그렇게만 알고 있으면 돼. 지금 자네는 선택의 기회가 없어. 고향 썬밍으로 가는 길도 봉쇄됐어. 동 마을 초소도 유격대가 밀어버렸지. 리푹 씨 부부와 자네의 동생들도 남으로 갈 준비를 마쳤어….”

“저는 부모님과 동생들을 만나야 합니다.”

“안 돼. 우리가 리푹 씨 부부에게 자네의 소식을 전하겠네. 자네는 고향에 갈 필요가 없어. 그리고 가고 싶어도 갈 수 없네. 자네 지금은 자신의 생명만이 중요하다는 것을 생각하게….”

“그런데 저는 천주교 신자가 아니에요. 부모님은 불교를 믿는데.”

“사람들은 모두가 하나님의 자식이야. 게다가 불교 신도들도 프랑스와 바오다이 황제를 따라 남으로 내려갈 걸세. 자네 더 이상 생각할 시간이 없네. 디엔비엔푸에서 승리한 후 월맹군이 하노이로 몰려올 거야. 그러면 피바람이 불겠지. 프랑스와 바오다이 황제와 관련된 사람들은 누구라도 월맹군이 찢어죽일 거야. 자네 아버지인 리푹 씨도 프랑스 체제에서 이장을 맡았기 때문에 프랑스를 따라가지 않는다면 역시 찢어죽이겠지….”

봉은 몸서리쳤다. 어떻게 이 검은 선글라스를 낀 사람은 봉의 이력과 환경을 그렇게 자세히 안단 말인가? 정보국 사람인가? 만약 봉이 고향으로 도망친다면 이 사람들이 암살할까?

104

검은 선글라스를 낀 사람이 봉에게 응웬끼 봉이라는 이름이 인쇄되어 있는 럭비공 모양의 도장이 찍힌 종이 한 장을 건넸다.

"이것은 자네의 비행기 티켓이야. 자네 따돈과 같이 가게 될 거야."

봉은 놀랍고 아주 당황스러웠다. 아니면 따돈이 봉과 함께 남쪽으로 가고 싶어서 검은 선글라스에 야구 모자를 쓴 사람을 고용해 자신을 꼬드기라고 시켰는가?

따돈은 까 다오 씨의 아들로, 미엥트엉 마을 사람이며 리푹 씨 부인의 먼 친척이었다. 미엥트엉은 천주교 마을로, 현 내에서 가장 높은 종탑과 가장 큰 성당이 있었다. 까 다오 씨는 학교를 다니다 중도에 포기하고 우체국 서기로 일하면서 싱뜨 거리의 부잣집 딸을 아내로 맞았다. 따돈은 고향에 있는 첫째 부인의 아들로 봉과 같이 중학교에 다녔고, 함께 하노이로 가서 고등학교 입시를 준비했다. 따돈에게는 투우옌이라는 이름의 예쁜 여동생이 있었는데, 봉보다 한 살 아래였다. 돈은 속으로 우옌을 봉의 짝으로 만들려고 했다. 봉도 우옌을 좋아했고, 밤에 자주 그녀의 꿈을 꾸었다. 그러나 막상 만나면 수줍고 약해져 감히 쳐다보지 못했다. 야구 모자에 선글라스를 낀 이 사람이 봉과 따돈의 여동생 우옌과의 관계도 알고 있는 것일까?

***

어릴 때부터 함께 리푹 씨로부터 한학을 공부했고, 유치원, 초등학교에서 같은 반에서 공부했지만 봉과 꾹은 완전히 서로 다른 실체였다. 봉은 배운 것은 모두 기억했고, 심지어 그 어려운 한자도 리푹 씨가 쓰는 법을 알려준 뒤로는 획의 순서를 틀리지 않고 그대로 썼다. 반대로 이런저런 방법을 모두 동원해서 가르쳤지만 꾹은 오직 가로 획만 기억했고, 두이⌐ 자를 쓰라고 하면 가로로 쓰는 것이 아니라 세로로 II자로 썼다. 하물며 복잡한 나 아^{我} 자나 나라 국^{國} 자는 말할 필요도 없었다. 어떤 때는 리푹 씨가 그의 손을 책상 위에 올려놓고 피가 날 때까지 때렸지만 꾹은 쓰지 못했다. 그 둘은 같은 반을 다니고 있었지만, 봉은 항상 반에서 일등을 했고, 꾹은 꼴찌였다. 봉은 수업을 열심히 들었고, 노트 정리를 잘했으며 글씨를 잘 쓰는데 꾹은 그 반대였고, 항상 공부는 노동이라고 생각했고, 노트와 책은 항상 너덜거리고 손은 늘 잉크로 범벅되어 있었다. 리푹 씨 부부에게 잘 보이기 위해서 꾹은 봉에게 글을 써 달라고 했고, 과제를 도와달라고 했으며 자기가 낮은 점수를 받았다는 것을 부모님께 말하지 말라고 사정했다. 대신 꾹은 봉을 대신해서 밥을 짓거나 설거지, 마당을 쓰는 일 등을 모두 자신이 맡아서 했다. 초등학교에 들어간 후 꾹은 2년 연속으로 유급을 당했다. 꾹이 뱀에 물려 한 팔이 마비되고 나서 물고기 서리를 한 적이 있었다. 연못 주인한테 들켰는데, 주인이 진흙을 꾹의 귀에 던져 염증이 생겼고, 결국 귀가 먹었다. 이로써 그의 학업은 더 이상 희망이 없게 되었다. 꾹은 스스로 손을 모으고 리푹 씨 앞에 엎드려서 "아버지, 저 학교 그만 다니게 해주세요."라고 말했다. 리푹 씨는 그를 바라보며 고개를 끄덕였고, 눈물을 머금고 봉만 계속 중학교에 다니게 할 수밖에 없었다.

시문과 사회 과목을 잘하던 코이나 비와는 달리 봉은 자연 과목을 좋아하고 잘했다. 프랑스 공정대가 프엉딩에 투입되어 방어진지를 건설하고 동 마을에 초소를 세우면서 최초의 공립 중학교가 미엥하 성당에 세워졌다. 봉은 1학년에 등록하고 부모님의 부담을 덜기 위해서 매일 8킬로미터를 걸어서 학교에 다녔다. 겨울에는 이슬비와 북풍을 피하기 위해 삿갓을 쓰고 솜옷을 입었다. 어떤 날은 너무 일찍 일어나서 동네의 논을 다 지나서 강가의 둑에 도착했을 때도 해가 뜨지 않을 때도 있었다. 찬비가 얼굴에 내리치는 날에는 학교에 도착했을 땟국물에 젖은 생쥐 같았고, 추위 때문에 이가 저절로 부딪쳐 딱딱거리고, 손이 곱아 반 시간이 지나도 연필을 잡을 수 없을 때도 있었다. 아, 그날은 어찌 그렇게 추웠는지. 배가 고프면 고플수록 몸은 추위에 더 떨었다. 여름에는 또 다른 고통이 따랐다. 작은 발은 길 위의 뜨거운 돌멩이 때문에 화상을 입었고, 온몸은 땀으로 젖었다. 그렇지만 8킬로미터를 걸어가는 길은 봉에게 아주 좋은 공부시간이었다. 1년 동안 걸어 다니면서 봉은 프랑스어-베트남어 소사전을 다 외웠던 것이다.

응웬끼 코이와 응웬끼 비 두 형제가 북부지구로 간 뒤로 리푹 씨 부부는 더욱더 봉의 학업에 신경을 썼고, 돈을 썼다. 1953년 초, 전황이 급하게 돌아갈 때, 리푹 씨는 봉을 하노이로 보내 공부시키겠다는 생각을 했다. 하노이는 복잡하고 돈이 많이 든다는 것을 알았지만 리푹 씨 부인 쪽에 떱깬 식물원 근처 사는 역에 근무하는 친척 오빠가 있었고, 그 집에 묵게 할 생각이었다. 그의 이름은 끼였는데, 또한 따돈 어머니의 친척 오빠이기도 했다. 봉은 공부하기 좋은 하숙집을 구한 데다 친한 따돈과 하노이에서 같이 공부하게 되었다. 리푹 씨는 아내에게 "이렇게 총탄이 난무하는 시기에 어찌할 바를 모르겠소 두 아들놈은 나라에 바친 것으로 칩시다. 꽉은 얘기할 것도 없고 그 녀석이 우리 집에 와서 세 형을 위해 모든 손해를 다 감수하고 있지. 봉은 꼭 잘 붙듭시다. 두 놈들에게는 소홀했지만 이놈이 있으니…"라고 말했다. 봉을 마지막 남은 돈처럼, 최후의 재물처럼 여겼다. 따라서 리푹 씨는 절대로 봉을 잃지 않겠다고 다짐했다. 자신도 여전히 월맹 측과 협조하고 있으며, 두 아들을 월맹 측에 보냈지만 리푹 씨는 다른 계산을 하고 있었다. 실질적으로 그는 한 발은 이쪽에 한 발은 저쪽에 담그고 있었고, 여전히 프랑스 사람에게 문을 열어놓고 있었다.

응웬끼 봉이 바오다이 황제의 표창을 받자, 그는 봉을 끝까지 공부시킬 결심을 더욱 굳혔다. 심지어 그는 봉이 고등학교를 졸업한 후 장학생으로 프랑스에 유학가길 바랐으며 봉에게 중책을 맡길 생각을 하고 있었다.

하노이에 머문 시간은 짧았지만 봉에게는 아주 귀중한 시간이었다. 학교에서 공부하는 시간 외에 봉은 부모님의 부담을 덜기 위하여 돈을 벌려고 가정교사를 했다. 시간이 날 때는 <빛줄기>, <정도>, <오리> 등과 같은 신문사를 찾아다니거나 가판대에서 신문을 읽었다. 가장 재미있는 것은 <오리> 신문이었다. 우스개가 많이 실렸으며, 흥미로우면서도 유익했다.

이 시기에 봉은 어린 한 친구를 사귀게 되었는데, 레도안이었다. 도안은 봉보다 세 살 어렸고, 검고 말랐다. 하남 사람으로 피난 중 가족을 잃고 난민촌에 있다가 떱껜 근처의 고아원에서도 지냈다. 열 살 때, 도안은 프랑스어를 아주 잘 해 프랑스 원정군들도 혀를 내두르고 고개를 끄덕일 정도였다.

어느 일요일 도안이 헐레벌떡 봉을 찾아왔다.

"나랑 같이 가. 이 얘기 정말 재밌어."

"무슨 얘긴데 그렇게 재밌니?"

"프랑스와 우리가 얼마나 다른지 가보면 알아. 그런데 코를 막을 수건을 준비해야 돼."

그들은 전차를 타고 꺼우저이 반대쪽으로 갔다. 두 정거장을 지나 전차에서 내려 낌선 사 맞은편의 공터로 돌아들어갔다. 사람의 인분 냄새가 나는 듯했다. 구린내 같기도 하고 썩는 냄새 같기도 했다. 두 코를 수건으로 싸맸음에도 불구하고 견딜 수가 없을 정도였다.

도안은 손으로 인분이 여기저기 널려있는 넓은 마당을 가리키며 설명했다.

"이곳은 인분을 말리는 곳이야. 인분을 수거하는 사람들이 시내 곳곳에서 인분을 수집해서 이곳 남 지엠씨의 비료회사에 팔아. 인분을 말린 다음에 나무 박스에 포장을 하고 '메이드 인 안남'이라는 마크를 붙여서 프랑스로 실어 보내지."

"뭐 하러?" 봉이 유치하게 물었다.

"저들의 고향인 프랑스의 보르도나 부르고뉴의 포도밭에 비료로 사용하지. 형은 프랑스가 위대하다고 생각해? 식민지인 안남 주민의 인분까지도 쥐어짜고 있어." 그리고 도안은 말뚝 박듯이 확고하게 말했다. "나는 장학금을 준다고 해도 결코 프랑스로 유학가지는 않을 거야. 저처럼 인분까지도 쥐어짜는 식민지 놈들을 경멸해."

유학을 가느냐 그리고 그곳에서 사느냐의 문제를 생각할 때, 레도안이 프랑스를 경멸하고 무시하는 태도는 봉의 머릿속에 계속 남아있었다. 간다면 미국 학교냐 아니면 프랑스 학교냐?

신문에서는 남베트남에서 미국인이 프랑스인을 대신한다는 얘기가 파다했다. 더 공부해야 하나. 미국인과 공부하여 학문의 정상을 걸을 것인가 아니면 암담하고 가난한 고향 동 마을로 돌아가 피 흘리는 광경을 직접 볼 것인가? 고향의 참상이 어른거려 이틀 밤 동안 봉은 잠을 못 이뤘다. 봉은 일기를 썼다. 그리고 부모님께 그리고 코이와 비 두 형은 물론 동생 꾹과 허우에게 편지를 썼다.

폭풍이 불던 밤 열 시쯤 레도안이 정신없이 봉을 찾았다. 그는 아주 무거운 것을 들고 있는 듯 허리를 숙이고 끙끙대고 있었다. 봉은 도안이 자기가 떠날 것을 예측하고 전송하러 온 것은 아닐까라고 생각하며 놀라서 물었다.

"밤이 늦었는데 무슨 일이야?"

"도와줘. 엄청 무겁네."

봉의 손에 차가운 실탄이 닿았다. 수백 발의 권총 실탄이 처마 끝 전등불빛 아래서 반짝였다.

"실탄 정말 많지?" 도안이 소리쳤다. "176발이야. 내가 떠깬 기지의 프랑스 원정군 것을 훔쳤어. 저들과 한참이나 농담 따먹기를 했지. 그리고 각자에게 꼬땁 담배 몇 개피 씩 주고 나서 저들을 속이고 휘저었지. 전에 내가 프랑스 군인 졸리의 리볼버 권총을 훔쳤었지. 우리 부대가 하노이를 접수하러 올 때, 우리 둘이 이 실탄을 쏘면서 축하하자."

"그런데 나는 총을 쏠 줄 모르는데." 봉은 한숨을 쉬었고 그리고 아주 부끄러움을 느꼈다.

"내가 가르쳐 줄게. 아주 쉬워. 조금만 배우면 돼." 도안이 실탄을 봉의 손에 쥐어주었다. "지금 이 실탄을 여기에 맡길게. 내가 있는 곳은 금방 들통 나. 애매하게 굴면 금방 잡혀가."

도안은 봉을 아주 어려운 상황으로 밀어 넣고 있었다. 도안을 어떻게 이해시킬 수 있을지 알 수 없었다. 아니면 자신의 예정된 일정을 다 말해버릴까?

아주 운 좋게도 끼토 부인이 적시에 나타났다. 그녀는 봉에게 자러 가라고 재촉했다. 봉은 도안의 귀에 대고 속삭였다.

"도안, 우선 갖고 가서 아무 데나 좀 감춰둬라. 끼토 아줌마가 알면 위험해."

도안이 돌아갔지만 봉은 계속해서 죄책감에 시달렸다. 봉은 도안에 대해 크게 감동했고, 자신이 수치스러웠다. 어느 날 봉이 갑자기 하노이에서 사라지면 도안은 봉을 얼마나 저주하고 경멸할 것인지 알 수 없었다.

도저히 잠을 이룰 수가 없었다. 밤 12시에 봉은 『끼에우전』책을 들고 조용히 집 앞으로 나갔다. 처마 끝에 매달려 있는 붉은 전등 불빛 아래에서 봉은 경건하게 합장한 두 손 사이에 책을 쥐고 빌었다. "사해 대왕님, 각연 스님, 취교 선녀님께 빕니다." 이 말은 도카 씨의 부인, 즉 봉의 할머니가 『끼에우전』책으로 점을 칠 때 빌며 하는 말이었다. 정말 신기한 것은 프랑스어를 몰랐고, 한자는 물론 베트남어 글자는 더욱 몰랐다는 것이다. 그런데도 그녀는 『끼에우전』전체 내용을 능숙하게 모두 외웠다. 책 앞쪽부터 순서대로 기억하는 것은 물론이고 뒤쪽부터 거꾸로 외울 수도 있었다. 어떤 부분을 가리키면 그 부분을 정확하게 외웠다. 게다가 독특한 것은 도카 부인이 『끼에우전』으로 점을 잘 보는 능력이 있다는 점이었다. 누구네 집이든 무슨 일이 생기면 그것이 좋은 일이든 나쁜 일이든, 자손들과 관련된 일이든 그렇지 않든 간에 그녀는 『끼에우전』을 들고 가 점을 쳤다. 봉은 할머니의 장엄하고 경건한 얼굴과 행동 하나하나까지도 인쇄된 것처럼 기억하고 있었다. 할머니는 책을 펼쳐 봉의 얼굴에 대고는 읽어달라고 했다.

"남자는 왼쪽, 여자는 오른쪽이다. 책으로 점을 치려는 사람이 남자냐 여자냐에 따라 홀수 쪽이냐 짝수 쪽이냐가 결정되는 것이다. 봉아!"

합장을 하고 나서 봉은 『끼에우전』을 펴고 왼쪽 페이지를 보았다.

"후사를 이을 수가 없으니 / 이를 악물고 헤어지려 하오." 자신의 눈을 믿을 수가 없었다. 봉은 눈을 깜박이며 다시 읽었다. 『끼에우전』의 1,954번째 행으로 "이를 악물고 헤어지려 하오."라는 구절이었다. 지난 설에 니에우 비에우 선생이 리푹 씨에게 한 말대로 영험이 있는 것인가? 봉은 아버지와 니에우 비에우 선생 사이의 대화가 생각났다.

"『끼에우전』을 쓴 응웬주 선생은 정말 재능 있는 분이야. 우리 함께 생각해보세. 여기 이 구절 '이를 악물고 헤어지려 하오.'라는 구절 말일세. 이 구절은 정확히 1,954번째 행이지 않나. 자네 집에 일이 생길 것이네. 어쩌면 온 나라에 일이 생길 수도 있고, 올해가 갑오년이고, 양력으로 1954년 이지. 올해는 이별, 이산의 해야. 틀림없다네. 이 난리는 반드시 일어날 것이고 그리고 끝이 날 걸세. 그러나 대단원의 막을 내리는 것은 아닐 걸세. 내가 점괘를 보고, 음양을 보고, 별자리를 보아도 모두 둘로 나뉘거나 분리되는 형국일세."

분리된다고, 언제? 어떤 사람이 봉에게 프랑스가 월맹 측에게 2년 내에 협상할 것이라고 말하는 소리를 들었다. 2년 뒤에는 통일 연합정부가 설립될 것이라고 했다. 그 시간은 봉이 고등학교를 졸업할 수 있는 충분한 시간이었고, 대학 시험을 볼 기회를 갖기에 충분했다. 봉은 외국으로 유학을 가거나 아니면 하노이로 돌아와 계속 공부할 수도 있었다. 봉은 부모님과 형제들 그리고 친구들에게 부끄러웠다.

***

제네바 협정이 체결된 날로부터 한 달 뒤인 1954년 8월 하순 정오 무렵에 다코타 비행기가 응웬끼 봉과 따돈 그리고 투우옌과 42명의 천주교 신자를 태우고 자럼 공항을 이륙하여 떤선녓 공항에 착륙했다.

그해 여름의 사이공은 아주 무더웠다. 남부의 햇빛은 새로운 땅의 노란색과 바다의 짠맛을 띠고 있었다. 말똥색의 낙하산으로 수백 개의 임시 천막이 공항청사 주변에 고만고만하게 세워져 있었다. 공항은 마치 불타는 프라이팬 같았다. 비행기에서 내리자마자 봉은 하동, 선떠이, 하이즈엉, 남딩, 하남, 닝빙 등에서 이주해온 수천 명의 동포들에게 둘러싸였다. 이번 이주는 공직자 가족들에게만 해당되는 항공편을 이용한 특별한 경우였다. 스피커 소리가 마치 귓바퀴에 뜨거운 것을 밀어 넣은 것처럼 따가웠다. "여기는 떤선녓 공항입니다. 공산정권 치하에서 막 벗어나 민족의 공동체이며 하나님의 나라에 오신 북부지역 동포 여러분을 열렬히 환영합니다. 동포 여러분에게 당부합니다. 직원의 안내에 따라 여러분은 이주 동포들을 영접하는 곳으로 가서 절차를 밟게 될 것입니다. 끼어들거나 밀치지 마십시오, 상부상조의 정신을 발휘합시다. 건강한 분들은 노약자나 어린이를 도와주시기 바랍니다…"

군용차 한 대가 정문에서 군중 속으로 달려왔다. 상호가 그려진 흰색

112

제복을 입고 운전석에 앉아 있던 자가 손을 들고 "따 다오 씨 가족!"이라고 소리쳤다. 따 다오 씨는 따돈의 아버지로, 친동생이 호나이 플랜테이션의 주인이었다. 이번 이주에서 봉이 비행기를 타고 온 것은 따돈이 도와주었기 때문이었다. 비행기 요금이 너무 비쌌기 때문에 이주 동포 대부분은 하이퐁에서 선박편으로 내려오게 되어 있었다. 특별한 사람들만이 자럼 비행장에서 항공편으로 내려올 수 있었다. 따돈의 부모님과 여동생이 자동차 있는 곳으로 달려갔다.

따돈이 결정을 못하고 서 있다가 봉의 손을 잡았다.

"내가 삼촌한테 말해서 너와 같이 있게 해달라고 말해볼게. 그러나 삼촌도 자신의 일 보는 것도 바쁜데 남의 일을 도울 수 있을지 몰라. 즉, 우리 삼촌도 다른 사람에게 부탁해야 한다는 것을 말하는 것이야. 됐어. 너는 평민병원으로 가. 나중에 만나자."

따돈이 봉의 손에 인도차이나 화폐 몇 동을 쥐어주면서 눈물을 훔치고는 자동차로 달려갔다. 따 투우옌이 급하게 돌아왔다.

"봉 오빠도 우리 집에 같이 가는 거지?"

따돈이 동생을 막았다.

"아니. 그 친구는 단체로 갈 거야. 우리 다음에 봉을 만나자."

우옌이 봉을 바라보며 어쩔 줄 몰라 했다. 검은 두 눈이 젖어있었다. 두 발을 뗄 수 없을 것 같았다.

응웬끼 봉은 지금처럼 고독하다고 느껴본 적이 없었다. 생활용품과 옷가지를 넣은 배낭을 어깨에 비스듬히 걸쳤다. 봉의 두 눈이 흐릿해졌다. 언제인지도 모르게 두 줄기 눈물이 흘러내렸다. 두 줄기 눈물을 통해서 봉의 눈앞에 옛날 일들이 파노라마처럼 스쳐갔다.

무질서, 혼란, 소음이 뒤범벅되어 있었다. 수만 명의 북부 이주민들이 흔들리는 야전의 군대처럼 천막을 치고 있었는데, 마치 하나님의 버림을 받아 방향을 모르는 신도와 같았다.

내가 부모와 이별하고, 북부와 이별한 것이 정말인가? 아, 불과 몇 시간 전 비행기가 하노이 하늘을 날 때 홍강과 환검호를 내려다보면서 봉은 마음속으로 언젠가 다시 돌아올 것이라고 약속했었다. 그러나 지금 이 뜨거운 비행장 가운데 외로이 홀로 서있다. 봉은 이제는 끝이라고 생각했다.

영원히, 부모님께, 사랑하는 동 마을에, 형과 동생들에게 돌아갈 수 없을 것 같았다. 봉은 유랑자, 망명자가 되었다. 봉은 고향과 동네를 잃어버린 자였다.

제6장 다섯 대문을 열고 환영하다

그 해 가을 하노이는 흥분과 기다림 속에서 살고 있었다. 최고로 화려한 연회처럼, 아찔하고 푹 빠져버린 번개 같은 사랑처럼, 황홀하고 당황스러운 회생처럼 흥분되었다. 꿈인지 현실인지 황망함이 다 가시지 않아서, 예비되고 계산된 기대와 허구성 때문에 기다렸다.

1954년 10월 10일 0시, 하노이는 북부지구 항전수도에서, 포연과 적의 시체와 피로 가득한 디엔비엔푸 심장부에서, 하노이에 있는 다섯 개의 문으로, 천사 같은 군대가 하노이로 진입하는 첫 발걸음과 세상을 인도하는 순간을 목격했다.

다섯 문을 열고 환영한다.
군대가 오는 것을
축하의 꽃받침처럼

다섯 복사꽃이 피었다
찬란한 새벽이슬이 불탄다…

작곡가 반까오의 <하노이로의 진격>이라는 노래가 홍강의 바람과 파도와 함께 각 골목과 창문으로 밀려왔고, 수십만 개의 금성홍기가 펄럭이고, 고풍스런 환검호 수면 위에 가을 나무의 실루엣이 아른거렸다. 반까오의 음악이 하노이 사람들의 입술에, 눈에, 머리칼에 울려 퍼졌다.

그날 수도 하노이를 해방시키기 위해 진입하던 군대 속에는, 동 마을 리푹 씨의 두 아들도 있었다. 찌엔탕 러이는 경호부대의 호송을 받는 특수차량을 탄 정부 대표단 속에 있었다. 젊은 시인 응웬끼 비는 하노이 중심부로 진격하는 다섯 개의 공식 주력 연대 및 통합병과에 속해서, 이엔푸 강둑 쪽에서부터 꼬응으 도로를 따라 바딩 광장을 지나 구시가지인 36거리를 통과하여 하노이 대극장 앞 광장에 집결했다.

하노이를 접수하기 위해 진입하는 부대는 이미 3개월 전부터 전군에서 고르고 골라 뽑았다. 분대별, 소대별, 중대별로 선발했고, 나이가 어리고, 외모가 준수하며 이력이 깨끗한 것은 물론 전투에서 뛰어난 성적을 거둔 병사를 선발했다. 선발된 병사들은 2개월 동안 잘 먹고, 군기와 행동에 대해 훈련을 받았으며, 정치적 관점을 익힌 다음, 공식적인 하노이 진입군으로 선발되기 위해 한 번 더 걸러졌다. 하노이 진입 군에 선발되고 하노이를 접수하는 일에 참여하는 것은 아주 큰 영광이었고, 병사의 삶에서 유일무이한 기회였다. 군대 생활 3년차인 젊은 시인이며, 『신의 시대』라는 시집으로 이름을 날린 응웬끼 비는 특별히 뛰어난 구국의 영웅들과 함께 행렬의 앞줄에 서도록 배치되었다. 그들은 중심인물로, 사진이나 영화 촬영을 위한 주연 배우였다. 1미터 70센티의 키에 학생 티가 나는 준수한 용모 그리고 초승달 같은 눈썹과 큰 눈의 응웬끼 비는 위장망을 씌운 모자,

방탄복 그리고 초록색 군복을 과시하기 위해 태어난 사람 같았다. 가장 위엄 있는 것은 비가 찬 리볼버 권총이었다. 이 권총은 힘람 고지 전투의 주력부대였던 312연대의 정치위원 동지의 전리품으로, 그 동지가 『신의 시대』 작가를 특별히 앙모하여 선물한 것이었다. 이 리볼버 권총은 제2차 북부 침략(1881-1885) 이후에 안남 주재 프랑스 정부의 총사령관을 역임한 귀족 가문의 러셀 드 쿠르시 장군의 손자인 프랑스 장교 랑 드 쿠르시가 지니고 다니던 보물이라는 소리가 있었다. 옆구리에 비스듬히 맨 가죽집 속에 들어 있는 푸른빛이 나는 리볼버 권총과 넓고 여러 줄이 누벼진 미국식 허리띠는 비로 하여금 행군 대열에서 더욱 두드러지게 보이도록 했다.

비가 하노이 땅을 밟고자 했던 여러 해 동안의 꿈은 이제 현실이 되었다. 동 마을에서 가장 부유한 명문가로, 교육청장의 손자이며 이장의 아들이라는 소리는 들었지만 수도원 내의 중학교를 다닐 때조차도 비는 겨우 현의 읍내까지만 가 보았었다. 동 마을은 직선거리로 하노이에서 불과 수십 킬로미터밖에 안 됐지만 매일 밤, 마을 입구의 반얀 나무 아래에서 북쪽을 바라보며 비와 마을 친구들은 지평선 저쪽의 신비하고 흐릿한 불빛 속의 하노이를 바라보았었다. 수년 동안 그 불빛이 그를 부르고, 어서 오라고 재촉했다. 비는 낌보이와 화빙을 돌아 다 강과 타오 강을 건너고 푸터와 뚜옌꽝을 지났고, 파딘과 뚜언쟈오 그리고 디엔비엔푸를 도는 수천 킬로미터의 행군을 거쳐 비로소 오늘 늠름하게 하노이로 돌아왔다.

층층이 파도처럼 군대가 갔고,
차곡차곡 군대가 돌아온다.

반까오[28]의 노래 가사가 비를 대신하여 모든 것을 말하는 것 같았다. 비의 눈이 여러 번 흐릿해졌다. 짙은 갈색의 기와지붕, 얼룩진 석회를 칠한 벽과 가로수가 우거진 수도 탕롱의 거리 곳곳에 이제는 붉은 깃발이 올라가고, 수십만 명의 남녀노소가 꽃다발을 들고 환호하고 있었다. 비가 잘못 들은 것일까? 아니었다. 비의 시에 즈엉 타잉이 작곡한 <별이여!>라는 노래였다. "피가 파도처럼 빨갛게 하늘을 덮으니, 낫과 망치여, 빛나는 별, 노란별이여!" 비의 시가 하노이의 심장부에서 울려 퍼지고 있었다. 각양각색의 아오자이와 양복을 입은 남녀 혼성 예술단이 아코디언과 기타 그리고 만도린 등을 들고 <별이여!>라는 노래를 부르고 있었다. 그 노래의 정점에 이르렀을 때 갑자기 어느 집 옥상에서 연발 총소리가 울려 퍼졌다. 비는 고개를 들어 바라보았다.

헝클어진 머리에 키가 크고 마른, 피부가 거무스름한 한 아이가 하늘을 향해 권총을 겨눈 채 비에게 웃음을 보내며 손을 흔들고 있었다. 그 아이가 바로 응웬끼 봉의 친구인 레도안이었다.

행군 대열이 항봉, 항가이 거리로 진입할 때, 비에게 갑자기 문제가 생겼다. 수백 일 동안 타이어로 만든 슬리퍼에 익숙해 있었는데, 이번에는 전리품으로 얻은 샌들을 신었다. 그런데 오른발을 세게 묶어서 너무 아팠다. 게다가 돌멩이까지 발바닥에 끼어 고통이 더 했다. 그러나 멈춰서 돌멩이를 제거하고 다시 묶을 수도 없었다. 아픔을 참고 용감하게 대열 속을 걸었다. 다른 사람이 모르도록 아픔을 꾹 참고 걸었다. 환검호 가까이 도착했을 때는 더욱 길이 막혔다. 길 양쪽에 있던 동포들이 도로로 쏟아져 들어왔고, 수백 개의 카메라와 촬영기가 다가오며 선도 줄을 환영했다. 건물의 2층, 3층, 옥상에서 오색 꽃종이가 뿌려졌다. 아이들과 처녀들이 꽃다발을 각 병사들에게 안겼다.

그 봄비는 인파 속에서 비는 한 소녀를 주목했다. 그녀는 머리칼을

28. Văn Cao(1923-1995). 작곡가. 베트남 국가인 진군가를 작곡했다.

어깨까지 늘어뜨리고, 하얀 아오자이를 입고 우아하게 서 있었다. 정말 신기했다. 봉은 갑자기 아픈 발도 잊었다. 그는 그녀를 눈도 깜박이지 않고 바라보았다. 누가 등 뒤에서 그녀를 밀었는지 아니면 어떤 힘이 재촉했는지는 모르지만 갑자기 그녀가 인도에서 비 쪽으로 다가와서 하얀 글라디올러스 꽃다발을 건넸다.

마치 최면에 걸린 듯, 비가 멈춰 섰다. 그는 손을 내밀어 꽃다발을 받고, 그녀가 크고 빛나는 검은 눈의 아주 매력적인 소녀라는 것을 느꼈다. 아주 순간적이었다. 그의 손가락이 그녀의 손가락에 닿았다. 전기가 그의 심장으로 전해졌고, 비의 가슴을 연달아 두드렸다. 등 뒤의 한 어린 병사가 "키스해!"라고 소리쳤다. 그리고 "아, 예쁘다! 하노이 아가씨!"라는 소리가 시끄럽게 들렸다. 비는 꿈꾸는 것처럼 눈을 감았다. 순간 그녀는 뽀뽀를 하고 고개를 돌려 뒤돌아 갔다.

"이름이 뭐니?"

갑자기 봉이 소리쳤다. 무의식중에 터져 나온 소리였다. 자신이 그녀를 불렀는지 아니면 그의 심장이 불렀는지, 자기 자신도 알 수 없었다.

그녀가 군중으로 들어가기 전에 순간 돌아서며 차 꽃잎 같은 부드러운 손으로 입을 가리며 말했다.

"저는 다오… 찡… 키엠…입니다."

***

그리고 그녀는 군중 속으로 빨려 들어갔다. 그렇지만 그녀의 이름은 오색찬란한 가을 햇빛과 가을바람 부는 높은 하늘에서 떨어지는 종소리처럼 비의 혼에 똑똑히 울려 퍼졌다. 다오찡 키엠, 비의 삶에서 그처럼 신기하고 아름다운 소녀의 이름은 처음 들었다.

바로 그날 밤 비는 그녀에게 바치는 시를 썼다. 비는 밀려오는 어떤 느낌 속에서 시를 썼다. 가을 햇빛과 가을바람과 함께 수많은 인파와 깃발 사이를 웅장하게 승리의 행진을 하고 있는 거리의 꽉 찬 분위기가 한 글자 한 글자를 불러내듯이 밀려왔다. 그 하늘과 땅, 사람들, 거리의 풍경이 인상 깊고 웅장한 유화를 만들어냈다. 그리고 그 그림의 눈길을 끄는 유일한 점은 다오찡 키엠의 매력, 천사 같은 얼굴이었다. 그의 일생에서 최초로 키엠과 같은 아가씨를 만난 것이다. 현에서 학교를 다니는 동안 그리고 3년 동안 전쟁에 참여했지만 비는 사랑의 느낌을 가져본 적이 없었다. 「삶」이라는 시를 쓰던 당시에 같은 동네의 마이라는 아가씨가 비를 설레게 한 적이 있었고, 그도 그녀를 생각했었다. 그러나 그것은 단지 그가 시를 쓰기 위해서였을 뿐이었다. 그리고 썬즈엉에서 <위국> 신문에 근무할 때, 검은 눈에 하얗고 통통한 볼에 보조개가 있던 따이족 아가씨인 농티 웅언이 비를 몇 주 동안 애타게 한 적이 있었다. 그러나 신문사가 이전하면서 웅언의 모습도 점점 옅어져갔다. 그런데 이번 키엠은 완전히 달랐다. 마치 조물주가 정해준 것 같았다. 비가 북부지구로 올라온 뒤, 다른 병사들과 함께 산을 넘고 물을 건너고 벙커에서 잠을 자며 56일 밤낮으로 디엔비엔푸 전투에 참여했었던 것이, 오늘 하노이에서의 만남을 이끈 것 같았다. 투이 정원이 『끼에우전』에 나오는 남자 주인공인 낌쫑과 여자 주인공인 끼에우의 만남의 장소라면 승리의 날 하노이는 응웬끼 비와 다오찡 키엠의 만남의 장소였다. 그런 생각을 할수록 비는 가슴이 설레었고, 낭만적인 사랑을 엮고 싶었으며, 그의 상상력과 시적 심혼은 멈추지 않고 커졌다. 비는 얇은 종이에 시를 조심스럽게 적고 나서 향수를 뿌리고 접은 다음에 봉투에 넣었다. 그리고 군복 윗도리에 넣은 다음 그녀를 찾으러 나갔다.

비의 부대는 돈투이 병원에 주둔했다. 이곳은 본래 프랑스가 제2차 식민지를 개척할 때부터 베트남이 프랑스에 할양한 땅이었다. 그 후 인도차이나 전쟁 때 프랑스 군인을 치료하는 병원이 된 것이다. 자전거가 없었기 때문에 휴일을 최대한 이용하여 비는 후에 거리까지 걸어간 다음 전차를 타고 환검호에서 내렸다. 그리고 다시 걸어 항가이 거리로 갔다. 항가이 거리에 들어서자 비의 심장이 계속해서 뛰기 시작했다. 발목의 상처가 다시 아프기 시작했고, 그것이 그녀를 만날 때의 광경을 상기시켰다. 그는 마치 다른 사람에게 들킬까 두려워하며 몰래 무슨 일을 꾸미는 사람처럼 보였다. 오른쪽을 둘러보고 다시 왼쪽을 보고, 앞을 보고 뒤를 둘러보았다. 길을 건너는 소녀는 하나도 빼놓지 않고 바라보았다. 그는 이층, 삼층의 발코니를 살폈다. 그날 그녀는 오래된 절의 쪽문 쪽으로 뿌리를 뻗은 늙은 반얀 나무 건너편 군중 속에서 나왔었다. 그녀는 글라디올러스 꽃다발을 들고 비에게 다가왔었다. 그리고 그녀는 저 전신주 쪽으로 돌아갔다. 그리고 그 전신주 쪽에서 "저는 다오찡 키엠입니다."라고 말했었다.

인도에서 바퀴달린 3칸짜리 유리 진열장에 잡화를 파는 아줌마가 요 며칠 동안 비를 주목하고 있었다. 비가 세 번째 나타나자 이번에는 즉시 말을 걸었다.

"군인 아저씨 누구를 찾나?"

"아닙니다." 비가 깜짝 놀라 그 자리를 벗어나려고 하다가 40세쯤 되어 보이는 후덕한 얼굴을 보고는 바로 말을 돌렸다. "아줌마, 저는 군인입니다…."

"알아. 행군하던 날 만났던 것을 기억하고 있어."

"예, 저 좀 도와주세요…."

"말해 봐. 자네 같은 호찌민 군대를 돕는 일이라면 아무리 힘든 일이라도 내가 해야지…."

"저는 지금 친척을 찾고 있어요." 비는 수줍음을 피하기 위해 재빨리 꾸며댔다.

"누구? 어떤 거리 몇 번지?"

"번지는 모르구요. 단지 이쯤이라는 것만 알아요."

"이 거리에서는 누구의 집이든 내가 다 알지. 나를 믿어. 나는 미라고 하고, 이곳에서 장사한 지 20년 됐어."

"그러면 아줌마 다오찡 키엠이라는 아가씨를 아나요? 대략 열일곱 살 정도 되는데…."

"그것 때문에 말을 빙빙 돌렸어?" 그녀가 비를 보고 한참 눈을 흘겼다. "이 거리에서 가장 예뻐! 끼엠은 하노이에서 첫째 아니면 둘째로 치는 부자 끼랑 씨 딸인데 모르는 사람이 없지. 곧 결혼한다고 하던데. 항배 사는 의사 후옌의 아들이 결혼해서 사이공으로 데려 간다고 하던데."

비의 안색이 순식간에 변했다. 며칠 동안 부대에서는 자산가 개조, 토지개혁 필요성을 교육하고 있었다. 천주교인과 자산가 그리고 공무원들을 남부로 이주시키기 위해 하이퐁의 300일 지구로 오라고 선전하는 미국과 그 하수인들의 음모에 대해서도 교육을 받았다. 키엠과 같은 소녀들은 하노이를 떠날 가능성이 아주 높았다. 딘지 노동자, 농민 그리고 군인만 남게 될 것이다. 이제 하노이는 촌스러운 갈색 옷과 노동자들의 파란색 옷만 넘칠 것이다.

"고맙습니다. 아주머니, 갈게요." 비가 우물거리며 발걸음을 뗐다.

"키엠 아가씨 더 찾지 않고?" 그녀의 눈은 여전히 잘생긴 군인을 놓아주지 않고 싶어 하는 것 같았다. "키엠 아가씨는 이곳에 살지 않아. 르엉반깐 거리로 가서 푹화 옷집을 찾아봐."

자신이 새 그림자와 물고기 거품을 찾듯이 허망한 일을 하고 있다는 것을 알았지만 발걸음을 움직일 수 없었다. 잡화점 아줌마가 알려준 대로 며칠 후 비는 르엉반깐 거리를 찾았다. 저기, 거리의 중간쯤에 아오자이 와 양복을 전문적으로 파는 푹화 옷집이 있었다. 그것은 3층 기와집으로 뒤로 길게 되어 있고, 도로 쪽 앞면은 둘로 나뉘어져 있었다. 양쪽에 유리 진열장이 있고, 흰색과 검은색 그리고 각종 남자와 여자 마네킹이 있었다. 남자 마네킹은 프랑스 스타일의 각종 남성복을 입혀놓았고, 여자 마네킹은 흰색, 하늘색, 빨간색, 노란색 아오자이를 입혀놓아 마네킹마다 화려한 신부나 미스 베트남 같이 보이면서도 베트남의 전통적 색채가 진하게 묻어났다.

환검호와 구시가지에 사는 주민들은 르엉반깐 거리의 유명한 아오자이 양장점들을 잘 알고 있었다. 그리고 그 양장점의 이름은 모두 '화'자가 들어간 이름으로, 푹화, 응화, 프엉화, 하이화, 응옥하, 타잉화 등이었다. 이 아오자이 양장점들은 모두 하동성의 응화지역에 있는 짜익싸와 화럼 마을에 사는 친척들이 세웠다는 것을 알게 되었다. 이 르엉반깐 거리에 최초로 양장점을 연 사람은 꽌뗍 씨였다. 그의 할아버지가 뜨득 황제 때 왕실의 의복 담당 관리였고, 그의 기술을 전수한 것이었다. 꽌뗍 씨의 아들인 끼 쯩 대에 이르렀을 때 재봉 기술이 더욱 발전했다. 끼랑 씨는 가게를 더욱 확장했고, 화럼에서 형제들과 친척들을 데려다가 끄록 골목에 있던 끄조아잉 직조공장을 인수하였다. 그리고 주택을 매입하여 레반히우, 티사익, 항응앙, 항드엉에 옷가게를 열어 자손들에게 나누어주었다. 끼랑 씨의 큰아들 독컨은 후에 거리에 포목점을 열었고, 항꼬 역 근처에 4층짜리 호텔을 지었으며, 하동에서 프엉딩을 오가는 여객 운송사업도 했다. 가장 오래되고 신뢰를 받는 상호인 푹화 양장점을 끼랑 씨는 바이옌 부인과 여덟 번째 딸 다오찡 키엠 그리고 막내아들 다오판 카잉이 같이 운영하도록 했다.

바이옌 부인은 끼랑 씨의 셋째 부인으로, 본명은 판티 하이옌이었다. 그녀는 박쟝 성의 세금 담당 최고위직에 있었던 독판꽝의 딸이었다. 독판꽝은 데탐 봉기에 연루되어 식민지 당국이 베트남 조정에 그를 해임하도록 하자 관직에서 물러났다. 그는 하노이로 돌아와 학교를 열고 동경의숙 운동에 참가하였다. 르엉반깐과 함께 몰래 우수한 청년들을 뽑아 일본과 중국에 유학을 보냈다. 그의 아들 판꾸엔은 인도차이나 사범학교를 졸업했는데 프랑스를 싫어하고 가르치는 일을 좋아했다. 그는 여동생과 매제를 설득하여 티엔꽝 호수 근처에 학교를 열도록 했고, 그곳에서 아이들을 가르쳤다. 끼랑 씨는 바이옌 부인을 아주 사랑했지만 첫째와 둘째 부인, 그 자식들의 질투를 피해야 했다. 그는 꼬록 방직공장에서 몰래 돈을 빼돌려 바이옌 부인이 학교를 세우도록 했다. '베트남 땅'이라는 의미의 '덧비엣' 사립학교는 2층으로 12개의 교실이 있었고 오전반과 오후반으로 나누어 학생들을 가르쳤다. 판꾸엔이 교장을 그리고 바이옌 부인이 담임을 맡았다.

덧비엣 사립학교는 설립할 때부터 다오쩡 키엠 남매와 밀접한 관계를 맺고 있었다. 바로 가족의 학교였고, 선생님들도 어머니와 판꾸엔 외삼촌과 아주 친했기 때문에, 키엠과 그녀의 동생 다오판 카잉은 편안하게 소학교를 마칠 수 있었다. 키엠은 동카잉 여자중학교에 입학했다. 키엠의 가장 큰 꿈은 고등학교를 졸업하고 사범학교에 들어가는 것이었다. 그리고 어머니와 판꾸엔 외삼촌의 직업을 이어받는 것이었다. 그런 희망을 키우며 키엠은 중학교 수업을 마친 후에, 또 일요일에는 덧비엣 사립학교에 가서 어머니의 장부나 학생부 정리를 돕거나 보조교사 역할을 하거나 선생님이 없는 반에서 대신 가르치기도 했다. 키엠은 르엉반깐에 있는 푹화 양장점으로 가는 것보다 학교 가는 것을 더 좋아했다.

그날 오후 티엔꽝 호수 주변의 나무에 초겨울 북풍이 몰아칠 때 키엠은 갑자기 추위를 느꼈다. 그것은 요 며칠 동안 느꼈던 심리적 추위일 것이었다. 끼랑 씨와 첫째 부인 그리고 판룩과 뜨와 오빠 부부와 자식들, 모두 20명이 넘는 사람들이 남부로 이주한다. 그들은 배를 타기 위해 하이퐁으로 갈 계획이었다. 끼랑 씨의 둘째 며느리이며 판룩 오빠의 아내를 빼면 아무도 천주교와 관련이 없었다. 그러나 판룩은 아주 완강하게 남하를 주장했다.

"우리 이 모든 재산을 월맹 측과 도박할 수는 없다. 반드시 언젠가는 모든 것이 공동의 재산이 될 거야. 그들을 믿었다가는 배곯는 날이 올 거다. 가고 싶지 않은 사람은 그냥 하노이에 머물러라. 2년 뒤에 제네바협정대로 다시 만날 수 있다면 큰 행복이지…."

키엠과 카잉은 어머니에게 남아 있자고 강력하게 설득했다. 바이엔 부인은 눈물을 훔치며 끼랑 씨와 첫째, 둘째 부인을 전송했다. 키엠과 카잉은 가장 낙관적으로 생각하는 사람이었다. 심지어 그들은 아버지와 이복 오빠들이 자원하여 프랑스와 미국의 하수인 노릇을 한 근본을 잃어버린 자이며 비관주의자들이라고 놀려댔다.

키엠이 자전거를 타고 덧비엣 사립학교에서 르엉반간 거리로 돌아왔다. 인도에 막 자전거를 세우면서 몸을 일으키고 있을 때 진열장 앞에서 멍하고 서 있는 방탄복을 입은 군인을 보자 소름이 돋았다.

군인들, 심지어 위장모에 방탄복을 입은 군인들이 분대별로 또는 대대별로 이동하는 것을 보면 하나같이 촌스럽고 좀 어리둥절하며 질박한 모습이었다. 심지어 산사람처럼 어수룩해 보이기까지 한 것이 예나 지금이나 키엠에게 익숙한 모습이었다. 그런데 저 군인은 무언가 확실히 달라서 키엠의 주목을 끌었다. 아주 낯익은 얼굴이었다. 키엠이 어디선가 만난 듯한 얼굴이었다.

뒤통수에 전기가 통한 것처럼 비는 뒤돌아보았다. 그는 "다오찡 키엠, 나를 놀라보니?"라고 소리치고 싶었나. 그러나 이해할 수 없는 것은 비가 마치 하늘이 심어놓은 것처럼 뻣뻣하게 서있을 수밖에 없다는 거였다.

키엠이 갑자기 웃음을 터뜨렸다. 그녀는 손으로 입을 가리면서 종업원이 물건을 파는 곳으로 달려갔다.

"아이고, 뭐하고 있어? 저 군인이 뭘 사려고 하는지 물어봐."

비의 얼굴이 붉어졌고, 온몸이 화끈 달아올랐다. 그는 자신이 그녀 면전에서 황당한 사람이 되었다는 것을 생각지 못했다. 비는 손을 들어 볼을 만졌다. 검정 티끌이 마구 묻어 있는 것 같았다.

순식간에 키엠은 위층으로 올라갔다가 하얀 수건에 노란색 실크 블라우스를 입고 계단을 내려왔다. 자신이 이 군인한테 심하게 장난쳤다는 것을 생각하자 그녀는 억지로 엄숙한 표정으로 말했다.

"양복을 맞출래요? 아니면 누굴 만나러 왔나요?"

"당신이… 다오찡 키엠…?" 비는 자신의 손이 아플 정도로 꽉 누르고 목소리를 가다듬었다.

"예, 그런데 어떻게 제 이름을 알아요?"

"2주 내내 키엠 아가씨를 찾는 사람이 있습니다."

"무슨 일인데 그래요?"

"저에게 이 편지를 전해달라고 했어요." 비는 방탄조끼에서 조심스럽게 밀봉된 편지 봉투를 꺼냈다. "그 사람이 말하기를 아가씨가 기쁘게 받아준다면 자기두 매우 기쁠 것이고, 빨리 답장을 받고 싶다고 했어요."

편지를 받자마자 갑자기 그녀의 손이 떨기 시작했다. 그녀는 그 편지가 마치 시한폭탄처럼 느껴졌다. 그것은 언제든지 터질 수 있었다. 그것은 그녀의 심장을 멈추게 할 수도 있고, 몸 밖으로 터져 나오게 할 수도 있었다.

하노이의 가을
다오찡 키엠에게

가을 하노이의 어깨 위로 올라서니
온 시내 오색 깃발이 찬란하다.
너는 파랗고 높은 하늘의 은하수라

126

내 혼에 사랑가를 심었다.

북부지구에서 이곳 하노이로 돌아온 나는
9년 동안 총을 베개 삼아 참호에서 잠을 잤다.
환검호의 술을 마시지 않고 보기만 해도
백 년을 취하게 하는 데 충분하니

하노이 거리거리를 안고 싶구나
동수언, 꺼우고, 항다오 거리들.
아오자이여! 햇빛처럼 늘어뜨려라
꿈과 현실을 혼돈하지 않도록.

키엠은 그 시를 오른쪽 가슴 윗도리 속에 넣었다. 그리고 다시 일기책 가운데에 꽂아놓았다가 금세 다시 펴서 읽고 또 읽었다. 눈을 크게 뜨고 한 글자 한 글자에 무엇이 숨어 있기라도 한 듯 바라보았다. 그녀는 그녀에게 시를 써서 선물한 사람이 바로 동캉잉 여중을 다니던 4년 내내 여학생들이 다 헤질 때까지 손에서 손으로 전하며 읽었던 『신의 시대』라는 시집과 「삶」이라는 시로 유명한 작가라고는 상상도 할 수 없었다. 그녀가 뭐라고 유명하고 잘생긴 사람이 스스로 직접 시를 써 힘들고 고생스럽게 직접 찾아와서 선물한단 말인가? 키엠은 일기를 썼다.

10월 24일
너무나 기쁘고 행복해서 죽을 것 같다. 그는 내 생에서 숨겨진 번개 같다. 「하노이의 가을」이라는 시는 모든 예정과 계산을 터뜨리는 포탄 같다.

정말 내가 엄마와 남동생 카잉과 함께 하노이에 남기로 한 결정은 잘한 것이다. 어제 배가 하이퐁을 떠났다는 소식을 들었다. 사이공에 가면 이 이별이 2년이 될지 몇 년이 될지 알 수 없다. 내가 하노이에 머문 것은 이 만남 때문이었나? 정말 신기하다. 나는 마치 누가 나를 기다리고 있다는 것을 미리 안 것 같다. 바로 그다. 그는 정말 멋있는 사나이다. 커이는 나를 죽도록 질투했다. 뚜언이 그 옆에 서 있다면 남작 옆에서 시중드는 하인과 무엇이 다를까? 엄마, 저를 그 천한 말라깽이에게 시집보내지 마세요. 부자지만 심혼이 텅 빈 것은 정말 처참한 일이다. 이제는 달라졌다. 부자의 시대는 지나갔고, 이제는 이상의 시대이다. 학교에서는 또히우의 「아! 국군들이여, 어찌 그리 사랑스런지!」라는 시를 항상 읽었다. 학교에서는 지금 군인을 사랑하고 군인과 결혼하라는 운동이 벌어지고 있다. 상이군인과도 결혼한다고 한다. 너무 웃긴다. 오아잉은 자기 이모가 봉사가 된 상이군인과의 혼담을 추진하고 있다고 자랑했다. 그녀는 며칠 동안 맹인을 데리고 길을 건너는 연습을 했다고 말했다. 그녀가 상이군인을 끌고 가는 모습을 상상하니 배꼽 빠지게 웃음이 난다.

10월 29일

그가 『신의 시대』라는 시집을 가지고 왔다. 그 시집에 '키엠에게, 너의 시대'라고 적어놓았다. 그는 "이 시집을 키엠을 처음 만나는 날 주었어야 했는데 남아 있는 책이 없었다. 며칠 동안 사러 다녔다. 그래서 헌책방에서 샀으니 놀리지 마라."라고 말했다. 그만큼 사려 깊고 대범하다면 뭘 더 바라겠는가. 그를 전송했다. 우리는 환검호 주변을 걸었다. 얼마나 하고 싶은 말이 많았는데 왜 그때는 그렇게 어리석고 바보 같았는지. 그는 자크 프레베르의 시를 프랑스어로 읽어주었다. "그리고 사람이 갔다 / 빗속에서 / 아무 말도 없이 / 나를 보지도 않고 / 그리고 나는 / 머리를 감싸고 /

그리고 울었다." 나는 눈이 휘둥그레 놀랐고, 그를 존경했다. 그의 프랑스어는
아주 표준이었다. 그는 그 시어를 통해서 자신의 속내를 말하고 싶어 했다.

11월 17일

거의 열흘 동안 그의 소식을 들을 수 없었다. 미칠 것 같다. 하루 종일
혼 빠진 사람처럼 멍청하게 기다리고 있다. 내가 세상에서 가장 바보다.
왜 그의 주소를 묻지 않았을까. 사람들이 두꺼비가 물소 찾듯이 여자가
남자를 찾으러 다닌다고 할까봐 겁난다. 쓸데없는 체면. 지금 그를 어디서
찾지? 바보가 황제의 섬을 찾아다니듯 돈투이 병원 앞에서 만나는 군인마다
붙잡고 도둑 찾듯이 물을 때도 있었다.

여전히 소식이 없다. 그가 부상을 당했을까 아니면 어떤 창녀가 그를
채갔나? 아이고, 바보! 너의 사랑은 갔다.

제7장 급속 결혼

:::

리푹 씨는 고향 사람을 보내서 비와 찌엔탕 러이를 찾았다. 도카 부인이 위중했고, 회복이 어려울 것 같았다.

비가 막 옷가지를 배낭에 챙겼을 때 찌엔탕 러이가 지프차를 타고 도착했다. 운전수는 젊었고, 옆구리에 권총을 차고 있는 것으로 보아 경호원을 겸하고 있는 것 같았다. 차에는 러이의 아내인 라도 타고 있었는데, 임신 3개월째였다.

찌엔탕 러이의 결혼 얘기는 수도 하노이를 접수한 날로부터 한참 지난 후에야 듣게 되었다. 그 결혼 역시 급속 결혼이었다. 러이의 부대가 썬즈엉에서 하노이로 이전을 준비하기 직전에 부대가 주체가 되어 급히 결혼식을 올려야 했다.

"그때 너는 선라에서 포로들을 인터뷰하고 있을 때여서 알린다고 해도 참석할 수도 없었을 거야." 러이가 비에게 자기 아내를 소개하던 날 했던 말이다. 그는 결혼식을 대충 치르려 생각했었다. 전시의 결혼식을 그 정도로 했으면 잘한 것이다. 게다가 아버지가 우리들에게 "처첩은 의복 같은 것이다. 아내는 매일 갈아입는 옷이야. 사업이야말로 남아의 목적이다."라고 가르쳤 었다.

라는 인물은 별로였지만 아주 여성스러웠다. 따이족 딸로 흰 피부에 동그란 눈, 불그스레하고 통통한 볼은 언제나 막 부엌에서 나온 사람 같았다. 그녀는 찌엔탕 러이의 부대가 다이뜨에서 이전해왔을 때 묵었던 집 주인 마낀슈의 막내딸이었다.

러이를 힐끗 보고 라가 윙크를 했다. 당연한 것이었다. 잘생기고 장래가 촉망되는 간부에다가 미혼인 러이는 암고양이 입 앞에 걸어놓은 맛있는 비곗덩어리와 같았다. 중년의 여자들이 유혹하며 건드렸지만 러이는 어리석 지 않았다. 깜과의 관계에서 얻은 교훈은 나뭇가지는 언제나 부러질 수 있으니 조심해서 앉아야 한다는 것이었고, 찌엔탕 러이는 항상 경계하고 있었다. 죽어도 넓은 바다에서 죽지, 계곡에서 죽지는 않을 것이다. 그리고 부대가 이전한 둘째 날에 러이는 라가 통통한 엉덩이, 하얀 허벅지 그리고 언제나 상대방의 눈을 찌를 듯한 가슴을 갖고 있다는 것을 파악했다. 이어서 두 눈이었다, 쌍꺼풀이 없고, 꼬리가 있는 긴 눈썹은 숨길 필요가 없을 정도의 무모한 바람둥이라는 것을 알 수 있었다. 그 눈은 매혹적인 러이의 눈과 마주칠 때 거의 죽는 것 같았다.

ATK의 규율은 아주 엄했고, 조직의 눈과 귀도 밝았지만 또한 지역의 동굴과 계곡 그리고 숲속 모두를 통제할 수는 없었다. 남녀가 좋아하면 하늘도 막을 수 없는 것이다. 러이는 라와 아주 쉽게 잠을 잘 수 있었다. 몸을 살짝 건드리자마자 라는 울창한 대나무 숲 아래 두툼하게 깔린 나뭇잎 위에 누워버렸다. 그때부터 러이와 라는 매주 한 번씩 만나기로 약속했다. 라 또한 러이의 몸을 탐했다. 라는 러이를 데리고 숲을 돌아다니느라 집에서 간부들 식사 준비하는 것조차 자주 잊을 정도였다. 한 번은 러이가 출장을 갔다가 돌아올 때 바로 마을 입구의 시내까지 나와서 맞이한 적도 있었다.

디엔비엔푸에서의 승리와 베트남에서의 평화 유지를 위한 제네바 협정이 체결되었다는 소식이 전해지고, 각 정부기관이 수도로 돌아갈 준비를 하고 있던 어느 날, 마낀슈 씨가 아주 심각한 얼굴로 러이의 상급자를 만나러 왔다.

"평화가 왔고, 간부 여러분이 돌아가는 것은 잘 된 일이오, 그러나 찌엔탕 러이는 갈 수 없소."

"왜 그렇지요, 어르신?" 침착하고 능숙한 러이의 상급자인 레꽁짱이 놀라서 물었다.

"러이가 상급자에게 보고했다고 생각했는데, 그렇지 않은가?"

"개인의 사생활은 조직에서도 존중하고 있습니다." 짱 씨가 사태를 파악했다는 듯이 말했다.

"그렇게는 안 되지. 러이가 마을에서 도망치려는 것은 나빠! 며칠 동안 우리 라가 누이 부을 정도로 울고 있어. 그 아이는 러이가 자기를 버리고 하노이로 갈 거라고 말했어. 그 아이를 돌볼 사람이 없어."

짱 씨가 사태를 이해하고 심각하게 말했다.

"알았습니다. 아저씨 침착하십시오, 우리 기관에서 처리하겠습니다."

"동지들이 수도를 접수하러 가기 전에 해결해야지?"

"그렇고 말구요. 우리가 러이 동지와 상의하겠습니다. 러이 동지의 가족을 대신해서 기관이 아저씨 가족과 라 아가씨에게 약속하겠습니다."

따이족 노인네의 얼굴 주름이 확 펴졌다.

"그렇게 해야지. 제대로 결혼식을 올려야지. 내 딸을 같이 하노이로 보내겠소. 동포들에게 보고해야지…."

라 아버지가 상급자를 만나러 온 것을 보고, 찌엔탕 러이는 무슨 일 때문인지 바로 알 수 있었다. 수세에 몰리게 놔둘 수는 없었다. 슈 씨가 돌아가자마자 러이는 금고처럼 무거운, 그리고 자물통은 아주 작았지만 튼튼한 나무상자를 열었다. 바닥에서 말린 웅담과 호랑이 연고 두 냥을 꺼내서 잠시 바라보다가 혀를 차며 주머니에 넣고, 짱 씨를 찾아 나섰다.

잘못을 뉘우치는 죄인의 고민스러운 얼굴로 러이는 짱 씨에게 라와의 모든 관계를 다 보고했다.

"보고 드립니다…. 솔직히 저는 늘 아버지처럼 생각했습니다. 늘 저를 사람 되라고 가르치고, 나무라며 도와주셨습니다. 저와 라의 얘기 역시 젊은 사람의 결점이었습니다…"

"어, 이 친구 무슨 말을 하는 거야? 서로 사랑하는 것을 결점이라고 하나? 아내 없는 남자, 남편 없는 여자가 서로 사랑하는데 누가 막을 권리가 있어?"

"예, 그렇지만…."

"그러나 한 가지, 자네의 사랑은 너무했어. 타락한 죄가 될 수도 있어. 자네는 조직의 사람 아닌가? 즉 계급관념이 추락하고 혁명도덕을 위반했다는 것일세. 열 가지 당부 중에서 '혁명도덕'을 자네도 기억하지?"

"예, 그렇습니다, 저도 기억합니다. 다섯째가 음행을 멀리하는 것…."

"음행은 무슨 놈의 음행?" 짱 씨가 웃음을 터뜨렸다. "자네들 사랑이 정도를 지나쳤다는 것이지 음행은 아니야. 당연히 조직에 보고했어야지. 즉 내가 먼저 알았어야지. 지금처럼 라 아가씨 배가 부를 때까지 기다렸다가 이제야 보고하면 안 되지. 자네의 죄는 조직을 속였다는 죄야. 상부에서 알면 가장 가벼워도 제명, 이력서에 기록 또는 고향으로 돌려보내는 것이지…" 레꽁짱은 속이 타기 시작했다. 그는 말하면서 윗주머니를 열었다 닫았다 하는 러이의 손을 쳐다보고 있었다.

러이는 온몸이 얼어붙는 것을 느꼈다. 음행죄와 조직을 속인 죄라니

똥을 먹은 것이나 다름없었다. 또는 이력서에 빨간 줄이 올라가고 고향으로 되돌려 보낼 것이다. 또는 결혼식을 하고 자식을 낳고, 그곳 사람이 될 때까지 머무는 것이다. 우리들은 수도로 갈 터이니 너희들은 이곳 숲속에서 살라?

러이가 눈물을 펑펑 쏟았다. 러이는 자신을 구하기 위해 재빨리 손을 뻗지 않는다면 얼마나 많은 무시무시한 일이 일어날지 미리 알 수 있었다. 조금의 망설임도 없이 그는 웅담과 두 냥의 호랑이 연고를 꺼내 엎드려 짱 씨 앞에 놓았다.

"뭔가? 자네 이러지 말게. 일어서게." 짱 씨가 놀란 듯 두 팔을 내밀어 러이를 부축하며 일으켜 세웠다. "결혼식 예물 맞지?"

"아닙니다. 결혼 예물은 따로 준비했습니다만 상부의 의견을 기다리고 있습니다. 이것은 형님께 드리는 조그만 선물입니다. 이 호랑이 연고와 웅담은 깊은 산속에서 얻은 진짜입니다. 조그만 선물이지만 곧 형님이 고향에 가시면 어르신에게 선물하십시오…."

"이 친구 아주 그림을 그리고 있구먼." 짱 씨가 웃으며 선물을 밀어냈다. "지금 자네의 문제는 조직에 대한 잘못을 썼고, 인민의 신뢰를 회복하는 것이야. 곧 하노이를 접수하러 갈 건데, 어떻게 하면 항전 간부의 모습을 아름답게 지키느냐 하는 것이지."

"예, 그것이 오늘 저의 목적입니다. 제가 보고 드리는 것은 형님께서 기관에 저희들 결혼을 허가해 달라고 부탁드리는 것입니다."

"자네가 원하지 않아도 우리들이 자네를 억지로라도 결혼 시킬 것이야." 그 말을 하면서 짱 씨는 자연스럽게 선물을 주머니에 넣었다. "결혼하지 않으면 저 사람들이 얼굴에 오줌 쌀 거야. 그렇게 되면 우리 기관의 우수기관 칭호도 깨끗이 사라지겠지. 나 자신도 제명 경고를 받을 수 있어…."

러이와 라의 결혼식이 그 뒤 바로 거행되었다. 새 삶을 시작하는 결혼식에는 돼지 두 마리와 몇십 마리 닭은 잡아야 했다. 결혼식과 혁명 근거지 동포들과의 이별식이 동시에 벌어졌다.

　라는 착하고 후덕하며 숨김없는 여자였다. 그녀는 러이와 결혼하여 수도로 가는 것은 자신의 생에서 가장 큰 행복이라고 생각했다. 단지 러이에게 조금 부끄럽고 또 슬픈 일이 있었는데, 그것은 임신했다고 생각했는데 아니었다는 점이다. 월경이 2주 늦었지만 다시 시작됐다. 아마도 러이가 너무 건강해서일 것이다. 짱 씨에게 보고하고, 세상에 공개적으로 알린 뒤로는 날마다 방아를 찧었는데 어떻게 태아를 지킬 수 있었겠는가?

　하노이에 돌아온 뒤 몇 달 동안에 몇 번이나 숙소를 옮겨야 했다. 라는 여전히 착하게 살림살이를 챙겨 남편을 따라다녔다. 그녀는 성실한 하인처럼 한마디 불평이나 잔소리 없이 찌엔탕 러이를 돌봤다. 비보다 한 살이 많았지만 라는 항상 자신을 낮추어 불렀다.

　"그렇게 호칭을 쓰면 안 돼요. 우리 집은 가풍이 있고, 비록 나이가 적다 하더라도 항렬이 높으면 형수라고 불러야 합니다. 따라서 앞으로 그렇게 저라는 말을 쓰면 안 됩니다. 집에 가서 부모님이 알면 제가 혼나요."

　"그렇지만 비는 덩치도 크고 그래서 형수라는 말을 쓰면 너무 부끄러워요." 라는 몇 번이나 고치려 했지만 여전히 익숙지 않았다.

***

　지난 일 닌 동안 도카 부인의 긴깅이 아주 나뻬졌다. 할머니는 월맹 측이 동 마을의 초소를 공격한 날 발병했다.

　그 일이 있기 5일 전, 월맹 측에서 미리 알렸기 때문에 리푹 씨 부부와 막내 허우는 현 입구에 있는 응이썬 마을의 티엔 면장 집으로 피난을 갔다. 계속 설득했지만 도카 할머니는 결단코 피난을 가지 않겠다고 버텼다.

할머니를 돌보도록 꾹을 남겨두고 가야 했다.

다음 날 한밤중에 유격대가 초소를 포위했다. 전투가 5시간이 넘게 이어졌다. 쯔엉피엔 초소장이 직접 한 개 중대의 프랑스-아프리카 군과 두 개 중대의 지방군을 지휘하며 미친 듯이 반격했다. 벽돌로 지은 방어진지가 넘어졌고, 저들은 마을회관으로 가서 결사항전을 했다. 마을회관은 견고한 포대로 변했다. 적이 암 골목의 교통까지 진격해왔고, 월맹 측을 마을 구석으로 밀어붙였다. 만약 푸 초소에서 지원군이 적시에 도착했다면 월맹 측의 전세는 역전될 수 있었다. 전투는 종점으로 갈수록 더욱 격렬해졌다. 프랑스-아프리카 병사들과 백병전을 벌이기도 했다. 기관총, 연발총, 곡사포의 포탄이 할머니와 꾹의 머리 위로 날아다녔다. 적의 스피커에서는 맑은 여자 목소리가 사살당하지 말고 투항하라고 권유하고 있었고, 간간이 욕설도 들려왔다. 궤도차량, 트럭 소리로 시끄러웠다. 푸 초소에서 지원군이 도착했는지 아니면 쯔엉피엔이 탈출구를 열고 있는지 알 수 없었다.

아침이 다 되어 프랑스군이 동 마을회관에서 탈출했다. 온 마을 사람들이 흥분하여 마을회관으로 가서 전리품을 회수하고 있을 때 갑자기 엄청난 폭발음이 들렸다. 폭발물이 터지는 소리였다. 유격대가 푸 초소에서 프랑스군이 다시 돌아와 점령당할 것을 막으려 마을회관을 폭파한 것이었다. 이 마을회관은 다른 동네의 보통 마을회관과 달리 가로로 긴 건물이 아니라 세로로 높이 진 것이었다. 네 곳의 처마는 끝이 뾰족하게 휘어졌고, 기둥은 두 사람이 안을 정도로 크고 귀한 나무였으며, 정교하고 공을 들여 조각한 부조가 있었다. 회관은 동 마을의 역사, 문화적 가치가 있는 건축물이었다. 현 내에서 가장 크고 아름다운 건물이 파괴된 것이다.

비밀 동굴에 누워있었기 때문에 도카 할머니는 총도 맞지 않고, 포탄의 영향도 받지 않았다. 정오쯤 되어, 꾹이 어디 갔다 왔는지 전리품으로 총 한 자루와 카스텔라 두 개를 들고 왔다. 꾹이 흥이 나 군인들이 승리를 축하하는 모습과 마을회관이 폭파되어 무너지는 것을 흉내까지 내며 설명하자 도카 할머니가 갑자기 기절했다. 그때부터 도카 할머니의 병은 날이 갈수록 심각해졌다.

도카 할머니의 병이 심할 때는 맥박이 전혀 잡히지 않기도 했다. 리푹 씨는 대개 뒷일을 생각할 때가 많았다. 그는 꾹의 사주를 뽑아보고 여러 날 밤 곰곰이 생각에 잠겼다. 그리고 자신의 예감을 검증하기 위해 꾹의 사주를 들고 니에우 비에우 선생 집을 찾아갔다.

"선생님, 저의 어머니가 중병에 걸린 날부터 아들놈 꾹의 운수에 대해 계속 이런저런 생각이 듭니다…."

"알고 있네. 자네가 셋째 봉의 운수를 보러 왔을 때 내가 이 아이에 대해서 한 말을 기억하고 있나?" 니에우 비에우 선생이 손금을 보고 천천히 입을 뗐다. "꾹을 들인 날부터 두 형의 기세는 무너졌네. 그놈이 부副인데 정正을 바라보고 있지. 차남이지만 장남의 일을 하는 것이. 옛말에 '효라는 것은 선인의 뜻을 잘 계승하고, 선인의 일을 잘 이어 나간다.'라는 말이 있지. 이것이 꾹의 운수일세. 이 아이가 자네 아버지의 지기를 이어받고, 혈통을 이을 걸세. 올해 이 아이를 결혼시켜야 해."

리푹 씨는 놀랐다.

"선생님께 이 일에 대해서 말씀드리고 싶습니다. 정말 선생님의 눈을 피할 수 있는 일은 아무것도 없습니다. 저희 어머님이 회복할 수 없을 것 같습니다. 이번에 결혼시키지 못한다면 3년을 기다려야 합니다."

"자네가 그렇게 생각하는 것이 옳아. 꾹도 다 컸어. 연초에 자네에게 말했던 『끼에우전』을 쓴 응웬주 선생의 촌철살인 같은 말을 기억하고 있는가? '후사를 이을 수가 없으니 / 이를 악물고 헤어지려 하오.'라는 말. 그 구절이 바로 1,954행째가 아닌가. 올해가 갑오년 1954년 맞지? '하나를 둘로 나누어야 한다'는 말이 우리나라에만 적용되는 것이 아니라 모든 가족에게도 맞는 말일세. 자네 내 말을 잘 들어보시게. 한 가지 동同 자를 둘로 나누면 부동不同, 이동異同이 되는 거야. 서로 떨어져야 하는 이산은 남과 북뿐만 아니라 바로 각 가정, 부자지간, 형제지간, 부부지간에도 해당된단 말일세. 그래서 모일 수 있거나 만날 수 있다면 그 기회를 놓쳐서는 안 되네. 내가 보기에 자네 어머님은 많이 약해지셨어. 이 기회가 꾹의 아내를 찾아주기에 아주 좋은 때지."

　니에우 비에우 선생의 말을 듣고 리푹 씨는 아내와 상의하고, 응웬 마을 포붕 씨의 딸 빙을 꾹의 아내로 하면 어떻겠냐는 기별을 넣었다. 빙은 꾹보다 두 살 많았고, 마르고 큰 키에 피부가 꿀떡처럼 검었다. 예쁘지는 않았지만 건강하고 아주 일을 잘하게 생겼다. 열여덟 살이었지만 사춘기가 지난 것처럼 보였고, 몸은 유방도 엉덩이도 보이지 않을 정도로 앞과 뒤가 같았고, 메뚜기처럼 말랐다. 동네의 청년들은 다른 빙과 구별하기 위해서 그녀를 메뚜기 빙이라고 불렀다. 프엉딩 처녀 총각들은 조혼의 풍습이 있었다. 열셋, 열네 살이면 거의 결혼을 했다. 여자 나이 열여섯, 열일곱 살이면 이미 자식을 여럿 두었다. 빙과 같은 나이에 시집을 안 갔다는 것은 안 팔린다는 것을 의미했다. 대신에 포붕 씨 집안은 아주 근본이 있는 집안이었다. 포붕 씨는 한때 마을 부회장을 역임하기도 했고, 잭프루트 나무가 있는 기와집에 살았으며 자식들을 예의바르게 교육시킨 집안이었다. 이리 재고 저리 재보다가 리푹 씨 부부는 이 이상 더 좋은 혼처가 없다고 생각했다. 리푹 씨가 꾹의 의사를 떠보았다.

　"너를 장가보내려고 하는데, 네 생각은 어떠니?"

　꾹이 잘 들리는 한쪽 귀로 주의 깊게 듣고 나서 말했다.

　"저는 코이 형, 비 형, 봉 형이 먼저 결혼하고 나서 하지요. 게다가 저는 몸이 이런데 누가 시집을 오겠어요?"

　"네 형들은 자기들 운명에 맡기고, 아비가 알아봤다. 윗마을의 포붕 씨 딸 빙인데, 맘에 드니?”

꾹은 보이 들판에 몇 번 메뚜기 빙과 같이 이삭을 주우러 갔던 일을 상상했다. 허벅지까지 바지를 접어 올리고, 그렇게 키가 컸지만 논에 잘 들어갔다. 마른 것처럼 보였지만 허벅지가 하얗고 상당히 컸다. 그런 생각에 꾹의 얼굴과 귀가 붉어졌고, 부끄러워 머리를 긁으며 말했다.

“그렇지만 빙이 저보다 나이가 더 많은데요.”

“여자는 두 살, 남자는 한 살이라는 말이 있잖아. 빙은 쥐띠고, 너는 호랑이띠라 아주 잘 어울린다.”

꾹은 다시 머이 시장에 전통극 째오를 구경 갔던 일이 생각났다. 키가 큰 빙이 앞줄에 서있어서 무대를 가렸다. 꾹이 빙보다 컸지만 여전히 잘 안 보여서 앞으로 계속 끼어들어야 했고, 결국에 빙과 몸이 부딪혔다. 예기치 못하게 꾹의 아랫도리가 부풀어 올랐다. 조용히 빙은 엉덩이를 비틀며 밀어냈다. 한참 동안이나 그렇게 여러 번 밀어붙이다가 두 사람 모두 아랫도리가 흥건해졌다. 너무 좋았다. 더 이상 볼 것도 없었다.

“예, 부모님 뜻을 따르겠습니다.” 리푹 씨가 마음을 바꿀까봐 꾹이 재빨리 대답했다. “부모님께서 정해주시면 그대로 하겠습니다.”

“아비가 억지로 하라는 것은 아니다. 그러면 너도 동의한 것이다. 결혼하고 나서 따로 살고 싶으면 너희들에게 별채와 죽 들판과 끄어아오 들판에 있는 논 일곱 마지기 그리고 송아지 한 마리를 주겠다.

“따로 살지 않겠습니다.” 꾹이 손을 저으며 거절했다. “저는 부모님과 같이 살겠습니다. 그리고 힐미니와 동생 히우도 돌봐야지요.”

“됐다. 우선 결혼식부터 치르고 보자. 빙이 병자년 생이니 금 쥐란다.”

리푹 씨 부부는 중매쟁이를 보내 의사를 타진했다. 포봉 씨 부부도 즉시 동의한다는 답을 보냈다. 응웬끼 가문과 사돈을 맺는 일은 대단한 영광이었다. 꾹이 양자라고는 하지만 친자식과 다를 바 없었다. 약간의 장애는 있지만 보기에 잘생기고, 일을 아주 잘했다. 자기 딸은 혼기를 놓쳤고, 그 집에 들어간다면 쥐가 쌀독에 들어간 것과 다를 바 없었다. 포붕 씨는 결혼을 추진하기 위해 아내에게 그렇게 말하고, 딸을 잘 가르치라고 당부했다.

문명례問名禮가 급하게 추진되었다. 여자 집에서 요구하는 신부대가 얼마인지, 필요한 예물은 어떤 것인지, 절차를 어떻게 할 것인지 등 모든 요구를 남자 집에서 그대로 들어주었다. 그것은 리푹 씨의 생각이었다. 그는 급속 결혼이지 몰래하는 결혼이 아니기 때문에 확실한 사업 기회로 삼고자 했다. 게다가 그는 마을 사람들에게 자신이 친자와 양자를 차별하지 않는다는 것을 알리고 싶었다. 만약 그의 어머니가 명을 다한다고 해도 할머니는 손자가 가정을 꾸렸기 때문에 편히 돌아가실 수 있을 것이다.

***

찌엔탕 러이 부부와 비가 집에 도착했을 때, 도카 할머니는 혼미한 상태였다. 리푹 씨는 늘 어머니 곁을 지켰다. 가장 비싸고, 최고로 좋다는 약이란 약은 모두 어머니에게 드렸다. 요즈음은 어머니의 운명을 연장하고, 건강을 회복시키기 위해, 또 친손자들을 기다리시라며 인삼을 드시게 했다.

동 마을에서 자식들이 고향에 올 때 지프차를 타고 오는 경우는 한 번도 없었다. 상고시대부터 지금까지 동 마을 사람은 자동차가 있거나 자동차를 타고 온 적도 없었다. 마을에서 가장 잘난 사람인, 1776년 병신년에 레 왕조 과거시험에서 급제했고, 국자감 비석에 이름이 새겨진 당중쭈 진사도 금의환향할 때 가마와 말을 타고 왔었지 자동차는 없었다. 그렇기 때문에 자동차가 머 시장에 도착했을 때, 마치 개미떼가 먹이 주변에 몰려들듯이 아이들이 시꺼멓게 몰려들었다. 그래서 꾹과 응아잉이 대나무 막대기를 휘두르며 몇 명 아이들의 엉덩이를 때리고 나서야 겨우 길이 열렸다. 응웬끼비엔을 200여 미터 앞두고 다시 길이 막혔다. 마을 사람 전체, 그리고 집안사람들 모두가 나무판자를 가지고 나와 길에 깔고, 차가 집안으로 들어갈 수 있도록 물을 퍼내고 있었다.

사람들이 수군거렸다.

"응웬끼 가문이 큰 복을 받았어. 리푹 씨 두 아들이 항전에 나가 백 번의 전투를 치르고도 총 한 방 맞지 않고 살아 돌아왔어. 하이봉 씨도 두 아들이 군대에 갔는데 한 명이 디엔비엔푸에 누웠다고 하던데. 쪼앗 씨 첫째 부인의 독자는 동케 전선에서 죽었다지? 자오 디엔 씨는 전쟁이 끝나는 날 지뢰를 밟아서 한쪽 다리를 잃었다더군…"

"리푹 씨 부부가 이제 마을에서 체면이 서겠구먼. 갈 때는 둘이었는데 올 때는 셋이야. 한 번에 두 아들이 중앙에서 높은 자리에 올랐고, 둘 다 엉덩이에 권총을 차고 있어."

"그리고 큰아들 코이는 아내를 잘 얻었어. 긴 다리에 비둘기 같은 모습 좀 봐. 피부는 껍질 벗긴 달걀처럼 하얗잖아. 가슴 크고 엉덩이 큰 여자가 남편 수발 잘 들고 애들 잘 키우지…"

가장 행복한 사람은 리푹 씨 부부였다. 지프차가 자식들을 태우고 유명한 삼원알도 응웬 쿠엔 선생이 써준 응웬끼비엔이란 현판이 붙은 대문을 들어서는 것을 보는 것만으로도 그들 부부의 심정이 어땠는지는 말할 필요도 없었다. 리푹 씨 부인은 어찌할 바를 모르고 정신이 없을 정도로 기뻤다. 리푹 씨는 속 깊은 유학자의 성격에, 지난 며칠 동안 걱정과 피곤함으로 찌든 얼굴이었음에도 기쁨을 감출 수는 없었다.

할머니와 부모 그리고 삼촌과 고모, 이모 집안의 아저씨, 사촌들의 안부를 묻고 나서 새 식구인 라를 소개했다. 그리고 러이와 비는 그때서야 셋째 봉과 막내 허우, 두 동생이 생각났다.

"아, 막내 어디 있니?"

리푹 씨 부인이 이리저리 둘러보며 딸을 찾았다. 한참 후에 누군가가 발견했다. 막내 허우는 그들이 도착했을 때부터 방문 뒤에서 문을 배꼼이 열고 나올까말까 주저하면서도 만족한 듯 바라보고 있었다.

"아이고! 아버지, 막내 이름을 미스 응웬끼라고 지어야 맞는 거네요!"

비가 막내 허우를 들어 올려 어깨 위에 올렸다. 허우가 너무 귀여웠다. 그가 북부지구로 갈 당시에 허우는 말도 잘 못했었다. 지금 네 살이 넘었는지, 여섯 살쯤 보일 정도로 통통했다. 허우가 비의 볼에 뽀뽀를 하고, "오빠, 너무 보고 싶었어요."라고 속삭였다. 아이고, 이 꼬마 너무 사랑스럽네. 그의 몸에 형언할 수 없는 향기가 퍼지는 것 같았다. 피부는 하얗고 볼은 통통하며 두 눈은 용안 씨처럼 검었다.

꿈에 대해서는 라는 물론 비도 알아보지 못했다. 대나무처럼 큰 키에 곱슬머리 그리고 긴 수염에, 우수에 잠긴 듯하며 갈색으로 변한 파란 눈을 가진 모습이었다. 꿈은 잘 들리지 않는 귀와 왼손 장애에 대해 자격지심을 갖고 있었기 때문인지 두 형과 형수를 만나는 것을 꺼리고 있었다.

손님들이 다 돌아가기를 기다렸다가 리푹 씨는 두 아들을 제단으로 불러서 꿈의 결혼식에 대해 말했다.

"내가 할머니 맥을 자세히 짚어봤다. 길어야 3일이다. 곧 축하할 일이 있는데 코이 부부가 나서서 해주기 바란다. 나와 네 엄마는 아주 만족한다. 꿈 말이다. 그놈이 우리 집에서 가장 고생하고 있지. 너희들을 대신해서 농사와 집안일을 도맡아 했다. 그 아이는 양자다. 그러나 내가 너희들에게 하나를 준다면 그 아이에게는 둘을 줄 것이다. 그것이 도리이고, 그렇게 하는 것이 우리 집에 덕을 쌓는 일이다. 너희들에게 제수씨가 생긴다면 멀리 떠나 있어도 우리를 걱정할 필요가 없을 거다…."

"그래서 아버지께서는 꿈에게 급속 결혼을 시키고 싶다는 말씀이시지요?" 러이는 회의에 경험이 많아서 말을 빙빙 돌리는 것을 싫어했고, 바로 본론으로 들어갔다.

"형, 우선 아버님 말씀부터 다 듣고 나서 말하지." 비가 맘에 안 든다는 듯, 눈짓을 하며 말했다. '급속 결혼'이라는 두 마디는 비로 하여금 그의 친구인 작가 다쟝이 쓰려고 준비 중인 소설의 제목을 생각나게 했다. 그것은 타이응웬 성 다이뜨에서 벌어진, 최초로 시험적으로 실시한 소작료 인하와 토지개혁에 관한 뜨거운 소재였다. 한 궁인이 토지개혁단이 간악한 지주로 낙인찍은 부잣집 딸을 사랑했다. 아가씨는 할머니의 병을 기회 삼아 남자에게 급속 결혼은 재촉했다. 조직에서는 그 군인에게 지주의 딸과 결혼해서는 안 된다고 강력히 막았다. 그 군인은 사랑하는 아가씨를 도망시킬 방법을 찾는다. 다쟝의 줄거리는 꾹과 빙의 결혼과 거의 같았다. 단지 다른 점은 리푹 씨가 지주가 아니라는 것뿐이었다.

"나는 너희들이 돌아와서 이 일을 준비하기만을 기다렸다. 모든 절차는 준비를 마쳤다. 잔칫상은 아무리 간단하게 해도 120상을 차려야 할 것이다. 그리고 모레 새벽 3시에 신부를 데리러 갈 것이다."

"잔칫상은 다시 계산해야 합니다." 러이가 팔을 걷어붙이고 실질적인 장남의 역할로 돌아왔다. "최대한 절약해야 합니다. 열다섯 상 아니면 스무 상이면 됩니다."

"아비가 세밀하게 계산했다. 처음으로 하는 자식의 결혼식이고, 친척들도 많고, 친구도 많다. 게다가 이번은 너희들이 항전에서 돌아온 것을 축하하는 의미도 있다. 그리고 동네 사람들에게 할머니 문병 온 것에 대한 감사를 표하는 의미도 있지…. 말로는 축하받는 일이라고 하지만 또한 효를 행하는 일이기도 하다. 할머니 돌아가시면 그때는 동네 사람들에게 빈랑만 대접하려고 한다…."

비가 바로 찬성했다.

"제가 보기에는 그렇게 하시는 것이 옳은 것 같아요. 꾹을 가장 우선해야지요."

"그렇지만 시간은 다시 생각해보시지요." 러이는 여전히 불만이었다. "왜 당당하게 오전 일곱 시, 여덟 시가 아니고 추운 밤에 신부를 데려옵니까?"

"아비가 니에우 비에우 선생에게 시간을 받아왔다. 그들의 나이에는 그 시간이 가장 알맞다는구나."

"너무 고루합니다." 러이가 고개를 저었다. "우리는 지금 봉건 제국주의의 잔재들을 뿌리 뽑고 있는 시대, 미신을 철저히 없애는 새로운 시대를 시작하고 있습니다. 만약 저희들이 없을 때라면 아버지 하고 싶은 대로 하셔도 됩니다. 그러나 저희들이 돌아온 지금은 달라야 합니다. 아버지, 저희들이 지금 혁명 간부라는 사실을 기억하십시오. 일거수일투족을 군중들이 바라보고 평가를 하고 있고, 반동분자들은 왜곡할 거리를 찾고 있습니다."

"그래, 아버지도 너희들 못지않게 혁명에 참여하고 있다." 리푹 씨가 말을 하지 않을 수 없었다. "우리 집에는 아무도 반동분자나 간첩이 없다."

찌엔탕 러이는 봉을 생각해냈다. 왜 이 시간에 봉이 집에 없을까? 무슨 숨길 일이 있기에 봉에 대해 물었을 때 아버지와 어머니가 당황한 모습이었을까? 러이가 직설적으로 리푹 씨에게 물었다.

"예, 그런데 봉은요? 봉은 어디에 있습니까?"

리푹 씨는 조용히 앉아 있었다. 그것이 요즘 리푹 씨의 가장 큰 아픔이었다. 귀가 얇은 어린 자식이 나쁜 사람에게 홀린 것이 불쌍해서 아팠고, 타향에서 누구에 의지해서 어떻게 살고 있는지 걱정되어 아팠다. 그러나 가장 아픈 것은 영원히 봉을 잃어버렸다는 생각이 들어서였다. 응웬주 선생의 구절이 이 녀석에게 적용된다고 생각했다. 그리고 쯔엉피엔 초소장처럼 시간이 갈수록 민족을 배반하고, 잘못된 길로 빠져들게 될 것이라고 생각했다.

쯔엉피엔이 동 마을 초소에서 탈출한 일이 걸렸다. 리푹 씨는 그가 쿠짱 작전에서 여러 우리 측 근거지를 파괴했는데도 강력하게 제거하라고 말하지 못한 것이 한스러웠다. 쯔엉피엔이 탈출해 사이공으로 갔다면, 그곳에서 봉을 만나 같이 일할 수 있을 거라는 생각이 끊임없이 들었고, 머리가 깨질 듯이 아팠다. 여러 번 봉을 잊으려고 했고, 할 수만 있다면 그의 자식들 중 봉의 이름을 지워버리고 싶었다. 봉이 하노이를 떠나기 전에 부모와 형제들에게 보낸 편지가 여전히 제단 위에 놓여있었다. 그는 더 이상 보고 싶지 않았다. 지금 가져다 보여주기는 더욱 싫었다. 심지어 그는 코이와 비가 봉이 남쪽으로 갔다는 것을 알게 하고 싶지 않았다.

"그 녀석 쯔엉피엔 초소장을 따라간 것 맞지요?"

러이의 질문은 리푹 씨를 놀라게 했다. 그는 순간적으로 얼버무리려다가 사실대로 말해야 했다.

"그놈 남쪽으로 갔다. 너희들에게 편지를 써놓고…"

리푹 씨가 말을 다 마치기도 전에 러이가 두 손으로 탁자를 내리치며 소리쳤다.

"아버지가 저희 형제를 죽인 것입니다!"

"우리가 보기에는 너희들과 똑같다. 그놈이 가고 나서 이제야 알았어. 친구의 꼬임에 넘어가서…" 리푹 씨는 죄인처럼 머리를 떨구었다.

"어떤 친구들이 꼬였답니까? 아버지가 가게 한 건 아닙니까? 아버지는 양손에 다 물고기를 잡고 싶었죠? 결국 아버지는 아직도 이쪽저쪽에 발을 담그는 봉건 자본가 기질을 드러내는군요. 봉은 적의 하수인 노릇하기로 마음먹은 것입니다. 그놈은 이미 저쪽 전선으로 넘어간 거예요. 그놈이 바로 반동분자, 간첩입니다. 내가 그놈이 국가에 해를 끼치고 민중을 배반하려는 음모를 미리 알았다면 사살했을 것인데." 러이가 말하면서 반사적으로 두 손으로 권총을 잡았다. "저희 둘이 이 집을 희생시키지 않으려고 혁명을 따라간 것입니다. 이 집의 나쁜 이력을 구하고자 한 것입니다. 그런데 이제 아버지와 그놈이 모두 망쳤습니다."

"그리 생각하지 마라." 리푹 씨가 감정을 억누르며 말했다. "자기가 한 일은 자기가 책임져야지. 봉의 일도 최대한 크게 따져봤자 나와 너희 어머니 책임이지 너희들 책임은 아니다. 월맹 정부도 공평하게 이 일을 알게 될 거다…"

러이는 머리를 박고, 머리칼을 쥐어뜯었다. 그는 손을 들어 가슴을 쳤다. 그는 봉이 가져올 재난을 예감하는 것 같았다.

"일이 이 지경에 이르렀으니 아버지께 솔직히 말하겠습니다. 나는 봉과 떨어지겠습니다. 이제부터 아버지, 어머니 그리고 응웬끼 가문은 나를 더 이상 응웬끼 코이라고 부르지 마십시오. 코이는 이미 죽었습니다. 북부지구에서 나는 찌엔탕 러이라는 새 이름을 받았습니다…"

리푹 씨는 아들의 눈을 똑바로 바라보았다. 두 눈이 갑자기 불타는 석탄처럼 이글거렸다. 그 녀석은 이미 아버지와 자식의 경계선을 넘어버렸다. 그 녀석이 하늘이라고 할지라도 자기를 낳아준 아버지에게 배우지 못한 놈처럼 그렇게 말할 권리는 없었다.

리푹 씨는 그처럼 화를 낸 적이 없었다. 그는 러이의 얼굴을 가리키면서 총알 맞은 목소리로 말했다

"너는 더 이상 내 자식이 아니다. 이 집에서 당장 나가!"

***

지프차가 찌엔탕 러이 부부를 태우고 바로 그날 밤 동 마을을 떠났다. 동네 사람들은 리푹 씨 부자지간의 다툼에 대해서 아무도 몰랐다. 사람들은 "코이가 아주 중요한 직책을 맡았어. 집에 도착해서 앉은 자리가 데워지기도

전에, 상부에서 전화 와서 바로 갔다더군." 하며 소곤거렸다.

비는 남아 있었다. 그는 꾹의 신부를 데리러 가는 데 들러리를 섰다. 그리고 모든 것을 뒤집는 사건이 일어났다. 다음 날 오후 신시(15-17시) 끝 시간쯤에 자손들이 밖에서 결혼식 피로연을 준비하기 위해 천막치고, 돼지 잡고 있을 때 집안에서 도카 할머니가 조용히 돌아가셨다.

그때 리푹 씨는 어머니 곁에 있었다. 본능적으로 그는 눈물을 삼키고 어머니의 얼굴을 쓰다듬었다. 그리고 조용히 하라는 신호를 보냈다. 특히 꾹과 다른 사람들에게 아무 말도 하지 말라고 지시했다. 그리고 동생의 귀에 대고 니에우 비에우 신생에게 알리라고 말했다.

니에우 비에우 선생은 손가락으로 이리저리 계산을 하고 나서 책을 펴더니 고개를 저었다.

"노인네가 날짜도 시간도 겹치는 시간에 죽었어. 아주 안 좋아. 리푹 씨 집안에 문제가 생겼네."

이리저리 심사숙고하다가 결국 니에우 비에우 선생이 직접 집으로 와 한참 동안 리푹 씨에게 속삭였다.

"결혼을 시킬 건가 말건가?"

리푹 씨는 머리가 터지려고 할 때도 있었고, 기절할 것 같은 일도 겪었다. 사람의 삶에서 비록 살 만큼 많이 살았다고 하더라도 이런 기막힌 비극에 처하는 경우는 단 한 번밖에 없을 거였다. 삼강오륜이나 도리로 보면 효를 가장 우선해야 했다. 코이나 비, 봉의 결혼식이었다면 틀림없이 연기하고 어머니 장례를 치렀을 것이다. 만약 여자 집에서 연기히는 것을 반대한다면 혼인을 파기했을 것이다. 장례를 먼저 치르고 나서 다른 일을 생각했을 것이다. 그러나 이 일은 양자이자 장애가 있는 꾹의 결혼식이었다. 여자 집에서 리푹 씨 부부를 경멸하고, 꾹을 무시할 수 있었다. 동네 사람들은 리푹 씨가 현실성이 없는 고루한 사람이라고 비웃을 것이다. 꾹은 리푹 씨에게 일생 동안 한을 품고 살 수 있었다.

천으로 어머니의 얼굴을 덮어 마치 깊은 잠에 빠진 것처럼 보이게 했다. 그리고 직접 밖으로 나가서 신부 영접 의례를 지휘하고, 계획대로 결혼식을 진행시켰다.

신부를 맞이하러 가는 남자 집 행렬은 호롱불과 횃불을 들었다. 북풍이 몰아치는 추위와 어른거리는 불빛 속을 걸어갔다. 비는 갑자기 베트남 건국신화에 나오는 산신이 홍 왕에게 딸을 달라고 예물을 가지고 가던 광경을 연상했다. "있지도 않은 무지개에 횃불을 밝히고 / 머리칼 향에 몽롱이 취하는 밤", 이 시 때문에 키엠 생각이 간절했다. 이것은 비가 키엠에 곧 선물할 사랑시의 주 내용이었다.

***

이 급속 결혼에 대해서, 그날 점심 때 자동차 한 대가 동네에 나타나지 않았다면 특별히 할 말이 없다.

러이의 지프차보다 훨씬 더 좋은 파란색 푸조였다. 자동차 뒷좌석에 두 명의 여성이 타고 있었는데, 한 사람은 서른 살을 좀 넘긴 나이로 아주 귀족처럼 예뻤고, 다른 사람은 소녀로 몸집이 작고 겸손해보였다. 자동차가 며 시장에 멈추어 리푹 씨 집을 물었다.

"저기! 내가 한마디 할게요." 지역에서 소식을 접수하고 발송하는 사람이 차 뒤에 실린 글라디올러스 꽃다발을 가리키며 심각하게 말했다. "이 결혼식에 꽃을 가져가면 안 돼. 리푹 씨 어머니가 어제 오후에 죽었어요. 지금 집안 돗자리 위에 누워있어요. 신부를 데려오면 바로 장례를 시작할 거요. 내 말을 들어요. 향 몇 다발하고 빈랑을 사 가는 것이 더 낳을 것이오."

차에 탄 사람들이 서로 바라보며 흥을 감췄다. 그리고 재빨리 계획을 바꾸었다. 꽃다발을 그 자에게 주어버린 것이다. 그가 미인으로부터 꽃다발을 받고 너무 기뻐 깔깔 웃어대며 껄렁거리는 목소리로 말했다.

"아주 미인이신데 너무 눈에 익어요. 옛날 포호엉 사에 있던 담히엔이란 여승과 닮았는데…."

여자가 깜작 놀랐다. 이 남자가 그녀를 알아본 것이다.

"나는 깜입니다. 성에서 근무하고 있습니다. 리푹 씨를 만나러 왔지요."

깜은 직책을 분명하게 말하지 않았다. 심지어 그녀를 아는 사람에게조차 그녀가 현재 히우웅안 연합지구 부녀회 행정실장이라는 것을 말하지 않았다. 그녀의 나이에 비해 이 직책은 낮은 것이 아니었다. 만약 그녀가 아들 레끼 쭈를 낳을 시기에 조직과 연락을 끊지 않았다면 틀림없이 그녀는 연합지구 부녀회 부회장 또는 성 부녀회 회장을 맡았을 것이다. 이번에 동 마을에 가는 것은 바로 꾹의 결혼식 때문이었다. 어디를 가든지, 어떤 일을 하든지 그녀는 여전히 꾹의 일거수일투족을 주시하고 있었다. 아이가 뱀에 물려 장애가 되었다는 소식을 들은 날 그녀는 얼마나 울었는지 모른다. 그러나 그녀는 그것이 운명이라고 이해했다. 그녀는 리푹 씨의 은혜를 더욱 기억하게 되었다. 만약 꾹이 이 집에 들어가지 못했다면 그의 삶이 어떻게 되었을지 알 수 없었다.

깜의 참석은 리푹 씨에게 가장 예상치 못한 일이었다. 그는 지금부터 이 여성 월맹간부의 시대가 막 시작되었다는 것을 알았다. 그러한 권한과 직책이 있는 이 여자가 여전히 그녀가 연결하여 만든 이중첩자 이장인 자기를 잊지 않고 있다고 생각했다.

이리저리 아무리 생각해도 깜은 리푹 씨의 호칭을 어떻게 불러야 할지 찾지 못하고 있었다. 그래서 그를 만나면 깜은 햇볕에 탄 사람처럼 얼굴이 빨개지고 우물쭈물했다. 그녀는 지금처럼 모순과 곤란한 상태에 처한 적이 없었다. 조직과 사회관계로 본다면 그녀는 리푹 씨의 동지였다. 그러나 사적인 관계로 본다면 그녀는 그의 비공식적인 며느리였다. 코이가 왔나? 코이는 어디 있기에 비밖에 없지? 순간적으로 코이에 대한 사랑이 끓어올랐다. 솔직하게 말하면 이 자리에 온 것은 꾹의 결혼도 축하하려는 것이었지만 한편으로는 그녀의 아들 레끼 쭈의 아버지, 코이를 만나고 싶었기 때문이었다. 이제 코이는 그녀를 피할 수 없었다. 그리고 그녀는 자신의 반려자인 이 남자를 다시 차지해야 했다.

"너의 형 코이 어디 있어, 왜 오지 않았지?"

깜이 비에게 물었다. 지금 그녀가 이 집에서 가장 신뢰하고 친한 사람은 바로 비였다. 그러나 비는 그녀를 실망시켰다. 코이는 갑작스런 전화를 받고 하노이로 돌아갔다는 것이다. 코이가 그녀를 잊은 지 오래됐고, 결혼을 했으며, 곧 아이를 낳는다고 했다.

가장 고통스러운 것은 깜은 지금 자신이 아닌 다른 사람의 역할을 해야 한다는 것이었다. 그녀는 소리치고, 머리를 벽에 찧고, 대낮에 옷을 홀딱 벗고 연못으로 뛰어들어 미친 듯이 웃고 싶었다. 그녀는 본능적으로 연약하고 무기력한 한 여성이었을 뿐인데 어떻게 이처럼 무시무시한 징벌을 받아야 하는가?

동행한 여직원이 깜의 건강상태를 알아차린 것 같았다. 여직원이 그녀에게 운전수를 불러서 현 보건소로 가자고 재촉했다. 깜은 손을 흔들고, 고개를 저으며 여직원에게 신랑과 신부를 찾아오라고 말했다.

꾹은 아주 잘생긴 서양 혼혈아의 모습에 팔자수염을 단정하게 길러 아주 남자다웠다. 할머니가 막 돌아가셨다는 사실은 전혀 알지 못했다. 꾹은 너무 기쁘고 만족해했다. 그리고 빙은 말할 필요도 없었다. 남자 냄새도 못 맡았지만 길가의 잡초가 개똥을 만난 격이었다.

깜은 꾹과 빙의 손을 아주 오랫동안 잡고 있었다. 꾹을 바라보며 눈물을 멈출 수가 없었다. 그리고 그녀는 핸드백에서 금반지 두 개를 꺼내 젊은 두 부부의 손에 끼워주었다.

　"내가 아무것도 없어서 두 사람의 행복을 축하하는 의미로 이 조그만 선물을 준다. 머리가 희어지고 이가 빠질 때까지 서로 사랑해야 한다…."

　꾹과 빙은 물론 그 자리에 있던 모든 사람들이 자신의 눈을 믿을 수 없었다. 꾹은 자신이 리푹 씨 친자식이 아니라 양자라 하고, 그의 몸에 쥐색 흉터가 있다는 것까지 알고 있던 이 여자를 알아보았다. 또 바로 이 여자 때문에 그가 마을 입구 옹동 언덕 찔레 덤불에서 뱀에 물렸었다. 꾹은 곰곰이 생각하다가 선물을 돌려주려 했다. 그러나 빙이 너무 좋아하는 것을 보고 참았다. 꾹은 순간적으로 틀림없이 이 반지가 머 시장 노점상이 파는 서양 반지라는 생각이 들었다. 그는 자기 것도 빙에게 주었다.

　3일 전, 꾹이 결혼한다는 소식을 듣고 깜이 가지고 있던 유일한 금붙이인, 어머니가 준 귀걸이를 금방에서 두 개의 결혼반지로 만들었다는 것을 꾹이 알 수는 없었다.

제8장 불완전한 사체

니에우 비에우 선생의 권유로, 도카 부인의 장례를 치른 직후에 리푹 씨 부부는 유명한 점쟁이를 찾아서 7일 동안 제를 지내고 기도를 했다. 정말 이상한 것은 제사를 지내기 전에는 매일 밤 사당 앞 돌망고 나무에 아주 큰 새가 날아와 앉아 처참하게 울어댔다. 밤 10시경에는 저승사자 군단이 사당의 마당이 비좁을 정도로 몰려와, 발자국 소리가 요란하고, 손에 든 무기를 부딪쳐대는 소리가 시끄럽게 울려 퍼졌다. 제를 지내고 나자 큰 새와 저승사자 군단은 사라졌다. 그리고 유일하게 남은 것은 흰 그림자였다. 진짜 사람 같기도 하고, 짚더미만큼 크게 보이기도 했는데, 응웬끼비엔 앞에 있는 연못가에 조용히 나타났다 사라졌다 하는 것이었다. 니에우 비에우 선생은 그것이 저 세상으로 가지 못한 원혼이라고 했다. 그것이 원수를 갚을 기회를 기다리고 있다고 했다.

과연 재난이 연이어 찾아왔다. 검은 폭풍 같은 토지개혁이 응웬끼비엔을 파괴했다.

리푹 씨가 불완전한 사체로 죽어 폭풍의 정점이라고 생각했다. 그러나 그것은 시작에 불과했다.

무엇이 리푹 씨를 그 무서운 죽음에 이르게 했는가? 응웬끼 봉의 남하인가? 응웬끼 코이가 가문에서 떠난 일인가? 도카 부인의 죽음인가? 그 모든 사건은 단지 시작이었다. 재산 등급을 분류하는 일에서부터 시작하여 저들이 재산을 몰수하고 누명을 씌우는 일들이, 본래 침울한 성격을 가진 사람인 리푹 씨를 날이 갈수록 심각한 우울증에 빠져들게 만들었다. 깜의 편지를 받고 그는 정신이 없었고, 마치 등을 떠밀려 차가운 골짜기로 떨어지는 것 같았다.

응웬끼 푹 아저씨께,

제가 직접 아저씨를 찾아가서 모든 일을 소상히 밝히는 것이 도리인 줄 압니다. 그러나 제가 일에 바쁘고, 멀리 나와 있어서 동 마을에 갈 수가 없습니다. 왜 제가 아저씨 가족에 대해 특별한 정감을 가지고 있는지 이 편지로 말씀드리고자 하오니 이해해주시기 바랍니다.

아저씨! 곧 아저씨와 아저씨 친구 분들 특히 호이 티엔 아저씨에게 아주 큰 어려운 시기가 닥칠 것입니다. 지난 몇 년 동안 아저씨들과 직접 일을 했던 사람들은 모두 희생되었거나, 멀리 갔습니다…. 검은 그림자를 처리하기는 어렵습니다…. 이러저러한 보고를 통해 제가 아는 것은 곧 아저씨와 아저씨의 친구 분들이 가난한 농민들의 타도 목표, 대상이 될 가능성이 아주 높다는 점입니다…. 그쪽에 알려 주시기 바랍니다. 그리고 호이 티엔, 도삭, 랑 끼에우, 짜잉합 아저씨들께 우선 피신하라고 전해주십시오….

짧은 글을 용서하시고, 저의 두터운 정을 알아주십시오 아저씨와 가족

모두 강건하시기를 빌며,

다오 티 깜 올림.

깜의 편지를 받자마자 리푹 씨는 응이썬으로 가서 티엔 면장을 만났다. 티엔 씨는 웃으며 말했다.

"깜이 우리들을 너무 걱정하는 것 같아. 우리 모두가 농민의 자식이고, 부모님이 공부를 좀 시켰을 뿐이지. 나라의 흥망은 평범한 사람 모두의 책임이라고 하지 않는가? 자네 맹자의 '궁색할 때는 홀로 수양하는 데 주력하고, 패가 잘 풀릴 때에는 천하에 나가 좋은 일을 한다.'는 말을 기억하지? 내가 백성들을 위해서 조그만 일을 한 것은 나 자신을 위한 일이기도 했지. 백성들이 나를 어떻게 평가하든 나는 그것을 따르겠네. 이 시기가 어려운 것은 맞아. 그러나 우리들은 호찌민을 정말로 신뢰하잖아. 호찌민은 정말 명석한 성인이지. 여자가 공을 세웠는데 남편이 어찌 배신하겠나…"

호이 티엔 씨는 유교경전을 너무 많이 공부한 대단한 충신이었다. 그는 자신의 운명을 기다리는 것처럼, 토지개혁을 기다리고 있었다.

몇 주 뒤에 경천동지할 최초의 농민혁명이 터졌다. 티엔 면장과 프엉딩 현에서 가장 논을 많이 소유한 응이 디에우 씨의 처리는 썬밍 성의 시범적인 고소사건이었다.

티엔 면장과 응이 디에우 씨의 재판이 디엔 강둑, 응이썬 촌 들판에서 열렸다. 이는 시범적인 재판이라서 토지개혁 연합위원회 간부들과 현지에서 비밀활동을 한 사람들 그리고 현과 이웃 현에서 간부로 임명된 빈농 출신자 등 많은 사람들이 집결했다. 특별히 선글라스를 낀 덩치가 큰 두 사람과 중국어 통역 아가씨가 며칠 전부터 응이썬에 도착해 있었다. 그들은 이웃 우방의 전문가로, 타이응웬 성에서 응웬티 남 지주의 시범적 재판 때 중앙 토지개혁 지도위원회를 도왔던 사람들이었다.

새벽 4시부터 프엉딩 현의 30개 면과 1개 읍의 주민들이 각종 깃발, 북, 징, 꽹과리, 플래카드, 종이에 쓴 표어 등을 들고 사방에서 줄지어 재판장으로 모여들었다. "간악한 악덕 대지주 응이 디에우 타도!", "봉건제국의 하수인, 반동 첩자, 국민당의 티엔 면장 타도!", "빈농에게 권리를 찾아준 토지개혁을 열렬히 환영!" 등 구호가 난무했다. 피난길에 오르는 것처럼 가족 단위로 또는 마을 단위로 노인과 아이들을 서로 안고 옥수수 혹은 마른 감자나 야채를 넣은 주먹밥, 삶은 카사바[29], 감자 등을 가지고 길을 나섰다. 또 소년단, 청년회, 부녀회나 민병대와 같이 단체로 움직이는 그룹도 있었다. 식전 공연으로 가장 독특했던 것은 사람들이 자발적으로 만들어낸 가사였다. "아, 얼마나 많은 세월 고생한 농민인가, 누가 손을 내밀어 강산을 움직일 개혁을 할 것인가…. 귀를 기울여 누가 소리치며 노래하는지 들어보아라…."

그날은 춥고 건조한 날이었다. 벼를 베고 난 뒤의 들판은 아직 이슬이 남아 있었다. 각처에서 사람들이 줄지어 모여들었다. 해가 빨갛게 떠오를 때 그 넓은 들판은 시꺼멓게 사람들로 붐볐다. 사람들이 떼로 무리지어 있어, 그 열기가 순식간에 안개를 거두어갔다. 긴장되고 흥분된 그러나 여위고 주름진 얼굴들은 못 먹고 배우지 못한 것을 감출 수는 없었다. 찬 서리 속에서 아이들은 헐렁하고 헤진 옷을 입고 파랗게 떨고 있었고, 마른 민병대는 나이보다 늙어 보였고, 굿을 하는 무당처럼 눈을 크게 뜨고 언제나 엄숙한 표정을 짓고 있었다. 나머지 군중들은 사람이며 옷이 모두 갈색 아니면 흙색으로 한 가지 색인 듯 보였고, 여러 번 꿰맨 옷이었지만 여전히 옆구리나 어깨가 드러나 있었다. 그들은 아부하듯 구호를 외쳤다.

---

29. 열대지역에서 재배되는 식용식물로 덩이뿌리에서 전분을 채취하기도 하고, 삶아서 먹기도 한다. 고구마와 비슷하다.

그들은 계급의식이 무엇인지, 누구를 환호하고 누구를 미워하는지 알지 못했다. 대부분의 사람들은 호기심과 기대 때문에 나온 것이었다. 가장 많은 것은 아이들이었다. 왜냐하면 그날 학생과 선생들이 악덕 지주에 대한 복수 의지를 배우고, 재판에 참석해야 했기 때문에 현 내의 모든 학교가 휴교를 했던 것이다.

이 재판에 반드시 참석해야 하는 두 부류가 있었다. 하나는 각 면의 핵심 빈농과 신뢰할 수 있는 현지의 비밀활동가, 그리고 앞으로 각 재판에서 재판을 담당할 재판장, 배심원, 판사였다. 다른 부류는 토지개혁의 직접적인 당사자, 부자와 지주 그리고 각 면별로 할당되고 상부에서 승인한 국민당원이며 간첩이라고 예상되는 자였다. 리푹 씨와 그의 친구인 도삭 씨, 랑 끼에우 씨, 짜잉합 씨는 두 번째 부류에 들어 있었다.

호이 티엔 씨와 응이 디에우 씨를 두 그룹의 민병대가 아침 일찍 끌고 나왔다. 응이 디에우 씨는 걸을 수가 없었다. 손발은 곧 거세될 개처럼 오그라들어 있었다. 바짓가랑이 아래에는 똥과 오줌이 묻어있었다. 두 명의 민병대원은 한 손으로 코를 막고, 한 손으로는 응이 디에우 씨를 거칠게 끌어당겼다. 호이 티엔 씨는 몸집이 크고, 몸무게 70킬로그램에 어깨가 넓고, 밭 전田 자처럼 네모진 얼굴이었다. 몇 주 동안 조사받고 고문당하면서 몸무게가 수십 킬로그램이나 빠져 왕갈대 같았다. 얼굴은 부어서 더 넓어지고 보라색이었다. 두 눈도 부어있었다. 이는 대나무 뿌리로 맞아서 다 빠져있었다. 양팔은 뒤로 묶여 재판을 기다리는 동안 몇 시간을 단상에 서서, 농민들이 비판하도록 하고, 얼굴에 침을 뱉게 놔뒀다. 수모를 당하는 자신의 친구를 바라보고 리푹 씨는 이를 악물고 속으로 눈물을 삼켰다.

"티엔 면장 놈아, 너 내가 누군지 알아?" 키가 작고 이가 튀어나온 마마자국이 선명한 한 사람이 무대로 뛰어올라 호이 티엔 씨의 얼굴에 주먹을 한 방 내질렀다. "내가 네 아비다. 너희들이 리푹 씨 집에서 또뚬을 즐길 때면 불려가 닭 잡아주던 동 마을 모 웅오 씨의 아들 디 웅아오다! 너희들이 처먹도록 내가 돈도 안 받고 끓여준 닭죽이 생각나서 군침이 돈다. 너희들은 우리같이 가난한 사람들을 착취하는 악독한 놈들이다. 월맹은 무슨 개 같은 월맹? 너희들이 무슨 이중 첩자? 너는 반동 국민당으로 월맹 속으로 들어와서 내부를 파괴하려던 놈이지. 이제야 우리들이 네놈이 현 당 부서기로 위장했다는 것을 알았지. 누가 너를 당에 입당시켰어? 누가 너를 당 위원으로 선출했냐고? 리푹 씨 집에서 또뜸을 즐길 때 나는 네놈이 간첩이라고 의심했었는데, 정말 틀리지 않았다. 네가 악독한 쯔엉피엔 초소장과 손잡고 수많은 유격대원을 죽였지⋯."

"농민 여러분! 이 티엔 면장 놈은 코끼리에게 밟혀 죽도록 해야 합니다." 검정 치마에 갈색 윗도리를 입은 키가 큰 한 여자가 옷 속의 유방을 흔들며, 치맛자락과 머리카락을 휘날리며 단상으로 올라왔다. "티엔 이놈! 너 나를 잘 알지? 너 10년 전에 내가 연뿌리처럼 하얗고 활짝 폈을 때를 기억하지? 그때 나는 아직 남편의 상중이었지. 내가 상복입고 슬픔에 잠겨있을 때 네놈이 나를 꼬드겼지. 네놈이 내 가까이 다가와서 네놈의 그것을 지팡이처럼 세워 내 얼굴에 들이대서 나를 견딜 수 없게 했지. 네놈이 나를 첩으로 삼겠다고 아부 떨다가 결국은 수백 번이나 나를 강간했지. 하루에 열 번이나 한 날도 있었지. 내가 달거리를 하던 날도 놓아주지 않아서 수주일 동안 피를 흘리게 했어. 그때 내가 좋아서 소리치면 네놈이 입을 막아서 거의 숨이 끊어질 뻔한 적도 있었지. 그리고 내가 임신하자 네놈은 나를 버렸고, 내가 절구통을 만드는 떠돌이와 붙어먹었다고 둘러댔었지?"

재판은 비극과 희극적 요소로 가득 찼고, 아주 통속적이면서도 해학적이고 서민들의 창작 감흥이 더해져 끝이 없는 것 같았다.

리푹 씨는 갑자기 몇 달 전 깜의 편지가 떠올랐다. 깜은 모든 것을 미리 알고 있었던 것이다. 인의가 사라지고 흑백이 뒤섞인 시대였다. 주정뱅이가 영웅의 공을 가로채고, 행실 나쁜 여자가 사람을 해치는 것과 같았다. 나라에 공을 세운 사람들조차도 해를 입었다. 미리 알았다고 하더라도 어쩔 수 없었고, 호이 티엔 씨를 구하거나 억울함을 밝힐 방법이 없었다. 호이 티엔 씨가 깜과 그의 말을 듣고 도망쳤다고 하더라도 이 비참한 광경을 피할 수 있었을까?

호이 티엔 씨의 선고 순간은 바로 리푹 씨 자신에 대한 선고라고 생각했다. 수천 명의 사람들이 조용히 대나무로 짠 가림막이 둘러쳐진 단상을 향하고 있었고, 단상에는 고문들과 배심원단이 앉아 있었다. 악덕 지주와 봉건제국의 하수인이며 반동 국민당원이라는 죄목으로 티엔 면장과 응이 디에우 씨는 사형을 선고받았고, 토지와 재산 전부를 몰수해서 농민들에게 나누어주도록 했다. 판결문은 재판정에서 즉시 시행되었다.

눈물 때문에 앞이 흐릿한 가운데 리푹 씨는 갑자기 아주 늠름한 친구의 모습을 보았다. 응이 디에우 씨는 몸이 처져서 걸을 수도 없었고, 두려움에 바지에 똥을 쌌다. 그에 반해 티엔 면장은 아픈 다리를 억지로 떼며 인사하듯 주변을 쭉 둘러보면서 실수를 머금고 있었다.

호이 티엔 씨가 눈을 가리는 것을 거절하자, 거의 만 명에 이르는 사람들이 그의 눈을 주시하고 있었다. 그는 총구를 똑바로 쳐다보면서 큰소리로 외쳤다.

"베트남 만세! 호 주석 만세!"

다섯 발의 총탄이 모두 허공을 향해 날아갔고, 사형집행 대장이 직접 쏜 여섯 번째 총탄이 그의 숨을 끊었다. 호이 티엔 씨가 비로소 거꾸러졌다.

호이 티엔 씨는 월맹 측에서 항전을 위해 적 내부에 심어놓은 사람이었으며, 공산당원이며, 현 당위원회 부서기였던 사람이었는데 왜 혁명의 적이 되었는가? 왜 월맹 측은 부르주아계급에 속했지만 계급적 지위를 버리고 애국심으로 항전에 참가한 사람의 공을 버리고, 손바닥 뒤집듯이 태도를 바꾸었는가?

　그러한 질문들이 리푹 씨의 머리를 어지럽게 했고, 집으로 돌아오는 길에 거의 실신상태로 만들었다. 뇌, 심장이나 간 또는 쓸개, 폐, 이자, 위 등 어딘지는 모르지만 그것들이 뒤섞이고, 터지고, 무너진 것 같았다. 눈을 감자, 생각하고 싶지 않았지만 그의 눈앞에는 여전히 바나나 나무가 뿌리째 잘려나가듯 쓰러지는 백년지기의 모습이 나타났다. 곧바로 사람들이 호이 티엔 씨를 관 대신에 돗자리로 싸서 묻었다고 했다.

　3일 동안 리푹 씨는 아무것도 먹지 않았다. 그리고 3일 동안 눈을 감지도 않았다. 땅속에서 벌거벗은 호이 티엔 씨의 모습이 그로 하여금 늘 등골이 오싹하게 만들었다. 그는 아내에게 "만약 호이 티엔을 저렇게 묻어둔다면 나는 살 수 없을 것 같소."라고 말했다. 그리고 쌀 창고에서 판자를 꺼내 비밀리에 웅웬 마을의 목수를 불러와 이틀 동안 관을 짰다. 다음 날 한밤중에 달이 뜨기를 기다렸다가 꾹에게 창고에서 리어카를 꺼내오라고 하여 관을 싣고, 두 부자가 밀고 당기며 디엔 강둑을 따라 응이썬 마을로 향했다.

　꼬박 세 시간을 걸어 닭이 울 때쯤 되어서야 호이 티엔 씨를 묻은 곳에 도착했다. 그가 몰래 연락해 둔 두 명의 부인과 세 아들이 강둑 아래에 곡괭이와 안장에 필요한 물건을 들고 서서 기다리고 있었다. 감히 울 수도 없고, 말을 크게 할 수도 없었으며 불을 켜거나 분향은 더욱 할 수 없었다. 달빛에 의지해 각각 해야 할 일만 했다. 사체를 묻은 지 일주일이 지난 뒤였기 때문에 뼈가 빠져 다루기 힘들었고 부패하여 냄새가 심했다. 입을 헹구는 데 거의 반병의 술을 사용했고, 호랑이 기름은 바닥을 드러냈다. 리푹 씨는 여러 번 구토를 했다. 억지로 침을 삼키며 호이 티엔 씨의 사체에 새 옷으로 갈아입히기 위해 정신을 바짝 차렸다. 호이 티엔 씨의 얼굴을 닦으며 그의 손이 호이 티엔 씨의 눈에 닿았을 때 순간적으로 몸이 움츠러들었다. 눈물 아니면 상한 액체? 부패한 끈적끈적한 액체가 그의 두 손에 묻어나왔고, 냄새가 올라왔다. 그리고 썩은 액체와 함께 슬픈 느낌이 두 손을 타고 온몸에 퍼졌다.

구더기가 호이 티엔의 두 눈에서 기어 나왔고, 달빛 아래 하얗게 손을 타고 리푹 씨의 몸으로 올라왔다. 리푹 씨는 몸을 떨었고, 오싹한 느낌이 등으로부터 머리끝까지 밀려왔다. 그는 사체 옆에서 기절했다. 사람들은 당황해서 어쩔 줄 몰라 했다. 이때 비로소 꾹이 본능적인 사람이라는 것을 알게 되었다. 이제 막 아빠가 된 꾹은 달랐다. 아내를 얻은 지 1년이 안 된 열일곱 살 나이에 꾹은 아들을 낳았다. 꾹은 진정한 남자, 어른이 되었다. 그는 아버지를 안고, 주문을 외면서 마사지를 하고 호랑이 기름을 리푹 씨의 온몸에 발랐다.

운 좋게 위기를 넘겼다.

깨어나자마자 리푹 씨는 사람들을 재촉했다. 아주 힘들게 호이 티엔 씨의 사체를 관에 넣을 수 있었다.

해가 뜰 때쯤에야 호이 티엔 씨를 다시 묻을 수 있었다. 리푹 씨는 몸에서 하얀 수건 한 장을 꺼내 머리에 두르고, 술 한 병과 향을 꺼냈다. 텅 빈 들판에 찬바람이 불어 아주 힘들게 향을 피울 수 있었다. 호이 티엔 씨의 두 부인과 세 아들 그리고 꾹은 리푹 씨의 뒤에 엎드렸다. 울음소리도 막혔다. 리푹 씨는 묘에다 향을 꽂고, 술을 뿌린 다음 두 손을 합장하여 이마에 대고, 목멘 목소리로 말했다.

"자네, 신령한 자네, 나의 이 인사를 받아주시게. 존경과 사랑의 마음으로 자네를 추모하기 위해 이 자리에 함께한 두 아내와 세 자식을 잘 보살펴 주시게. 이 억울함은 하늘이 알고 있으니 토신이 밝혀줄 걸세. 반드시 한을 풀게 될 걸세. 부디 구천에서 편히 쉬시게…"

서로 의형제를 맺은 날부터 호이 티엔 씨와 리푹 씨는 상대방을 존경하여 서로 형이라고 하고 자신을 동생으로 불렀다. 이제 리푹 씨는 이 친구가 부르는 호칭에 걸맞은 실질적인 형임에 틀림없다고 생각했다. 강건하고 의리 있고 절개가 있는 남아는 항상 대의를 위해 희생할 줄 알고 이타적이고, 인애하며 포용력을 갖고 사는 자이다.

참고 있던 감정을 억누를 수 없어 리푹 씨가 갑자기 울음을 터뜨렸다. 엉엉하는 울음소리가 마치 거세당한 짐승이 우는 것 같았다. 호이 티엔 씨의 두 부인과 세 자식도 따라 울었다.

갑자기 마을에서 총소리가 울렸다. 아른거리는 횃불과 함께 환호소리와 욕지거리가 조금씩 가까이 다가오고 있었다. 순식간에 그들은 총구와 칼, 몽둥이 그리고 민병대의 살기등등한 얼굴에 포위되었다. 우두머리는 토지개혁 시범대 대장인 띠우였다.

"모두 다 묶어서 마을회관으로 데려가!"

띠우가 콧소리로 명령했다. 그는 N과 L발음을 혼동하는 장애가 있었다. 그리고 턱을 들어 곡괭이를 줍고 있는 민병대에게 신호를 보냈다.

리푹 씨의 눈에서 갑자기 빛이 났고, 묘지 앞으로 나가 양팔을 벌렸다.

"묘를 건드리지 마시오, 실덕한 행동을 하지 마시오, 여러분이 우리를 체포할 수 있지만 묘지를 건드리면 안 돼. 이곳에 누워있는 사람도 편히 쉴 수 있는 권리가 있소."

"이놈이 누구냐?" 띠우가 물으면서 자신의 발아래 엎드려 사정하고 있던 호이 티엔 씨의 두 아내와 아들들의 손을 뿌리쳤다.

리푹 씨를 아는 사람이 없었다.

"이놈은 응이썬 사람이 아니구먼." 띠우가 확신하고 말했다. "반동 첩자가 농민 어르신들의 토지개혁을 파괴하려는 건가? 동지들, 이놈 목을 묶으시오."

몸을 가누기도 힘들어 보이는 두 부인이 띠우 대장에게 사정했다.

"저희들 대장님께 간절히 부탁드립니다. 그분을 풀어주세요, 그분은 티엔 씨 친구로, 동 마을에 사는 리푹 씨입니다⋯"

따우가 비웃었다.

"아, 그래. 동 마을 놈이 겁도 없구나. 또똠 리푹을 현 사람들이 모를 리 없지. 호이 티엔과 같은 반동 첩자지? 감히 묘를 파러 10여 킬로미터를 왔어? 허허, 위대한 친구, 너무 감동적인데! 영웅이야! 동지들, 무산 전제정권의 임무를 실행하시오."

리푹 씨는 몸이 움츠러들 정도로 세게 묶였다. 그는 혀를 깨물어 죽고 싶었다. 그러나 따우가 미리 눈치채고 리푹 씨의 턱을 꽉 누르고 입속에 헝겊조각을 가득 넣어버렸다.

***

리푹 씨는 호이 티엔 씨의 묘를 이장한 일로 인해서 응이썬 마을 초소에 이틀 동안 감금되었고, 특별히 위험한 국민당원으로 블랙리스트에 올랐으며, 동 마을의 1차 재판 대상 명단에 올랐다.

운명의 장난처럼 따우가 동 마을의 토지개혁대 대장으로 전보되었다. 쇳소리에 발음이 어눌한 서른 살 그 남자의 이름은 팽끼우 따우로, 정말 이상한 성이었다. 자기 자신도 본인의 고향이 어딘지 몰랐고, 부모가 누군지도 몰랐다. 팽이라는 성은 중국 사람의 성일 가능성이 높았지만 풍 씨, 판 씨, 팜 씨를 잘못 발음한 것일 수도 있었다. N과 L 발음을 구분하지 못하는 장애는 그가 홍 강 구릉지 출신이라는 것을 알려주고 있었다. 따우가 네다섯 살쯤 되었을 때 지엠디엔 강가에 살았는데 보나이에 사는 자식 없는 자오족에게 팔렸다고 한다. 몇 년 뒤 양부모가 죽고, 따우는 떠돌이 생활을 했다. 그러다 따우에게 행운이 찾아왔는데, 구국군이 창설된 것이었다. 따우는 구국대원이 되었다가 정식으로 혁명군에 입대했고, 보나이 농장

공격에 참가했다. 그는 글도 배우고, 군사학도 배우고 계급투쟁에 관한 이론을 공부하고 나서 국경지역 전투와 디엔비엔푸 전투에 참가했다.

띠우의 뛰어나다 할 성품은 절대적인 충성심이었다. 그것은 또한 띠우가 상부로부터 신뢰받고 항상 요지에 배치되도록 하는 첫 번째 기준이 되어주었다. 동 마을은 적의 점령지였고 국민당 반동분자들이 집중된 곳이었으며, 프엉딩 현에서 민감하고 뜨거운 곳으로 꼽기도 하는 곳이다.

동 마을에 도착하자마자 띠우는 끄나풀로 꾹을 쓰기로 하고 그를 찾았다. 호이 티엔 씨 묘를 이장하던 리푹 씨를 붙잡은 날 아침에 꾹을 힐끗 보고, 띠우는 바로 관심을 가졌었다. 꾹이 아무도 모를 거라 생각하며 세발 리어카를 끌고 강둑으로 도망쳤지만 띠우는 모든 것을 알고 있었다. 그러면서 민병대에게 붙잡을 필요 없다는 신호를 보냈었다.

손 안에 든 것은 언제나 잡을 수 있었다. 결국 호랑이를 숲에 풀어준 것은 띠우가 꾹을 가난한 농민 편으로 끌어들여, 꾹과 리푹 씨를 분리하기 위한 기회를 잡으려던 것이었다.

"나는 자네가 리푹 씨의 친아들이 아니라 양자라는 것을 안다." 띠우가 꾹을 토지개혁대 사무실로 불러서 그렇게 입을 열었다. "리푹 씨가 자네 이름을 응웬끼 꽉이라고 지은 것 자체가 자네를 경멸하고 사기 친 것이지. 자네는 응애 응애 하고 이 세상에 태어난 날부터 리푹 씨 부부에게 착취당한 사람이야. 그래서 토지개혁대는 자네를 동 마을의 특별 고발자로 선정했네. 양자는 혁명의 정의에 따르면 착취당하는 계급이지. 혈통과 족보가 다르기 때문이지. 악덕 지주는 더욱 독하고 교묘하고 자식도 더 많지. 그렇기 때문에 저들은 더 많이 착취할 수 있고, 더 빨리 부자가 되는 것이지, 그렇지?"

"틀렸습니다. 우리 부모님은 착취하지 않아요…."

"변명하지 마라. 자네가 지주, 자본가 계급의 악독함을 어찌 이해하겠나? 그들은 아주 교묘하고 교활하다. 이번에는 리푹 차례가 됐어. 그는 호이 티엔에 못지않은 위험한 국민당 첩자야. 그의 아들 봉이 남쪽으로 내려간 일은 아주 교묘한 반동들의 음모지."

꾹의 얼굴색이 변하고 당황해 하는 것을 보고, 띠우는 끄나풀을 잡았다는 것을 알고, 연이어 공격했다.

"자네는 리푹이 자네를 결혼시킨 것이 자네를 사랑해서라고 생각하지? 크게 실수하는 거네. 그는 어린 여자를 좋아해. 그가 돈을 들여 자네를 결혼시킨 것은 세상 사람들의 눈을 가리기 위한 것이지. 그러나 사실은 밤마다 그가 자네 아내와 잠을 자고 있지…"

"당신 장난치는…" 꾹의 얼굴에 핏줄이 섰다.

"자네 열 받지 말게. 나는 증거가 있는 말만 해. 자네 아내가 우리에게 다 말했어. 네 달 된 사내아이조차도 자네의 것인지 확실하지 않다네. 리푹은 그 악독한 쯔엉피엔 초소장도 질 정도로 또똠 도박으로 유명하고, 노회한 국민당원인데 자네가 어떻게 대항할 수 있겠나…. 자네의 팔이 장애가 된 것은 말할 필요도 없지. 리푹은 이름난 한의사야. 그가 뱀에 물린 것을 치료하는 일은 아주 쉬운 일인데, 일부러 자네를 장애로 만든 거지. 자네를 그의 친아들보다 못한 놈으로 두려는 것이지. 그래야 자네를 영원히 노예로 부릴 수 있으니까…"

수년 전 뱀독이 꾹의 몸에 퍼진 것보다 더 잘 스며들었다. 띠우 대장의 달콤한 말은 바로 만난 첫날부터 꾹에게 스며들어 그날 밤 즉시 행동으로 나타났다. 꾹은 아내를 한 차례 때렸다. 질투가 사람으로 하여금 이성을 잃게 만들었다. 게다가 꾹은 아내를 너무 사랑했다. 사랑하면 할수록 질투가 더 심했다.

솔직히 말하면, 동 마을 사람들은 꾹이 여자를 잘 골랐다고 모두 칭찬했다. 물이 충분한 논에서 자라는 벼같이, 길가의 잡초가 개 오줌을 받아 잘 자라는 것과 비슷했다. 결혼하고 며칠 만에 메뚜기 빙은 눈에 띄게 예뻐졌다. 엉덩이에 살이 붙고 통통해졌고, 가슴도 수컷 붕어처럼 더 이상 납작하지 않았으며, 매일 바람을 넣은 듯 부풀어 올라 두 개의 자몽처럼 빵빵해졌다.

아이를 낳고 난 뒤로, 빙은 피부가 불그스레해지고, 활짝 펴서 꾹은 자주 아내를 감상할 정도였다. 그리고 아내를 속여 방으로 끌어들인 다음, 덮쳐서 온몸을 핥고는 논을 가는 일꾼처럼 헉헉대며 힘을 다해 껴안았다.

꾹의 아내에 대한 심문은 논두렁에서의 사랑 한 판으로 끝났다. 꾹은 아내가 "아이고 아버지! 아이고 오빠! 더, 더, 더 세게!"라고 소리 지르도록 밀어붙였다. 꾹이 누워서 깊은 숨을 쉬며, 열이 식은 모습을 보이자 빙이 남편의 등을 쓰다듬으면서 말했다.

"아버지가 당신이 저와 아버지의 관계를 의심한다는 것을 알면, 우리를 집에서 쫓아낼 거예요."

빙의 물정 모르는 말이 미치게 만들었고, 꾹의 머릿속에서 사람을 죽일 정도의 질투가 치솟도록 만들었다.

"쫓아내? 누가 누구를 쫓아내? 나 아니면 그 사람?"

바로 다음 날 꾹은 따우 대장을 만나 고발장에 서명하고, 리푹 씨 재판에서 첫 번째로 비판할 사람으로 선정되었다.

"리푹! 너 내가 누군지 알아?" 꾹이 전에 호이 티엔 면장과 디 응아오 씨의 재판에서 나왔던 말투를 똑같이 따라했다. 그가 양아버지인 리푹 씨에게 달려들어 얼굴에 한 방을 날렸다. 용기를 내기 위해 술을 연거푸 세 병을 마셨는데도 목소리가 떨렸다. "나는 네가 옹동 언덕에서 주워 다가, 피붙이 때부터 착취한 응웬끼 꽉, 개똥이 꾹이다…."

거기까지 말하고 꾹은 계속해야 할 말을 잊어버렸다. 그는 잠시 사람들을 쳐다보았다. 따우가 재판장 자리에 앉아서 마치 연극의 시나리오를 상기시키 듯이 턱을 쓰다듬고 있었다. 꾹은 따우가 한 말이 생각났고, 마치 앵무새가 사람들의 말을 외우듯 목소리와 내용을 그대로 반복했다.

"네놈이 나한테 지어준 응웬끼 꽉이라는 이름조차도 나를 경멸하고, 속이려 한 것이다. 나는 네놈 부부에게 응애 응애 울면서 태어났을 때부터 착취당했다. 그래서 토지개혁대가 나를 동 마을의 특별한 고발자로 뽑은 것이다. 양자는 혁명의 정의에 따르면 피착취 계급이다. 혈통과 족보가 다르기 때문이지. 악덕 지주는 교묘해서 자식을 더 많이 두려 하지. 그래야 더 많이 착취할 수 있고 더 쉽게 부자가 되지. 그것이 맞지? 너희 같은 지주들은 아주 교묘하면서도 교활하지. 네놈이 나를 결혼시킨 것은 네놈이 나를 사랑해서인가? 크게 잘못됐지. 네놈은 어린 여자를 좋아하지? 네놈이 돈을 들여 나를 결혼시킨 것은 천하를 속이려고 한 짓이지. 그러나 실제로는 밤마다 네놈이 이 어르신 아내와 잠을 잤던 것이다…."

말을 하면 할수록 꾹은 다른 사람한테 조종당하는 인형 같았다. 마을회관 마당은 너무나 경악해서 조용해질 때도 있었고, 어떤 때는 너무나 어처구니 없는 코미디 같아서 웃음이 터지기도 했다.

리푹 씨는 선 채로 죽은 것 같았다. 그가 일생 동안 상상하시 못했던 일이 벌어지고 있었다. 삼강오륜이 뒤집히고 있었다. 그 어질고 착하고 고생도 잘 견뎠던 꾹이 악귀가 되어가고 있었다. 그의 입에서는 선혈을 쏟아내고 있었다. 그의 모든 말들은 빨갛게 달궈진 화구였다. 그의 심장은 마치 손으로 단단히 눌렀다가 놓았을 때처럼 피가 뇌로 솟구치는 것 같았다. 그의 얼굴이 거무죽죽했다가 파랗게 질렸다. 그는 마당에 꼬꾸라졌고, 정신을 잃었다.

**

리푹 씨의 아주 이상한 자세의 죽음은 꾹이 고소한 날로부터 5일 후에

166

일어났다. 건강이 나빠져서 리푹 씨의 재판이 연기되었다. 리푹 씨는 토지개혁대에 의해 가택연금 되었고, 부인에게 그를 돌보도록 했다.

셋째 아들이 멀리 간 후, 그리고 장남이 가문을 떠나고 나서, 그의 어머니와 친구가 죽은 뒤로, 아픔과 상실, 부끄러움, 억울함 등이 합쳐져 리푹 씨는 거의 절망하고 있었다. 게다가 있을 수 없는 비윤리적이고, 극에 달한 은혜를 모르는 양자의 고소 사건은 연이어 리푹 씨를 절망의 정점으로 몰고 있었다. 군자에게 치욕은 견딜 수 없고, 간사함을 견딜 수 없으며, 배신은 더욱 견딜 수 없는 것이었다. 5일 동안 약물만 조금 마셨다. 그는 삶에 회의를 느꼈고, 대단히 허무함을 느꼈다. 때때로 착한 아내와 막내딸에 대한 안타까운 사랑이 치솟았다. 아주 사랑했지만 그는 아내를 조용히 바라보고 막내 허우의 머리칼을 쓰다듬을 뿐, 말 한마디 못하고 속으로 눈물만 흘렸다.

"빙이 꾹에게 화가 나서 애를 안고 친정으로 갔어요." 리푹 부인이 가끔 남편에게 소식을 전해주었다. "그 아이가 저보고 남편을 용서해달라고 합디다. 어리석은 놈을 탓해서 뭐합니까? 귀가 얇은 놈인데. 어른들이 아이를 꼬드겨서 닭똥을 먹게 만든 것과 다를 바 없는데…."

"꾹이 응웬 마을로 제 아내와 자식을 데리러 갔는데, 포붕 씨와 그의 부인이 혼을 내 쫓아냈다 하네요."

다음 날 리푹 부인이 새 소식을 전했다.

"그 녀석이 방금 울면서 용서해달라고 합니다. 자기가 어리석었다는 것을 안답니다. 띠우 대장이 부추겼기 때문이랍니다…."

리푹 씨는 아내의 손을 잡고 한참 동안 바라보다가 입을 열었다.

"당신이 포붕 씨 부부에게 찾아가서 빙과 아이를 돌려보내달라고 하시오. 호랑이는 자식의 고기를 먹지 않지. 저들 부부에게 내가 용서한다고 말하시오. 당신과 저들 부부 모두 이 난국을 서로 도우며 잘 헤쳐 나가기 바라오."

아내에게 남긴 말은 리푹 씨의 마지막 유언이 되었다. 부인이 사돈집으로 출발하자마자 리푹 씨는 억지로 일어나 꼼꼼히 몸을 씻고 하얀 새 옷을 찾아 입었다. 그리고 사당으로 올라가 향을 피우고 각 신들과 조상들에게 합장하고, 보관해둔 물소가죽으로 만든 밧줄을 꺼내 엄지발가락에 단단히 묶었다. 그리고 사다리를 놓고 처마 끝으로 올라갔다.

리푹 씨가 응웬끼 사당의 가운데 건물에 거꾸로 처박힌 것을 처음 본 사람은 꾹이 아니라 막내 허우였다. 어린 천사처럼 예쁜 허우가 밖에서 술래잡기, 공기놀이를 하다가 돌아왔다. 아이는 배가 고파 감자나 카사바가 있는지 물어보려고 엄마를 찾았다. 리푹 부인도 리푹 씨도 보이지 않았다. 아이는 온 집안을 소리치며 돌아다녔다. 그리고 아이가 사당으로 올라가려는 데 쪽문이 열려있었다. 아이고, 귀신! 거꾸로 매달린 흰옷은 아이를 그 자리에 얼어붙게 했다.

아이가 자세히 보려고 했다. 그리고 아버지의 머리가 터져 피가 흥건한 곳에 하얀 뇌가 쏟아진 것을 알고, 외마디 소리를 지르며 계단에서 기절했다.

리푹 씨의 장례식은 불쌍했다. 피리도 북도 없이 몇 사람만 뒤따랐다. 일 년 전, 도카 부인이 죽은 직후였다면 어머니 장례식보다 사람이 많았을 것이다. 온 동네가 붐비고, 화려하게 북을 치고 피리를 불며 운구했을 것이고, 장례도 3일장에서 7일장은 치렀을 것이다. 일 년 사이 모든 것이 뒤집혔고 그의 운수에서 죽는 시간을 고를 수는 없었다. 게다가 온 마을이 배고픔에 시달렸다. 감자밥, 겨를 섞은 밥, 야채 밥, 고구마 밥, 바나나 뿌리를 섞은 밥 등이 주식이었다. 그나마 많은 가정이 끼니를 줄이거나 한 끼는 야채 섞은 밥을 한 끼는 죽을 먹었다. 바나나도 다 잘라버렸고, 뿌리도 남아있지 않았다. 아이들은 논두렁에 난 병풀, 떡쑥을 캐러 다녔다. 도랑이나 하천은 몇 번이나 물을 퍼내 게, 새우, 우렁이도 남아있지 않았다. 이른 아침부터 밤까지 온 마을 사람들이 들판에 나가서 먹을 것을 찾았다. 저녁에 돌아와서는 밤중까지 재판에 참석했다. 그러나 바로 사람들이 가장 두려워했던 것은 지주나 부농과 연루되는 것이었다. 동 마을은 응웬 씨와 응웬끼 가문 사람들이 마을의 반 이상을 차지했고 그만큼 큰 세력이었지만 지금은 나라처럼 조용했고, 누구나 토지개혁대의 블랙리스트에 올라가는 것을 두려워했으며, 연루되는 것이 무서워 감히 리푹 씨 집에 와 향을 피우지 못했고, 감히 슬픔을 나누는 말 한마디도 건네지 못했다.

"응웬끼 가문, 참으로 무정하구나. 집안 모두가 죽었냐? 어찌 궁둥이 하나도 안 보이냐?" 리푹 씨에게 향을 피운 유일한 마을 사람은 니에우 비에우 선생이었다.

참을 수 없어서 그는 수염을 쓰다듬으며 욕을 했다.

"이 동 마을 역시 겁쟁이 마을이고, 불량한 마을이구먼. 온 마을이 바퀴벌레처럼 엎드려 있구나. 토지개혁대가 고함쳤다고 오줌을 찔끔거리고 꼼짝 못하고 있구나! 겁쟁이로 살면 뭐하나? 연못에 뛰어들어 죽어라! 다 죽어라! 리푹 씨에게 배워라! 죽을 줄 아는 것이 비로소 군자야!"

니에우 비에우 선생은 부채질을 하며 동네를 걸어가면서 소리를 질러댔다. 오직 그만이 토지개혁대를 겁내지 않았다. 잘해야 감옥 아니면 재판에 넘겨질 것이다. 그 역시 이곳에서 죽기를 바랐다.

집에 돌아왔다가 리푹 씨의 죽은 참상이 떠올라서 니에우 비에우 선생은 다시 응웬끼비엔으로 올라갔다. 선생의 욕이 효과가 있었다. 응웬끼 가문의 여자 서너 명, 동생 한 명 그리고 세 명의 조카와 외가 쪽 몇 명이 와 염을 하고 묘지를 파고 있었다. 리푹의 운수가 참으로 사나웠다. 세 명의 친자식은 한 명도 얼굴을 보러 온 자가 없었다. 그 천사처럼 예쁜 막내딸은 거꾸로 매달린 아버지를 보고 쓰러진 뒤 침대 위에 누워있었다. 살았지만 온전하게 자랄 수 있을지 알 수 없었다.

리푹 씨의 모든 장례절차를 담당하는 사람은 꾹이었다. 장례식에서 유일한, 지푸라기로 짠 모자와 지팡이는 꾹의 것이었다. 양부를 고소한 후, 아내가 아이를 데리고 나간 뒤 꾹은 후회했지만, 리푹 씨가 가장 고통스러운 방법을 택해 자살한 죽음이 비로소 꾹의 양심을 완전하게 일깨웠다. 꾹은 바로 자신이 자신을 기르고 가르쳤던 사람을 죽인 것처럼 후회하고 있었다. 꾹은 리푹 부인과 막내 허우가 너무 불쌍했다. 리푹 부인은 남편의 시체를 안고 있다가 다시 딸을 안기를 반복하다 몇 번이나 기절했다. 꾹의 가슴이 찢어졌다. 지금은 띠우 대장도 무섭지 않았다. 꾹은 온 동네 사람들에게 띠우 대장이 강요했으며 양부를 어떻게 고소하라고 압력을 넣었는지 모두 말하려 했다.

**

꾹이 반발하려는 징후까지 띠우의 눈을 피할 수 없었다. 빈농대표와 인민재판정을 검히고 있는 디 응아오가 매일 리푹 씨 집의 동정과 꾹의 심경 변화를 그때그때 보고했다.

리푹 씨의 비정상적인 죽음을 띠우는 급히 상부에 보고했고, 토지개혁단 당위원회는 이것이 정치적 색채를 띤 죽음이라고 인정했다. 리푹은 우리 쪽으로 들어왔고, 당위원회 서기 직까지 맡았다. 즉 혁명의 아주 많은 비밀을 알고 있다. 리푹은 호이 티엔과 친구이고, 저들이 심어놓은 같은 라인에 있었다. 특히 리푹의 셋째 아들이 적을 따라서 남쪽으로 갔고, 응오딩 지엠[30]이 남부에서 파견한 간첩과 연결되어 혁명을 파괴할 수 있다. 적은 리푹이

<hr>

30. Ngô Đình Diệm(吳廷琰, 1901-1963). 베트남 공화국(남베트남)의 최초의 대통령. 우리나라에는 고 딘 디엠으로 알려져 있다.

털어놓을까 두려워 입을 막기 위해 자살하도록 했다. 일급비밀에는 그렇게 평가하고 있었다.

리푹 씨의 장례식 후, 띠우는 조사를 이유로 꾹을 체포해 구속시켰다. 띠우의 깊은 의도를 아무도 알지 못했다. 꾹이 체포되면 아내인 빙은 남편을 구하러 다녀야 했다. 이것은 나무 위에 원숭이를 올려놓고 흔드는 계책으로, 띠우가 토지개혁에 참가할 때부터 배웠던 것이다.

과연 그날 오후에 빙이 토지개혁대 사무실로 찾아왔다. 사람들이 '자식을 하나 낳은 여자가 가장 예쁘다'고 하는 말이 틀리지 않았다. 빙을 보니 예쁜 데다 침을 꿀꺽 삼킬 만했다. 빙을 뭐라고 실명할 수 없었다. 띠우의 눈은 아주 여성스러운 얼굴, 언제나 촉촉이 젖어있는 검은 두 눈, 육감적인 입술, 놀리는 것 같은, 부르는 것 같은 가슴에 빨려 들어갔다. 빙의 몸에서 어떤 향기가 쏟아져 나와 띠우의 몸에 돋아난 것들, 즉 열 발가락, 열 손가락, 코와 같은 것들을 활성화시키는 것 같았다. 그리고 특히 그것이었다. 아내와 오랫동안 멀리 떨어진 남자, 수컷의 피가 띠우를 괴롭힌 것 중 일부라면 빙의 암컷 기질이 띠우를 흥분시킨 것은 엄청났다. 높은 책상을 마주하고 빙과 앉았는데, 그것이 계속 단단해져 바지를 뚫고 나오려 했다. 띠우의 발가락은 계속 꼼지락거렸고, 무의식적으로 빙의 발을 건드릴 때도 있었다. 띠우는 코를 킁킁거리며 서명하라고 빙에게 볼펜을 건네면서 고의로 빙의 손을 잡았다.

"꾹의 죄는 매우 큽니다. 우리는 꾹이 리푹 씨가 자살하도록 압력을 넣었다는 증거를 갖고 있소" 띠우는 생으로 먹고, 근육 몽둥이로 때리고 싶다는 듯 빙을 바라보았다.

"남편은 억울합니다." 빙이 사정했다. "어떻게 남편이 아버지에게 압력을 넣겠어요. 아버지를 고소한 날부터 남편은 감히 대면도 못했는데…"

"나도 그렇게 말했소. 그러나 상부에서는 믿지 않아요. 이 사건은 가볍게 봐줘도 10년은 살아야 합니다."

"간절히 부탁합니다. 저희들을 불쌍히 봐 주세요. 남편을 구해주세요. 어린아이도 있어요…."

띠우는 계속해서 얘기를 심각하게 밀어붙였다. 빙이 굴복하고 애걸하게 되자 마치 무의식중인 것처럼 그녀의 허벅지를 건드리면서 한 손으로는 빙의 손을 잡았다.

"그런 말 하지 마요. 너무 안됐구먼. 당신 남편을 구할 방도를 생각 중이오. 그런데 당신이 내 말을 잘 들어야 하는데…."

"예, 대장님이 어떤 말씀을 하더라도 그리하겠습니다." 빙은 기뻤다.

"그러면 됐소. 일단 집으로 가시오. 내가 진정서를 준비하겠소. 당신은 서명만 해서 상부에 보냅시다. 바로 오늘 밤 집으로 가져가겠소. 약 9시경에. 등잔불을 밝히고 문 앞에서 기다리시오…."

그때부터 띠우는 흥분이 가시지 않았다. 띠우는 몇 달 전 응이썬에서 강탈하듯 사랑했던 장면을 상상했다. 아! 띠우를 홀딱 빠져들게 하는 이 썬밍 지역의 여자들은 아편보다 더했다. 응이썬에 3개월밖에 있지 않았지만 띠우는 찬란한 전공을 세웠다. 모두 네 사람이었다. 비록 띠우가 위력을 사용해 강탈한 경우도 있었지만, 모두 띠우로 하여금 즐기기 위해 책략을 사용하도록 했고, 모두 띠우로 하여금 욕망을 채우고, 고도의 위험을 감수하도록 자극했다. 그리고 지금 아름다운 여인들과 아가씨들이 많은 동 마을의 민중을 휘어잡은 이때, 띠우의 정복과 탐험의 갈망은 순식간에 두 배로 증가했다. 이 육체의 욕망으로 가득 찬 여자, 빙이 띠우의 전공의 시작일까? 하하, 혁명이 띠우에게 용상 없는 왕의 자리를 내주었다. 토지개혁대 대장의 직위는 용상이 없는 왕의 자리와 무엇이 다른가. 가장 행복한 사람은 용상 없는 팽끼우 띠우 왕이었다. 지혜도 학문도 혈통도 필요 없었다. 재산도 필요 없었다. 단지 상부에서 조그만 권력만 주면 되었다. 그것도 지주의 것을 뺏어 농민에게 줄 수 있는 권력만 있으면 무엇이든지 할 수 있었다.

설레고 불타는 마음으로 9시 정각에 띠우는 콜트 권총을 허리에 차고 응웬끼비엔에 도착했다. 동 마을 사람들은 토지개혁대가 온 날 이후로 저녁 8시면 아무도 집 밖으로 나가지 않았다. 나간다 하더라도 2명 이상이 함께 다녀야 했고, 등불이나 짚으로 만든 횃불을 들고 다녀야 했다. 띠우와 토지개혁대, 민병대와 일부 핵심 농민들은 언제나 사람들 몰래 다닐 수 있었다.

응웬끼비엔의 정문은 리푹 씨를 재판하기 전날부터 농민들이 막아놓았다. 본채 긴물도 봉인해 놓았다. 리푹 부인과 딸은 사당 입구의 방으로 옮겼고, 마을회관 쪽으로 난 길을 열어서 토지개혁대가 편리하게 관리할 수 있도록 해놓았다. 리푹 씨 부부는 꾹 부부에게 결혼 이후부터 옆채로 들어가는 별도의 길을 내주었다. 꾹 부부나 다니는 길인 데다 외부에서 잘 보이지도 않아, 어두운 밤 띠우의 잠행에 아주 안성맞춤이었다.

신호는 등잔불이었다. 빙은 띠우가 당부한 대로 따랐다. 띠우는 그녀의 머리칼에서 자몽 잎 향기와 조각자[31] 열매 향 그리고 그녀로부터 풍기는 여자 냄새가 그의 오장육부로 파고드는 것을 느꼈다. 그것은 띠우의 돌출부, 특히 그것을 활성화시켰다. 그것이 마치 코브라가 병아리 냄새를 맡은 것처럼 꿈틀거렸다.

처마 밑에 도착했지만 아주 조심했다. 늙은 여우가 먹이에 다가가기 전처럼 띠우는 다시 뒤돌아서서 귀를 기울여 소리를 듣고, 주변을 조심스럽게 살폈다. 의심할 만한 것이 없자 띠우는 이미 열려 있는 문으로 살금살금 들어갔다. 과연 빙은 침대에 누워 기다리고 있었다. 아들놈은 안쪽 구석에서

----

31. 베트남어로는 보껫(bồ kết)이라고 한다. 콩과 비슷한 열매를 삶아서 머리를 감으면 좋다고 알려져 있으며, 이것으로 만든 샴푸도 있다.

세상모르고 자고 있었다.

"일어날 필요 없이 그대로 누워있어요." 띠우는 쉿소리로 속삭이며 손짓을 보냈다.

"대장님, 진정서에 제가 서명해야 되죠?" 빙이 일어나 등잔 심지를 올리려 했다.

"더 밝을 필요 없소…. 여기 진정서…. 아무 때나 서명하면 돼. 내가 읽어볼게…."

띠우의 쉿소리는 코가 막힌 듯했다. 띠우의 눈이 밝아지며, 여자의 하얗고 통통하게 부풀어 오른 가슴을 쓰다듬었다. 쓰다듬던 띠우의 손이 빙의 팔을 잡았다.

빙은 어쩔 줄 몰라 두 손으로 가슴을 가렸다. 띠우가 강하게 눌렀다. 그 짧은 순간에 띠우가 어떻게 콜트 권총과 바지를 벗었는지 알 수 없었다. 띠우의 하체가 전부 드러났다. 장거리 직사포같이 튼튼했다.

"안 돼요…. 안 돼요…. 대장님, 왜이래요?" 빙은 놀라서 두 손으로 눈을 가렸고, 띠우의 물건을 슬쩍 본 순간 심장은 그의 가슴에서 벗어나고 싶은 듯했다.

정말 띠우의 무기는 어마어마했다. 이 초대형 무기는 백전백승이었고, 이것으로 인해 띠우는 자신감과 자만심을 가질 수 있었다. 본격적인 일로 들어가기 전에 띠우는 상대방을 위협하고 흥미를 끌어내기 위해 무기를 꺼내서 시위했다. 보고만 있어도 빙이 기절할 정도라면 그것이 어떤지 충분히 알 수 있었다.

빙은 떨며 어쩔 줄 몰랐다. 빙은 속이 탔다. 그리고 그 어떤 것을 기다리고 있었다. 아마도 자신이 띠우에게 대항하지 못할 것 같았다. 띠우는 힘이 장사였고, 모든 여자들에게 패한 적이 없는 무기도 있었다. 1분만 늦었다면 아마도 빙은 그녀를 향해 발사할 방법을 찾고 있던 대포 앞에 굴복하고 쓰러졌을 것이다.

갑자기 시끄러운 소리가 들렸다. 대문을 두드리는 소리였다.

"여보, 구해줘!" 빙은 구세주를 만난 듯 기뻐서 소리쳤다. 그리고 띠우를 밀치고 일어났다.

문을 두드린 사람은 다름 아닌 바로 꾹이었다. 빙이 식사를 가져와 띠우가 9시에 집에 오기로 했다는 것을 알린 초저녁부터 꾹의 몸은 섣달 그믐날의 떡시루처럼 부글부글 끓고 있었다. 꾹은 밥도 먹지 않고, 그 숫염소가 빙의 몸을 타고 있는 광경을 상상하며 미칠 것 같았고, 얼굴은 타는 석탄처럼 붉게 이글거렸고, 이를 북북 갈았다. 교대하는 경비를 속이고, 꾹은 갇혀 있던 절 창고의 창살 두 개를 끊고 몰래 집으로 왔다.

들고양이처럼 살며시 절구를 들고 아무 소리도 내지 않고 아칸서스[32] 울타리를 넘었다. 처마 밑에 도착해 추녀 밑에 여전히 칼이 걸려 있는 것을 보고 잡아당겨 허리춤에 찼다. 집안에서 속삭이는 소리가 들렸고, 불빛이 커졌다가 다시 작아졌다. 꾹은 상황이 어떻게 전개되는지 알고 싶어 참고 기다렸다. 만약 고양이와 야생 닭이 만난 것처럼 둘이 내통한다면 꾹은 둘 다 처리하려고 했다. 그러나 숫염소는 준비를 마쳤지만 빙이 힘을 다해 저항하고 있었다. 빙은 지금 남편의 지원을 기다리고 있었다.

세 발자국을 뛰어 꾹은 절구로 띠우의 어깨를 내리쳤다. 상대방을 그대로 두지 않고 꾹은 띠우의 목을 잡고 들어 올렸다가 놓았다. 그리고 턱에 강한 어퍼컷을 날리자 띠우가 바닥에 거꾸러졌다.

"겁나냐? 네놈이 무슨 대장? 너는 내 아내를 강간하려는 현행범이야." 꾹이 소리 지르며 띠우의 얼굴에 침을 뱉었다.

"말 좀 하게, 손 좀 놔!" 띠우가 헉헉대며 꾹의 손아귀에서 벗어날 방법을 찾고 있었다. 손을 뻗어 바지와 권총을 잡으려고 했다.

상황을 보고 빙이 뛰어나와 바지를 집어 멀리 던지고, 장물처럼 권총을 챙겼다.

두 남자가 뒹굴었다. 비록 꾹의 한 손은 장애였지만 모든 힘을 한 손으로 모아 역도선수 이상의 힘을 썼다. 띠우의 손을 등 뒤로 꺾어 아내에게 붙잡고 있으라 한 다음 두 발로 띠우의 머리를 누르면서, 허리춤에서 칼을 꺼냈다.

"아이고! 민병대 어디 있나! 나 죽는다!" 띠우가 갑자기 처절한 쇳소리를 질렀다.

꾹의 칼날이 띠우의 양물을 그었다. 직사각형처럼 생긴 날카로운 칼날을 긋자 띠우의 피가 무지개처럼 품어져 나왔다.

"여보! 조심해요, 잘못하면 대장 죽이겠어요." 빙의 목소리가 떨렸다.

"어차피 감옥 갈 몸인데, 이 새끼 불알 발라서 개나 줘야지." 꾹은 여전히 띠우를 놓아주지 않고 있었다. 그의 칼은 마치 백정이 숫염소의 양물을 발라내듯 이리저리 띠우의 그것을 따낼 방법을 찾고 있었다.

바로 그때, 디 응아오와 이웃 사람들의 소리가 들렸다. 순식간에 디 응아오와 몇 명의 민병대가 꾹 부부를 둘러싸고 총을 겨누고 있었다.

제9장 인민의 노래

별의별 변고가 다 지나간 뒤, 비가 동 마을로 돌아왔다. 대홍수, 지진 또는 13등급의 태풍 같았던 변고가 지나간 지 2년이 지났지만 동 마을은 여전히 가난했다. 마을을 둘러싼 대나무가 잘려나가 마치 이빨 빠진 것처럼 빈 곳이 많았다. 전에 위엄 있고 고풍스러운 대문들이 파괴되었고, 그곳에는 대나무를 촘촘히 심었다. 수백 개의 짚더미가 골목과 밭 그리고 타일을 깐 마당에 쌓여 있었다. 그것들은 마치 팔괘진처럼 어지럽게 놓여 있어서, 애들이 숨바꼭질하기에 그리고 남녀가 밤에 만나기에 또 사람과 개가 오줌 싸기에 아주 좋은 곳으로 변했고, 어디에서나 지린내와 구린내가 올라왔다. 응웬끼비엔 바로 앞에도 짚더미가 길을 막고 있었다. 사당은 최근에 대나무로 짠 돗자리를 사용해 둘로 나누어, 제단을 설치한 방과 옆방을 리푹 부인과 딸이 사용했고, 다른 쪽은 레 골목에 살던 가난한 노인 꼰 씨가 살고 있었다. 응웬끼 가문의 사당으로 들어가려면, 아칸서스 울타리를 돈 다음 좁을 골목을 통과해서 작은 대나무 문으로 기어들어가야 했다. 옛날 비의 집은 전에 동 마을 불량배들, 도둑과 강도짓을 했던 여섯 가족에게 분배되었다. 팔각정이 있던 연못은 썩어 초록색이었고, 대나무를 담가놓고, 돼지우리와 화장실 물이 흘러들어오는 곳이 되어있었다. 사람들이 어지럽게 파 뒤집은 듯했다. 밧짱의 타일을 깔았던 넓은 마당은 타일을 다 들어내고 그곳에 고구마, 사탕수수 따위를 심는 밭으로 만들었다. 담장도 여러 곳이 무너졌고, 대나무 울타리와 깨진 벽돌이 각 세대를 구분하는 경계가 되어 있었다.

리푹 부인을 이제 더 이상 아무도 이장님 부인이라고 부르지 않고, 이름을 불렀으며, 마흔 살에 불과했지만 너무 늙어 할머니 같았다. 그녀 옆에 서 있는 주름지고 창백한 얼굴의 작은 아이는 마치 초로의 여인 같았고, 언제나 입을 벌리고 웃고 있어 좀 모자라는 애처럼 보였다.

"허우, 네 동생이야." 리푹 부인이 비의 손을 잡아 그 아이의 머리에 올려놓으면서 말했다. "얘는 너를 못 알아본다."

비는 동생을 가슴에 끌어안았다. 아이가 낯선 사람 보듯 어리둥절한 눈으로 그를 쳐다보고는 입을 벌리고 웃었다. 비는 아무 말도 할 수 없었다. 그는 이마를 그 아이의 머리칼에 대고 속으로 울었다.

오후 내내 비는 죽은 것처럼 리푹 씨 묘 옆에 앉아 있었다. 묘는 이제 묘라고 할 수도 없는 잡초가 무성한, 흙이 좀 봉긋한 곳일 뿐이었다. 주변에는 수십 기의 다른 사람들의 묘가 둘러싸고 있었다.

아버지에 대한 추억들이 연이어졌다. 비는 아버지가 매일 아침 일어나 담뱃대와 물소 눈깔만 한 다기 세트를 앞에 놓고 큰 소파에 마치 참선하듯 앉아 있던 모습이 떠올랐다. 아버지의 에헴 소리만 들어도 형제들은 무슨 말인지 알고 일어나, 입을 헹구고 세수한 다음에 책을 꺼내고, 의자를 들고 나가 집 앞에 앉아서 국문 교과서를 소리 내어 읽었다. 이러한 익숙한 행동은 닭이 우리로 들어가기 전, 즉 해가 떨어질 때 한 번 더 벌어졌다. 한번은 비가 마을회관에서 친구들과 숨바꼭질에 정신이 팔려 해가 떨어진 지 오래되었는데도 집에 들어와 마당 쓸고 공부하는 것을 잊은 적이 있었다. 아버지는 소파에 엎드리게 한 다음 뽕나무 회초리로 엉덩이에 멍이 들 만큼 때렸다. 그 뽕나무 회초리는 일생 동안 잊을 수가 없다. 아버지의 처음이자 마지막 회초리였다. 림이라고 하는 고급 목재로 만든 가보와도 같은 소파에, 여름 정오에는 아버지와 형제들이 발을 포개고 누워 천장에 매달아 놓은 커다란 부채를 바라보았다. 아버지는 엄지발가락으로 부채 줄을 잡아당겨 부채질을 하면서 아주 특이한 향이 나는 얇은 한지에, 한자를 이용해서 만든 베트남 문자인 쯔놈 글자로 인쇄된 『끼에우전』을 펴 읽어주었다.

> 우리네 인생살이 백 년 동안,
> 재才와 명命이 서로 시기하고,
> 상전벽해의 난리를 겪고 나니,
> 보는 것마다 마음이 아프구나...

아버지가 자식들에게 쉰 듯한 목소리로 읽어주었던 『끼에우전』의 도입부는 일생 동안 결코 잊을 수 없다. 아마도 비가 문장을 좋아하고, 시에 소질이 있는 것은 그 신비로운 정오 때부터 시작되어 그를 이끌지 않았을까? 한 소절, 한 장면을 읽고 나서 아버지는 형제들에게 자세히 설명하고, 책과 삶에 관한 견식을 알려주었으며, 삼강오륜과 삼종사덕 그리고 가족 내의 도덕은 물론 인간의 도리를 아주 자세히 가르쳐주었다.

더 행복하고 뚜렷하게 떠오르는 일은 호이 티엔 아저씨 집에 놀러가면서 들른 외갓집 동네의 축제날에 대한 기억이었다. 온 가족이 디엔 강둑 위로 줄지어 갔고, 아침에 출발하면 정오쯤에 응이썬 마을에 도착했다. 외갓집 마을 축제는 음력 2월 14일에 시작해서 3일 동안 열렸다. 화려한 가마행렬과 다양한 소리 그리고 가로와 세로로 단 깃발, 관리, 악단, 사자춤, 가장행렬 등이 수 킬로미터에 달했다. 인간장기 대회도 열렸고, 밤에는 전통극을 공연했다. 또똠 도박을 즐기는 사람들은 밤을 새웠다. 비는 아버지가 봉이나 꽉보다도 가장 사랑하는 아이였던 것 같다. 인간 장기나 전통 노래 공연에서 징을 잡고 있을 때, 아버지가 자주 품에 안는 아이가 비였다. 아버지는 어디를 가든지 사람들로부터 존경을 받았다. 사람들은 아버지를 자기 집으로 초청해 어린아이들이나 노인들의 진맥을 부탁했다. 그때 아버지는 결코 돈을 받지 않았고, 보통 몇 주 전부터 미리 조제한 약을 충분히 가지고 가서 선물했다.

눈물이 조용히 손에 떨어져 내렸다. 어쩐지 비는 아버지가 죽었다는 것이 믿어지지 않았다. 그처럼 무섭고 고통스러웠을 비정상적인 아버지의 죽음은 더욱 믿기 어려웠다. 그런데 그 죽음 뒤에 벌어진 일들도 비정상과 공포가 결코 뒤지지 않았다. 꿈은 그 뒤로 바로 체포되었다. 혁명 간부를 폭행하고, 토지개혁을 파괴하려는 음모죄로 3년 징역을 선고받았다. 근방에서 가장 예쁜 어린 천사 같은 허우는 영원히 장애인이 되었다. 아버지의 처참한 죽음을 목격하고도 구사일생으로 살아난 이후, 그 아이는 완전히 귀가 먹고, 영원히 성장이 정지되어 일생 동안 다섯 살 기형의 모습으로 살아가야 했다.

***

그 비극의 날들에, 비는 러시아 연방 그루지야 공화국 수도 트빌리시에 있는 문화대학에 다니고 있었다. 왜 사람들이 그를 불빛 찬란한 수도 모스크바가 아니라 시골구석 같은 인적도 드물고 심심한 산악도시로 보냈는지 이해할 수 없었다. 그곳에서 비는 우물 속의 두꺼비나 다름없었고, 하루 종일 위만 바라보았으며, 쟁반 같이 둥근 하늘만 쳐다보았다. 비는 고향 소식을 애타게 기다렸다. 키엠의 편지들을 모두 외웠고, 베트남에서 보내온 것이면 어떤 책이든 신문 한 조각도 순식간에 다 읽었다.

이웃 나라 중국을 거쳐 소련으로 가기 위해 항꼬 역에서 키엠과 헤어질 때, 열차에 올랐다가 다시 뛰어내렸다. 키엠과 떨어지고 싶지 않았다. 그녀와 함께할 수만 있다면 무슨 일이든 어느 곳이든 상관없다고 생각했다.

키엠이 울면서 사정했다. "제 말 들어요. 우리의 미래는 아직 길어요. 오빠는 안심하고 그곳에 가서 공부하세요. 아무리 오래 걸려도, 어떤 환경에 처하더라도 저는 기다릴 거예요…" 키엠이 믿음을 꺼내 보이려는 듯 강한 어조로 비를 달랬다. 15일이나 걸려 중국 땅을 지나 소련의 극동 탈가 산림지역에 도착할 때쯤에는, 비에게 써준 키엠의 일기가 성경이 되어 있었다. 비는 모두 외웠고, 희망과 사랑에 대한 강력한 신뢰를 가졌다. 키엠이 없었다면 틀림없이 비는 타향에서의 지루하고 슬픈 날들을 벗어날 수 없었을 것이다.

모스크바 주재 베트남 대사관에 근무하는 지인을 통해 키엠이 막 출판된 다쟝의 『급속 결혼』이라는 소설을 보내왔다.

"다쟝 씨가 저를 통해 오빠에게 그의 첫 번째 소설을 보내고 싶다고 했어요. 그리고 우리 둘의 이름을 넣어 서명까지 해주었어요. 그는 원고료를 모두 털어 책을 사서 친구들에게 증정했답니다. 『급속 결혼』은 현재 여론이 분분하고, 대학생들과 지식인들 사이에서 베스트셀러가 되었어요. 다쟝 씨는 유명 인사가 되었고, 응웬끼 비 오빠가 『신의 시대』를 출판했을 때와 다를 바 없어요…"

『급속 결혼』은 비로 하여금 갈증을 해소시켜주었다. 비는 순식간에 읽어 내려갔고, 친구의 문학적 재능에 대해 존경과 감탄을 금치 못했다. 토지개혁이 이렇단 말인가? 농촌에서의 계급투쟁이 이렇게 참혹한가? 이런 땅에서 사랑을 피울 수는 없었다. 지주의 딸은 자살해야 했다. 그녀를 사랑한 군인은 이상을 잃어버리고 계급의 경계를 무너뜨렸기 때문에 체포되었다….

작가 다쟝이 씁쓸한 현실을 반영한 것인가 아니면 고의로 혁명의 실체를 왜곡하고, 토지개혁을 공격한 것인가? 비는 놀라서 바로 다쟝과 키엠에게 편지를 보냈지만 회신이 없었다. 편지가 검열을 받은 것인가?

반년 뒤, 출장 오는 지인을 통해 비는 다쟝의 편지와 『급속 결혼』에 대한 몇 편의 비평 글을 받았다. 다쟝의 편지는 8장이나 되었다. 일부는 눈물로 얼룩진 것처럼 흐릿했다.

"비야! 문학이 무슨 죄냐? 내 책은 사실 중에서 코끼리 발톱만큼밖에 안 돼. 처참하고 가슴 아픈 사실은 옛날 리 왕조를 죽인 쩐투도와 쩐 왕조를 쓸어버린 호뀌리 그리고 떠이선 왕조를 몰아낸 응웬 왕조의 쟈롱 황제가 했던 학살과 다를 바 없다. 항전에 참가한 수만 명의 애국자가 살해당했어. 나는 그들을 방어했다. 그리고 나는 지금 두들겨 맞고 있다. 신문의 칼럼과 각종 회의 및 세미나를 통해 비판하고 있다. 나를 비판하는 사람들이 누군지 아니? 모두가 문학하는 동업자들이다. 얼마 전까지도 겉으로는 나에게 용감하다고 하고, 북부 지식인의 양심이라고 했던 사람들이야… 전부 거짓 말쟁이, 솔직하지 못하고 무릎으로 걷는 놈들이야… 사람들이 나를 사회주의 제도를 비판하는 사람이라고 하고, 반혁명죄로 몰고, 예술인들의 자유화 요구 운동인 인문가품 운동의 연루자라고 한다. 이것이 말이 되냐? 막 인쇄된 『급속 결혼』이 배포되기도 전에, 기관은 나를 해직시켰다. 나는 어디에 하소연해야 할지 모르겠다. 결혼은 말할 것도 없고, 어떻게 존재할 것인가의 문제다. 나처럼 당의 입장을 잃었다는 작가들 역시 나와 같은 상황이다. 「패륜」이라는 단편 소설을 쓴 주산 역시 낍보이 농장으로 보내져

강제노동을 하고 있어. 「나루터」라는 시를 쓴 한텀뇨는 근무지를 옮기고, 가만히 앉아 물이나 마시면서 자아비판 진술서를 쓰고 있지. 가장 열성적으로 우리들을 때리는 자가 누군지 아나? 반꾸엔이야. 그 새끼는 최근 있었던 숙청에서 가장 선봉에 선 놈이지. 그리고 대표적인 마르크시스트 비평가로 추대되었고, X 위원회로 자리를 옮겨서 작가들과 예술인들의 생살권을 쥐고 있다.

너는 이런 참극을 보지 못하니 정말 행복한 거다. 지금 진정한 문학을 원하는 사람은 누구나 "사느냐 죽느냐 그것이 문제로다."라고 했던 햄릿의 심정과 같다.

네가 그곳에서 게재한 몇 편의 글을 읽었다. 사법기관이 너의 그 글들을 블랙리스트에 올렸다는 말을 들었다… 너 내 말 잘 들어라. 펜을 집어던져라. 그리고 제련이나 용접, 목수같이 근육 쓰는 일이나 기술과 관련된 일을 찾아라… 그리고 그곳에서 영원히 편히 지낼 방법을 찾기 바란다…"

다쟝의 편지에 이어 찌엔탕 러이의 편지가 도착했다. 문학의 죽음이라는 묘지에 풀이 자라기도 전에 인간의 죽음이 다가왔다.

찌엔탕 러이의 편지는 간단한 몇 줄이었다.

"형은 일찍 알리고 싶지 않았다. 네가 이 편지를 받을 때쯤이면 곧 아버지의 첫 제사가 돌아온다. 우리들의 토지개혁의 잘못을 수정하는 일도 빛나는 승리를 거두었다. 우리 가족도 '항전에 참가한 지주'라고 고쳐 복권됐다.

아버지는 ○월 ○일에 돌아가셨다. 아버지는 불가사의한 죽음을 맞이했고, 그 후 토지개혁대가 중앙지도위원회에 보낸 비밀 보고서에 의하면, 아버지는 문제가 있는 분자이며 아버지의 죽음에는 당연히 적이 관여한 것이라고 확인했다. 저들이 연결고리의 입을 막고 싶었던 것이겠지… 그 당시 나도 다른 성으로 지도를 나갔었고 그래서 아버지 장례식을 치를

수 없었다. 됐다, 아버지의 운수가 그렇게밖에 안 된 것이지. 내가 아버지의
모호한 죽음을 알아보는 일은 나와 너의 전도에 영향을 끼칠 수도 있다.
그래서 조직의 신뢰를 얻을 수 있도록 계급 사상에 관한 입장을 잘 익히고,
분투하고 학습하는 데 노력하기 바란다…"

　비는 속이 무너지는 것처럼 아팠다. 그는 문을 단단히 잠그고 눈덩이가
부을 정도로 하루 종일 울었다. 그리고 한 주일 내내 몽매함과 아픔 속에서
지냈다. 어느 날 밤 머리가 끓듯이 뜨거워서 비는 전등을 켜고 정신없이
써내려갔다.

　　　　옛 영웅이 홍 강을 거슬러 올라와 보니
　　　　옛날이나 지금이나 여전히 어렵구나.
　　　　굽이치는 파도 먼 곳까지 밀어내니
　　　　충적토가 아니라 핏빛이었다.

　　　　젊은 어부 3월에 노래하고
　　　　황금 찾는 눈, 나루터는 보지 않고
　　　　누각 위의 처녀 고개를 돌리지 않으니
　　　　인민의 노래가 거품이 되는구나.

　이 시는 비장한 노래라고 할 수 있었는데, 비는 「인민의 노래」라고
제목을 붙였다. 그리고 바로 다음 날 하노이로 보내 출판사에서 인쇄를
기다리고 있던 그의 새 시집에 보충하도록 했다. 떤득 출판사는 곧바로
이 시의 제목을 시집의 제목으로 뽑았다.
　『인민의 노래』가 인쇄되자마자 격렬한 쇼크를 일으켰다. 하노이에 있는
큰 신문들이 연속해서 논쟁의 글을 실었다.

한 편의 장편 시 「인민의 노래」가 급진적 작가 그룹이 창립한 『사계절 가품』이라는 잡지에 실렸다. 이 잡지에서는 11페이지를 할애하여 응웬끼비를 시단의 새로운 바람, 시가의 혁신자, 시대의 대변인, 문예의 선봉자라고 칭찬했고, 『신의 시대』부터 『인민의 노래』까지 응웬끼 비는 '인민의 진정한 시인'이라고 제목을 뽑았다.

그리고 재난이 순식간에 덮쳐왔다.

큰 신문의 '사상생활'이라는 코너에 300자가 안 되는 작은 글이 TV라는 필명으로 실렸다. "인민의 노래인가 혁명에 대한 적의 목소리인가?"라는 제목의 글로, 응웬끼 비의 시집을 직접 거론하면서, 이 시집은 제도를 공격하고, 북부 문인들의 자유화 운동인 인문가품의 색채를 띠고 있으며, 계급투쟁을 무력화시키는 스피커라고 적었다.

이에 호응하여 즉각 한목소리로 이 시를 비판하는 수많은 글들이 나타났다. 시집 『인민의 노래』는 반공산당 문학 경향과 작가의 타락이라는 두 가지 특징이 있다. 응웬끼 비는 무엇을 바라고 있는가?

이어 이곳저곳에서 세미나가 열렸다. 응웬끼 비가 최근에 소련에서 보낸 소설 「41번째 사람 ― 전쟁에 관한 휴머니즘 시작」, 「왜가리 떼가 날 때 ― 소련 영화의 새로운 발걸음」, 「자유와 창작」 등과 같은 글로부터 사람들은 그의 사상에 관한 수직적 추락, 퇴화를 체계적으로 비판했다.

또 사람들은 「인민의 노래」라는 장편 시를 한 글자마다, 한 소절마다, 한 형상마다 찢어발겼다. 옛 영웅, 젊은 어부는 무엇을 말하는 것이냐? 인민을 비방하고 혁명을 공격하는 것이 아니라면 그것이 무엇이냐? 왜 젊은 어부가 8월이나 10월에 노래하는 것이 아니라 3월에 노래하느냐, 하필이면 흉년으로 가장 배고픈 달에? 왜 '인민의 노래'이고, 어째서 위대한 혁명 군중이 거품이 된단 말이냐? 중의성을 가진 언어를 사용하는 것은 속임수이고 반동이다. 수많은 '왜'라는 질문이 쏟아졌다. 「인민의 노래의 실질적인 작가는 누구인가?」라는 반꾸엔이 쓴 글은 더 심했다. 글이 좋은지 나쁜지 분석할 필요도 없다. 작가는 혁명에 대한 배은망덕이며, 비는 계급의 본질을 드러내고 있다. 누가 도와주어 응웬끼 비가 『신의 시대』라는 최초의 시집을 출판하게 되었으며, 혁명의 재능으로 가득 찬 젊은 시인으로 소개했는가? 수많은 사람들이 생산과 전투의 전선에서 말없이 희생하고 있는 판에 응웬끼 비는 누구의 도움으로 외국에 유학갈 수 있었는가? 비는 본래 악덕 대지주 가정 출신이며, 그의 증조할아버지는 봉건 왕조의 관리를 역임했으며, 친할아버지는 시국에 대해 눈과 귀를 가린 염세적 유학자였고, 아버지는 이장 직을 맡았으며 국민당에 참여했고, 남동생은 적을 따라 남으로 내려갔다고 했다. 비 자신은 하노이 대자본가의 딸과 정식으로 약혼했으며, 그의 장인과 처남 될 사람들은 응오딩 지엠의 하수인이라 했다. 그러한 출신 성분만으로도 응웬끼 비라는 인간과 그의 문학이 물체와 그 그림자처럼 하나라는 것을 알기에 충분했고, 응웬끼 비는 문인과 예술인들의 이상과 목표로부터 멀어지고, 변질되고 퇴화된 전형이었으며, 특히 혁명에 참가한 뮤이이었지만 수양과 단련을 받아들이지 않고, 자유 자본가 사상을 갖고 있으며 당의 영도에서 벗어나려고 하고, 문학계에서 지도 권한을 갖고 싶어 하며, 체제를 오염시키는 데 집중하고 있고, 최근에 있었던 토지개혁의 잘못을 공격하고 있다….

비는 귀국 명령을 받았고, 유학생활이 끝났다.

***

2년 가까이 소련에서 공부한 후 귀국하는 비는 패잔병과 다를 바 없었다. 북소리도 나팔소리도 없었다. 아에로플로트 항공사의 비행기가 16시간이나 연착하여 밤 11시에 하노이 자럼 공항에 도착했다.

비가 유일하게 간절히 그리워하고 있던 사람은 키엠이었다.

그러나 그녀는 아무런 소식도 듣지 못했다.

틀림없이 비행기가 연착되어 그녀가 기다릴 수 없었을 것이다. 아니면 그녀가 아픈가? 그녀에게 사고가 난 것은 아닐까? 비는 불안이 엄습했고, 엄청 피곤했다.

아주 운 좋게도 기대의 마지막에 그의 문학 친구가 나타났다. 『급속결혼』의 소설가 다쟝이 헤진 헌 군복을 입고 초라하게 공항 정문 밖 술집 앞으로부터 손에는 담뱃대를 쥐고 누구를 찾는 듯 두리번거리며 불안하게 다가오고 있었다. 비를 알아보고는 달려와 와라 끌어안았다.

"나는 네가 생각을 고쳐먹고 귀국하지 않을 것이라고 생각했는데."

"키엠은 어디 있니? 내가 귀국한다는 걸 알려준 건 맞지? 왜 너 혼자 왔어?"

"키엠이 나더러 마중 나가라고 하더라. 그녀는 나올 수 없다고. 네가 이해해야 해."

비가 입을 삐죽이며 웃었다.

"너 외무부장관 보좌관이 외국 손님 맞는 것처럼 말한다. 왜 키엠이 못 왔니? 키엠에게 무슨 일 있어? 어떤 놈 따라 도망친 것 아니냐?"

"그렇게 생각하지 마!" 다쟝이 담뱃대를 들어올렸다. "그녀가 아침에 꽃다발을 사서 나한테 가져왔더라. 그런데 비행기가 거의 하루나 연착했잖니. 내가 버렸다."

"누구를 버려? 너 무엇을 버렸냐고?"

"너 아주 심하게 돌았구나. 꽃다발을 버렸다고. 알아들었냐?"

어디선가 카메라 플래시가 번쩍 터졌다. 누가 몰래 사진을 찍는 것 같았다. 그리고 그 사진을 한참 후인 K27 감옥으로 이송되기 전에 비로소 보게 된다. 누가 그들의 만남을 몰래 사진 찍었는지 알 수 없었다. 비는 단지 그 순간적인 불빛을 통해서 처참하게 여윈 친구의 얼굴을 보았다. 먹지 못하고 자지 못한 마른 얼굴에, 움푹 파인 두 눈은 이상할 정도로 빛나고 있었다.

"어젯밤 키엠이 정신없이 나를 찾아와서 공항에 나갈 수 없다고 말하더라. 그녀는 나에게 수단과 방법을 가리지 말고 너를 마중하라고 하더라. 울면서 너에게 천만 번 용서해 달라고 전해 달래. 그리고 자기를 잊어달라고 하더라. 지금 자기가 공항에 나타나는 것은 너의 삶을 더 비극적으로 만드는 것이라고 나는 조금은 이해하겠더라. 어떤 세력이 그녀를 위협하고 있으며, 그녀가 너에게 오는 것을 막고 있는 것 같더라."

짐이 나오기를 기다리는 동안 다쟝은 비에게 최근의 소식을 간단히 전했다.

"너 반꾸엔 새끼 기억하지? 나는 그 새끼가 키엠을 찾아가 너를 귀국시키라고 말한 놈이라 의심하고 있다. 주산이란 녀석이 그저께 그놈이 키엠과 함께 마이링 서점으로 들어가는 것을 봤다고 하더라."

한 주 내내 비는 몽유병 환자 같았다. 키엠은 비의 문학 동료들인 다쟝, 주산, 한텀뇨, 쩐 비엔 등과도 연락을 끊고 숨어버렸다. 그러나 결국에 비는 그녀를 만날 수 있었다. 키엠이 먼저 다쟝을 통해서 꼬응으 거리 입구에서 만나자고 소식을 전해왔다.

비는 키엠을 알아볼 수 없었다. 그의 아름다운 선녀였던 그녀가 이제 피부는 푸르스름하고 너무 마른 작은 소녀가 되어 있었다. 비는 한참이나 서서 움직이지 못하고 있었고, 눈물을 흘렸다. 가슴이 찢어질 듯 안타까웠다. 그는 달려가서 그녀를 안으려 했지만 그녀는 놀라 뒷걸음질 쳤다.

"이러지 마세요…. 저를 잊으세요…. 마지막으로 보러 왔어요."

그녀는 울었고, 바로 설 수도 없는 것 같았다. 비는 무엇을 어떻게 할지 정신이 없었다. 한참 뒤에 그들은 봉황나무 아래로 갔다. 비가 그녀를 부축해 나무에 기대게 했다.

"서두를 것 없어. 얼굴 좀 보자…."

"우리 잠깐밖에 만날 수 없어요…. 사람들이 감시하고 있어요…. 저는 오빠가 제 일에 연루되는 것을 원치 않아요. 곧 닥칠 오빠의 일을 생각하면 너무나 걱정이 돼요."

비는 허탈한 웃음밖에 나오지 않았다. 키엠을 껴안고 함께 호수로 뛰어들고 싶었다. 많은 하노이의 연인들이 호떠이 호수로 몸을 던져 가로막힌 사랑을 함께 묻었었다. 만약 키엠이 없었다면 틀림없이 비는 눈의 나라에서 유랑자가 되었을 것이다.

"무슨 일인지 말해봐. 왜 나를 피하는지?"

"오빠, 다쟝의 『급속 결혼』을 읽었지?" 키엠이 대답 대신 질문했다.

"몽매한 시대의 새로운 비극이 다시 반복된다는 거지?"

"그래요! 오빠의 미래와 지위는 앞에 있어요. 저는 단지 자본가 집안의 딸일 뿐이에요. 제 아버지는 혁명에 대해 죄를 지었어요…. 저와 동생 다오판 카잉의 앞날은 아주 어둡지요. 우리 푹화 양장점도 문을 닫았어요. 팔고 싶었지만 행정기관에서 허락하지 않았어요. 아저씨와 엄마의 학교는 교육청에서 관리하고 있고요. 엄마와 동생 그리고 저는 고용되어 바느질을 하고 있어요. 동네에서는 우리에게 청년활동에 참가하지 못하게 하지요. 저를 받아주는 학교도 없고요. 식당에서 설거지하는 것도 할 수 없어요…. 저를 잊으세요." 키엠이 마음속에 쌓인 억울함을 토해내듯이 서두르며 급히 말했다.

"키엠, 어찌 그럴 수 있어? 나는 전혀 변하지 않았어. 나는 처음보다 더 너를 사랑해. 나는 네가 대학에 가야 할 필요가 없다고 생각해. 그리고 나는 계급 성분이나 이력에 관심이 없어. 외국에 있을 때 나는 늘 너만 생각했어. 아버지 묘를 이장할 때까지만 기다려, 그 후에 결혼하자…."

"그 얘기는 그만하세요. 다른 여자를 찾아보세요. 오빠에게 맞는 사람이 얼마나 많은데요…. 엄마는 오빠와 제가 관계를 갖는 것을 완강하게 반대하고 있어요. 엄마는 우리 집 성분이 나쁘기 때문에 머지않아 오빠가 저를 버릴 것이라고 말하고 있어요…."

비는 순간적으로 키엠이 반꾸엔과 서점에 들어가는 것을 주산이 봤다던 다장의 말이 생각났다. 목이 메고 쓸쓸했다.

"우리 솔직히 얘기하자. 너 누구 있지?"

"있어요. 하노이시 여성연맹에서 상이군인과 결혼을 추진하는 운동을 하고 있지요. 엄마가 저를 등록했어요. 엄마는 가족을 구하고, 동생 카잉의 미래를 위한 길을 열기 위해서 저에게 희생을 감수하라고 했지요. 그 상이군인은 힘람 고지에서 한쪽 팔을 잃었지요. 성격이 아주 착한 사람이에요. 그의 삼촌이 조직에서 근무하고 있으며, 저에게 초등 사범학교에 입학시켜준다고 했고, 동생 카잉은 맥주공장에 취직시켜준다고 했지요…."

"정말?"

"뭣 때문에 오빠에게 거짓말하겠어요. 제가 여기에 온 것은 오빠에게 용서를 구하기 위한 것이지요."

"그렇다면…. 더 말할 필요도 없네."

비의 가슴은 식어갔고, 태풍이 지나간 들판처럼 속은 텅 비어갔다. 두 사람은 하늘과 물 사이에 희미하고 뿌연 달빛 아래에서 죽은 것처럼 앉아 있었다.

키엠이 언제 갔는지도 몰랐다. 그녀는 호수 가장자리 풀 속에 수건으로 싼 작은 물건을 남기고 갔는데, 비 역시 관심을 두지 않았다.

비는 혼자서 하염없이 앉아 있었다. 미칠 듯이 사랑하고 그리워했던 2년 뒤의 만남은 장례식과 다를 바 없었다. 그는 자신이 무시당할 만큼 비겁하다는 느낌이 들었다. 호수에 뛰어들 용기가 없었기 때문이었다.

***

그가 강제 귀국당한 이유와 그의 엄청난 죄, 그리고 문학과 예술을 이해하지 못한 자라는 것을 처음으로 알려준 사람은 그의 형수인 라였다. 이 따이족 여자는 이제 가로수가 울창한 거리에 있는 한 빌라의 공동주인이 되어 있었다. 겨우 3년 만에 찌엔땅 러이는 아주 빨리 승진을 했다. 그는 홍하델타의 여러 성을 책임지는 토지개혁위원회의 고위 간부였다. 토지개혁의 과오를 수정하는 일이 있고 난 뒤에 러이는 X위원회로 자리를 옮겼고, 빌라의 반을 지급받았는데, 이것은 장차관급에 해당되는 것이었다.

형수와 시동생 간의 대화는 몇 마디의 형식적인 인사를 한 다음에 바로 본론으로 들어갔다.

"삼촌 자신의 죄가 어떤 건지 알아요? 형님 말로는 삼촌의 죄는 돌이키기가 아주 힘들다던데…."

"무슨 죄요? 제 죄가 뭐라고 합디까?"

"삼촌은 삼촌대로 할 말이 있겠지요. 그러나 내가 만약 삼촌이라면 시나 문학과는 거리를 두었을 것입니다. 나처럼 해보세요. 이제 보충과정 6학년일 뿐인데 형님은 저에게 국영상점에서 일하게 해주었어요. 그리고 저 혼자서 집안을 돌볼 수 있게 되었지요."

"형수님이 어떤 상점에서 일을 하시기에 온 가족을 먹여 살립니까?"

"삼촌이 저를 무시한다는 것을 압니다. 저는 중앙당에서 관리하는 A급, B급 간부들만 이용하는 따오단 상점에서 일합니다. 저는 두부와 돼지고기를 파는 일개 판매원일 뿐이지만 매일 몇백 그램의 돼지고기와 두부 부스러기 그리고 며칠마다 내장을 좀 얻지요. 부정을 하거나 사기 쳐서 얻는 것이 아닙니다. 늘 그렇게 일 하지요. 재물이 오면 그것을 누리는 거지요. 다

먹지 못하면 팔거나 다른 것과 바꿉니다. 그래서 형님과 우리 애들을 돌보지요. 웃기죠? 또 월북한 한 간부가 저를 아주 좋아해요. 아주 높은 직책인 것 같은데 하여튼 정식 B급 간부인 것은 틀림없어요. 매달 저에게 다섯 냥의 고기 배급표를 줘요. 그분 말로는 자기는 독신이라서 한 달에 고기 두 근만 있으면 충분하데요. 그분처럼 건강한 사람이 두 근을 못 먹는다니 말이 돼요? 그분이 저한테 빠져서 기회를 잡으려고 그러는 것을 알고도 남지요. 그렇다고 끝까지 거절할 수도 없어서 그것을 팔아 그 가격에 맞는 다른 물건을 사서 도로 가져다주었어요. 그런데 그분이 내가 자기를 사랑한다고 생각하고 나에게 시를 지어 보냈어요. 내가 다 외웠는데, 삼촌 한 번 들어봐요."

라 형수가 고기 파는 장부 속에서 얇은 종이를 깨냈는데, 보라색 잉크로 아주 정성들여 쓴 시가 있었다.

매번 상점에 올 때마다
고기나 생선은 관심 없고
오직 너만 바라본다.
배급표에 의지해서
매일 나의 사랑을 너에게 전한다.

"삼촌 시보다 더 좋을 때도 있어요." 형수가 보온병을 가지러 갔다 돌아와 비에게 말을 이었다. "그런데 형님에게 말하지 마세요. 형님이 질투하면 큰일 나요. 틀림없이 나를 상점에서 쫓아낼 거예요."

"이런 시를 보고 누가 질투한다고…."

"농담한 거예요. 삼촌이 키엠 아가씨에게 써준 시에 비하면 아무것도 아니죠? 삼촌의 시를 받은 날에는 키엠이 제게 와 자랑을 했지요. 삼촌은 키엠이 얼마나 행복해 했는지 상상할 수도 없을 걸요. 내가 키엠에게 질투가 나서 잠을 못잔 날이 하루 이틀이 아니었어요. 그처럼 절실하게 사랑한 사람들만이 그런 좋은 시를 지을 수 있고, 그처럼 천진난만할 정도로 기쁘게 받아들일 수 있는 거지요."

"그런데 키엠이 저의 사랑을 거절했습니다." 비의 목소리가 슬프게 바뀌었다.

"어떻게 그런 일이? 안 믿겨져요. 키엠이 고무신을 바꿔 신는다는 것은 믿을 수 없어요."

"형수님께 거짓말을 해서 뭐하게요?"

"아니면…." 라가 통통한 두 손을 비비면서 쉬고 싶은 표정을 지었다. "그렇다면 아주 강력한 영향을 받았다는 건데…. 돈 아니면 사랑뿐인데. 아니면 최근에 누가 끼어들었나?"

비는 갑자기 키엠의 요염한 얼굴이 자신의 눈앞에 나타난 것을 느꼈다. 순간 심장이 무언가에 찔리는 것 같았다. 그녀에게 다른 사람이 생긴 것이다. 그래서 사랑을 끊기로 결심한 것이다. 비가 써준 시, 비가 준 선물을 버리기로 결심한 것이다. 비의 사랑을 비가 선물한 디엔비엔푸 전투의 전리품인 낙하산으로 만든 수건에 싸서 호숫가에 버린 것이다. 수치스러운 느낌이라 형수의 안타까워하는 눈빛과 마주치면서 고뇌의 느낌으로 바뀌었다.

"형님도 만약 삼촌이 키엠과 결혼한다면 장래가 없다고 말했어요. 지금 삼촌은 시 문제에 연루되었으니…."

"시가 어떤데요?" 자신도 모르게 비는 다투고 싶어졌다.

"상부에서 형님에게 삼촌의 시가 체제를 파괴하고, 혁명을 타격하며, 적과 내통하고 있다고 말했답니다. 형님이 하루 종일 전화로 인문가품 운동에 관련된 자들에 대해 통화하는 것을 들었어요. 형님은 삼촌이 그들 그룹에 속하지 않는다고 말했지만 사람들은 삼촌이 외국에서 조종하고 있다고 주장했대요. 한 집안의 형제인데 제가 삼촌에게 숨길 게 뭐가 있겠어요. 이 서류 좀 보세요."

라가 방으로 들어가 서랍을 열고 표지에 인문가품 서류라고 쓴 굵게 세 줄로 묶인 서류를 내놓았다. 오른쪽 상단 일급비밀이라고 쓰여 있었다.

"퇴근하고 나서 집에 오면 밤마다 형님은 아내와 아이도 잊은 채 이 서류들과 씨름했어요. 삼촌이 신문에 기고한 글은 물론 소련 신문에 기고한 글까지도 형님이 스크랩해서 이 속에 넣어두었어요."

형수가 펼쳐 보인 서류 속에서 비는 최근 몇 년간 그가 쓴 시와 글들을 볼 수 있었다. 거기에는 「41번째 사람」, 「학이 날아갈 때」, 「정치와 문예 간의 관계」, 「자유와 창작」, 「예술가는 창조성이 필요하다」, 「인민의 노래」 등이 있었다. 빨간색 펜으로 여기저기 밑줄을 긋고 물음표를 붙여놓은 것이었다.

비는 순간적으로 찬바람이 옆구리를 스치는 것처럼 몸을 떨었다. 그 서류뭉치는 감옥으로 들어가는 쪽문과 다를 바 없다고 느꼈다.

"지금 바로 형님을 만나야겠습니다." 비가 갑자기 일어서서 자전거를 끌고 대문으로 향했고, 라는 막을 수가 없었다.

***

비는 일요일 사람들로 붐비는 거리를 마치 사이클 선수처럼 달렸다. 십 분 뒤에 그는 찌엔탕 러이가 근무하는 기관의 정문에 도착했다.

X위원회는 조용한 거리에 간판도 없었지만 초소와 경비병이 있었다. 당직 병사는 어려 보였지만 가까이 다가갈 수 없는, 사람을 노려보는 눈초리와 냉정한 얼굴이었다.

"동지! 무슨 일이오? 일요일에는 근무하지 않습니다."

"예, 나는 찌엔탕 러이 동지의 친동생입니다. 우리 형이 오늘도 기관에서 근무한다고 가족이 말했습니다." 비는 경비에게 서류를 건넸다. "나는 외국에서 근무하다가 막 귀국했습니다. 형을 급히 만날 일이 있어서요. 도와주십시오, 동지!"

"동지는 성이 응웬씨인데, 어떻게 러이 동지의 친동생이란 말이오?" 경비병은 경계심 가득 찬 눈초리로 비를 바라보았다.

***

비는 이미 늙은이처럼 되어버린 그 어린놈에게 주먹을 한 방 날리고 싶었다. 그루지야 트빌리 시에서 비에게 검은 머리라고 놀렸던 이반이란 놈에게 한 방 먹였던 것처럼 때리고 싶었지만 무시하기로 마음먹었다. 그는 혀를 찼다. 이 세상은 어디나 똑같다는 생각이 들었다. 그리고 꾹꾹 참으면서 한참 동안 설명하고, 사정했다.

경비병이 내부 전화를 돌리고 나서 비에게 말했다.

"동지, 우리 상급자를 너무 괴롭히는구먼. 상급자께서 일요일인데도 나와서 일하고 있을 정도로 바빠요. 운 좋게도 상급자께서 오늘은 수월하게 말씀하네요. 여기에 신분증을 놓고 저 건물 3층 응접실로 가시오. 상급자께서는 시간이 많지 않아요."

비는 그냥 돌아가려 했었다. 그러나 심사숙고한 끝에 무거운 발걸음을 넓은 마당으로 옮겼다.

몇 년 동안 떨어져 있다가, 형제간의 짧은 만남이 그 후로 내내 다시 회복될 수 없는 칼질과 같은 것이 될 줄은 생각지도 못했다.

"어떻게 네 맘대로 여기까지 나를 찾아왔니? 너 여기가 어딘지 알기나 하니? 너 나를 생각해야지? 귀국할 때부터 너의 일거수일투족을 감시하고 있어. 너는 지금 너의 앞날을 망치고 있어. 그리고 이제 나까지도 화를 입게 하고 싶은 거니?"

러이의 통통한 얼굴이 붉어지고, 양 관자놀이까지 퍼져갔다. 그는 동생을 죄인 바라보듯이 했다. 화와 모호한 두려움을 품은 것 같은 눈길이 마치 수배령 내린 탈옥수를 접촉하는 것 같았다.

처음에 비는 가슴이 아팠고, 경악했다. 어떻게 그렇게 좋아하는 형이 그처럼 화를 낼 수 있단 말인가? 위험한 일도 아닌데 그처럼 형제간의 정을 잃어버릴 수 있단 말인가? 갑자기 피가 얼굴과 머리로 솟구쳐 올랐다. 비는 자리를 박차고 일어나며 러이를 불처럼 쏘아봤다.

"형이 연루되지 않도록 내가 바로 갈게. 그렇지만 내가 묻는 말에 형이 대답해봐. 내가 무슨 죄를 지었기에 형이 뒷조사하는 서류를 만들었지?"

러이가 뒤돌아서 밖으로 소리가 새나가지 않도록 창문을 꽉 닫았다. 그러더니 목소리를 높였다.

"무슨 죄? 지금까지도 너는 멍청하게 이해하려고 하지 않고 있잖니. 혁명을 파괴하려는 당파를 만든 죄다. 체제를 왜곡하고 나쁘게 말한 거지, 쓰레기 트로츠키 사상을 심은 거지, 사상검증을 받아야 해. 인문가품 운동에 참여한 자들이 너를 창작의 자유를 주창하는 병사, 장군이라고 존경한다더라. 사이공 라디오 방송에서는 응웬끼 비는 영웅이며 반공 시인이라고 떠들고 있다. 욕되다고 생각하지 않니?"

"그것은 형이 그렇게 몰아간 것이지. 나는 전혀 죄가 없다고 생각하는데…."

"아무 죄도 없다고? 죽 먹고 나서 죽 그릇에 오줌 싼 죄다. 부모와 친구를 배신한 죄야. 누가 이제 막 중학교를 졸업한 놈, 막 기저귀를 뗀 놈을 데려다가 항전의 젊은 시인으로 만들었니? 누가 시 한편 한편을 모아서 『신의 시대』라는 시집을 만들었으며, 누가 상부에 올라가서 혁명 시가의 신드롬을 만들어내도록 시집을 홍보해달라고 했어? 누가 이제 막 출현한 초보 시인의 시를 가장 유명한 12명의 작곡가에게 작곡하도록 해서 수백만 명의 노동자와 농민, 군인들이 호응하도록 했나? 그뿐만이 아니다. 뜨부옹 동지가 직접 조직에게 말해서 너를 소련에 유학시켰지. 노파의 밥을 얻어먹은 한신은 천만 금으로 은혜를 갚았다. 개도 주인의 은혜를 안다. 그런데 갑자기 180도 바꿔서 체제를 욕하는 「인민의 노래」라는 시를 써! 무식한 놈! 나쁜 놈!"

"형 너무 열 받았네." 비가 비웃었다. "추론과 사상으로 덮어씌우는 것이야말로 자본가와 소작농의 본질이라고 레닌의 철학노트에 쓰여 있지. 문예를 지도하는 사람은 모든 정치적 선입견을 벗어난 시각을 가져야 해. 이 혁명은 누구 개인의 것이 아니야. 조국을 사랑할 권리를 아무도 독점할 수 없지. 내가 쓴 글들 그리고 최근에 인쇄한 시집도 베트남 땅을 사랑하는 것을 증명하는 것이야. 형 같은 사람들이 자신만이 너무 잘났다고 생각하기 때문이지. 혁명하는 사람이 명민하고 겸손하지 않으면 쉽게 독재자가 되지. 형 같은 사람들은 스스로 자신이 판단할 권리를 가졌고, 다른 사람들의 머리 위에 올라탈 권리가 있다고 생각하지? 형 같은 사람들이 큰 오해하고 있어. 정치와 문예를 동일시하고 싶은 거지."

"입 닥쳐!" 러이가 탁자를 내리쳐 컵이 튀어 올랐다가 바닥으로 떨어질 뻔했다. "경비병을 불러 너를 이 자리에서 바로 체포할 수도 있어. 너의 머릿속에 있는 반혁명 사상과 자본가 냄새 나는 이론을 즉시 지워버려!" 러이가 이를 갈며 분을 억누르고 있었다. 그의 두 눈이 빨갛게 충혈되어 곧 피가 나올 것 같았다. "너 네 형이 동생 놈이 진흙에다 머리를 처박았을 때 몇 달 동안이나 아파했는지 알기나 해? 너 TV라는 필명으로 「인민의 노래인가 혁명에 대한 적의 목소리인가?」라는 글을 쓴 사람이 누군지 알아? 뜨부옹 씨야. 시인 응오시 리엔이 직접 그 글을 썼다는 것은 농담이 아니다.

그분이 나를 불러서 '사상생활' 란에 나보고 직접 비판의 글을 실으라고 명령했다. 형제지간이기 때문에 나는 최대한 가볍게 쓰려고 했지. 나는 '인민의 노래, 리듬에 맞지 않는 노래'라는 제목으로 글을 썼다. 그러나 그분은 동의하지 않고, '혁명에 대한 적의 목소리'로 바꾸라고 했어. 그리고 내가 다시 썼다. 그분이 직접 몽둥이를 든 뒤로 어떻게 됐는지는 네가 더 잘 알 것이다. 거기에 호응하는 수십 편의 글이 실렸다. 설마 저 사람은 그런 글을 쓰지 않을 것이라고 믿었던 많은 유명 인사들이었다. 그들은 너를 미워하지 않았다. 그러나 그들은 두려워했고, 뜨부옹의 마음을 얻고 싶어 했다. 상부로부터 신임을 받고 승진하고 싶어 했다. 뜨부옹에 대해서는 내가 잘 안다. 그는 너에게 큰 기대를 걸고 있다. 바로 그 자신이 너의 최초의 시집인 『신의 시대』와 「삶」이라는 시를 파란 하늘로 들어 올렸기 때문이다. 그런데 배신당했을 때 그의 마음이 어떠했겠냐? 뜨부옹 씨가 나에게, 자네 동생을 개과천선시켜서 잘못을 뉘우치고 공을 세우도록 해야 하나 아니면 대열에서 뽑아내야 하나, 하고 말했다. 레 왕조 때의 응웬 짜이의 실패를 거울삼아라. 물론 너는 응웬 짜이의 손톱과도 비교가 되지 않지만. 너 때문에 네 형인 내가 연루될 것을 걱정할 뿐이다, 이놈아!"

화가 최고조에 달해서 러이의 목이 막혔다.

"나랑 민주적으로 논쟁을 해 봅시다." 비가 갑자기 말투를 바꾸었다. "호찌민 주석의 모범을 공부하세요. 토지개혁에서의 잘못에 대해 당과 인민 앞에 자아비판하고, 눈물을 흘렸잖아요. 신문 지상에서 공개적으로 논쟁합시다. 우리는 지금 민주적이고 자유로운 환경이 절실합니다. 전 인민이 알고 참가할 수 있는 포럼을 열어봅시다. 토지개혁으로 수천 년의 문화 전통의 가치와 농촌을 황폐화시키고, 파벌 없이 항전에 참가한 사람들을 제거한 음모를 해부하고 공개해봅시다. 바로 그것들이 가장 야만적이고 가장 대표적인 반민족 행위지요. 고향에 가보고 나는 형 같은 사람들이

행했던 토지개혁의 엄청난 파괴력을 비로소 이해하게 되었습니다. 자식이 아버지 얼굴에 침 뱉고, 아내가 남편을 배신하고, 형제가 원수가 되었지요…. 콩을 삶는데 콩깍지를 태우는 것이고, 형제상잔이지요. 아버지의 아픈 죽음은 누구 때문인가요? 우리 막내 허우는 왜 영원히 귀머거리가 되었으며, 노인네 같은 애늙은이가 되었나요? 왜 당신들은 공산당원이며 현 당 부서기인 호이 티엔 씨를 총살시켰습니까? 아버지와 호이 티엔 씨 그리고 타이응웬의 응웬티 남 여사와 같은 지주들이 없었다면 이 혁명이 어떻게 성공할 수 있었습니까? 신성한 9년 항전에서 온 민족이 들고 일어난 것은 베트남이 부흥할 수 있는 기회였지만 권력투쟁 때문에 막혀버렸지요. 형이 방금 응웬 짜이에 대해 언급했지만 어떻게 형이 그 위대한 인물을 이해할 수 있겠어요. 레 찌 비엔 사건은 베트남 역사에서 가장 큰 어두운 흔적이지요. 베트남에서 가장 큰 비극이었지요. 사냥이 끝나면 매와 개를 잡아먹는 격이지요. 권력과 공로를 서로 차지하려고 같은 참호 속에서 지냈던 인재들을 얼마나 많이 죽였습니까? 나는 형이 아버지의 죽음에 손을 댔다는 것 때문에 부끄럽고 가슴 아픕니다. 한신에게 밥을 준 노파의 은혜를 알아야지요. 당신들이야말로 죽 그릇에 오줌을 싼 사람들이지요. 당신들이 망나니…"

"꺼져라! 당장 나가! 너 진짜로 적이구나…" 러이는 화가 나서 만년필통을 집어서 비에게 던졌다. 그의 목소리가 100데시벨까지 올라갔고, 창문을 덜컹거리게 만들었다.

제10장 가품佳品과 가인佳人

키엠이 자신의 뜻에 맞는 상이군인을 고른다는 말은 거짓이었다. 그렇게 심하게 말함으로써 비가 그녀에 대한 사랑을 끊도록 하려는 것이었다. 자신의 가슴속에서 노래를 부르고 있는 사랑의 새를 자신의 손으로 목 졸라 죽이는 것과 같은 일은 아주 가슴 아프고, 큰 용기를 내야 가능한 일이었음에도 키엠은 비로소 비에게 그런 거짓말을 했던 것이다.

당연히 비가 총명하고 민감하게 키엠이 자신에게 거짓말을 했다는 것을 눈치챘어야 했다. 당연히 그는 키엠이 다른 사람과 결혼하도록 내버려 두어서는 안 되었고 또 쉽게 받아들여도 안 되었다. 키엠이 그대로 돌아가도록 놔두는 것은 더 잔인한 일이었다. 키엠은 집으로 돌아가는 차에 오르면서도 그가 불러주기만을 간절히 바랐고, 그가 달려와 키엠의 옷자락을 붙들어 주기를 원했다. 그랬다면 키엠은 그의 품속으로 뛰어들어 펑펑 울면서, 비가 소련에서 돌아오기 전날 러이가 키엠에게 보낸 편지를 꺼내 보여주었을 것이다.

　　키엠 아가씨에게,

　　나는 비의 형입니다. 형으로서의 책임감과 내 동생의 미래를 걱정하는 아버지를 대신하는 심정으로 나는 이 편지를 쓸 수밖에 없습니다.

　　나는 두 사람의 사랑에 대해 알고 있습니다. 그러나 이 사랑은 결국 좋지 않은 결과를 가져올 것이라는 점도 압니다. 아가씨와 가족에 대해서는 아가씨가 나보다 더 잘 알고 있을 것입니다. 계급투쟁은 아주 복잡하고 더 격렬해질 것입니다. 사회주의를 파괴하려는 음모와 조국통일 투쟁 때문에, 사상적 입장이 확고하지 못한 자들을 겨누고 있는 적들의 실탄 때문에 전투적 위치를 이탈하고 있습니다. 비는 최근 신문을 통해서 아가씨가 알고 있는 바와 같이 그의 잘못으로 인해 귀국해야 합니다. 비의 장래는 그의 회개의 정도와 아가씨와의 관계에 달려있습니다. 비 자신이 수직상승하는 일은 어려울 것이고, 아가씨 가족의 무거운 짐까지 진다면 그는 완전히 깊은 나락으로 떨어질 것입니다.

　　나는 아가씨가 내가 말한 일들을 이해할 만큼 충분히 총명하고, 민감하며, 자비로운 마음을 갖고 있다고 믿습니다. 아가씨같이 아름답고 자존감이 있는 여자라면 어떻게 해야 할지 알겠지요?

　　이 편지는 나와 아가씨만 알고 제3자에게는 말하지 마십시오.

　　아가씨의 이해에 감사드립니다.

응웬끼 코이.

　　편지에는 찌엔탕 러이라는 이름을 사용하지 않았고, 관공서 서신형식으로 경비병이 직접 키엠에 전달했다. 조직에 속한 권력을 가진 자의 글은 실제로 최후통첩과 같은 것이었다. 따라서 모든 것이 분명해졌다. 비가 귀국해야만 하는 일은 러이의 지시에 따른 것이었다. 다음으로는 비가 예정된 길로 돌아가도록 두 사람 사이의 사랑을 끝내야 하는 것이었다.

키엠은 일기를 썼다.

***

오빠가 소련에서 돌아오기 바로 전날 찌엔탕 러이 형님이 직접 반꾸엔을 보내 나에게 공항에 나가 오빠를 영접하지 말 것을 전했다. 이것은 조직의 명령이다. 반꾸엔은 오빠가 외국 조직이 베트남에 심어놓은 정치활동의 라인에서 활동하고 있다고 말했다. 지금 오빠를 만나는 것은 아주 위험하다고 했다. 다른 선택의 여지가 없다. 나는 오빠의 사업에 연루되지 않도록 모든 손해를 감수해야 한다. 러이 형님이 원망스럽다. 심장이 없는 철인이다. 그러나 반꾸엔이 오빠에 대해 하는 말을 들으니 러이 형님을 조금은 이해할 것 같다….

오빠! 오빠가 나에게 자랑했던, 오빠와 함께 빙이엔 창작캠프에 참석했던 반꾸엔을 기억하지? 그가 시를 잘 짓는지 소설을 잘 쓰는지 기억이 나지 않는다. 반꾸엔은 목소리가 수컷 오리 같아서 들을 때 웃긴다. 한번은 반꾸엔이 자전거를 타고 나를 찾아와서 놀라운 소식을 전했다. 오빠가 러시아 아가씨를 사랑한다고 했다. 나는 믿지 않았다. 반꾸엔은 바로 『문장』잡지에 실린 오빠의 시를 보여주었다. 「타국의 눈」이라는 제목으로 다트리카에게 헌정하는 시였다. 그는 다트리카에 대해서 한참 동안 이런저런 얘기를 했다. 두 사람이 얼마나 낭만적인 사랑을 했는지, 오빠가 이반이라는 러시아 청년과 질투 때문에 싸운 얘기였다. 두 사람이 모스크바로 가 호텔에 함께 투숙했다며 겁 없는 짓을 저질렀다고도 했고, 우리 대사관에 걸려 경위서를 쓰고 축출될 것이라고 말했다. 그는 오빠에 대해 나쁜 얘기들을 꾸며댔다.

가장 나쁜 것은 그가 오빠를 정치범으로 몬 것이다. 그는 조직에서 오빠를 사상검증 대상에 넣었다고 말했다. 반동 서적인 「41번째 사람」이라는 소설과 반동 영화인 <날아간 학>이라는 영화를 찬양하고, 우리의 적인 계급의 경계를 무너뜨렸다고 했다. 처음에는 나도 사실이라고 믿었다. 그리고 죽고 싶을 만큼 화가 났다. 나는 오빠가 공부하고 있는 곳에 대한 정보를 찾아다녔다. 그리고 순간적으로 생각이 났다. 오빠가 보낸 편지에서 다오찡 키엠이라는 이름을 줄여서 내 이름을 러시아어로 다트리카라고 부른다고 했던 말이 생각났다. 「타국의 눈」이라는 시도 오빠가 나에게 보낸 것이었다. 그날 이후로 나는 반꾸엔을 멀리했다.

러이가 나에게 편지를 보낸 뒤로 반꾸엔이 갑자기 나타났다. 피할 수 없었다. 그가 러이 밑에서 일하고 있다는 것을 알게 되었다. 반꾸엔은 오빠의 친구이기 때문에 자기가 나에 대한 책임감을 느낀다고 말했다. 이번에 귀국하면 아무리 가벼운 징계를 받아도 오빠는 군대를 떠나 민간기관으로 전근될 것이며, 틀림없이 어떤 중책도 맡을 수 없을 것이라고 말했다. 가장 최선의 방안이란 것도 말해 줬는데, 러이가 자신의 위신으로 뜨부옹 씨를 설득했을 경우에 해당하는 일이라고 했다. 더 나쁜 방안은 비가 교도소나 재교육 캠프로 보내지는 것이라고 했다. 반꾸엔의 그 말을 듣고 나는 완전히 정신이 나갔다. 나는 오빠가 너무나 걱정되고 불쌍한 생각이 들었다. 오빠의 시와 글 몇 편이 그렇게 위험하단 말인가?

반꾸엔은 나에게 비를 정말로 사랑하고 아낀다면 비를 구하기 위해 사랑을 희생시켜야 한다고 말했다. 비의 죄목에다 동생이 응오딩 지엠 체제를 따라 남한한 일과 아버지의 자본가 이력이 보태진다면 구해낼 방법이 없다고 했다. 내가 선택할 수 있는 남자도 많은데 함께 자살하기 위해 비와 머리를 맞댈 필요는 없다. 나는 반꾸엔이 이번에는 진심으로 말했다고 믿는다. 반꾸엔 역시 러이 씨처럼 오빠를 걱정하는 것은 아닐까?

***

키엠은 청춘을 막 잃어버린 사람처럼 초췌하고 슬픈 모습이었다. 키엠은 최근 취직한 후에 거리의 식당에서 자전거를 타고 티엔꽝 호수 쪽으로 가면서 상실의 아픔을 느꼈다. 저쪽 편 호수 가장자리에 서 있는 가지가 울창한 기울어진 나무 아래를 그는 기억하고 있을까? 그곳은 그가 고향에 다녀와서 그녀를 만나러 왔을 때, 그에게 처음으로 키스를 해주었던 흔적이 남아 있는 곳이었다. 솔직히 말하면 그녀는 그가 주둔하고 있던 돈투이 병원이 있는 부대를 여러 번 찾아갔지만 만날 수 없었기 때문에 그를 잃을까봐 아주 두려워하고 당황하고 있었다. 그리고 그날 밤 그녀는 서둘렀고, 모든 것을 그에게 맡기고 그의 가슴속으로 달려들었다. 감추거나 스스로 방어할 필요도 느끼지 못했다. 그의 「하노이의 가을」이라는 시는 그날부터 그녀의 혼을 빼앗은 부적과도 같았다. 당시 그녀의 친구들은 군인을 애인으로 둔 것을 서로 경쟁하듯 자랑하곤 했다. 그녀는 속으로 웃으며, 나는 시를 쓰는 군인을 애인으로 두고 있다고 말하고 싶었다. 너무 어린애 같았다. 그러나 그녀는 그를 아주 사랑했으며 그녀의 삶에서 최초로 키스란 어떤 것인지를 알게 된 것에 대해 자부심을 갖고 있었다. 그가 키스를 너무 오래했기 때문에 숨을 쉴 수 없을 때도 있었다. 그렇지만 좋았다, 너무 좋았다. 방범대가 와서 밤이 늦었다고 상기시키지만 않았다면 그에게서 떨어지기 싫었다.

그런 일들이 엊그제 같은데 이제 꿈이 되었다. 그녀의 어머니와 외삼촌이 세운 덧비엣 사립학교가 호수 건너편에 있었다. 지금은 공립학교가 되어 있었지만 누구의 것인지도 모르는 것처럼 멀게 느껴졌다. 키엠은 아주 오랫동안 그곳을 찾지 않았다.

204

모든 것을 잃었다.

"키엠, 키엠!" 쉰 목소리로 반갑게 부르는 소리에 키엠은 순간적으로 멈춰 섰다. 반꾸엔이었다. 키엠은 찡그린 웃음을 통해 그의 아주 행복해 하는 모습을 보았다.

"나 너 만나러 왔어. 비에 관한 새 소식이 있어. 우리 저 호숫가 카페로 가자."

"미안한데, 저 지금 바쁘거든요." 말은 그렇게 했지만 키엠은 자전거를 끌고 몽유병 환자처럼 반꾸엔을 따라갔다.

반꾸엔은 바쁜 척하면서 의자를 끌어당기면서 커피를 시켰다.

"나와 우리 대장 찌엔탕 러이가 뜨부옹 동지와 비의 면담을 주선하고 있어. 만약 뜨부옹 동지가 만나준다면 모든 것이 잘 풀릴 거야. 내가 알기로는 뜨부옹 동지가 속으로는 여전히 비의 재능을 귀하게 여기고 있고, 비의 일을 아주 유감스럽게 생각하고 있어. 단지 진심으로 사과하고 회개만 하면 돼. 예를 들어 신문에 실린 글의 몇 군데를 자신의 잘못이라고 인정하면 되는 거지. 그 어느 때보다도 좋은 기회지. 지금 조직에서는 모든 인재들, 문학가와 예술인들을 무산계급의 깃발 아래 모으고 있기 때문이지…"

반꾸엔은 연설하는 사람처럼 제스처를 쓰며 말했다. 그러나 키엠은 아무런 감정도 느낄 수 없었다. 그녀는 찬물을 끼얹는 한 마디를 내뱉었다.

"저는 비의 얘기에 대해서는 전혀 관심이 없어요. 우리는 끝냈거든요."

순간 반꾸엔이 멍하니 서 있다가 키엠을 힐끗 쳐다보고는 웃음을 터뜨렸다.

"내가 농담을 한 것뿐이야. 어찌 과부가 조정의 일을 할 수 있단 말인가. 어찌 뜨부옹 씨가 내 말을 듣고 비처럼 하찮은 시인을 만나겠니. 비의 얘기는 아주 복잡해. 그 친구는 인문가품 운동에 연루됐어. 훈계로 끝날 정도가 아닌 핵심적인 인물이야. 국내에서는 우두머리급인 쩐, 쯔엉, 판,

쩐득, 응웬 히우 등 외에도 하수인들로는 다쌍, 한텀뇨, 쩐 비엔 등이 있지. 이들은 이미 얼굴을 드러냈고, 불만이나 대항하는 분자들을 모으고 있으며, 그들만의 출판사와 신문을 발행해달라고 요구하고 있어. 그들은 공개적으로 '나는 걷는다. / 골목도 없고 / 집도 볼 수 없다 / 붉은 깃발에 쏟아지는 소나기만 있다.'면서 사회주의 성과를 무시하고 있지. 저들은 '인간 심장에 경찰을 세워놓았다'고 하면서 우리 체제를 군대나 감옥이라고 공격하고 있어. 비가 인문 그룹의 우두머리라는 것을 보여주는 자료가 많이 있어. 『사계절 자이펌』이라는 잡지에 실린 「인민의 노래」는 그들의 창립 선언문이 되었지. 비가 군대를 그만둔다는 얘기는 너도 잘 알지? 고집을 부린다면 재교육 받는 것을 피하기는 어려울 거야. 2주 전에 내가 비를 만났는데, 그 친구 정말 안됐어. 그런데 방법이 없어. 이제 알코올 중독까지 되었으니…. 이 얘기를 너에게 해야 하는지 모르겠어."

반꾸엔의 주저하는 행동이 즉시 효과를 냈다. 키엠은 속이 탔다.

"무슨 얘긴데요?"

"키엠이 알고 있는 줄 알았는데. 됐어. 우리 같은 남자들이 다 그렇지…."

"여자 애기? 저 관심 없어요…."

"여자 문제라기보다는 타락에 관한 거지…."

"그것은 아직 모르는데요. 그가 낌 풍 패거리의 이혼녀이며 열 살 연상의 지엠미라는 여자와 살고 있다는 얘기지요?"

반꾸엔의 심리전이 너무 강해서 키엠과 같은 약한 소녀를 쓰러뜨리기에 충분했다. 키엠이 비틀거리며 일어섰다.

"저 갈래요. 미안해요. 저는 누가 그에 대해 말하는 것을 듣고 싶지 않아요."

"저기…." 반꾸엔이 키엠의 소매를 붙들었다. "너를 도와줄 얘기가 하나 더 있는데. 내가 너의 상업학교 입학을 도울 수 있어. 우리 집안 아저씨가

교장 선생님인데 부탁을 들어주기로 했어. 나에게 너의 이력서만 주면
돼…."

"고마워요." 키엠은 단호하게 일어서서 자전거를 인도로 끌고 가려고
했다.

"저는 단지 오빠가 반동 자본가 계급 집안의 딸을 견뎌낼 힘이 있을지
걱정되네요."

***

반꾸엔이 키엠에게 알려준 소식 중 일부는 사실이었다. 비는 군대에서
밀려나 대중들에게 지식과 문화를 보급하는 책을 전문으로 인쇄하는 빙전출
판사로 전근되었다.

빙전출판사는 좁은 골목의 구석에 자리 잡고 있었다. 전체 직원 수는
20명이 조금 넘었다. 그들의 업무는 조국통일 투쟁과 농업합작사 운동,
개인자본 기업의 개조 등에 관한 선전 구호, 그림, 포스터 그리고 노래
등을 인쇄하는 일이었다.

비는 오래된 인쇄소에서 인쇄기를 수리하고 보수하는 직원인 히에우와
함께 지내게 되었다. 방은 9평방미터에 불과했고, 싱글침대 하나와 다리가
부러진 책상 하나, 찬장과 코일로 자체 제작한 전기 화로 하나가 전부였다.
가장 기본적이고 핵심인 바닥은 먼저 온 히에우 차지였다. 운 좋게도 옛날
집주인이 1.2미터 높이의 복층을 만들어놓았다. 복층으로 올라가는 사다리
는 벽에 박아놓은 파이프였다. 비는 그 복층에서 일하고 잠을 잤다. 마지막
사다리를 올라가서는 기거나 몸을 움츠려야 겨우 들어갈 수 있었다.

몇 번이나 비는 천장에 머리를 아프게 박은 적이 있었다. 말이 복층이지
그곳은 물건을 넣어두는 작은 벽장과 다를 바 없었다. 그 방을 받은 바로

그날 비는 정원에 버려진 일본식 찻상과 같은 다리가 짧은 탁자 하나를 구했고, 글 쓰는 책상으로 사용했다. 의자는 지나간 신문이나 책으로 대신했다. 양반 자세로 앉거나 한쪽 발을 괴고 앉아도 아주 편했다. 이때부터 소설을 쓰겠다고 생각했다. '망상의 지평선', 그것은 비가 쓰려는 소설의 제목이었다.

히에우 씨는 착하고 좋은 사람이었고, 집안에서 물려받은 전통적 방법으로 치질을 치료하는 부업을 갖고 있었다. 손님들이 입소문을 듣고 찾아왔는데 주로 부자들이었다.

근무시간 외에 히에우 씨는 밖으로 돌아다녔다. 그래서 9평방미터의 방은 비에게 아주 이상적인 창작 공간이었다. 히에우 씨는 밤늦게 돌아오는 날이 많았는데, 비가 그때까지도 복층의 찻상 앞에 허리를 구부리고 앉아서 열심히 글을 쓰는 것을 보았다.

비가 빙전출판사로 옮긴 일주일이 지난 후에 다쟝이 갑자기 주산을 데려왔다.

"나는 썬남 문화청으로 옮기기로 결정했다." 다쟝이 빨간 도장이 찍힌 서류를 비에게 보여주었다. "주산은 토지개혁을 비판한 「패륜」이라는 단편소설을 쓴 결점이 있지만 솔직히 잘못을 인정했다고 상부에서 그대로 근무하도록 했지. 그렇지만 전문 부서에서 행정부서로 옮기라 했다는 거야."

"닭대가리가 소꼬리보다 낫지. 네가 썬남으로 돌아가는 것은 진주가 합포로 돌아가는 것과 같아." 비는 친구를 격려했다.

"무슨 빌어먹을 합포야. 바다에서 놀다가 도랑으로 돌아가는 격이지. 이곳에서는 손가락이라도 놀릴 수 있지만 시골로 가면 감옥에 앉아 있는 거나 마찬가지인데." 다쟝이 대나무 피리처럼 생긴 작은 담뱃대를 꺼내서 담배를 채운 다음에 볼이 쑥 들어갈 정도로 깊이 빨았다가 연기를 내뿜었다. "문화청장이란 놈이 내가 간다는 소식을 듣고는 바로 나를 받지 않겠다는 공문을 보냈어. 그놈이 내가 그곳에 가면 썬남 땅의 미풍양속을 다 뭉개버릴 거라고 소문을 냈어."

"됐다, 맘대로 하라고 해!" 주산이 윗주머니에서 돈을 꺼냈다. "나 돈 있다. 우리 두오이 시장에 가서 순대와 선지로 우울함이나 달래자."

빙전출판사로 전근 온 초기 며칠 동안이 비가 가장 격렬하게 일하던 시기였다. 시는 물론 단편 소설, 수필, 신문기사에서 번역과 연구, 탐사까지 다양한 글을 썼다. 원래 불어를 아주 잘 했기 때문에 빅토르 위고, 발자크, 라마르틴 등의 원작을 읽을 수 있었고, 러시아어도 능숙했다. 글만 써도 살 수 있을 거라고 비는 자신만만해 있었다.

그러나 너무나 이상했다. 그 자신이 직접 원고를 들고 신문사와 출판사를 찾아다녔다. 그들은 고맙다며 실기를 약속했다. 그러나 아무리 기다려도 신문에 실린 것을 볼 수 없었다. 그는 꾹 참고 다시 베껴 또 보냈지만 아무런 소식이 없었다.

하루는 히에우 씨가 삶은 오리 반 마리와 밀주 한 병을 들고 와 비에게 술잔을 권하며 말했다.

"자네 밤을 새우면서 열심히 글을 쓰는 것을 보니 너무 안됐어! 자네가 무시하지 않는다면 우리 조상 대대로 내려오는 치질 치료법을 자네에게 알려주고 싶네. 특별한 것도 아닐세. 공부한 사람들에게는 아주 하찮은 것일 수도 있지만 밥은 먹고살 수 있다네."

"아저씨, 제가 아저씨 밥그릇 뺏어가는 것 겁나지 않으세요?" 비는 히에우 씨가 감동하는 것을 바라보았다.

"겁났다면 자네에게 말하지 않았지. 불경에 '한 사람을 구하는 것이 가장 큰 복이다'라는 말이 있어. 자네가 공을 들여 쓰는데 아무도 인쇄해주지 않으니, 답답하고 안타까워. 자네처럼 재능 있는 사람을 써주지 않으니 꼭 내가 죄 지은 것 같은 느낌이야…."

"우리 아버지 역시 한의사였습니다. 그러나 우리 형제들은 아무도 아버지 직업을 이어받지 않았지요…" 갑자기 비의 목소리가 슬퍼졌다. "아버지께서는 '한의사라는 직업은 사람을 구할 수 있지만 모든 것을 구할 수는 없다'고 말씀하셨지요. 우리 아버지 말씀은 우리 형제들이 다른 직업을 갖기 바란다는 거였어요. 그래서 저는 글쟁이를 택했지요. 글쟁이로 출세하는 것이 가장 하급에 속한다는 옛 어른들의 말이 맞는 것 같아요. 그렇지만 이미 글쟁이란 직업에 뛰어들었는데, 그만둘 방법이 없어요. 계속해서 쓸 겁니다. 반드시 인쇄되는 날이 있을 것입니다…"

히에우 씨는 비를 꼼꼼히 바라보면서 자신도 모르게 눈물을 머금었다. 마치 그가 너무 취한 것처럼 보였다. 그는 비에게 너무 어리석다고, 출판사 내의 모든 사람들이 비의 죄가 너무 크다는 것을 알고 있으며, 비는 신과의 통로가 막힌 신도이고, 독자와 만날 기회가 없으며, 생계 능력을 잃어버린 사람이라는 것을 깨우쳐 주고 싶었다. 문서로 된 지시가 아닌 지시가 중앙과 지방의 각 신문사와 출판사에 '응웬끼 비라는 작가의 모든 창작과 글을 사용하지 마라'고 통보되었다.

엿듣는 사람이 있는지 두려운 듯 주변을 둘러보고 나서 히에우 씨는 비에게 그 얘기를 하려다가 그만두고 긴 한숨을 쉬었다.

"아저씨 뭐 숨기는 것 있어요?" 비가 눈치를 챈 듯 말했다. "저도 제가 버려진 놈이며 아무도 관계하려 하지 않는다는 것을 알고 있어요…. 그렇지만 아저씨는 피할 수 없지요. 하나님이 우리에게 오직 이 9평방미터만 주었기 때문이지요. 자, 말해보세요. 개 같은 인생! 치질보다 못한 삶이지요…"

히에우 씨가 웃음을 터뜨리며 눈물을 훔쳤다. 그는 아주 재미있는 말을 들었다.

"하하, 치질보다 못한 삶이라…. 자, 내 한 계책이 생각났네."

210

"무슨 계책이요?"

"절대로 누구에게도 말해서는 안 되네. 우리 둘만 알아야 해! 자, 손가락 걸고 맹세하게나."

비가 히에우 씨와 손가락을 걸고, 술잔을 가득 채운 다음에 잔을 비웠다.

"이제부터 자네의 글을 다 나에게 주게."

"아저씨가 사게요?"

"그래, 사지. 내가 그것을 다시 옮겨 적은 다음에 어디로 보내든 그것은 내 글이네. 자네는 원고료만 받아야 해."

"저는 제 글이 인쇄되기만을 바라고 있어요, 아저씨."

"자네 이름으로는 어느 신문사도 실어주지 않아." 히에우 씨는 쓸쓸하게 고개를 저었다. "자네 아직도 이해 못하나? 나의 글이어야 해. 내가 작가지. 노란 개든 검은 개든 똥만 먹을 수 있다면 무슨 문제인가!"

비가 낄낄대며 나이든 친구의 어깨를 껴안았다.

"노란 개든 검은 개든 상관없이 똥만 먹으면 됐지. 치질보다도 못한 삶인데…. 하하하…."

"옛날 한신이 큰일을 도모하기 위해 자신을 낮추고 백정의 가랑이 사이를 기었었지. 이 시대에는 수천 명의 백정이 있어. 자네 역시 꾹 참고 그들의 가랑이 사이를 기어야 하네. 우리 마을 대문에 '구칙징久則徵'이라는 세 글자가 새겨져 있네. 여기에서 '구久'자는 사람 '인人'자에다 오른쪽에 획을 보탠 것으로 뜻은 '오래되다', '가라앉다'는 의미라네. 많은 사람들이 그 세 글자를 읽을 수는 있지만 그 의미는 모르는 사람이 많지. 내 할아버지가 우리 아버지에게 설명하기를 '우리 마을 사람이 성공하려면 인내하고, 치욕을 견디고, 가라앉을 줄 알고, 자신을 숨겼다가 비로소 올라오면 청천백일 하에 모든 것이 분명히 드러난다'고 말했어."

"즉 제가 '구칙징'해야 한다는 말씀이지요?"

"지금은 이 불운을 벗어나야만 하네. 자네는 너무 일찍 글을 썼고, 너무 일찍 유명해졌어. 이 불운은 간단치가 않아. 그렇지만 자네 걱정하지 말게. 귀인이 도와줄 걸세. 내가 비록 소인배지만 자네에게 필명을 선물하겠네."

"어떤 필명을요?" 비는 속이 탔다.

"내 이름은 팜반 히에우야. 지금은 성현들의 이름과 같은 것이 죄가 아니지. 그래서 '유효하다'라는 의미의 히우 히에우라고 지었네. 히우 히에우라는 필명이 어떤가? 여러 가지 뜻을 가진 이름이야. '유효하다'는 뜻도 있고, '히에우 여기 있습니다.'라는 뜻도 있고…. 어때?"

"너무 좋아요!" 비가 술병을 거꾸로 들었지만 술이 한 방울도 나오지 않았다. "아저씨 말대로 할게요. 노란 개든 검은 개든 상관없지요. 똥만 먹으면 되죠. 치질보다 못한 삶인데요. 하하하…. 아저씨야말로 유방이고, 저는 한신에게도 못 미치는 인간이네요."

***

불과 한 달 만에 히우 히에우라는 작가가 여러 큰 신문에 연속적으로 출현했다. 히에우 씨가 원고를 다시 베끼는 수고를 덜어주기 위해 비는 골동품 가게에서 20세기 초에 생산된 옵티마 상표의 타자기를 샀다.

비와 히에우가 신문에 글을 연재하는 협동조합 사업은 잘 되는 것처럼 보였다. 그러나 모든 것이 빙전출판사 사장인 띠엔 떠이의 눈을 피할 수 없었다.

떠이는 본래 디엔비엔푸 작전에서 자전거로 물자를 운송하던 사람이었다. 떠이는 320킬로그램이라는 기록적인 짐을 자전거로 운반했고, 종군기자가 사진을 찍고 기사를 써서 신문에 게재했다. 그 뒤로 떠이는 허리가 부러졌고, 고향으로 돌아가 물소 몰이나 해야 할 것으로 생각했다. 그런데 예능에 소질이 있었고, 특히 남부민요 가락에 잘 어울리는 목소리를 갖고 있어 그는 전선의 후방부대에서 군중문화를 담당하는 임무를 부여받았다. 그리고 갑자기 위원회 급에 해당하는 노동조합 서기라는 직함으로 뽑혀 수도로 돌아왔고 '이 시대 출판사'를 접수하는 임무를 받았다. 열쇠를 손에 쥐었으니 기본적인 춤만 출 줄 알면 되었다. 게다가 조직의 책임자가 고향사람이었기에 떠이는 자연스럽게 빙전출판사의 사장이 됐다.

히우 히에우가 갑자기 유명한 작가가 된 일은 떠이로 하여금 곧바로 자전거 운송대원에서 출판사 사장이 된 자신을 떠올리게 만들었다. 떠이는 글을 잘 몰랐지만 정치적인 칼도 있고, 뒤를 봐주는 사람도 있었다. 그런데 인쇄기 수리공 주제인 히에우가 신문에 글을 쓰는데, 자신 같은 사람도 그 개 같은 글을 못 쓸 이유가 없다고 생각했다.

띠엔 떠이는 히에우를 방으로 불러 직격탄을 날렸다.

"자네 지금 상급자를 속이는 거야? 인문가품과 손을 잡고?"

히에우는 이해하지 못하겠다는 듯 무표정하게 서 있었다.

"자네 연극할 생각을 했어? 암 소금인지 수 소금인지 다 깔아놔 봐! 자네 우리가 같이 오입질한 것이 몇 번인지도 알잖아. 내가 자네를 관리하는 사람이야, 이 사람아, 안 그래? 그런데 이제 창작도 한다고? 자네 치질 치료한다고 여자들에게 바지 내리고 엉덩이 까게 하는 것도 모자라서 이제 머리에다 글 집어넣으니 문장이 나오던가? 문장이란 것은 우리 같은 농민들에게 준 것이 아니야! 자네 솔직하게 말하게. 비를 도와주려고 했던 것인가, 아니면 비의 처지를 이용해서 이익을 챙기려고 했던 것인가?"

떠이에게 숨길 수 없다는 것을 알고 히에우는 모든 것을 털어놓았다.

"자네가 나에게 더 일찍 얘기했다면 작가 히우 히에우보다 비를 더 잘 도울 방법을 찾았을 것이네. 그렇지만 지금도 늦지는 않았어. 비는 현재 위험분자이고, 상부에서 이곳으로 보내 나보고 직접 감시하라고 했지. 자네가 비에게 이름을 빌려주어 체제를 비판하기 위해 신문을 선전 도구로 이용했다고 보고하기만 하면 자네는 물론 비도 끝장이지. 그렇지만 됐네. 자손을 위해서 덕으로 살아야지. 내가 보기에 비가 무슨 음모를 꾸민다든가 속이 음흉한 것도 아닌데, 그 친구의 생계를 막고 있다고 생각하니 죄를 짓는 것 같아. 인仁을 가장 우선해야 하지 않겠나! 상부에서 비를 사용하지 않으면 우리가 사용하지. 모두에게 이익이 돌아간다면, 누가 절을 지키든 떡을 먹기만 하면 되는 것 아닌가! 나라 것은 셋이 나눠먹고, 집안 것은 둘로 나누고, 맞지? 우리 출판사에서 해야 할 일이 정말 많아. 그래서 내가 다 생각해놓았네. 창작은 비 외에 담당할 사람이 없어. 상부에서 내린 계획에 따르면 우리는 농업 합작사 운동과 공사합영公私合營 운동에 관한 노래집을 몇 권 출판해야 하네. 내가 몇몇 시인에게 부탁했지만 어떤 사람은 개구리나 두꺼비 같은 시는 관심이 없다고 거만 떨고, 어떤 이는 원고료를 턱없이 높게 부르고, 입에 새우를 물고 있는지 일 년이 되어도 원고를 안 보내주니 그들을 믿고 있다가는 숨 막혀 죽을 것 같네. 나는 우리의 정치적 임무를 완수하지 못할까봐 걱정하고 있네⋯."

"비는 틀림없이 우리를 도와줄 수 있을 겁니다." 히에우가 과감하게 말했다. "제가 치질을 치료하는 것처럼 비도 그런 식으로 시를 창작할 것입니다."

"즉 사람들 바지만 벗기면 깨끗해진다 이거지? 이 친구 아주 걸작이네. 자네가 이 일에 나서주게. 자네가 비에게 말해. 내가 말하면 불편할 수 있어. 비가 나를 상부에서 시켜서 자기를 시험하는 것으로 오해할 수 있기 때문이지. 비가 쓰는 대로 그대로 인쇄한다고 하게. 원고료는 최고 수준으로 하지. 게다가 능률과 질에 따라 더 준다고 하게. 단지 한 가지는⋯."

"압니다⋯. 나라 것은 셋이 나눠먹자는⋯."

214

"그것은 세상의 이치를 따르면 되고…. 더 얘기할 것도 없네. 내가 하고 싶은 말은 좀 더 다양해 보이도록 작가 이름을 다른 사람으로 하면 좋을 것 같은데…."

히에우가 다시 한 번 아 소리를 냈다.

"이해했습니다. 이 일은 비에게 아주 간단한 일입니다. 지금 그에게 이름은 필요 없거든요. 제가 바로 결정할 수 있습니다. 몇 편의 시와 신문에 싣는 글들은 전처럼 히우 히에우 이름으로 하고, 장편 시, 운문소설 등과 같은 큰 작품은 사장님 이름인 띠엔 떠이로 출판하지요. 출판사 사장의 이름인데 당연히 세상 사람들도 알아볼 것입니다…."

떠이는 두 팔을 벌려 히에우의 어깨를 포근히 감싸 안았다.

"이 친구 물건이구먼. 그런데도 나는 행정 과장 맡을 사람을 찾느라고 얼마나 오랫동안 이리저리 헤맸는지 몰라. 자네 나를 놀라게 했어!"

그리고 일주일 뒤에 비는 완전한 6·8체 정형시가로 된 428행의 「합작사는 집이다」라는 장편 시를 생산해냈다. 보름이 지나고 비는 다시 386행의 쌍7·6·8체로, 「공사합영, 행복의 길」이라는 운문소설을 완성했다. 이 두 작품 모두 띠엔 떠이의 이름으로 출판되었다.

빙전출판사의 활동이 아주 분주해졌다. 띠엔 떠이의 두 작품은 45만 부라는 기록적인 수량으로 인쇄되었는데, 이것은 북부 베트남의 전체 농민 가정과 소상인 가정 그리고 도서관, 서고에 배포될 수 있는 수량이었다.

비가 떠이의 주문에 따라 '통일의 노래집'을 쓰려고 준비하던 차에 병에 걸렸다. 영양 부족과 너무 많은 힘을 허비했기 때문에 급성 폐렴에 걸려버린 것이다. 초기에는 기운이 없고, 마른기침에 열이 조금 있었다. 히에우 씨와 띠엔 떠이 사장은 밥도 못 먹고 잠도 못자며 걱정을 했다.

"미치겠네! 우리 출판사가 상부에 업적평가 받겠다고 신청해놨는데. 계획이 틀어지면 내가 조직을 속인 놈이 될 것 아닌가?" 떠이가 히에우에게

난감한 상황을 설명했다. 그러더니, "내가 최근 문호 루쉰이 아내에게 「나는 한 마리 소다. 일생 동안 풀만 먹고 세상에 우유를 준다」고 한 글을 읽었어. 역시 문호는 달라. 겸손하지만 깊이가 있잖아. 그런데 비는 우리 출판사에서 소보다 더 중한 사람이야. 그 친구가 빨리 회복하도록 최선을 다해야 하네. 응웻을 보내 비가 완전히 회복할 때까지 돌보라고 하겠네."

응웻은 출판사의 출납 담당으로, 소상인 가정 출신이었다. 그녀의 아버지는 후에 거리에서 이발소를 하고 있었다. 떠이와 같은 아주 실용적인 사람 밑에서 출납을 담당하고 있었기 때문에, 흔히 사람들이 '출납담당은 부자이고, 사장은 배부르다'고 말하는 것처럼 응웻은 떠이에게 일정한 부분은 바쳐야 했다. 떠이는 응웻 남편의 성격을 잘 알고 있어서 아주 은밀하고 영리하게 행동했다. 사무실에서, 사람들 앞에서 떠이는 응웻을 아주 엄격하게 다루었다. 큰소리로 혼을 내기도 하고 심지어 비판정신이 부족하다고 회사 징계위원회에 회부하기도 했다. 그런데 매달 떠이는 응웻을 하노이를 벗어나 어디로 출장 보낼 궁리를 했고, 고양이가 쥐를 갖고 놀 듯, 밤새도록 응웻의 몸을 갖고 놀았다.

응웻은 정성을 다하는 요양보호사의 인품을 갖고 있었다. 3일 동안 히에우와 함께 나뭇잎을 삶아서 열을 내리고, 죽을 끓여 비를 돌보았지만 증상은 전혀 차도가 없었다. 오후만 되면 고열이 났고, 39도, 40도에 달했다. 히에우는 놀라서 사장에게 비를 병원에 보내야 한다고 말했다.

"지금 당장 다쟝 작가를 불러오는 게 어떨까?" 떠이가 히에우에게 상의조로 말했다. "글 친구니까 부르기만 하면 파리 떼처럼 몰려올 것이네. 소설가, 시인들이 서로 돕는 동료의식은 다른 데 비할 바가 아니지."

"다쟝이 시골로 쫓겨 갔다고 하던데요. 그도 펜을 놓았다고 하네요."

"그러면 비 가족에게 알릴 수밖에 없지. 내가 응웻을 똔단 상점에서 일하는 라 형수에게 보내지. 그리고 비에게 키엠이라는 애인이 있다고 하던데…."

"맞습니다." 히에우는 무슨 말을 하는지 알 수 있었다. "고열로 정신이
없을 때 비가 키엠의 이름만 부르더군요."

"즉시 키엠에게도 알려야겠네." 떠이는 작가동맹 총서기의 행동을 흉내
내 두 손을 비비고 있었다. "반꾸엔이 이 처녀를 잘 알아. 자네가 반꾸엔을
만나서 이 아가씨 연락처를 알아오게."

***

비가 응급실에서 일반 병실로 옮긴 바로 다음 날 형수 라가 찾아왔다.
남편으로부터 사무실에게 형제간에 다툼이 있었다는 얘기를 들은 후부터,
남편이 화가 나 동생을 다시는 보지 않겠다고 말한 뒤로 라는 비를 더욱
측은하게 생각했다. 그녀가 아들 찌엔 퉁넛과 함께 삶은 고기와 연유, 과일을
들고 문병을 왔다.

"이 연유는 형님이 삼촌에게 보낸 거예요." 그녀는 아주 부끄러운 표정으
로 말했다. 그것은 그녀의 솔직한 성격과는 달리 거짓말이었다. 라와 아들
모자는 남편에게 비를 문병 간다는 얘기를 할 수 없었던 것이다. "그리고
이 고기는 월북한 간부가 저에게 사준 건데, 제가 삼촌에게 드리는 것이에요.
너무 안타까워요. 그분이 저에게 시 몇 편을 또 선물했어요. 그분은 남쪽으로
내려갈 준비를 하고 있다고 하네요. 그쪽에서 저들이 우리 동포들을 아주
많이 죽이고 있답니다. 고향이 그분을 부르고 있답니다. 그분이 통일위원회
에 지원서를 써서 보냈답니다…. 이번에 보니 그분이 많이 슬퍼 보여요.
생각해봐도 안됐고요…."

병원에서 급성 폐렴으로 진단을 받고, 강도 높은 항생제 주사를 맞고
나서 비는 열이 내렸다. 그의 피곤한 모습은 조카 찌엔 퉁넛 때문에 사라졌다.

그는 조카의 손을 꽉 잡고 천천히 바라보았다. 세월은 참으로 빠르다. 형수가 배가 불러서 수도 하노이로 돌아온 날이 엊그제 같은데 벌써 이 꼬마가 초등학교 일학년에 입학할 나이가 되었다. 조카는 아버지보다는 엄마를 닮았다. 얼굴이 둥글고 아주 귀여웠다.

"삼촌! 저와 삼촌이 진짜 삼촌과 조카 사이 맞아요?" 아이가 비의 귀에 대고 속삭였다.

"그럼, 맞지. 삼촌은 네 아빠의 친동생이야. 즉 너의 친삼촌이지. 삼촌은 너를 자식처럼 사랑한단다."

"거짓말 마세요. 삼촌은 성이 응웬 씨이고, 아빠 성은 찌엔인데요…."

비가 웃으며 아이의 머리를 쓰다듬었다.

"아, 그것은 네 아빠가 혁명하기 위해서 성을 바꾼 거야. 네 아빠의 진짜 이름은 응웬끼 코이란다. 너 그 이름을 기억해야 한다."

"그런데 저는 아빠 이름이 찌엔탕 러이가 더 좋은데요. 유치원 친구들이 제가 관리 집안의 성을 가졌다고 해요."

"친구들한테 그렇게 말하지 말라고 해라. 이제 관리나 백성이란 말은 더 이상 없단다. 너와 친구들은 모두 노동자, 농민, 군인의 자녀들이다…."

"그렇다면 저는 군인의 자식이 될래요. 아빠에게 권총이 있거든요."

"그것은 나무 총일 뿐이야, 애들 겁주려고."

"진짜 총인데!" 아이가 비의 귀에 대고 속삭였다. "밤에 제가 눈을 떴을 때 아빠가 총을 쐈어요. 엄마는 놀라서 소리 질렀어요."

비는 아이의 천진난만한 얘기에 더 이상 웃을 수가 없었다. 아이 때문에 비는 형수가 힘들게 숨을 쉬고 있는 모습에 주의를 기울였다.

"삼촌 제 모습이 이상하지요?" 라가 자신의 배를 힐끗 쳐다보면서 부끄럽게 말했다. "형님에게 애들 몇 명 더 낳아주려고요. 그런데 똔단 상점에서 쉬라고 할까봐 겁나요. 형님이 나에게 격려해야 될걸요."

218

"그러면 저 녀석이 지금부터 애 보는 연습해야겠네요." 비가 아이를 간지럼 태웠다. 아이가 비의 품속으로 달려들며 장난을 쳤다.

"그만해라! 삼촌 피곤해, 쉬어야지." 라가 아이에게 주의를 줬다. 그리고 연유를 옷장에 넣으면서 살짝 몇 푼의 돈을 그 옆에 놓았다.

"형수, 가져가요." 비가 돈을 돌려주었다. "형수님과 조카가 와준 것만으로도 충분합니다. 형님에게 고맙다고 전해주세요."

"고맙기는 무엇이 고마워요. 삼촌 회복하는 데 쓰세요. 피를 나눈 형제잖아요. 형제 중 누가 아프면 당연히 가슴이 아픈 것이지요. 형님은 너무 일이 많아요. 삼촌이 잘 이해해주세요. 내가 꾹 삼촌 부부와 할머니께 삼촌 문병 오라고 기별을 넣었어요. 꾹 삼촌이 감옥에 갔다 온 뒤로 아주 열심히 산다고 들었어요. 남편이 면에 편지를 보내 꾹 삼촌 부부와 잘 협력하라고 했답니다…. 아, 그리고 키엠 아가씨 여기 왔어요? 삼촌, 키엠 아가씨에게 알렸어요? 키엠 아가씨가 안 왔다면 삼촌 잘못이에요. 나도 가끔 만나요. 만날 때마다 삼촌 말이 나오면 키엠이 울어요. 내가 보기에 삼촌을 키엠만큼 사랑하는 사람은 없어요."

"키엠이 일이 바쁜가보죠." 비가 피곤한 듯 고개를 저었다. "형수님, 키엠에게 알리지 마세요. 저 곧 퇴원합니다."

"왜 그래요? 나는 삼촌과 그녀가 어떤 사랑을 하는지 이해할 수 없어요." 라가 아이의 손을 잡고 일어서며 말했다. "지금 바로 키엠 아가씨를 찾으러 가야겠어요."

***

라는 서둘러 아이를 데리고 푹화 양장점을 찾았다.

바이엔 여사가 어두운 얼굴로 그녀를 맞았다.

"오랫동안 비가 놀러오지 않네요. 둘 사이가 어찌 되었는지 알 수가 없어요. 내가 물으면 울기만 하고 통 말을 안 해요…."

"문제가 생겼어요, 아주머니. 요즘 세상이 친해지기는 어렵고 갈라서기는 쉽지요…. 바로 저희 집도 그 두 사람이 결혼하는 것을 원하지 않아요. 삼촌은 양가 모두 이력이 너무 좋지 않기 때문에 차후에 자식이 고생할까봐 걱정하고 있어요. 그러나 제 생각은 달라요. 저는 두 사람이 결혼하도록 할 거예요. 키엠 아가씨는 저와 성격이 아주 잘 맞아요. 재능 있는 남자와 잘생긴 처녀가 서로 결합하지 못한다면 낭비지요…."

"나도 그러고 싶어요. 그런데 우리 키엠을 보면 삼거리에 서 있는 사람 같아요. 여러 사람이 쫓아 다녀요…."

"누군데요, 아주머니? 키엠 아가씨가 정한 사람이 있나요?"

"최근 한 군인이 찾아와서 데려가겠다고 합니다. 말은 공부시키겠다고 하는데, 나는 그렇게 생각 안 해요. 이 청년이 요즘 자주 우리 키엠을 찾아와요."

"아주머니 그 청년 이름을 아세요? 어떤 사람인데요?"

바이엔 부인이 머릿속을 한참 뒤지는 것 같더니 설명했다.

"무슨 관청에 근무하는 것 같기도 하고…. 내가 키엠에게 밤에는 다니지 말라고 했어요. 그가 키엠에게 자기를 기다려 달라고 말했다더군요. 밤에 그 청년이 다시 찾아왔었지요. 무슨 아주 중요한 일이 있는 것 같은데…."

"키엠이 누구와 갔어요?" 질문이 라의 머릿속을 뒤집고 있었다. 그녀는 자신이 배신당한 것처럼 질투하고 있었다.

라는 키엠을 쫓아다니는 남자가 바로 남편 찌엔탕 러이와 매일 대면하는 반꾸엔이라는 것을 알지 못했다.

히에우 씨가 직접 반꾸엔을 찾아가 키엠에게 기별하여 비의 병간호를 부탁한다더라는 빙전출판사 사장의 말을 전했다. 반꾸엔은 키엠을 찾아 소식을 전하겠다고 히에우에게 약속했다. 그러나 그 인간적인 부탁을 반꾸엔은 바로 뒤돌아서 묵살했다. 그는 키엠을 데리고 상업학교 교장인 친척 아저씨를 찾아갔던 것이다. 길을 가면서 반꾸엔은 비와 부부처럼 살고 있다는 지엠미에 대한 얘기를 다시 꺼냈다.

"작가 친구들이 강력하게 반대하고 있다더군. 장소가 없는 것도 아닌데 커튼으로 가려놓은 방에서 부부처럼 살고 있다니, 정말 웃기는 일 아냐? 꿈같은 얘기들을 그가 모두 쏟아냈다고 하더군. 화장지에까지 써서 그녀에게 선물했다는 거야. 사람들이 그걸 주워서 그에게 다시 보냈다더군…."

"그 얘기는 그만하시죠…." 키엠은 토할 것 같았다. 그녀는 길가에 자전거를 세우고 진정해야 했다.

무슨 신호라고 생각했는지 반꾸엔이 서둘러 자전거를 멈추고 키엠을 부축해서 나무 아래에 앉혔다.

"나는 네가 조심하라고 알린 것뿐인데…. 그건 단지 인격이나 도덕에 대해서 말한 것일 뿐이야. 정치적 관점에 대해서는 더 심각하지. 우리들에게 보안대에서 제공한 비에 관한 여러 서류가 있지. 만약 비를 빨리 귀국하라고 부르지 않았다면 그는 해외에서 활동하는 반정부 핵심이 될 뻔했어. 현재 비가 인문가품 패거리들과 공모했다는 충분한 증거가 있지. 그러나 그것은 단지 나쁜 짓을 배웠다는 소소한 얘기일 뿐이야. 더 위험한 문제는 비가 현재 친 소련파가 실시하고 있는 재검토 대상이라는 거야. 이것이야말로 단순한 문학 사건이 아니라 큰 정치적인 사건이지. 인문가품 패거리들 중 가장 위험한 다섯 명의 우두머리들이 곧 처벌을 받게 될 거야. 상부에서 비에 대해 언급했는데, 조사를 해서 죄를 물으라고. 구체적으로는 곧 있을 전체 문인들에 대한 정신교육 후에 비는 장기간 노동 교화소에 보내진다고 하더군. 너의 시인 장래가 아주 어두워…."

반꾸엔이 조근조근 얘기했다. 그러나 키엠은 갈수록 무감각해졌다.

그녀는 비틀거리며 일어서려고 했다. 표범처럼 재빨리 반꾸엔이 팔을 뻗어 키엠을 끌어안았다. 그의 서두르는 숨소리와 마늘, 파 냄새가 키엠의 얼굴로 다가왔다.

"키엠…. 나는…."

"이러지 마세요!" 키엠이 강하게 밀치며 일어서자 반꾸엔이 풀밭에 넘어졌다.

그가 기어서 일어나려는 사이 키엠은 재빨리 자전거에 올라타고 귀신에게 쫓기기라도 하는 것처럼 달렸다.

키엠은 골목 입구에서 기다리고 있던 라를 만날 때까지 정신을 차릴 수 없었다. 그리고 비의 소식을 듣게 되었다. 키엠은 온몸에 맥이 빠지면서 발밑의 땅이 꺼지는 것 같았다.

키엠은 병원으로 달려갔다. 진정한 의미의 사랑의 마라톤이었다.

결국 오랫동안 키엠은 가식의 삶을 살았다는 것을 알았다.

비 역시 가식의 삶을 살았다.

사랑은 정말 신기했다. 그것은 끝없는 숨바꼭질 같았다. 한 사람은 다른 사람이 어디 숨었는지 충분히 알고 있지만 바다에서 바늘 찾듯 모른 척 찾는 시늉을 했다. 놀이는 시간을 끌면 끌수록, 상황이 복잡하게 얽히면 얽힐수록 흥분과 빠짐의 정도는 배가되었다. 거의 희망이 없다고 생각했을 때 그들은 갑자기 뛰어나와 서로를 끌어안고, 순수한 행복에 젖었다.

키엠과 비 역시 그러한 숨바꼭질을 끝냈다. 키엠은 석양에 물들고 있는 병원 마당 한구석의 돌 벤치에 슬픈 표정으로 앉아 있는 비의 가슴속으로 파고들었다.

"오빠 너무 미워! 그 많은 밤과 날들 동안 나를 버려놓고…."

미안하다는 말과 자초지종을 설명하는 말 대신, 비는 구둣솔 같은 수염 난 얼굴을 키엠의 가슴에 묻고 마치 어린애처럼 엉엉 울음을 터뜨렸다.

***

비와 키엠의 결혼식은 전체 작가들이 장기간 현장 체험을 다녀온 후에 거행되었다. 새로운 시대의 결혼식은 절약하라는 방침에 따라 마치 몰래하는 결혼식처럼 간소했다.

이 결혼식에서 가장 큰 공을 세운 사람이며, 중매자이며, 주최자이며, 재정적 후원자는 바로 다쟝이었다. 하럼 탄광에서 3개월 동안 현장 체험을 한 뒤에 다쟝은 큰 선물을 건넸다. 그가 직접 쓴 「땅속의 불」이라는 희곡으로 탄광 노동자들이 공연한 연극이 전국 군중예술대회에서 1등을 한 것이다. 원고료와 상금은 파란색 소형 오토바이로, 4급 공무원인 그의 일 년치 월급과 맞먹는 것이었다. 조직위원회로부터 상을 받자마자 다쟝은 곧바로 빙전출판사에 있는 9평방미터짜리 비의 방으로 한걸음에 달려왔다.

오토바이를 탈 줄 몰라 땀을 뻘뻘 흘리며 끌다 밀다 하며 오는데, 길 가던 사람들은 그가 도둑놈이라고 오해하기도 했다.

"마지막으로 묻겠다." 비의 방 앞에 빛나는 오토바이를 세우고, 안부를 묻기도 전에 다쟝이 어른처럼 물었다. "너와 키엠의 관계가 지금 어떠냐? 너희 둘 결혼할 생각은 있어?"

"생각 있다면? 자네 이 문학 일등상 받은 것으로 부조하려고?"

"농담 아니다. 진짜로 묻는 거야. 너와 키엠은 아직도 사랑하니?"

그 친구 얼굴이 장난이 아닌 것 같아 비가 시인했다.

"나와 그녀 사이는 좋아졌어."

"그러면 결혼해라!" 다쟝이 소형 오토바이를 가리켰다. "내가 저 오토바이 팔아서 너희들 결혼시켜줄게. 결혼은 바로 해야 해! 조상에게 고할 시간 없으면 나중에 용서해달라고 빌어라. 너 우물쭈물하다가는 여자 뺏긴다.

그녀에게 네놈이 유약하고 뭘 많이 바라는 놈으로 생각하게 하지마라."

농담하는 줄 알았는데 바로 그날 오후 다쟝은 정말 오토바이를 끌고 저이 시장으로 가 팔았다. 오토바이를 사는 사람들이 모양이 이러내 저러내 하면서 트집을 잡고, 헌 오토바이를 새로 도색한 것이라고 우겨대 겨우 통일 자전거 두 대 값인 500동을 받았다. 다쟝은 기가 막혔지만 하늘이 내린 선물이니 맛만 봐도 된다고 생각했다. 자신이 3일 밤 만에 끝낸 작품이었다. 따라서 장사꾼들도 조금 먹어야 한다고 생각했다. 돈을 손에 쥐자 다쟝은 몇몇 작가 친구들을 모아 결혼식 준비를 상의했다. 우선은 주산과 한텀뇨가 비를 설득하여 동 마을로 가 리푹 부인과 집안 어른 한 명을 대동하고 빈랑을 갖고 가 바이옌 부인에게 결혼 허락을 청하는 일이었다.

바이옌 부인은 두 손을 들고 환영했다. 하노이 명문가 사람들은 특히 한때 하노이에서 유명했던 사람은 아주 조신하고 엄격할 것이라 생각했는데, 바이옌 부인은 아주 개방적이었고, 생각이 혁명하는 사람들보다 넓었다.

"내가 비를 알아요, 항전 용사고, 시인이며 아무것도 없는 무산계급이지요, 모든 비용은 내가 대겠소, 단지 요즘 거창하게 차리면 사람들이 비를 비판할 거요· 별로 좋아하지도 않겠지요, 새 생활에 맞게 간소하게 합시다."

시간이 많이 흐른 후에, 그 결혼식을 생각할 때면 비는 자신이 키엠의 처녀 시절을 훔친 도둑, 사기꾼, 건달 같았다는 생각이 들었다. 양복도 아오자이도 없었다. 신랑은 하노이를 접수하러 올 때, 처음으로 키엠을 만난 날 입었던 갈색 군복을 입었다. 신부는 길 가던 수많은 청년들의 혼을 빼앗던, 소녀시절에 입었던 긴 팔의 수십 벌의 가지각색의 아오자이가 있었음에도 불구하고, 신랑의 군복에 어울리도록 다른 보통의 아가씨들처럼 검은 바지에 흰 셔츠를 입어야 했다. 신부를 영접하는 행렬도 없었다. 옛날 꾹과 빙의 결혼식처럼 한밤중에 서둘러 치러진 결혼식이었다. 긴장된 정신 교육을 받은 후라 문인들이 얼었을까? 자신의 부득이한 환경 때문에 비가 결혼식을 널리 알리고 싶지 않았을까? 바이엔 부인은 딸이 합법적으로 남편을 얻기만 하면 된다고 생각했을까? 아마도 가족 한 사람 한 사람을 짓누르고 있는 부인 가족의 이력을 드러내고 싶지 않았을지도 모른다. 아니면 큰형인 찌엔탕 러이의 지원이 없었기 때문일까? 이유는 띠엔 떠이의 제안 때문이었다. 키엠과 비는 물론 문인 친구들인 다쟝, 주산, 한텀뇨 모두 빙전출판사 사장 띠엔 떠이의 제안을 받아들였다. 그것은 출판사 주최로 새 생활에 맞는 정식 결혼식을 올리는 것이었다. 양가 친척들과 신랑 신부의 친구들 그리고 관리들을 회관으로 초대해서 있으면 있는 대로 없으면 없는 대로 사탕 먹고, 담배 피우고, 차 마시고, 노래 몇 곡 부른 다음 그들의 정식 혼인을 인정해주는 것이었다.

결혼식 후, 바이엔 부인은 푹화 양장점 2층의 방 한 칸을 비 부부에게 내주었다.

젊은 부부의 밀월기간은 마치 천국 같았다. 비가 하노이 중심부에 편의시설을 갖춘 화려한 방에서 살아보기란 처음 있는 일이었다. 이제부터 그는 영원히 키엠과 함께할 것이다. 그 기간 동안 신기하게도 하노이는 장마가 들었다. 두 사람은 실오라기 하나 걸치지 않고 담요 위에 누워서 서로에게 녹아들었고, 다시 나란히 드러누워 조용히 기왓장에 떨어지는 빗소리와 집 앞 열대 아몬드 나무에 부딪히는 바람 소리를 들었다. 낮인지 밤인지 점심때인지 오후인지 알 필요도 없었다. 일주일 내내 그 두 원앙새는 방 안에만 있었다. 식사 때가 되어 바이엔 부인이 불러도 일어나지 않았다. 키엠은 여자가 그러면 안 된다는 것을 알았다. 그렇지만 그녀는 엄마가 자신의 딸이 처음으로 엄마의 말을 듣지 않는다는 것을 알고도 매우 기뻐한다는 것도 알았다.

밀월의 주말에 다쟝이 갑자기 손에 잡지를 흔들며 놀란 표정으로 찾아왔다.

"도둑 결혼한 놈 이제 죄가 없어졌다! 법원에서 관용을 베풀었는데."

어쩔 줄 몰라서 키엠은 방구석으로 가서 머리를 빗기 시작했다. 비는 단추를 잘못 끼울 정도로 서둘렀다.

"무슨 일인데 썬남 촌놈이 호들갑이냐?" 비가 말하는 순간 친구의 검은 얼굴에 활짝 핀 웃음을 보았다.

"아이고! 이 녀석 장가가더니 세상이 어떻게 돌아가는지 모르는구먼. 내 미스 다오찡 키엠이 미인계를 써서 재능 있는 시인을 바보로 만들었다고 고발해야 되겠구나. 허허, 전국이 반혁명분자가 잘못을 회개하고 바로 돌아와서 쓴 「동네 대나무 숲 뒤」라는 수필로 떠들썩한데 이 집 부부는 아무렇지도 않게 생각하나 봐…. 여기, 『문장』 잡지야. 읽어 보시게."

다쟝의 활기찬 분위기에 키엠과 비는 활짝 웃었다. 키엠은 잡지의 첫머리에 잘 인쇄된 남편의 글과 응웬끼 비라는 이름을 보고 밀려오는 행복감에 얼굴이 환해졌다.

***

전 문인들의 현장 체험은 사상문화 전선의 대작전과 다를 바 없었다.

그것은 광범위한 정신교육으로, 개인주의, 자본가 사상, 수정주의 경향을 뿌리째 제거하고, 프롤레타리아와 계급의식 그리고 혁명의 의지를 머릿속에 채워 넣어야 한다는 것이었다.

다쟝의 「땅속의 불」과 같은, 그리고 여러 작가와 시인들의 뛰어난 단편과 수필, 시가 노동자와 농민 그리고 병사들과 함께한 현지에서의 생산 전투를 통해 완성되었다.

비는 홍이옌 성 푸끄에 있는 새로 설립된 농업합작사에서 3개월 동안 먹고 자면서 「동네 대나무 숲 뒤」라는 작품을 썼다. 이 글을 신문에 실을 생각은 전혀 하지 않았다. 단지 직접 거둔 소중한 것이라고 생각했다. 순박하고 어진 농민들과 같이 먹고, 같이 자고, 같이 일한 날들과 그들의 운명에 공감하면서 힘들고 고된 결정체인 밥그릇과 땀 앞에서 지식인의 회한을 얘기한 것이었다. 개인적인 수확의 성격을 띤 것이었는데, 의도하지 않은 일이었는지, 그 반대였는지는 모르지만 각급 지도자들 손에 전해졌다. 뜨부옹 동지가 직접 비의 개인적 수확물을 읽었다. 그가 어떤 자료나 글을 그렇게 오래, 그리고 여러 번 읽은 적은 드물었다. 신중하게 그리고 객관성을 유지하며 글을 읽은 다음, 그는 찌엔탕 러이를 사무실로 불러 말했다.

"나는 비가 이런 글을 쓸 줄은 생각지도 못했네. 깊이가 있으면서도 계급의식이 투철해. 수필의 실제적인 생동감과 더불어 단편 소설적인 냄새도 있어. 자네가 읽어보고 나에게 정치적인 견해를 말해주게."

"예, 저도 읽었습니다. 저희 위원회 사람들이 형님께 보고하여 형님의 지도 의견을 받는 것이 좋다고…."

뜨부옹 동지가 러이를 흘겨보고는 시니컬하게 웃었다.

"자네들 아주 영리해! 공을 나에게 보내서 내가 책임지도록 하겠다는 것이지…. 안심하고 내 말을 듣게. 자네 동생이 이제 두려움을 알기 시작했다는 것이야 글을 읽어보면 바로 알 수 있어. 이번 현장 체험은 금인지 놋쇠인지를 가리는 시험대야. 인문운동이 진짜인지 가짜인지는 바로 알 수 있지. 마오쩌둥 주석이 '우리와 같이 가지 않는 놈은 우리의 적이다'라고 말했지. 응웬끼 비는 여전히 우리와 같이 가고 있어. 그가 넘어지면 우리가 부축해야지. 진정한 공산주의자는 작은 일로 원수를 갚으면 안 돼. 비는 재능 있는 녀석이지. 재능 있는 한 장군은 수천 명의 병사와 같지. 비를 사용하는 것은 인문가품 운동 무리들의 입을 막는 일일세."

"예, 형님이야말로 문화계의 제나라 재상 맹상군입니다."

"자네 나에게 아첨하는구먼. 맹상군은 돈이 있어야 해. 문인들을 먹여 살려야지. 나는 단지 사상을 지도할 머리만 있지. 혁명이 임무를 주면 나는 최선을 다할 뿐이네….”

뜨부옹 동지가 볼펜을 손에 쥐고 쉼표 하나하나를 자세히 들여다보다가 신중하게 두 줄을 삭제하고, 물음표 하나를 지운 다음 「동네 대나무 숲 뒤」 가장자리에 “『문장』 잡지 귀중, 이 글을 ‘현장 체험 후 작가들의 수확’ 란에 우선적으로 게재하기 바람. 편집장은 작가 이름을 응웬끼 비로 인쇄하는 것을 기억하기 바람. 뜨부옹.”이라고 적었다.

“이 글을 인쇄하는 것은 아주 의미 있는 일일세. 자네 비서를 시켜서 『문장』 잡지에 즉시 보내도록 하게.”

상급자의 평가가 쓰여 있는 글을 손에 쥔 러이의 손이 벌벌 떨고 있었다. 대충 읽은 다음 주저하며 물었다.

“예, 형님 말씀은 이제부터 비가 자신의 이름으로 출판할 수 있다는 것인지요?”

뜨부옹 동지가 눈썹을 찡그리며 손으로 책상을 쳤다.

“이번 글만이야! 아직도 더 시험해봐야 돼. 각 신문사와 출판사에게 비의 작품을 사용할 때는 내 의견이 있어야 된다고 알려주게. 그의 삶은 아직도 길어. 동그란 대리석처럼 갈아야지 않겠나?”

이로써 2년 가까이 문단에서 사라진 응웬끼 비의 이름이 뜨부옹 동지 덕에 『문장』 잡지에 정중하게 출현하게 되었다.

제11장 장대의 꼭대기

비와 키엠의 첫딸이 돌이 되었을 때 하노이와 북부 베트남의 큰 도시에서 자본가 개조운동과 공사합영 및 수공예와 서비스 합작사, 조합설립 운동이 시작되었다. 농민들에 대한 토지개혁 운동 때의 경험이 있어 이번에는 민족 자본가와 소상공인은 많이 고발되지 않았다. 재산과 착취 임금을 자진 신고하게 하고, 민중들의 고발 그리고 동과 통 간부들, 재정, 세무 담당자들이 지역 상황을 잘 파악하고 있었기 때문에 개조위원회의 활동은 아주 효과적인 것처럼 보였다.

토지개혁을 쇠주먹에 비유한다면 이번의 자본가 개조는 흙 주먹이었다. 아마도 베트남 민족 자본가들은 대부분 농촌 출신이었기 때문일 것이다. 그들은 농민의 뿌리와 끈을 대고 있었고, 악덕지주의 자손들이 많았다. 그래서 그들이 쇠주먹을 직접 맞지는 않았지만 죽을 만큼 아팠고, 늙어버릴 만큼 무서워했다. 그들은 게가 개구리를 만난 듯, 약을 친 바퀴벌레 같았고,

몰래 숨어서 벌벌 떨었고, 소리치기도 전에 오줌을 쌌으며, 묻기도 전에 실토했다. 고소를 당하거나 감금을 피할 수 없다고 느낀 겁 많은 사람들이 서둘러 재산을 분산시키고, 물건을 팔아 돈을 허리에 차고 고향으로 가서 기회를 엿보거나 처자를 데리고 산악지역으로 갔다.

아주 드물게 재산 분배로 집안에 다툼이 있어 당황한 사람이나 일생 동안 모아둔 엄청난 재산을 숨겼다가 들통 난 사람이 쥐약을 먹고 자살하기도 했다. 그것은 아주 특별한 경우였다. 대부분 자본가들은 개혁에 협조하여 오히려 칭찬을 받는 일이 벌어졌다. 쩡반보, 도딩 티엔, 응웬 썬하 등과 같은 대자본가들이 수천 냥에 이르는 금을 전부 혁명에 바쳤고, 끄 조아잉, 끄팟, 끄록, 밍득, 반넛 등과 같은 많은 자본가들 역시 자원하여 재산의 일부를 희사하고, 공사합영에 참여하였다.

덧비엣 사립학교 주임인 판티 하이이엔 부인과 오빠인 판꾸엔 교장도 모두 민족 자본가로 분류되어 한 달 동안 출퇴근하며 재교육을 받았다. 정부의 관용정책과 스스로 개혁 취지를 깨달아 자발적으로 학교나 상점, 집을 국가에 헌납했기 때문에 재교육 캠프에도 가지 않았고 성부와 잘 협력한 진보적 자본가로 칭송을 받았다.

바이엔 부인은 딸과 사위에게 처가와 떨어진 적당한 살림집을 마련해주기 위해 국가에 재산 양도를 신고하기 전 집 한 채를 숨겨두었다. 후에 거리 중간쯤에 있는 2층으로, 전에 끼랑 씨 집의 천을 보관하던 창고였다. 1954년 남쪽으로 내려가기 전 끼랑 씨가 바이엔 부인에게 집문서를 넘겨주며 차후에 다오찡 키엠이 시집을 가게 되면 예물로 사용하라고 준 집이었다. 동향 친척인 트억 씨 부부가 하노이 수복 후 돌아왔지만 집을 얻을 돈이 없는 것을 알고 불쌍히 여겨 키엠이 결혼할 때까지 그들 부부를 살게 했다. 트억 씨 부부와 6명의 아이들이 2층에 살았고, 아래층은 40평방미터쯤 되었는데, 안쪽을 막아 부엌을 만들고 바깥쪽은 부인이 잡화를 팔았고,

남편은 이발소를 열었다.

응웻은 트억 씨의 큰딸로, 지역 세무담당 간부인 사잉이 빙전출판사 출납담당 직원으로 추천했다. 공사합영으로 전환해야 한다는 소식을 듣고 응웻의 부모는 그녀를 설득하여 사잉과 결혼하도록 했다. 가족이 사위에게 의지하려고 했던 것이다. 사잉은 농촌에서 태어났지만 뿌리가 어디인지는 분명치 않았다. 1945년 기근 때 부모가 모두 사망하고 홀로 하노이로 왔다. 머슴살이도 했고, 일용직으로 일할 때 머 시장에서 물건을 나르는 사람들을 많이 알았다. 어떤 방법이었는지는 모르지만 하노이 수복 후 사잉은 적 후방에서 비밀활동을 하는 시내 보안대에 참여했다는 증명서를 얻었다. 그것으로 사잉은 핵심 간부가 되었고 바로 취직했다. 바이엔 부인이 키엠 부부에게 그 집을 주려 한다는 소식을 듣자 사잉은 트억 씨와 상의하여 한편으로는 그 집을 합법화할 방법을 찾고, 다른 한편으로는 거리를 돌아다 니며 이발을 하는 두 사람을 데려다 자리를 빌려주고 정식으로 "붉은 기 이발 조합"이라는 간판을 건 다음 합작사 설립신청서를 제출했다.

바이엔 부인은 키엠 부부에게 그 집을 물려주기 위해 집문서를 들고 여러 번 트억 씨를 찾아갔다. 트억 부부는 본래 착한 사람이었다. 어질고 솔직했으며 얼굴을 붉히지도 않았다. 단지 계속 약속을 어겼다.

"아주머니, 저희들이 준비할 수 있게 시간을 좀 주세요. 지금 쫓아낸다면 저희 부부와 아이들 그리고 응웻과 사잉 부부 모두 아홉 명이 어디로 가야 할지 모르겠습니다. 아니면 저희들이 계속 임차하도록 계약을 하든지요. 가격이 얼마든 말씀하십시오. 저희들이 매달 꼬박꼬박 지불하겠습니다."

"방이 남는 곳이 있다면 내가 돌려 달라 하지도 않지요." 바이엔 부인은 마치 구걸하듯 고개를 굽실거렸다. "우리도 학교와 상점을 모두 국가에 헌납했어요. 푹화 양장점만 남았지요. 키엠 부부 살림살이 할 곳이 필요해요. 아이들과 함께 다른 집을 알아보시지요. 내가 첫 달 임차료를 도와줄게요…"

저들로부터 집을 돌려받기 위해 돈을 쓸 각오를 했지만 여전히 끝이 없었다. 그러다가 "붉은 깃발 이발소 조합" 간판이 걸리면서 바이옌 부인의 집을 되찾겠다는 의도는 완전히 꺼져버렸다.

트억 씨 부부의 귀한 사위인 사잉이 나머지 시나리오를 완성했다.

"우리 장인장모께서 오랫동안 법을 잘 모르셨기 때문에 아주머니께 자세한 말씀을 드리지 못했습니다." 사잉이 바이옌 부인에게 말했다. "첫째 이 집은 아주머니의 소유가 아니라 끼랑 씨의 집입니다. 끼랑은 미국과 지엠을 따라 남쪽에 가서 우리에게 말도 꺼내기 싫은 많은 죄악을 저지르고 있습니다. 법에 따르면 남쪽으로 이주한 분자들의 모든 재산은 인민에 속한 것입니다. 우리 장인장모가 이 집 소유권을 접수했습니다. 둘째 아주머니 밖에 걸린 간판을 보셨습니까? 이발 합작사 사원들이 인민들에게 서비스하는 것 보셨지요? 그것은 우리 가족이 사영 자본가 상공업 개혁 노선을 적극적으로 집행하고 있으며, 자원하여 열심히 사회주의로 가는 집단경제에 참가하고 있다는 증거입니다. 오직 미국과 지엠의 끄나풀들만이 감히 저 붉은 깃발 조합을 없애려고 할 것입니다. 즉, 오늘의 조국 선설과 자본가 개혁사업을 공개적으로 파괴하려 한다는 것입니다…."

바이옌 부인은 온몸이 얼어붙는 것 같았지만 이마에 땀이 맺혔다.

"그렇게 말하지 마세요…."

"좀 더 얘기하겠습니다." 사잉이 손짓을 했다. "세 번째는 아주머니 사위가 누군지 아십니까? 인문가품 운동에다가 수정주의자를 겸하고 있는 인물로 아직 처벌 받지 않은 사람이지요. 내 아내 응옛이 비와 같은 출판사에서 근무하고 있는데 내가 무엇을 모르겠습니까? 지금까지도 시인 응웬끼 비는 절필 상태지요. 진정으로 회개하지 않는다면 영원히 글을 쓸 수도 없을 겁니다. 매일 그의 일거수일투족과 누구를 만나고 그들과 어떤 관계인지 군인들이 주시하고 있다는 걸 아셔야 해요. 어디를 가고 누구를 만나고 무슨 일을 하는지 모두 수첩에 기록하고 있어요. 지금 우리가 초대한다고 해도 비와 키엠 아가씨는 감히 이 집에 올 수 없습니다. 누가 허가합니까? 누가 감히 저 간판을 내릴 수 있느냐 말입니다. 무산 전제정권이 온 세상에 다 깔렸는데 민족의 배반자들이 어찌 감히 빠져나갈 수 있나요?"

사잉의 나무를 흔들어 원숭이를 위협하는 놀이는 바이옌 부인의 혼을 빠지게 했다. 그러나 사잉은 거기에서 멈추지 않았다. 그는 끝까지 몰아붙였다. 사잉은 바이옌 부인이 남쪽에 있는 끼랑 씨와 몰래 연락하면서 솔직하게 재산을 신고하지 않고 고의로 숨겼다고 상공업 개혁위원회에 고발장을 보냈다.

사잉의 고발장은 당연히 효과가 있었다. 푹화 양장점을 징발해서 합영회사를 만들었다. 바이옌 부인과 키엠 부부 그리고 어린 딸은 2층으로 밀려났다. 세 달 후 너무 무리했다고 느꼈는지 정부에서 이제 티엔꽝 초등학교로 이름을 바꾼 덧비엣 사립학교 옥탑방을 내줘 숨이나마 쉴 수 있었다. 바이옌 부인이 제5국영상점으로 바뀐 푹화 양장점 2층을 외손녀와 키엠 부부에게 내주었고, 자신은 아들 판 카잉 그리고 키엠의 늙은 고모와 함께 옛 학교의 옥탑방으로 옮겼다.

***

자본가 개혁사업은 빛나는 성공을 거두었다. 하노이에는 여전히 가난한 사람이 많았지만 부자도 남아있지 않았다. 수많은 단출한 가정들, 말 그대로 도시 무산계급이 차례로 차에 올라 산악지역으로 가 개간을 하며 신경제 구역을 건설했다. 그들과 같이 간 돌격대에는 수도에 살던 젊은 지식인들이 많았다. 막 교사로 임용된 선생님들, 대학생들, 고등학생들로 일자리를 찾지 못한 사람들이었다. 1950년대 후반 하노이 인구는 약 40만 명으로 날로 인구가 줄어들고 있었고 거리에는 빛바랜 지붕이 침묵하고 있었다. 파란색의 노동자 복장과 갈색의 군복이 시내 색깔의 전부였다.

북 베트남 전체가 위대한 대규모 공산주의 건설 현장이었다. 다이풍, 주엔하이, 바넛, 박리에서 벌인 대규모 건설 사업은 사람들에게 기쁨을 주었다. 가난하고 고생스럽기는 했지만 차별은 없었다. 누구나 같이, 또는 거의 비슷하게 고생했기 때문에 사람들은 자신이 고생한다고 생각하지 않았다. 물질적인 차별이 적은 데다가 정신적으로도 질서와 기강의 틀 속에서 단단히 통제되어 있었다. 다툼, 사기, 공무원의 횡포, 권력 남용, 뇌물, 매춘, 소매치기 등은 거의 없었다. 가식적인 도덕의 습관도 이 땅에는 없었다. 농촌의 식사는 옥수수나 감자를 섞었고, 도시 역시 매달 13킬로그램의 상한 쌀에 옥수수나 카사바를 섞어 먹었다. 농촌에는 식량 배급표가 없었지만 닭과 오리를 기를 수 있었고, 게나 조개를 잡을 수 있었다. 새우에 박속을 넣어 국을 끓였다. 국을 끓여내면 사내들은 아내에게 감사를 표시하고 칭찬했다. 노동자와 공무원 가정의 식사도 두부, 간장에 삶은 자우무옹, 얇게 만든 달걀 프라이에다가 시초에 절인 까 정도만 있으면 누구나 아주 만족했다.

수년 동안의 빈곤과 전쟁을 치른 후인 1960년대 초 몇 년 동안은 귀중한 평화의 날들이었고, 정말 천당 같았다. 베트남의 대시인 또히우는 이 시기를 시로 적었다.

안녕, 장대의 꼭대기에 있는 1961년
이곳에 서서 사방을 바라본다
천년의 과거를 회상하고, 미래를 바라본다
북쪽을 보고, 남쪽을 보고, 지구를 바라본다…

그 당시 비의 조그만 가정 역시 천당 같았다. 딸 찡 마이는 엄마를 닮아서 집안을 밝히는 활짝 핀 꽃이었다. 키엠은 초등학교 선생님이 되어, 얼마 전만 해도 어머니의 학교였던 곳에서 아이들을 가르쳤다.

비는 빙전출판사 사장 띠엔 떠이의 이름으로 시와 소설 등을 창작하는 일 외에도 히우 히에우라는 필명으로 신문에 글을 써서 집안 살림에 보탤 돈을 벌었다. 또 출판사의 책을 번역하는 일도 맡았다. 레꿔돈 문학그룹과 공동으로 소설과 발레리, 보들레르, 푸시킨의 시를 번역했다. 또 니체, 사르트르, 까뮈의 철학서도 번역했다. 자신을 잊고 다른 사람의 이름으로 글을 쓰는 일에 익숙해져 비는 마치 시장에서 장식품을 가공하는 기술자, 보석을 가공하는 기술자나 가구를 만들어 가게에서 파는 목수처럼 글을 쓰고, 번역했다.

이 무렵 비는 철학자 쩐득을 알았고 그의 제자가 됐다. 쩐득은 대철학자로 수년 동안 프랑스에서 유학했는데, 혁명당국이 그를 귀국시켜 항전에 봉사하도록 했다. 쩐득 교수는 인문가품 운동 그룹의 우두머리로 낙인찍혀 번역실로 전보되어 하루 종일 상부에서 요구한 자료를 번역했다. 쩐득 교수를 만나고 나서 비는 비로소 니체의 "혼자 살기 위해서는 동물이나 신이어야 한다. 아리스토텔레스가 그렇게 말했다. 그러나 제3의 경우도 있다. 그것은 짐승이면서도 신인데, 바로 철학자이다."라는 말을 이해했다. 비는 자신이 철학자처럼 혼자서도 살 수 있다는 생각을 여러 번 했다. 잠이 오지 않는 밤, 비는 아내와 아이 몰래 이불을 빠져나와 책상 앞에 홀로 앉아 담배에 불을 붙이고 몇 시간을 조용히 앉아 있었다. 그때 비는 갑자기 자신이 인간 세상을 벗어나 다른 사람이 되었다. 완전하게 혼자였다. 황폐한 응웬끼 비엔, 병영처럼 엄격하고 황량한 동 마을, 아침 일찍 남루한 옷차림의 사람들이 줄지어 서서 이장을 기다리고, 서기를 맡은 여자가 일을 분담시키자 사람들은 징소리와 함께 들판을 나갔다가 영혼 없는 엔진처럼 축 늘어져 집에 돌아온다. 단지 몇 그램의 쌀과 바꿀 점수를 따기 위해서 일을 한다. 그런 모습이 그의 눈앞에 나타났다. 그 인파 속에서 비는 허리를 굽히고 지난달 캐고 남은 파란 줄기에서 손가락만 한 작은 감자를 줍고 있는 어머니와 막내 허우의 모습을 본다. 어머니가 벼를 다 벤 논에서 물이 가슴까지 차오르는 데도 남아 있는 이삭을 낫으로 건져 올리는 모습도 보였다. 또 공동묘지에서 펄럭이는 하얀 소복을 입고 있는 아버지를 보았다. 아버지는 바나나를 거꾸로 심고, 땅을 파고 병풀과 풀솜나물을 캐서 어머니와 허우에게 주면서 "이것은 양식도 되지만 신기한 약초이기도 한데, 옛날 주나라 백이와 숙제가 산속에서 먹던 것이다."라고 말하면서 우는 것처럼 웃었다…. 그리고 미국과 지엠의 악랄한 얼룩무늬 군복을 입고 푸러이 감옥에 있는 죄수들에게 총을 난사하고 있는 셋째 아들 봉의 모습을 본다. 비가 설움이 북받쳐 운다. 흑흑하고 소리를 내며 울었다.

비의 움푹 파인 두 눈에 눈물이 고였다. 비는 책상 위에 있던 시가를 구겨서 쓰레기통에 던지고는 열심히 방금 봤던 것들을 서둘러 적었다. 아마도 비는 소설을 써야 할 것 같았다. 소설이라야 작가의 사상을 모두 충분히 담을 수 있을 것 같았다. 시는 삶의 비장한 현실을 용납할 힘이 없었다. 시는 그의 친구 한텀뇨가 말한 것처럼 불안하고 위험한 것이다.

비는 키엠이 잠을 자지 않고 있다는 것을 몰랐다. 그녀는 딸을 안고 조용히 남편을 바라보고 있었다. 그녀 역시 며칠 전부터 아픔을 남편에게 감추고 있었다.

조용히 비에게 다가갔는데, 부지중에 그녀는 비가 쓰고 있던 글에 눈물방울을 떨어뜨렸다.

"어! 왜 울어?" 놀라서 비가 몸을 돌려 팔을 뻗어 키엠을 끌어안았다.

"당신 모르게 하려고 했는데…. 그런데 감출 수가 없어요."

"무슨 일인데?"

"동생 카잉이 집을 나간 지 며칠이 되었대요. 어제서야 엄마가 말했어요. 친구를 따라 꽌찌 농장으로 갔다는 얘기도 있고요…."

"어떻게 그런 일이? 나는 카잉이 꺼우져이 극장에서 일하는 것으로 알고 있는데! 현 문화과장 동지가 나에게 약속했었는데…."

"한 주 동안 출근하고는 그만두었대요. 엄마가 물으니 일하기 싫다고 했대요. 월요일 이른 아침에 엄마가 일어나보니 카잉이 없어졌대요. 옷도 다 가져갔고, 이 편지를 남겨놓았대요. 이 편지 좀 보세요."

카잉의 편지는 노트에 쓴 거였다. 10학년에서 가장 뛰어난 우등생의 글씨체였는데, 보통 상장에 쓰여 있는 아름다운 글씨체와 같았다.

존경하는 엄마에게,

극장에서 하는 일은 저에게 아주 잘 맞고 저도 좋아합니다. 제가 스스로 그만둔 것이 아니라 해고당했습니다. 문화 사상과 당의 정책과 노선을 전파하는 임무를 수행하는 곳인데 어찌 자본가 출신이며 아버지와 형제들이 남쪽으로 간 데다 북쪽 고향을 배신한 가족 출신인 저를 받아들일 수 있겠어요. 나쁜 이력 때문에 저는 하노이에서 일자리를 찾기는 어려울 것 같습니다. 그리고 일생 동안 위를 쳐다볼 수도 없을 것입니다. 부모님이 짜게 먹이면 자식이 물을 켤 수밖에 없는 것 아니겠어요.

하노이로부터 멀리, 엄마와 형제들로부터 멀리 떠나 죄를 씻고, 가족의 이력을 깨끗하게 할 것입니다. 저는 고난의 노동이 있다 할지라도 반드시 출세해서 이상을 가진 청년이라는 것을 증명하기로 마음을 정했습니다.

엄마와 매형, 누나, 저에 대해서는 아무 걱정하지 마십시오. 엄마 늘 건강하세요. 엄마 옥상까지 물 긷는 일 그만하세요. 밤에 엄마가 학교로 내려와서 학교 물을 사용하세요. 제가 하잉에게 매일 엄마를 도와주라고 부탁했습니다. 제 새 근무지가 정해지면 즉시 소식을 전하겠습니다.

엄마의 아들
다오판 카잉 올림.

　"카잉 대단해!" 비가 키엠에게 편지를 돌려주면서 강한 목소리로 말했지만 긴 한숨 소리를 숨길 수는 없었다. "잘한 일인 것 같아. 잘 선택한 거야. 농장 생활이 카잉을 성장시킬 거라고 생각해. 만약 꽌찌 농장에 있는 게 맞다면 다음 주 휴가 내고 내가 가서 어떻게 사는지 알아볼게."

***

　비가 꽌찌 농장을 방문할 때 카잉의 애인인 하잉도 동행했다. 하잉은 개성이 강하고 자유분방한 여학생으로, 카잉의 같은 반 친구인 득의 여동생이었다. 하잉은 고등학교 1학년 때부터 오빠 친구에게 푹 빠졌다. 하잉이 먼저 카잉을 공격했다. 영화나 연극을 보러 갈 기회가 생기면 하잉은 오빠에게 표 세 장을 사도록 했고, 언제나 가운데 앉는 것을 피했다. 하잉이 영화를 보고 싶지 않을 때는 한나절 내내 그를 빨아들이기라도 할 듯이 가끔 고개를 돌려 카잉을 바라보기만 한 적도 있었다. 그리고 언제부터였는지 모르지만 하잉이 카잉의 손을 먼저 잡기 시작했다. 카잉은 당황했지만 거절하지 않았고, 그때부터 만나기 시작했다.
　하잉과 서로 사랑하는 사이가 된 뒤로 카잉은 득과 하잉이 프랑스와 9년 항전 시기에 프랑스군이 제5구역 회색 호랑이라고 불렸던 장교 보캉 대령의 자식이라는 걸 알게 됐다.
　"우리 서로 친구로 생각하자. 사랑은 이루어지지 않을 수도 있어." 카잉이 먼저 말했다.
　"왜? 내가 오빠에게 맞지 않는다고?"

"하잉의 아버지와 우리 아버지는 서로 반대편에서 대면하고 있잖아. 고위급 장교의 자식이 자본가 집안에다가 아버지가 남으로 간 집 자식을 받아들이기나 하겠어?"

"그만! 앞으로 오빠는 이 얘기를 다시는 꺼내서는 안 돼. 나는 그레고리 감독의 <41번째 사람>에서 홍군 여전사 마르샤이고, 오빠는 백군 병사로 서로 눈 맞으면 안 되나?" 하잉은 격렬하게 사랑을 쟁취하고, 지키려 했다.

이번 카잉을 방문하면서 하잉은 기쁜 소식을 전하게 됐다. 그녀가 의과대학 입학통지서를 받은 것이다. 6년 뒤에 하잉은 의사가 될 것이다. 그때 카잉이 여전히 농장에서 일하고 싶다고 한다면, 하잉은 자원하여 그곳에서 카잉과 함께 살 생각이었다. 그녀에게 카잉은 사랑과 행복의 수도였다.

두 사람은 옛 푸조 자전거를 타고 가기로 했다. 만약 자동차로 간다면 낌마 터미널에서 다이뜨로 가는 표를 산 다음에 약 20킬로미터를 걸어가야 했다. 버스표를 구하려면 한밤중부터 줄을 서야 했다. 어떤 사람은 전날 밤에 와서 벽돌이나 낡은 삿갓으로 자기 자리를 표시해두었다. 그렇게 공을 들이고 고생을 했지만 자기 차례가 되었을 때는 정작 표가 다 팔리는 경우도 있었다. 다음 날까지 기다리거나 두세 배의 가격으로 암표를 사야 했다.

자전거로 가면 자유롭게 갈 수 있었다. 단지 비는 고생길이었다. 삐쩍 마른 비가 50킬로그램이 넘는 통통한 소녀를 태우고 오르막길을 오를 때는 얼굴이 일그러졌지만 체면상 아무 소리도 할 수 없었다. 50킬로미터에 이르는 여정에 식당이 거의 없었다. 화빙 지역에 도착했지만 여전히 항전 시기와 다를 바 없었다. 식당에서도 오곡으로 만든 각종 쌀국수는 물론 각종 떡, 밀주의 판매가 엄격히 금지되었다. 식량난으로 각 지방은 중앙 정부에 쌀 보급을 요청하고 있었기 때문에 금지 사항도 많았다. 운 좋게도 송꽁 나루터에 이르렀을 때 음식을 파는 노점을 만났다. 노점을 하는 노파는,

비가 생각하기에 1950년부터 이곳에 앉아 있었던 것처럼 보였다. 나뭇잎으로 대충 엮어 그늘막을 치고, 긴 의자를 세 개 놓았는데, 대나무 평상 위에 깨 과자, 담배, 쌈 떡, 삶은 오리알, 녹차가 있었고 바로 위에서 걸어놓은 바나나가 흔들거렸다.

"여기서부터 9년 항전지역인 ATK로 들어가는 것 맞지요, 할머니?" 비가 궐련 담배에 불을 붙여 빨아들였다가 연기를 내뿜으며 하잉과 할머니에게 말했다. "이 근방이 전에 후방지원국 국장 쩐주 쩌우 대령의 유명한 결혼식이 있었던 곳이지. 후에 부정부패 죄로 호찌민 주석이 사형판결문에 서명한 사건인데, 하노이에서 오는 물건은 모두 여기 송꽁 나루를 지나가야 했고, 그 물건들을 빼먹은 거지. 조금만 더 가면 땀다오에 가까운 곳인데, 당시에 쩐주 쩌우가 결혼식을 올린 곳을 알려줄게."

꽌찌 농장으로 가는 길은 비로 하여금 항전의 마지막 두 해에 대한 추억을 불러일으켰다. 깊이 파인 물소 수레바퀴 자국과 언덕을 따라 굽이굽이 구부러진 산길 그리고 계곡 등이 그때나 다르지 않았다. 송꽁 나루는 양쪽 둑에 케이블을 연결해 사공과 손님들이 함께 줄을 당겨 건너는 곳이었다. 강을 건널 때는 고상가옥과 줄줄이 이어진 차밭을 간간히 볼 수 있었다. 땀다오 산은 빙이엔 성과 타이응웬 성의 경계에 누워 있었다. 물길로 서북쪽으로 거꾸로 올라가 대오케의 다이프를 지나 대오제에 이르면 썬즈엉과 바람의 수도라고 불리는 딩화에 이르렀다. 대 프랑스 항전시기의 추억이 어린 이곳을 어찌 잊을 수 있단 말인가? 이곳은 성스러운 땅이 아닌가? 짧은 기간이었지만 <위국> 신문에 근무할 때 비는 결코 일생에서 지울 수 없는 사건들과 만났다. 그것은 비에게 유일하고 위대한 대학과 같은 것이었다. 시집『신의 시대』대부분을 그는 이 전장, 전투 중에, 그리고 참호와 숲속의 고상가옥에서 썼다. 지금 다시 읽어도 당시의 애타는 감정들로 인해 눈물이 맺혔다.

비에게는 또 조 떰다오 산자락 아래에 있던 쪼이 마을에 처음으로 발을 디뎠을 때의 느낌도 깊이 각인되어 있다. 그곳은 또히우, 남까오, 응오 떳또, 응웬훙, 응웬 뚜언, 응웬후이 뜨엉, 응웬 딩티, 또 호아이, 낌런, 부이 수언파이, 반까오 등과 같은 지금도 그렇고 앞으로도 혁명과 항전 문예에서 군림하는 유명한 예술인들의 대본영이었다. 쪼이 마을은 또 문예계의 맏형인 뜨부옹 동지가 살던 곳이었다. 찌엔탕 러이가 비가 온 것을 알리자, 뜨부옹 동지는 직접 만나겠다며 비를 데려올 것을 지시했다. 비는 두려움과 걱정으로 몸을 떨었었다. 운이 좋게도 비가 쪼이 마을에서 만난 첫 번째 사람은 그 어느 핸가 적 후방 지역을 방문했을 때 「삶」이라는 시를 매우 뛰어나다고 찌엔탕 러이에게 평가했던 작가 쩐응웬 씨였다. 쩐응웬 씨는 비를 만난 것을 금을 얻은 것처럼 반겼고, 비를 데리고 다니며 소설가, 시인, 작곡가와 화가들에게 일일이 소개했다.

"여러분, 『신의 시대』 작가가 친히 우리를 찾아왔어요. 갑자기 용이 새우 집을 찾아온 듯, 위인이 보통 사람을 만나러 온 것이 아니겠소!" 쩐응웬 씨는 유치하지만 진심으로 하는 말이었다.

그는 곧바로 비를 같은 또래의 친구처럼 대했고, 비는 놀라서 오히려 떨고 있었다. 비는 신 앞의 신도처럼, 앙모와 숭배의 마음으로 가득찬 광신도처럼 눈물을 글썽였다. 그는 베트남의 유명한 소설가, 시인, 화가들과 한 사람 한 사람씩 악수를 했다. 그 악수는 큰 축복을 받은 자의 떨림이었다. 감히 상대방을 바라볼 수도 없었다.

가장 잊을 수 없는 사건은 뜨부옹 동지를 만난 일이다. 문예인들의 숙소와 근무지로 사용하는 차밭 한 줄을 지나 깨끗한 오솔길로 들어가니 차밭 한가운데에 큰형님의 근무지가 나왔다.

"비 맞지? 아직 어리구나! 어서 와. 비를 한참이나 기다렸구나."

처음 대면하는 말투에서 뜨부옹 동지는 상급자와 하급자 사이의 간격과 어색함을 없앴고, 비는 열등감과 수줍음을 덜 수 있었다.

"예, 보고드립니다. 아저씨께 인사드리러 왔습니다."

"우선 여기서는 아저씨라는 말을 쓰지 말게." 뜨부옹 동지가 면전에서 손뼉을 치면서 말했다. "나를 동지라고 부르게. 우리는 동지야. 둘째, 동지가 여기 온 것은 나를 면회하는 게 아니라 일하러 온 것일세. 동지는 곧 닥칠 민족의 운명을 결정할 대규모 전투를 위해 그리고 항전을 위해 온 힘을 모으고 있는 문예인들의 기세를 반영할 기사를 쓸 책임이 있어…"

한나절 내내 비는 앉아서 뜨부옹 동지의 말을 들었다. 들으면서 전선일기에 한 자도 **빼먹지** 않고 기록했다. 이 자료는 일주일 뒤에 「전투에 글을 보내다」라는 제목의 아주 인상 깊은 르포기사로 <위국> 신문에 실렸다.

"업무를 끝냈으니 이제부터 우리는 문학의 동료라네." 업무를 마치자 뜨부옹 동지가 갑자기 목소리를 바꾸었다. 시중드는 사람이 새로 우려낸 차 주전자와 노란 감 한 접시를 가져왔다. "비엣박에서 맛있기로 소문난 과일이야. 먹어봐."

뜨부옹 동지가 가장 크고 맛있어 보이는 감을 집어 비에게 건넸다. 그러고 나서 벽 뒤에 있는 서랍으로 가 책을 한 권 꺼내왔다.

"최근에 출판한 『바람의 수도』라는 시집일세. 자네 한 번 읽어보게. 시간 있고 불편하지 않다면 평가를 부탁하네…"

비의 심장이 멈출 지경이었다. 그는 급하게 숨을 몰아쉬고 떨면서 첫 장을 넘겼다. 자신의 눈을 믿을 수 없었다. 파커 만년필을 사용해서 진한 파란색 잉크로 "증, 젊은 시인, 친구 응웬끼 비에게, 비엣박 가을에 응오시 리엔"이라고 쓰여 있었다. 이탤릭체로 아주 잘 쓴 글씨체였다.

신동 같은 기억력에다 앙모와 존경으로 충만한 비는 단 일주일 만에 응오시 리엔 시인의 『바람의 수도』 시집에 실린 시를 모두 다 외웠다. 그는 이 시집을 소개하는 글을 <문장> 신문에 기고했다. 당연히 주된 내용은 혁명 시가를 칭송하고 찬양하는 것이었다. 그러나 본성이 아첨을 싫어하는 비였다. 글의 말미에 "유감스럽게도 일부 시에서 독자는 일상 언어에서와 같은 평이함을 볼 수 있고, 넓게 보면 비현실적이고 억지스러움이 있음을 볼 수 있다. 어떤 시는 구호와 같은 느낌도 든다…"고 비판을 분명히 했다.

몇 줄 때문에 그 후 내내 비는 재난을 만났다. 그것은 『바람의 수도』라는 시집에 대한 예술성과 현실성에 대한 논쟁을 촉발하는 데 이용되었고, "예술을 위한 예술" 주의를 신봉하는 자들에게 논쟁거리를 주었으며, 뇌관이 되었다. 응웬끼 비는 응오시 리엔이라는 혁명시인에 감히 대든 최초의 사람이었으며, 전선의 저편에 있는 괴짜 우두머리가 되었다.

그러한 소식은 비가 소련에서 귀국한 뒤 다장이 말해줘 비로소 알게 되었다. 다장은 "자네의 문학생활은 아둔할 정도로 솔직했던 비평의 글 이후로 모두 끝났어. 인문가품 운동이라는 모자를 덮어쓴 사람들과 마찬가지야. 실질적으로 무슨 학술적이거나 문학의 질 때문이 아니야. 단지 대공신의 자리를 감히 부인하고, 쟁탈하려고 감히 호랑이 발톱을 건드렸다는 것이지…"라고 말했다.

이제 옛 성지로 돌아와서 추억을 생각해보니 비는 막연히 슬퍼졌다.

반대로 하잉은 종달새처럼 오르막길에서 이리저리 뛰었다. 모든 것이 그녀에게는 신기하고 새로웠다.

"항전 시기에 문예단이 있었던 곳이 어디예요? 저기 뾰족한 산 아래인가요? 왜 사람들이 꽌찌라고 부르지요? 이름 모를 어떤 관리가 이곳에 왔고, 주민들이 그 사람 이름이 무어냐고 묻다가 이곳 지명을 그렇게 지은 것인가요?"

하잉은 비가 대답할 사이도 없이 물어댔다.

***

꽌찌는 원래 20세기 초 프랑스 사람에 의해서 만들어진 차와 목유동[33] 그리고 피마자를 심는 플랜테이션이었다. 항전 기간 동안 그 플랜테이션은 버려져 있었다. 하노이 수복 후 디엔비엔푸 전선의 주력부대였던 312연대와 중남부 지역에서 월북한 부대가 이곳으로 이동해 농장을 건설했다. 그들은 버려진 차밭에 차를 새로 심고, 수백 헥타르의 사탕수수를 심었으며 암소를 길렀다.

작년 중반에 남부 해방을 준비하기 위해 모든 월북 부대에게 559노선에 참가하도록 하는 긴급 명령이 하달됐다. 그 결원을 보충하기 위해 수도 청년 중대, 주로 다오판 카잉과 같은 세대들, 즉 자원한 10학년을 졸업한 남녀 학생들로, 같은 학교 같은 반 친구들을 꽌찌 농장에 보냈다. 말이 자원이지 실제로 그들은 다른 선택의 길이 없었다. 대부분 이력이 나쁘거나 아버지가 프랑스 정권을 따른 사람 또는 관리를 지낸 자본가로 백성들 위에서 군림하던 봉건 가정 출신, 식민지 당국의 하수인 또는 자본가 혹은 부모형제가 남쪽으로 내려간 사람들이었다. 이력이 복잡하고 그처럼 불신을 받았지만 지식적인 측면에서 본다면 그들은 하노이의 가장 우수한 지식 청년들이라고 할 수 있었다. 대부분 시내 각 학교의 수석 졸업자, 우등생이었다. 출신만 프랑스 식민지 시대의 자본가, 소상공인, 공무원 가정의 자식, 형제들이었다. 그들 중 몇 명은 대학생이었지만 사상에 문제가 있어 블랙리스트에 올라 '현장 체험'을 위해 노동하러 온 사람도 있었다. 다오판 카잉의 친구로 카잉에게 극장을 그만두고 꽌찌 농장으로 가자고 꼬드기는 편지를 써 보냈던 레도안이 이 경우에 속했다. 레도안은 바로 전에 응웬끼 봉의

. .
33. 중국 남부와 동남아 등지에서 자라며 높이가 9~14미터, 흰 꽃이 피고 씨앗에는 기름이 풍부하며 니스나 페인트 등과 같은 도료의 재료로 사용된다.

친구로, 프랑스 군인들로부터 프랑스어를 배웠던 그 아이였다. 레도안은 스스로 공부하여 하노이 종합대학교 문학사학과에 합격했고, 프랑스어를 능수능란하게 구사하는 학생이었다. 레도안은 쩐득 철학교수와 인문가품 운동을 하던 몇몇 시인을 맹신할 정도로 숭배하는 제자였다. 레도안은 판매가 금지된 "사계절"이라는 인쇄물을 숨기고 있다가 발각되어 정학처분을 받았다. 그리고 수도 자원 청년대회가 있다는 소식을 듣고, 이름을 등록하고 농장으로 갔다.

삽이나 곡괭이를 잡아본 적도 없었고, 논밭에서 일을 해본 적도 없었고, 숲속에서 자본 적도 없었고, 이 어린 도시 청년들은 주로 아스팔트길만 밟고 다녔던 친구들이라 농장의 짐이었다. 어떤 청년은 곡괭이를 잡은 지 3일 만에 손에 물집이 잡히고 피가 났다. 어떤 여학생은 발에 물집이 잡혀 업고 다녀야 했다. 병이 나고 밥을 못 먹는 사람도 있었고, 밤에 몰래 하노이로 도망치는 사람도 있었다. 어떤 친구는 숲속에서 이틀이나 길을 잃고 헤맨 적도 있었다. 그러나 그들은 그곳에 머물기로 결심했다. 지식인으로서의 기질과 젊은 청년의 의지력으로 그들은 스스로를 일으켜 세웠다. 그들은 점점 노동에 익숙해져갔고 심지어 제대한 군인들보다 더 열심히 일을 했다. 그들은 산을 밀어 바다를 메우는 기세로 농장에 새로운 바람을 불러일으켰다.

시인 응웬끼 비와 하노이 공업고등학교를 졸업한 보투 하잉이 농장을 방문한다는 소식에 농장 전체가 달아올랐다. 다들 귀신들린 것 같았다는 말을 쉽게 이해할 만했다. 312연대 병사들은 비의 시를 읽었고, 비에 대해 알고 있는 사람이 많았다. 특히 하노이 돌격 청년대는 비의 시 하나쯤 못 외우는 사람이 없을 정도였다. 응웬끼 비는 그들에게 여전히 우상이었다.

다오판 카잉이 가장 행복하고 소원을 푼 사람이었다. 동료들 몇 명과 차밭에서 나무뿌리를 캐고 있을 때 레도안이 달려와 소리쳤다.

"카잉! 빨리 와, 너 수배령이 내렸다!"

"도안 동지, 상급자처럼 말하네!" 카잉이 정색을 하면서 도안의 '수배령' 이라는 말 때문에 어리둥절한 눈빛을 하고 있었다.

"시간 없어, 빨리 말해! 너 상급자 중에 보투 하잉이라는 사람 있어?"

"왜? 하잉이 어쨌는데?" 카잉이 놀라서 물었다.

도안은 더 장난을 치려다가 카잉의 상기된 얼굴을 보고 안타까운 생각이 들었다.

"야, 빨리 가서 여자 치맛자락이나 잡아라. 그녀와 네 매형, 시인 응웬끼 비가 하노이에서 찾아와 너 결혼시킨다고 하더라."

도안의 다음 말을 기다릴 필요도 없이 카잉은 차밭 도랑을 뛰어넘어 정신없이 농장 사무실로 달려갔다.

전혀 예상치 못한 하잉의 출현이었다. 그녀는 너무나 아름다웠다. 카잉은 믿을 수 없어 눈이 튀어나올 지경이었다. 그들은 꿈을 꾸듯 서로 바라보다가 영화에서처럼 서로에게 달려들어 껴안았다.

온 사방에서 환호소리와 박수소리가 울려 퍼졌다.

"키스해! 키스해!"

"우리 앞에서 키스를 보여줘, 카잉!"

누군가 재빨리 기타를 가져다가 반주를 넣었다. 그리고 순식간에 이 연인 주변을 둘러싸고 합창을 시작했다.

소련 사람들이 꽃밭에서 즐겁게 노래 부른다.

즐거운 노랫소리가 꽃밭에 퍼져간다…

***

응웬끼 비 시인이 농장을 방문했다는 소식이 불과 몇 시간 만에 가장 인적이 드문 곳까지 퍼졌다. 해가 땀다오 산 뒤로 모습을 감춘 늦은 오후 각 생산조들이 농장 본부로 몰려들었다.

비가 312연대의 정치 중대장이었던 농장 사장에게 주저하며 말했다.

"사람들이 너무 많이 모였는데, 괜찮겠습니까? 나는 지금 불량분자에 오른 사람인데요. 행정기관에 보고할 필요가 없을지…."

"안심해!" 사장이 궐련 담배를 볼이 쏙 들어갈 정도로 빨았다가 연기를 강하게 내품으며 말했다. "행정기관이 우린데 누가 더 있어? 사람들이 이렇게 몰려드는 일이 쉬운 일이 아니지. 응웬끼 비라는 유명한 시인이라서 이렇게 사람들을 끌어들일 수 있는 거야."

과연 대다수의 병사들은 비가 만났던 사람들이었고, 그의 시에서 감흥의 원천이었으며, 전선에서 그가 기록했던 인물들이었다.

"『신의 시대』 응웬끼 비가 맞지? 나야, 룽로에 있던 DKZ 포대에 근무하던 나 말이야."

생각이 났다. 꽝락이라는 특이한 이름을 가진 대대 정치위원을 했던 자였다. 그가 수화기에 대고 전화기를 부술 듯이 소리쳤었다. "동지는 누구냐", "납니다!", "제대로 대답해라! 동지 지금 꽝락이라는 정치위원과 통화하는 것을 아나?", "정치위원님께 보고합니다. 나란 말입니다. 지금 정확히 대답하고 있어요. 저는 응웬 반따오입니다…"라고 통화하던 것을 기억하고 있었다.

"야, 내가 자네 비를 알아봤지. 내가 자네를 업어서 티어 계곡을 건네주었잖아."

"어떻게 잊을 수 있겠어요. 레비우 맞죠? 전군을 먹여 살린 사람…"

"맞아! 잊었으면 엄한 벌을 주려고 했는데. 나 이름을 바꿨어. 이제부터는 레부이라고 불러. 비우를 부이로 바꾸었는데, 아주 이상적인 이름이 됐지.

그런데도 우리 부모님은 글을 몰라서 그 생각을 못했던 거야.”

가장 시끌벅적한 사람들은 하노이 자원 청년단의 남녀 청년들이었다. 그들은 비를 몇 겹이나 둘러싸고 서로 자신을 소개하고, 사인을 해달라고 야단이었다.

“저는 궐런 담배 장사하는 집안의 응웬 반늑이라고 합니다. 브어이 고등학교를 졸업했고, 응웬끼 비 시인을 아주 흠모합니다.”

“저는 동수언 시장에서 장사하던 집안의 응웬티 힝입니다. 리트엉 끼엣 고등학교 9학년을 다니다 왔습니다.”

“형님, 키엠 누나와 같은 골목에 사는 아이로, 키엠 누나의 편지를 시인 응웬끼 비에게 전해준 아이를 기억하십니까? 그 아이가 바로 호앙협입니다. 지금 형님 앞에 서 있습니다⋯.”

레도안이 비 앞에 시를 적은 수첩을 꺼내며 말했다.

“저는 형님을 수도 해방군으로 시내에 진입하던 날부터 알았습니다. 제가 항봉 거리 옥상에 서서 축하의 권총을 쏘았지요⋯.”

비는 갑자기 결코 잊을 수 없는 그 신성한 순간이 떠올랐다. 해방군들이 꽃가루가 날리며 행군가가 울려 퍼지는 길 한복판을 행진하고 있었다. 비는 부스스한 머리칼에 마르고 큰 키에 피부가 검은 한 아이가 옥상에 서 있는 것을 주의 깊게 보며 걸었다. 옥상에 서 있는 그 아이를 보고 빅토르 위고의 작품에 나오는 소년 영웅을 연상했었다. 그 아이는 권총을 하늘을 향해 발사하면서 큰 소리로 외쳤다. “수도 해방을 위해 온 영웅들을 환영합니다!”

“그리고 저는 형님이 응웬끼 봉의 친형이라는 것도 알고 있습니다.”

“어, 진짜로 네가 봉을 알아? 지금 그 녀석 어디 있니?”

“저와 봉은 떱깬 식물원 지역에서 살았어요. 봉은 공부를 더 하고 싶어서 친구를 따라 남쪽으로 갔지요. 그 뒤로는 소식이 없습니다⋯” 그리고 도안이 비의 귀에 대고 작은 소리로 말했다. "저는 형님의 「인민의 노래」라는 시를 수첩에 적어 기숙사 학생들에게 돌렸다는 죄로 하노이 종합대학교에서 쫓겨나 이곳에 왔어요."

정말일까? 비의 시를 적어놨다고 학교에서 쫓겨났다는 말이. 비는 그 말을 믿을 수 없었다. 그러나 한참 후, 그와 레도안이 친한 친구가 되었을 때, 바로 자신이 도안의 일생에 굴곡을 만들어낸 사람이라는 것을 완전히 믿게 되었다.

세 개의 횃불을 동시에 켜 환하게 밝았다. 농장 본부의 회관은 사람들로 꽉 차있었다. 사람들이 앞 다투어 자기를 소개하며 기념으로 사인을 해달라고 졸랐고, 최근의 시를 낭송하여 받아 적자고 제안했다.

비는 자신의 수첩에 대해 생각했다. 최근에 창작한 시들과 이 친구들이 좋아할 만한 시들은 모두 그 수첩 속에 들어 있었다. 집에 두고 온 것인가? 송꽁 나루를 건널 때 수첩을 물에 빠뜨린 것인가?

"여러분들께 최근의 시를 읽어드리고 싶은데, 수첩을 잃어버렸습니다. 여러분 제가 기억날 때까지 시간을 좀 주십시오. 지금 여러분에게 가수 보투 하잉을 소개하겠습니다. 그녀가 여러분에게 그녀의 최근 곡들을 불러드릴 겁니다."

농장이 생기고 나서 지금까지 유일무이한 문예 교류가 농장의 지도자들과 수백 명의 농장 직원들이 축제처럼 복도와 회관을 가득 채운 가운데 열렸다. 하잉은 <히엔르엉의 나루>라는 민요를 불렀다. 그녀가 노래를 얼마나 잘 부르는지 청년들이 가사 한 소절 한 소절을 삼키기라도 할 듯 입을 벌리고 듣고 있었다. 더 놀라운 것은 이제야 드러낸 레도안의 시 낭송이었다. 그는 하노이 청년들의 심정과 이상을 정확히 묘사한 「서부로 가다」라는 시를 낭송하기 시작했는데, 여러 사람들이 눈물을 줄줄 흘리게 만들었다.

차가 기우뚱거리며 산을 오른다

첩첩산중 서부로 간다

수도에 살지만 속마음은 사방에 두고

끝없는 갈망으로 큰 꿈을 쌓는다.

시 낭송이 끝나자마자 박수소리가 끊어지지 않았다. 주변을 둘러보니 이 축제의 밤 주인공 다오판 카잉과 보투 하잉이 보이지 않았다. 사탕수수밭, 차밭 그리고 넓은 숲속에서 하늘도 그들을 찾을 수 없었다.

이제 팬들 앞에서 비가 시를 낭송하는 일만 남아 있었다. 그는 청중이 요청한 시인 「신의 시대」, 「하노이의 가을」, 「인민의 노래」를 신들린 듯 읽어 내려갔다. 마지막 시의 낭송이 끝나기도 전에 세 개의 횃불이 갑자기 꺼졌다. 회관 전체에 잠깐 침묵이 감돌았다. 이어 휘파람 소리와 아우성이 들렸다. 욕을 하는 사람도 있었다.

"씨팔, 어떤 새끼가 불을 껐어? 시가 한참 좋은 대목에."

"반동 새끼냐? 횃불을 켜! 마당으로 끌고 가서 불 질러버린다!"

"분위기 깨는 놈 잡아라! 불 끈 놈 바로 감옥에 쳐 넣어라!"

"개새끼, 맘대로 하라고 해! 비, 계속 시를 낭송해…"

여기저기에서 사람들이 떠들고 있었다. 어딘가에서 여자들이 소리치기도 했다. 여기저기에서 성냥불을 켰고, 그 아른거리는 불빛 속에서, 입구 쪽에 서 있는 경찰의 그림자를 볼 수 있었다.

농장 사장의 목소리가 쉬었다.

"죄송합니다…. 동지들과 여러분에게 알립니다. 기술적인 이유로 문예 생활을 이쯤에서 끝내겠습니다. 여러분 돌아가서 쉬십시오, 내일도 들에 나가 일을 계속할 것입니다."

비가 집에 두고 왔거나 송꽁 나루에서 잃어버렸다고 생각한 수첩은 빙전출판사 책상 위에 놓여 있었다. 비가 서둘러 일을 마치고 카잉을 보러 가기 위해 휴가를 신청할 때 결코 몸에서 떨어져서는 안 될 물건인 그 수첩을 책상 위에 두고 잊었던 것이다.

응웻이 책상 위의 수첩을 본 유일한 사람이었다. 응웻이 잘 보관했다가 비에게 돌려줬다면 아무 일도 일어나지 않았을 것이다. 그러나 원래 그를 좋아하고 앙모했던 그녀는 수첩을 집으로 가져가 시 몇 편을 베낀 다음 남편에게 자랑했다.

사잉은 본래 시가에 대해 아는 것이 별로 없었다. 하지만 응웻이 칭찬하는 몇 구절에는 의심이 들었다. 자기 아내를 꼬드겨서 잠을 잘 정도라면 그 친구 분명 문제가 있다고 생각했다.

날개도 없는 수첩이 갑자기 날아갔다.

응웻은 수첩을 찾으려고 오후 내내 온 집안을 뒤졌다. 아무 소득이 없었다.

"수첩을 침대 머리맡에 놓아둔 것이 분명한데, 당신이 어디다 두었어요?" 응웻이 남편에게 물었다.

"내가 봤지. 그런데 읽고 싶지 않았어. 그런 반동시는 쓰레기통에 버리는 것이 상책이지."

"당신 감추지 말고 내놔요. 내일 비가 돌아오면 돌려주어야 해요."

"뭘 돌려줘? 관심도 없고, 알지도 못해!"

"당신 다른 사람을 해치는 장난은 하지 마세요. 그가 깜박한 것을 제가 보관했던 것뿐이에요. 그게 옳은 일 아녜요?"

사잉은 의심에 가득 찬 눈빛으로 아내를 흘겼다. 이 여자 역시 문제가 있어. 시를 좋아한다면 그의 마음도 알아볼 줄 알아야 하는 것 아닌가? 비에 대해 말만 하면 갑자기 바쁘다니.

"내가 찢어서 똥구멍 닦았다. 보잘것없는 수첩이 뭐가 중요하다고."

"당신 농담하는 것 아니죠?" 응웻은 억울해서 목이 멨다. "화장실 가서 봐야겠네요. 시인이 쓴 것이라는 걸 알면서 어떻게 그런…."

응웻은 정말로 화장실을 들여다보았다. 사잉이 시니컬하게 웃었다.

"농담이야. 오직 당신만 시의 가치를 안다고 생각하나? 어서 말해봐. 처음 나는 그게 별것 아닌 보통 수첩이라고 생각했지. 그런데 그것이 아니었어. 아주 위험한 자료였지. 가격이 좀 나가더군…. 갖다 팔았어!"

"어디다 팔았어요? 누구에게? 제가 다시 사올게요." 응웻이 놀라서 말했다.

"가치가 있다고 말하는 것도 거짓은 아니더군. 당신이 무슨 돈이 있어서 그것을 다시 사나?" 사잉이 가까이 다가와 아내의 통통한 배를 쓰다듬었다. "내 작품은 오직 당신 여기에 두었지. 자식을 낳았으면 애들 미래와 살 곳을 마련해주는 것이 당연한 일이지. 바이옌 부인하며 그 자식들이 붉은 깃발 이발소 조합을 없애고, 이 집을 돌려달라는 의도를 버리도록 계속해서 벼랑 끝까지 몰아붙여야 한다는 걸 이해하니? 위층은 틀림없이 장인장모님 소유가 되고, 이 아래층은 몇 년간만 붉은 깃발 이발소 조합 소유로 놔뒀다가 나중에 우리 부부가 이발사들을 몰아낼 방법을 찾으면 우리 것이 되는 거야. 애들 한둘이 더 생기면 이 40평방미터로는 부족하지. 첫걸음부터 계산을 철저히 해야 해. 그래서 지금이 천금 같은 기회지. 미국과 지엠의 하수인인 끼랑 씨 말만 꺼내면 바이옌 부인은 두려워서 바지에 오줌을 지릴 거야. 비의 수첩을 보고 나는 바로 그를 감옥에 처넣어야겠다는 생각이 들었지. 비는 이미 글 때문에 어려움을 겪고 있는데 어찌 저들이 이 집을 돌려달라고 하겠어?"

응웻이 튀어 올랐다.

"아이고! 당신 정말 그렇게 생각해요? 그러면 아주 나쁜 짓이죠. 당신 하늘이 벌 줄 것이란 생각을 안 해요? 어찌하여 제가 제대로 된 애를 낳겠어요?"

"이 시대에 미신은 없어. 변증법적 시각으로 봐야지. 이 기회에 비가 더 이상 고개를 들 수 없도록 해야지. 게다가 조직으로부터 신임도 받을 수 있고. 인문가품 무리를 제거하는 것은 계급투쟁에 기여하는 것이고, 무산계급의 입장을 확고히 하는 일이지…."

"당신 우리 모녀가 덕을 쌓으며 살게 해주세요. 비는 우리 집에 원수진 일이 없어요. 그가 시를 쓰는 것도 아무에게도 해를 끼치지 않아요…. 당신 수첩을 주세요. 제가 그에게 돌려줄게요…."

"내가 지금까지 설명했건만 듣지 않는구나. 뭘 먹었기에 저리 무식하지? 이것은 사적인 원한관계가 아니야. 반동 음모를 발견하고 어떻게 입을 다물고, 어떻게 조직을 속일 수 있나? 당신 마오쩌둥 주석이 '실수로 죽이는 것이 누락시키는 것보다 낫다'고 한 말을 몰라?"

쇳덩이보다 차고 잔인한 이 사람을 어찌 해볼 수 없다는 것을 알게 되자 응웻은 배를 끌어안고 앉아서 울 수밖에 없었다.

사잉이 조용히 말했다.

"나는 지금 당신이 출판사에서 한 자리를 할 수 있도록 계산을 하고 있어. 이 체제에서는 하늘 같은 재능이 있어도, 장군이라 할지라도 당원이 아니면 흙을 먹을 수밖에 없어. 당의 사람이라야 비로소 권력기관에 배치될 수 있고, 지도자가 될 수 있지. 마르크스가 사람을 심어서 모든 것을 가질 수 있었지. 조장이든 부조장이든 모든 것을 휘어 쥔다는 의미지. 당신이 띠엔 떠이로 인해 당에 가입했으니, 이 상황을 이용해서 올라가야지. 기본적인 가정 출신에다가 현재 출판사의 출납을 맡고 있는데, 왜 출판사 부사장

자리를 생각지 않은 거지? 디엔비엔푸 전투에서 자전거로 짐 나르던 띠엔 떠이에 비해 당신이 무엇이 부족해? 그가 장편 시, 운문소설 등의 나부랭이를 썼다고 하는데, 그걸 비가 썼다는 것을 모르는 사람이 누가 있어? 누가 이 사잉을 속일 수 있어? 그놈이 당신이 입당하는 것을 이용해서 당신을 덮치고⋯. 당신 유방을 어떻게 만졌어? 내가 그것을 모를 줄 알았나? 지금은 그놈 죄를 묻어두고 있을 뿐이지. 지금은 비 문제를 먼저 해결하고 나서 처리할 거야. 비의 수첩은 지금 책임 있는 당국자 손에 있지. 당연히 보고할 때, 당신의 공이라고 말했어. 당신은 미래의 부사장으로서 전망이 있는 정치적 눈을 가졌어⋯."

아내에게 일장연설을 하면서, 그는 자신과 반꾸엔의 만남을 생각했다. 지금도 뚜렷한 것은 비의 수첩을 보고 반꾸엔의 두 눈이 갑자기 빛났던 것이었다. "어떻게 동지가 이 귀한 자료를 얻었소?", "예, 제 아내가 비가 책상 위에 둔 것을 가져왔답니다. 그것을 보자 조직에 보고해야 한다는 책임감을 느꼈습니다. 그리고 지난 월말에 의결서를 전달할 때 저를 반갑게 맞아주던 동지가 바로 생각났습니다." 반꾸엔이 수첩 한장 한장을 넘기면서 고개를 계속 끄덕였다. "빙전출판사의 응웻은 나도 알고 있지. 동지 아내가 아주 잘했어. 아주 뛰어나고 날카로운 정치적 안목을 가졌군. 우리가 이 사람에게 특별한 관심을 두겠네. 그리고 동지는 부인에게 비에게는 아무 말도 하지 말라고 당부하게. 어디서 잃어버렸겠지 생각하도록 말이야. 이 일이 드러나면 아주 위험해! 특별히 동지 부부에게 두 가지를 유의하도록 당부하네. 이 자료를 조직에 넘겼다는 말을 절대로 하지 말게. 이것은 조직의 원칙이야. 만약 위반한다면 그 후과는 예측할 수 없는 거지⋯." 사잉은 순간적으로 등골이 오싹함을 느꼈다.

사잉은 응웻에게 말해버린 것을 후회했다. 그녀가 비에게 다 털어놓는다면 떼죽음을 당할 일이었다.

"비의 수첩을 갖고 있는 책임 있는 당국자가 누구라고 당신에게 말할 필요가 있을까?" 사잉이 부드러운 목소리로 바꾸며 응웻을 쓰다듬었다. "필요 없지? 그리고 알 필요도 없어. 지금 당신은 나와 조직을 완전히 믿어야 돼. 우리 부부가 지금 도박을 하고 있는 거야. 단지 당신이 절대 비밀을 지킨다면 백퍼센트 이기는 거지. 당신이 누설한다면 조직은 당신을 그냥두지 않을 거야. 비에게는 아무것도 못 봤고 아는 것도 없다는 식으로 부인하면 돼."

"당신이 저를 비인간적으로 만드네요." 응웻이 울음을 터뜨렸다.

"당신은 정말 사랑스러워." 사잉이 아내의 입술에 키스를 했다. 그러자 아내가 밀쳐냈다. "우리는 지금 인생을 바꿀 기회를 잡은 거야…. 몇 년 뒤에 당신이 그 짐꾼 사장을 넘어설 줄 누가 알겠어?"

제12장 불청객

평화로운 날들이 마치 조랑말 그림자가 창문을 스치듯 짧게 지나갔다.
1964년 8월 5일 미 해군 매독스 호가 베트남 영해를 침범해
통킹 만 사건을 일으켜 미 해군과 공군의 북베트남에 대한 파괴적 전쟁이
시작되었고, 베트남을 궤멸시키려는 전쟁이 전국으로 확대되었다.

북위 17도선 이북에 대한 미 공군의 폭격이 날로 야만적이고 격렬해져갔
다. 동 마을로 들어가는 두 성 사이의 경계에 있는 작은 다리인 타잉암
다리가 파괴되었다. 지도에는 이름도 나와 있지 않은 이 다리가 어찌하여
미 공군의 첫 번째 목표물이 되었는지 알 수 없었다. 역사를 알고 있거나
군사적 지식이 조금 있는 사람들은 지구 저편의 미국인들이 오래전부터
파란 눈을 이 외진 땅에 두고 있었다고 이해했다.

리 왕조, 쩐 왕조, 레 왕조 때부터 이 먼 천 리 길을 지나갔었다. 물길로는
탕롱 성에서 다이 강, 호앙롱 강을 지나 쟌커우 입구를 지나면 턴푸 문에

이르렀고, 순풍을 만나면 곧바로 점성국에 도착할 수 있었다. 다이 강에서 쩌우 강을 돌아서 홍 강으로 들어간 다음에 루옥 강을 가로막으면 바다로 나가는 타이빙 강을 봉쇄할 수 있었다. 육로로는 수도에서 이곳을 지나면 바로 비엔썬에 이르러 전략적 요충지인 땀디엡을 막을 수 있었다. 이곳은 리트엉 끼엣, 리 왕조의 성종, 쩐 왕조의 영종, 레 왕조의 성종 등이 남방 정벌과 대월국의 영토를 넓히려 지나갔던 길이다. 또한 걸출한 영웅, 응웬 후에 왕이 1789년 기유년 봄에 이곳을 통해 신속히 출병하여 20만 명의 청나라 군대를 궤멸시켰었다. 그래서 미 공군이 1번 국도로 나가거나, 뇨꽌과 닝빙으로 우회해서 호찌민 루트로 들어가는 것을 막기 위해 타잉암 다리를 결사적으로 폭파시킨 것이다.

타잉암 다리 옆에는 5일 장이 열리는, 사람들이 많이 몰리는 큰 시장이 있었다. 이른 새벽부터 각처에서 사람들이 줄지어 몰려왔고, 수백 가지의 시골 산물이 팔렸다. 소, 물소, 돼지, 닭 등을 전문적으로 파는 가축시장도 있었다. 가축시장은 디엔 강둑에서 시작해 다리까지 이어졌다.

시골 사람들은 미군 비행기를 처음 봤다. 처음에는 멀리서 시끄러운 소리가 들렸고, 실처럼 길게 꼬리를 무는 하얀 연기를 보았다. 그리고 하늘을 찢는 굉음이 들렸다. 아무도 피할 시간이 없었다. 숨을 곳도 없었다. 눈 깜짝할 사이에 USA라고 새겨진 수십 발의 흉측한 포탄들이 죄 없고 선량한 시골사람들에게 떨어졌다. 하늘을 흔드는 폭발음이 난 뒤에 오렌지색 불길과 검은 연기 속에서 흙과 돌멩이, 사람과 동물의 시체, 야채, 나무 등 여러 물건이 난무하고, 잿더미가 쌓였다. 100명 이상이 죽었고, 수백 명이 병원으로 실려 갔다. 며칠 동안 사체를 찾았지만 많은 사람들이 죽은 가족마저 찾을 수 없었다. 많은 사람들이 검게 그을려 알아볼 수도 없었다. 사체를 수습했지만 팔이나 다리가 없는 경우도 많았다.

그 시장에서의 피해자 중 꾹의 아내인 빙도 있었다.

옛날 메뚜기 빙 여사가 이제 4명의 자식을 두고, 다섯째를 임신하여 배가 불룩한 때였다. 11년간의 결혼생활과 그만큼의 기간 동안을 어머니로서 살아낸 그 시골 여자에게 청춘이라는 것은 거의 없었다. 큰아들 응웬끼 꽁이 채 두 살이 안 되어 둘째 응웬끼 까이를 낳았다. 이 시기는 빙에게 가장 힘든 시기였다. 둘째를 임신한 지 두 달째에 꾹이 팽끼우 띠우 토지개혁 대장의 불알을 자르려 한 죄로 감옥에 갔다. 운 좋게 띠우가 죽지 않았고, 긴급 후송하여 물건을 꿰맸다. 꾹은 적의 하수인이며, 토지개혁을 파괴하려 했고, 혁명 간부를 살해하려 했다는 죄로 2년 징역형을 받았다. 만기 출소할 때 동 마을 사람들은 꾹을 영웅처럼 영접했다. 다들 속으로는 꾹이 불굴의 위엄과 기백을 가진 지조 있는 사람이라고 칭찬했다. 꾹의 전공은 온 성과 현 그리고 각 마을에 퍼졌다. 꾹은 합작사 구성원들이 그를 농업 합작사 관리위원회에 들여보내야 한다고 제의할 정도로 신임을 받았다. 그러나 지방정권은 상부의 뜻을 받들어 생산대의 부조장을 맡도록 했다. 그리고 이 시기에 꾹은 빙에게 아들 하나를 더 선물했고, 응웬끼 까익이라고 이름을 지었다. 그리고 2년 뒤 귀여운 딸 응웬티 주옹이 태어났다. 이 네 명의 자식은 꾹 부부를 물소처럼 일만 하게 만들었다. 그런데도 아들 셋이면 결코 부자가 될 수 없다는 '삼남불부'라는 말이 자꾸 걸려 꾹은 억울하다고 생각했다. 호랑이 네 마리를 만들려면 반드시 한 명을 더 생산해야 했다. 꾹은 꽁, 까이, 까익, 주옹, 덧이라는 다섯 명을 만들어야 한다고 생각했다. 이 다섯 자식의 이름을 합쳐 '토지개혁 사업'이라는 뜻을 생각해냈다.

가장 고생한 사람은 빙이었다. 그녀는 또래보다 열 살은 더 늙어보였다. '여자 나이 삼십이면 늙기 시작한다.'는 옛말이 맞았다. 자식을 기르느라

고생은 했지만 그것을 대신하는 소원을 이룬 여자로서 기쁘고 행복했다. 그것은 자신의 위대한 천직을 완성해가고 있었기 때문이다. 다섯째 아이를 가진 것이다. 매일 아침에 일어나 머리를 묶으면서 그녀는 넓은 가슴과 큰 손에 최고의 만족감과 미친 것 같은 환락 뒤로 풀무처럼 코를 골며 자고 있는 남편을 바라보면 행복했다. 정신없이 잠에 취해 다리를 포개고 누워 있는 세 아들이 아버지의 유전자를 받아 서양 혼혈아처럼 곱슬머리, 큰 코, 깊은 눈에 어떤 것도 먹어치우고 어디서나 잠을 잘 수 있는 것도 행복이었다. 그리고 밖으로 나가 빈랑나무 아래에 있는 항아리에서 바가지로 빗물을 퍼서 입을 헹구고, 양손 가득 물을 퍼서 세수를 하고 나면 한밤중까지도 힘든 일을 할 수 있었다.

이번 뱃속에 있는 아이는 아들이라고 믿고 있었다. 남편은 세 아들로 그만두는 것이 아니었다. 아들 하나를 더 두어 네 호랑이로 만들 작정이었다. 사호불약四虎不弱이라고 하지 않았던가. 그 말이 비에우 선생의 말이든 꾹의 말이든 빙은 그대로 따랐다. 다섯 호랑이든 아홉 호랑이든 빙은 상관없었다. 여러 번, 빙은 자신이 마당에서 병아리 떼를 끌고 다니는 암탉이나 길게 누워 새끼 돼지들에게 젖을 빨리고 있는 암퇘지 같다고 생각했다. 빙은 오직 꾹이 영원히 자신의 남편이기만을 바랐고, 아기를 낳을 수 있을 때까지 꾹에게 아이를 낳아 주리라 생각했다.

출산일이 다가올수록 빙은 더욱 일에 욕심을 냈다. 전날 밤도 한밤중까지 밧줄을 만들었다. 동 마을은 여러 대를 이어오는 전통의 밧줄 마을이었다. 여자들은 낮에는 논에서 일하고 밤에는 실을 만들고 밧줄을 꼬았다. 밧줄 열 짝을 만드는 데 3일 걸렸다. 재료비를 빼고 5전이 남았고, 이 돈으로 2킬로그램의 쌀을 살 수 있었다. 빙의 밧줄은 튼튼하고 마을에서 가장 빼어났다. 세 가닥이 잘 꼬여 있었고, 하얗고 모양이 일정하여 만들자마자 바로 사러 오는 사람이 있었다. 그러나 빙은 타잉암 시장에 가서 팔기를 원했다. 가는 김에 달걀 몇 개, 몽키 바나나, 그리고 전날 밤에 자른 물토란도 팔 생각이었다. 돈을 만들어 천을 사서 남편과 아이들에게 새 옷 한 벌씩을 해주고 나머지는 새우를 사다가 젓갈을 담가 두고두고 먹을 계획이었다. 첫째 꿍이 곧 7학년인데 친구들 앞에 체면을 세울 만한 옷이 있어야 했다. 달랑 셔츠 두 벌로 번갈아 입다보니 어깨 쪽이 헤지고 품이 끼었다.

가잉에 물토란과 밧줄 그리고 몽키 바나나를 가득 싣고 배가 불러 힘들게 기우뚱거리는 것을 보고 꿍은 가슴이 미어질 정도로 안타까웠다. 어찌하여 이 여자는 일 욕심이 많고 한푼 두푼 아끼기만 하는가? 아이를 여럿 낳았지만 그때마다 제대로 된 산후 음식을 먹지도 못했다. 언제나 절약하고, 남편과 아이들을 위해 안 먹고 안 입었다. 어젯밤엔 시장에 가지 말라고 사정했다. 밧줄은 사러 오는 사람에게 팔고, 몽키 바나나는 건강을 생각해서 먹으라고 했었다. 그렇게 물건을 많이 실어 들어 올릴 수도 없는데 어찌 어깨에 멜 수 있겠냐고 말했다.

"첫째에게 좀 도와달라고 하지요." 그 말을 듣고 꿍이 달려가 가잉을 들어주었다.

"좀 무거울 뿐이에요."

빙이 손짓을 하고 무언가 기억났다는 듯 부엌으로 들어가 달걀을 가져다가 밧줄 가운데에 얹었다. 빙이 가잉을 어깨로 올리려고 할 때 꿍이 붙잡았다.

"말했잖아! 그 달걀은 몸 생각해서 먹으라고. 애 가졌을 때는 더 조심해야지. 먹지 않고 무슨 힘으로 자식 돌보고 엄마 노릇하나?"

"아주 그림을 그리고 있네요. 달걀 없어도 애를 낳을 수 있어요. 저기 네 아이들 보세요. 숨 한 번만 쉬면 쑥 나오는데. 토지개혁 때 무슨 달걀이 있고 오리알이 있었어요? 당신 계속 그렇게 생각하세요. 이 달걀이면 쌀 5킬로그램이에요. 달걀과 인삼은 상극이래요. 돈 모아서 당신과 아이들 옷 사주고 싶어요…."

아내의 가늘고 마른 목을 보고 꾹은 피가 끓어올랐다.

"우리는 옷 필요 없어! 벌거벗어도 상관없고 이 달걀은 뱃속 아이에게 줍시다."

꾹이 통에서 달걀을 집어 올렸다. 마침내 빙이 화를 냈다. 그녀가 양팔을 잡고 매달렸다.

부부가 밀고 당기다가 계란 통을 땅에 떨어뜨려서 깨져버렸다.

그 다툼은 비참한 날을 예고하는 것이었다.

***

끄어아오 들판에서 도랑을 넓히는 작업을 하고 있을 때, 제트기 소리를 들었다. 이어서 타잉암 다리 쪽에서 연기가 하늘로 치솟았다. 꾹은 순간 자신의 가슴이 덜컹거리는 소리를 들었다.

들판에서 사람들이 아우성쳤다.

"미국이 포탄을 떨어뜨렸어!"

"프엉딩 병원에 포탄을 떨어뜨렸어!"

"타잉암 다리에도! 아이고! 타잉암 시장에도…. 저러면 마을 사람 다 죽는데…."

꾹은 곡괭이를 도랑에 던지고 들판을 가로질러 정신없이 달렸다. 달걀을 깼을 때부터 꾹은 자신을 책망하고 있었다. 장애를 입은 손을 바른손으로 잡고 자신의 입을 때렸다. 자신은 못된 습관을 고치지 못하고 여전히 그대로였다. 생각하면 할수록 아내가 너무나 불쌍했다. 먹지도 입지도 않은 것은 자기와 아이들 때문이고, 정작 본인은 돌보지 않았던 것이다. 불같은 꾹의 성격 때문에 몇 번이나 아내와 자식들을 고생시켰다. 빙이 죽었을 거라는 소리가 여기저기에서 들렸다.

포탄이 떨어진 후 미군 비행기가 다시 돌아올 수 있다는 것을 전혀 아랑곳하지 않고 각처에서 사람들이 몰려들었다. 근처의 초등학교, 중학교, 고등학교 학생들도 수업을 중지하고 시꺼멓게 몰려왔다. 울음소리와 가족을 찾는 아우성으로 난리였다.

꾹은 옛날에 홍수가 휩쓸고 간 것같이 돌과 흙이 뒤섞여 포탄 연기가 피어오르는 폐허 한가운데에 서 있었다. 장애를 입은 손은 마치 꺼져가는 불길처럼 축 늘어져 있었다. 어느 곳이 잡화를 파는 곳이고 어느 곳이 고기를 파는 곳인지, 그리고 밧줄과 야채를 파는 곳인지 분간할 수 없었다. 틀림없이 빙은 바나나와 야채를 파는 곳에 있을 거라고 생각했다. 아니면 물건을 다 팔고 집으로 갔을 수도 있었다.

"아버지! 우리 집 가잉을 저쪽 대나무밭에서 봤어요." 첫째 꿍이 어디에서 나타났는지 갑자기 꾹에게 달려왔다. 핏기 하나 없는 깨끗한 얼굴이었다.

"어디? 어디야? 엄마 봤나?" 꾹은 벌벌 떨면서 아들의 손을 잡고 대나무밭으로 달려갔다. 대나무는 뿌리째 뽑히고, 부서져 수세미 같았다. 대나무 끝에 하얀 밧줄이 매달려 있는 것이 마치 만장 같았다.

"네 엄마와 동생은…" 꾹이 울먹이며 주변을 둘러보다가 작은 야자나무 꼭대기에서 펄럭이는 빙의 머리칼과 수건을 보고는 갑자기 토했다.

"아이고! 아버지! 엄마! 내 동생…."

첫째 꿍이 소리쳐 울면서 근처의 우물처럼 깊은 포탄 구덩이로 뛰어들었다. 꾹과 주변 사람들도 같이 뛰어들었다. 땅을 조금 헤치자 빙의 시체가 나왔다. 한쪽 팔은 어디로 날아가 버린 것 같았다. 뱃속도 텅 비어 있고 피로 얼룩진 살점만 있었다. 얼굴도 온전하지 않았고, 긴 머리칼과 목 뒷부분은 날아가 버렸다….

사람들이 말리는 것을 뿌리치며 첫째가 굴러가 어머니를 껴안았다.

"엄마! 엄마! 미국 놈들 때문에 엄마와 동생이 이렇게 처참하게 죽다니요!"

소리쳐 울다가 꿍이 갑자기 고개를 들고 위를 쳐다보았다. 눈빛이 하늘을 태울 것 같았다.

"개새끼, 미국 놈, 내가 죽일 거야!"

복수심 때문에 너무 아파하던 꿍이 어머니의 시체 옆에서 기절했다.

빙 역시 제 명대로 살지 못하고 불완전한 죽음을 맞았다. 뱃속에 있던 아이도 날아가 버렸다. 운 나쁜 다른 피해자들 역시 온전치 못한 상태로 죽었다. 민병대와 현의 청년돌격대가 하루 종일 땅을 팠지만 빙의 허리부분과 팔을 찾을 수 없었다. 어머니와 자식을 같은 관 속에 넣어 한쪽 구석에 놔뒀다.

빙의 장례식에는 들판을 가득 메울 정도로 사람들이 몰려왔다. 지방 정권은 이 아픔을 미국에 대한 적개심으로 돌리고자 면 주민 전체를 동원했다. 옛날부터 지금까지 동 마을 장례식에 이렇게 많은 사람이 참석한 경우는 없었다. 상복을 입고 관을 뒤따르는 고만고만한 세 아들과 딸 그리고 남편을 보고 눈물을 흘리지 않는 사람이 없었다. 유일하게 꿍의 막내 동생인 보투하잉만 열일곱 살인데도 불구하고 아무것도 몰랐다. 그 아이는 어머니 푹 여사 옆에 있다가 어떤 때는 조카 주웅에게 달려가 업고 가다가 개구리가 두꺼비를 놓아 주듯이 막내를 내려놓았다. 여전히 발육이 늦어 다섯 살 아이처럼 작았다. 하얀 수건 속에 드러난 허우의 얼굴은 늙고 주름졌으며, 가끔 고개를 들어 하늘을 쳐다보다가 찡그리며 웃었다.

매장 직전에 한 무리의 사람들이 들판으로 정신없이 달려오고 있었다. 앞에 선 사람은 키가 크고 마른 비였고, 뒤에는 키엠 모녀와 형수 라 모자였다. 라의 아들 찌엔 뚱녓은 새장을 나온 새처럼 고향을 찾았고, 머리에 화환을 이고 앞으로 달려왔다. 비의 딸 마이도 어머니의 등에서 미끄러져 내려와 달리면서 사촌 오빠를 불러댔다.

어젯밤 9시 라디오 뉴스를 듣고, 비 부부는 미국이 시장에, 그것도 사람들로 가장 붐비는 시간에 타잉암 다리를 폭격했다는 소식을 알게 됐다. 부부는 밤새 잠을 이루지 못했다. 동 마을은 타잉암 다리에서 직선거리로 불과 2킬로미터였다. 어쩌면 장례식이 있을지 모른다는 생각을 했다. 과연 아침에 전보가 왔다. 그리고 라 모자가 자동차를 타고 와서 빙 숙모가 포탄을 맞았다고 말했다.

차가 타잉암 다리를 건널 수 없어 20킬로미터 정도를 다른 길로 돌아 마을에 도착했다. 도중에 사람들이 서서 길을 막고 있었다. 비는 포탄이 투하된 지역이 병원까지 이어졌다는 것을 알았다. 타잉암 다리로 통하는 강둑길은 비에게 어린 시절부터 매우 익숙한 길이었다. 비와 같은 반 친구들은 여러 번 다오 강에서 흘러온 물이 디엔 강과 합류하는 지점인 배수탑까지가 홍수 때에 수문을 통해 거품을 일으키며 쏟아지는 물줄기를 바라보았다. 뱃속의 아이와 선량한 주민들이 무슨 죄가 있단 말인가? 전에 프랑스 전폭기가 디엔비엔푸로 들어가는 길목인 꼬노이에서 폭탄을 투하하여 백여 명의 민간인을 살해했던 모습이 다시 나타났다. 그 당시 비는 최초로 현장에 도착한 종군기자들 중 한 명이었다. 사방에 흙과 돌멩이가 널브러져 있고, 나무는 쓰러져 있고, 시체 썩는 냄새가 올라왔다. 시체 냄새는 어디에서나 혼동할 수 없다. 지금의 미 제국과 이전의 프랑스 식민지가 무엇이 다른가? 그들은 같은 패였다. 심지어 미국이 더 야만적이고 잔학했다. 그들은 뭐든 궤멸시킬 기술을 가지고 있기 때문이다.

차에서 내려 공동묘지로 갈 때까지 하노이에서 온 식구들은 누구도 입을 열지 못했다. 하얀 수건을 쓴 많은 사람들을 보고, 아이들이 무서워했다. 엄마에게 안아달라고 조르던 마이도 갑자기 주눅이 들어 혼자서 걸어갔다.

전에 띠우의 불알을 자른 죄로 꾹을 감옥에 처넣었던 같은 동네 사람인 리우반 응아오 면장, 즉 디 응아오 씨가 행정기관을 대신하여 긴 조사를 읽었는데, 어떤 신문의 사설을 베낀 것 같았고, 주로 미 제국주의의 침략을 고발하는 내용이었다.

"… 미국의 죄악은 하늘도 용서하지 않고 땅도 용서하지 않을 것이오." 면장의 목소리는 복수심에 불타고 있었다. "현의 대략적인 통계에 따르면 어제 미국은 136명을 죽였다고 합니다. 빙 여사와 곧 태어날 아기를 포함한다면 138명입니다. 이것은 다른 지방 사람들은 포함하지 않은 것입니다. 포탄이 떨어진 타잉암 마을은 43명이 목숨을 잃었습니다. 그 외에도 268명이 부상당했고, 그중 17명은 중태입니다. 이 아픔을 행동으로 바꾸기 위해, 지금 이 순간부터 우리 온 면은 방공호를 파는 운동을 시작해야 합니다. 모든 사람들은 들판으로 일하러 갈 때, 밀짚모자와 짚더미 그리고 구급약을 가지고 다녀야 합니다. 민병 유격대는 전원 총과 칼을 구비해서 적의 특공대에 대항하고 비행기 조종사를 잡아야 합니다. 이 기회에, 어제 우리 북부지역의 군과 주민들이 8대의 미군 비행기를 격추시켰고, 그중에서도 함종과 타잉화 민병대가 F4 4대, F105 한 대를 격추시켰다는 기쁜 소식을 전합니다."

조사는 호소와 선동의 말로 끝을 맺었다.

"이 아픔과 한을 구체적인 혁명의 행동으로 바꿉시다! '쌀 한 톨도 모자라서는 안 되고, 군대도 한 사람도 부족해서는 안 된다'는 구호를 실천합시다. 구체적으로는 다음 달 12일에 우리 면에 할당된 22명보다 많은 청년들을 입대시킵시다…. 빙 여사! 당신이 간 것은 응웬끼 꽉과 네 아이들에게 너무나 큰 손실입니다. 아들 하나를 더 낳아, 아이들 이름으로 '토지개혁 사업'이라는 글자를 만들려는 계획을 미국이 없애버렸습니다. 미 제국주의의 죄악은 하늘도 땅도 용서치 않을 것입니다. 남아 있는 우리는 당신에게 약속합니다. 우리 고향의 들판을 미국을 궤멸시키는 들판으로 만들고, 1헥타르당 5톤의 나락을 생산하겠습니다…."

그리고 흙덩이를 묘지에 던졌다.

첫째 꿍이 관을 부둥켜안았다. 몇 명의 건강한 청년들이 겨우 끌어냈다. 마지막 잔디가 묘지에 올려졌다. 하노이서 가져온 유일한 화환은 운수 사나운 사람에 대한 훈장 같았다.

비가 가족을 대신하여 감사의 인사를 했다.

"우리 가족은 빙 제수씨의 마지막 가는 길에 끝까지 함께 해주신 동네 주민과 친가와 외가의 친척들 그리고 친구들에게 무어라 감사의 인사를 드려야 할지 모르겠습니다…. 우리의 평화의 날들이 이렇게 짧은 줄 아무도 몰랐을 것입니다. 우리는 이 땅에서 적들을 깨끗이 몰아냈다고 생각했습니다 만 지금 저들이 갑자기 하늘로부터 내려왔습니다. 아주 잔인하고 야만적인 적입니다…."

비의 눈빛을 따라 모든 사람들이 고개를 들고 위를 쳐다보았다. 그리고 비처럼 모두가 눈물을 훔치고, 적개심을 불태웠다.

***

장례식 직후에 라 모자는 차를 타고 하노이로 돌아갔다. 찌엔탕 러이의 관용차를 빌렸기 때문에 당일로 돌아가야 했던 것이다. 가기 전에 라는 분향을 하며 펑펑 울었다. 그리고 윗주머니에서 돈과 배급표를 꺼내 접시에 담아 빙의 위패 앞에 놓았다.

"말이 형님과 동생이었지 실제로 하루도 한가하게 얘기한 적도 없었습니다. 그리고 빙 동서가 이렇게 돌아가시니 저희 부부는 너무나 가슴이 아픕니다. 형님이 중앙당에 일이 많아 올 수 없어서 저에게 대신 삼촌과 조카들에게 인사를 드리라고 했습니다. 제 성격이 직선적이라 말씀드립니다. 이 돈과 배급표는 저희 부부가 꾹 삼촌이 아이들 기르는 데 보태라고 드리는 것입니다. 그리고 이제부터 매달 배급표를 보내드리겠다고 약속드립니다…."

찌엔 퉁녓도 어머니를 따라 바지 주머니에서 돈뭉치를 꺼냈다.

"저도 동생들 키우시는 데 보태겠습니다…"

사람들이 놀라서 눈이 휘둥그레졌다. 찌엔 퉁녓의 돈이 자기 어머니가 낸 돈보다도 더 많았다. 그 돈은 그의 아침식사비를 절약한 것이었다. 아버지와 어머니가 준 돈은 쓰고 또 써도 남았던 것이다.

라 모자를 보내고 나서 키엠이 남편에게 속삭였다.

"제가 집안의 방을 다 뒤져봤는데요. 수확한 지 얼마 되지 않았는데 벼 두 통, 쌀 몇 킬로그램, 감자 몇 킬로그램 그리고 처마에 매달아놓은 종자용 옥수수 십여 개밖에 없어요. 저것 전부 합해봐야 돼지나 개를 기르는 정도지 사람을 먹여 살릴 수는 없을 것 같아요. 꾹 삼촌네 식구들 어떻게 살지요?"

"빙 아주머니는 돌아가셨고…. 지금은 산 사람을 걱정해야지…."

"여보, 어머님과 삼촌에게 말해서 막내 주옹을 우리 집으로 데려가서 마이와 같이 키우면 어떨까요? 당신 두 아이가 서로 얼마나 친하게 지내는지 알아요?"

"알아." 비가 아내의 뜻을 알겠다는 듯이 말했다. "당신이 동생네 식구 하나를 덜어서 돕겠다는 것인데…."

"예, 그런데 삼촌한테 말하기도 그렇고…. 암탉이 새끼 네 마리를 품고 있는 것 같아서…."

"그런데 나는 좀 달리 생각하고 있어. 멀리 보면 우리가 어머니와 막내 허우를 데려다 같이 살아야 하는 것이…. 우선은 어머니와 허우가 꾹 동생네를 도와야지. 당연히 우리는 뒤에서 지원해야 하고, 우리가 주옹을 데려다 기르면 동생은 식구 하나가 줄겠지만 나머지 세 아이를 동생 혼자 기르는 것은 힘든 일이야. 모두 한솥밥을 먹어야지. 어머니와 허우가 동생 집으로 와서 함께 살면서 어머니가 아이들을 돌보면 동생이 집안일하는 데 수월할 것 같아…"

"저에게 전에 엄마가 준 반지가 있어요. 그 반지를 낄 기회도 없어요. 이걸 어머님께 드려서, 쌀도 사고, 동생네를 돕도록 하면 좋을 것 같아요…"

비는 비로소 아내 키엠의 살림살이 능력이 뛰어나다는 것을 알게 되었다. 공동묘지에서 돌아오자마자 그녀는 지휘관처럼 바로 부엌으로 들어가 돈을 내놓으며 찹쌀, 멥쌀, 채소와 닭 등을 사오라 하여 제사상을 차리고, 멀리서 온 사람들의 식사를 준비했다. 그리고 자신이 직접 막내 주옹과 셋째 까익을 물통 옆으로 데려가 씻긴 다음 첫째와 둘째도 씻도록 했다. 그러고는 무슨 요술이라도 부린 듯이 가방 속에서 나프탈렌 냄새가 나는 새 옷을 꺼내 아이들에게 입혔다.

허우와 꾹에게도 새 옷을 내놨다. 그 옷들은 그녀와 바이옌 부인, 비와 카잉의 옷이었다. 언제부터인지 모르지만 오랫동안 입지 않던 것을 모아 고치고 꿰매 보관했다가 가져온 것이었다.

키엠의 생각을 비가 즉시 받아들였다. 비는 가족회의를 소집했고, 빙의 부모인 포붕 씨 부부도 초대했다. 꾹과 아이들의 생활을 안정시키기 위한 것이었다.

회의를 시작하기도 전에 포붕 부인이 아이고, 아이고 하면서 얼굴을 감싸고 울었다.

"죽은 너만 손해다. 아이고, 우리 딸! 빌어먹을 나쁜 놈들…"

포붕 씨는 원래 지주 밑에서 일하던 건장한 농민이었다. 일흔이 넘는 나이에 희끗희끗한 수염을 위로 꼬아 올려서 삼국지에 나오는 관운장의 양자인 주창처럼 건장하게 보였다. 그런데 하루 만에 열 살은 더 늙어보였다. 목 뒤에 난 혹이 더 커져서 머리칼을 밀어 아래로 처지게 만들었다. 귀가 원래 잘 안 들렸는데, 잘 들으려고 고개를 이리저리 돌렸음에도 아내가 지금 누구에게 어떤 욕을 하는지 몰랐다. 무슨 말인지 모르겠다는 듯 고개를 저으며 아내의 손을 두드려 울음을 그치라는 신호를 보내고 말했다.

"책망한다고 무슨 수가 생기나, 마음만 더 아프지. 자네 재주 있으면 미국으로 가서 그 놈을 잡아서 원수를 갚게. 자네에게 말했었잖아. 우리는 곧 죽을 늙은이지만 풀이라도 캐서 먹고살 수 있지. 막내가 올해 열아홉 살이니 곧 군대 보내 제 누나 원수를 갚도록 하고, 산 사람들은 지금 어떤 일을 해야 할지 알아봐야지. 이 기회에 사돈과 하노이에서 온 두 분에게 말하겠소. 저 네 아이들을 우리가 데려가서 기르도록 사돈과 두 분이 허락해 주시오."

포붕 씨가 말을 마치기도 전에 포붕 씨 부인이 다시 울기 시작했다.

"우리 손자들을 나에게 주시오. 아이고, 불쌍한 자식! 미국 놈들 때문에 자네 네 자식을 밖에 버려야 하다니! 우리가 아이들을 절대 버리지 않을 것이네. 사돈어른, 저희에게 네 아이를 주십시오…."

회의가 비와 키엠이 예상했던 것과 정반대 방향으로 흐르고 있었다. 막내 주웅을 하노이로 데려가 마이와 언니, 동생으로 키우려던 생각은 이제 꼬리잡기, 겉치레 인사가 되어버렸다. 그러나 형으로서, 지금 가족의 일을 처리할 책임이 있는 자로서 합리적인 계책을 내놓아야 했다.

"어머니 그리고 사돈어르신." 비가 말했다. "지금 꾹의 부자에게는 혈육이 필요합니다. 사돈어르신의 마음은 꾹과 저희 가족 모두가 아주 감사하게 생각합니다. 그렇지만 구체적인 여건과 환경에 따라 경우별로 책임을 분담할 필요가 있습니다. 연세가 많으신 분은 편안히 쉬셔야 합니다. 게다가 꾹 역시 아이들을 옆에 두고 가르치고 도와줘야 합니다. 사돈어르신께 제가 해결책을 제안하겠습니다. 이제 어머니와 허우가 동생 집으로 와서 꾹의 집안일을 도와주십시오. 첫째 꽁과 둘째 까이는 다 컸으니 아버지와 같이 살면서 일을 배워야 합니다. 두 아이는 학교에 다니면서 아버지를 도와 일을 할 수 있습니다. 셋째 까익은 2학년으로 간단한 일을 할 줄 압니다.

외할아버지와 외할머니 집으로 가서 공부하면 됩니다. 그리고 막내 주웅은 아직 어리고 엄마를 잃어 가장 충격이 큽니다. 막내는 저희 딸 마이와 잘 어울립니다. 저희 부부가 주웅을 하노이로 데려가서 기르겠습니다…"

비의 방안이 아무리 생각해도 합리적인 것 같았다. 집안 모두 동의했다.

가족회의가 끝나려고 할 때 리푹 부인이 갑자기 무엇인가를 기억해낸 것처럼 서둘러 사당으로 달려갔다. 비가 키엠에게 따라가 보라고 했다. 잠시 후 리푹 부인의 손에 빨간 실크 꾸러미에 싼 귤 같은 것을 안고 왔다.

"몇 년 동안이나 잊고 있었다." 리푹 부인이 눈물을 훔치며 말했다. "이것은 꾹 부부의 결혼반지다. 빙의 어머니가 멀리 보고 이것을 사용하지 않고 나에게 보냈다. 그때부터 내가 보관해 왔다. 이것을 꾹에게 줄 터이니 팔아서 아이들 기르는 데 써라. 나는 허우가 있지만 걱정하지 말고. 내가 가장 걱정하는 것은 꾹의 네 아이다. 하나는 외가로 가고, 하나는 하노이로 가서 비 집에 살면 돼. 그리고 꾹과 아이 둘은 같이 살고, 나도 같이 살겠다. 암탉 혼자서 병아리를 기르는 일은 힘들어. 게다가 제들 아버지는 성한 사람이 아니잖아…"

왜 이 결혼반지가 나왔는지 아무도 이해하지 못했다. 꾹은 이 노란색 금속을 처음 본다는 듯 바라보았다.

"어머니가 계속 보관하세요." 꾹이 금반지를 리푹 부인에게 돌려주었다. "지금 저는 금에 대해서 생각해본 적도 없어요."

꾹은 두 손으로 옥수수 색깔의 머리칼을 쥐고 생각을 짜냈다. 순간 빛줄기가 꾹의 머릿속을 스쳤다. 그 빛줄기로부터 단정한 모습으로 읍내에서 자동차를 타고 꾹의 결혼식에 참석했던 한 여인의 모습이 나타났다. 깜 여사가 맞았다. 옛날 연못가에서 놀던 꾹과 벤을 몰래 훔쳐보던 여자였고, 리푹 씨가 이장을 맡고 한약을 짓고 있을 당시 고철장사로 가장하고 자주 집을 찾아왔던 여자였다. 바로 그 깜이 지금은 막내 주웅의 목에 걸린 호랑이가 새겨진 은 목걸이를 꾹에게 주었던 여자였다. 바로 저 금반지도 깜 여사가 두 사람의 급속 결혼식에서 꾹과 빙의 손에 끼워주었던 반지였다.

깜 여사, 마음씨 좋고 비밀에 쌓인 여자, 지금 어디에 있는가?

제13장 어머니의 아픔

옛날 포호엉 사의 아름다운 여인, 담히엔 승려가 지금은 깜 여사로 마흔을 갓 넘긴, 성 여성연맹 부회장이었다.

아무리 화려하고 아름다운 꽃도 한때다. 서씨, 초선, 양귀비, 무칙천 등과 같은 중국의 미인처럼 경국지색의 아름다운 여인도 시들 때가 있는 것이다. 깜에게 그 규칙은 더욱 냉혹했다. 그녀는 '여자 나이 삼십이면 늙어간다'는 옛말 속의 주인공 같았다. 그녀에게는 청춘도 없었고, 소녀시절도 없었으며, 어머니로서 아내로서의 행복도 알지 못했다. 가끔 다른 세계에라도 온 것처럼 희미하고 먼 기억 속에 프엉딩 거리에서의 신선과 같았던 3일의 모습이 나타났다. 깜의 여자로서의 삶은 오직 그 3일뿐이었다. 그 수십 시간이 아주 길게 느껴졌다. 청천백일 하에서의 만족이었다. 열정적인 남자의 정결한 원기를 뿌리 끝까지 빨아들인 느낌이었다. 그날 오후 포호엉 사 창고에서 욕정에 대한 갈망으로 미치고 싶었다면, 프엉딩에서의 신선 같은 3일은 연애의 정점이었고 최대의 보상이었으며, 깜의 인생에서 충분한 것이었다. 그리고 그뿐이었다. 그 뒤로는 긴긴날 자신을 억누르고 숨겨왔으며, 심지어 가식적으로 아주 강한 체하며 살아왔다. 혁명, 겉으로 드러난 의미는 가혹한 본성에서의 종교와 도덕적 가식에 가까웠다. 그것의 목적성이 부지중에 인간의 본능을 최대한 무효화시키기 때문이다. 그래서 얼마나 많은 청춘이 묻혔는지 모른다. 깜의 청춘도 마찬가지였다. 몰래 한 사랑으로부터 그리고 프엉딩에서의 열매를 거둔 이후로 그녀는 여자로서의 임무가 끝난 것 같았다.

여자로서의 운명이 어찌 그리 짧았지? 이 질문이 깜으로 하여금 반 달 정도 걱정하게 만들었다. 그리고 그 뒤로는 아프고 쓸쓸하고 끝없이 안타까웠다.

깜이 여자로서의 천직을 끝마친 것은 1년 전이었다. 그것은 깜이 고급 정치학교에 소집된 때였다. 중앙 부처와 성급의 핵심 간부들에게 기본적인 교육을 시키는 12개월 과정이었다. 12개월을 정규 4년 과정처럼 4학기로 나누었다. 이 과정을 졸업하면 더 이상 어떤 졸업장도 필요 없는 것과 마찬가지였다.

서양에서 대학 졸업과 같은 것으로, 연수 과정을 밟으면 어디에서나 관리로 임명될 수 있는 권리가 있었다. 교육과정은 어렵지 않았지만 새로운 개념들이 모호하고 추상적이어서, 교육생들은 무조건 외우는 것이 유일한 학습 방법이었다. 이해할 필요도 없고 오직 외우기만 하면 높은 점수를 받았다. 같이 공부하는 교육생들은 대부분 현의 주석이나 당서기, 청장, 부청장, 국장, 부국장, 사장, 위원장 등으로 노동자, 농민, 군인 출신이었다. 깜 역시 초등학교 2학년 수준이었지만 대학 과정을 공부해야 했다. 모르면 더욱 열심히 공부해야 했다. 밤낮으로, 공휴일이나 일요일을 막론하고 공부했다. 가장 무서운 것은 과목의 최종 시험으로 글을 쓰는 것이었다. 학급 전체가 힘을 모아 대응했다. 교원을 속여 밖으로 나가게 한 다음에 책을 펴고 베꼈다. 철학, 사회주의 과학 과목이 끝나기도 전에 정치경제를 배웠다. '두 길'이라는 과목과 계급 역사 과목도 어려웠다. 공부한 지 3개월 만에 깜은 5킬로그램이 빠졌다. 먹고 마실 수가 없었다. 제3지구 후방에서 비밀활동을 할 때는 굶는 것이 일상이었지만 깜은 여전히 통통했었다. 그런데 왜 그런지 이곳에서는 날이 갈수록 쇠약해졌다. 한 번은 작은 창문만 한 깨진 거울 조각을 주운 적이 있었다. 깜은 점심시간에 문을 걸어 잠그고, 옷을 벗은 다음 거울 조각으로 전신을 비추어 보았다. 거울 속의 나체는 삐삐 마른 노인네 같았다. 깜은 포호엉 사에서 담히엔이라는 여승으로 있을 때의 번식기가 안타까웠고, 프엉딩에서 코이와 같이 보낸 3일간의 신선 같았던 날이 유감스러웠다. 유방도 어제까지만 해도 통통했었는데 마르고 처져있었다. 깜은 모호했지만 자신의 몸이 달라졌다는 것을 느꼈다. 그리고 교육과정의 3달째, 한 학기과정의 기말 시험을 볼 때, 깜은 아무리 기다려도 월경이 오지 않았다.

이제 막 40을 넘겼는데 폐경이 온다? 이 물음이 머릿속에 맴돌았다. 어떤 때는 누가 긴 바늘로 양쪽 관자놀이를 관통시키려고 찌르는 듯 아팠고, 위에서 떨어지는 물체에 맞은 것처럼 어지럽고 마비가 올 때도 있었다. 4일 동안 연속 잠을 자지 못했다. 내가 임신했나? 임신 가능한 나이에 월경이 끊어지면 과학적으로 설명할 수 있는 증거는 그것밖에 없을 것이다. 그렇지만 누구의 아이를? 언제? 그러나 그에 대해서는 자신이 너무나 분명하게 알고 있었다. 레끼 쭈를 출산한 뒤로는 어떤 남자와도 관계를 가진 적이 없었다. 코이의 배신은 깜으로 하여금 한을 품게 했고, 모든 수컷을 혐오하게 만들었다. 이유가 그랬을 것이다. 그러나 전쟁이라는 환경에 조직의 엄격함이 더해진 때문일 수도 있다. 여러 번 깜은 스스로 자신의 성 정체성이 변한 것이라고 느끼기도 했다. 깜은 수염도 나고 겨드랑이에

털도 났다. 깜은 강하고 냉정하며 이성적이고 감정이 사라졌다.

깜은 열심히 원인을 찾았다. 그것이었다. X위원회 부위원장 찌엔탕 러이 동지가 '두 길'에 대해 강의하던 날 오전부터 깜의 월경이 끝난 날까지 계산하면 거의 두 달이 되었다.

찌엔탕 러이 선생이 누구인지 궁금했었는데, 그는 바로 깜이 지난 12년 동안 공들여 찾았던 응웬끼 코이였다.

일부러 교실 끝줄에 몸을 최대한 웅크리고 숨어 앉아 있었지만 깜은 찌엔탕 러이 동지의 전등같이 밝게 빛나는 눈빛 아래에 벌거벗은 느낌이었다. 그가 깜을 발견했을 때 놀라서 얼어붙은 듯했다. 그의 가느다란 눈빛이 깜으로 하여금 그런 생각을 갖게 했다. 그는 이제 완전히 성공한 남자였고, 체제의 최고위 학교에서 강의하는 강사였다. 그러나 깊은 눈 속에 알 수 없는 우울함이 있었고, 주변을 살피는 빛나는 눈빛은 여전히 그 프엉딩에서의 신선 같은 3일 동안을 지내던 18세 남자의 것이었다. 깜은 그가 교실 어느 구석에 앉아 있더라도 바로 자신을 알아봤을 것이라고 믿었다. 순간, 둘의 눈빛이 마주쳤을 때, 깜은 자신이 갑자기 신기하게도 일본 열병에 걸린 것 같은 느낌을 받았다. 안타까운 사랑과 미움, 한스러움이 교차하고 있었다. 고열이 미세혈관 하나하나에 미치는 것 같았다. 얼굴이 화끈거렸다. 그녀는 손을 들어 이마에 댔다. 신열이 40도에 이르는 것 같았다.

그러나 휴식시간까지 기다려야 했다. 깜은 반장에게 말하고 방으로 돌아왔다. 열이 펄펄 끓었다. 양말을 신고 이불을 덮어야 했다.

오후에 강사 찌엔탕 러이가 갑자기 찾아왔다. 깜이 예상치 못한 가장 놀라운 일이었다. 깜은 억지로 일어나려고 했지만 그가 손을 뻗어 말렸다.

"지난 10여 년 동안 깜을 찾았어."

깜은 그가 거짓말한다는 것을 알았다. 그는 가식적인 도덕에 너무 익숙해 있었다. 그러나 그녀는 다시 말하고 싶지 않았다.

"전쟁 중인데 어떻게 알 수 있어…. 깜, 나를 용서해줘. 그리고 우리 어린 시절의 추억을 영원히 간직하자."

"됐어, 더 이상 말하지 마. 나는 오래전에 잊었어…. 심지어 나는 당신이 강단에 올라섰을 때도 찌엔탕 러이 강사가 누군지도 몰랐어. 나에게 응웬끼 코이는 죽었지…."

러이는 지금도 깜이 자신이 도망간 것을 용서하지 않고 있다는 것을 알았다. 깜이 자신을 미워하지만 아직도 사랑하고 있다는 것도 말을 들어보면 알 수 있었다.

할 말이 없는 듯 한참 동안 침묵이 이어졌다. 갑자기 그가 일어나 침대 머리맡으로 다가가 깜의 손을 잡았다.

"아직도 나한테 감추고 있구나. 우리 사이에 핏덩이가 있을 것인데…. 우리 아이 어디 있어?"

"있을 것 같다고? 그런 일 없어." 깜이 그의 손을 뿌리치고 일어나 앉았다. 비웃는 눈빛이었다. "어떻게 이 세상 사람이 귀신의 아이를 가질 수 있지? 선생님 우리 사이에 아무런 관련이 없으니 안심하세요. 조직에서 선생님은 깨끗하다고 완전히 믿고 있으니까요, 찌엔탕 러이 동지의 출셋길은 아주 넓지요…."

"깜, 나에게 숨기지 마시오, 우리 자식이 있다면 지금 나는 죄를 용서받을 기회를 갖는 것이오…. 어떤 대가를 치르더라도 내가 아이를 돌보겠소…. 당신까지도, 이번 공부가 끝나면 뭘 원하는지 말하시오…."

"찌엔탕 러이 선생님, 찌엔탕 러이 동지, 우리 얘기는 여기서 끝냅시다." 깜이 결코 응웬끼 코이를 만나지 않겠다는 듯 어깨 너머로 머리칼을 넘겼다. "너무 피곤해요. 쉬어야겠어요."

찌엔탕 러이는 방을 나왔다. 깜이 베개에 얼굴을 묻고, 방금 자신의 반평생을 묻어버린 듯 슬프게 울었다.

한밤중까지 울다가 깜빡 졸았다. 깜은 자신이 프엉딩 거리로 돌아간 꿈을 꾸었다. 찌엔탕 러이 선생이 강단에서 '두 갈' 교재를 끼고 깜을 따라 종이꽃이 있는 집으로 왔다. 그리고 교재를 침대 위에 매트리스처럼 깔았다. 두껍고도 편했다. 교재가 『소녀경』으로 변했다. 찌엔탕 러이 선생이 옷을 벗고, 충만한 근육과 언제나 45도 각도를 유지하는 용맹스런 대포를 가진, 18세 응웬끼 코이로 변했다. "내가 최근 중국 왕들의 성생활 방법의 비결을 적은 『소녀경』을 읽었소. 이 책은 제왕들의 아홉 가지 행위를 가르치고 있지요. 내가 당신에게 차례로 '역 계란형', '호랑이 걸음', '원숭이 달리기', '매미 붙기', '거북이 날기' 등과 같은 체위를 알려주겠소."

깜의 대답을 기다리지 않고, 코이가 깜의 옷을 벗긴 다음 단호하고 정확하고 강력한 여러 동작으로 그녀를 끌어안고 탐닉하고, 긁어댔다….

아마도 깜은 그날 밤 꿈 이후로 폐경이 된 것인가?

그 뒤로 깜은 영원히 여자로서의 삶이 끝났다.

***

해가 떨어졌을 때 깜이 동 마을에 도착했다. 미국 비행기가 타잉암 다리를 폭격한 사건은 바로 다음 날 라디오와 신문에서 소식을 전했지만 그 폭격으로 꾹의 아내 빙이 죽었다는 소식은 일주일 뒤에 알게 되었다.

깜은 미국의 포탄이 자신의 머리 위에 떨어진 것 같은 느낌을 받았다. 그 청천벽력 같은 소식이 수년 동안 불면증에 시달리던 그녀의 모정을 일깨웠다. 여성연맹의 간부는 언제나 일 때문에 바빴고, 지시나 의결을 엄숙히 이행하기 위해 고민했다. 그래서 인간의 희로애락과 걱정을 늘 숨겼다. 가슴속 깊은 곳에, 머릿속 깊은 곳에는 항상 신성한 모정으로 자신의 핏줄인 꾹과 쭈를 생각했다.

레끼 쭈에 대해, 깜은 자신의 이력서에 공개적으로 기록했다. 쭈의 아버지는 그녀가 임신한 바로 다음 날 국민당에 의해서 살해당한 강직한 혁명 간부인 레투엣 동지라고 적었다. 쭈를 므엉비에 사는 외할머니에게 보냈다. 악독한 쯔엉피엔과의 부정한 핏줄인 꾹은 숨겨야 했다. 꾹은 깜의 식지 않는 아픔이었다. 어떤 때는 조직에 자수하고 싶었다. 자신에게 솔직한 사람이 되고 싶었다. 공개적으로 어머니, 할머니가 되고 싶었다. 그러나 원한다고 되는 것이 아니었다. 그녀는 최근에 돌아가신 어머니의 묘가 있는 곳인 므엉비로 꾹 부부와 아이들을 데리고 가서 집을 한 채 지어 쭈와 함께 살려고 했다.

그러나 깜은 여전히 자신의 껍데기를 벗어날 수 없었다. 그녀는 조직의 사람이었다. 옛날의 브엄은 동 마을 초입의 찔레꽃 덤불에 그녀가 미쳐서 아이를 버렸던 그 추운 날 오후에 죽었다. 무거운 아픔과 한스러움을 안고 깜은 비서와 운전수를 대동하고 둑길을 따라 곧바로 마을 뒤 공동묘지로 갔다.

누가 알려주지 않아도 그녀는 빙이 누워 있는 곳을 바로 알 수 있었다. 공동묘지에는 새로 쓴 무덤은 오직 한 개였다.

운전수가 향에 불을 붙여 그녀에게 건네고, 비서와 함께 합장을 한 후 손을 가지런히 하고 뒤로 물러섰다. 깜은 바람 속에서 타오르는 향을 들고, 마치 하늘이 묘지 앞에 꽂아놓은 듯이 움직이지 않고 서 있었다.

"내 며느리? 나는 다오티 깜이다. 네 남편의 엄마이고, 꽉의 친모다. 아, 너무 슬프구나! 너희 부부가 자식들과 평온하게 살고 있을 거라고 생각했다. 비록 힘들고 고생스럽고 게다가 어머니의 사랑도 없이 사는 삶이라 하더라도 세월에 의지하면서 인생을 살 거라고 생각했다. 그런데 미국 놈이 저쪽 바다에서 날아와 야만적이고 잔학하게 너를 죽였구나! 얘야, 하루도 너와 같이 지내지 못했고, 너희들과 손자들과도 하루를 같이 살지도 못했다. 그러나 언제나 늘 그리워했고, 언제나 너희들을 위해 기도했다. 상심이 너무 크구나! 너처럼, 리푹 씨처럼 착한 사람이 어찌하여 이리 억울하게 죽을 수 있단 말이냐? 이 어미가 너의 혼을 위해 기도하마. 애야, 이 세상에 남아 있는 남편과 아이들을 보살펴 주거라…."

깜이 향 다발의 반을 나누어 운전수에게 주어 묘지 주변에 꽂도록 했다. 그녀는 리푹 씨 묘지를 찾아 향 세 개를 피우고 합장했다. 나머지는 빙의 묘에 꽂고 나서 계속 앉아 있었다. 비서가 말을 걸자 그녀는 비로소 정신을 차렸다.

"늦었습니다. 우리 상주 집에도 가봐야 하지 않겠습니까?" 비서가 시계를 보면서 작은 소리로 말했다.

"우리 상주 집에 가서 문상하자. 꽉은 항전 시기에 우리의 근거지였고, 동지인 리푹 씨의 아들이야…."

이 젊은 비서는 여성 상급자와 처음으로 근거지를 방문하는 것이었다. 그리고 운 나쁜 가족 앞에서 자신의 상급자가 아주 다정다감한 사람임을 보고는 매우 놀랐다. 세 사람의 머리에 묶인 흰 수건을 보자마자 깜은 팔을 벌려 꾹과 손자들을 끌어안고 슬피 울었다.

"불쌍한 내 새끼. 한참 나이에 혼자서 애들을 길러야 하다니…. 셋째와 넷째는 어디 있어?"

"예, 막내 주웅은 하노이로 가 비 큰아버지와 같이 살아요…. 셋째는 외가로 보냈어요…." 꾹이 대답하고 제단으로 깜을 안내했다.

깜이 빙의 위패 앞에 향을 피우고 한참 동안 서 있었다. 아무도 깜의 심정을 알 수 없었다. 어머니의 찢어지는 아픈 심정을 참고 다른 사람처럼 연극해야 했다. 세상의 눈앞에서, 자신의 핏줄 앞에서 자신을 숨겨야 했다.

꾹과 손자들에게 보상해줄 것이 아무것도 없었지만 깜은 가방을 열어, 가진 돈을 다 꺼내서 꾹의 손에 쥐어주었다.

"성 여성연맹을 대신하여, 나와 기관의 동지들이 빙을 문상하고, 가족과 슬픔을 나누려고 왔습니다…. 그리고 이것은 내가 드리는 돈입니다. 애들 기르는 데 보태십시오. 리푹 씨가 살아계실 때 나를 가족처럼 대해주었습니다. 나를 친척이라고 생각해주시오. 어느 때라도 어려운 일이 있으면 나에게 알려주시오…."

꾹이 거절할 기회를 주지 않으려고 말을 마치자마자 서둘러 차에 올랐다.

***

자동차가 성 여성연맹에 도착했을 때는 건물 앞 나무 위에 설치한 확성기에서 그날 오후 소식을 전할 때였다. 전국이 화로처럼 들끓고 있었다. 남부 동포들이 벤쩨와 꾸찌에서 큰 승리를 거두었다. 미국은 빙링, 동허이, 벤뚜이, 함종, 하이퐁, 비엣찌 등에 폭격을 가했다. 넛레 문 옆에 있는 한 어촌이 미국의 폭격으로 사라져버렸다.

응으투이 여성 민병대가 미국 전함을 공격했고, 타이빙, 남딩, 하떠이 등에서 수만 명의 농촌 청년들이 자원하여 전선에 나가겠다고 혈서를 썼다. 1,430명의 하노이 공대, 의대, 종합대, 사범대 학생들이 자원하여 입대하였다. 아나운서의 말이 끝나기도 전에 가수 빅 리엔이 부르는 <남진의 노래>가 울려 퍼졌다. "5톤의 벼를 생산하여 미국을 치자. 우리 고향의 땅은 하루도 쉬고 싶어 하지 않는다…."

깜이 복도의 붉은 전등을 켜고 힘들게 사무실 문을 열자, 주변을 배회하던 경비가 그날의 공문서를 전해주었다.

"회장님, 내일 아침 회의에 참석하라는 상무위원회의 긴급 공문입니다."

"방공호 파는 일과 피난 가는 일이에요. 중앙당에서 새로운 상황에 대한 의결을 냈고, 각 핵심기관은 미국의 중요 공격지점에서 철저히 벗어나 피난 가라는 것이지. 각 기관은 폭격을 피할 수 있는 방공호를 파라는 거야.” 깜이 모든 것을 알고 있다는 듯이 말했다. “오늘 라디오에서 몇 대의 미국 비행기를 격추시켰답니까, 동지?”

“예, 11대입니다. 함종에서만 8대를 격추시켰답니다. 하이퐁에서 두 대, 빙에서 한 대입니다.”

“태풍에 과일 떨어지듯 했네. 우리의 제트기도 소련에서 국내로 들어왔어요.”

깜이 회의장에서 발표하는 것처럼 강한 어조로 또박또박 말하자 경비는 자신이 에너지를 충전 받는 듯했다. 그는 흥이 난 목소리로, 윗주머니에서 편지를 꺼냈다.

“예, 한 청년이 오후 내내 회장님을 찾았습니다. 그 친구가 회장님께 편지를 남겼습니다.”

깜은 등골이 오싹함을 느끼면서도 마음속은 불타듯 뜨거웠다. 편지를 쥔 깜의 손이 떨고 있었다.

레끼 쭈의 편지였다.

어머님께,

저희 학교에서 자원입대하는 운동이 벌어졌습니다. 저희 10학년 학생들 중에 공부를 하고 싶어 하는 학생은 아무도 없습니다. 저도 미국에게 살해당한 동포와 부모형제의 원수를 갚는 전투에 참여하기 위해 남으로 가겠다는 혈서를 썼습니다. 이틀 뒤에 저희들은 현에 집합할 것입니다. 길에 오르기 전에 어머니에게 인사드리러 왔습니다. 어머니가 아주 바쁘시면 전송하러 오실 필요는 없습니다. 저도 다 컸습니다. 어머니 제 걱정은 마세요….

엄마의 아들
레끼 쭈 올림.

벌써 18년이 흘렀다. 프엉딩 거리에서 3일간 몰래한 사랑의 결과인 깜과 코이의 핏줄이 이제 열일곱 살 청년이 되었다. 까이섬에게 처녀를 뺏기고 브엄을 낳은 다음 은화 10동에 므엉비의 퇴직 관리에게 팔린 여자, 할머니가 없었다면 쭈의 운명도 꾹과 다를 바 없었을 것이다. 운 좋게도 깜의 어머니인 브어이 부인은 후덕한 남편을 얻었다. 권력을 잃은 면장은 말년을 셋째 부인과 석회석 계곡에서 은둔하며 살았다. 브어이 여사는 토지개혁 때 면장이 감옥에서 병으로 죽기 전까지 아들 하나와 딸 하나, 두 아이를 두었다. 사람들은 브어이 여사를 셋째 할머니라고 불렀다.

브어이 여사는 면장으로부터 집안 대대로 내려오는 약 제조방법을 배워 부종 치료약을 조제하는 일을 했다. 그곳은 인적이 드문 곳이어서 쭈가 깜의 자식이라는 것을 아는 사람이 거의 없었다. 쭈 자신도 하노이 수복 후에야 비로소 자신에게도 어머니가 있다는 것을 알 정도였다. 쭈는 할머니와 삼촌 쫘익 리에우 그리고 이모 쫘익 티 핀과 모자처럼, 형제처럼 지냈다.

브어이 여사가 죽었을 때 깜은 성급 간부라는 사회적 지위도 있고, 관사도 있었다. 여러 번 쭈를 데려다가 같이 살려고 생각했지만 결국 포기했다. 그녀는 늘 출장을 다녀야 했고, 지방을 돌며 회의도 해야 했기 때문에 뛰어놀기 좋아하는 어린애를 돌보는 일이 쉽지 않음을 알았다. 게다가 관사라고는 하지만 아파트의 방 한 칸으로, 침대 하나와 책상 하나, 탁자 하나가 전부였다. 쭈를 데려온다면 조직에 그 이유를 모두 진술해야 했고, 자신의 신성하고 은밀한 사생활을 모두 드러내야 해서, 깜은 일을 벌이지 않았다. 그리고 한 가지 이유가 더 있었는데, 근거도, 증거도 없는 하찮은 이유였지만 깜이 가장 걱정하는 것이었다. 그것은 레끼 쭈와 응웬끼 코이가 틀로 찍어낸 듯 똑같다는 것이었다. 정말 이상한 것은 깜의 두 아들 모두

자기의 아버지를 신기할 정도로 쏙 빼닮았다는 것이다. 꾹이 쯔엉피엔의 옆에 서 있다면 한 작가에 의해 만들어진 복제품과 다를 바 없었다. 쭈는 코이를 더 닮았다. 깜은 몰래 사랑을 하거나 몰래 임신을 하면 보통 우성인자를 가진 아이 또는 아버지를 닮은 아이 또는 아주 특별한 자질을 가진 아이를 낳는다고 기록된 자료를 보았다. 찌엔탕 러이 동지가 자주 성 지도자들과 일을 했고, 자주 여성연맹에 와서 강의를 했는데, 바로 그가 동 마을 사람 응웬끼 코이라는 것을 확실히 안 뒤로는 쭈를 읍내로 데려와 같이 살겠다는 생각을 완전히 접었다. 깜은 조직이 그녀가 감추었던 사실을 알까봐 걱정했다. 깜과 같은 핵심 간부는 어떤 것도 조직에 숨기거나 이력서를 허위로 기재하는 것이 허용되지 않았다. 깜은 신성한 맹세를 위반하고, 법을 위반하게 되는 것이다. 조직이 쭈가 찌엔탕 러이의 아이라는 것을 안다면 용서하지 않을 것이다. 그리고 모든 것을 잃게 될 것이다. 수십 년 동안 와신상담하며 혁명을 따랐던 것과 사회적 지위와 돈, 자기 자신과 친척들의 장래까지도 잃게 될 것이다. 깜의 걱정은 찌엔탕 러이와도 관련되어 있었다. 그도 모든 것을 잃게 될 것이다. 그의 지위는 아무나 꿈꿀 수 있는 자리가 아니었다. 비록 마음속으로는 경멸하고 미워했지만 여전히 한구석에 러이에 대한 사랑이 남아 있었다. 그것은 모순 같았지만 그녀의 인간적 도리이기도 했다.

이틀 동안 당의 의결을 공부하고 나서 깜이 브엉비로 찾아가니 레끼 쭈는 바로 전날 밤 비밀부대를 따라 길에 올랐다는 거였다.

"쭈 어디 갔어?"

깜은 실망하여 자신의 발밑이 꺼지는 것 같았다. 그녀의 아들, 그녀의 유일한 희망이며 핏줄이 빙처럼, 운 나쁜 자식처럼 미국 포탄의 먹이가 된단 말인가?

***

얽히고설킨 관계를 동원하고, 모든 정보를 이용해 한 주일 내내 찾아다닌 결과 깜은 현재 쭈가 썬떠이 성, 수오이하이 지역에 주둔하고 있다는 것을 대충 알게 되었다. 그는 특수부대에 배치되어, 3개월간 긴급 훈련을 받은 다음, 우기가 오기 전에 남북을 가로지르는 벤하이 강을 건널 준비를 하고 있었다.

깜은 타고난 자존심과 남자에 뒤지지 않는 용기 그리고 밝은 이상, 견고한 입장, 희생의 의지로 뭉쳐진 여자였다. 더구나 조직을 통해 심신을 수년간 단련하기도 했다. 그런데도 견고한 여자는 어머니의 입장을 이기지 못했다. 전쟁에 나가, 미 제국주의의 가장 현대화되고 폭력적인 전쟁 지휘부와 대면하는 것을 받아들인다는 쭈의 결사의 맹세문을 손에 쥐었다. 안돼! 자신이 조직에서 쫓겨난다고 해도, 모든 권리와 지위를 박탈당한다고 해도, 해직되어 고향으로 간다고 해도 그녀는 아들을 죽음이 있는 곳으로 보낼 수는 없었다. 그녀의 삶에는 오직 그뿐이었다. 그녀는 그가 사람 행세를 하도록 많은 아픔과 희생을 견뎠다. 학업 성적이 뛰어나고 본래 총명하여 해마다 반에서 1등을 하고, 이제 한 달 정도만 더 공부하면 10학년을 졸업한다. 그 아들은 대학을 갈 것이고, 소련이나 중국으로 유학 보내 기사나 의사가 될 것이다. 많은 손실과 비극을 겪은 사람 중 누가 자신처럼 스스로 노력, 분투한 사람이 있는지 물어봐라. 혁명에 참가한 것도 그를 위해서 아닌가? 그는 삶이고 행복이며, 그녀의 삶에서 모든 꿈을 기댄 곳이다. 만약 아들이 숲속에 시체로 누워 있는 것을 본다면 어머니라 할 수 없으며, 그녀는 물소 똥 같은 가슴을 가진 사람이 될 것이었다.

찢어지는 아픔 속에서 깜은 찌엔땅 러이가 생각났다. 러이는 쭈를 전쟁의 틀 속에서 구해낼 수 있을 것 같았다. 그가 "우리 자식이 있다면 지금 나는 죄를 용서받을 조건을 갖고 있는 거요. 어떤 대가를 치르더라도 내가 아이를 돌보겠소."라고 한 말이 생각났다. 고급 정치학교에서 깜이 아플 때 러이가 찾아와 한 말이 늘 머릿속을 맴돌았고, 깜은 밤새 러이에게 여덟 장이나 되는 긴 편지를 썼다. 그러나 그녀는 편지를 찢어버렸다. 그리고 직접 만나야 한다고 생각했다.

처음으로 깜은 X위원회 사무실로 찾아갔다. 건물과 초소, 경비실을 보자 찌엔탕 러이 동지의 위세와 역할은 짐작하고도 남았다.

넓은 마당에는 각 성의 번호판을 단 차로 붐볐다. 현관 앞에는 트럭과 자동차가 피난을 준비하기 위해 서류와 의자, 책상, 물건들을 싣고 있었다. 군사기관이 아니었지만 이곳은 항상 모든 작전의 대본영 같았다.

응접실에서 깜이 첫 번째로 만난 사람은 찌엔탕 러이의 특별 보좌관 반꾸엔이었다. 반꾸엔은 지방에서 막 올라 온 작가 다쟝과 무언가 얘기를 나누고 있었다.

"어, 깜 누나! 회의 아니면 무슨 일로?" 반꾸엔이 반갑게 일어서며 깜에게 악수를 청했다. 깜은 억지로 사교적인 웃음을 지었지만 그녀의 눈길은 반꾸엔의 손님을 향하고 있었다.

"작가 다쟝 아닌지요?" 깜이 그에게 다가갔다.

"나는 당신이 잊은 줄 알았소." 다쟝이 의자를 당기며 일어섰다, 여전히 담뱃대를 쥐고 있었고, 당황해서 어쩔 줄 모르다가 담뱃대를 왼손으로 옮긴 다음에야 깜이 내민 손을 잡았다.

깜은 다쟝을 아주 잘 알고 있었다. 이 해학적인 작가는 언제나 손에 수첩과 담뱃대를 갖고 다녔는데, 그녀는 그를 영웅전사 선발대회에서 만났다. 그는 깜이 적 후방지역에서 이중간첩 활동을 할 때부터 사랑과 자녀 등 사생활까지 조사하듯 물었다. 깜은 처음으로 친하지 않은 사람에게 사생활인 아들 레끼 쭈에 대해 말했다는 것을 기억했다. 그 만남 이후로,

그는 「썬밍의 아름다운 여인인가 아니면 여승 담히엔의 전설인가」라는 제목의 인터뷰 기사를 『문장』 잡지에 실었고, 그 뒤로 깜은 어디를 가든 사람들로부터 관심을 받았다.

"당신 때문에 얼마나 부끄러웠는지 알아요? 지금도 대중 앞에 서는 것이 두려워요." 깜이 다쟝이 썼던 기사를 상기시켰다.

"당신에 대해 또 글을 쓸 수 있다면 '지금 썬밍의 아름다운 여인은 옛날보다 더 아름답다'라고 쓰겠소."

반꾸엔이 여자들 홀리기로 유명한 작가의 말재주를 인정하듯 다쟝의 어깨를 쳤다. 그리고 갑자기 화제를 바꾸었다.

"러이 동지를 만나려면 지금 바로 올라가시죠. 열 시에는 뜨부옹 씨와 회의가 있어요. 제가 먼저 올라가서 보고하겠습니다."

말투로 봐서 반꾸엔은 썬밍의 아름다운 여인과 자신의 상급자와의 관계를 충분히 추측하고 있는 것 같았다.

찌엔탕 러이는 깜의 방문이 너무 예상 밖이어서 당황했다. 너무 이상해서, 반꾸엔으로부터 보고를 받고 깜이 문 앞에 나타날 때까지 기다리는 사이 러이의 얼굴은 새파랗게 질려 당혹감을 감추지 못하고 있었다.

"나를 만나러 온 것을 보니…, 아주 급한 일이지?"

깜이 직접 의자를 끌어다 앉았다. 그녀도 말을 어떻게 시작해야 될지 몰라서 당황하고 있었다.

"편하게 다른 데서 다시 만날까? 나 지금 뜨부옹 씨와의 긴급회의를 준비 중이라서."

러이가 주변을 둘러보고 문을 꽉 닫았다.

"문 열어봐도 돼요. 내가 여기 온 거 감출 것 없어요. 나를 여기서 만나는 것이 불편한가요? 조직이 아는 것이 두렵나요, 아니면 당신 아내인 라가 아는 것이 두렵나요?"

러이가 다시 문을 조심스럽게 조금 열어놓았다. 그리고 물을 따르고 시계를 봤다.

"됐소. 30분 정도 시간이 있소. 그리고 우리 또 만나지. 당연히 편하고 조용한 곳에서. 나 역시 깜에게 할 말이 많소…"

충격을 받은 듯 깜의 눈이 어두웠다. 이 사람이 나를 만나는 것이 두렵구나. 그가 과거로부터 도망치고 싶은 거지. 그녀는 러이가 비겁하다는 것을 아주 잘 알고 있었다. 강산에 맹세했다가 자신의 가장 신성한 것들을 바로 버렸던 사람에게서 무엇을 바라는가? 가령 그럴 수 있다고 하더라도, 깜은 구역질이 났다. 침 뱉고 일어서 나가, 다시는 돌아오지 않겠다는 생각이 요동쳤다. 지난 18년 동안 치욕스럽고, 부끄럽고, 씁쓸했지만 깜은 도움을 청하지 않았다. 무슨 일이 있어도 고개 숙이지 않겠다 다짐했지만 지금 그녀는 엎드려 사정해야 했다.

깜이 갑자기 일어섰다.

"깜, 진정해! 무슨 일인지 말해요. 뜨부옹 동지에게 전화 걸어 한 시간 늦겠다고 보고할게."

러이가 살짝 깜의 손을 잡자, 깜의 머릿속에 난 불이 꺼졌다. 그녀는 '자식 때문에 참는다.'라는 생각으로 최대한 진정하려고 애썼다.

러이가 전화기를 돌려서 상대방과 통화하기를 기다렸다가 깜이 얼음처럼 차가운 목소리로 말했다.

"15분만 내주세요." 그녀가 가방에서 손바닥만 한 크기의 흑백사진 한 장을 꺼내서, 러이의 얼굴 앞에 놓았다. "당신, 누군지 알겠어요?"

러이가 최대한 눈을 크게 뜨고 빨아들일 듯 사진을 바라보았다.

"깜, 여전히 그때의 내 사진을 갖고 있었어?"

"잘못 봤어요. 나는 프엉딩에서 당신을 만난 뒤로 응웬끼 코이의 사진은 태워버렸죠. 다시 한 번 자세히 보세요. 당신과 똑같지요? 그 아이예요.

절대 당신에게 이 얘기를 하지 말았어야 하는데….”

깜이 갑자기 울음을 터뜨렸다. 그러나 재빨리 눈물을 훔치고는 사진을 집어서 가방에 넣었다.

러이의 몸이 갑자기 산에서 말라리아에 걸린 것처럼 떨었다. 러이의 목소리가 일그러졌다.

“정말이야? 우리의 자식이 맞지? 지금 어디 있어?”

“진정하세요…. 내가 그 애 이름을 레끼 쭈라고 지었어요. 레투엣의 성을 따서 레, 쭈는 나의 성이고, 끼는 당신의 돌림자로, 당신의 것이죠. 그런데 당신도 그 이름을 버렸더군요. 당신은 그 아이가 필요도 없겠죠? 원하지도 않는다는 것을 알아요. 그 아이는 당신의 혁명 생활에 무거운 짐이 될 수 있지요. 심지어 당신의 승진을 막는 물건이 될 수도 있지요. 하지만 나에게 그 아이는 모든 것입니다.”

“나도 아주 행복해. 나와 당신 사이에 신성한 혈육이 있다는 소문이 있기도 했지…. 당신에게 말했었잖아. 우리에게 혈육이 있다면 어떤 대가를 치르더라도 그 아이를 돌보겠다고….”

“그럴 필요는 없어요. 잠시 후 진정하고 나면 당신의 그 제안을 철회하고 싶어 할 거라는 것을 확신합니다. 쭈 이야기가 드러난다면 당신 가정의 행복은 깨질 것이기 때문입니다. 당신은 조직을 속이는 죄를 짓는 거지요. 모든 것을 잃을 겁니다. 이 일을 이용해서 당신의 자리를 뺏으려 하는 자들이 수도 없이 많을 것입니다.”

러이의 이마에 땀이 흐르고 있었다.

“나 또한 모든 것을 잃겠죠. 우리는 조직의 엄격함을 알고도 남지요…. 오늘 얘기는 당신만 알고 계세요. 내가 당신에게 긴 편지를 썼습니다. 그런데 증거를 남기는 것은 아주 위험해서 찢어버렸고, 오늘 직접 찾아올 수밖에 없었어요.”

"아이한테 무슨 일이 일어났는데?"

"이것은 그 아이의 생명과 관련된 얘깁니다. 당신에게 하려는 말은 당신이 모든 방법을 동원해서 그 아이가 전쟁터로 가지 않도록 해야 한다는 것입니다."

"그래? 그 아이 지금 어디 있어?"

"저는 그 아이의 입대 결정은 전혀 예상치 못했어요. 그 아이가 므엉비에서 공부하도록 했지요. 한 달 후면 고등학교를 졸업하는데 자원입대하겠다고 혈서를 썼어요. 현재 그 아이는 썬떠이 성, 수오이하이에 있는 특공훈련소에 있어요. 석 달 후에 그 아이를 전선으로 보낸답니다."

러이가 책상에 고개를 숙이고 두 손으로 머리를 감쌌다.

"저는 이 일을 할 수 없어요. 그 아이가 내 아이이기 때문이고, 또 자원하여 신청했기 때문이에요. 그리고 바로 제가 그의 친모이고, 또 제가 청년들에게 적을 치기 위해 입대하라고 독려하는 사람이기 때문이에요."

러이가 혼이 나간 사람처럼 고개를 흔들었다. 그가 가볍게 고개를 젓는 행동이 깜의 눈을 피할 수 없었다.

"당신에게 이 얘기를 할 수밖에 없는 이유는 제가 지금 마지막 길이기 때문이에요. 쭈는 내 삶의 전부예요. 그 아이가 없다면 살아도 의미가 없는 것이지요."

러이는 자신이 최후통첩을 받고 있다는 것을 알았다.

"중앙당 조직위원회에 모든 사실을 보고하는 방법을 생각해보았어요. 그러나 만약 그 아이가 레투엣의 아들이라 하면 그 아이는 속은 사람, 불쌍한 사람이 되겠죠. 또 돌아가신 분의 영혼을 욕되게 하는 일도 저지르게 됩니다."

"그러지 마시오…. 내가 해결하겠소. 당신은 아이의 이름과 생년월일 그리고 그 아이가 현재 주둔하고 있는 곳의 주소만 적어주시오."

러이가 필요한 것을 종이에 이미 적어놓았기 때문에 깜은 업무 수첩에서 그걸 꺼내 러이에게 주었다.

"아이의 사진도 주시오." 깜이 돌아가려고 하는 것을 보고 러이가 말했다.

"당신이 그 사진을 가져서 뭘 하게요?" 깜이 사진을 가방에 넣었다. "당신에게 마지막 부탁이에요. 쭈가 자신의 아버지가 희생됐다고 믿도록 하세요."

깜의 두 눈이 붉어졌다. 그녀가 숨찬 듯 말하고 재빨리 방을 나갔다.

제14장 쯔엉선 산맥을 종단하다

반꾸엔은 신기한 신호와 정보들을 포착하는 뛰어난 청각을 가졌다. 이러한 재능은 보통 사람들에게 찾아보기 매우 힘든, 보통 비둘기나 개 같은 동물에게서 자주 볼 수 있는 것이었다.

비둘기는 눈을 가리고 하늘에 날리면 며칠 후에도 집을 찾아온다. 개도 아무리 멀리 가더라도 오줌으로 흔적을 남겨서 돌아오는 길을 찾는다. 푸꾸옥 섬의 개는 잘 빠진 몸매와 예쁜 털을 가졌을 뿐만 아니라 냄새와 흔적을 찾는 데 특출한 능력도 가졌다. 한 장사꾼이 인도차이나의 관문인 푸꾸옥 섬의 개를 사서 육지 하띠엔으로 갔는데, 밤에 그 개가 줄을 풀고 52해리, 즉 약 75킬로미터를 헤엄쳐 주인집으로 돌아왔다고 한다.

상급자 찌엔탕 러이의 방에 깜의 비정상적인 출현은 반꾸엔으로 하여금 아주 큰 관심을 갖게 만들었다. 아래층에서 다쟝과 얘기하고 있었지만 그의 눈과 귀는 위층에 집중했다. 깜과 러이의 심상찮은 얘기를 알아내려고 시멘트 천장바닥을 뚫을 기세였다. 초인적인 기억력으로, 반꾸엔은 ATK지역에 연락병을 통해 보낸 편지를 생각해냈다. 발신인이 프엉싸라는 잘 쓰지 않는 애매한 이름이었는데, 수신인은 응웬끼 코이였다. 그 당시 응웬끼 코이라는 이름을 아는 사람이 없었다. 그리고 ATK 본부에 근무하는 사람 중 응웬끼 코이라는 사람도 없었다. 그런데도 반꾸엔은 그 편지를 러이에게 갖다 주었다. "이 편지는 형님께 온 것 같은데요. 아무도 안 가져가기에 제가 가져왔습니다." 잘한 일이라고 칭찬을 받을 줄 알았는데 죄를 지은 격이었다. "자네에게 여러 번 말했잖아. 나는 응웬끼 코이라는 이름을 가진 적이 없어. 누가 보낸 편지든 그대로 둬. 우편함에 그대로 두면 그들이 수신자 불명으로 반송할거야…" 반꾸엔이 편지를 집어 돌아가려고 하자 러이가 움켜잡았다. "이제 다시 갖다놓으면 편지 가져갔다는 것을 실토하는 격이잖아. 그대로 두게. 내가 태워서 쓰레기통에 버리겠네. 다음에는 그러지 말게."

한 달 뒤에 프엉싸로부터 응웬끼 코이에게 보낸 편지가 한 통 더 왔다. 이번에는 어리석지 않았다. 상급자에게 잘 보이고 점수 따려다가 오히려 욕먹는 짓은 다시 할 필요가 없었다. 반꾸엔은 편지를 뜯어서 프엉싸가 누군지, 어떤 내용인지 몰래 알아보았다.

"오랫동안 소식이 없군요. 당신이 먹지도 자지도 못할 거라고 생각하고 있습니다. 눈을 감으면 프엉딩 거리에서의 3일 동안의 신선 같았던 날이 떠오릅니다. 그리고 바로 지금 저는 짧았던 행복을 다시 되살릴 수만 있다면 모든 것을 버릴 수 있습니다. 사랑하는 당신이 저에게 얼마나 귀하고 신성한 보물을 주었는지 모르시죠? 그렇지만 됐어요. 저는 당신에게 절대 비밀로 할 거예요. 당신이 더 궁금해 하고 더 놀라게 하고 싶어요…. 작년 6월에 제가 여성연맹 일로 딩화에 회의하러 갔었어요. 당신을 찾았지만 볼 수 없었지요. 왜 당신은 그렇게 연락이 없어요? 저를 잊은 건가요? 아니면 사고로 편지가 전달되지 않은 건가요? 다음 주소로 저에게 편지를 보내세요, 다오티 깜, 사서함 241051. 또는 인편으로 보낼 때는 K3로 보내세요."

다오티 깜이 누구지? 반꾸엔은 아무도 몰래 그 편지를 숨겼다. 그리고 그 언젠가는 이 편지가 중요한 증거가 될 것이라고 생각했다. 보물을 갖고 있어야 반꾸엔은 러이와 보다 자신 있고 평등하게 살 수 있다고 생각했다. 하노이 수복 후에는 아무런 어려움이 없었다. 반꾸엔은 항전 시기에 코이에게 편지를 보냈던 사람, 프엉씨를 찾았다.『문장』잡지에 실린 다쟝의「썬밍의 아름다운 여인인가 여승 담히엔의 사실인가」라는 기사를 읽고 그 유명한 사람이 누구인지 분명히 알게 되었다. 찌엔탕 러이의 신경을 건드려 보기 위해 반꾸엔은 다쟝을 자랑하는 척 러이에게 자연스럽게 말을 걸었다.

"이 기사를 쓴 제 친구 다쟝이 정말 글을 잘 썼는데, 읽어 보셨습니까? 글 속의 다오티 깜 동지는 영웅 칭호를 받을 만하네요…."

과연 러이의 얼굴이 파래지면서 행동이 어색했다.

"그래? 나는 그 여성 동지에 대해 아무것도 몰라."

러이는 과거에 대해 언급하는 것을 아주 두려워하고 있는 것이 분명했다. 특히 깜과의 알 수 없는 관계에 대해서 그랬다.

이번에는 좀 더 머리를 써서 건드려 보았다.

"보고드립니다. 깜 여사가 형님 방에서 나올 때 무슨 일인지 아주 감동을 받은 것 같던데요…. 제 친구 다쟝이 말하기를, 깜 여사에 대한 기사를 쓰기 위해 인터뷰했을 때 깜 여사가 프엉씨라는 이름으로 보낸 편지를 여러 통 보여주었다고 자랑합니다…."

"자네들 쓸데없이 남의 일 캐는 짓 좀 그만두게." 러이가 놀라서 의심에 찬 눈빛으로 반꾸엔을 바라보며 목소리를 바꾸었다. "다쟝은 무슨 일인데 이곳에서 어슬렁거리는 거야?"

반꾸엔은 자신이 말 발톱을 건드렸다는 것을 알고, 재빨리 화제를 돌렸다.

"예, 보고드립니다. 다쟝이 전쟁터로 가려고 위원회 지도자들을 직접 만나고 싶어 합니다. 그가 혈서를 썼습니다…."

"그 친구 썬남 문화청으로 간 지 몇 년 된 것 아니었어?"

"예, 맞습니다. 토지개혁을 왜곡한 「급속 결혼」이라는 소설을 써 잘못을 저지른 후 다시 「땅의 피」라는 소설을 썼다가 판금처분을 받고 나서 <진격> 신문사에서 쫓겨났지요. 동료의 정을 생각해서 제가 고향으로 가라고 권했습니다. 그곳에서 열심히 창작하고 편안히 지내는 것으로 생각했는데, 예상치 못하게 문화청장과 다퉜다고 합니다."

"문화청장 이름이 후에란 맞지? 썬남의 작가들이 이 친구에 대해 불만이 많아."

"예, 이름도 여자 이름 같아요. 다툰 이유는 후에란이 다쟝을 시기했기 때문이에요."

"다쟝이 더 잘한다는 것은 틀림없어. 문예인들이 현장 체험을 갔을 때, 다쟝은 체험 한 달이 지나자마자 희곡을 써서 전국대회에서 금상을 받았잖아. 그래서 후에란이 자기 권세를 이용해 다쟝을 책상에 앉혀 물만 마시게 하고는 급여의 70%를 깎아버렸지."

"뜨부옹 동지의 말이 맞아요. 문예기관의 몇몇 지도자들은 피곤한 놈들이에요."

러이가 긴 한숨을 쉬고 나서, 오른쪽 책상 구석에 놓여 있던 작업 중인 서류뭉치를 힐끗 쳐다보았다. 파란색 표지의 두툼한 서류는 응웬끼 비에 관한 서류였다. 책상에 앉아 있을 때, 여러 번 러이는 비의 서류가 없어지거나 누가 훔쳐가거나 불이 나서 흔적 없이 사라지기를 바랐다. 그러나 그 서류는 없어지지 않고, 그를 시험하거나 장난하는 것처럼 수년 동안 그의 눈앞에 아른거렸다. 오히려 날로 서류가 더 많아지고 있었다. 비가 소련에서 귀국당한 날부터 사고 수가 줄어들기는커녕 오히려 러이의 머리를 아프게 하는 일이 더 많았다. 가장 최근의 사건은 꽌찌 농장에서 과격분자들을 모아 반동시, 인문가품의 시를 낭송하고 데모를 일으킨 일이다. 경찰의 보고에 따르면, 보캉 대령 동지의 딸인 보투 하잉이 동행하지 않았다면 응웬끼 비는 그날 밤에 체포되는 것이 확실했다고 한다. 이어 비의 수첩을 사잉이 공안기관에 제출한 일이다. 이 수첩은 특히 위험했는데, 비의 심정을 다 드러내고 있고, 비의 복잡하게 얽힌 관계가 나타나 있었다. 신문 게재 금지를 당했을 당시에 창작한 시들은 우울하고, 답답하고 염세적이며 체제에 한을 품고 있는 심정을 완전히 드러내고 있었다. 친구들의 시는 더 위험했다. 인문가품의 우두머리들의 시를 대부분 적어놓고 있었다. 국제 수정주의자들의 많은 자료를 번역하여 배포하려고 했다…. 정치보위 기관에서 비를 체포할 것을 발의한 적도 있었다. 그러나 뜨부옹 동지가 동의하지 않았다. 충분한 증거가 없었기 때문인지 아니면 뜨부옹 동지가 러이를 존중해서인지, 찌엔탕 러이의 충성심을 시험하려고 했기 때문인지는 알 수 없었다.

"적들이 항상 노리고 있는 이때에 몇몇 문예인 지도자들이 저러면 아주 피곤합니다." 반꾸엔은 적절하게 부화뇌동할 기회를 찾았다. "제 생각인데요, 다쟝이 피가 아니라 황궁채 열매 물로 썼는지도 모르겠어요. 여기 있습니다. 그의 지원서입니다."

러이가 그 지원서를 받아 읽어보고는, 마치 의학자가 생화학적 성분을 확정하기 위해 샘플을 바라보듯 이리저리 뒤집었다. 황궁채 열매 물은 아니고 진짜 피 같았다. 예술인들은 쉽게 흥분하고 술잔이나 들어가면 면도날로 맘대로 긋고, 피가 철철 흘러 잔을 채우는데, 이상할 것이 없었다. 영화배우, 연극배우가 가장 잘하는 것이 우는 것 아닌가. 웃고 있다가 울 필요가 있으면 눈만 두어 번 깜박이면 눈물이 흐른다. 글씨가 이렇게 비틀거리는 것이 틀림없이 감상에 젖어 피로 쓴 게 맞는 것 같았다.

"자, 이 지원서로 젊은이들을 움직여야 하네. 가장 신성한 지역이, 사랑하는 조국을 미 제국주의가 침략했을 때 작가 다쟝 같은 애매한 정치적 태도를 보이는 자, 타락한 자, 체제 불만분자들도 전선으로 간다는 것을 보여줘야 해. 자네 곧바로 이 지원서를 뜨부옹 동지에게 보고하게, 그리고 의견을 받아오게. 뜨부옹 동지가 동의하면 우리가 이 지원서를 사진 찍어 신문에 게재하지. 문예인들이 다투어 전선으로 나갈 것이야. 다쟝의 혈서는 한 전투부대만큼의 힘이 있어."

"역시 형님의 의견은 특출합니다. 이것은 우리 위원회의 독창적인 의견이지요." 반꾸엔이 손을 비볐다. "예, 몇 자 적어주십시오, 그래야 제가 뜨부옹 동지에게 가서 보고하지요."

***

다쟝은 마이 반냐의 필명이었다. 그는 제3지구 신문사에서 위국신문사로 전출 온 작가였다. 화빙 전투 이후로 그는 6번 국도를 따라 활동하는 민간 운송부대를 전문적으로 취재하여 여러 편의 기사를 썼고, 군인들이 손에서 손으로 전달하며 읽었다. 그리고 갑자기 『문장』 잡지에 다쟝이라는 이상한 이름으로 「다 강의 달」이라는 제목의 기행문이 실렸고, 문학계의 관심을 불러일으켰다. 결국은 다쟝과 마이 반냐가 같은 사람이라는 것을 알게 되었다. 그 기행문을 쓸 때, 그는 쟝이라는 이름의 마이쩌우 출신 민병대 아가씨를 사랑했다. 시인 꽝중의 「서부로의 진격」이라는 장편 시의 시구 중에 '마이쩌우 아가씨 찹쌀밥처럼 향기롭네!'라는 구절이 있는데, 이는 마이쩌우 출신 아가씨들의 전설적인 아름다움을 표현한 말이었다. 이 구절이 썬남 출신의 작가를 더 빠져들게 만들었던 것이다. 두 사람은 주로 다 강 나루터에서 만났다. 다쟝이라는 필명은 그렇게 해서 출현했다. 이것은 또 그의 문학 활동에서 이정표를 찍게 된다. 독자들과 작가들은 기자 마이 반냐를 완전히 잊게 되고, 다쟝이라는 필명을 쓰는 작가를 기억하고, 좋아하게 되었다.

3년 동안 연속 다쟝은 「델타의 아름다운 여인」, 「급속 결혼」, 「땅의 피」와 같은 소설과 기행문을 차례로 발표했다. 소설 「급속 결혼」은 출판되자마자 심하게 두들겨 맞았다. 소설 「땅의 피」가 나왔을 때 다쟝의 문학 활동이 멈추게 된다. 책이 인쇄소를 벗어나기도 전에 배포 금지 명령이 떨어졌다. 「땅의 피」역시 일부에 토지개혁을 언급하고 있는데, 「급속 결혼」보다 더 반동적이고 어둡게 그리고 있어 출판하면 이로울 것이 없다는 소리가 어디로부터인가 내려왔던 것이다.

비밀리에 인문가품 사건을 처리 중인 바로 그때였다. 사람들은 다쟝이 미쳤다고 생각했다. 다쟝이 일하던 기관은 사람들을 불러 그를 쩌우꿰 병원에 입원시켰다. 다쟝은 병원을 탈출하여 3개월 동안 고향에 머물렀다. 다행히 착한 부인이 잘 돌봐 환란을 넘겼다. 소설 「땅의 피」는 모두 회수되어 없앴기 때문에 출판이 안 된 거나 마찬가지였다. 일 년 뒤, 상부에서 다쟝을 썬남문화청으로 전출시켰고, 그 역시 사람들이 자신의 출생 신고도 못한 정신적 자식을 어떻게 했는지 몰랐다. 틀림없이 그 운 나쁜 책들은 재생을 위해 분쇄기로 들어갔을 것이다. 출판사에 물어보면 서로 다른 사람에게 물어보라고 미뤘고, 어깨를 으쓱하며 모른다고 대답했다. 모두 관심 없어 했고, 너무도 무표정했다. 심지어 초본이라도 달라고 하면, 어깨를 으쓱하고 고개를 저으며 "안 갖고 있다. 우리는 몰라. 상부에 물어 봐."라고 했다.

"상부가 누구냐?"

"몰라!"

「땅의 피」는 육지에서 완전히 사라졌다.

다쟝의 혈서는 자신은 물론 작가들 모두에게 억울함을 풀어주는 것이었다. 수십 개의 신문이 다쟝의 감동적인 혈서를 실었다. 강력한 필체로,

떨면서 쓴 듯, 침략자 미국을 궤멸시키기 위해 자원하여 전선으로 가겠다는 신청서는 원문 필적 그대로 사진으로 찍혀 실렸다. 격문 같은 문장은 수만 명의 청년들에게 앞 다퉈 장도에 오르도록 격동시켰다.

다쟝에게 기쁜 소식을 처음으로 가져온 사람은 다오찡 키엠이었다. 잉크 냄새가 가시지 않은 <구국> 신문을 들고 한걸음에 학교에서 집까지 달려왔고, 계단을 세 걸음에 뛰어 올라와 종소리처럼 맑은 목소리로 말했다.

"아주 기쁜 소식이 있어요! 작가 다쟝이 대미 항전의 영웅이 되었어요…"

그때 위층에서는 할 일 없는 몇몇 문인들이 모여서 미국의 제트기가 하노이를 폭격할 것인지 아닌지에 대해 승패를 불문하고 격렬한 논쟁을 벌이고 있었다. 비와 한텀뇨는 천 년의 고도 하노이는 불가침 지역이라고 주장했고, 다쟝과 주산은 미국은 극악하여 미국 대통령의 아버지 묘가 환검호에 있다고 하더라도 포탄을 떨어뜨릴 것이라고 주장했다.

"미국 놈들, 사탕을 준다고 해도 하노이를 폭격하지 않을 것이다." 「가로 나루터」의 작가 한텀뇨가 열을 내며 자신 있게 선언했다. "저들이 하노이를 공격한다는 것은 시대의 양심을 공격하는 것이고, 문명을 공격하는 것이야. 너희들 생각해봐! 미국 놈들이 당당하게 자기를 가리켜 세계 문화를 대표하는 대국이라고 하는 판에, 감히 포탄을 가져다 탕롱을 파괴한다는 것이 말이 되니?"

"너희들 한물간 말도 안 되는 소리만 하고 있구나." 다쟝이 피곤한 목소리로 말했다. "너희들 미국이라는 나라이름에 나온 아름다울 '미'자를 생각하고 있는 거니? 개똥이다! 미국은 나쁘고 불량배 같다고 하는 말이 옳지. 너희들 기억해봐? 2차 세계대전 때, 일본 놈들이 자기들 판단으로 미국을 무시했다가 한순간에 히로시마와 나가사키에 원자탄 두 발을 떨어뜨려 무고한 주민 수십만 명이 죽었잖아. 1963년 지엠과 뉴[34] 형제는 미국이 남베트남에 깊이 개입하지는 않을 것이라고 생각했었지, 그런데 한순간에 미국이 군인들을 부추겨 쿠데타를 일으켰지. 미국이 그런 나라야, 이 친구들아! 그래서 내가 감히 어르신들에게 권하는데, 주관적으로 생각하지 말고 노모와 아내, 어린 자식들 데리고 서둘러서 농촌으로 피난 가시게. 높은 산으로 가거나 깊은 숲속으로 가면 더 좋지. 특히 미스 베트남 아내를 둔 유명한 시인 응웬끼 비는 잘 간수해야 할 걸. 미군 조종사가 다오찡 키엠의 예쁜 얼굴을 내려다본다면 가만두지 않을걸⋯."

"무슨 일인데 키엠을 들먹여요? 저를 욕하고 있었지요?" 키엠이 신문을 흔들며 문 앞에 나타났다. "여러분 벌칙으로, 작가 다장의 혈서를 보여주지 않을 거예요⋯."

네 사람이 달려들어 신문을 서로 가져가려 했다.

다장이 신문 일면에 잘 인쇄된 자신의 필체를 보고는 갑자기 침묵했다.

"이 중대한 사건을 맞이하여 우리 부부가 한턱 쏠게." 비가 신나게 선언하고 나서 아내가 나가자 조용히 속삭였다.

"다장, 화내지 마라." 키엠이 시장을 보러 갈 때까지 기다렸다가 주산이 친구들에게 눈짓을 보내고, 마치 그의 뱃속에 들어가 있는 것처럼 다 알고 있다는 듯이 다장을 직시하며 말했다. "너 이 지원서를 거머리 피 아니면 황궁채 열매 물로 썼니? 아니면 석류 껍질이나 응웬주가 쓴 『끼에우전』에서 뚜바가 매춘부들에게 처녀 행세를 하도록 권했던 닭 피로 썼냐? 아주 잘났어요! 그렇지만 내 눈은 못 속이지."

담배를 빨다가 다장이 담뱃대를 바닥에 던졌다. 그리고 달려들어 멱살을 잡고 한 바퀴 돌았다.

"다시 말해봐! 아니면 목을 비틀어 버린다!"

..

34. 응오 딩 뉴(Ngô Đình Nhu, 吳廷瑈, 1910-1963). 남베트남 초대 대통령 응오 딩 지엠의 친동생으로 대통령의 정치 고문을 맡아서 남베트남의 정치 실세로 군림하다가 쿠데타군에 의해 형과 함께 살해당했다.

다른 사람들이 달려들어 말렸다. 주산은 장비의 피를 찔렀다는 것을 알고는 공손하게 말했다.

"내가 잘못했어…. 미안해…. 너의 영웅 기질에 대해서 장난한 것뿐이야…."

"거짓말하지 마, 이 무식한 놈아! 다행히 네가 바로 사과했으니 망정이지 안 그랬으면 얼굴에 한 방 날렸다." 다장이 손을 내리고 긴 한숨을 쉬었다. 두 눈에 눈물이 그렁거렸다. "너희들 알지? 나는 가식적인 도덕 놀이를 전혀 좋아하지 않는다. 나를 먹이를 먹으며 눈물을 흘리는 악어 같은 놈이라고 생각하지 마라. 내가 혈서를 쓴다는 것이 조금 그렇기는 했다. 그러나 쓸 수밖에 없었다. 내 자신의 용기를 보여주어야만 했지. 강을 버리고 도랑으로 간 이후로 억울함을 견딜 수 없었다. 후에 란 녀석을 위해 평생 일하는 것보다 똥을 주어먹고 사는 것이 더 낫다고 생각했다. 그런 고통은 나에게만 있는 것이 아니란 것도 안다. 비 역시 자전거 운반병 출신 띠엔 떠이 밑에서 일하는 것도 아주 욕될 것이다. 한신도 건달의 가랑이 아래 기어갔지. 그러나 나보다는 나았어. 띠엔 떠이 사장도 시가를 알고, 비에게 일을 주어 작은 돈이나마 아내 키엠에게 가져다주도록 했지. 그런데 이 후에 란 놈은 나를 끝까지 괴롭혔어. 내 입에 똥을 바르는 것도 모자랐지. 그래서 무슨 수를 써서라도 우리 조상들의 땅, 후에 란으로부터 벗어나야 했어. 게다가 글 쓰는 놈한테 글을 쓰지 못하게 하는데 씨팔 어떻게 쓰냐? 그래서 바로 지원서를 써서 성의 최고 지도자들을 직접 찾아갔어. 전쟁터로 보내달라고 했지. 훈장 못 받으면 죽을 각오가 되어있다고 말했어. 나 정말 힘들었어! 내가 쓴 지원서, 청원서, 건의서 등이 결국 후에 란 놈에게 보내져 그놈에게 해결하라고 했어. 그놈이 '자네 나를 무시하고 경멸했어. 나를 거치지 않고 청원서를 보내 성 지도자 동지들을 귀찮게 해?'라고 말했지. 그리고 나를 지도자 경멸죄, 조직 규정 위반죄로 전체 직원들 앞에 비판하는 회의를 열었어…."

"그리고 너무 억울해서 작가 다장이 혈서를 써서 직접 중앙당에 보냈다는 것이지." 한텀뇨가 결론부분을 말했다.

"맞아!" 다장이 말을 이어갔다. "필사적으로 나는 손자병법을 생각해냈어. 고육계라고 부를 수도 있고, 비분계라고 불러도 돼. 나는 이 계획을 마당에 준비했어. 향과 초, 브어이 마을에서 생산하는 고급 한지를 준비했지. 인적이 전혀 없는 노란 달빛 아래에서 향 세 개를 피우고 엎드려, 정중하게 하늘과 땅 그리고 조상님들과 군인들에게 보고했어. 그리고 바늘을 꺼내서 집게손가락 끝을 찌른 다음 써내려갔어…."

주산이 눈을 동그랗게 뜨고 듣다가 다장이 말을 마치자마자 엎으려 합장했다.

"탄복, 탄복한다! 윽짜이 선생이 동꽌 성에 갇혀 있을 때 오고가는 명나라 군을 보고 울분을 참았던 것과 똑같구나. 소인배는 눈이 있어도 봉사와 같아. 눈앞에 층층이 태산이 있지만 알지 못하지. 소자의 절을 받으십시오…."

그들은 멍하게 서로 바라보다가 함께 웃었다. 주산을 흉내 내서 한텀뇨와 비도 고전극에서처럼 엎드려 절했다. 존경과 흠모를 표현하기 위한 동작으로 그보다 좋은 것은 없다고 생각했다.

곧바로 인민과 조국 앞에 작가들의 사명이라는 아주 심각한 주제로 화제가 바뀌었다. 비가 먼저 털어놓았다.

"미국 비행기가 타잉암 다리를 폭격하여 선량한 수백 명의 주민과 제수씨가 죽은 후, 나도 계속 뭐라도 해야겠다는 생각이 든다. 우리들은 이제 겨우 프랑스 항전에서 빠져나왔다. 우리는 아직도 젊어. 문학 얘기만 하다가 피난가고, 숨을 방공호나 파고 있다면 남자의 삶으로서는 낭비다. 지금이야말로 너희들의 소설과 장편 시의 시대이다. 톨스토이가 인민 앞에 자신의 계급을 버리지 않았다면 어떻게 불후의 소설 「고난의 길」을 쓸 수 있었겠니? 그리고 바로 「표트르 대제」라는 소설은 그를 걸출한 러시아 문학가 반열에 올려놓았지. 인민의 빛이 있어야 러시아의 위대한 황제의 형상처럼 만들 수 있는 것이지…."

"만약 전쟁에 나간다면, 너 미스 다오찡 키엠을 누구에게 맡길래?" 다쟝이 담배를 빨아들여 천장을 향해 도넛 모양의 연기를 뿜어댔다.

"다쟝, 너 나 놀리지 마! 네가 혈서를 쓸 때 네 아내와 자식을 생각했을 것 아냐? 현 양곡 가게에서 쌀 파는 직원인 네 아내도, 내 아내 키엠도 똑같이 사랑받을 만한 사람이지, 그래서 우리가 전쟁에 나갈 때 그들을 생각해야지. 그들은 아주 슬플 거야. 그러나 그들이 우리를 막지는 않지. 나는 이틀 전, 저 태양에 대고 맹세했다. 나는 이 일을 침대에서 키엠에게 얘기했다. 키엠이 울면서 '저는 단지 사람들이 당신을 받아주지 않을까 걱정할 따름이에요. 지금 당신을 아무도 믿지 않잖아요.'라고 말하더라."

그들은 침묵했다. 틀림없는 사실이었기 때문이다. 그리고 누구나 자살을 생각했다.

"키엠이 우리의 처지를 정확히 봤어." 한텀뇨가 말했다. "우리는 모두 밖에 버려진 사람들이지. 내 집안은 지주 계급이야. 여러 번 입대신청을 했지만 지방행정기관은 전혀 듣지를 않아."

"너희들 자신의 얼굴에 똥 묻었다는 느낌이 들 때가 없었니?" 주산이 갑자기 물었다. "나는 여러 번 얼굴에 똥 묻었다는 느낌을 받았어. 직장에서 회의가 끝나고 나서, 서기가 아주 중요한 일이 있다는 표정으로 지부 동지들에게만 남으라고 말할 때야. 그것은 저들이 90%의 멘셰비키 군중들을 예외로 취급한다는 것이지. 그리고 무슨 세상을 구하고 나라를 다스리는 일도 아냐. 어떤 때는 단지 천 조각, 치약, 자전거 살 몇 개를 내부적으로 나눠먹는 거야."

"됐다, 그만하자. 아주 치욕스럽다. 우리들의 아픔은 관심도 없고, 나라를 사랑할 권리마저 거절당했지…. 우리의 열혈과 사랑은 모두 의심받고, 거절당했어. 애국을 독점하는 것은 죄악이지…."

비는 목이 멨다. 얼굴을 감싸고 슬피 울었다.

***

비의 집에서 4명의 작가들이 모인 일은 다음 날 오전 근무시간에 벌써 반꾸엔의 귀에 들어갔다. 이어서 반꾸엔은 전선으로 보내달라는 4명이 쓴 지원서를 접수했다. 지원서는 피로 쓴 것이 아니라 한텀뇨의 아름다운 이탤릭체로 쓴 것이었다.

당연히 이 일을 열심히 한 사람은 다쟝이었다. 다쟝이 반꾸엔에게 말했다.

"우리들 넷이 이 지원서를 같이 쓰기로 결정했어. 나는 피로 썼지만 이번에 또 썼지. 자네 중앙당에 문인들의 정신이 아주 들끓고 있다고 보고해 주게. 나는 총참모부 군사위의 보캉 대령을 알고 있어. 뜨붕옹 동지가 동의하다면 그분이 나를 해방통신사로 보낼 거야. 거기는 아주 좋은 곳이야. 내 취미에 잘 맞는 곳이지. 자네가 최대한 도와줄 수 있지?"

반꾸엔은 즉시 지원서와 다쟝의 희망사항을 찌엔탕 러이의 책상에 올렸다.

저들이 장난하는 거야, 진심이야? 러이가 지원서 앞에 앉아 속으로 생각했다. 저들이 문예인들에 대한 정권과 체제의 믿음을 시험하려는 것인가? 지원서에 대한 해답을 얻는 것이 쉬운 일은 아니었다. 안 보내주면 저들은 당이 지식인, 문예인을 믿지 않고, 당이 문을 닫고 혼자서 애국을 독점한다고 떠들고 다닐 것이다. 보내주면, 북위 17도 선을 넘는 순간 '강 건네주니 바람처럼 사라진다.'는 말처럼, 저들이 맘대로 사회주의의 성과를 없애고, 공산당의 명예를 더럽히는 책이나 기사를 쓸 줄 누가 알겠는가? 러이는 쉽게 결정할 수 없었다. 후과를 예측하기 어려웠다. 비에 대해 러이가 걱정하는 것은 구체적이었다. 비가 남으로 가는 것은 봉을 만나려는 것이다. 응웬끼 봉이 괴뢰정권에서 무슨 직책을 맡고 있지? 러이는 봉을 모를 수 있지만 비는 봉을 알았다. 한 배에서 태어난 친형제와 이복형제는 다를 것이다. 그렇다면 아주 큰 위험이다. 체제를 싫어하고 불만이 많기 때문에 비는 쉽게 적과 협력하고, 적의 손에 들어갈 수 있다. 이쯤을 생각하니 바로 비가 러이의 정치적 사업을 죽일 수도 있다는 생각이 들었다. 그러나 이 얘기는 근거를 제시하거나 설명을 할 수 없었다. 누가 러이를 믿겠는가? 러이의 사업과 앞날 심지어 생명까지도 잃게 될 것이다.

러이는 뜨부옹 동지에게 그 생각 모두를 진술했다.

"나도 동지의 분석에 전적으로 찬성하오." 뜨부옹이 고개를 끄덕였다. "응웬끼 비의 경우, 동지를 충분히 이해하고 공감하고 있소. 이 네 명을 분리해서 경우별로 대책을 강구하도록 해야겠어. 다쟝은 토지개혁에 대해 본능적으로 반항하는 것처럼 「급속 결혼」과 심지어 「땅의 피」도 썼지. 그러나 우리가 회수하지 않았더라도 큰 해는 없어. 우리가 공개적으로 토지개혁의 잘못을 인정했고, 잘못을 수정했기 때문에 다쟝의 작품은 단지 우리의 수정 정책을 그린 것밖에는 안 돼. 주산은 「패륜」을 썼고, 한텀뇨는 「가로 나루터」라는 시를 썼는데, 모두 비판을 받아야 해. 그러나 그것들은 단지 2급 위험물일 뿐이야. 게다가 그들이 인문가품에 연루된 것은 부화뇌동하여 아첨한 것뿐이야. 그 정도로 혼냈으면 충분해. 이 세 가지 경우, 그들을 전선의 부대에 배치할 수 있어. 다쟝은 행동이 앞서는 성격이지만 글은 아주 활수하고, 뜨거움도 있어. 우리가 그의 혈서를 공개적으로 신문에 실었기 때문에 이 친구는 반드시 군대로 보내야 해. 통신사로 가기를 원한다면 우리가 지원해서 그리 되도록 하지. 내가 편지를 써주면 동지가 총참모부의 보캉 대령을 만나서 다쟝을 중앙국의 생각대로 배치해달라고 부탁하게."

러이는 주의 깊게 듣고 있었지만 가슴은 북을 치듯 두근거리고 있었다. 뜨부옹 동지는 한 사람 한 사람 속을 꿰뚫고 있었다. 그는 비를 어떻게 처리할지 말하지 않았는데, 다른 세 사람과는 별도로 처리할 생각을 가진 것처럼 보이기도 했다. 아니면 비가 러이의 동생이기 때문에 다 말하고 싶지 않은 것인가? 아니면 그는 아직도 찌엔탕 러이를 의심하거나 믿지 않는 것인가? 그가 믿을 수 있도록 무언가를 해야 했다. 러이와 비가 형제지간 이지만 이복형제라는 것, 아주 오랫동안 러이는 비의 얼굴을 보고 싶지도 않고, 어떤 안부도 묻지 않았다는 것을 강조할 필요가 있었다. 형제지간이라도 자기 것은 자기가 지켜야 하는 것 아닌가? 형제의 우애는 마음속에 두고, 나랏일은 법대로 하는 것이 당연한 것이라고 생각했다.

정말 이상했다. 한참을 기다려도 뜨부옹 동지는 비에 대해 아무 말이 없었다. 뜨부옹은 글자 하나하나를 떼 내듯이 손가락으로 책상을 한가하게 두드리고 있었다.

"나와 동지는 중앙당의 시각을 정확히 볼 필요가 있소. 우리는 단순히 군사적인 전투만 하는 것이 아니라 정치외교, 문화 문예 등의 전선에서 역량을 세밀하게 준비하고 있소. 수백 명의 재능 있고 충성스런 지식인, 문예인들을 고향으로 보내 전투에 참여시키고 있지. 우임 숲에서부터 동남부 지역, 서부고원지역, 중부지역 등 우리가 이미 사람들을 다 배치했어. 이번에 보충하는 것은 아주 신중해야 돼. 만약 노동자, 농민, 군인출신이라면 100% 믿을 수 있지만 소자본가 지식인들은 50%만 믿어야 해. 문예인들 대부분은 좋아, 그러나 쉽게 흔들리고 믿음이 부족하지. 그들은 칼의 양날 같아서 쉽게 사용할 수 없어. 옛날에 레러이 왕이 응웬 짜이를 불렀지만 완전히 믿은 것은 아니지. 응웬 후에 왕이 응오 티넘을 사용했지만 몰래 응오 반서를 시켜서 감찰하게 했어. 문예인들은 아주 이로울 수도, 해로울 수도 있는 혀를 가졌어. 이솝의 혀는 어떤가? 여기서 혀라는 것은 발언을 의미하지. 옛말에 '말하기 전에 심사숙고하라'는 말이 있잖아. 『천 년의 수도』라는 내 시집에 대해 세미나를 열게 한 것은 나에게 대항하는 혀를 찾기 위한 것이었지…."

찬바람이 찌엔탕 러이의 등줄기를 타고 목 뒤까지 올라왔다. 결국 시인 응오시 리엔이 아직도 자신의 시를 비판하고 부인한 자들에게 한을 품고 있다는 것을 알게 되었다. 바로 비가 『천년의 수도』라는 시집의 평을 『문장』 잡지에 실었었다. 숨김없고 솔직한 비평은 대부분은 긍정적이고 호의적이었고, 다만 끝부분에 응오시 리엔의 시는 진실성이 부족하고 구호나 민요적 성격이 짙은 부분도 있다고 했을 뿐이었다. 단지 그 몇 자 때문에 인생을 바치는 대가를 치르는 것 같다.

"비의 경우는 나도 아주 유감스럽네." 뜨부옹이 반응을 알아보려는 듯, 러이의 눈을 똑바로 쳐다보며 말했다. "이것은 아주 긴 얘기로 동지가 다 이해할 수는 없어. 간략하게 말하지. 비는 예외야. 비는 일급 시인이지. 문장은 둘째고. 비를 어디로도 보낼 수 없네. 이것은 또한 자네, 찌엔탕 러이 동지의 정치적 생명을 지키는 방법이기도 해!"

***

비에 대한 뜨부옹 동지의 경고는 다른 때였다면 러이를 불안하게 만들었을 테지만 더 큰 일과 걱정거리 때문에 뒷전으로 밀렸다.

며칠 동안 러이는 반은 죽은 것처럼 살았다. 몇 시간 동안 책상에 앉아 깜이 두고 간 레끼 쭈의 성명과 생년월일을 머릿속이 텅 비어 혼이 나간 사람처럼 계속 바라볼 때도 있었다. 사방이 유리로 막힌 러이의 사무실이 그의 가장 편안한 거주지였다. 그곳은 수군거리는 소리들과 주시하는 눈빛으로부터 그를 가려주고 지켜주는 포대와 같았다. 근무시간이 끝나도 러이는 일부러 사무실에 머물렀다. 시내에 전등이 켜지고, 경보가 울려도 알지 못하는 날도 있었다. 러이는 집에 가는 것이 두려웠다. 러이는 감히 아내 라와 아들 퉁녓을 쳐다볼 수가 없었고, 아래층으로 내려가서 평상시처럼 막내 후엔리를 들어 올려 목마를 태울 수도 없었다.

레끼 쭈에 관한 소식과 함께, 깜의 갑작스런 출현은 러이의 삶을 완전히 뒤집어놓았다. 금을 캔 사람처럼 기뻤다. 잃어버렸던 보물을 다시 찾은 사람처럼 설레고 기뻤다. 남을 속이고 사기쳤다가 발각될 위기에 처한 사람처럼 가슴 졸이며 걱정했다. 배신자, 사기꾼처럼 속이 타고 부끄러웠다…. 러이에게 그러한 감정들이 오르내렸다. 지난 18년 동안 생각지도 못했거나 일어날 수 없는 일이 찾아온 것이다. 깜과의 사이에서 혼인신고 없이 사생아 아들이 생긴 것이다. 보통 남자, 농민이나 시클로 운전수, 막노동꾼이었다면 신경 쓸 것이 없었다. 아무것도 아니었을 것이다. 물고기 가 내 연못으로 들어오면 내가 가지면 된다. 그런 경우라면 얼마나 좋을까? 세상 사람들에게 응웬끼 가문의 자손이 므엉비 지역에도 있다고 자랑할 수도 있었을 것이다. 그러나 삶이 그렇게 간단하지 않았다. 지금 혁명 간부고, 간부라고 해서 아무나 할 수 없는 중책을 맡고, 신임을 받고 있었다. 그리고 그는 안정된 가정이 있었다. 어질고 성실한 아내가 있었고, 귀엽고 착한 아들과 딸이 있었다. 아주 이상적인 가정이었다. 레끼 쭈의 출현은 모든 것을 밀어버리는 폭발물과 같았다. 우선 조직이 러이를 부를 것이고, 진술서를 작성토록 할 것이다. 이어서 업무를 인계하고, 조직에서 결론을 낼 때까지 기다리라고 할 것이다. 겁을 먹은 것이다. 혁명열사의 아내, 특히 허우응안 지역 위원인 레투엣 열사의 아내와 감히 간통한 것이 첫 번째 죄이다. 깜 동지가 임신하자 책임을 회피하고, 이력서를 허위 기재하고, 조직에 숨기기 위해 응웬씨 성을 찌엔씨로 바꾼 것이 두 번째 죄이다. 라와 관계를 가졌다가 조직에 알려졌을 때 급하게 결혼식을 올린 것이 세 번째 죄다. 자신의 자식과 깜 동지에게 무책임하고, 십몇 년 동안 조직을 속인 것이 네 번째 죄이다. 아, 모두 가증스런 죄였다.

러이가 순간적으로 생각해낸 최초의 방법이 있었다. 그것은 러이가 아무것도 안 하고, 아무런 영향을 끼치지 않는 것이다. 깜이 찾아왔던 일을 러이가 모른 척하는 것이다. 깜과 아무런 연관이 없는 척하는 것이다. 모르는 사람으로 간주하는 것이다. 증거가 어디 있어? 그녀가 누구의 아이를 임신하고는 이제 와서 덮어씌운다고 하는 것이다. 먼저 관계를 가져 임신했는데, 나중에 관계한 사람이 책임을 지는 격, 조개 먹는 놈 따로 있고 껍질 치우는 놈 따로 있는 격 아닌가? 근거가 없다면 아무 일 없다는 듯 가만있으면 된다. 레끼 쭈가 전쟁터로 가도록 두는 것이다. 빨리 갈수록 더 좋다. 꽝빙이나 빙링 지역만 가도 매일 수백 차례의 전함과 전투기의 폭격과 함께 전쟁의 사신이 기다리고 있다. 불길이 하늘을 치솟고, 포탄이 나락 껍질 흩어지듯 했다. 북위 17도선 이남으로 내려가면, 끄어뚱이나 벤하이 강 상류 또는 라오스 쪽으로 돌아 라오바오, 호엉화 지역으로 가도 사신의 목구멍으로 들어가는 것을 의미했다. 얼마 되지 않아 쯔엉선 산맥에서 죽게 될 것이다… 그러면 증거가 없어지는 것이다. 물증이 깨끗이 없어지는 것이다. 잘못된 사랑의 흔적이 완전히 사라지는 것이다.

비인간적이고 죄를 피하기 위한 말이 안 되는 방법들을 생각하고 있으니 러이의 머릿속은 멍해지고 굳어지는 느낌이었다. 일주일 내내 러이는 아무것도 하지 않았다.

갑자기 깜으로부터 전화가 왔다.

"내가 쭈를 면회했어요. 그 아이는 전선으로 보내달라고 조르고 있어요. 그 아이 부대는 밤낮으로 훈련을 하고 있고요. 그 아이는 45킬로그램이나 되는 벽돌과 총탄을 메고 매일 밤 30킬로미터를 행군하고 있어요. 무술을 배운다고 넘어져 머리를 긁히고, 팔이 부었어요. 지금 어디까지 진행됐어요? 무슨 일이라도 해야 될 것 아니에요? 당신 그 아이가 제 뜻대로 하게 놔두어서는 안 돼요⋯."

"내가 지금 방법을 찾고 있소⋯. 일단 성급 부대로 옮긴 다음에⋯. 학교로 옮길 수도 있을 것 같고⋯. 그러나 천천히 그리고 민감하게 해야 돼. 우리 아이 같은 처지의 경우들이 아주 많아요. 잘못하면 감옥에 보낼 수 있어요."

"당신 거리끼면 그만둬요⋯." 수화기 속에서 울음을 터뜨릴 것 같은 깜의 목소리가 들렸다.

"내가⋯. 내가 할게⋯."

"시간이 없어요⋯. 아이가 너무 열정적이라서 이번 우기 전에 쯔엉선 산맥을 넘어갈 것 같은데⋯. 무슨 일 생기면 당신이⋯."

너무 과감하고 서둘렀다. 깜의 성격이나 인간성과는 완전 반대였다. 현재 깜의 직책과 업무적 책임과도 완전히 반대였다. 그 전화는 러이로 하여금 초기의 움직이지 않는 전략을 취소하고, 심각하게 일을 처리하게 만들었다. 쭈가 전쟁터로 가지 못하도록 시급히 방법을 찾아야 했다. 러이는 잠도 못자고 밥도 잘 못 먹어 몰라보게 야위었고, 혼이 나간 경우가 많았다. 아내 라가 그의 등 뒤에 오랫동안 서 있었지만 모를 때도 있었다.

"당신 저에게 숨기는 것 있어요? 비 삼촌에게 무슨 일 생겼어요?"

러이가 놀라서 말했다.

"요즘 사무실에 일이 너무 많아. 피난을 세 곳으로 가야 하거든. 두 아이를 외할아버지, 외할머니와 함께 딩화로 보낼지를 생각 중이오."

"왜 친할머니가 있는 동 마을로 안 보내요? 친할머니 집이 가깝고, 우리가 찾아가기도 편한데요. 비 삼촌과 키엠 숙모도 아이들을 고향으로 보냈어요."

"당신 생각이 그렇다면 애들을 친할머니에게 보내도 돼." 러이가 말을 끝내고 싶어서 그렇게 말했다.

"당신 아직도 나에게 숨기는 것 있지요? 어제 제가 뜨부옹 씨에게 전화했어요."

"뭐, 전화? 뭐라고?"

"당신을 걱정한 것뿐이에요. 아저씨에게 당신 잘 도와달라고 했어요. 어쩐지 요즘 당신이 야위었다고…."

"쓸데없는 소리. 당신이 내 사무실 일에 관여하는 것 절대 금지야!"

라의 얼굴이 굳어지며 곧 울 듯 눈물이 고였다. 러이는 갑자기 근거도 없이 아내에게 심한 말을 한 것이 후회되었다.

"내 말은 앞으로 그러지 말라는 뜻이오. 당신 마음대로 뜨부옹 씨나 중앙당 동지들에게 전화하지 마시오. 내 걱정하지 마…."

말은 그렇게 했지만 러이는 여전히 걱정이었다. 깜이 계속 전화해서 독촉했다.

깜이 모든 것을 털어놓고 싶어 하는 것도 같았다. 탈출구를 찾지 못한다면 스스로 목을 매는 것과 다를 바 없었다.

***

작가 다쟝을 전쟁터로 배치하는 일로 뜨부옹 동지가 보캉 대령에게 보내는 편지는 예상치 못하게 러이의 사적인 문제를 해결하는 기회가 됐다. 총참모부 군사위원회는 신병 레끼 쭈의 배속을 결정하는 곳이었다. 러이 자신이 직접 보캉에게 설명해야 했다.

"보고드립니다. 사적인 일인데 도와주십시오."

다쟝의 일을 마친 후, 러이가 시간을 끌면서 보캉 대령에게 말했다.

310

"무슨 일인지 얘기하시오, 내가 최선을 다할게." 보캉이 유쾌하고 따뜻하게 큰 손을 내밀었다.

그런 동작은 러이로 하여금 자신과 희망을 갖게 했다.

"저에게 옛날 상급자가 있었습니다. 은인이라고도 할 수 있고 선생님이라고도 할 수 있는 분이지요. 제3지구 적 후방에서 비밀활동을 할 때 저를 이끌어준 분이기도 합니다."

"그런 훈련과 시험을 거친 정감은 아주 귀하지요."

"예, 세상 그 무엇보다도 귀합니다. 그 동지의 성함은 레투엣으로, 지구위원회 위원을 지냈습니다. 확고한 혁명전사이기도 합니다. 아주 유감스럽게도 그분은 하이퐁에서 국민당에게 살해당했습니다…"

"정말 안됐군! 레투엣 동지에게 은인이 있습니까?"

아주 총명한 사람이었다. 러이가 그렇게 생각하고 보캉을 바라보면서 밝은 얼굴로 숨을 내품었다.

"레투엣 동지가 남겨놓은 혈육이 있는데, 레끼 쭈라는 사내아이입니다. 이제 막 열여덟 살입니다. 그 아이는 지금 10학년인데 곧 졸업을 하면 군대에 갈 것입니다."

"그래요? 자식이 아버지의 뜻을 잇는구먼. 아주 좋아요!"

"학교에서 나라를 구하기 위해 자원하여 쯔엉선 산맥을 종단하겠다고 혈서를 썼답니다…"

"전국에서 그런 애국운동이 일어나고 있지요. 오늘날 젊은 세대는 이상도 있고, 아주 자부심을 가질 만해요…. 그런데…. 내가 지금 동지가 말한 레끼 쭈의 경우를 생각하고 있어요. 반드시 쭈를 전선에 보내야 하는가? 레투엣 동지에게 유일한 혈육인데. 그런데 나는 그 아이의 엄마를 모르는데…."

러이는 그가 자신의 머리 위에 앉아 있다고 생각했다. 러이가 말하기 곤란한 얘기를 그가 놀라울 정도로 정확하게 먼저 말했다.

"동지도 썬밍 성 여성연맹 부회장인 다오티 깜을 알 것입니다."

보캉이 갑자기 박수를 쳤다.

"깜의 아들이라고? 썬밍의 아름다운 여인을 어찌 군인인 내가 모르겠소? 꽝락 대령이 독신주의자인 빙응웬 준장에게 그녀를 붙여주려고 엄청나게 자랑했지요. 빙응웬 장군이 썬밍의 아름다운 여인을 만나고 나서는 아주 푹 빠졌소. 그분이 깜에게 청혼했지만 이룰 수 없었지요…."

"레끼 쭈는 깜 여사의 유일한 아들입니다. 한 어머니의 마음과 그 동지의 입대를 독려하는 간부로서의 책임감을 이해한다면…. 깜 여사는 자신의 아들 때문에 운동에 영향을 끼칠 수는 없다고 생각해서 감히 중앙당에 알리고 싶지도 않고…."

"이해했소. 자식이 전쟁터로 나가면 깜 동지가 어떻게 안심하고 일을 할 수 있겠소? 쭈가 지금 어디에 주둔하고 있소? 어느 부대 소속이오?"

러이가 서둘러 깜이 적은 쭈의 주소가 적힌 종이를 보캉에게 건넸다.

"지금 수오이하이에 있다고? 알았소 여기는 자원부대로 학력과 건장한 신체를 갖춘 병사를 선발해 우방국 전문가들이 특수훈련을 시키는 곳이오 전쟁터의 첨병이지…."

"깜 여사가 면회를 했다고 합니다…."

"나와 동지가 같이 그 아이를 면회 갑시다." 보캉이 갑자기 그런 제안을 하고, 재빨리 책상 위의 달력을 폈다. "이렇게 합시다. 다음 주는 일정이 꽉 찼어요. 화요일 오후에 시간이 되네요. 동지도 같이 쭈를 방문할 수 있지요? 나는 결정하기 전에 그 아이가 원하는 것을 알고 싶어요."

러이가 팔을 뻗으려다가 순간 머리에 스치는 것이 있어 재빨리 손을 뺐다. 3일 뒤에 그때 자신의 결정이 아주 정확했다는 것에 대해 스스로 칭찬했다.

"동지에게 폐를 끼치고 싶지 않습니다. 동지는 아직도 할 일 많은데요. 깜 여사가 동지를 만나서 고맙다고 인사를 드릴 것입니다. 그렇지만 동지께서 그 아이 부대까지 찾아가는 폐를 끼치고 싶지는 않습니다. 동지께서 부대에 지시를 내려, 쭈를 성급 부대로 전입시키든지 또는 학교로 보내주시든지 하시면 됩니다…."

보캉이 러이를 재빨리 바라보고는 고개를 끄덕였다.

"그것도 좋겠소. 깜 동지에게 우리가 쭈에 대해서 아주 관심을 갖고 있다고 전해주시고 안심하라고 하시오."

러이는 오르막길을 오르다 짐을 던 사람의 심정으로 군사위원회의 장교와 헤어졌다. 러이는 즉시 깜에게 전화를 걸었다.

"금방 총참모부 군사위원회 책임자 보캉 대령을 만났소."

"정말요? 그러면 운이 좋았네." 깜의 목소리가 기쁨에 차 있었다.

"보캉 대령이 이번 주 내에 해결하겠다고 약속했소. 내일 내가 쭈를 찾아가 이 기쁜 소식을 전하겠소. 이제 더 이상 걱정하지 마시오."

깜은 아무 말 없었다. 참고 있는 울음소리만 들을 수 있었다. 너무 기뻐하는 것이 틀림없었다.

***

수오이하이 호수로 오르는 길은 산수가 수려하고 아름다웠지만, 전투 전날의 시끌벅적하고 웅장한 분위기였다. 쭝하, 썬떠이에서 르엉썬, 끼썬, 미에우몬 등까지 바비 산 주변 지역 전체는 전선으로 나가기 위해 준비하는 집결지였다. 탱크, 장갑차, 중거리포, 장거리포, 자주포, 고사포, 다연발 로켓포 등 각종 병과의 무기가 다 모여 있었다. 페인트의 광택이 가시지 않은, 막 수입한 수천 대의 각종 트럭과 지프차가 꼬리를 물고, 주차장에 열을 맞추어 세워져 있었다. 어느 곳이나 녹색 군복을 입은 군인들이 있었다. 보병부대는 나뭇잎으로 위장하고 배낭을 메고, 총탄과, 삽, 곡괭이, 군용 해먹을 갖고 행군했다. 기동부대의 트럭 행렬이 끝없이 이어졌다. 사람들의 행렬과 차들이 줄을 이어 쯔엉선 산맥으로 들어갔고, 쯔엉선 산맥을 넘어갔다.

꽝쭝의 시가 저 판비엔 산 정상에 걸린 구름처럼 나타났다.

> 타잉선에 있는 너는 적을 몰아내고
> 나는 옛 전쟁터로 나간다
> 벗밧 고향 땅에서 서로 만나니
> 푸른 오후, 바비 산의 그림자를 볼 수 없구나.

9년 동안의 적을 물리치겠다는 온 민족의 기세가 이제 다시 구릉지에서 활기차게 일어나고 있었다.

나뭇잎으로 위장한 사람들 속에서 러이는 순간 레끼 쭈를 바로 알아보았다. 1.7미터의 키에 코가 우뚝하고, 눈꼬리가 올라가고, 주근깨가 있는 청년은 슬쩍 봐도 신기할 정도로 러이와 닮았다. 러이는 보캉 대령이 함께 가자고 했을 때 거절한 것을 정말 잘했다고 생각했다. 자신은 정말 민첩하고 총명한 것 같았다. ATK지역에 있을 때 배운 업무와 정치적 감각일 것이다. 프엉딩에서의 3일간의 환락은 헛된 것이 아니었다. 그녀는 그가 이 세상에서 만난 가장 신기한 여자였다.

그 청년과 눈빛이 마주쳤을 때 러이의 몸은 굳고 심장은 크게 뛰었다. 그 청년도 몸이 굳은 채로 러이를 바라보았다. 정말 신기한 감정, 부자의 정, 혈육의 정이 러이의 마음속으로 밀려왔다. 주변의 눈빛이 없었다면, 숲속이나 들판에, 아무도 모르는 타국에 두 사람만 있었다면 러이는 달려가서 쭈를 끌어안고 '아들! 아빠다! 너의 친아빠야! 너무 행복하구나! 엄마가 아빠에게 너의 소식을 알린 날부터 아빠는 꿈속에서 사는 것 같았다….' 하고 소리쳤을 것이다.

그 청년 역시 놀라고 당황한 기색이 역력했다. '어떻게 저 사람이 나하고 똑같지? 아니면 레투엣? 아버지가 아직도 살아 있어 나를 찾아왔나?'라고 자문하는 듯한 표정이었다.

조금 더 있다가는 눈물이 터질 것 같았다. 그는 피가 나올 정도로 입술을 깨물고 진정시켜야 했다. 지금은 자신의 신분을 드러낼 때가 아니었다. 잘못하면 자신도 위험하고 그 아이도 위험해진다. 아이가 충격을 받지 않도록 해야 한다. 앞으로 자신이 누구인지 알 기회는 많이 있을 것이다. 러이는 억지로 감정을 억누르면서 쭈에게 다가갔다.

"아저씨는 네 엄마의 친구이기도 하고, 너의 아버지 레투엣의 제자인 찌엔탕 러이다." 러이가 쭈의 눈길을 피하면서 말했다.

"그런데 엄마가 한 번도 아저씨 얘기를 않던데요…. 저는 생각하기를…"

"아저씨는 특별한 일을 하고 있어. 아주 오랜만에 네 엄마를 만났다. 너 공부를 아주 잘한다고 들었는데 그리고 외국 유학을 갈 수도 있다던데…"

"나라의 환경이 이런데 외국 유학을 가서 뭐하게요? 저는 아버지 원수를 갚고 싶어요. 전선에 나가서 응웬반 쪼이 형님처럼 미국을 궤멸시키고 싶어요."

러이는 만족한 미소를 지었다. 계급적 입장과 이상적인 교육노선이 이처럼 젊은이들의 미세혈관까지 스며들었으니 어찌 전쟁에서 승리하지 못하겠는가? 순간적으로 러이는 잃었던 자식을 찾은 아버지에서 정치가, 선전가의 위치로 돌아왔다. 쭈의 입에서 젊은 세대를 위한 이상적 혁명 교육사업과 청년사업 성과를 보는 아주 의의가 있는 말이 나온 것이다.

"자원하여 전쟁터로 간다는데, 고생과 희생이 두렵지 않니? 집에 혼자 계시는 어머니가 걱정되지 않아?"

"희생을 두려워한다면 미국을 칠 사람이 아무도 없겠지요. 그리고 제 어머니는 조직이 있습니다. 지금은 개인을 생각할 때가 아닙니다. 호찌민 주석이 '쯔엉선 산맥을 다 불태울지라도 독립과 자유를 쟁취해야 한다.'고 가르쳤습니다…"

러이는 당황했다. 예기치 못하게 그가 청년, 대학생들과의 대화에서 고무시켰던 말, 정치교육에서 강의했던 말들을 이제 쭈로부터 다시 듣게 된 것이다. 자신의 이상 속에서 살도록 그대로 둘까? 러이가 팔을 벌려 신병의 튼튼한 어깨를 감싸 안았다.

열일곱 살의 건강한 남자의 몸속에서 피가 한 방울 한 방울 그에게 전해지는 느낌이었다. 혈육이라는 느낌이 러이의 눈을 쓰리게 만들었다. 그는 순간적으로 깜에게 무한한 감사를 전하고 싶었다. 깜이 엄청난 대가를 치르며 자신의 자식을 기른 것은 그녀가 정말 속이 깊고 멀리 볼 줄 아는 사람이라는 것을 증명했다. 러이는 이 귀한 혈육을 준 깜에게 천번 만번 감사해야 했다. 그 아이는 그녀가 바라듯이 후방에 머물러야 할 것이다.

아무도 그녀의 삶에서 가장 귀한 보물, 신성한 혈육을 뺏어갈 권리는 없다. 아이 때문에 18년 동안 그녀가 견뎌낸 엄청난 고난은 무엇과도 바꾸지 못한다. 보캉 대령이 약속한 말대로라면 며칠 뒤 이 이상적인 열혈 신병은 대열에서 분리되어 쯔엉선 산맥을 종단하는 사람들과 반대로 전쟁의 사신이 이를 수 없는 곳으로 가게 될 것이다.

"아저씨가 여기 온 것은 너에게 이것을 알려주기 위해서다." 자신의 업무를 상기하고, 러이는 쭈의 귀에 대고 속삭였다. "곧 상부에서 너를 불러 B지역으로 가는 병사들 대열에서 나와 이곳에 기다렸다가 다른 임무를 받으라고 하면 너는 반드시 그 명령을 집행해야 한다. 네 엄마가 너에게 그렇게 전해달라고 당부했다."

"어, 아저씨!" 쭈가 놀라서 문이 휘둥그레졌다. 그는 어른들을 이해할 수 없었다. "저는 반드시 전쟁터로 갈 거예요. 가장 아름다운 삶은 전선에서 적군과 싸우는 거죠. 제가 피로 신청서를 썼지 맹물로 쓴 것이 아닙니다…"

러이는 동생 응웬끼 비의 시집 제목처럼 『신의 시대』에 대한 이상으로 가득 찬 시대와, 깜과 그의 작품인 이 청년의 맹목적인 믿음, 그러나 진실되고 아주 꾸밈없는 말 앞에 뭐라 할 말이 없었다.

제2부

상전벽해

상전벽해의 난리를 겪고 나니
보는 것마다 마음이 아프구나.

— 응웬주

제15장 하나의 강산

디엔비엔푸에서 승리한 후 21년이 지난 1975년 봄에야 베트남 강산이 겨우 하나가 되었다. 독립과 자유를 향한 노정은 험하고도 길었으며, 너무나 고생스럽고 폭력적이었다. S자형의 베트남 지형을 종단하면서 각 마을을 지날 때, 열사묘지에 층층이 줄지어 선 비석들을 보면 그것을 알고도 남았다. 피로 독립을 이룬 것이다.

사랑스런 동 마을은, 한때 마을 한가운데에 악랄한 적의 초소가 세워지기도 했던 곳으로, 9년 동안 프랑스와의 항전에서 온 마을을 합쳐 단 8명의 열사가 나왔다. 그런데 미국과의 전쟁에서는 상실의 아픔이 두 배로 늘었다. 열사의 숫자로 보면 9배나 증가하여 두 개 소대만큼 되었다.

응웬끼 꽉의 가족이 마을에서 두 아들이 전쟁에 참가한 유일한 가족은 아니었지만, 손실은 제일 컸다. 꾹의 장남 응웬끼 꽁은 7학년을 마치고 공부를 그만두었다. 그리고 열일곱 살이 채 안 되어 아버지 몰래 나이를 속이고 징병검사를 받았다. 몸무게를 측정하는 간호사는, 삐쩍 마른 10대 청년이 몸무게를 늘리기 위해 아랫주머니에 돌멩이를 가득 넣어 바지가 벗겨질 것 같은 모습을 보고 웃음을 참을 수 없었다.

"너! 집에 가서 많이 먹고 일 년 뒤에 징병검사 다시 받아라!"

꽁이 사정했다.

"봐 주세요. 제 어머니가 타잉암 다리에서 미군의 폭격으로 돌아가셨어요. 어머니의 원수를 갚고 싶어요. 몇 킬로그램만 더 올려주세요."

간호사가 눈물을 머금고 입대 기준에 충분한 5킬로그램을 추가해주었다.

응웬끼 꽁은 벤하이 강을 건너기 전에 아버지와 할머니에게 마지막 편지를 썼다. 그때는 꽝찌 성 초입에서 전투가 치열하게 벌어지던 시기인 1972년 건기였다. 그로부터 꽁은 포연이 가득한 쯔엉선 산맥의 정글에서 사라졌다.

다음은 토지개혁 시기 중반에 태어난 꽁의 동생 응웬끼 까이 차례였다. 그때는 모든 역량을 전쟁에 투입하던 전국 총동원령 때였다. 농촌 청년들은 이력이 좋던 나쁘던 열여덟에서 서른여섯의 건강한 사람이면 모두 입대해야 했다. 여러 현에서는 할당된 입대 대상이 모자라서, 열일곱 살부터 위로는 서른일곱까지 나이를 넓혀 모집했다. 각 대학교와 전문학교에는 여학생과 졸업반 남학생만 남기고, 1학년과 2학년 학생들은 모두 전선으로 나가거나 의과대학, 도로, 교량 학과, 교통운송대로 보내져서 속성 훈련과정을 거친 다음 전투 지원업무에 투입되었다. 디 응아오의 집은 한꺼번에 두 아들, 응아잉 버우와 응옥이 입대했다. 응아잉 버우는 꾹과 동갑으로 35세인데, 처음에 입대가 연기되었다가, 아버지 리우 반 응아오 씨가 면장이었는데도 현에 할당된 징집대상자가 모자라 결국 입대를 해야 했다. 응옥은 응아잉의 다섯째 동생이었다. 어렸을 때는 동네 아이들이 여자애들 심부름이나 해주고 책보나 들어주는, 멍청이라 부르며 놀렸다. 학교 갈 나이가 되자, 출생신고서를 고쳐 이름을 옥구슬이라는 의미의 응옥으로 개명했다. 리우빅 응옥은 여자 이름 같았다. 그는 몸집이 아주 컸지만 징병검사에서 여러 번 떨어졌다. 그는 면 소대장이나 청년단 단장의 줄이 있다거나, 지방 행정기관에서 일하는 것도 아니었다. 징병검사를 받을 때마다 혈압과 맥박이 엄청 높았기 때문이었다. 혈압이 200/120, 맥박이 100회가 넘은 적도 있었다. 응옥은 징병검사 군의관을 속이는 비결을 갖고 있었다. 징병검사를 받기 전 응옥은 술 한 잔에 용과 엑기스를 섞어서 마셨다. 그러면 혈압과 맥박이 올라갔던 것이다.

응옥이 징병을 피한 결과는 처음에 화려했다가 끝이 허망했다. 청년들이 모두 군대 가고, 시골에는 여자들만 남아 있어 응옥은 아주 귀한 물건이 되었다. 군용 물품을 나르러 가거나, 둑을 쌓는 노력봉사를 가거나, 민방위 훈련을 가거나, 꺼우덤 돌산에서 인산 비료를 채취하러 갈 때 남자는 응옥 하나였다. 밤낮으로 쓸모가 많았다. 남편을 군대 보낸 수십 명의 여자들은 밤이 괴로웠다. 토지개혁대의 팽띠우 끼우처럼, 응옥은 세 여자와 잠을 자기도 했다. 토지개혁 당시 팽띠우 끼우가 권력을 사용했다면, 응옥은 굳이 그럴 필요가 없었다. '물소가 두꺼비 찾듯' 남자가 여자 밝힌다는 속담은 이제 거꾸로였다. 수백 년 만에 한 번 있을까말까 한 소문은 100퍼센트 사실이었다. 두 여자의 질투 때문에 소문은 수면 위로 떠올랐다. 이종사촌 간인 라잉과 니는 모두 결혼식 일주일 만에 남편을 전쟁터로 보냈다. 막 불이 붙었던 신혼 밤 열기를 끌 수 없던 때에 응옥이 유혹하자 이들은 불나방처럼 뛰어들었다. 두 여자 모두 임신까지 하는 바람에 하노이로 가 임신중절 수술을 받아야 했다. 리우 반 응아오는 추문에 영향을 받을 자기 입지를 생각했다. 곧 있을 선거에서 면장직을 내려놓아야 할 것 같았다. 그는 아무 소리도 못하고 두 아들을 한꺼번에 군대에 보냈다.

중앙 군사위원회에서 의사까지 파견한 징병검사 때 응옥은 입대가 확정됐다. 그동안 용과 액기스를 마신 것도 탄로 났는데, 응옥이 재검사를 받은 유일한 경우였다. 응옥과 까이 모두 A등급을 받았다. 일주일 후 동 마을은 17명의 신병을 전송했다.

사전에 뭔가 맞춰놓은 것처럼 응아오 면장의 두 아들은 성급 부대로 배속되었다. 집결한 지 이틀 후, 응아잉 버우는 현급 부대에 배속되어 각 면의 신병 모집 업무를 맡았다. 응옥은 성 고사포 대대에 배속됐다. 금을 퍼내는 자리 같은 우대 직책이어서 권세 가진 집안 자식들이라는 말을 듣지 않을 수 없었다.

까이처럼 못나고 줄 없는, 나머지 15명의 동 마을 신병들과 다른 면의 수백 신병들은 다음 날 수풀로 위장한 트럭을 타고 곧바로 전선으로 사라졌다.

***

1972년 말의 총동원령 이후 동 마을에는 애들과 노인 그리고 여자들만 남았다. 공장이나 국가기관에 근무하는 남자들 몇 명을 제외하고 나머지는 모두 전쟁터로 갔다. 논 갈고, 수확하고, 둑을 쌓고, 도랑 파고, 군수물자 운송하고, 지붕 이고, 물 푸고, 장례식 치르고, 잡다한 일, 힘든 일들이 모두 스스로 '여편네'라고 자조적으로 부르는 여자들의 몫이었다. 가뭄에 콩 나듯 합작사 관리위원회와 한두 생산조에 두세 명의 남자들이 있었다. 여자들은 이들을 '몽둥이'라고 불렀다. 남자들을 또 '조미료'라고 부르기도 했는데, 조미료는 이쑤시개로 조금만 찍어 국물에 넣어도 맛이 좋아지는 아주 귀하고 값비싼 것이었다.

말이 조미료지, 사실 동 마을 몽둥이들은 다리가 휘고, 배꼽이 처졌거나 전선으로 가기에 기준 미달인 사람들이었다. 합작사 감찰위원인 팀, 마을 초입의 양복점 주인 리, 회계담당 뜨랍, 수로 관리대의 쏭래, 면장 응아오 등이 그랬다. 조미료 중 그나마 두드러진 사람은 꾹이었다. 비록 나이 사십에 왼팔은 물토란 대처럼 흔들거리고 오른쪽 귀가 먹었지만 몸집이 크고, 서양 혼혈 얼굴에, 자세히 보면 아주 멋졌다. 게다가 꾹은 독신이었다.

아내 빙이 포탄을 맞아 죽자 꾹에게 여자를 소개시켜주겠다는 사람이 많았지만 꾹은 아내 생각에 자식들이 불쌍해서 단호히 거절했다. 꽁과 까이, 두 아들이 전쟁터로 나가 꾹의 이력에 도움이 됐고, 조직으로부터 신임도 받았다. 꾹은 교육을 받은 다음 축사 담당 합작사 부주임으로 내정되었다.

강은 구비가 있고 사람은 때가 있다는 말이 사실이었다. 부주임 호칭이 자연스러울 즈음 꾹의 고생스럽던 시간도 서서히 지나갔다. 개 같은 밑바닥 생활에서 코끼리 같은 생활로 바뀌었다. 속은 다 빼먹고 말라비틀어진 껍질만 남은 감자처럼, 생쥐가 알맹이를 먹어버린 빈 달걀처럼 텅 빈 동 마을에서, 치열한 전쟁기간 중 꾹이 코끼리처럼 되어버린 일은 정말 신기했다. 목축 담당 부주임 자리는 권력은 없고 고생만 한다고 생각하면 큰 오산이었다. 권세와 힘이 넘쳤다. 합작사 조합원들이 벼 3냥에서 5냥씩인 일당을 잘 받으려고 경쟁했다. 여편네들은 말할 것도 없었다. 꾹은 간부라서 가만있어도 수확기마다 벼 몇 톤을 받았다. 어떤 사람은 벼를 잘 말린 다음 쭉정이까지 알뜰히 골라낸 후에 집까지 배달해주었다. 그것은 작은 소득에 불과했다. 수백 마리의 돼지, 수백 평의 양어장, 수천 개의 알이 나오는 오리 우리에서 크게 남았다. 1톤의 돼지고기를 국영상점에 납품하면 돼지머리와 내장, 허파와 간이 꾹에게 떨어졌다. 현의 간부들이 내려와 돼지 한 마리 기르겠다고 달라 하면 바로 내주었다. 주면 당연히 오는 것이 있었다. 쏭꺼우 상표의 파운데이션, 장동 상표의 보온병, 타잉흐엉의 차 또는 옷감 몇 미터와 식품을 구매할 수 있는 배급표가 오는 것은 특별한 일도 아니었다. 좀 더 값나가는 것은 수천 개의 벽돌, 몇십 포대의 시멘트, 수십 킬로그램의 철근 또는 외제 라디오, 중국의 공작표 이불, 통넛 또는 빙끼우 공장의 자전거 배급표였다. 모든 것이 금처럼 귀한 시대에서 조그만 권세나 교환, 분배할 수 있는 작은 식량, 식품, 물자가 있으면 바로 부자가 될 수 있었다.

꾹의 집도 목축 담당 부주임 자리 덕에 맛있는 느억맘[35], 조미료, 비누, 설탕과 연유, 담배, 타잉흐엉 차가 떨어지는 날이 없었다. 리푹 부인은 그 물건의 일부를 덜어서 꾹 몰래 손주 주옹을 시켜 애들 외갓집에 보냈다. 생각하면 꽁과 까이가 불쌍했다. 겨울에 나무 슬리퍼를 신고 해가 뜨기도 전에 8킬로미터를 걸어서 학교에 갔다. 고무 슬리퍼는 물론 따뜻한 옷 한 벌이 없었다. 뱃가죽이 등에 붙을 정도였고, 언제나 꼬르륵댔다. 이제 까익과 주옹은 행복한 편이었다. 부주임을 맡은 지 일 년 만에 통넛 자전거 두 대를 사서 아이들이 학교에 타고 다니도록 했다. 그것은 아주 큰 선물이었다. 현의 상업담당 과장에게 종자 돼지 두 마리를 무상으로 배급해주니, 그녀가 자전거 두 대의 배급표를 건넸다. 오고가는 것이 분명해서 아주 맘에 들었다.

물자의 풍요는 시작에 불과했고, 연애라는 것이 비로소 큰 이익이었으며, 실질적으로 꾹의 삶을 코끼리의 삶으로 올려놓았다. 생각해보니 조미료라고 이름을 붙인 사람은 정말 뛰어난 사람이라는 생각이 들었다. 꾹은 동 마을의 밥그릇 두 개가 그려진 상표의 조미료였다. 어디를 가든지 꾹은 침 흘리며 자신을 바라보는 여자들의 눈길을 느낄 수 있었다. 응옥 녀석이 집에 있던 때는 그가 영주였다. 여자들이 메뚜기 떼처럼 그를 따랐다. 하지만 지금은

••
35. 베트남 액젓.

달랐다. 라잉, 니, 냐이, 후에 등 동 마을은 물론 이웃 마을의 여편네들은 모두 꾹의 소유였다. 그러한 일들은 솔직히 말하면 체제를 왜곡하고, 공산당의 입장과 관점을 잃어버린 것이라고 할 수 있었다. 그러나 실질적으로 전쟁이 꾹의 동 마을 여자들로 하여금 그러한 힘든 환경에 처하게 한 것이었다. 가장 안타까운 것은 열사의 아내들이었고, 다음으로는 군인의 아내였다. 그들이 말하는 것, 특히 회의나 모임에서 말하는 것을 들어보면 그들은 절개가 굳은 강철 같은 여자들이라는 생각이 들었다. 그러나 그들의 눈을 보면 수심이 가득하고, 언제나 불안해 안절부절 하고, 언제나 그 무엇이 부족한 것같이 보였다. 협동농장 마당에 일하러 가면, 벼를 담고 있는 곳이나 탈곡하는 곳을 둘러보았다. 그때 꾹은 불타는 듯, 자신을 부르는 것 같은 눈빛들과 마주쳤다. 축사에 가면 돼지에게 줄 사료를 섞는 여자들이 사료를 섞으면서도 눈은 계속 꾹을 바라보았다. 어떤 여자는 꾹에게 접촉할 기회를 노리거나 꾹 옆으로 지나가면서 무심결에 한 것처럼 꾹의 몸이나 엉덩이를 건드렸고, 감전된 것처럼 불꽃이 튀었다.

먹을 것이 오면 바로 먹어야지 못 먹으면 바보다. 몇 번이나 꾹은 그렇게 생각했다. 니가 꾹의 사무실로 들어와 결재해 달라고 하면서 자몽 같은 젖가슴을 꾹의 어깨에 밀어붙이고, 꾹의 뒤통수에 뜨거운 숨결을 뿜어댔다.

너무 긴장되었다. 니뿐만 아니라 라잉도, 나이도 모두 그와 같은 행동을 해서 언제나 꾹의 신경을 긴장시키고 흥분시켜 참기 어렵게 만들었고, 손발을 그냥 둘 수 없도록 만들었다 오랫동안 억제되고 유배되었던 꾹의 몸속에 있던 남자가 갑자기 살아났다. 꾹은 빙의 제단에 향을 피우고 자신을 그 여자들 속으로부터 벗어나게 해달라고 기도했다. 향이 활활 타올랐다. 그것은 빙이 꾹을 안타깝게 생각하는 듯했다. 그래도 괜찮다는 것 같았다. 미 제국주의와의 전쟁은 아직도 길게 남아 있으니, 아내를 얻어 아들 몇을 더 낳아서 저들이 빙의 원수를 갚으러 가게하면 된다는 것 같았다.

다음 날 꾹은 행동하기로 결심했다. 과연 니가 축사에 있는 부주임의 사무실로 들어왔다.

"보고 드려요…. 현 양곡창고에서 저희에게 벼 2.5톤을 보내, 방아를 찧으라고 합니다. 어떻게 각 가정에 분배할지 지시를 내려주십시오."

니가 꾹의 등 뒤로 바짝 다가왔다. 그리고 그녀는 꾹의 등에 유방을 세게 밀어대는 것 같았다. 꾹이 그렇게 생각하자 이유 없이 옆구리가 타는 것 같은 느낌이 들었다. 이 여자가 이상하다고 생각했다. 남편이 군대간 지 몇 달 만에 응옥 녀석과 바람피웠다. 임신했을 때, 하노이로 가서 중절수술을 해야 했고, 디 응아오 씨가 응옥을 억지로 입대시키고 나서야 비로소 떨어졌었다. 그러나 생각하고 또 생각해야 했다. 여자가 남자 냄새를 맡았고, 젊고 저렇게 맛있어 보이는데 누가 참을 수 있겠는가? 하물며 우리 속의 돼지도 발정기에 수퇘지가 없으면 미친 듯이 날뛴다. 손을 집어넣으면 암퇘지가 순하게 엎드려 다리를 벌리고 엉덩이를 내밀며 기다린다. 한 번은 니가 얼굴이 빨개지고 어리둥절하게 서서 수퇘지가 암퇘지를 올라타는 것을 바라보고 있었다…

"여기요…. 서명해주세요…." 니가 고개를 숙였는데, 머리칼이 꾹의 이마를 스쳤다. 꾹은 용기를 내서 몸을 뒤로 젖히고 성한 팔을 등 뒤로 휘감아서 손바닥으로 위에서 아래로 미끄러지듯 내려갔다. 꾹의 손바닥이 불타는 듯 뜨거워졌다. 꾹은 움직이지 않고 그대로 있었다. 물이 쏟아져 손을 흥건히 적셨다.

한 사람은 앉고 한 사람은 선 자세로 한참 동안 있었다. 냐이가 방해하지 않았다면 틀림없이 어떤 일이 벌어질지 몰랐다.

그러나 신호를 보냈고 상대방이 접수했는데, 니가 거기서 멈추겠는가? 경험이 있는 여자로서 그리고 사랑에 빠져있었기 때문에 다음 날 밤 니가 두 사람이 신선놀음할 곳을 마련해놓았다. 그곳은 마을 끝에 있는 바나나

밭 가운데의 짚더미였다.

　니와 운우의 정을 나눈 후, 꾹은 사랑의 전쟁터에서 빠르게 장성했고, 고수가 되어갔다. 차례로 라잉, 냐이, 란, 후에가 스스로 꾹을 찾아왔다. 그들은 서로에게 한턱내는 것 같았고, 서로 정보를 전달하여 꾹을 맛볼 수 있도록 여건을 만들어주는 것 같았다. 토지개혁 당시 팽 띠우 끼우가 여자들의 바지를 벗기고 강탈하려고 권위와 술수를 사용했던 것과 아주 다르게, 꾹에게는 여편네들이 스스로 몸을 바쳤다. 꾹은 동 마을 여편네들의 삶이란 국그릇에 맛을 더해주는 조미료였다.

　계속 밤길을 다니다보면 귀신을 만나는 날도 있는 법이다. 여자들이 서로 정한 순번을 지키지 않았는지, 아니면 너무 질투해서인지는 모르지만 어느 날 밤 냐이와 라잉 그리고 면장 디 응아오가 꾹과 니가 축사 창고에서 뒹굴고 있는 현장을 덮쳤다. 군인의 아내와 놀아나는 것은 혁명 사업을 파괴하려고 후방에 심어놓은 반동 간첩과 무엇이 다른가? 사람들이 전쟁터에 나가 삶과 죽음의 순간을 오가고 있고, 어린 아내와 자식들을 집에 두고 당신들에게 지켜 달라 했는데, 자네가 유혹하고 꼬드겨 저들의 아내를 덮쳤다? 어떤 병사가 안심하고 적을 칠 수 있겠는지 물어봐? 자네가 아무거나 쑤시면 후방에 있는 다른 새끼들도 자네를 따라 쑤시고, 그러면 대패하는 거지. 전선에 나가 있는 병사들이 완전히 뒤집히는 거야. 그래서 자네는 죽어 마땅해. 욕심낼 것을 욕심내야지!

　그런데 갑자기 신기한 일이 벌어졌다. 꾹이 풀려났다. 귀신이 도왔는지 꾹 집안에 큰 복이 내렸다. 빙의 혼령이 꾹을 구해준 것이다.

　어떻게 하늘이나 부처가 꾹을 구할 수 있겠는가?

　꾹을 구한 것은 바로 당 지부였다.

　아주 운 좋게도 꾹은 최근에 당에 가입했다. 만약 조직의 사람이 아니었다면 꾹의 삶은 찌꺼기가 되었을 것이다. 지부에서는 수십 번이나 회의를 열었다. 수십 번 논쟁하고 분석했다. 이것은 꾹 동지의 사적인 문제로만 볼 수 없고 조직의, 전체 조직의 중요한 문제다. 미꾸라지 한 마리가 물을 흐려놓은 사건이다. 그런데 어떻게 조직에 미꾸라지가 있을 수 있나? 조용히 처리하지 않으면 적이 이 기회를 이용해 내부에서부터 조직을 파괴하려 할 거야. 지부 서기가 그렇게 웅변했다. 우선은 이 간통사건을 절대로 군중들이 알게 해서는 안 된다. 상부에 이 소식이 들어가지 않도록 절대적으로 비밀을 지키고 감추어야 한다. 상부에서 이 일을 알게 되면 그동안 지부의 성과와 분투, 노력한 결과가 물거품이 될 것이다. 지부가 깨끗하지 않고, 당의 네 가지 목표를 이루지 못한다면 무슨 체면이 있어 군중 앞에서 응당 해야 할 말이라도 제대로 할 수 있겠는가? 그리고 어떻게 기관차, 지도자의 역할을 할 수 있겠는가? 됐어, 서로 입 닫고 내부적으로 처리하자. 꾹 동지의 아내가 미군의 포탄으로 죽었고, 독신으로 몇 년 동안 자식을 길렀다. 아무리 목석이라도 한 번쯤은 할 수 있는 실수다…. 또 니는 군인의 아내로 삼 년 동안 아무런 소식도 받지 못했다. 옛날에도 삼 년 수절하면 열녀상을 받기에 충분하다고 했다. 요즘 시대에는 소녀들이 열한 살부터 월경을 한다. 니가 결혼식하고 일주일 만에 남편이 전쟁터로 나갔다. 삼 년을 견디며 문을 닫고 남편을 기다렸다는 것만으로도 아주 대단한 일이다. 지부에서 정신교육을 받도록 조치를 취하면 된다. 여자가 오줌 싸봐야 풀보다 높이 올라갈 수는 없다는 옛말이 있잖아. 여자는 그렇게 연약해. 그래서 삼 년을 잘 참다가 한 시간을 못 참고 그렇게 된 것이다….

당 지부에서 비밀리에 처리하기로 회의를 하고 있을 때, 니 남편의 전사통지서가 현 부대로부터 전달되었다. 회의 중에 웅아오 면장이 꾹의 사정을 생각했는지, 아니면 조직의 탈출구를 찾았다고 생각했는지 아주 기뻐하며 "니 남편 븍이 작년에 함종 다리 포진지에서 희생되었다는 것을 알았지만 후방의 동요를 막기 위해서 가족에게 알리지 않았다는데, 이제

니는 자유인이 되었소. 우리 지부는 누구도 징계할 필요가 없소. 우리가 꾹 동지와 니 동지가 결혼하도록 주선합시다…"라고 말했다.

꾹과 니와의 결혼식이 북의 전사통지서가 도착한 지 한 달 뒤에 당지부의 주최로 거행되었다. 꾹은 자신보다 열여섯 살이나 어린 신부를 얻어 회춘했고, 3년 동안 딸 둘에 아들 하나를 낳았다.

***

승리의 날이 가까울수록 더 많은 동 마을 청년들이 전쟁터에서 죽어갔다.

까이는 꽁보다 정확히 일 년 늦게 입대했다. 행군하면서 훈련을 받고, 우기가 끝났을 때 까이의 부대는 친구의 땅인 라오스를 돌아 서부 고원지대로 진입했다. 1974년 9월, 아군이 부온마투옷에서 미 괴뢰정권의 군사 요충지를 전면적으로 공격하기 전, 닥도와 쩐까잉에서 탐색전을 벌였을 때 까이는 이름 없는 계곡에서 영원히 잠들었다.

동 마을은 24명의 열사들 전사통지서를 차례로 받았다.

응웬끼 까이의 전사통지서를 받던 날, 리푹 부인은 영정 속 친손자 사진을 보고는 바로 기절했다. 허우는 영정을 끌어안고 찡그리듯 웃으며 까이가 살아있는 것처럼 사진과 얘기를 했다. 꾹은 하루 종일 아무 말도 없었다. 그는 니에게 암탉 한 마리를 잡아서 제사상에 올리라 하고, 주옹에게 외할아버지와 외할머니를 모시고 오라고 일렀다. 밤이 되어 꾹은 조용히 빙의 제단으로 가 향을 피우고, 한참을 합장하고 나더니 귀신이 끌어당기는지 비틀거렸다.

빙의 영정 아래에 놓인 18세에 희생당한 청년 응웬끼 까이 영정 속 모습은 영화배우처럼 용모가 준수했다. 꾹은 마음속으로 한쪽 편의 아직 빈자리가 꽁의 자리가 되지 않기를 간절히 바랐다.

동 마을에서 유일하게 소식이 없는 사람은 응웬끼 꽁이었다.

갑자기 형수 라가 온 동 마을을 뒤끓게 하는 소식을 갖고 하노이에서 찾아왔다.

첫 번째 소식은 1954년 남으로 내려간 리푹 씨의 셋째 아들 응웬끼 봉이 아직 살아 있으며 곧 돌아온다는 것이었다.

두 번째 소식은 응웬끼 봉이 응웬끼 꽁을 동남부 전쟁터에서 만났다는 것이었다.

이 두 소식은 틀림없는 것 같았다. 라는 단지 남편의 대변인일 뿐이기 때문이었다. 남편 러이가 중앙당 고위 간부고, 사이공을 시장 드나들 듯 다녔을 텐데, 그가 소식을 전했다면 어떻게 틀릴 수 있겠는가?

리푹 부인은 죽었다가 살아난 것 같았다. 그녀는 만나는 사람마다 큰아들 코이가 사이공에서 가져왔다는 셋째 봉의 편지를 자랑했고, 손에서 손을 거치면서 편지가 너덜너덜해질 정도였다. 글씨를 몰랐지만 그녀는 쉼표 하나까지도 외웠다.

저는 응웬끼 봉입니다. 불효자 머리 숙여 부모님께 인사드립니다.

전쟁 때문에 제가 가족을 떠나온 지도 20여 년이 되었습니다. 언제나 부모님의 모습과 고향의 그림자가 제 마음속에 깊이 새겨져 있습니다. 그동안 일어났던 일들을 어떻게 이 편지에 다 적을 수 있겠습니까? 저는 여전히 제 아내와 자식, 번과 비에게 반드시 우리가 고향 땅을 밟을 날이 있을 거라고 얘기하고 있습니다. 과연 우리 집은 큰 복을 받았습니다. 코이 형님을 사이공에서 만났는데, 저는 꿈꾸는 줄 알았습니다. 우리 네 형제자매가 고향 동 마을에서 다시 만날 기회가 있다는 것입니다. 그날이 멀지 않았습니다. 반드시 제가 어머니와 가족을 찾아가겠습니다…. 이 기회에 꿈에게 소식을 전합니다. 꿈에게 군대 간 큰아들이 있다면 제가 안록에서 만났다는 것입니다.

단 몇 줄의 짧은 편지였지만 꾹을 미칠 듯 기쁘게 만들기에 충분했다. 그는 머이 시장 순댓국집에서 술 한 병을 마시고, 지난주 아내가 꿈에 나타나 아들 꽁이, 뭐라고 말하는지 알아들을 수 없는 남부 사투리를 쓰는 사이공 출신 아내를 데리고 나타날 것이라 말했다고 중얼거렸다. 그렇지! 두 아들 중 하나는 반드시 목적지까지 가서 승리하고 돌아오는 놈이 있어야 하는 것 아닌가? 신문에 그러한 기사가 나는 경우는 많았다. 아내는 남편의 전사통지서를 받고, 시부모는 어린 며느리가 불쌍해서, 아내 잃은 친척 상이군인에게 시집을 보냈다. 그리고 결혼식을 진행하고 있을 때 남편이 나타나는 경우도 있었다. 또 병사가 집에 돌아와 보니 제단에 자기 영정이 있는 것을 보고, 이것이 현실인지 아닌지 어리둥절하여 서 있을 때, 들에 일 나갔던 부모가 돌아와 아들을 보고 귀신이라 생각하여 바로 땅에 엎드려 귀신에게 집안을 보살펴 달라 빌었다는 경우도 있었다.

그를 시험하는 것 같은 몇 줄의 편지를 보고 그냥 있을 수 없어 꾹은 아내 니에게 닭 한 마리와 찹쌀 몇 킬로그램을 준비시켰다. 자신이 직접 하노이로 가 큰형 코이를 만나 봉이 꽁을 어떻게 만났는지 자세히 물어보고 싶었던 것이다.

***

꾹이 여전히 찌엔탕 러이 동지라고 부르는 큰형 코이는 1975년 4월 30일 승리의 날에 사이공 정부의 핵심부인 독립궁에 들어간 유일한 동 마을 사람이었다.

뜨부옹 동지가 이끄는 X위원회 특별공작단은 찌엔탕 러이, 반꾸엔과 같이 하노이를 출발하여 3월 16일 후에가 해방되던 날 그곳에 도착했다. 그리고 위장막을 친 소련제 지프차 우앗을 타고 '신속하게, 더 신속하게'라는 명령에 따라 하루 밤낮을 달려 다낭에 주둔하던 주력부대를 따라 잡았다. 거기에서부터는 북쪽 군대의 전방 지휘부를 따라 곧바로 독립궁으로 진격했다.

1954년 10월 호찌민의 군대가 수도를 해방시킨 지 21년이 지난 지금, 찌엔탕 러이는 군대와 함께 사이공으로 진격하는 영광을 누리게 된 것이다. 전처럼 초록색 등산모에 초록색 군복이었지만 수만 명의 해방군 전사와 장교들 사이에서 찌엔탕 러이의 위세는 남달랐다. 그가 부대를 따라 시내로 들어온 것은 구정권의 체제 전부를 접수하러 온 것이었다. 이어서 반동사상을 처벌하고, 제거하여, 새로운 정치체제를 수립하기 위한 것이었다. 일생 동안 그러한 영광과 절정의 행복을 느낄 수 있는 사람은 많지 않았다.

사이공에 발을 디딘 첫날부터 X위원회는 빛나는 전적을 세웠다. 전국은 물론 전 세계에 '우리 대군이 사이공에 진격했다'는 X위원회 반꾸엔의 르포기사를 대부분의 일간 신문에 실었고, 라디오를 통해 연속저으로 방송했다. 이 르포기사는 두 면의 지면을 꽉 채울 정도였다. 동주, 벤깟, 저우저이, 롱타잉, 벤륵 등지에서 진격하여 사이공 괴뢰정권의 마지막 핵심부를 파죽지세로 신속하게 점령하기까지의 과정을 묘사한 것이었다. 그리고 결정적인 것은 기갑여단이 독립궁을 점령하고, 불과 며칠 전에 대통령직을 맡은 즈엉 반밍 장군을 체포하여 방송을 통해 괴뢰군들에게 무조건 항복하고, 남베트남이 완전히 해방되었다는 것을 선언케 한 것이다. 그 뜨거운 기사와 함께 영웅적인 208여단의 843탱크와 390탱크가 독립궁으로 진격하는 사진을 실었다.

"자네들 대단해! 막 호랑이 굴에 들어와서 물도 설고 새로운 환경이다, 업무 처리도 익숙하지 않았을 텐데, 어찌 그렇게 그 불같은 르포기사를 썼어! 명나라 군대를 물리치고 나서 응웬 짜이가 쓴 평오대고[36]와 다를 바 없구먼….”

찌엔탕 러이와 반꾸엔을 칭찬하는 뜨부옹 동지의 말이었다.

찌엔탕 러이가 솔직하게 말했다.

“예, 보고드립니다. 이 공은 반꾸엔의 것입니다. 그 친구가 밤새워 쓴 것입니다. 저에게 수정을 부탁했고, 저는 단지 조금 수정했을 뿐입니다. 오직 한 자 ‘우리’라는 말만 추가했습니다. 우리가 혁명군이라는 것을 강조하려는 것이었습니다.”

“아주 좋아! 특히 그 조금이라는 것, 거시적이고 전략적 시각을 증명하는 것이지. 그리고 반꾸엔의 글이 아주 새로워. 생동감도 넘칠 뿐만 아니라 찌엔 후엔리도 수려해. 이번에 중앙당에 자네들에게 훈장을 주라고 건의하겠네.”

한 집안의 형제처럼 친근한 말투를 쓰는 것으로 보아, 뜨부옹 동지가 얼마나 기뻐하는지 알고도 남았다.

“뜨부옹 동지가 자네의 글을 특별히 높이 평가하고 있어.” 찌엔탕 러이가 반꾸엔에게 말했다. “바로 나도 자네의 현실을 파악하는 능력에 아주 감동했어. 자네 언제, 어디서 그런 자료를 얻는 재주가 있었나?”

러이의 탐색하고 조사하는 것 같은 눈길은 반꾸엔을 놀라게 했다. 자신의 속을 다 들여다보고 이미 알고 물어보는 것이 아니라 그냥 물어보는 것이라 생각했다. 그러나 시인해야 했다.

“형님에게는 감히 숨길 생각을 안 합니다. 즈엉 반밍 대통령 방에서 쩌우하를 만난 것을 기억하십니까? 바로 그 친구가 저에게 르포기사를

36. Bình Ngô đại cáo(平吳大誥)란 1428년 봄에 응웬 짜이가 한자로 쓴 글로, 명나라에 대항하여 베트남 독립을 선언한 글.

쓸 자료를 주었습니다."

찌엔탕 러이는 이해했다는 표정으로 '아!'라고 소리쳤다.

쩌우하는 전쟁터로 간 날부터 사용하던 작가 다장의 필명이었다. 조직의 원칙상 B지역으로 간 작가들은 전선에서 기사나 작품을 쓸 때 옛 필명을 사용할 수 없었다. 다장도 1967년 쯔엉선 산맥을 넘은 뒤로는 북부에서 사용하던 필명을 버려야 했다. 때문에 그는 고향의 쩌우쟝 강이란 이름을 따 쩌우하로 개명했다. 따라서 그가 죽은 뒤 제사를 지낼 때 사용하는 이름이 마이 반냐에서 다장으로, 그리고 다시 쩌우하로 바뀌었다. 유사한 예로, 주산도 수엔썬으로 필명을 바꾸었고, 한텀뇨는 쩐년 아잉으로 바꾸었다. 쩌우하로 필명을 바꾼 뒤로 그는 유명한 해방작가가 되었다. 그는 「웅장한 쯔엉선」, 「정상」, 「몰래 넘다」와 같은 소설, 그리고 「여동생 번끼에우」, 「끄어비엣의 밝은 달」, 「전투모」 등과 같은 단편과 기행문을 썼다. 특히, 『우리가 가는 큰길』이라는 수필집은 출판되자마자 수만 명의 청년들을 전선으로 끌어들이는 힘을 보여줬다. 각 신문들은 혁명 영웅주의의 글이며, 시대에 맞는 작품이라고 입에 침이 마르도록 칭찬했고, 고등학교 교과서 부록에 실렸다. 쩌우하는 쯔엉선 문학상을 받았고, 최고의 해방작가가 되었으며, 아시아-아프리카-라틴아메리카 문학상을 받았다. 10년 가까이 전쟁터에 있으면서 쩌우하는 기록적인 글을 쓴 작가일 뿐만 아니라 항상 가장 치열하고 뜨거운 현장에 있었으며, 전쟁의 포연이 느껴지는 르포기사를 쓰는 뛰어난 기자이기도 했다.

"나는 쩌우하가 이 전쟁에서 그렇게 뛰어날 줄은 예상치도 못했어." 러이가 반꾸엔에게 말했다. "그때 B지역으로 보낸 세 명의 작가 중에서 다장이야말로 문학계의 실질적인 자부심이고… 가장 가슴 아픈 일은 내가 주산을 전쟁터로 가도록 동의한 것이야…"

"저는 주산이 남부정권에 귀순한 것에 대해 놀라지 않았습니다. 「주산에서 수엔썬으로, 배신자의 행적」이라는 글에서 제가 그 삼류작가의 가면을 벗겼습니다. 전쟁터로 보내달라는 지원서를 썼던 것은 단지 다장과 한텀뇨에게 아부한 것이지, 그의 본질은 쉽게 흔들리고 고생스럽고 치열한 것을 견딜 수 있는 놈이 아니란 것을 잘 압니다. 작가가 조국을 배신하고 글을 쓰면 그의 혀는 뱀의 독보다도 더 심합니다. 사이공 라디오에서 「백골의 베트남 땅」이라는 그의 기행문을 들었을 때 저는 라디오를 부숴버리고, 그놈을 잡아서 토막 내 죽이고 싶었습니다. 유감스럽게도 그놈이 미국의 헬리콥터를 타고 도망갔지요. 탈출하기 3일 전에도 그놈이 「사이공을 사수하자」라는 수필을 써서 라디오를 통해 방송했어요. 미친 놈 아닙니까?"

"대신에 우리에게는 쩌우하, 쩐년 아잉 그리고 많은 용감한 작가들이 있잖아…." 찌엔탕 러이가 갑자기 옛날 얘기로 돌아갔다. "그런데 자네 쩌우하가 자네를 고소할 수 있다는 생각은 안 하나?"

"어떻게 고소를 해요?" 반꾸엔이 단호하게 말했지만 얼굴색이 변하는 것을 러이가 놓칠 리 없었다. "저는 단지 그의 자료만 참고했을 뿐인데…."

"차후에 자네가 귀찮은 일 피하라고 말해주는 것뿐이야. 남의 글을 사용하는 것은 글 쓰는 사람들에게는 최고의 금기사항이지." 찌엔탕 러이가 손을 저었다. "됐어. 화제를 바꾸지. 내가 쩌우하가 쓴 사이공에서의 무신년 구정공세에 대한 글을 대부분 읽었어."

"예, 그렇습니다. 해방문예지에 실린 「일어선 시내」라는 르포기사입니다. 1968년 쩌우하가 꾸찌 터널에서 살았고, 무신년 구정공세에 참가했습니다. 사이공에서 일어난 일을 그가 모르는 것이 없지요."

"자네 쩌우하를 찾아서 나한테 오라고 해!"

반꾸엔은 놀라서 이마에 땀이 송골송골 맺혔다. 그는 순간적으로 재판장 앞에서 대질심문 받는 것이 생각났고, 그 재판장은 바로 찌엔탕 러이라는 생각이 들었다.

반꾸엔을 안심시키려는 듯 러이가 두 손으로 계급장을 단 어깨를 가볍게 두들겼다.

"내가 쩌우하에게 부탁할 일이 있어. 완전히 개인적인 일일세. 이 요령 있는 작가에게 부탁해도 운이 좋아야 내 이복동생을 찾을 수 있어."

"응웬끼 봉 말이죠?"

"그놈 때문에 내 이력에 대해 조직에서 항상 의문을 갖는다니까." 러이의 한숨소리가 반꾸엔에게 전해지는 것같이 느껴졌다.

"지금은 사실과 직면할 때야. 어쨌든 그는 나와 피가 섞인 놈이지. 혁명가라도 가슴이 없는 사람이 아니야. 만약 그가 괴뢰정권의 군인, 공무원으로 민족에 피의 채무를 진 나쁜 놈이라면 나 역시 조직 앞에 책임을 져야지…."

"예, 이 일은 제가 알아보겠습니다. 제가 쩌우하를 바로 만나보겠습니다."

응웬끼 봉을 찾아낸 사람은 다름 아닌 쩌우하였다. 특파원들의 라인을 이용하고, 소식을 쫓는 자로서의 재능으로 3일 만에 쩌우하는 사이공 정권의 교통부 소속 건설국 근무자 명단에서 응웬끼 봉의 이름을 찾아냈다.

비록 이름을 바꾸고, 헐렁한 해방군 군복에 총을 메고 있었지만 쩌우하는 옛날의 삐쩍 마르고 검은 작가 다장의 모습 그대로였다. 한 가지 다른 것은 전에는 언제나 담뱃대를 갖고 다녔지만 지금은 항상 바스토 담배를 입에 물고 있었다. 그의 이가 니코틴으로 누렇게 물들어 있어서, 웃을 때면 그의 뿌리가 시골이라는 것을 숨길 수 없었다.

쩌우하와 함께 찌엔탕 러이의 방으로 들어온 사람은 키 크고, 양복에 중절모를 썼고, 두려움에 떠는 모습이었다.

찌엔탕 러이는 몸이 굳었다. 러이는 그 자를 뚫어지게 바라보았다. 자신이 지금 엄숙함을 유지해야 하는 직책에 있는 사람이란 것을 잊은 것 같았다. 그가 몇 발자국을 다가가서 팔을 벌렸다.

"셋째 봉 맞지? 응웬끼 봉 맞구나!"

"코이 형님! 접니다."

형제가 서로 포옹했다. 찌엔탕 러이는 속으로 눈물을 삼켰고, 봉은 엉엉 울음을 터트렸다.

"어머니와 온 집안이 매일 너를 기다렸다. 네가 탈출하지 않았고, 기술 공무원이라서 피의 채무도 없다는 것을 알고 형은 너무 기뻤다…."

그것이 20년 넘게 떨어져 있었던 두 형제 사이의 첫마디였다.

***

응웬끼 봉의 동 마을로의 귀환은 꿈같았다.

사이공에서 하노이까지 베트남을 종단하는 최초의 통일열차에 탄 사람들 중에는, 저쪽 사람으로 새 체제에서 신임을 받고 일을 하게 된 행복한 사나이 봉이 있었다. 봉과 같이 탄 사람들 중 몇 명은 출신 성분이 좋아서 가족을 만날 수 있는 특별한 대우를 받은 사람들이었다. 나머지는 모두 군복을 입은 사람들이었다. 상이군인들이 여러 칸을 가득 채웠다. 전쟁에서 죽음에 가까이 다가갔던 겁 없는 사람들이었다. 많은 사람들이 어제까지도 병원에 누워있던 부상병이었다. 또 많은 사람들이 B, C, K 전쟁터에서 수십 년을 보냈던 사람들이었다. 그들은 장교의 지휘 아래 열차 칸 별로 배치되었고, 지원부서가 있었다. 승리한 병사들의 짐은 대부분 배낭, 해먹, 자전거 프레임으로 만든 기타, 자전거 타이어, 인형, 옷, 설탕과 연유 등으로 비슷했다. 여러 병사들이 커다란 흑백 TV를 안고 있거나 창가에 빈랑 열매, 장난감 차, 플라스틱 가정용품 등을 걸어놓고 있었다. 또 많은 사람들이 쌀 포대, 느억맘 통과 망고스틴, 두리안, 파인애플, 망고, 람부탄, 자몽,

잭프루트 등의 과일 바구니를 메고 들어와 불안할 정도로 높이 쌓아놓았다. 기차 안은 오랫동안 씻지 못한 사람들의 땀 냄새와 앉아 있는 사람, 서 있는 사람, 물건과 짐으로 꽉 찼다. 기차는 어떤 때는 헉헉대며 자전거 속도로 달렸고, 밤에는 통로에 등잔불을 켜야 했다. 가장 재미있고 소란스러울 때는 남북 상하행선이 교차할 때 정차하는 역이었다. 단선 철도였기 때문에 빈랑으로 유명한 푸이옌 역, 망고를 파는 빙딩 역, 닭을 파는 꽝옹아이 역, 오리알을 파는 꽝빙 역에서 기차는 서로 멈춰 섰다. 북에서 남으로 향하는 열차는 더 혼잡하고 붐볐지만 더 초라해 보였다. 대부분 남부의 각 기관을 접수하러 가는 사람, 출장 가는 사람, 월북했다가 고향을 찾아가는 사람, 가족을 찾으러 가는 사람, 원양어선을 타러 가는 사람이었다. 가지고 가는 물건은 주로 푸토와 타이응웬 지역의 차, 랑선의 담배, 빙바오 궐련 담배 등이었다. 교차역에서 사람들은 친척이나 동향 사람들을 시끄럽게 불러댔다. 우연하게 그 역에서 부부, 부자, 형제가 만나는 경우가 적지 않았고, 눈물 나게 감동적이었다.

길게 늘어선 베트남 땅 어디를 봐두 모두 폐허였다. 숲은 파괴되고 검게 불탔으며, 바익당 강에 박힌 말뚝처럼 부러진 나무들이 박혀 있었다. 들판은 포탄에 패였고, 오랫동안 버려져 있어 풀이 무성하게 올라와 있었다. 집안 바닥은 울퉁불퉁하고 허름한 지붕은 각종 폐품으로 급하게 지은 표시가 났다. 수백 개의 다리가 강 가운데 무너져 있었다. 부서진 탱크와 불탄 트럭들이 길가에 버려져 있었고, 일부 읍내는 부서진 벽돌 더미만 남아있는 것 같았다.

봉이 자럼 공항에서 사이공행 다코타 비행기에 오른 날로부터 22년이 지났다. 하늘 길로 도망치듯 고향을 떠났었다. 그리고 분단된 두 지역을 연결하는 종단 열차로 귀환했다. 봉이 가던 날은 17세의 고등학교 졸업생이었고, 돌아오던 날은 세상의 부침을 겪은 40세였다.

봉은 어머니, 리푹 부인을 끌어안고 펑펑 울었다. 제단에 놓인 리푹씨의 영정을 보고 다시 한 번 눈물을 쏟았다. 아, 그가 사랑하는 얼굴들이었지만 만나서도 그는 그들을 알아보지 못했다. 어머니는 아주 야위었고, 실제 나이보다 열 살은 더 늙어보였다. 꾹은 아주 키가 크고, 부엌의 서까래처럼 검게 탔으며, 막내 허우는 집안의 늙은 유모라고 생각했었다.

집도 한때의 응웬끼비엔에 대한 기억, 그의 어린 시절이 고스란히 찍혀 있는 옛날 집이 아니었다. 어느 골목에서 길을 잃은 사람처럼 봉을 어리둥절하게 만들었다. 전에 부모님이 살았던 집은 이제 여러 채로 분할되어 붐볐다. 그의 동 마을은 인구가 늘어 더 좁아보였지만 초라하고 황량했다. 마을회관도 이제는 창고가 되었고 마당은 협동 작업장이 되어 녹슨 탈곡기와 경운기 엔진이 놓여 있었다. 마을 초입과 끝에는 어디에나 물소와 돼지우리 집단농장이 있고, 거름더미가 가득 쌓여 있었다.

하룻밤 내내 봉은 리푹 부인과 꾹에게 지난 20여 년의 부침과 떠돌이 생활에 대해 얘기했다. 고향을 떠난 뒤, 처음으로 자신의 기억들을 정리하는 것 같았다.

너무 피곤해서 봉은 평상 위에서 깊은 잠에 빠졌다. 평상은 토지개혁 때 징발당한 고급 평상 대신 꾹이 판자로 만든 것이었다. 꿈속에서 봉은 할머니와 어머니가 벤이라고 부르는 아주 어린 자신을 보았다. 꾹과 벤은 동생 허우를 데리고 연못에서 오리에게 줄 개구리를 낚고 있었다. 허우는 두 오빠의 뒤에서 개구리를 담을 대나무로 만든 소쿠리를 안고 따라왔는데, 마치 불수감[37]을 안고 있는 것 같았다. 작은 메뚜기를 낚시 바늘에 끼우고, 삼 줄을 대나무에 매달면 낚싯대가 되었다. 그리고 풀 속에 던지면 개구리가

37. 그 이름과 같이 과실의 하부가 불상의 손가락 모양으로 갈라져 뾰족하다. 과실은 향기가 많으며 식용, 약용, 관상용으로 이용된다.

뛰어올라 덥석 물었다. 낚시에 푹 빠져있을 때, 벤은 비명소리를 들었는데, 돌아보니 허우가 물속에서 허우적거리고 있었다. 벤은 너무 놀라 소리치며 어머니와 할머니를 불렀다. 그런데 꾹은 아무 말 없이 연못으로 뛰어들어 허우의 머리채를 잡고 수영을 하고 있었다.

어린 시절의 꿈에서 깨어났다. 그는 허우의 머리칼에서 물이 자신의 이마로 떨어지는 느낌을 받았다. 그리고 희미한 얼굴이 자신을 향해 고개를 숙이고 있는 것 같았다. 자그마한 손이 그의 이마에 있는 물을 훔치고 있었다. 불쌍한 막내 허우였다. 그가 어머니, 꾹과 얘기할 때 허우는 한쪽 구석에서 바라보고만 있었다. 봉이 잠들자 비로소 가까이 다가와서 그를 무감각하게 바라보았지만 사랑스럽게 쓰다듬었다. 허우는 봉 오빠가 왜 우는지 이해할 수 없었다.

허우야, 우리의 어린 시절은 다 죽었다. 봉은 속으로 그렇게 말하면서 동생의 머리를 쓰다듬었다.

제16장 떠돌이

—봉의 회고록 중에서

북 베트남에서 출발하여 1954년 ○월 ○일 정오에 우리는 떤선녓 공항
에 내렸다. 따돈과 투우옌 남매와 헤어진 뒤, 우리는 군용차로 바찌에
우 시장 근처의 랑득옹에 도착했다.

남으로 내려오기 전에 선글라스를 끼고 중절모를 쓴 사람이 항상 내
귀에 대고, 이주민들은 집 한 채와 생활에 필요한 편의시설을 충분히 지급받
을 것이라고 말했었다. 그러나 그 말은 속임수였다.

북부 이주민을 받아들이는 랑득옹은 한꺼번에 수천 명을 받은 것처럼
너무나 좁은 곳이었다. 각 가족은 돗자리나 깔만 한 것은 무엇이든 깔고
묘지 구역 옆이라도 잠을 잤다. 심지어 잡동사니와 냄새와 더위 속에서
사당의 복도 주변은 물론 집과 집을 잇는 통로에서도 잠을 잤다.

나는 주저하며 북부 사투리를 쓰는 작고 뚱뚱한 캠프 책임자에게 물었다.

"아저씨, 저 오늘 밤 어디에서 자요?"

"자네가 어디에서 자든 내가 알 바 아니지." 작고 뚱뚱한 남자가 코를 풀었다. "나는 단지 너에게 하루에 10동을 지급하는 것만 알아."

나는 매일 지급받는 그 10동으로 두 달을 살았다. 그것은 내가 매일 한 그릇에 5동하는 국수 두 그릇만 먹고 살았다는 의미이다. 성장기에 있던 사내아이인 내 위가 어떻게 견딜 수 있겠는가? 어른들의 말을 듣고 나는 한 친구를 꼬드겨서 항사잉 거리에 있는 다른 캠프로 찾아갔다. 마리아 성당도 북부 이주민들로 붐볐다. 한 주일 동안 시내를 배회하다가 푸하잉 성당으로 갔다. 성당의 부엌에서 남은 음식을 버리는 것을 보고 나는 침을 흘렸다. 요리하는 아주머니가 내 마음을 안 것 같았다. 그녀가 음식을 모아 그릇에 담고는 "너 이주민 학생이지? 먹어라, 주저하지 말고…"라고 말했다.

그 아주머니의 밥그릇을 나는 평생 동안 잊을 수 없다. 그날부터 나는 수도원 처마 밑에 아주 이상적인 잠자리를 찾아냈다. 낮에는 학교에 관한 소식을 들으러 다녔고 밤이 되면 수도원에서 쫓겨날까봐 몰래 처마 밑으로 기어들어가 잠을 잤다.

따돈 남매가 나를 찾았다. 솔직히 나는 그러한 긴거리 삶을 살고 있는 환경에서 투우옌을 조금도 만나고 싶지 않았다. 그녀는 사이공의 분위기에 잘 맞는 것 같았다. 서양 여자처럼 화려했다.

내가 너무 고생하는 것을 보고, 따돈이 꾸라오 골목에 사는 같은 반 친구인 뉴 모자와 함께 살도록 소개해주었다. 노동자들이 살고 있는 고상가옥이었다. 집으로 가려면 제멋대로 된 대나무 다리를 건너야 했다. 물은 먹처럼 시커멓고 하루 종일 냄새가 코를 찔렀다. 뉴 모자는 나에게 선반을 내주었다. 일어서면 함석판 천장에 부딪쳤다. 언제나 천장에 머리를 부딪쳐서 머리가 불타는 것 같은 느낌이 들었다. 여러 번 사이공의 가을은 시원할 것이라고 생각했다. 나는 뉴 모자의 쥐구멍 같은 집을 나와, 보나 거리 입구에 있는 서양극장으로 옮기고 나서, 번화한 시내에 점점 익숙해졌다.

그리고 정부가 가족과 연락이 끊긴 이주학생들에게 관심을 갖기 시작했다는 것을 신문을 통해 알게 되었다.

오후만 되면 나는 마리아 성당에서 사이공 강까지, 카티나 거리를 걸었다. 고층 빌딩, 상점, 화려한 호텔, 번쩍이는 자동차 물결, 가로수 아래의 현란한 오색 전등을 감상했다. 사이공은 정말 내가 상상했던 것보다 훨씬 더 아름다운 극동의 진주였다.

서양극장에서, 우리는 전에 쓰레기장이었던 곳에 새로 지은 푸토 이주학생 캠프로 이전하라는 명령을 받았다. 오랫동안 고생했기에 그곳은 나에게 천당이었다. 학생 두 명에게 6평방미터가 할당되었다. 양철 지붕을 이은 길게 지은 집이었다. 우리는 식당에서 단체로 식사를 했고, 식비를 제외하고 매달 90동을 지급받았다.

하노이에서 고등학교 전반부 졸업장이 있었기 때문에 나는 고등학교 후반부 입학을 기다리는 동안 보충수업을 받으면서 가정교사를 했다. 바로 투우옌이 소개해주었는데, 부이쭈에서 이주한 가정이었다. 아이들은 삼학년에 다니는 딸과 사학년에 다니는 아들, 둘이었다. 삼학년 딸의 이름은 레투이미엔이었다. 운명의 장난이었는지, 11년 뒤 그 삼학년 여학생이 내 인생의 반려자가 되었다.

***

11년 뒤 나와 미엔의 인연은 아마도 그녀의 아버지로부터 시작된 것 같다. 레후이 멋 씨는 북부의 여러 도로 건설에 참가한 도로공사 입찰자였다. 남쪽으로 이주한 뒤에도 예전의 일을 계속했다. 고등학교 후반부를 마치고 내가 대학을 고르려고 고민하는 것을 보고, 그분이 건설 전문대를 추천했다. 밍망 학원의 물리, 화학, 수학 클래스에 대신 등록을 해주었기 때문에 이론

시험은 쉽게 통과할 수 있었다. 나에게 가장 힘든 것은 체육 과목이었다. 어려서부터 지금까지 나는 운동을 해본 적이 없었다. 그리고 가장 걱정하는 것은 20킬로그램의 모래주머니를 메고 100미터를 달리는 것이었다. 모래주머니는 오랫동안 먹지 못해서 45킬로그램도 채 안 되는 야윈 나의 몸에는 너무 컸고, 나는 시험을 통과할 수 없을 거라고 걱정했다. 그런데 체육 시험관이 합격을 시켜주었다. 한참 뒤에 나는 그때 나에게 점수를 준 시험관이 레후이 멋 씨가 아는 사람이었다는 것을 알게 되었다. 시험을 보기 전에 레후이 멋 씨가 나를 그 선생님에게 부탁했던 것이었다. 이 초기의 진로 선택과 도움은 나로 하여금 평생 그 은혜를 간직하게 했고, 가족의 일원이 되도록 했다.

한 달에 800동의 건설 전문대 장학금으로 나의 생활은 편해지기 시작했다. 나는 3학년을 마치고 기사과정에 입학할 수 있는 평균 14/20 이상의 점수를 받기 위해 공부에 매진했다. 그리고 내 꿈이 이루어졌다. 나는 기사과정에 입학했고, 공부하면서 매달 5,200동의 월급을 받았다. 그때가 가장 화려했던 시절이었다. 매일 식사를 방으로 배달했고, 옷은 언제나 잘 세탁하고 다림질해주었다. 남은 돈으로 나는 푸조 103 오토바이를 사서 학교에 타고 다녔다.

건설기사 자격증을 준비하고 있을 때, 나에게 새로운 행복이 찾아왔다. 바리아에서 현장 실습을 마치고 돌아온 어느 날 오후, 버스가 동부터미널에 도착하자, 투우옌이 달려왔다. 그녀는 하늘색 반팔 투피스를 입고, 머리를 뒤로 올렸는데 푹 빠질 정도로 예뻤다.

"오빠 나랑 같이 플랜테이션으로 가. 내일이 내 생일인데 잊었어?"

나는 눈을 크게 뜨고 "내가 어떻게 잊어. 그런데 두 달 뒤잖아! 재작년에 나와 따돈이 미까잉 레스토랑에서 연 네 생일파티에 참석했었잖아. 어떻게 잊을 수 있겠나?" 투우옌이 내 생각을 짐작한다는 듯 손으로 내 입을 막았다.

손에서 고급 프랑스 향수 냄새가 났다.

"그러면 생일이라고 생각하면 되지. 나는 우리에게 기념될 만한 피크닉을 가고 싶어."

투우옌이 택시를 불렀다. 저녁 7시에 우리는 울창한 고무나무 숲에 도착했다. 투우옌 삼촌의 플랜테이션에는 두리안과 오렌지 그리고 자몽이 심겨진 과수원 한가운데에 빌라 형태의, 나무로 지어진 고상가옥이 한 채 있었다. 플랜테이션의 주인은 사이공 시내에 거주하면서 주말에 가끔 들렀다.

미리 준비한 것처럼 투우옌은 농장을 돌보는 부부가 이미 깨끗하게 정리해놓은 홀로 안내했다. 빨간색 비로드 천을 덮은 큰 원탁 위에는 달랏의 하얀 백합 꽃병과 두 개의 술잔 그리고 상자에 담겨 있는 레미 마르탱 꼬냑 한 병이 놓여 있었다.

"따돈은 어디 있어? 나와 너뿐이야?" 나는 이해할 수 없다는 듯 투우옌을 바라보았다.

"따돈 오빠는 달랏 사관학교 입학허가서를 받았어. 우리 아빠는 우리 가족을 모두 군벌로 만들려고 작정했나 봐. 몇 년만 지나면 따돈 오빠가 장군 계급장을 달 것 같아. 지엠 대통령 형제의 말대로라면, 따돈 오빠는 공산주의를 궤멸시키기 위해 북진하는 선봉자가 될 거야."

"정치 얘기는 하지 마…. 오늘 너 무슨 일이 있는 것처럼 보이는데?"

"오빠와 내 얘기, 북부에서 내려온 우리 둘의 떠돌이 얘기. 오빠, 오늘 밤 나와 함께 취하도록 마실 수 있어?"

투우옌이 술병을 열고 두 잔을 채웠다. 나를 바라보는 그녀의 눈빛이 신기하게 빛났다. 그 눈빛은 만약 내가 거절한다면 너무나 힘들고 아파할 것처럼, 나를 삼키려는 것처럼 보였다.

"봉, 나와 함께 이 잔을 비워요."

내가 잔을 들기도 전에 그녀가 목을 젖히고 잔을 비웠다. 나는 그녀의 하얗고 가녀린 목에 갑자기 솟아오르는 푸르스름한 힘줄을 보았다. 힘줄이 격정적으로 꿈틀댔다. 나는 그녀에게 홀린 듯이 목을 젖히고 단숨에 마셨다.

투우엔이 다시 술을 따랐다. 이번에는 가득 채웠다.

"됐어, 투우엔!" 나는 그만 따르라는 신호로, 그녀의 팔을 잡았다.

"나 말리지 마. 마시고 싶지 않으면 오빠는 돌아가."

투우엔이 다시 잔을 비웠다. 그리고 다시, 또다시 잔을 비웠다. 나는 술병을 뺐다. 순간 투우엔이 술잔을 바닥에 던지고 내 품속으로 쓰러져 평평 울었다. 이때처럼 투우엔이 불쌍하게 보인 적은 없었다. 나는 그녀의 머리칼, 그녀의 몸에서 나오는 강한 향기를 들이마셨다. 나는 그녀를 부축해서 앉히려고 했다. 갑자기 투우엔이 내 목을 끌어안고 자신의 입술로 내 입술을 눌렀다. 일생의 첫 키스였다. 막 익은 과일의 달콤함과 눈물의 쓴맛이 섞여 있었다. 내 몸이 떨렸다. 나는 붙잡힐까 두려워하는 도둑이 반사적으로 하는 행동처럼, 놀라서 주변을 둘러보았다. 그녀는 다시 몸을 일으켜 세우며 내 머리를 붙들고 키스하면서 내 손을 끌어다 자신의 가슴에 댔다.

감전된 것처럼 나는 놀라서 손을 뺐다. 알고 지낸 지 몇 년 되었지만 나는 그녀의 손을 잡은 적이 없었고, 이렇게 가까이 해본 적도 없었다. 아마도 내가 열등감이 크고 그녀를 너무 존중했기 때문일 것이다. 나는 공주 같은 그녀 앞에서 가난한 자의 신중한 사랑으로, 그녀를 사랑했다. 나는 베트남 민담에 나오는 못생긴 피리 부는 청년 쯔엉찌이고, 그녀는 누각에 사는 재상의 딸이라는 생각을 여러 번 했다. 또는 내가 너무 어렸고, 출세를 위한 공부에 전념하고 있을 때였기 때문일 수도 있었다. 나는 극도로 내 감정을 억제하면서 속으로 내가 기사자격증을 따고, 직업을 갖고, 성공하면 그녀에게 청혼하리라고 생각했다.

그녀는 내 첫사랑이고, 북쪽 하노이 땅에서의 오래된 추억이 있었다.

나는 그녀를 현존하는 객체보다는 상징처럼 존중하고 아꼈다.

몸부림을 치고 난 후, 그녀가 갑자기 몸을 축 늘어뜨렸다. 그녀가 목멘 소리로 말했다.

"봉, 나 더 이상 살고 싶지 않아."

"왜? 말해봐! 너는 모든 것을 가졌잖아…"

"오빠는 무정한 사람이야…. 불쌍해…. 나를 데리고 사이공을 떠나줘. 정말 멀리…."

"내가 건설기사 자격증을 딸 때까지 기다려. 그러면 내가 관청에서 일할 수 있어…."

"그때는 내가 더 이상 오빠의 것이 아니야…."

"그러면 누구의 것인데?" 나는 위기가 왔다는 것을 느낀 것처럼 소리쳤다.

"우리 아빠가 나를 파리아 성장의 아들에게 시집보낸데."

"네가 언젠가 나에게 소개한 투득 무관학교를 졸업하고 막 소위를 단 그 청년 맞지?"

"그래 맞아. 그때는 아무 생각이 없었어. 그도 괜찮은 사람이라고 느꼈어. 그런데 그는 육체적 관계만 생각해. 그는 나를 차지하기 위해 온갖 술수를 다 쓰고 있어…."

"그러면 너 이미…." 나는 그녀로부터 손을 뺐다. 나는 땅이 꺼지는 것 같았다. 그녀가 그에게 이미 겁탈되었다? 언제? 그런데 나는 그녀를 동정녀 마리아보다 더 존중했다….

투우옌이 나의 의심을 읽은 것 같았다. 팔을 풀고, 팔을 등 뒤로 돌렸다. 한참 뒤에야 나는 그것이 브래지어를 푸는 동작이었다는 것을 알았다. 그녀는 거칠게 숨을 쉬며 가슴을 내 가슴에 밀어붙였다.

"오빠 너무 어리석은 짓 하지 마. 포도는 오빠가 생각하는 것만큼 푸르지 않아…."

그 아리송한 말이 자신을 맘대로 하라는 신호였다는 것을 한참 뒤에야 알았다. 그러나 그때는 다르게 이해했다. 나는 그녀를 안을 힘이 없는 것처럼 두 팔을 내렸다.

"오빠…. 내가 불쌍하지 않아?" 투우엔이 내 몸을 덮쳤다.

"그러지마…." 나는 그녀를 밀쳐냈다. "우리가 결혼할 때까지는 서로를 잘 지켜주자…."

그녀가 갑자기 굳어졌다. 나를 바라보는 아픔으로 가득 찬 눈은 외계에서 온 사람 같았다. 그리고 갑자기 그녀가 울음을 터뜨렸고, 내 얼굴에 눈물을 쏟고는 어둠 속으로 달려 나갔다.

그 순간 나는 그녀를 영원히 잃었다는 것을 알았다.

***

1959년 초 우수한 성적으로 건설기사 자격증을 취득한 후 나는 미토 건설국 부국장에 임명되었다. 일 년 뒤 4번 국도 확장공사를 과학적으로 잘 추진했다고 상부로부터 신임을 받아 빙롱 건설국장으로 승진했다.

초라하고 불안정한 직원 숙소를 인수받았는데, 너무 낡아서 안심할 수 없었다. 건설국 직원들을 독려하며 함께 힘을 합쳐 나무를 베어 집을 짓기 시작했다. 바닥을 시멘트로 깔고, 각자 미장을 하도록 했으며, 집마다 부엌도 설치했다. 채소밭과 연못도 만들었다. 직원들의 삶이 바뀌었고, 생기가 넘쳤다. 인적이 드문 산속에서의 직원들 생활이 덜 심심하도록 직원들과 함께 '숲속의 공원'이라는 의미의 럼비엔이라는 클럽을 만들었다.

손님이 건설국에 들어오면 바로 깨끗하고 아름다운 식당을 볼 수 있다. 그리고 그 안에는 시장가격보다 반은 싸게 음료와 식사를 팔았다. 자몽,

람부탄, 바나나, 잭프루트와 같은 주민들이 가져다준 여러 과일이 있었고, 손님에게 무료로 제공했다. 탁구대와 독서실도 있었다. 식당 뒤에는 직원과 그 가족들을 위한 무료 이발소가 있었다. 숙소에 사는 직원들은 항상 머리가 단정했다. 문화적인 삶이 실질적으로 모든 사람들을 서로 밀접하고 사랑하게 만들었다.

빙롱에 살던 그 무렵은 정말 평안했다. 국장의 관사는 후추와 커피 밭이 내려다보이는 언덕배기에 있는 빌라였다. 얼마나 많은 밤을 북에 있는 부모님과 형제들을 그리워하며 보냈는지 모른다. 나는 가방에서 비 형의 『신의 시대』를 꺼내서 읽었다. 이미 그 시들을 다 외우고 있었음에도 불구하고. 고향에 대한 그리움을 삭이기 위해, 나는 자주 레후이 멋 씨 가족, 따돈 가족, 뉴 모자와 친구들을 초청했다. 쉬는 날 나는 지프차를 몰고 안록에서 사이공으로 갔고, 쩐타잉 또는 라이우옌 술집에서 저녁을 먹었다. 편안한 생활을 하게 되자 나는 투우옌에 대한 그리움을 식힐 수가 없었다. 그날 밤 내가 그녀의 마음을 알았다면, 내가 용감하게 사랑을 쟁취했다면 지금 내가 이렇게 후회하지 않을 텐데…. 그 여자가 내 삶에서 토네이도처럼 사라졌다. 그녀와 소위의 결혼식이 그 일이 있은 후 보름 후에 거행되었다. 나는 일주일을 앓았다. 그리고 운 좋게 첫사랑을 묻어버리고 일어났다.

얼마 후에 전쟁이 벌어졌고, 해방군이 안록 읍내 가까이 다가왔다. 사이공과 록닝을 잇는 13번 국도가 불안한 길이 되었다.

빙프억 성과 빙롱 성의 경계지역인 13번 국도의 탐쩟 수도관이 파괴되었다.

안록과 록닝을 잇는 38미터 길이의 껀레 콘크리트 다리가 무너졌다.

상부에서는 나에게 베트콩을 막기 위해 수단방법을 가리지 말고 껀레 다리를 세우고, 탐쩟 수도관을 고치라고 지시했다. 나는 지프차를 타고 현장으로 갔다. 껀레 다리가 V자로 끊어져 있었다. 다리 입구보다 상판이

1미터 정도 올라가 있었다. 시급히 개통시키기 위해 우리는 하천 가운데에 7미터의 받침대를 세우고, 잭을 사용해서 상판을 원래의 위치로 놓은 다음에 상판 위에 에펠탑처럼 지지대를 세웠다.

나의 교량, 도로, 공항 건설에 관한 생각이 날로 새로워지고, 많아졌으며, 교통부로부터 특별한 관심을 받았다.

단지 책만 보고 연구한 끝에, 우리는 항공국의 기술 표준에 맞게 안록에 L19 공항을 완성했다.

14번 국도의 냐빅 다리 가운데가 파괴되었다. 수심이 깊고 유속이 빨라 통상적인 방법으로는 비계를 세울 수 없었다. 나는 에펠탑 형태의 교량을 둑에서 조립한 다음 헬리콥터 기중기로 옮겨 3일도 되지 않아 도로를 개통시켰다.

일을 하면 할수록 나는 모든 기술과 수단을 사용하고, 어떤 어려움이 있다고 할지라도 문제를 해결하고 싶었다. 나는 더욱더 공부에 열중했다. 나는 세계 제일의 과학을 가진 나라인 미국에서 연수를 받고 싶었다. 나는 연약 지반에서의 도로시공, 현수교, 사장교, 지하도의 시공 방법을 직접 보고 싶었다. 미국으로 공부하러 가면 나는 많은 사람들이 원하고 있는 국장 자리를 잃을 것이고, 귀국 했을 때 많은 어려움이 있을 것이라는 사실을 알았지만 1965년 초에 나는 겁 없이 미국 연수 신청서를 제출했다.

6개월간 미국에서 연수하는 동안 나는 루이지애나, 뉴올리언스, 아이오와, 인디애나, 위스콘신 주를 방문했고, 많은 과학기술을 배웠다. 미국에 있을 때 내가 유일하게 싫어한 것은 인종차별이었다. 흑인들은 별도의 소변기를 사용해야 했고, 레스토랑은 개와 유색인용의 별도의 출입문이 있었다. 나는 갑자기 하노이에 있을 때의 친구, 레도안이 생각났다. 레도안은 대 프랑스가 식민지의 똥까지도 주워간다고 경멸했었다. 프랑스와 미국은 식민지 지향이라는 본질에서 같았다.

미국에서 연수하는 동안 나는 레투이 미엔의 편지를 여러 통 받았다. 아마도 그녀의 편지는 따뜻한 베트남 고향집의 모습, 고향의 정을 일깨웠고, 나로 하여금 높은 급여로 채용하겠다는 몇 개의 계약을 파기하고 귀국하도록 했다.

미엔의 편지는 나로 하여금 옛날의 제자를 완전히 다른 눈으로 보게 만들었다. 공항에서 나를 맞이할 때 그녀는 미스 베트남처럼 화려했다. 순간적으로 나는 투우옌의 모습을 떠올렸다. 하노이로부터 펀선녓 공항에 도착한 날, 투우옌 역시 지금의 미엔처럼 이렇게 밝고, 행복했던가?

"속이 다 탈 정도로 걱정했어요, 저를 버리고 미국에 눌러앉을까봐서…." 미엔이 나에게 달려와 숨을 헐떡이며 말했다. 그리고 그녀가 갑자기 얼굴이 빨개지며 부끄러워했다.

그 말로 나에 대한 그녀의 사랑을 완전히 고백한 것이었다. 후에, 신혼 첫날밤 미엔은 내가 가정 교사할 때인 초등학교 3학년 때부터 나를 사랑했다고 시인했다. 지난 11년 동안 나는 그녀가 존경하는 유일한 우상이었다고 말했다. 만약 내가 미국에 눌러앉았다면 자기는 살 수 없었을 거라며, 빙러이 다리에서 사이공 강으로 뛰어내려 자살했을 것이라 말했다.

나는 미엔과 그녀의 손에 있는 꽃다발을 끌어안았다. 나는 행복을 억누를 수 없어 가까이 다가가서 그녀의 뒷목에 키스를 했다. 아기처럼 좋아하면서 그녀가 고개를 돌려 갑자기 까치발을 하고 내 입술에 재빨리 키스를 했다.

우리는 한 달 뒤에 결혼식을 올렸다.

이듬해 미엔은 첫딸, 응웬 레끼 번을 낳았다. 그리고 이년 뒤에 둘째딸 응웬 레끼 비를 낳았다.

***

미국에서 연수를 마치고 귀국한 후, 나는 입대문제로 아주 복잡한 일을 만났다. 교통부의 인사담당관이 물었다.

"자네 건설국으로 가고 싶어?"

"예, 그렇습니다."

그는 나를 바라보고 고개를 끄덕이고는 손으로 책상을 한참이나 두드렸다.

한참을 기다려도 내가 아무런 행동을 하지 않자, 그는 내 직책을 '전 건설국장'이라고 적은 다음 명단을 국방부로 보냈다.

내 장인이신 레후이 멋 씨가 당시에 국회의원이었고, 그분의 세력과 도움으로 나는 군 입대를 연기 받은 다음, 프억뚜이 건설국장으로 임명되었다.

빙롱과 인연이 있었는지, 늘 베트콩에 의해 파괴되었던 15번, 23번, 44번 국도지역, 치열했던 동부지역 노선과 6년을 보낸 뒤, 1972년에 나는 다시 안록으로 돌아왔다. 이제 그곳은 내가 처음 국장으로 부임했던 당시의 평안했던 모습은 더 이상 남아있지 않았다. 1965년 말 바우방에서 베트콩이 2천 명이 넘는 미 제1사단을 궤멸시킨 후, 투저우못, 빙롱, 프억롱은 뜨거운 전쟁터가 되었다. 특히 13번 국도는 피의 도로로 유명했다.

나는 라이우옌, 바이방, 쩐타잉, 떤카이의 도로에서 적어도 4번의 죽을 고비를 넘겼다. 차가 달리고 있을 때 바로 내 앞에서 지뢰가 터진 일도 있었고, 적이 매복하고 있는 한가운데로 들어간 적도 있었다. 지프차가 뒤집어져 불이 붙었고, 운전수가 중상을 입고, 나는 흙과 돌멩이를 뒤집어쓴 적도 있었다.

그리고 운명의 장난처럼 수년 동안 소식이 없던, 내 고향 동 마을의 초소장이었던 쯔엉피엔을 죽음의 땅에서 만났다. 빙롱 성장으로 임명된 첫 주에, 쯔엉피엔 대령이 바로 나를 사령부로 불러들였다.

"베트남이라는 나라는 내 손바닥만 해." 쯔엉피엔과의 만남이 그렇게 시작되었다. "서류를 보고 당신이 동 마을 리푹 씨의 셋째 아들이란 것을 알고, 나는 매우 기뻤소. 우리는 같은 참호 속에 있는 사람이오. 당신 아버님이 공산주의자들에게 어떻게 죽었는지 알아요? 지주에 지식인은 뿌리째 뽑히는 것이오. 동 마을 초소에서 철수하기 전에, 내가 자네 아버지와 호이티엔 면장에게 그것을 말했지. 그리고 우리를 따라가자고 권했는데 듣지 않더군. 결국 아주 비참하게 되었어. 토지개혁은 피로 목욕한 것과 같소. 나는 리푹 씨를 매우 안타깝게 생각하오…."

내 아버지가 북베트남의 토지개혁 때 고소를 당해 죽었다는 얘기를 대충 들었지만 쯔엉피엔의 말을 듣고 보니 그것이 사실이라는 확신이 섰다. 솔직히 나는 쯔엉피엔 초소장에 대해서 어떤 인상도 추억도 없었다. 그 당시 나는 늘 학교에 다녔다. 가끔 집에 오면 아버지가 그와 또뚬을 하고 있는 것을 보았는데, 나는 '저 초소장의 얼굴이 어찌 그렇게 꾹과 닮았는가?'라고 자문하곤 했다. 내 동생 꾹은 착했지만 초소장은 교활하고 악한 모습이 달랐을 뿐이다. 20년이 지났지만 서양 혼혈의 얼굴은 조금 늙기는 했지만 여전히 인상이 좋지 않았다. 공산주의자를 물리친 공으로 1972년 쯔엉피엔은 준장으로 진급했지만 제1전술지역에서 대패하여 한 계급 강등되었고, 빙롱 성장으로 전보되었다고 한다.

"교통부와 국방부에서 자네의 능력과 성과를 아주 높이 평가하고 있어." 쯔엉피엔이 화제를 바꾸었다. "그리고 당신이 같은 동료라서 나는 아주 기뻤소. 당신의 일은 수단방법을 가리지 않고 적을 찾는 국군의 교통로를 확보하는 것이고, 13번 국도의 혈맥을 유통시켜야 하는 것이며, 서부 고원 남쪽과 록닝의 근거지로부터 들어오는 베트콩의 침략을 막는 것이오…."

"성장님, 저는 최선을 다하고 있습니다."

"부여된 임무뿐만 아니라 정부에 진실로 충성하고 근면해야 한단 말이오, 알았소, 국장? 공산주의자들은 지금 죽기로 싸우고 있소, 파리 협정은 우리에게 공산주의자들을 고립시키고 소멸시킬 기세를 만들어주었소, 당신은 우리가 북진해서 나와 당신이 영광스런 승리를 안고 당신의 동 마을로 귀환하는 것을 상상해보았소?"

쯔엉피엔의 허풍이 그칠 줄 몰랐다. 10일 뒤에 해방군의 폭풍 같은 공격과 화력으로 안록 읍내가 넘어갔다.

***

읍내를 총공격하기 전에 쯔엉피엔 성장의 부하들이 6명의 베트콩 정찰대를 체포했다. 그 해방군 속에서 한 병사를 보자마자 나는 몸이 굳었다. 내 동생 꿈이라고 생각되었다.

그날은 비오는 밤이었다. 비가 오는 날은 언제나 불안하고 고독감이 들었다. 전황이 아주 심각해서, 나는 아내와 자식들을 사이공에 두고 와야 했다. 몇 년 동안 관사에는 나와 운전수 땀바우 부부만 살았다. 땀바우의 부모는 북쪽 사람으로 1936년부터 플랜테이션에서 일했다. 오래전부터 나는 그 부부가 베트콩에 협조하고 있다는 것을 알았다. 가끔 잠이 오지 않는 밤에 나는 땀바우를 깨워서 안주를 사오라고 시켜 술을 마셨다.

비가 반 시간 정도 내렸고, 천둥소리가 대포소리 같았으며 번개가 하늘을 찢고 있었다. 아주 가까운 곳, 말라버린 하천 쪽에서 천둥소리와 함께 총소리와 수류탄 소리가 들렸다. 나는 불안했다. 비옷을 입고 전등을 들고 땀바우 집으로 내려갔다.

"어! 남편이 국장님한테 갔다고 생각했는데요?" 나를 보고 땀바우의 아내가 놀라서 소리쳤다. "금방 올라갔어요."

내가 돌아서려고 하는 순간 개 짓는 소리, 보초가 소리치는 소리, 머리를 스치는 폭발음과 마른 하천 방향으로 도망치는 발자국 소리가 들렸다. 순간 후추 밭에서 두 그림자가 집으로 들어갔다. 나는 땀바우가 부상자를 끌고 들어가는 것을 보았다.

"저…. 돌아가십시오. 아주 위험해…. 아무 말도 하지 마세요. 제 남편 얘기는 모르는 것으로 하세요…." 나는 그녀에게 떠밀려 집으로 돌아왔다.

비옷을 벗으면서 몸을 제대로 가누기도 전에 초병들이 내 침실로 뛰어들었다. 누구나 흠뻑 젖고, 지저분했으며, 얼굴이 상기돼 있었다.

"국장, 베트콩 숨겼으면 내놓으시오." 흙투성이 소위 계급장을 단 친구가 말했다.

"감히 어떤 베트콩이 건설국 관사를 들어온단 말인가?" 내가 강하게 말했다.

"두 놈이 이 방향으로 온 것이 분명합니다." 소위가 병사들에게 집안을 수색하라고 신호를 보냈다.

나는 땀바우 집 쪽으로 귀를 기울이며 걱정했다.

갑자기 총소리가 들렸다. 그리고 땀바우 모자의 비명 소리가 들렸다. 땀바우와 해방군이 위험에 처했다.

바로 다음 날, 죽음의 분위기가 읍내를 감싸고 있었다. 부대 스피커에서 안록 읍을 침입하던 베트남 정찰 분대를 사살하고, 생포했다는 전과를 시끄럽게 방송해대고 있었다. 나는 잘못 들은 것처럼 귀 기울여 들었다.

"6명의 공산군과 함께 특히 지역 베트콩의 위험한 첩자인 빙롱 건설국 국장의 운전수 땀바우 놈이 있었습니다. 성장의 명령에 따라 오늘 오후 전방 군사법원은 군법에 따라 베트콩을 총살시킬 것입니다…."

나를 짓밟고 시험하려고, 바로 오전에 쯔엉피엔 성장이 나를 불렀다.

"당신 운전수 일은 정말 안됐소." 쯔엉피엔의 얼굴은 살기등등했고, 푸르스름한 두 눈이 빛났다. "그놈이 베트콩을 데리고 우리의 방어선을 정탐했소. 아주 운 좋게도 그놈이 국장에게 아무 말도 안 했더군. 그게 또 당신 아버지를 알고 지냈던 나에게도 피해가 오지 않았소….”

“저도 예상치 못했습니다. 성장님.”

“전쟁에서는 어떤 일도 일어날 수 있소” 쯔엉피엔의 목소리가 갑자기 부드러워졌다. “오늘 오후, 내가 국장에게 한 임무를 주고 싶소.”

“무슨 임무인데요?”

“아직은 비밀이오.” 쯔엉피엔이 어깨를 으쓱했다. 그 으쓱하는 모양이 그의 조상으로부터 물려받은 것처럼 아주 서양적이었다.

쯔엉피엔과 나는 도요타의 랜드크루저를 타고 읍내 끝 쪽의 빈터로 갔다. 그곳은 고무나무를 심었던 땅이었는데 최근에 나무를 잘라낸 곳이었다. 나는 눈이 휘둥그레졌다. 나는 피가 마른 것같이 불그스레한 땅에 7명이 한 줄로 목만 나온 상태로 묻혀있는 것을 본 순간 기절할 뻔했다. 반백머리를 한 바깥쪽 사람이 땀바우였고, 나머지 6명은 해방군이었다. 누구나 다 고문을 당해서 얼굴에 멍이 들고 일그러져 있었다. 그러나 그들은 복수심에 가득 찬 눈으로 우리를 노려보고 있었다.

“국장, 당신의 충성스런 운전수 놈이 보입니까?” 쯔엉피엔이 묻혀 있는 사람들로부터 약 20미터 정도 떨어진 곳에 차가 멈추었을 때, 나를 흘겨보며 시비를 걸었다. “우리 군대가 지역에 숨어 있다가 공산군을 데리고 우리 방어진지를 정탐하던 베트콩을 잡을 거라고는 예상치 못했소. 그리고 당신 운전수 옆에 있는 놈은 북부에서 막 내려온 어린 베트콩인데, 까딱했으면 땀바우 놈이 탈출시켰을 것이오. 부상을 당했지만 아주 완고하고 가장 위험한 놈이야. 허허…. 저놈이 고향을 불지 않았지만 목소리를 들으니 자네의 동 마을 놈이 분명해. 그놈이 말하길 자기 어머니가 미군 포탄에 죽어서 복수하려고 했다는군. 그놈이 나한테도 국장한테도 한을 품고 있어…. 그래서 저놈은 고생스럽게 죽여야 돼…. 오늘 오후 자네의 임무는 건설국의 코마쯔 불도저 두 대를 가져와서, 저놈들이 다시는 피어나지 못하도록 밀어버리는 것이오…."

쯔엉피엔이 걸어가면서 팔을 벌려 불도저가 미는 흉내를 냈다. 나는 온몸에 소름이 돋았다. 나는 땀바우 옆에 있는 해방군 병사의 눈빛과 마주쳤을 때 아무 소리도 들을 수 없었다. 아, 내가 잘못 보았나? 그 어린 얼굴은 쯔엉피엔 성장과 거의 비슷했다. 그리고 내가 남쪽으로 떠날 때의 내 동생 응웬끼 꽉의 얼굴이었다.

하늘이 무너지고 어두워졌다. 나는 땅 바닥에 쓰러졌고 정신을 잃었다.

제17장 조각난 삶

∙∙

오전에 쯔엉피엔에 의해 사형이 집행될 7명의 해방군 병사를 보고 기절한 일은 응웬끼 봉의 삶에서 한 이정표가 되었다.

응급 치료를 받고 깨어나자마자 봉이 보좌관에게 말했다.

"성장님에게 내 말을 전달해주시오. 중세시대와 같은 야만적인 형 집행을 당장 중지해야 한다고. 건설국장이 격렬하게 반대하며, 이 야만적인 행동을 정부에 보고할 것이라고. 또 우리가 국제 사법재판소에 제소할 것이라고."

아마도 건설국장의 격렬한 태도 때문에 쯔엉피엔이 손을 뺄 수밖에 없었을 것이다. 바로 그날 오후 7명의 해방군은 흙 속을 나올 수 있었다. 바로 피에 주린 나쁜 놈이 자기 손으로 그들을 죽였다는 얘기도 있고, 그 7명 모두 탈출했다고 말하는 사람도 있었는데 바로 그날 밤 해방군이 안록 읍내로 몰려왔기 때문이었다.

응웬끼 봉은 사이공으로 와서 병을 치료했다. 장인인 국회의원 레후이 멋이 손을 써 봉은 중앙정부로 자리를 옮겼고, 14년간의 위험한 지방 도로에서의 생활도 마감했다.

봉의 새로운 근무지는 교통부의 도로교량총국이었다. 근무 성적과 풍부한 경험 그리고 『도로와 교량의 검사방법』, 『LT50 프로젝트의 타당성』, 『도로와 교량 기술에서 연약지반 처리』 등과 같은 여러 기술서적의 저자였기 때문에 봉은 동기들에 비해 호봉이 높았다. 그는 특별 건설기사이며, 15개의 명예휘장이 있었다. 주저함 없이 인사담당관은 특별 기사 응웬끼 봉을 도로교량총국 계획위원회 위원장 겸 계획국장 보좌관으로 천거했다. 이곳에서 봉은 교통운송 분야 전체를 총괄적으로 보게 될 것이다.

그런데 그 자리에 오른 지 반년도 안 되어 시국이 바뀌었다. 사이공 정권이 완전히 무너진 것이다.

1975년 4월 30일 밤, 놀란 아내 미엔과 두 딸이 피난 준비를 마친 가방과 짐 옆에서 쭈그리고 앉아 있을 때, 응웬끼 봉은 목욕탕의 문을 잠그고 아른거리는 촛불 아래 조용히 휘장, 상장, 감사장 그리고 서적과 자료, 초안 등을 태우고 있었다. 종이를 던질 때마다 불길이 타올랐고, 봉은 심장이 멎는 것 같았다. 20년 넘게 쌓아온 것들이 연기처럼 사라졌다.

며칠 후 봉은 옛 직장에 출근해 업무를 계속했다. 피의 복수는 없었다. 수갑을 채우고 심문하지도 않았다. 단지 심하게 탐색하는 무거운 분위기만 있었다. 도로교통총국 계획국은 교통부 소속 도로교통국 계획과로 이름이 바뀌었다. 전에 봉 사무실에서 심부름하던 후잉웃이 봉의 상급자로 바뀌기도 했다. 후잉웃은 그간 업무능력에 대해서나 인격적으로도 봉을 존경했다. 그는 여전히 겸손하고, 부드럽게 봉을 대했다. 후잉웃은 봉에게 매일 공급되는 물건들, 고기나 야채의 수령과 분배와 같은 간단한 일을 맡겼다.

"봉, 오늘은 살코기 아니면 비계, 어떤 것이 당첨되었나?" 이런 사교적인 말이 후잉웃이 옛 상사에 대해 표시하는 관심이었다.

"예, 비계입니다."

3냥의 비계를 얻고 봉은 금을 주운 것처럼 기뻤다. 그 비계는 아주 힘들게 생활하고 있는 봉의 아내와 자식들의 불평을 줄일 수 있기 때문이었다.

어느 날 후잉웃이 봉에게 소집명령을 건네면서 곧 사형수와 이별하는 사람의 눈빛으로 봉을 바라보았다.

"자네에게 재교육 캠프에 참가하라는 소집명령이 왔어. 내가 자네는 단지 기술 전문가일 뿐이라고 상부에 보고했는데, 왜 그들이 자네를 명단에 넣었는지 이해할 수가 없어."

봉은 이해했다. 재교육 캠프는 다른 말로는 집중 개조학습이라고 불렸는데, 괴뢰정권의 중앙정부에서 부장급 이상 그리고 지방에서는 국장급 이상이 해당되었다. 이 캠프 명단에 속한 자들은 모두 북쪽으로 가서 짧아도 이삼 년 동안 갇혀있어야 한다는 소문이 있었다.

봉이 재교육 캠프로 출발하는 날 아침 미엔과 벋, 비 두 딸은 봉이 곧 죽을 곳으로 가는 것처럼 울었다. 쟈롱 학교까지 동행하는 직장 간부 후잉웃이 위로했다.

"안심하고 열심히 교육을 받게. 집에 있는 아내와 자식들은 우리 기관에서 돌보겠네."

출석을 확인하는 사무실의 책상 앞에 앉아 있는 자는 장작처럼 마르고, 목젖이 매의 부리처럼 튀어나왔는데, 눈의 흰자위도 비정상적으로 컸다.

"자네 직급이 뭔가?"

"예, 저는 국장 보좌관입니다."

그 마른 간부가 봉을 바라보고는 팔짱을 꼈다.

"자네는 재교육 캠프 대상이 아니야. 자네를 보내주겠네. 출퇴근하며 교육을 받게."

봉은 진땀이 났다. 목을 매단 밧줄로부터 벗어난 느낌이었다.

'이 간부가 형 코이의 아랫사람이라서 나를 봐준 것은 아닐까? 틀림없이 코이 형이 나를 보증 섰을 거야.' 봉은 순간적으로 그렇게 생각했다. 한참 뒤에 봉은 그 연유를 알게 되었다. 북쪽에서 보좌관은 국장의 일을 돕는 비서라는 의미로, 지도자급이 아니었다. 그 간부는 남쪽에서 보좌관은 부국장급이라는 것을 몰랐던 것이다.

직장으로 돌아와서 봉은 빠르게 상급자의 신임과 모든 사람들로부터 존중을 받게 되었다. 업무의 전문성이 뛰어나기도 했고, 또 직장 안에서 찌엔탕 러이 동지의 동생이라는 것을 알았기 때문이었다.

봉은 계획국의 도로교량 특징, 남부 도로교량 상황 평가, 전문 기술해법에 관한 프로젝트에 참가했다. 특히 학술적 성격의 'Ivanov 설계법인가, AASHTO 설계법인가'라는 연구보고서가 관심을 받았다. 이 보고서는 두 설계법의 강점과 약점을 객관적으로 분석하고 있었다. 많은 사람들은 비록 보수적이라고 할지라도 서방에서 적용하고 있는 최신 설계법인 AASHTO 설계법을 따라야 한다고 생각했다. 봉의 이 보고서는 베트남 도로교량 전문가들이 20년 이상을 기다려야만, 비로소 그것의 선구자적 성격을 실질적으로 시인할 정도로 앞선 것이었다.

코미디 같이 웃기는 얘기가 있었다. 그것은 계획국의 연말결산대회 보고서였다. 이 보고서를 쓰는 일은 홍보 및 선전 전문가 쿠엇시 하오의 일이었다. 봉이 남부지역의 도로와 교량 상황에 훤하다는 것을 알고, 하오는 봉에게 종합보고서를 쓰도록 했다. A4 용지 25장에 이르는 보고서에는 여러 곳에 정부와 당 지도자들의 발표문을 원문 그대로 인용하고 있었다. 여러 곳에 목표를 적게 잡았다고 하거나 "천재지변과 객관적인 어려움이 있었지만 상상을 뛰어넘는 결심과 노력으로 우리는 여전히 계획을 초과 달성했다"는 등의 내용이었다.

국장은 쉼표, 마침표 하나도 안 고치고 원문을 그대로 읽었다. 가끔 그는 읽기를 멈추고 물을 마신 다음 스스로 박수를 쳤다. 회의장 전체에 박수소리가 울려 퍼졌다. 봉 옆에 앉은 후잉웃이 연거푸 하품을 하더니 잠들었다. 박수소리에 놀라 잠을 깬 그가 손을 들고 일어나 "결심하자!"라고 소리쳐서, 회의장을 웃음바다로 만들었다.

대회가 끝나고 계획국 간부는 보고서를 쓴 사람이 누군지 궁금했다.

"어떤 동지가 연설문을 그렇게 잘 썼어?"

"괴뢰 동지야…" 하오가 눈길로 봉을 가리켰다. 모두 눈을 크게 뜨고 봉을 바라보았다.

종합보고서를 작성한 실적으로, 계획국에서 상상도 할 수 없던 일이 일어났다. 응웬끼 봉을 하노이로 파견하여 계획관련 회의에 참석토록 한 것이다.

***

어머니 말고도 봉이 이번에 고향에 가서 간절히 보고 싶은 사람은 응웬끼 비 형이었다. 4월 30일 봉이 피난을 가지 않은 것은 바로 어머니와 비 때문이었다. 봉은 시인 응웬끼 비가 반드시 해방군과 함께 사이공에 올 것이라고 믿었다. 비가 선봉대와 함께 오지 않는다는 것은 있을 수 없는 일이라고 생각했다.

나는 노예의 삶을 살 수 없다
아가씨여, 군복을 붙잡지 마라
청동 북이 재촉하며

구국의 영웅을 부르니

진흙이 날아가 은하수가 되리.

봉은 형의 시구를 기억하고 있었고, 삶의 도덕적 기준으로 지금까지도 지키고 있었다. 시집 『신의 시대』는 수십 년 동안 어디에 있든, 어떤 환경에 처했든 봉이 보물처럼 간직하고 있었다. 신기한 것은 매번 비를 생각할 때마다, 봉은 따돈이 『신의 시대』를 보고, 심각한 얼굴로 "응웬끼 비 시인이 네 형 맞아? 사람들이 말하는데 네 형이 공산당이래. 이 시집은 좋은데 공산주의 냄새가 나."라고 말했던 것이 생각났다.

사이공이 함락되기 전 그 혼란의 밤에 눈물을 흘리며 자격증과 자료를 태울 때도 봉은 형의 시집만은 보관했다. 그것은 목숨을 지켜주는 부적이고, 혈육의 정을 표현하는 증거였다.

"비 형 어디 갔어요?"

봉이 형 러이에게 물었을 때, 형은 비가 근무 중이며 건강도 좋다고 말했다. 러이는 비에 대해 말하고 싶지 않은 눈치였다. 그는 대충 대답하고, 의식적으로 피했다.

봉은 리푹 부인과 꾹에게 물었다. 꾹은 "형이 아주 특별한 중책을 맡았다는 소리가 있어."라고 말했다. 리푹 부인은 고개를 저으며 슬픈 표정으로 "애들 엄마 키엠이 장기간 외국 출장을 갔다고 하더라. 정말인지 아닌지 모르겠어."라고 말했다.

비가 어디 갔지?

3일 뒤에 봉은 사이공으로 가는 남행열차를 타야 했다. 계획국의 업무를 처리하는 데 충분한 시간이었다. 봉은 어느 쌀쌀한 오후에 키엠을 찾아갔다.

키엠은 르엉반깐 거리의 푹화 양장점 2층에 살고 있지 않았다. 한참을 물은 후에야 비로소 사람들이 구불구불한 골목 깊숙한 안쪽에 시장에서 버리는 쓰레기 더미 뒤에 있는, 냄새가 진동하는 초라한 기와를 이은 집을 알려주었다.

자두 색 중국 솜옷을 입은 백발의 노파가 집 앞 조그만 마당에서 자우무옹을 열심히 다듬고 있었다. 자우무옹 줄기를 쪼개서 놋쇠 항아리에 담근 다음에 저어서 꼬면, 마치 그물망처럼 되었다.

"할머니, 키엠 집이 어디에요?" 한참을 기다려도 할머니는 고개를 들지 않았다. 다시 물어야 했다.

할머니는 안경을 들어 올리며 손님을 쳐다보았다.

"여기야! 키엠은 학교에 갔어. 집안으로 들어와요. 내가 키엠의 엄맙니다."

봉은 처음으로 바이엔 부인을 만났다. 옛날 덧비엣 사립학교 주임이었던 그 부인을 못 알아보았다. 이제는 백발에 눈이 흐린 노인이 되어 있었다.

바이엔 부인이 차를 타기 위해 주전자를 찾고 있을 때 봉은 방을 둘러보았다. 그의 눈에 비친 것은 옷장 옆에 설치한 제단에 세워진 새로운 위패였다. 그 위에는 꽃밭에서 꺾은 상태 그대로 양수선화가 꽂혀 있었다. 향로에는 향 세 개가 타고 있었고, 이등병 계급장을 단, 눈이 크고 잘생긴 스무 살쯤 되어 보이는 청년의 사진이 있었다.

느낌으로 봉은 최근에 장례식이 있었다는 것을 알 수 있었다.

"할머니, 저 군인은…"

봉이 말을 다 하기도 전에 바이엔 부인이 울먹였다.

"내 아들 카잉, 키엠의 동생이오. 10일 전에 전사 통지서를 받았다오… 이 아이는 꽝찌에서 희생되었고, 지금까지도 시체를 찾지 못했소…"

봉은 향을 피웠다.

"예, 저는 둘째 형 비의 동생입니다. 제가 집안에 슬픈 일이 있는 줄 몰라서 아무것도 준비를 못했습니다…"

"키엠이 자네 얘기를 하는 것을 여러 번 들었어. 봉은 정말 행복하겠어, 오고가고 할 수 있으니. 카잉은 정말 불쌍해…"

어머니의 말은 붕대를 푼 상처에서 피가 줄줄 흐르는 것 같았다.

***

그때는 미국이 북부지역을 맹렬히 공격하여 파괴할 때였다. 꽌찌 농장은 땀다오 산자락 뒤에 깊숙이 위치하고 있었고, 폭격기 편대의 목표물이 되었다. 농장 사무실이 포탄에 맞아 웅덩이로 변했다. 바로 그 폭격 이후 38명이 혈서를 써 성급 부대로 보냈다. 4명의 여자와 3명의 몸이 약한 남자를 제외하고, 31명의 꽌찌 농장에 있던 하노이 청년들이 같은 날 군대에 입대했다. 그들은 수도 자원병 중대에 배치되었고, 단기 훈련을 받고 9번 도로 전선으로 지원을 나갔다. 그 하노이 청년들 중에는 다오판 카잉, 레도안, 황협, 응웬 반늑 등이 있었다.

입대를 앞두고 다오판 카잉은 이틀 동안 어머니를 만나러 갔다. 그는 피난처에서 한나절 동안이나 대나무 숲 뒤에 숨어 어머니 얼굴만 보고 있을 정도로 어머니를 사랑했다. 어머니의 얼굴, 혈육을 한없이 사랑하는 얼굴, 어머니의 희어진 머리칼 하나하나를 바라보고는 속으로 눈물을 삼키면서도 만날 엄두를 내지 못했다.

"키엠 누나! 내가 죄송하다는 편지를 쓸게. 내가 가고 나면 엄마에게 전해줘." 카잉은 애인 보투 하잉과 같이 누나를 찾아가 사정했다. "내가 엄마를 만나면 엄마가 더 걱정돼. 아니면 내가 군대에 갈 수 없을 것 같아. 내가 군대 간다는 것을 알면 엄마는 쓰러질 거야."

키엠은 단호하게 받아주지 않았다.

"너 엄마를 만나야 돼. 네가 자원해서 전쟁터로 가는 거라면, 누나와 매형이 엄마를 위로할 방법을 찾을게. 너 이번에 가면 생사를 알 수 없어. 가볍게 생각해서는 안 돼…"

두 모자는 눈물 속에서 만났다. 바이엔 부인은 쓰러지지 않았다. 닭과 찹쌀을 사서 닭고기 찹쌀 주먹밥을 만들어 자식에게 먹였다. 나머지는 싸서 아들의 배낭에 넣어주었다. "나라에 적이 오면 사내가 나라를 구해야지. 우리 집은 월남한 사람이 있는 블랙리스트에 오른 집인데, 상부에서 너를 신임하여 전쟁터로 보내준다면 걱정이 되더라도 전화위복이 될 수 있다… 엄마는 단지 네가 어려움을 잘 극복하기를 바라고, 네가 총알이나 포탄을 피하게 해달라고 부처님께 기도하마." 어머니의 당부를 가슴에 안고 카잉은 길에 올랐다.

카잉이 푸빙과 쭝자에서 훈련을 받을 때, 매 2주마다 바이엔 부인은 말린 고기와 생선, 염장 고기, 볶은 소금, 연유, 설탕 등을 가지고 면회를 갔었다. 바이엔 부인은 때로는 열차, 때로는 버스, 때로는 트럭을 타고 그리고 심지어 수십 킬로미터를 걸어서 면회를 갔다. 가끔 하잉이 수업이 없을 때는 두 사람이 번갈아 자전거를 타고 갔다. 매번 엄마가 면회 온 것을 보고 부대 친구들이 "야, 엄마가 젖 먹이려고 우유 가져왔다…"라고 놀렸다. 친구들이 너무 심하게 놀리는 것을 알고 카잉이 엄마에게 "됐어요, 이제 그만 오세요. 저 다 컸어요. 애가 아니에요. 엄마 이렇게 오시다보면 병나요."라고 말했다.

카잉이 하노이를 떠나 전쟁터로 가는 날, 부대가 잠밧 역에 집결했다가 그곳에서 군용열차로 갈아탔다. 이를 안 하잉이 바이엔 부인에게 연락을 했고, 바이엔 부인은 서둘러 옷 몇 벌을 싸고, 있는 돈과 금을 모두 챙겨 하잉을 앞장세워 기차역으로 갔다.

은은한 달빛 아래 기차가 연기를 푹푹 내며 바퀴가 철로 위를 미끄러지기 시작했다. 하잉은 한 창고 옆에 자전거를 버리고, 기차를 따라 달리면서 목이 쉴 정도로 카잉을 불러댔다. 바이엔 부인은 돌멩이에 걸려 옆으로 넘어졌다. 한 병사가 순식간에 뛰어내려 부인을 안아 철로 옆에 앉힌 다음에 정신없이 뛰어가 출입문을 잡고 기차에 다시 올라탔다.

"하잉, 어머니를 모시고 집에 가라. 내일 아침 우리들이 카잉을 어머니에게 보낼게…."

"집에 누가 있다고 자식을 돌봐…. 오빠가 전쟁에 나가서 받는 것이면 충분해. 어떻게 해, 키스도 못해주고…. 아, 너무 불쌍해…."

"어머니, 안녕히 계세요. 미국 놈들 다 몰아내고, 저희들 돌아올게요…."

거대한 지렁이 같은 기차가 헉헉거리며 불꽃이 번쩍거리는 지평선 저쪽으로 미끄러져갔다.

한 달 뒤에 카잉이 함종 다리 북쪽에 주둔하고 있다는 소식을 듣고, 바이엔 부인은 짐을 싸서 길에 올랐다. 이번에는 자식들이 카잉과 같은 부대에 근무한다는 두 어머니들과 동행했다. 세 여인이 아들을 쫓아 힘들게 빙에 도착한 다음, 하노이 신병 중대가 국도를 피해 떤끼 지역으로 올라갈 때 같이 따라갔다. 부대가 호찌민 루트로 들어갈 때, 세 사람은 비로소 하노이로 돌아왔다.

어머니가 기다린 세월은 길고도 길었다. 몇 달 만에 바이엔 부인의 머리칼이 다 희어졌다. 두 모자가 살던 티엔꽝 초등학교 옥탑방은 미군의 폭격으로 학교 지붕이 무너졌다. 키엠은 어머니를 모시고 와 같이 살았다. 그녀는 푹화 양장점 2층을 국영상점에 양도하고 나서 이 골목으로 들어왔다. 초기 몇 년 동안, 하잉이 의과대학 졸업반일 때, 피난처에서 하노이로 돌아오면 시간을 내 어머니를 돌보았다. 그리고 하잉은 의사가 되어 역시 전선으로 갔다. 하잉은 전쟁터에서 카잉을 만날 꿈을 꾸었다.

그날 입대한 꽌찌 농장의 31명의 하노이 청년들 중에서 1975년 이후에 돌아온 사람은 3명이었다.

카잉의 친구인 레도안은 그 운 좋은 세 사람 중의 한 명이었다. 그는 카잉의 어머니에게 작은 비닐봉지에 싼 누렇게 바랜 사진 두 장을 가져다주었다. 그것은 바이옌 부인의 사진과 보투 하잉의 사진이었다. 레도안은, 꽝찌성을 지원하기 위해 타익한 강을 건너기 전, 카잉이 이 사진을 자기에게 맡기면서 돌아가면 다시 찾아가기로 약속했다고 말했다. 그런데 그것이 카잉의 마지막이 될 줄은 전혀 생각지 못했다.

"제단 위에 있는 카잉의 사진 구석에 있는 작은 사진이 보이지요?" 바이옌 부인이 일어섰다. 봉도 따라 일어서서 제단 가까이 다가갔다. "이것은 하잉의 사진인데, 결혼하지 못한 카잉의 아내지요. 레도안이 전선에서 가져온 것이오…."

봉은 사진 속의 처녀를 바라보고, 순간적으로 아내 미엔의 소녀시절 모습과 같다고 느꼈다. 맑고 꿈꾸는 듯한 눈이었다. 사랑을 하고 있는 아가씨들은 모두 그런 눈빛을 가진 것 같았다.

"하잉이 의과대학에 합격한 뒤로 계속 전쟁터로 보내달라고 졸랐어요. 어느 날 그 아이가, 자기도 카잉이 있는 곳으로 가 반드시 카잉을 만날 거라고 말했어. 그것이 내가 마지막으로 하잉을 만난 날이 될 줄 누가 알았겠소? 그 아이 소속 군의관들이 제5지구로 갔는데, 그곳은 그의 아버지 고향 꽝응아이였다오. 하잉은 야전 동굴 속에서 부상병을 치료하다가 희생되었답니다…."

봉은 향 세 개를 더 피우고, 어머니의 아픈 눈물방울이 자신에게 흐르고 있는 가운데 한참 동안 말없이 서 있었다.

***

골목에서 시끄러운 소리가 들렸다. 작가 쩌우하가 오토바이를 빵빵거리며 소리쳤다.

"우리 집에 손님 온 것 맞죠, 어머니?"

키엠이 자전거를 타고 뒤따라왔다. 쩌우하가 혼다67에 퐁을 태우고 집 안으로 들어왔다. 봉은 말랐지만 단정한 모습의 여자를 바라보았다. 그녀가 키엠이라는 것을 알 수 있었다.

"안녕하세요? 제가 봉입니다…."

"아이고! 봉 삼촌! 골목에서부터 반신반의했어요. 홍아, 삼촌에게 인사해라. 사이공에서 오신 아빠의 친동생, 삼촌이야…."

봉은 친조카를 꽉 껴안고 감격해서 눈물을 흘렸다. 퐁은 네 살로, 유치원에 다니고 있었지만 세 살 먹은 아이처럼 조그만 했다.

"두 개의 물방울처럼 비 형과 닮았네요, 형수님."

"이 아이는 응웬끼 퐁입니다. 딸은 응웬찡 마이인데 곧 학교에서 돌아올 겁니다. 그리고 이분은 작가 쩌우하, 즉 다쟝입니다. 남편의 절친이고, 아주 유명하신 분이에요."

가족의 분위기가 순식간에 친근하고 따뜻해졌다. 바이엔 부인은 조용히 부엌으로 가서 식사를 준비했다. 키엠은 작은 소리로 쩌우하에게 봉과 대화를 나누라고 하고는, 자전거를 타고 시장으로 향했다.

쩌우하는 다시 옛날 궐련 담배를 피우던 작가 다쟝으로 돌아온 듯했다. 그는 주머니에서 작은 담뱃대를 꺼내 담배를 채운 다음 불을 붙여 빨아들였다.

"봉은 나를 모를 거야, 그러나 나는 자네를 정말 잘 알지. 사이공을 접수하던 날부터 알았어." 쩌우하가 봉의 자격지심을 덜어주고자 먼저 말을 꺼냈다. "도로교량총국 지도자 명단에서 자네 이름을 봤고, 나는 이 사람은 적어도 3년은 재교육 캠프에 갈 것이라 생각했어. 계획국 국장 보좌관, 즉 부국장 맞지? 교통부에서 도로교량 총국산하의 계획국은 아주 큰 권한을 갖고 있었지. 자네 괴뢰정권의 핵심에 속하는 직책이고, 성장에 해당하는 직급이잖아. 러이 형님이 시켜서 자네를 찾을 때, 내가 내 친구 반꾸엔에게 운 좋게도 찌엔탕 러이 동지가 혈육의 정으로 건설기사 응웬끼 봉을 감옥에서 구했다고 말한 적이 있지. 이 사람의 죄는 적을 연결해준 죄다. 우리가 다리와 도로를 파괴하면 이 사람이 다리를 다시 고치고, 도로를 보수하여 적으로 하여금 우리를 치게 만들었다고 말했지. 그런데 지금 여기에서 자네를 만나다니 놀라워. 감옥도 안 가고, 게다가 중용되어 도로교량국 간부를 위해 일하다니, 검은 것을 하얗게 만들고, 죄를 공으로 바꿀 수 있는 사람은 오직 찌엔탕 러이 동지밖에 없어."

"예, 우리 응웬끼 가문의 큰 복입니다. 코이 형님의 공도 컸고요…."

"찌엔탕 러이 씨가 누구든 구하고 싶으면 확실한 죄를 졌다고 하더라도 무죄로 만드는 일은 아무것도 아니야. 그런데 내 친구 비를 아주 미워해. 최고로 미워하지. 형제지간인데도 얼굴을 보고 싶어 하지도 않고, 심지어 원수나 적군 같아." 쩌우하가 힘이 빠진 듯 담배를 한 모금 빨고는 담배에 취해서인지 아니면 무슨 일인지 눈가에 눈물이 고였다. "내가 얼마 전에 비를 면회 갔었지. 너무 안됐어. 그 친구 부종에 걸렸고, 정신병에 걸린 것처럼 정신이 나갔어…."

앉아 있다가 봉이 갑자기 일어서서 놀란 눈으로 쩌우하를 바라보았다.

"예? 그런데 왜 비 형이 외국으로 특별 출장을 갔다고 하지요? 형님이 어디에서 비 형을 면회했다는 겁니까?"

쩌우하가 봉을 놀란 눈으로 바라보았다.

"자네 몰랐어? 자네 응웬끼 비 형이 어디로 갔는지 모른다고? 아이고, 나는 찌엔탕 러이 동지가 이 얘기를 자네에게 오래전에 한 것으로 생각했어. 러이 형이 자네에게 비가 외국으로 출장 갔다고 하던가?"

"아닙니다. 어머니와 꾹이 그렇게 말했어요"

쩌우하가 머리칼을 쥐어뜯었다. 그는 점점 대머리가 되어 가는 듬성듬성한 앞머리를 다 뽑아버리고 싶은 것 같았다.

"내가 자네에게 이런 말을 하면 안 되는데, 내 친구 비가 뭐라고 말하던가? 그렇지 인생에서 그런 일이 생기면 안 되지. 치질이 있다면 사람들에게 결코 자랑할 일은 아니지. 전쟁터에서 돌아오자마자 비가 그렇게 되었다는 소식을 듣고, 나 자신도 아주 놀랐고, 가슴 아팠어."

"어! 쩌우하 씨, 삼촌에게 말하지 마세요…."

갑자기 키엠이 얘기를 가로막았다. 키엠의 얼굴이 핏기 하나 없이 파랗게 변했다. 그녀가 물건이 든 봉지를 떨어뜨려, 두부가 부서지며 바닥에 하얗게 흩어졌다.

"봉에게 사실을 분명히 말할 수밖에 없어요." 쩌우하의 목소리가 갈라졌다. "내가 만난 비가 어떤 상태인지 집안사람들 모두에게 얘기하겠소 무슨 수를 써서라도 그를 재교육 캠프에서 구해내야 하오. 찌엔탕 러이가 못하면 내가 하겠소 내가 나의 타잉동 훈장과 몇 개의 해방 훈장을 비에게 주겠소 내가 소설을 써서 받은 해방문학상도 주겠소. 그를 구해야만 하오, 그를 죽음으로 몰아넣는다면 허망한 일이 될 것이오…."

쩌우하가 주먹으로 가슴을 치며 울음을 터뜨렸다.

제18장 국외자

국문서점을 나와, 비는 인도에 서서 쩌우하의 수필집 『우리가 가는 큰길』을 한줄 한줄 삼키듯이 순식간에 읽었다. 막 인쇄소를 나온 누런 종이에 인쇄된 책이었지만 글자의 향기가 있었다. 비처럼 오직 책만 아는 사람, 문장과 생사를 같이 하는 사람만이 느낄 수 있는 것이었다. 쩌우하, 농부처럼 거칠지만 순박하고, 궐련 담배만 피우는 작가 다쟝이 바로 이상과 사랑의 아픔 그리고 피 흘리고, 불타고, 포연이 묻어나는 전쟁문학을 낳은 아버지였다. 쩌우하라는 필명은 비가 다쟝이 전쟁터로 가기 전날, 위층에서 마지막 밤을 같이 지내면서 선물한 것이었다.

"주산이 수엔썬이라는 필명을 사용한대. 그는 산만 돌아다니는 것이 아니라 산과 하천도 다닐 거라는 거야. 수엔썬, 즉 산천이라는 의미야. 나는 어릴 때 이름인 마이 반냐를 필명으로 쓸 거야."

"그 이름도 괜찮아. 그러나 한번 묻어버렸으면 됐지 뭐하러 다시 파내

나?' 비가 직설적으로 말했다. "네 고향에 쩌우쟝 강이 있잖아, 쩌우허珠河라는 필명은 쩌우 강이라는 의미도 있고, 제일 유명한 하남 땅의 진주라는 의미도 있어. 고향의 정을 담고 있는 이름이라는 의미도 있지. 다쟝에서 쩌우허로 바꾸면 자연스러운 물의 흐름 같아."

다쟝이 비를 끌어안았다.

"너 정말 대단해. 아주 의미 있는 필명이야. 나는 쩌우허라는 필명에 걸맞게 살고, 글도 쓰겠다."

쩌우허가 전쟁터에서 보낸 글들을 순식간에 읽지 않은 글이 없었다. 사랑으로, 앙망함으로, 흥분과 질투로 탄식하며 읽었다. 수많은 밤을 비는 찐 새우처럼 누워서 중국산 반도체 라디오를 귀에 바짝 대고, 쩌우허와 쩐년 아잉 그리고 그의 문학 동료들이 전쟁터에서 쓴 시, 수필, 단편 할 것 없이 아나운서 뚜엣 마이가 낭송하는 것을 한 마디, 한 마디 삼킬 듯이 들었다. 라디오를 듣다가 조용히 눈물을 흘린 적도 있었다. 친구 작가들이 성장한 것에 대한 자부심 때문에 울었고, 자신은 시국에서 버려진 사람, 무적자가 되었다는 자격지심 때문에 울었다.

비가 오는 어느 날 밤 비는 키엠 옆에 누워 귀를 라디오에 바짝 대고 BBC의 전황 뉴스를 들었다. 갑자기 익숙한 목소리가 들려 비는 이불을 박차고 일어나 앉았다.

"주산의 목소리야. 그는 수엔썬으로 필명을 바꾸었어. 꽝다 전쟁터로 간 지 3달 만에 포탄과 고생을 견딜 수 없어 남부로 귀순했어. 그리고 곧바로 심리전 중령으로 승진해서 하루 종일 동지들에게 남부 정권으로 귀순하라고 하고 있어. 이 배신자가 어떻게 짖나 들어보자." 비가 키엠을 깨웠고, 볼륨을 최대한 높였다.

"나는「백골의 베트남 땅」을 쓴 사람입니다. 단지 북베트남 공산당 무리들의 부추기는 말 때문에, 백만 명의 남자들이 한창 청년 나이에 자신의 형제인 남베트남 동포들에게 총을 쏘는 형제상잔의 전쟁에 뛰어든 것을 직접 확인하고, 글 쓰는 자의 양심과 한없는 아픔으로 그 글을 썼습니다. 아, 사랑하는 베트남! 옛날 찡 씨 가문과 응웬 씨 가문이 분할되어 싸울 때부터 쌓인 백골들이 웅장한 쯔엉선 산맥을 이루었습니다. 지금은 베트남의 자녀들의 백골이 더 높이 쌓여서 저 세상까지 이르렀습니다…"

"씹새끼, 개 같은 글이야. 귀순자 새끼!"

비가 라디오를 바닥에 던져서 부서졌다. 결혼한 이후로 키엠은 비가 그렇게 분노하고 천하게 욕하는 것을 처음 보았다.

비는 주산을 기억 속에서 지워버렸다. 그러나 쩌우하의 작품은 하나도 빼놓지 않고 보관했다. 『우리가 가는 큰길』은 신문과 잡지에 기고했던 글들을 모아 놓은 책이었다. 그럼에도 새로웠고, 기백이 펄펄 넘치고 글이 매끄러웠다. 비가 그 책을 산 것은 그가 자주 찾아가 가르침을 받던 사상적 스승이며 철학자인 쩐득 교수에게 선물하려는 것이었다.

쩐득 교수는 파리에서 유학할 때부터 공산주의 경향의 인문학자였다. 그는 1946년 호찌민 주석이 프랑스를 방문했을 때, 호찌민 주서을 따라 귀국하게 해달라고 간청했다. 호찌민 주석은 그곳에 남아 계속 공부하여 견문을 쌓고, 최고의 마르크시스트 철학자가 되기를 바란다고 말했다. 쩐득 교수는 파리에 몇 년 더 머물렀다. 1951년 그는 호찌민 주석으로부터 귀국하라는 지시를 받고, 북부지구로 와 항전에 참가했다. 1954년 그는 마르크스-레닌 연구소에서 근무하며, 칼 마르크스와 엥겔스의 경전들을 번역하고, 교정하는 일을 했다. 인문가품 운동 시기와 소련의 수정주의 시기를 거치면서 그는 중용되지 못했다. 그러나 비와 여러 지식인들, 문예인들에게 쩐득 교수의 흡인력은 강력한 자석과 같았다. 그는 비와 같은 숭배자들에게는 정결하고 고상한 공기를 빨아들이기 위해, 이르고 싶은 산의 정상 같았다.

미국이 북위 19도선 이북에 대한 제한적 폭격을 선언한 이후로 하노이는 분주하고 보다 사람들이 많아졌다. 피난 갔던 일부 대학, 전문학교와 관청들은 모든 것이 부족하고, 고생스러웠지만 먼 곳으로부터 하노이 근교 지역으로 돌아오기 시작했다. 아파트 2층의 쩐득 교수 집에서 자전거를 타고 돌아오며 비는 창작에 대한 감흥이 솟구쳤다. 그는 속으로 쩌우하와 경쟁하고 싶었다. 반드시 금년 내에 그가 막 시작한 소설 '망상의 지평선'을 탈고할 것이라고 마음먹었다.

자전거를 타고 가는데 갑자기 한 여자가 골목에서 튀어나와 비의 자전거에 부딪혔다. 아주 세게 부딪혀서 두 사람 다 넘어졌다.

"모자란 사람 같으니! 시를 짓는 거야, 뭐하는 짓이야? 걸어가는 사람을 박으면 어떡해?"

"죄송합니다. 괜찮습니까?" 비가 자전거를 놓은 채 그 여자를 부축해 일으켰다. 순간적으로 마르고 냉정한 얼굴 그리고 두 눈에 불이 이글거리는 것이 보였다. 그는 전선을 만진 것이라고 생각했다.

"아이고! 물어내! 타이어 찢어지고, 림도 휘어지고!" 여자가 입을 씰룩이며 소리쳤다. "아이고, 나 죽네! 사람들아, 경찰 좀 불러줘요! 이 자전거 빌린 것인데…."

피해자의 외치는 소리가 신통한 마법을 부린 것 같았다. 기다렸다는 듯이 한 경찰이 나타났다.

"거리에서 이렇게 소리 지르면 안 되죠." 탁한 목소리에다가 발음이 분명치 않아서 비는 몸을 떨었다. "무슨 일인지 일단 파출소로 가서 해결합시다."

비는 시계를 보았다. 곧 주유소가 문을 닫을 시간이었다. 그의 자전거 뒤에 매단 플라스틱 통에는 아직도 기름을 못 넣고 비어있었다.

"경찰관님, 길 가다 부딪친 것뿐입니다. 우리끼리 해결하겠습니다. 내가 자전거 수리비를 보상하겠습니다…."

"나를 속이고 도망치려고? 당신의 얄팍한 지갑이 자전거살 하나를 살 수 있을지 모르겠군. 저 자전거 배급받은 거야. 줄서기를 며칠 동안 해도 타이어 한 개를 못사는데." 여자가 거들었다. "쓸데없는 소리 말고, 경찰관님 일단 파출소로 갑시다."

자전거 충돌 사건은 하나의 연극이었다는 것을 한참 뒤에 알게 되었다. 시비를 걸던 냉정한 여자는 단순한 아마추어 배우였다. 비를 데리고 파출소로 들어가자마자 그녀는 뒷문으로 사라졌다. 비의 가방을 뒤질 기회를 잡기 위해서, 특히 그가 쩐득 교수 집을 찾아가 만난 뒤였기 때문에, 도로 상에서 시비를 걸어 싸우게 하는 계략보다 좋은 방법은 없었을 것이다. 비는 순간적으로, 친구가 도로 상에서 실종된 일이 생각났다. 번역가인 V가 항바이 거리를 자전거를 타고 가다가 자동차로 납치되었다. 그리고 하이퐁에 거주하는 작가 B 역시 유사하게 체포되었다. '정권을 넘어뜨리고, 당에 대항하는 현대의 수정주의자들을 뿌리 뽑고 제거하는, 정치적 숙청이 진행되고 있다'는 소문이 돌고 있었는데, 그것이 비에게도 다가온 것이 아닌가 하는 생각이 들었다.

"신분증 좀 보여주시죠." 발음이 부정확한 경찰의 상급자로 보이는, 계급장은 없고 붉은색 완장을 찬 매부리코 경찰관이 책상에 앉아서 비에게 의자를 가리키며 아이스크림처럼 차가운 얼굴로 말했다.

비는 시키는 대로 했다.

"응웬끼 비? 근무지는 빙전출판사라. 어디서 많이 들던 이름인데…" 그 경찰은 리듬을 맞춰 읽고는 비가 메고 있던 손가방을 흘낏 바라보고 갑자기 목소리를 바꾸었다. "가방 좀 봅시다."

"동지! 개인 수첩 몇 권일 뿐입니다…"

"우리는 개인의 사생활을 존중합니다. 그러나 조사하는 것이 우리의 임무요. 이해하기 바랍니다."

가방이 닭 모래주머니 뒤집듯이 뒤집어졌다. 벼꽃 상표의 약과 성냥 그리고 쯔엉선 상표의 만년필이 나왔다. 자료는 없느냐고 물었다. 한 권의 노트가 나왔다. 대충 쓴 글씨에, 다시 지운 흔적이 있어서 의심을 사기에 충분했다.

"이것은 뭐지? '한계 없는 현실주의' 32장이나 타이핑했군. 무슨 사진인 데 이렇게 아름답지? 영화? 게다가 <한 인간의 운명>, <병사의 노래>, <41번째 사람> 등 소련 영화를 소개하는 글도 있어. 전부 계급투쟁의 경계를 무너뜨리는 수정주의 영화구먼. 또 있네! 『딩방의 치마』라는 시집. 어떻게 치마를 가지고 시를 쓰지? 타락의 극치를 달리고 있구먼."

"비 씨!" 매부리코 경찰의 아주 작고 차가운 눈초리가 비의 눈을 뚫고 있었다. "당신 지금 배포가 금지된 위험한 자료를 갖고 있어. 우리는 경위서를 작성하고 당신을 구속시키겠소…."

비는 몸이 굳어졌다. 그는 못 박힌 듯 앉았다가 바로 일어섰다.

"왜 그렇죠? 나는 시인입니다. 이것은 철학 연구 자료인데 내가 조금 전 쩐득 교수님한테 빌린 것입니다. 그리고 이것은 시인 부이 비엣의 미공개 시집 초안과 신문에 기고할 초안입니다. 반동 자료가 아닙니다. 작가의 자격으로 나는 맹세할 수 있습니다."

"안보 업무를 보는 사람의 자격으로, 우리는 국가안보를 위반한 흔적이 있다고 보는데…. 우리는 지금 전쟁 상황이고, 적의 반동세력들이 사회주의 국가를 넘어뜨릴 모든 방법을 찾고 있소."

"나는 근거 없이 수색하는 것에 반대합니다. 동지들은 사생활의 자유를 침해했습니다."

"당신은 자의적으로 발언해서는 안 됩니다. 당신은 지금 범법자요. 첫째, 당신은 도로 상에서 질서 문란을 일으켰습니다. 둘째, 당신은 배포가 금지된 자료를 소지하고 있었소. '한계 없는 현실주의'는 제목 그 자체가 사회주의와 반대로 가는 것이지. 그리고『딩방의 치마』라는 시집에 대해, 우리는 그 저자를 너무 잘 알고 있소. 부이 비엣은 연금 중이오. 그의 시와 글들은 모두 인쇄와 배포가 금지되어 있소. 우리는 최근에 이 시집을 외국으로 보내려고 하는 사람이 있다는 첩보를 접수했소…."

그가 손짓을 했다. 발음이 부정확한 경찰이 옆방에서 준비된 경위서 양식을 가져다가 책상 위에 올려놓았다.

"잘 읽고 여기에 서명하시오." 붉은 완장을 찬 경찰이 비의 면전에 경위서를 들이밀었다.

비는 최대한 평정심을 유지하며 인쇄된 내용을 읽었다.

"나는 동지들의 상급자를 만나고 싶소. 나는 이러한 위압적인 경위서와 가방 수색 그리고 구류에 대해 강력히 반대합니다. 나는 공민이지만 동시에 작가이기도 합니다. 동지들에게 객관적이며 성실하게 처리해줄 것을 제안합니다."

비가 화를 참으면서 어떻게 설명해야 할지를 생각하고 있을 때, 당직 사병이 빨간색 도장이 찍힌 양식을 지휘자에게 들이밀었다.

"당국에 비협조적이고, 범죄 혐의가 있음에도 고의로 경위서에 서명을 거부했기 때문에 우리는 응웬끼 비 당신을 구속하고, 조사를 진행하기 위해 근무지와 거주지의 압수 수색 영장에 서명할 수밖에 없소. 당신은 일어서서 이 명령을 들으시오."

비는 곧 쓰러질 것 같았다. 머리가 어지럽고, 눈에는 어둠이 밀려왔다. 비는 다리를 벌벌 떨었다. 비는 이를 악물고 일어섰다.

경찰관이 읽는 명령서 내용이 아주 먼 곳에서 울려 퍼지는 천둥소리와 총소리처럼 비의 귀에 울려 퍼졌다.

***

비의 근무지인 빙전출판사와 옛 풍화 양장점 2층에 대한 압수 수색이 오후 내내 이어졌다. 구석구석 빈틈없는 수색이었다. 업무에 숙달된 자들이 자료 하나하나, 책 한권 한권을 세밀하게 검사했다. 이 조사에서 가장 가치 있는 물증은 수첩과 편지 그리고 원고와 기념사진이었다. 특히 주목을 받은 것은 비가 쓰고 있던 소설 '망상의 지평선' 원고였다.

아주 오랜 세월이 지난 뒤, 인생의 말년이 되어서도 그날 오후 키엠과 자식이 아픔과 두려움에 떨었던 장면은 비의 머릿속에서 지워지지 않았다. 불쌍한 아내와 딸은 스스로 자신을 방어할 능력도 없고, 아무도 보호해주지 않는 작은 생명체처럼 구석에 웅크리고 앉아 막다른 길로 밀려가고 있었지만 아무런 힘도, 구해줄 능력도 없었다. 비는 감히 그 놀란 두 사람의 눈을 바라볼 수 있었다. 비는 하루도 아내와 자식에게 행복을 가져다 준 날이 없었고, 뭐 하나 해준 적이 없었기 때문에 한없이 치욕스럽고 마음이 아팠다. 그런데 이제 재난을 또 겪게 만들었다.

경찰관들이 없었다면 아마도 비는 아내와 딸을 끌어안고 울었을 것이다. 그런데 참 이상한 것은 손목에 수갑을 차고 있으니, 갑자기 당당해졌다는 점이다. 그는 이마로 흘러내린 머리칼을 쓸어 올리며 당당한 목소리로 아내에게 한마디를 던지고 집을 나섰다.

"괜찮아! 다녀오겠소. 당신 잘 참고, 우리 딸 마이를 잘 돌보시오…"

짙은 녹색의 탑차가 비를 싣고 어디로, 얼마나 가는지 알 수 없을 만큼 달렸다. 이때부터 비는 시간과 공간 감각을 잃어버렸다. 현재와 과거가 분간되지 않았다. 미래가 암담했다.

가로 2미터 세로 3미터에, 손바닥만 한 창문으로 한 줌의 햇빛이 들어오는 마치 관처럼 생긴 방에서 꼬박 이틀을 보냈다. 오랫동안 머물렀던 사람들의 땀 냄새가 진동하는 평상 위에 큰 대자로 누워있기도 하고, 무릎에 얼굴을

제2부 상전벽해 **381**

묻고 앉아 있기도 하고, 삶은 새우처럼 웅크리고 옆으로 누워있기도 했다. 생선 조림과 밥은 손도 대지 않았다. 종이와 볼펜도 처음 그 자리에 그대로 두었다. 소련 유학 때부터 반혁명과 변질되는 과정은 물론 인문가품 운동과 수정주의를 따르고, 사회주의 건설과 대미항전에 반대하는 반동들과 손잡은 일 등 모든 잘못을 솔직하게 적으라며 놓고 간 것들이었다.

다섯째 날부터 심문이 시작되었다.

"성명을 말하시오?"

"응웬끼 비입니다."

"생년월일과 본적은?"

"썬밍 성, 프엉딩 현, 동 마을에서 ○년 ○월 ○일에 태어났습니다."

"직업과 근무지는?"

"군대 다녀와서 글을 쓰고 있습니다."

"글 쓰는 일은 직업이 아니야! 다시 말하시오."

"빙전출판사에서 편집을 담당하고 있습니다."

"왜 체포되었고, 무슨 죄로?"

"길을 가다가 자전거와 부딪쳤고, 파출소로 연행되었습니다…. 나는 내가 무슨 죄로 체포되었는지 모릅니다."

"똑바로 말하시오! 근거 없이 아무나 체포하지 않소. 당신, 고집을 피우고 있어! 솔직하게 대답하시오. 어떤 죄로 체포되었소?"

"솔직히 말씀드려 내가 무슨 죄로 체포되었는지 모릅니다. 무슨 죄인지 알려주십시오…."

매부리코가 책상을 내리쳤다. 그가 더 이상 참을 수 없다는 것이 분명했다. 책상 옆에 있던 서기가 놀라서 볼펜을 떨어뜨렸다.

"당신이 우리를 심문하려는 거야? 당신 자신의 죄를 너무나 잘 알면서 억지를 쓰고 있어. 대답하시오! 당신, 어떤 죄로 체포되었소?"

비는 고개를 숙였다. 그 책임자는 비의 꽉 다문 입술을 보고, 비의 의지가 확고함을 읽었다.

"웅웬끼 비 씨, 나를 똑바로 보고 대답하시오."

"나는 죄가 없습니다."

벽에 걸린 시계의 똑딱거리는 소리가 무겁게 느껴졌다. 방 안의 공기가 숨 막힐 듯 무거웠다.

"경고하는 바이오." 책임자가 의자를 밀고 일어섰다. "생각할 시간을 주겠소. 관용을 받아 아내와 자식에게 돌아가고 싶다면 솔직해야 하오. 당신의 죄는 당신이 생각하는 것보다 훨씬 크다는 것이오, 웅웬끼 비 씨!"

책임자가 마지막 말을 하고는 경비병에게 비를 데려가라고 턱으로 신호를 보냈다. 두 번째, 세 번째도 전과 똑같은 시나리오였다. 똑같은 질문에 똑같은 대답이었다.

네 번째에 비는 좀 더 큰 다른 방으로 불려갔다. 두 사람이 더 있었다. 책상 옆에 서기가 한 사람이 있었고, 서기 옆에는 녹음기와 자료가 쌓여 있었다.

책상 앞에는 매부리코 옆에 대령 계급장을 단 사람이 있었다. 학자풍의 얼굴에 이마가 벗겨지고 안경을 썼는데, 나이를 분간하기 어려웠다. 매부리코가 초기 심문절차를 시작했다. 그리고 여전히 비는 완고하게 죄를 인정하지 않았다.

안경을 쓴 사람이 갑자기 수첩을 꺼냈다.

"비 씨, 이 수첩을 알아보겠소?"

비는 눈이 휘둥그레졌다. 그가 하잉과 함께 꽌찌 농장으로 카잉을 면회하러 갈 때 송꽁 나루터에서 잃어버렸다고 생각한 빨간색 표지의 수첩이 눈앞에 있었다. 어! 그런데 어찌하여 이 수첩이 여기에 있단 말인가? 어떻게? 누가 강에서 건져냈단 말인가?

"당신 매우 놀랐지? 이 수첩에 뭘 기록했는지 기억하겠지? 당신 우리가 첫 장에 있는 「인민의 노래」라는 시를 읽기를 원하나?"

> 옛 영웅이 홍 강을 거슬러 올라와 보니
> 옛날이나 지금이나 여전히 어렵구나
> 함께 이룬 것이 오직 지푸라기뿐
> 충적토가 아니라 핏빛이었다.

"『사계절 가품』 잡지에 실을 때 당신은 마지막 두 구절을 '굽이치는 파도 먼 곳까지 밀어내니 / 충적토가 아니라 핏빛이었다.'라고 고쳤어. 너무 심한 말이 아닌가? 게다가 인문가품 동지들의 아주 많은 반동 시구를 시인 응웬끼 비가 이 수첩에 적어놓았지. "나는 골목과 거리를 누빈다 / 그런데 집도, 거리도 없구나 / 오직 붉은 깃발 위에 떨어지는 빗방울만 보인다."라는 내용도 있고, 또 "인간의 심장에 경찰을 세운다."라고도 되어 있어. 더 말할 필요도 없이 반동 아닌가? 이 정도면 우리가 그때 비로 체포했어야 되는 거야…."

비는 전혀 예상치 못했다. 이 수첩이 어떻게 하늘로 올라가거나 땅속으로 들어가는 도술을 부렸는지, 당국의 손에 들어갔다는 말인가! 대령의 그럴듯하게 비웃는 방식과 시를 읽는 목소리도 놀라웠다.

"그것이 다가 아니야!" 대령이 말을 이어갔다. "우리는 당신이 소련 대사관에서 만나기로 약속했던 세르게이 비치라는 동지에 대해 물어볼 것이 있어서 한나절을 따로 준비할 거야. 그가 소련 공산당 제20차 전당대회 자료를 건넸고, 당신이 번역해서 배포했었지… 오늘은 문학에 관한 얘기만 하지. 현재 우리가 갖고 있는 최신 자료들을 보면 시인 응웬끼 비는 전 민족의 구국 항미 투쟁과는 완전히 멀어진 국외자임에 틀림없소 회개는커녕 외국으로 자료를 보내, 적들이 방송이나 신문으로 우리 체제를 공격하도록 한 인문가품 운동 멤버 부이 비엣의 『딩방의 치마』라는 시집은 말할 것도 없어. 더 위험한 것은 부이 비엣과 일부 분자들이 현재 모든 문예인들이 자신의 창작 노선으로 삼고 있는 사회주의 현실 창작방법과는 반대로, 퇴폐적인 창작 경향을 띠고 있다는 거야. '한계 없는 현실'이란 어떤 현실인가? 가로디가 누구야? 사회주의적 현실주의를 부정하고, 계급투쟁을 약화시키고, 사회주의를 제거하려는 것이 분명해. 이 자료를 번역한 자가 누구야? 사르트르와 논쟁을 하고 나서 친구를 맺고 프랑스 공산당을 탈퇴한 다음에 실존주의를 따라간 친구 맞지? 우리는 문예계에 쩐득 교수가 아주 위험한 인물이라고 경고했었지. 누가 자네를 쩐득 교수 집에 데려갔어?"

"제가 스스로 찾아갔습니다. 나는 교수님을 철학 선생님으로 생각하고 있습니다…."

"바로 그곳으로부터 입장과 관점을 잃어버린 거야. 그것이 사탕발림이야, 시인 응웬끼 비야!" 대령은 비가 얘기 속으로 빨려들자 흥미를 나타내기 시작했다. "그리고 또 있어. 지금 쓰고 있는 소설 「망상의 지평선」에 나오는 두 편의 권두시에서 우리가 특별히 관심을 두는 곳은 '나는 날아가는 사람이 없는 지평선을 보고 운다 / 그리고 나는 사람에게 지평선이 없다는 것에 다시 운다.'는 구절이야."

"이것은 제 시가 아닙니다. 이것은 선배 시인의 아주 유명한 시구입니다. 제가 권두언으로 차용한 것입니다."

"누구의 것인데?"

"수첩에 있는 시는 초고일 뿐이고, 작가가 공표하지 않았기 때문에 사적인 비밀로 간주해주십시오."

"작가 응웬끼 비 씨, 큰 실수를 했어. 혁명에서 개인이라는 것은 없어. 모든 사적인 비밀도 조직, 단체에 속하는 것이야. 무산계급 전제정권을 위해 모든 공민은 모든 개인적인 목적, 사적인 것을 희생해야 돼. 그 시구가 누구의 것이라고?"

"제가 어떤 수첩에 적혀 있는 것을 베꼈습니다…."

"누구의 것이냐고? 우리는 이 시구를 쓴 작가를 알고 싶어. 이것은 아주 반동적인 시야…. 당신이 솔직하게 고백한다면 당신은 관용을 받을 것이오…."

"제가 이 질문에 대답하지 않는 것을 양해해주십시오…."

빙산에 부딪혔다는 것을 알고, 차갑게 대하던 대령이 갑자기 삐죽이 웃었다.

"괜찮소…. 이 얘기는 잠시 접어두지. 개인의 자유를 존중해서…. 우리가 스스로 작가를 찾을 수밖에 없겠군. 당신에게만 말하는데, 이 두 시구는 사회주의를 공격하기 위해 자네들이 이중적인 상징을 사용하고 있다는 거야. 지평선이 무엇인가? 망상의 지평선이란 무엇인가? 날아가는 사람이 누구야? 자네들, 자신의 야심을 감추기 위해 서너 가지의 형상을 사용해서는 안 돼. 인문가품 패거리가 자신들이 창작의 자유와 예술의 자유를 위해 투쟁하는 전사라고 외쳤지. 저들은 지평선도 없고, 자유와 민주가 없어서 숨이 막힌다고 했지. 저들은 사회주의가 군대의 병영이라고 소리쳤어. 바로 그거야! 이중적 상징이란 것이 그것이야. 저들이 직접적으로 또 빙빙 돌려서 부추긴다는 거야."

비는 대령의 설명과 생각 때문에 당황했다.

"이제 우리, 소설 「망상의 지평선」에 대해서 얘기하지."

"나는 왜 시인 응웬끼 비가 갑자기 소설로 전환했는가에 대해 무척이나 궁금해. 당신, 시에 싫증이 났어?"

"저는 아직도 시를 쓰고 있습니다. 저는 시가 예술의 상아탑이라고 생각합니다. 그러나 언제나 거기에 이를 수는 없어요."

"예술의 상아탑이라. 아주 좋아! 그러면 소설은?"

"시를 예술의 상아탑이라고 하면, 일반적으로 산문 특히 소설은 산맥이라고 할 수 있습니다. 소설은 문학에서 대포라고 할 수 있습니다. 크고 강력한 문학에는 반드시 운문소설이라는 정상이 있어야 합니다…."

"그러면 응웬주의 『끼에우전』은 어떤가? 시가가 소설에 뒤진다는 말인가?" 대령은 학술적인 문제로 토론하는 것에 흥미를 느끼는 것 같았다.

"『끼에우전』이 바로 시로 된 소설입니다. 시소설의 걸작이지요. 응웬주는 3,000구가 넘는 시구를 사용해서 비로소 끼에우라는 낭자와 그녀가 살았던 사회의 모습을 그려낸 것입니다. 시는 사랑과 비애의 노래입니다. 소설이라야 비로소 넓은 사회의 문제를 담을 수 있는 능력이 되는 것입니다."

"그리고 시인 응웬끼 비가 소설가가 되어, 우리 백전백승의 사회주의 체제를 공격하고 왜곡해서 제거하려고 「망상의 지평선」이라는 소설을 사용하려고 했어?"

"그렇게 말씀하시는 것은 작품을 아주 편향되게 읽으신 것 같습니다…"

"됐어. 당신, 개념을 왜곡하는 궤변은 그만두게." 대령이 시계를 보고는 갑자기 격해졌다. 오늘 점심에 꼬응으 거리에 있는 식당에서 약속이 있는 것을 떠올린 것 같았다. "소설 속에서 판 기자가 편집실을 그만두고 애완견을 기르면서 하루 종일 개와 얘기하던데, 어떤 목적인가? 토지개혁 때 우리에게 처벌을 받은 지주의 딸인 뉴이가 판을 사랑하고, 판에게 아버지를 고소한 내용을 모두 진술해서 판이 소설 쓰는 것을 그만두게 한 것은 왜인가?"

대령의 한 마디 한 마디는 비로 하여금 등골이 오싹하고, 소름 돋게 만들었다. 그는 밑줄을 그어가면서 아주 세심하게 읽었으며, 작가인 비도 그렇게 읽기는 힘들 정도였음을 증명했다. 그리고 그는 단순히 읽은 정도가 아니라 행간에 무엇이 숨겨져 있는지 찾아내고, 대조하고, 음미하면서 외우기까지 했던 것이다.

"이것은 문학작품입니다…. 게다가 이 작품은 초고에 불과합니다. 아직 공표된 것도 아니고, 아직도 개인의 비밀이라고 할 수 있습니다. 그래서 수사 대상이 아닙니다…"

대령이 시계를 쳐다보았다. 두 시간 넘게 그는 직접 현대 수정주의자이며 인문가품의 후세대에 속한 사람을 직접 심문했다. 그는 푸르스름해졌다가 불그스레해졌고, 다시 파래졌다. 응웬끼 비는 정말 아주 위험한 인물이었다. 그러나 그와 얘기하는 것은 정말 재미있다고 생각했다.

***

한 달 내내 구치소에 있었지만 당국자는 여전히 비의 죄목을 찾지 못하고 있었다. 비는 강력히 심문조서에 서명하지 않았다. 비는 헌법과 법률의 정신에 맞게 자신을 공개재판에 회부해달라고 요구했다.

BBC와 로이터, UPI, AFP 등과 같은 외국 통신사들이 비의 체포에 관한 냄새를 맡고, 왜곡된 소식을 전했다.

어느 날 아침 비는 탑차에 태워 시내에서 떨어진 먼 곳으로 이송되었다. 직감과 경험으로, 비는 이송차가 구릉지의 자갈길을 가고 있으며, 가끔 웅덩이, 아니면 포탄으로 생긴 웅덩이를 지나고 있음을 알았다.

약 두 시간 뒤에 자동차가 멈추었다. 비는 호숫가, 소나무 숲 언덕이라는 것을 알았다. 바람에 부딪히는 소나무 잎의 소리를 들었기 때문인데, 그건 결코 헷갈릴 수 없었다. 과연 차에서 나왔을 때 비는 수려한 산수와 아름다운 풍경에 어리둥절했다. 사람들이 비를 반은 땅속에 반은 지상으로 튀어나온 푸른 소나무 아래에 있는 초가집으로 데리고 갔다. 교통로가 확보되어 있고, 주변에는 A자형의 아주 튼튼한 참호가 있었다. 아주 놀란 것은 그 전시의 별채에서 비를 영접한 사람이 바로 비의 형인 찌엔탕 러이 동지였다는 것이다.

"너무 말랐구나!"

형제가 대면했을 때 러이의 첫 마디였다. 비는 비의 어깨 위에 올려놓은 큰 손이 떨고 있음을 느꼈다. 비는 자기 형의 두 눈에 눈물이 고여 있는 것을 보았다. 그는 진심으로 비를 안타깝게 여기고 있었다.

"너 내가 이런 상황에서 너를 만나는 것이 얼마나 가슴 아픈 줄 아니?"

형제가 차와 담배, 사탕과 과자가 놓인 큰 책상 앞에 마주하고 앉았을 때, 비는 러이가 하는 말에 전혀 진실성이 없다는 것을 느꼈다. 비는 소련에서 축출되어 귀국한 후 러이가 근무하던 X위원회에서 처음 만났던 기억과 두 사람이 심한 논쟁을 벌였던 날을 생각했다. 이번에 비는 형과 더 이상 다투고 싶지 않았다. 이로울 것이 없었다. 더 다툴 것도 없었다. 두 사람은 심혼의 세계가 달랐다. 두 사람의 도덕과 생활의 범주가 달랐다. 결코 합류되지 않는 평행선과 같았다.

"네가 자전거에 부딪힌 날 경찰 동지들이 바로 나에게 전화를 했다. 나는 몇 시간 뒤면 풀려날 것이라고 생각했다…"

"나도 그렇게 생각했어…"

형제간의 대화는 아주 힘들었다. 바로 이 만남조차도 아주 힘든 것이었고, 러이 같은 사람이라야 겨우 마련할 수 있는 자리였다. 만약 이 정도 자리를 만들지도 않고 동생을 구하려는 노력을 하지 않았다는 것을 나중에 가족이 알면 문제가 될 수 있을 거라고 생각했다. 자기는 최선을 다했다는 것을 알리고 싶었을 뿐이었다. 아버지를 대신한 형의 본분을 지키려 이 자리를 마련한 것은 아니었다. 러이는 뜨부옹 씨와 조직에게 의견을 구했었다. 러이는 할 수 있다면 자신이 비의 보증을 서고 싶었다. 그러나 뜨부옹 씨는 아주 단호했다. 그는 "옛 어른들의 가르침을 들어야 해. 자식을 사랑하면 매를 들어야지. 비, 즉 우리에게 대항하는 놈들은 후방에 묶어둬 적이 이용하지 못하도록 해야 해. 잘못 판단해서 죽일 수는 있어도 놓쳐서는 안 돼. 마오쩌둥 주석이 그렇게 가르쳤지."라고 말했다. 러이는 비가 스스로 벗어나는 방법 외에 그를 구해낼 더 좋은 방법은 없다는 것을 알았다. 그는 비 때문에 자신도 시험받고 있다는 것을 알았다. 매일 반꾸엔이 그를 감시하고 있었다. 그는 반꾸엔에게 두 가지 약점을 노출시켰다. 하나는 사잉이 비의 수첩을 아내에게서 훔쳐 반꾸엔에 건넸던 일이다. 반꾸엔은 러이에게 친근한 척하며 그 수첩을 건넸고, 동시에 몰래 복사하여 뜨부옹 동지에게 보고했다. 러이가 모른 척하고 지나가는지를 시험하려는 것이었다. 러이는 계속 주저하며 보고하지 않았고, 결국 뜨부옹 씨가 먼저 말을 꺼내게 된 일이다. 둘째는 성 여성연맹 부회장 다오티 깜의 아들 레끼 쭈와 관련된 일인데, 전쟁터에서 꺼내왔을 뿐만 아니라 소련으로 미사일 기술을 배우러 유학 보낸 일이었다. 두 가지 결정적인 약점을 반꾸엔은 늘 속으로 생각하고 있었다. 반꾸엔이 언제 자신을 뒤집을지 누가 알 수 있겠는가? 조직의 원칙보다 형제의 정을 위에 두고, 연약한 모습을 드러냈다는 것만으로도 틀림없이 대가를 지불할 날이 올 것이라 생각했다.

"반꾸엔이 너의 수첩을 나에게 건넨 후, 몇 번이나 너와 애기하려고 했다…."

"그렇다면 형은 이미 다 알고 있었구면…."

"네가 현장 체험을 다녀와서 쓴 「마을 대나무 숲 뒤」를 뜨부옹 씨가 잡지에 실으라고 명령했을 때 나는 아주 기뻤다…."

"제 버릇 개 못준다는 말이죠?"

"나는 그것이 사상이나 관점에 관한 것이라고 생각지 않았고, 단순히 사유의 방법이나 현실에의 접근방법이라고 생각했어. 너와 같은 작가들은 뜬구름이나 잡고, 직감에 의존하며, 의지 특히 이상으로의 이끌림이 부족해."

"그렇기 때문에 형과 내가 있는 것이지. 형은 관리, 나는 적!"

"그렇게 생각하지 마라. 너는 국외자라고 하는 것이 더 적절해. 너는 정치에 대해 문외한이야. 너는 혁명의 물줄기를 벗어난 것을 스스로 반성해야 돼. 수백만 명의 남녀 젊은이들이 나라를 구하기 위해 쯔엉선 산맥을 종단할 때, 수천 명의 작가, 예술인, 지식인들이 자원하여 배낭을 메고 전쟁터로 나가 우리 동포들에게 노래를 불러주고, 노동자와 농민, 군인들을 위해 창작에 몰두할 때, 수백만 명이 허리띠를 졸라매고 쌀 한 톨을 아끼고, 한 사람의 노동력을 보태서 대포와 차량이 지나갈 길을 내고, 자신을 희생해 도로를 개통시킬 때 일부 작가들이 창작의 자유를 요구하고 정의와 민주를 요구했어. 가장 위험하고 반동적인 것은 영도권을 요구한 것이야…"

찌엔탕 러이가 한 시간 넘게 잔소리를 늘어놓았다. 연설문을 읽는다고 하는 편이 더 맞았다. 그는 두 갈래 길과 과도기 그리고 역사의 필연적인 규칙과 자본주의의 최후의 몸부림에 대해 얘기했다. 그의 얘기를 듣고 있으면 미국, 일본, 영국, 프랑스 등이 곧 망할 것 같았다. 소련과 동독, 폴란드, 체코가 사회주의 발전 단계에 있으며, 능력에 따라 일하고, 필요에 따라 향유하고 있다고 했다. 사회주의가 인류의 천당 앞에 있었다.

비는 형을 측은하게 바라보았다. 형은 아주 우수한 초등학생이라고 할 수 있지만 결코 대학 수준의 지식에는 이를 수 없는 것 같았다. 그에게 마르크스주의는 불변하는 것이었다. 그런데 세계는 매 시간 변하고 있었다. 서방 자본주의 세계는 자신들의 노선을 수정하기 위해 마르크스주의를 이용하고 있었다. 덴마크, 핀란드, 스웨덴 같은 북유럽 국가들이 그들 나라에서 조화롭게 마르크스의 인도적 이상을 실현하고 있을 때 동유럽 국가들은 마르크스의 학설을 교조적으로 만들었고, 사회주의를 단조롭고 형식적이며 관료주의로 가득 찬 대규모의 원시공동체 사회로 만들었다. 왜 러이는 면 단위 간부들의 정훈교육에 사용하는 설교를 비에게 늘어놓는 것인가? 아마도 비가 불과 십여 년 후에는 그 형의 빛나는 형상들이 쓰러질 것이라는 확신을 갖고, 맹목적이며 교조적이고 망상에 사로잡힌 형을 무시하는 듯 바라보았기 때문일 것이다. 삶은 가식적 도덕을 외치는 노선과 독단이 지배하는 망상 위에 누각을 세우도록 허용하지 않을 것이기 때문이다. 그러나 됐다. 다퉈서 이익 될 것이 없었다. 러이는 권력에 만족하고 있었고, 권력의 도구였다. 당연히 비는 논쟁에 흥미가 없었고, 졸렸다.

"내가 한 가지 조건으로 너를 보증 설 수 있어." 러이가 한 시간 넘는 설교를 마쳤다.

"무슨 조건?"

"네가 솔직하게 잘못을 인정하는 경위서에 서명하는 것이야. 사회주의에 대항하고, 분열시키며 혼란을 부추기는 놈과 부화뇌동했다는 죄다. 체제와 당에 대항하는 사상을 전파하고, 창작했다는 죄야…"

"됐어, 형 돌아가!"

비가 엉거주춤 일어나려고 할 때 등 뒤에 있던 경찰관이 어떤 엉뚱한 행동을 하려는 것으로 생각했는지 즉시 주저 앉았다.

"아내와 형수에게 만약 어머니가 나에 대해 묻는다면 외국으로 출장 갔다고 말하라고 전해줘. 동생 꾹에게도 당부하고, 절대로 어머니에게 내가 감옥 갔다는 얘기를 해서는 안 돼. 어머니가 너무 늙으셨잖아…"

러이가 무기력한 한숨을 쉬었다. 완고하고, 불치병에 걸린 것 같은 동생을 구해낼 방법이 없었다.

일주일 뒤, 웅웬끼 비는 T5 캠프로의 이감 명령을 받았다.

제19장 K27 캠프

쩌 우하가 재교육 캠프로 비를 면회 온 유일한 친구였다.
　　비에게 친구가 없는 것은 아니었다. 호찌민 군대 시절의 친구들 그리고 쩌우하처럼 친하게 지내는 문학 친구들도 수십 명이었다. 자기가 가진 것을 나눠줄 정도로 비를 귀하게 여기는 친구들도 많았다. 스스로 찾아와 제자가 되기를 원했던 친구들도 있었고, 밤 새워 술 마시며 얘기를 나눌 친구도 있었고, 시를 읊거나 문학 얘기를 나누는 곳이면 어디든 술과 담배를 들고 찾아오는 친구도 있었다. 그러나 지금은 그들도 비와 연루되는 것을 두려워했다. 만약에 비가 희귀병에 걸리거나 폐병, 페스트, 나병과 같은 전염병에 걸렸다고 할지라도 그들은 찾아왔을 것이고 심지어 돈을 모아서 비의 가족이 이 어려움을 극복할 수 있도록 도와주었을 것이다. 그러나 '정치병'이 비의 몸을 감고 있을 때는 친구들이 찾아온다고 해도 피해야 했다. 비처럼 '정치적 나병' 환자들은 자신의 삶뿐만 아니라 패가망신은 물론 아내와 자식, 친척들의 장래도 시들게 했다.

비가 K27 캠프로 이송된 후, 비의 친구는 아니었지만 키엠과 함께 감히 비를 면회 온 두 명의 여성이 있었는데, 이는 의외였다. 응웻과 형수라였다.

시동생 면회하는 것도 남편을 속여야 했던 형수는 고향 딩화에 간다고 말하고 K27 캠프까지 키엠을 따라나섰던 것이다. 그녀는 면회를 오기 위해 단단히 준비했는지 면회실에서 비를 만나자마자 눈물을 흘리며 신문으로 여러 번 싼 비닐봉지를 꺼냈는데, 무게가 3킬로그램이나 나가 키엠까지도 놀라게 했다.

"돼지고기와 생선 말림이에요. 오래 보관할 수 있으니 두고두고 드세요. 고기는 다른 사람이 준 배급표로 샀고요, 생선은 롱비엔 시장에서 사, 짜까 거리에 사는 아주머니에게 부탁해서 만들었어요. 나에게 시를 선물한 월북 간부 배급표로 산 게 아니에요. 그분은 작년에 자원해서 남부 전쟁터로 갔어요."

말린 고기는 형수와 키엠이 교도관에게 사정사정하여 겨우 방으로 가져갈 수 있었다. 그러나 바로 다음 날 캠프의 앞잡이들은 이를 다시 깨끗이 가져가버렸다. 운 좋게도 그들은 비를 불쌍히 여겼는지, 어려워했는지 슬리퍼로 한 대 맞는 것으로 끝났다.

응웻은 키엠을 따라 9월 2일 독립기념일에 면회를 왔다. 라 형수처럼 응웻 역시 뚜엔꽝에 사는 동생을 만나러 간다고 남편에게 거짓말을 했다. 남편 사잉은 동장이 되어 있었다. 후에 거리의 집과 붉은 깃발 이발 조합은 반꾸엔의 친절한 도움으로 소유권이 완전히 사잉 부부에게 넘어갔다. 빙전출 판사가 다른 출판사와 합병할 때 응웻은 영화사로 자리를 옮겨 잡무를 맡았다. 비를 면회 온 것은 비의 수첩에 관해 할 얘기가 있었기 때문이었다.

"수첩 때문에 당신이 체포되었다는 얘기를 남편으로부터 듣고, 너무 후회가 됐어요." 응웻이 신부 앞에서 고해성사하는 신도처럼 말하며, 눈물을 훔쳤다. "내가 당신의 시를 좋아해서 그 수첩을 집으로 가져갔던 거예요. 남편이 감췄다가 반꾸엔에게 갖다 줄 줄은 생각도 못했어요. 제 잘못이에요. 칼로 찌르지만 않았지 제가 당신을 죽인 거예요…."

응웻의 말을 듣고 비는 반꾸엔이 그때부터 자신을 몰래 감시했다는 것을 비로소 알게 되었다. 지금까지도 비는 반꾸엔이 무슨 일로 자신을 미워하는지 알지 못했다. 재능을 시기해서일까? 키엠을 질투해서인가? 아니면 계급에 대한 관점 때문인가?

"이번 면회 온 것은 그 속내를 분명히 밝혀서 저의 한스러움을 덜려는 거예요." 응웻이 눈물을 훔치고 교도관을 힐끗 쳐다보고 나서 단추만 하게 꼬깃꼬깃 접은 종이를 비의 손에 쥐어주었다. "히에우 씨 기억하지요? 그 신문기자 히우 히에우 씨 말이에요?"

"치질 치료사 히에우 씨를 어떻게 잊는단 말이오. 그분은 은퇴한 것 아닌가?"

"예. 고향으로 가서 할아버지 한약 짓는 일을 하고 있어요. 가끔 아저씨가 하노이로 약재를 사러 왔다가 저에게 찾아왔어요. 제가 곧 당신을 면회 간다는 것을 알고 히에우 아저씨가 치질 치료 비결을 적어 보냈어요. 아저씨가 당신에게는 비법을 숨길 필요가 없다고 말했어요. 출소한 뒤 이 처방전으로 약을 지으면 먹고사는 데는 어려움이 없답니다. 몸만 피곤하고, 잘못하면 감옥에 가기 쉬운 글을 쓸 필요가 없답니다. 아저씨는 또 당신이 이곳에서 잘 먹지 못하기 때문에 치질에 걸리기 쉽다고 조심하라고 했어요. 정말 솔직한 분이세요. 한 글자도 손대지 않고, 아저씨가 적은 그대로예요…."

비는 순간 '치질만도 못한 삶'이라고 히에우 씨에게 했던 말이 생각났다. 이제는 '삶에 걸맞은 치질'이라고 말해야 할 것 같다. 히에우 아저씨 그렇지요? 비는 인간의 정을 뜨겁게 느꼈다.

***

히에우 씨의 처방전은 비를 감옥 내의 한의사로 만들어주었다. 썩은 쌀에 말린 생선, 그리고 부족한 야채로 인해 감옥 내의 많은 사람들이 변비에 걸렸고, 치질로 발전했다. 비는 몇 사람을 치료해주었다. 전쟁터에서 돌아온 반이라는 이름의 교도관은 치질이 심했는데, 비가 치료하여 나았다. 그가 아주 감동했다. 은혜를 갚기 위해 반 교도관은 비가 평생토록 간직할 만한 은혜를 베풀어주었다.

아주 쌀쌀한 연말이었다. 산속에서는 살얼음이 어는 날도 있었다. 조왕신이 하늘로 올라간다는 음력 섣달 23일에 비는 화전으로 일군 밭에 옥수수를 심으러 갔다가 감기에 걸렸다. 열이 펄펄 끓었다. 담요 한 장으로는 추위를 견딜 수 없었다. 비는 감방에서 웅크리고 누워 있었다. 이가 딱딱 부딪히고 입술이 마르며 몸이 부어올랐다. 감옥의 죄수들은 누구나 비를 불쌍히 여겨 자기의 고기도 양보하고, 이불도 양보해 비를 덮어주었다.

바로 그때 키엠이 300킬로미터의 산길을 넘어 남편을 찾아왔다. 그녀는 비가 설을 쉴 수 있도록 가족과 친구들이 배급표를 모아서 준비한 바잉쯩[38], 햄, 사탕, 담배, 설탕, 연유 등을 가방 가득 담아왔다.

감옥의 규정에는, 죄수들은 교도관 입회하에 면회실에서만 친척을 만날 수 있었다. 아내조차도 철창 사이로 대화만 나눌 수 있었다. 그러나 이번에는 반 교도관이 특별한 예외로 해결해주었다. 비가 아팠기 때문에 돌볼 사람이 필요했다. 반 교도관이 어떤 사람에게 그렇게 말했다고 한다.

··
38. 종이라고 불리는 잎사귀에 불린 찹쌀과 돼지고기, 녹두를 넣고 정방형 모양으로 묶어서
    찜통에 넣고 쪄낸 베트남의 떡으로 설날에 없어서는 안 될 음식이다.

그러나 그의 깊은 뜻은 비가 치질을 치료해준 것에 대한 보답이었다. 게다가 반은 시를 좋아하고, 시집 『신의 시대』를 아주 좋아했다. 감옥 내 죄수들 중에서 그는 항상 비를 특별하게 대우해주었다. 그는 시국 때문에 견디고 있는 비의 비극과 억울함을 이해하고 있었다. 반 교도관의 마음속에는 측은지심이 자리 잡고 있었다.

재교육 캠프의 초가집에서의 그날 밤은 정말 신기했다. 추위가 뼛속까지 밀려왔다. 비단뱀 떼가 기어가듯 바람이 숲속의 나뭇잎을 힘겹게 흔들고 있었다. 신기하게도 초가집 안에 오직 작은 등잔불 하나만 있었는데도 석탄 난로를 피운 것처럼 따뜻했다. 키엠을 만나자마자 그녀의 팔베개에 누워 그녀의 얼굴을 바라보니, 비의 몸속에 있던 열이 물러갔다. 비는 건강해지는 느낌이었고, 생기가 올라왔다.

"우리 딸 마이는 어때? 공부는 잘 해? 우리 딸이 아빠를 기억해? 마이에게는 아빠가 출장 갔다고 해. 그래야 애가 슬퍼하지 않지. 어머니와 장모님은? 어머니는 내가 이곳에 있는 것을 아나? 장모님은 건강하고? 나는 마이 외할머니가 늘 걱정돼!"

질문이 끝이 없었다. 키엠이 대답하기도 전에 비가 또 질문을 했다. 어쩔 줄 몰라서 키엠은 계속 고개를 끄덕이며 뚫어질 듯 비를 바라보았다.

"15분 늦어서 열차를 타지 못했다면, 저는 영원히 이 밤을 만나지 못했을 거예요." 키엠이 몸을 눕혀 비에게 팔베개를 해주었다. 그리고 한 손으로는 아이를 안 듯 그를 끌어안았다. 그녀는 남편을 만나러 오는 과정을 얘기했다. "B52 폭격기가 하노이와 하이퐁 하늘에 쫙 깔렸어요. 닉슨이 베트남을 석기시대로 되돌려 놓겠다고 선언했답니다. 열차가 출발하자마자 역이 폭격 당했어요. 역에 기다리고 있는 사람들이 많았는데, 어제 아침 뉴스에 100명 이상이 폭격으로 사망했다고 해요…."

"내가 있는 이곳은 오히려 조용해. 몇 년 동안 비행기 소리를 듣지도 못했어." 비는 멍한 사람처럼 말을 했지만 눈물이 키엠의 팔로 흘러내렸다.

"여기 오기 전에 제가 러이 큰아버지를 만나서 언제쯤 당신이 풀려날 것인지를 물었어요. 큰아버지는 이 일은 당신한테 달렸다고 말했어요. 당신이 어리석게 혁명 파괴 세력, 반동 세력을 따른 죄라고 솔직하게 자술서를 쓸 필요가 있다고 했어요."

비가 갑자기 키엠을 밀쳐냈다.

"당신이 그 사람을 뭐 하러 만나? 쓸데없는 짓이야. 나는 그 사람을 입에 올리기도 싫어."

"그렇게 극단적으로 생각하지 마세요. 친형제인데 어떻게 버려요? 큰아버지도 아주 괴로울 거예요. 당신이 이곳에 있으니 큰아버지도 뭐가 편하겠어요…. 됐어요. 그 얘기는 그만둬요. 우리 부부가 이렇게 같이 지낼 기회도 없었잖아요…."

키엠의 뾰로통한 목소리를 듣고 비의 심장이 멎는 것 같았다. 그는 키엠의 몸을 껴안았다.

참으로 오랜만이었다. 거의 2년 동안 비는 아내와 잠자리를 못했다. 오랫동안 떨어져 있다가 그녀를 만나는 상상을 했었다. 그녀를 끌어안고 갈증을 채우기 위해 짐승이 먹이를 만난 듯, 수컷이 암컷을 만나 물어뜯고, 잡아먹듯 할 거라 생각했다. 이번에 하늘이 준 드문 기회가 온 것이다. 이러한 인도적이며 인간적인 의거는 반과 같은 권력과 이타심이 풍부한 교도관만이 비 부부에게 하사할 수 있는 것이었다. 그럼에도 비는 그 기회가 자신의 손을 벗어나는 것을 두고 볼 수밖에 없었다. 비는 땀이 흐르는 것을 보고는 자신이 아내와 잠자리할 능력이 없다는 것을 깨닫고 두려워졌다. 키엠이 가슴으로 파고들었지만 비는 자신의 아랫도리를 아내의 몸에 댈 수 없었다. 비는 자신의 무기력을 인정해야 하는 것에 대해 자책과 두려움에 떨었다. 그것은 비의 마지막 비밀이었다. 그는 아내를 실망시키고 아프게 하고 싶지 않았다. 남자의 삶에서 가장 치욕스러운 것이 무기력이었다. 그리고 비는 지금 마흔 살로 늙은 나이가 아니었다. 그러한 아픈 생각이 비의 가슴을 후벼 팠다. 키엠이 그가 아직도 아프기 때문이라고 이해할 수 있을까? 영양이 부족해서 남자의 정력이 쇠퇴했다고 생각할까? 그녀가 비와 하루나 이틀을 더 같이 지낸다고 한다면 어떻게 될까?

"아, 왜 울어요? 제가 옆에 있는데 행복하지 않아요?"

그녀가 비의 입술에 키스를 하고, 그의 볼을 타고 흐르는 눈물을 빨았다. 따뜻하고 잘 익은 과일향이 나는 그녀의 입술이 비의 입술 위로 포개졌다. 그녀의 달콤하고, 매혹적인 혀 놀림이 비를 떨게 만들었다. 오랫동안 억눌렸던 여자의 갈망과 충만함 그리고 사랑으로, 여자의 가장 격정적이며 최고조의 풍부함이 그를 회생시켰다. 그리고 마치 뱀이 스스로 허물을 벗는 것처럼, 도술을 부리듯 그녀가 몸에 걸친 옷을 벗었다. 어찌할 줄 모를 정도로 젊고, 따뜻하고, 부풀어 오른 부드러운 몸이 순간적으로 비에게 생기를 불어넣었다. 등잔 불빛은 비가 그녀의 몸을 보기에 충분히 밝지 않았지만, 옥같이 흰 피부와 불후의 곡선은 10년 전보다도 더 아름답고 더 흥분시키고 있음을 느꼈다. 그리고 그녀는 부드럽고 익숙한 동작으로 비의 옷을 벗겼다. 그는 허물을 벗은 것 같았고, 온몸이 흥분되어 터질 것처럼 단단해졌다.

"아이를 원해요. 제가 당신에게 당신 닮은 아들을 낳아드릴게요." 그녀가 비의 귀에 대고 속삭였다. 욕망 때문에 그녀의 목소리가 멎는 것 같았다.

사랑의 여신이 아름다운 춤을 추는 것 같은, 그녀의 통통한 유방과 두 손과 그리고 날씬한 두 다리가 조화를 이루면서 애무하자, 비는 기운이 솟아났다. 야수처럼 비는 그녀의 몸 위로 올라가서, 그녀를 종단했다.

바닥에 깐 합판이 벌벌 떨었다. 비는 그의 거친 행동과 무게에 눌려 부서지는 것처럼 그녀의 관절에서 뚝뚝거리는 소리를 들었다.

계절에 맞지 않는 천둥소리가 나더니 소나기가 후루룩 후루룩 떨어졌다.

창세 시대처럼 신성하고 황량한 색채를 진하게 띤 그녀의 최고조에 달한 쾌감 속에서 바람이 천둥소리와 함께 나무에, 지붕에 몰아쳤다. 자연의 위대한 피리소리 같았다.

***

그 신선 같았던 밤 이후로 자신의 뜻이 죽었다는 생각이 들기 시작했다. 마치 사랑과 행복의 절정에 이른 사람처럼 비는 자신이 이 세상에서 존재할 이유가 없다고 느껴졌다. 비는 한 사람으로서의 모든 일을 완수했다.

수많은 밤을 비는 천장을 쳐다보며 뜬 눈으로 새웠다.

그의 아버지 리푹 씨가 흰옷을 입고 처마 끝에 거꾸로 매달린 모습이 늘 아른거렸다. 그의 아버지는 지식인으로서, 치욕적인 압력 속에서 밀려났고, 비분함 속에서 스스로 죽음을 택했다. 그러나 그는 달랐다. 그는 넘쳐나는 삶의 잔치에서, 유한한 인생의 바닥으로부터 스스로 벗어날 것이라고 생각했다. 하늘 끝까지 날았던 매는 바다에 머리를 처박는 방법밖에 없었다. 우는 사람은 있지만 하늘을 나는 사람은 없다. 이제 비는 더 이상 울지 않았다. 울 필요도 없었다. 비는 스스로 탈출할 것이다.

비는 조용히 비단 천 조각이나 줄을 찾았다.

그러나 비의 모든 예정이 어긋나버렸다. 마치 비단 줄과 비닐 끈을 염산 속에 담근 것처럼 되어버렸다. 키엠의 편지를 받았기 때문이었다. 그녀의 기쁘고 행복에 겨운 목소리가 편지에 배어 나왔다. 아이를 가졌다고 했다. 그녀가 간절히 바랐던 아이를 갖고자 하는 꿈이 숲속 감옥에서 비바람이 몰아치던 그날 밤에 열매를 맺은 것이다.

"저는 아들을 낳을 것이라고 믿어요. 아이가 아주 장난이 심해요. 당신보다도. 저는 아이 이름을 응웬끼 퐁이라고 짓고 싶은데, 당신은 어때요?

바람이라는 뜻의 '퐁', 즉 신기한 바람이지요. 당신이 저에게 회오리바람을 일으켰잖아요. 평생을 당신의 회오리바람 속에서 누워있고 싶어요. 당신에게서 벗어날 수 없어요. 아이가 생기니 당신이 더욱더 사랑스러워요…."

그런 아내에게 무엇을 더 바라겠는가? 그녀에게 은혜를 갚기 위해 살 수 있는 모든 방법을 강구해야 했다. 비는 지난 세월 동안 인간으로서의 의무와 책임을 회피하고, 의지가 박약했던 자신을 조롱했다. 비는 키엠에게 자신의 잘못을 시인하고 용서를 구하며, 자신을 위해 건강을 지키고, 아이들을 잘 기르라고 당부하는 편지를 썼다.

막내 퐁을 낳은 후 비는 갑자기 침묵하는 사람이 되었다. 그는 오합지졸 같은 시끌벅적한 죄수들 사이에서 조용한 그림자처럼 살았다. 감옥 밖으로 나가서 야외 노동을 마치고 나면 비는 보통 시간을 끌며 계곡이나 나무 아래에서 약초나 식물의 뿌리를 캐러 다녔다. 감옥으로 돌아와서 비는 한구석에 앉아 오랜 시간 동안 깊은 생각에 잠겼다. 신기할 정도의 기억력으로 비는 수백 가지에 이르는 아버지의 한약재를 생각했다. 진피, 감초, 도라지, 천궁, 두충, 초과, 구기자, 계피, 여주 등이었다. 비는 아버지가 옛날에 지었던 전통 한약 비결을 생각해내려 했다. 비가 잘 짓는 한약은 히에우 씨가 전해준 치질 약이었다. 문학과는 영원히 이별하였다. 깨지기 쉬운 독약과도 같은 시와는 영원히 결별했다. 비는 아버지의 한약 짓는 비결을 가지고 돌아가서, 세상을 구하고, 생계를 유지하며 딸 마이와 아들 퐁을 기르고, 아내 키엠을 돌봐줄 것이라고 생각했다.

그러나 지금까지 좋아하고 쫓았던 것에 대한 회한과 갈망에 사망신고를 했을 때, 비는 점점 자기 자신을 잃는 것 같았다. 그는 행동이 느리고 게을러졌으며, 혼이 나갈 때가 많았다. 내부의 핵심이 달라지니 겉껍질 역시 바뀌었다.

4년 동안 비는 몽유병자처럼, 벙어리처럼 살았다. 비의 얼굴은 부종 걸린 것처럼 창백하고 때로는 부풀어 올라 마치 바람 빠진 풍선 같았다.

"아이고! 너 부종에 걸렸구나, 비야!"

감옥 면회실에서 서로 얼굴을 마주했을 때, 쩌우하가 외쳤다. 쩌우하가 친구를 자세히 들여다보고는 엉엉 울었다. 전쟁터에서 수년을 보내면서 동료의 시체를 안고 땅을 파서 묻은 적이 몇 번 있었지만 군복을 입은 작가는 오직 속으로 눈물을 삼켰었다. 그러나 이번에 쩌우하를 보고 찡그리며 웃는 모습은 비가 살아 있는 것은 분명했지만 친구에게 죽음이 아주 가까이 다가오고 있는 것을 느꼈다. 아프고 불쌍해서 가슴이 미어질 지경이었다.

"마이 반냐다. 다쟝 또는 쩌우하, 나야! 너, 나를 알아보겠니?"

놀람과 의심의 눈초리로 비는 여전히 무심하게 웃었다. 비의 얼굴은 아주 천진하면서도 무딘 것 같았다.

"비야! 너 벌거숭이 네 친구를 몰라? 다쟝, 쩌우하야. 작가 쩌우하!"

"알지…. 나는 작가 쩌우하가 개새끼 주산을 따라간 것으로 생각했는데…."

"너 미쳤구나. 배신자 주산과 비교하다니. 그놈 이름은 입에 올리지도 마라! 그놈은 우리와 완전히 달라. 그놈은 어둠이고 우리는 빛이야…."

"나도 빛이라고? 이상한 말이네. 나는 너도 지옥에 떨어진 것으로 생각했는데…."

"비, 너 무슨 말을 그따위로 하니? 너를 좋아하지 않았다면 여기를 뭐 하러 왔겠니? 자, 하나 물어보자. 너 솔직하게 대답해. 너 고문이나 폭행을 당했니?"

비가 쩌우하를 한참 동안 뚫어지게 바라보았다. 마치 그 무엇인가를 저울로 달듯이.

"그때는 프랑스 식민지 시대이고 지금은 민주화 시대인데, 누가 고문하고, 폭행을 한다고…."

"그런데 너 왜 이렇게 말랐어? 먹지를 못해서 아니면 병에 걸린 거니?"

"너 쩨란 비엔의 시도 기억 못해? 온 민족이 짚더미 위에서 배를 곯았다. 아… 옛날에 그랬는데 지금도 그러하네. 너희 군인들이 배고픈데 우리 같은 죄수들이 어떻게 배부를 수 있어?"

"너 완전히 죄수가 되었구나. 친구에게 교도관 앞에서 말하는 듯하네." 쩌우하가 울다가 웃었다.

"비웃지 마라. 이제 네 입이 상당히 세졌더군… 작가 쩌우하가 혜성처럼 떠올랐어. 네 글 읽어보니 아주 좋더군. 학생들이 자네의 뛰어난 글을 다 외우고 다녀. 정말 행복하지? 자네는 시대를 타고났고, 나는 그렇지 못하지. 나는 문학을 다 잊었어. 한약 짓는 일을 배우고 있어. 동포를 해치는 매국 반동병을 치료하려고…."

쩌우하가 친구를 피하기 위해 고개를 돌렸다. 비가 입을 씰룩거렸다. 두 눈에 눈물이 고였다. 순간 비가 눈물을 훔치고 나서 자연스럽게 침묵하며 시선을 돌렸다.

쩌우하는 면회를 오는 동안 생각하고 또 생각해 뒀던 질문들을 하고 싶었고, 얘기를 나누고 싶었다. 그런데 비가 아주 무심한 사람처럼 돌변했던 것이다. 심지어 비는 더 이상 얘기하고 싶지 않다는 듯 얼굴을 돌렸다.

면회 시간이 끝났다. 반 교도관이 쩌우하에게 말했다.

"요즘 죄수 비의 건강이 좋지 않소. 의사가 말하길 죄수 비가 우울증에 걸렸다고 합니다. 동지가 원한다면 게스트 하우스에 묵을 수 있소. 내일 죄수 비가 좋아지면 우리가 다시 면회를 주선할 수 있소."

쩌우하가 손수건을 꺼내서 눈물을 찍어냈다. 감옥 문 뒤로 천천히 걸어가는 친구의 모습을 바라보다가 슬픈 표정으로 고개를 저었다.

"나는 오늘 오후에 바로 하노이로 가야 합니다. 동지 여러분께 부탁드릴 일이 하나 있소."

"말씀하십시오. 쩌우하 작가의 일이라면 우리들이 최선을 다하겠소."

쩌우하가 비에게 주려고 가지고 왔던 물건들을 배낭에서 꺼내 책상 위에 올려놓았다. 영양제와 인삼, 녹용 그리고 호랑이 뼈로 담근 술 한 병이었다.

"내가 이런 말을 하면 동지들이 믿지 않을 수 있소. 그러나 전쟁터에서 산전수전을 겪은 군인으로서, 글을 쓰는 공산주의자로서, 비는 애국자이고 좋은 사람이며 심지어 내 개인적으로는 그가 국가의 재산이고 재능이라고 맹세할 수 있소…. 지금 그의 건강에 문제가 있소. 우선 더 나빠지지 않도록 영양 보충을 시켜야 하오. 그 스스로 자신을 돌볼 수 없을 거요. 내가 가져온 이 약들을 의무실 동지들에게 부탁해서 그 친구에게 먹이도록 해주시오." 쩌우하가 주머니에서 그가 갖고 있던 돈을 모두 꺼내서 반 교도관에게 건넸다. "이것은 내 월급을 절약한 돈이오. 동지들이 매일 음식을 사서 비가 건강을 회복하도록 해주십시오."

반 교도관이 손을 뿌리쳤다.

"우리가 동지의 약을 받아서 죄수 비에게 전달하겠습니다. 그러나 돈은 안 됩니다. 이것은 감옥의 원칙입니다…. 우리는 동지께서 부탁한 것을 최대한 수행할 것을 약속드립니다…."

***

어둑어둑한 오후에 쩌우하는 소련제 지프차를 타고 하노이로 돌아왔다. 300킬로미터가 넘는 길에서 그는 돌처럼 가만히 앉아 있었다.

전쟁터에서 보낸 10여 년 동안, 여러 번 죽음에 직면했고, 숲속에서 주홍서[39] 나물이나 바나나 뿌리조차 찾을 수 없어 배곯은 적이 한두 번이 아니었지만 결코 의지가 꺾이거나 쓰러진 적이 없었다. 언제 어떤 상황에서

도 글을 썼다. 터널에서도 숲속의 해먹 위에서도 글을 썼다. 적의 포탄이
떨어질 때도 등잔불 밑에서도 글을 썼다. 인민과 조국 앞에 신성한 의무처럼,
끝없는 흥분과 어떤 재촉을 받는 것처럼, 스스로의 욕구로 글을 썼다. 그런데
이제 막 전쟁터를 벗어나 평화를 누리기 시작했는데, 쩌우하는 복잡한
현실에 부딪힌 것이다.

쩌우하가 최초로 직면한 역설적이고 장난 같은 일은 비의 필화사건이었
다. 글 쓰는 사람의 예지와 직감으로, 비가 휴머니즘이 부족하고, 비이성적인
처리방식으로 귀결되어 억울하게 당했다고 믿었다. 이것은 또한 권력의
영구한 질병이었다. 자신의 주변에 논쟁을 좋아하고, 반대 의견을 제시하는
사람, 비록 그 사람이 인민과 우파에 속하는 사람일지라도 권력을 쥔 자가
그것을 받아들이는 일은 아주 드물었다. 베트남 역사 속의 명인들인 쭈반안,
응웬 짜이, 응웬주, 응웬 꽁쯔, 까오 바꽛[40] 등이 전형적인 예이다. 수십
년 뒤, 수 세기 뒤에 역사는 비로소 민족의 문화와 문명의 발전 과정 속에서
그들의 커다란 기여를 인식하게 될 것이다.

응웬끼 비와 쩌우하는 물론, 진정으로 글을 쓰는 사람들이 뛰어난 반대
의견을 제시하는 사람이 아니라 합창단 속에서 노래하는 한 단원의 역할만을
한다면, 사회의 진보에 어떤 이로움이나, 삶의 동력에 어떤 기여를 할 수
있을까?

쩌우하가 감옥으로 가서 비를 면회하고 돌아온 직후에, 뜨부옹 동지에게
솔직하게 속에 있던 말들을 털어놓았다.

● ●

39. 줄기는 높이 30~100cm 정도로 곧게 자라고 위에서 가지가 많이 갈라진다. 가는 털이
   성글게 달린다. 꽃은 긴 관상으로 아래에는 유백색을 띠고 윗부분은 주홍색을 띤다.
40. Chu Văn An(朱文安, 1292-1370) 쩐 왕조 시대의 교육자, 관리. / Nguyễn Trãi(阮廌, 1380-1442)
   정치가, 문인. / Nguyễn Công Trứ(阮公著, 1778-1858) 군사, 경제, 시문에 능함. / Cao
   Bá Quát(高伯适, 1809-1855) 시인.

"동지 아주 말을 잘 했소." 시인 뜨부옹 동지가 팔짱을 끼고 주시하며 한참 동안 쩌우하의 말을 귀 기울여 듣고 나서, 비웃는 것도 아니고 찬성하는 것도 아닌 미소를 지었다. 군단사령부, 당 정치위원보다 더 유명하고, 이름이 알려진 대미항전 문학가인 쩌우하가 아니었다면 그처럼 자신의 면전에서 휴머니즘과 문화에 대해 설교하는 것을 듣고 앉아 있을 사람이 아니었다.

"작가들이란 쉽게 몽상병에 걸리지." 뜨부옹 동지가 심사숙고한 뒤 입을 열었다. "문학이 권력이고, 문학이 정치와 같은 레벨이라고 생각하는 것은 큰 잘못이오. 자신을 현혹시켜서 무엇을 하게? 옛날의 웅웬 짜이 역시 정치라는 장기판의 졸에 불과한 거야. 졸이 강을 건너 궁에게 다가갔다고 하더라도 역시 군졸일 뿐이야. 레러이 왕이 동꼬 사당에서 웅웬 짜이를 재상으로 임명했다고 하더라도 왕 밑에 있는 직책일 뿐이지. 졸이 강을 건너서 차나 포 앞에 다가갔으면 됐지, 무엇을 더 바라나? 졸이 사±를 잡고 장군을 죽이려고? 아직 멀었어. 설쳐대면 졸 하나 죽이는 것은 장난이야. 그래서 웅웬 짜이가 꼰썬으로 가서 은둔한 것이지. 그리고 은둔지인 레찌비엔에서 사건이 터진 것이야. 왕을 시해했다는 모함을 받아 죽임을 당한 것이지. 지식인은 어느 시대나 다 어의에 붙어 있는 장식품일 뿐이지. 장식품이 스스로 드러내려고 하면 안 되지. 장식품이 거치적거리면 잘라버리고, 더러워지면 떼버리는 것이야. 정치란 그런 것이지. 무산계급 전제정권은 가장 철저하고 가장 높은 정치야. 놓치는 것보다 실수로 죽이는 것이 났다는 마오쩌둥 주석의 말도 있잖아. 조조의 교훈을 지금 시대에도 새겨들어야 해. 조조가 먼 길을 떠났다가 여백사가 배반할까 두려워 안심할 수가 없어 즉시 다시 돌아와 다 죽여 버리고 자신의 생명을 구한 일화도 있잖아."

"옛날 조조의 그 일화 때문에 후대 사람들이 조조를 간신이고, 불의한 사람이라고 했지. 지금 혁명을 하는 우리에게는 경고하는 선례라고 할 수 있지." 뜨부옹 동지가 말했다. "마르크스가 비판이라는 무기는 무기로 비판을 대신할 수 없다고 가르쳤어. 즉 원수에게 순순히 말로만 할 수 없다는 얘기지. 무산계급 전제정권에서 느슨하게 하는 것은 자살과 같아. 동지는 혁명문학가이고, 문화 사상 전선의 전사이기에 이러한 논점에 대해 더욱 깊이 관철시켜야 돼…"

"예, 이 말씀을 꼭 드리고 싶습니다. 옳지 않으면 잊어버리십시오…"

"말해봐." 시인 뜨부옹 동지가 시계를 들여다보았다. "30분 정도 시간이 있어. 오늘 내가 전쟁터의 작가를 식사에 초대했잖아. 편하게 얘기해. 나는 민주적이며 직설적이고 솔직하게 얘기하고 싶어…"

"허락해주신다면 말씀드리겠습니다. 저는 우리의 백전백승 능력을 믿습니다. 그러나 우리가 확신할 수 없는 가능성도 있는 것 같습니다. 그것은 회의를 품을 수 있는 가능성입니다. 재능 있고 진솔한 사람을 숙청의 피해자로, 사유와 인식에 대한 비판의 대상으로, 국외자로 만들 가능성이 있습니다…"

"예를 들면?" 뜨부옹 동지가 자세를 바로잡고 앉으며 안경 낀 두 눈으로 쩌우하를 똑바로 쳐다보았다.

"예를 들면 민주민족 혁명 사업, 구체적으로는 토지개혁에서 '지주와 지식인들은 뿌리째 뽑아내자'는 구호입니다. 제가 아는 일급비밀에 의하면, 북부지역 성 당위원과 현 당위원의 70%가 토지개혁에서 총살되었거나 숙청되었다고 합니다. 악덕 지주로 몰린 사람들 중 78%가 억울하게 당했고, 그들 중에 많은 사람이 혁명에 공을 세운 사람, 즉 혁명의 은인이라고 합니다. 그리고 가장 구체적인 경우는 『신의 시대』 시인 웅웬끼 비입니다. 비에게 무슨 죄가 있기에 그렇게 심하게 체포했는지 모르겠습니다. 우리는 법도 있고 법원도 있습니다. 죄가 있는데 왜 재판을 하지 않습니까? 매국노라면 세계와 세상 앞에 공개적으로 해야 됩니다. 결국 비는 애매하게 6년이나 감옥에 있는데 무슨 죄인지도 모르고 있습니다. 지금과 같은 문명시대에는 수천 미터 상공의 비행기가 떨어져도 블랙박스를 찾아서 원인을 밝혀냅니다. 그런데 하물며 심혈을 기울여 글을 쓴 사람의 죄가 무엇인지 모른다는 것은 말이 안 됩니다. 저는 바로 우리가 비밀로 가득 찬, 우울한 대형 블랙박스가 아닌가 하고 걱정하고 있습니다. 진정한 민주라면 결코 어둠 속에 두어서는 안 됩니다…. 저는 위신도 있고 직책도 있는 형님에게 제안합니다. 응웬끼비 사건을 공리에 따라 처리해주십시오….”

맞은편에 앉아 있는 놈의 목을 비틀어야 했다. 경찰에 전화를 걸어 수갑을 채우라고 해야 옳았다. 그러나 뜨부옹 동지는 침을 삼키며 의자 뒤로 몸을 젖히고 안경 뒤의 눈을 부라렸다. 그는 지금은 인문가품 운동 때와는 다르다는 것을 이해했다. 뒤집어씌우는 것도 쉽지 않고, 억누르기도 쉽지 않았다. 그가 조금만 불만적인 태도를 표시해도 바로 다음 날에 문학계는 물론 세계의 언론이 문학계를 짓밟고, 작가들을 비방한다고 떠들어댈 것이다. 게다가 자신이 식사에 초대해서 얘기를 나눈 것이다. 그리고 초대받은 자가 솔직하게, 너무 과격하게 솔직했고, 심지어 하극상에 해당되는 것이었지만 그냥 둘 수밖에 없었다. 됐다. 우선 논쟁을 그만두어야 했다. 잘 들었다. 나는 너에게 민주적이다. 그러나 항미 문학의 영웅인 너는 허용된 한계를 넘어가면 안 된다. 그렇게 너무 민주적인 것은 안 된다!

“토지개혁 얘기는 옛날 얘기야.” 시인 뜨부옹 동지가 마치 눈앞에 어떤 물체가 있는 것처럼 손을 저었다. “바로 우리 호찌민 주석이 원하지 않은 잘못에 대해 동포들 앞에 눈물을 흘렸어. 다시 말하면 우리가 스스로 잘못을 수정할 능력이 있다는 것을 보여준 것이야. 신도 결점이 있어. 나와 자네 같은 공산주의자들도 잘못할 때가 있겠지? 잘못이 있으면 고치면 돼. 그러나 우경화는 안 되고, 혁명에 대한 경각심을 잃는 것도 안 돼. 응웬끼 비의 경우는 달라. 자네는 문학 뒤에 어떤 얘기가 있는지 이해하지 못하지. 단순히 문학 문제라면 뭐 하러 체포하겠나? 문학가가 정치하는 것이 바로 위험한 것이야. 공안당국에서 자네에게 어디에 세균이 있는지 알려줄 걸세. 전쟁이 격렬할수록 후방을 더 깨끗이 해야 해. 나는 문학이 전문분야가 아니야. 시는 단지 부업이며 일시적인 감흥일 뿐이야. 그러나 나는 문학이라는 무기는 이해하고 있어. 설탕으로 덮인 실탄이 겉으로는 달콤하지만 주관적으로 판단하지 말게. 그것은 조직, 체제 심지어 혁명의 성과까지도 파괴할 수 있어. 자네 만약 인문가품 무리가 문학계를 주름잡았다고 하면 우리나라가 어떻게 되었을지 상상할 수 있나? 전체 문학인들을 모았다면? 북침이 틀림없이 일어났을 거야. 남쪽의 미국과 지엠 정권과 북쪽의 반동 작가들이 합쳐졌다면 피비린내가 났겠지…."

"그것은 일어날 가능성이 적은 것이지요…."

"내 말을 끊지 마! 응웬끼 비가 추락하기 시작할 때, 나보다 더 아파한 사람은 없을 거야. 바로 내가 『신의 시대』 시집의 소개말을 쓴 사람이야. 내가 비를 데려다가 파란 하늘 위에 올려서 혁명의 시인으로 만들었어. 그런데 그가 나를 배신했어. 부화뇌동했지. 문학 외의 얘기는 공안당국만이 알지. 「인민의 노래」라는 시만 보면, 비는 그의 공로를 모두 지워버렸어. 부모를 욕하는 자식이 역적이 아니면 무엇인가? 확실하게 가르쳐주어야 해. 두려움을 알게 되면 풀어주지."

쩌우하는 몸이 오싹해지는 것을 느꼈다. 더 이상 논쟁에 흥미가 없었다. 창조된 자그마한 하늘 아래에 도착하니 자그마한 자기 자신은 설 곳도 없었다.

"당신 같은 문학가들은 전제정권이라는 단어를 좋아할 수 없겠지만 그것은 혁명의 생사가 달린 문제야. 그것이 학술의 원리이고, 조직의 방침이지. 바로 내 자신도 그 학술의 도구일 뿐이야. 다르게 하고 싶지만 그럴 수 없어. 이 얘기에서 찌엔탕 러이를 책망해선 안 돼. 친 형제지간인데 어떻게 칼로 자신의 손을 자를 수 있단 말인가? 자신의 속내를 얘기하면서 러이가 울음을 터트린 적이 있어. 안됐더군. 그러나 러이가 형제애는 마음속에 두고, 관의 일은 법대로 처리한다고 말했어. 러이 역시 군졸에 불과해…"

찌우하는 당신 손에 있는 군졸이라고 말하려다가 그만두었다. 비를 만나고 돌아와서 처음에는 바로 찌엔탕 러이를 만나려고 했었다. 그러나 생각해보니 헛수고라는 것을 깨달았다. 게다가 찌우하는 그곳에서 반꾸엔과 마주치고 싶지 않았다. 반꾸엔이 그의 자료를 가져다가 「우리 대군이 사이공에 진격하다」라는 제목으로, 여러 큰 신문에 르포기사를 쓰고, 라디오 방송을 하는 것을 발견한 이후로, 찌우하는 그러한 인간과는 관계를 갖고 싶지 않았고, 경멸했다.

"우리, 즉 자네와 나 역시 군졸일 뿐이야. 그뿐이야, 찌우하. 우리 위에는 조직이 있어. 그러면 조직이 누구냐고 물으면 어떻게 알려줄 수 있나? 작가 찌우하도 우리들을 좋아할 줄 알아야지."

"그렇게 말씀하시면 책임을 회피하는 것입니다." 찌우하는 뜨부옹 동지의 눈을 똑바로 쳐다보았다. 전세를 역전시킬 때가 왔다. "조직에 대한 형님의 말 한마디는 우리 작가들이 평생 쓰는 글과 같습니다. 간절히 부탁드립니다. 형님께서 상부에 말씀드려 비를 풀어달라고 하십시오. 더 늦기 전에 인재를 구해주십시오. 한 인간을 구해주십시오. 제가 비를 막 면회하고 왔습니다. 그 친구 감옥에서 죽을 수도 있습니다…"

온도계처럼, 뜨부옹 동지는 찌우하 몸속의 열기를 측정할 수 있었다. 그는 지금 억울함에 목이 메었다. 순간적으로 화산이 분출하는 것을 보려다가, 그는 바로 열을 식힐 방법을 생각했다.

"자네 나를 혼란스럽게 하는구먼. 나는 자네를 진정한 작가의 인격으로, 자네와 시인 응웬끼 비와의 문학 동료에 대해 정말 귀하게 여기고 있네…. 됐어. 내가 상부에 자네의 의견을 반영하겠네. 물을 하나로 합치면 우리들이 함께 마실 수 있는 것 아닌가? 그렇지?"

제20장 파도치는 날

쩌우하가 응웬끼 봉이 비를 방문하도록 여정을 조정했다. 검은색 볼가 자동차였다. <띠아상> 신문 편집장이 직접 쩌우하와 봉을 호송해서 K27 캠프로 데려가기로 했다.

그러나 사고가 터졌다. 교통부 남부대표사무소에서 기사 응웬끼 봉은 즉시 사이공으로 돌아오라는 긴급 전보가 도착했다. 아주 심각한 것 같은 애매한 전보는 봉으로 하여금 걱정과 혼란을 불러일으켰다.

무슨 일이 벌어진 것일까? 집안일이라면 미엔이 연락해야지 어째서 사무실에서 연락하지? 비와 봉과의 혈연관계 때문인가? 공안당국에서 비에 대해 어떤 것을 발견했고, 봉이 형을 만나는 것을 막기 위한 것인가? 아니면 도로나 교량에 관한 기술적 사고와 관련된 아주 중요한 일인가? 상황에 관한 여러 생각이 들었지만 해답을 구할 수 없었다.

봉은 고향으로 가서 어머니와 꾹 부부에게 작별을 고했다.

"언제 다시 고향에 올지 모르겠다." 봉이 영원한 이별을 고하듯 꾹에게 말했다. "네가 넷째지만 부모님과 막내 허우에 대한 공로를 말한다면 우리 셋을 합쳐도 너만 못하다. 네가 없었다면 조상에 대한 향불도 식은 지 오래되었을 것이고, 어머니와 막내 역시 어찌 되었을지 알 수 없었을 것이다… 나는 불효자이고, 어머니에게 하루도 보답하지 못했다. 자네 부부와 조카들에게 의지할 수밖에 없구나…"

봉은 자신이 갖고 있던 모든 것을 꾹에게 주었다. 미엔이 몸에 지니는 작은 천주머니에 꿰맨 용 모양의 금박 몇 개와 두 개의 다이아몬드 반지 그리고 보석이 박힌 라도 시계와 남은 돈 모두였다.

"제수씨가 갖고 있다가 어머니 봉양하는 데 쓰십시오. 내가 내려가서 아내와 상의하여 매달 얼마씩 보내드리겠습니다. 어머니는 얼마 살지 못할 것입니다. 나는 어머니를 모셔다가 말년이라도 봉양하고 싶습니다. 그러나 지금은 모든 일을 제수씨와 조카들에게 맡깁니다…"

봉은 향을 가지고 마을 끝에 있는 공동묘지로 가서 아버지 묘에 향을 피우고 어두워질 때까지 앉아 있었다.

다음 날 이른 새벽에 어머니에게 인사를 하고, 다시는 만날 수 없는 것처럼 리푹 부인과 포옹을 하고 쓸쓸히 동 마을을 떠났다.

***

봉의 집은 니에우록 하천 거리 끝에 있었다. 1968년 이전, 이곳은 쓰레기로 가득 찬 늪지였다. 부동산업을 하는 자의 눈과 국회의원의 위세로, 장인인 레후이 멋이 몇 채의 빌라를 지어 세를 놓았다. 그중에 한 채가 봉 부부의 집이었다. 2층 빌라에는 6개의 방 그리고 370평방미터의 넓은 정원이 있었다. 중류 지식인 가정으로, 그 정도 재산이면 아주 이상적인 것이었다. 이곳에서 산 지 7년이 되었고, 봉의 안식처였다. 1975년 4월 폭풍이 몰아칠 때, 혁명 세력이 밀려올 때, 시내에 포연이 가득할 때, 테러에 관한 소문 때문에 시내가 혼란스러울 때조차도 봉 부부의 안식처에는 포탄 조각 하나도 떨어지지 않았다. 포연이 사라지고 시내는 다시 평온한 삶으로 돌아왔다. 딸 번과 비는 다시 학교에 다니기 시작했다. 아내 미엔은 빙전 병원에서 간호사로 일했다. 그리고 봉은 높은 관직은 아니었지만 재교육 캠프도 가지 않고, 구정권의 하수인에 속하지 않아서 여전히 새 체제에서 근무하게 되었고, 심지어 신뢰를 받아 중용되었다.

솔직히 봉은 때때로 옛날이 그리웠다. 커다란 상실과 아픔에 대한 아쉬움이었다. 얼마나 오랫동안 공부했었던가? 지난 20년 동안 분투, 노력했었던 것이 아쉬웠다. 특별 기사라는 자격증과 15개의 명예훈장과 국장이라는 직책이 아쉬웠다. 그리고 도로 교량총국 계획위원회 위원장 겸 계획국장의 보좌관이라는 직책은 평생 동안 아무나 쉽게 얻을 수 있는 직책이 아니었다. 그러나 세상이 뒤집어졌다. 상전벽해였다. 한편으로는 아직도 일이 있고, 가족이 있고, 노모와 형제들이 있고, 사랑스런 고향이 있다는 친근한 추억이 밀려왔다. 그리고 더 큰 것은 완전한 통일을 이루었다는 것이다. 그래서 개인적으로 어떤 손실을 입었다고 하더라도 여전히 행복했다.

봉은 현재의 행복에 만족했다. 20년 넘게 고향을 떠나 있다가 북쪽 고향을 찾은 일은 뭐라 말할 수 없는 행복이었다. 비에 관한 충격만 없었다면 완벽한 것이었다.

봉은 아내와 자식들을 데리고 고향을 방문하려고 했다. 내년 설날에 가족을 데리고 고향을 방문할 계획을 세웠다. 아내의 아버지, 즉 장인의 고향인 닝빈 성당도 가려고 했다. 아내도 늘 남편과 친가의 고향을 방문하고 싶어 했다. 북부의 땅은 남진의 시발점이었다. 고향에 가면 아내는 "옛날부터 칼을 쥐고 경계를 넓혔고, 남쪽 하늘은 탕롱을 회상한다."는 시구가 생각날 것이다.

이런저런 생각으로 마음이 분주했기 때문에 비행기가 떤선녓 공항에 도착하자마자 봉은 택시를 타고 곧바로 자신의 안식처로 돌아왔다.

어! 어째서 열쇠가 바뀌었지? 왜 문에 봉인이 붙어있지? 어! 정원에 있던 귀한 분재들과 100년 된 매화 분재가 어디로 갔지? 봉은 다리가 휘청거려 바로 설 수 없었다. 땀이 온몸을 적셨다. 아내와 딸들은 어디로 갔지? 식모 웃찐 아줌마는 집을 두고 어디 갔지? 아내와 딸들에게 무슨 일이 있어난 것이지?

마치 봉을 기다리기 위해 숙직을 한 듯, 빛바랜 초록색 옷을 입고, 쥐색의 챙이 넓은 모자를 쓴 사람이 갑자기 나타났다. 그 사람은 통장이었다.

"어, 당신 아직도 여기 있었소?" 통장이 불만족스런 눈빛으로 봉을 바라보면서, 알아듣기 힘든 꽝찌 사투리로 말했다. "자네 집은 봉인되었어."

"왜요?" 한참 말해야 겨우 한두 마디를 알아들을 수 있었다.

"수도 파이프를 수리하는 사람으로 가장한 도둑놈이 들어와 식모를 묶어놓고 재산을 다 훔쳐갔소. 자네 연극을 아주 잘 하는구먼. 그러나 혁명 정권의 눈과 해먹처럼 엮인 인민의 그물망을 빠져나갈 수는 없지. 도둑 사건은 당신 부부가 꾸민 것이오. 나는 알지. 당신 같은 반동분자의 본질은 쉽게 바뀌지 않는다는 것을."

"나는 정말 무슨 말인지 이해할 수 없소…." 말하다가 봉이 갑자기 멈추었다. 통장의 옆구리에 드러난 권총을 보고는 등골이 오싹했다.

"그렇다면 이해하게 될 것이오. 지금 당장 나를 따라 경찰서로 가서 경위서에 서명하시오. 운 좋게도 동네 민병대가 도둑 사건을 적시에 발견해서 웃찐 아줌마를 구해 고향으로 돌려보냈소. 나는 당신을 5일 동안이나 기다렸소. 당신 아내 미엔과 두 딸이 탈출하려다가 붕따우에 붙잡혀 있다는 소식도 있소. 만약 그것이 사실이라면 자네 집은 큰 복을 받은 것이오.

요즘 탈출하는 배는 해적과 어선의 먹이가 되는 것을 피할 수 없소"

그때부터 봉은 정신이 나간 사람 같았다. 두려움이 순식간에 사라지고 대신에 미칠 것 같은 걱정이 밀려왔다. 방 안은 온통 전쟁터처럼 어지럽혀 있었다. 가구와 책장, 이불과 옷이 널브러져 있었다. 딸 번과 비의 인형은 눈이 뽑히고, 배가 갈라진 상태로 뒹굴고 있었다. 솜 베개는 찢겨져 솜이 온 방 안에 날아다니고 있었다. 미엔과 두 딸이 도망친 것은 사실 같았다. 도둑이 들어와 훔쳐갔는지 아니면 아내가 스스로 파괴했을까? 어째서 아내는 자기를 속이고 북쪽으로 출장 갔을 때 아이들을 데리고 갔지? 왜 그렇게 급하고 비밀스럽게 갔지? 적어도 아내는 자기를 기다렸다가 상의해야 하는 것 아닌가? 아니면 어떤 사람이 끼어든 것은 아닌가? 누구지? 오랫동안 아내가 어떤 남자를 숨겼단 말인가? 그 이름 없는 자가 아내가 탈출하도록 도와주었나?

봉은 미칠 것 같았다. 그의 성격 때문이 아니라 본질적인 질투가 일었다. 결혼할 당시, 딱 한 번 질투한 적이 있었다. 총참모부에 근무하는 보넛 비엔 소령이 자주 장인 집에 찾아와 아내와 장난을 쳤을 때였다. 또 그때는 일부러 술을 마셨고, 아내는 흥이 나서 그의 차를 타고 호텔에서 집으로 왔던 것이다. 아내는 집에 와서 옷을 갈아입고, 잘 준비를 하면서도 그 친구에 대해서 한마디도 언급하지 않고, 칭찬도 하지 않았다. 미칠 것 같아 봉은 아내의 따귀 한 대를 때리고 이불과 베개를 들고 나가 평상에서 잤다.

그 보넛 비엔 소령이 그 뒤로 대령으로 승진했다. 그리고 그는 해방군이 사이공에 진입하기 전에 미군을 따라 날아가 버렸다.

아니면 바로 보넛 비엔이 줄을 대서 미엔을 데려간 것인가? 그리고 미엔이 속으로 기회를 기다리며 봉이 북으로 출장가기를 기다렸다가 애인을 따라갔나?

모호한 생각과 희미한 걱정, 알 수 없는 그 어떤 것에 대한 영감이,

하노이 회의에 참석하도록 결정한 날부터 생기기 시작했다. 그것이 현실로 나타날 거라고는 생각지도 못했다.

봉은 북으로 가는 열차를 타기 전날 밤이 생각났다. 아내가 그와 영원히 같이 살지 않을 것처럼 그의 옷을 벗기고, 애무하고 키스하며, 전에 없이 격정적이었다.

"당신이 고향과 어머니를 만나러 가는 것을 막을 수 없어요. 당신이 얼마나 오랫동안 기다렸는지 잘 알아요…. 당신은 저와 아이들이 없이 살 수는 있지만 고향과 어머니는 버릴 수 없겠지요…."

"왜 그런 말을 해? 나는 다 있어야 해. 당신과 번과 비 그리고 우리 형제들과 북쪽 고향까지도. 지금 우리는 모든 것을 갖고 있잖아. 어머니를 뵙고 다시 돌아올 건데…."

"그러나 저는 부모님이 안 계시잖아요. 지금 부모님이 어디에 계신지?"

아내가 봉의 가슴에 얼굴을 묻고 울었다. 아내가 국회의원이었던 아버지 레후이 멋 씨와 오빠 레후이 마오 가족의 탈출 때문에 고생을 한 것은 사실이었다. 즈엉 반밍 장군이 라디오에서 항복을 선언하기 전날, 레후이 마오 중령은 총참모부 경호대장을 맡고 있었다. 사이공 정권의 마지막 순간에 레후이 마오는 부모와 가족을 헬리콥터에 태워 시내를 빠져나가게 했다.

"마오 처남이 반드시 부모님을 미국으로 안전하게 피신시켰을 거요. 미국인들은 결코 그들의 전우를 버리지 않아…."

"그때 제가 부모님과 마오 오빠를 따라갔다면…."

"남아 있는 것도 하나의 선택이었소. 우리가 지금 안정되게 살고 있잖소. 심지어 나와 당신도 정권에서 용납하고 있으니…."

"이렇게 사는 것이 용납된 것이라고요? 저는 답답해서 미칠 것 같아요. 이 빌라도 지금은 저쪽 사람들 거예요. 우리는 지금 감옥에 갇힌 사형수

같아요. 아이들이 항상 두려움 속에서, 감시하는 눈초리 속에서 살고 있어요. 그리고 언제 교수대에 올라갈지 알 수 없어요…."

"그런 생각하지 마. 우리도 생활방식과 시각을 바꾸어야 해. 당신 비관적으로 흔들리지 마. 당신이 애들에게 적응하도록 해야지. 혁명이라는 것은 반드시 과도기를 거쳐야 하는 것이오."

"적응하고 싶지만 그럴 수 없어요. 골목에서 누구를 만나도 저와 애들이 머리 숙여 인사를 하지요. 그런데 아무도 아는 체를 안 해요. 그들은 침을 뱉고 고개를 돌려요. 아주 치욕스러워요…."

"인내하는 것을 배워야지. 최근에 여러 번 나도 일을 그만두려고 했어. 직장에 가면 온통 낯선 사람들뿐이고, 진부하고 꾸며낸 얘기만 해. 사람들은 나를 의심과 경각심 그리고 악한 감정으로 바라봐. 아무도 업무나 전문적인 얘기는 안 하고, 오직 집을 찾았다는 것, 좋은 직책을 얻었다는 것, 배급표를 더 받았다는 얘기뿐이야. 어떤 남자는 플라스틱 슬리퍼를 받으려고 일부러 맨발로 사무실에 출근하는 사람도 있어. 어떤 여자는 직장의 차고를 얻어, 거주지로 만들려고 복도에서 자는 경우도 있어. 그러나 그것은 아주 특별한 경우일 뿐이야. 그리고 생활은 정상적으로 돌아갈 거요…."

미엔이 잠든 것처럼 누워있었다. 그녀는 봉이 하는 말을 듣고 싶지 않은 것 같았다. 그녀는 꿈속에 빠져 있는 듯했다. 그리고 갑자기 그녀가 깨어나 봉을 자기 쪽으로 끌어당겼다.

"당신이 돌아와서 우리를 못 만나면 어떡하죠?"

봉은 그 질문을 이제야 생각해냈다. 그때 그는 아내를 끌어안고 말했었다.

"그러면 내가 찾으러 다니지. 지구 끝까지라도 찾으러 다니지…."

***

이제 봉은 아내와 자식을 어디에서 찾을까?

봉은 그날 발행된 모든 신문을 사서 한 자도 빼놓지 않고 읽었다. 특히 여러 건의 보트피플에 관한 기사들을 읽었다.

하띠엔 성 무이나이에서 실패한 보트피플 사건이 있었다. 선주와 76명의 어린애와 어른들이 체포되었다. 바리아 성의 롱하이에서는 120명에게 탈출 사기를 친 불법조직이 적발되었다. 한 사람당 세 냥의 금을 받았다. 그들은 귀가 얇은 사람들을 데려다 배에 태운 다음 공해상에서 표류시켰고, 배가 흘러 흘러서 육지로 돌아오게 만들었다. 하이퐁의 도선에서는 해군 59명이 탄 배를 붙잡는데, 그중 13명은 사이공에서 온 사람들로, 홍콩으로 탈출하려던 사람들이었다.

신문에 실리지는 않았지만 길거리 카페에서 소란스럽게 떠도는 소문이 있었다. 탈출하던 배가 해적의 공격을 받았다는 것이다. 해적이 금은과 재물을 모두 강탈하고, 여자들을 강간하고 나서 배를 침몰시켰다고 했다. 현재 붕따우 시 바이쯔억과 바이사우 지역으로 14명의 시체가 표류해 왔다고 했다.

이러한 무시무시한 소식은 봉이 하노이에서 돌아왔을 때 통장이 했던 말을 부정하기 힘들게 만들었다. 그랬다. 만약 아내와 딸들이 체포되었다면 봉에게는 오히려 잘 된 일이었다. 그러나 몇 주가 지났지만 여전히 아무런 소식이 없었다. 붕따우에 표류한 시신 중에 아내와 딸이 있을 가능성도 있었다.

봉은 경찰서와 동사무소 그리고 직장 상사를 찾아가 아내와 아이들을 찾기 위해 붕따우로 가겠다고 허락을 청했다. 그러나 가는 곳마다 '현재 응웬끼 봉은 시내를 벗어날 수 없다.'는 말만했다.

어떤 문서나 통보서도 봉의 손에 전달된 적이 없었지만 하노이에서 돌아온 날부터 봉은 연금 상태에 처해진 것 같았다. 그가 소유권을 가진 집이었지만 사람들이 문을 열어주어야 봉이 집에 들어갈 수 있었고, 서류와 물건, 모든 재산을 신고해야 했다. 봉이 현재 근무하고 있는 도로교량국에서도 유사한 진술과 점검이 벌어지고 있었다. 그가 최근에 얻었던 업무 능력에 대한 존중과 전문적 위신이 비누 거품처럼 사라졌다. 아무도 감히 봉과 얘기하거나, 가까이 하지 않았다.

기술과장이 봉에게 모든 자료를 제출하라고 통보하고, 다른 사람에게 넘겼다. 후잉웃이 조심스럽게 봉에게 말했다.

"내가 자네를 도운 공로가 수포로 돌아갔네. 어떤 곳이든 자네를 받아주면 그곳으로 가는 것이 더 좋을 거야."

인사 고과를 담당하는 하오만이 봉을 구석으로 데려가 친근한 눈빛을 깜박이며 말했다. 그는 봉을 속으로 아끼는 사람이었다.

"어찌 되었든 저는 여전히 형의 전문적인 능력을 믿습니다. 형 같은 도로와 교량 전문가를 기르는 것은 힘든 일이지요. 아내와 딸 얘기도 시간이 지나면 잊게 될 겁니다. 살 방법을 찾아야 합니다. 형에게는 중앙에 찌엔탕 러이라는 형이 있으니 걱정할 필요가 없지요. 찌엔탕 러이 동지의 세력이 날로 커지고 있습니다…. 곧 러이가 남부지역 자본주의 개조 사업을 지도한답니다. 제가 우리 기관장에게 형을 도서관 담당으로 보내달라고 말했습니다. 편하게 책을 읽으며 연구나 하십시오. 그러면 형의 재능을 다시 사용할 날이 올 것입니다…" 주머니에서 555 담배를 꺼내서 봉에게 권하고 말을 이었다. "북쪽 출신 사람으로, 처음 만났을 때 저는 형을 좋아하게 됐습니다. 저는 지금도 형이 썼던 연말 결산 보고서를 믿고 있습니다. 일이 있으면 저는 형님께 부탁할 겁니다…"

봉은 세상이 싫어졌고 살고 싶지도 않았다. 텅 빈 집에서의 긴긴 밤은 추방당한 자의 밤과 같았다. 봉은 방 안 구석구석, 침대, 책장, 책, 이불 등을 뒤지기 시작했다. 혹시 아내와 아이들이 편지를 써놓았을 수도 있었다.

그러나 종이 한 장 흔적 하나가 없었다. 힘이 빠져 드러누웠다. 보넛 비엔 소령이 술에 취해 아내의 허리를 안고 있는 모습이 머릿속에서 계속 맴돌았다. 두 사람이 미국 로스앤젤레스 해변에 있는 궁전 같은 화려한 호텔에서 실오라기 하나 걸치지 않고 뒹굴고 있을 때도 있었다….

미쳐버릴 것 같은 생각을 막기 위해 봉은 얼음을 수건에 싸서 눈 위에 올려놓았다. 그러나 혼란스러움을 피할 수 없었다. 봉은 다른 해법을 찾았다. 매일 밤마다 봉은 버리고 간 아내와 딸들의 옷을 얼굴에 올려놓고 아내와 아이들의 익숙한 냄새를 맡았고, 한없는 안타까움과 그리움을 달랬다. 그러나 보통 그 옷들은 봉의 눈물로 젖었고, 봉을 몽롱한 상태로 몰아갔다.

시간이 흐르고 상처에 새살이 돋았다. 슬픔과 아픔이 봉을 죽일 수 없었고, 또 봉은 살아야 했다. 수년 동안 인내라는 글자를 가슴속에 새기며 살았는데, 이제 다시 치욕이라는 글자를 새기고 살아야 했다. 이웃과 동네에서 특히 직장에서 인내와 치욕으로 살아야 했다. 봉은 영적 교감을 철회당한 신도처럼 순종하며, 자신의 잘못을 고쳐 평온하게 천국에 빨리 가고 싶었다. 봉은 가장 모범적인 공직자가 할 수 있는 모든 일을 하여 조직과 직장에서 믿음을 받고 중용되려 했다.

꾹에게 약속했던 돈을 어머니에게 매달 보내려니 월급이 충분치 않아 봉은 매달 집안의 물건을 팔았다. 파나소닉 컬러 TV는 사이공에 최초로 수입된 가장 귀한 물건이었다. 몇 대의 선풍기도 팔았고, 청나라 때의 희귀한 꽃병, 접시도 팔았으며, 차고에 깊숙이 숨겨두었던 폭스바겐 자동차도 내놓았다.

그 환난의 날 동안에 하오는 정말 좋은 사람이었다. 하오는 직장에서 감히 봉과 친구를 맺은 유일한 사람이었다. 하오는 자주 봉의 집에 놀러왔고, 영어로 된 기술 자료를 가지고 와 봉에게 번역을 시키고, 약간의 수고비도 주었다. 어느 일요일에는 한나절 동안 놀기도 했다. 그는 빌라 구역을 나누거나 수리하기 위해 계산하는 것처럼 집안 구석구석을 살펴보고, 발걸음으로 정원의 가로 세로를 쟀다.

"이 집에 만약 형 혼자서 산다면 회수당할 가능성이 큽니다." 하오가 안타깝다는 듯 고개를 저으며 손으로 정원을 가리켰다. "차관급은 말할 것도 없고 시나 구의 부서장급과 그 밑의 여러 관리들이 호랑이가 먹이를 노려보듯 이 빌라를 주시하고 있을 겁니다… 형은 강탈당하기 전에 대책을 강구해야 합니다. 어떤 동지라도 데려다가 임시로 같이 살아야 합니다. 수십 년 전의 북부에서 자본가, 사기업 개조 때의 교훈이 목전에 와 있습니다…"

봉은 얼굴이 새파래졌다. 그는 공산주의자들은 부자나 가난한 사람을 똑같이 만든다는 얘기를 들었었다. 하오가 안심시켰다.

"지금까지 형수와 아이들 소식이 없다면 그것은… 형은 최악의 경우를 생각해야 합니다…. 당연히 하나님의 기적에 희망을 걸어야지요." 하오가 제단 위에 걸린 십자가 위의 예수상을 가리켰다. "그러나 하나님이 구하기 전에 스스로 구해야지요. 형은 스스로 방어하고 지킬 방안을 생각해야 합니다. 우선 어머니를 모셔 와야 합니다. 그러면 모자가 사는 집이 되지요 그러면 형은 노모를 돌볼 수 있고, 노모도 형에게 밥을 해주며 건강을 지키고 또 집을 볼 수 있습니다…"

"나도 그런 생각을 했어요…. 지금이 내가 어머니의 은혜를 갚을 때인 것 같소."

"형과 관련된 소식이 있어요." 하오가 누가 듣기라도 하는 듯 두 손을 오므려 입에 대고 말했다. "형이 직장에서 하는 일에 대해 안심할 수 없다고 합니다. 형이 아내처럼 보트피플로 탈출할 가능성이 아주 크다는 것이지요…"

"뭐라고!" 봉은 몸이 굳었다.

"제가 형을 친형처럼 생각해서 하는 말이에요. 다른 사람에게 말해서는 안 돼요. 경찰이 찾아와서 상급자에게 형을 조심하라고 문제를 제기했어요. 하나는 형이 간첩일 수 있으며, 둘째는 외국으로 탈출할 수 있다는 것이에요. 그래서 그들이 형이 기술 자료에 접근하는 것을 막았고, 시내 밖으로 나가는 것을 제한하는 겁니다…"

봉은 숨소리를 억누르며 한숨을 쉬었다. 얼굴색이 변했다.

"나도 항상 감시당한다는 느낌을 받았어요."

"형은 노모를 모셔 와야 조직의 의심을 거두고, 형이 정말 조국에 머물 거라는 것을 증명할 것입니다. 노모가 바로 형을 머물게 하는 쇠사슬인 것입니다. 노모를 모셔오는 방안 외에, 이 집을 지키기 위해 친척 몇 명을 데려와 같이 사는 방법을 생각해야 합니다. 이 말씀은 제 속을 다 보여드리는 것입니다."

"그래요. 이해했소. 그것이 맞아요. 나는 어머니를 버릴 수는 없어요. 내가 고향에 편지를 보내 어머니를 이곳으로 모시도록 할게요."

"하나 더 있어요." 하오가 말을 이어갔다. "노모를 모셔오든 그렇지 않든 간에 형에게는 서로 위로할 수 있는 여자가 필요합니다… 우리 남자들은 고행을 견딜 수 없어요."

봉은 순간 고개를 들어 십자가를 쳐다보고는 놀라서 손을 저었다.

"그 얘기는…. 더 이상 하지 맙시다. 나는 생각지도 않고 있어요."

"세상일을 너무 신성화하지 마세요. 지조를 지키는 것도 어느 정도입니다. 여자 없는 세상이 무슨 의미가 있어요…."

하오가 농담한 것으로 생각했는데, 며칠 뒤 그가 서른 살쯤 되는 전통극 배우처럼 예쁘고 젊은 한 여자를 데리고 봉의 집으로 찾아왔다. 이름이 투소안이며, 세무서 직원이었다. 자본가 상공업 개혁을 준비하기 위해 하노 이에서 왔다고 했다.

"투소안은 제 동네 사람입니다. 남편은 꽝찌 전투에서 희생된 열사입니다." 하오가 봉의 귀에 대고 속삭였다. "아이가 하나 있는 예쁜 여자입니다. 형이 원한다면 제가 한마디만 하면 끝납니다."

봉이 놀라서 손을 저었다.

"그러지 마세요. 아내와 아이들에게 죄를 짓는 것이오."

"그러면 투소안이 가끔 와서 형을 돌보도록 하세요. 부부의 연이 안 되면 친하게 지내면 되지요. 형이 손해 볼 것 없지요. 게다가 저는 투소안이 형으로 하여금 세상의 눈을 가리도록 도와주기를 바라고 있어요. 형이 새로운 즐거움을 찾았다. 그래서 형이 안심하고 머물 것이다. 그러면 직장에서는 완전히 믿을 것입니다…."

봉은 속으로 하오의 고견에 대해 감사했다. 그러나 투소안에 대해서는 항상 일정한 거리를 두었다.

*****

아내와 결혼할 때부터 봉은 순종하는 신도가 되었다. 아내 미엔의 가족은 여러 대째 천주교를 믿었다. 그녀의 고향인 닝빙은 믿음의 지역이었다. 결혼 전에 그는 성당에 가서 세례를 받고, 주세라는 세례명을 받았다.

어느 일요일 오후에 봉이 성당에서 예배를 드리고 있을 때 수건으로 얼굴을 가린 한 여자가 조용히 다가왔다.

"안녕하세요? 저를 알아보지 못할 것입니다. 저는 따돈 집안의 동생이며, 따 투우옌의 언니입니다. 돈 오빠가 지금 미엔 언니와 같은 곳에 있어요…."

북쪽 발음이 섞인 목소리로 아주 작게 말했지만 봉의 귀에는 확성기 소리처럼 들렸다. 깜짝 놀라서 그쪽으로 몸을 돌렸다.

"진정하세요. 이곳은 얘기하기 적절치 않아요. 저는 지금 바로 가야 합니다. 미엔 언니가 보낸 편지예요."

그 여자가 봉의 손에 편지를 쥐어주고는 순식간에 사라졌다.

그는 예배 중에 집으로 돌아왔다. 방문을 꽉 걸어 잠근 뒤 그는 편지를 열었다. 미엔의 글씨가 맞았다. 그런데 언제 보냈는지 날짜가 없었다. 오래된 듯 봉투가 낡아있었다.

사랑하는 당신에게,

이 편지를 건네주는 사람은 저의 아주 좋은 친구예요. 필요할 때는 부탁해도 돼요.

당신이 이 편지를 받을 즈음에는 저희 모녀가 물고기 밥이 되었거나, 운 좋으면 어느 나라 땅에 도착했겠지요. 주님의 은혜를 구합니다. 저희들은 천국의 소망을 가지고 있어요.

당신은 저와 아이들을 책망하거나 한을 품지 마세요. 제가 당신에게 숨기고 이렇게 떠나야 비로소 당신이 우리를 찾아올 거라고 생각했어요. 저와 아이들은 가장 가까운 시일에 당신을 외국에서 맞게 되기를 희망하고 있어요. 시간 나면 또 연락할게요.

저와 아이들은 당신이 낯선 사람들과 지내게 만든 것을 아주 안타깝게 여기고 있어요. 그래서 떠나기 전에 당신에게 모든 것을 준비해 두었어요. 당신은 폭스바겐을 파세요. 그러나 윤활유통을 잘 살피세요. 차가 녹슬지 않도록 윤활유를 자주 치세요. 그리고 우리 빌라도 파세요. 수리하거나 바꾸고 싶으시면 제 친구에게 한마디만 하면 돼요….

당신의 평안을 위해 기도합니다.

편지를 읽고 봉은 속에 숨겨진 뜻을 이해했다. 봉은 바로 차고로 내려갔다. 폭스바겐은 오랫동안 주차되어 있었다. 차고 끝에 수리 공구와 부속 그리고 윤활유통을 넣어두는 캐비닛이 있었다. 창고는 지저분하고 냄새가 나 모기가 많아서 일 년 동안 아무도 들어오지 않았다. 아내의 편지가 없었다면 영원히 잊어버릴 뻔했다.

금을 찾는 사람처럼 두근거리며 봉은 신중하게 윤활유통을 열었다. 5리터 용량의 윤활유통에는 여전히 노란색 오일이 들어 있었다. 봉은 조심스럽게 다섯 손가락을 집어넣었다. 그리고 순간적으로 그의 몸 전체가 놀라 흔들렸다. 마치 그가 옛날 세상에서 살고 있는 느낌이었다. 지저분한 윤활유통 속에 금괴, 반지, 다이아몬드, 목걸이, 팔찌 등 값나가는 장식품이 가득했다.

봉은 종류별로 계산할 수는 없었지만 그것들의 가치를 상상할 수는 있었다. 그와 아내가 수년 동안 모은 거대한 재산으로 바다로 탈출할 배를 건조할 수 있는 금액이었다. 당연히 탈출에 필요한 돈과 외국에서 생활할 수 있는 돈을 챙겨갖고 간, 나머지였다. 봉 자신도 아내가 장인의 가업을 이어받아 부동산 사업과 공사 입찰을 해서 돈을 많이 번다는 것은 눈치챘지만 이렇게 재산을 많이 모았다는 것을 알지 못했다. 결혼할 때부터 아내는 조용히 위대한 창고지기였고, 집안일을 하는 사람이었던 것이다. 매달 봉은 일만 할 줄 알았고, 월급과 보너스를 아내에게 가져다주었을 뿐이었다. 아내야말로 재산을 지키고, 생활을 주도했던 사람이었다. 장인의 네트워크와 경험, 지위 그리고 봉의 사회와 업무 관계로부터, 위신과 위세를 이용한 부정한 사업 등을 모두 아내가 움직였으며, 아내가 사업을 키웠다.

아내가 물건을 감춘 방법을 보면 그녀의 영리함과 모략이 어느 정도인지 알고도 남았다. 혁명하던 사람들이 장롱과 서랍, 제단을 뒤졌다. 가방과 옷, 가정용품을 샅샅이 뒤졌다. 그들은 자신들의 발 바로 아래에 버려진 윤활유통에서 평생 동안 혁명에 몸을 바쳤지만 그들이 꿈도 꿀 수 없는 엄청난 재산이 있었다는 것을 상상도 못했다.

그날 밤 내내 봉은 열심히 보석을 분류해서 일부는 윤활유통에 넣고, 일부는 기름통에 넣고, 일부는 비닐봉지에 넣어 정원의 나무 밑에 묻거나 움푹 파인 곳, 틈새에 끼워 넣었다. 긴급 상황에 대비해서 분산시켰다. 이곳을 뺏기면 다른 곳이 있었다. 돈과 금이 필요한 일이 아주 많을 것이기 때문이다. 공산주의자들과 편안히 살기 위해서는 아주 많은 돈과 금이 필요했다.

어머니를 모셔올 때가 되었다. 봉은 러이 부부와 키엠 그리고 꾹 부부에게 편지를 보내 아내와 자식이 탈출했다는 사정을 자세히 알리고, 어머니와 막내 허우를 보내서 봉과 같이 살게 해달라고 간절히 요청했다. 편지와 함께 두 모녀와 동행하는 사람들, 5장의 비행기 표를 살 충분한 돈을 보냈다.

제21장 아버지를 찾다

상부에서 찌엔탕 러이 동지를 경제부장관 겸 남부 자본주의 개혁위원회 부위원장으로 임명하려고 할 때, 많은 청원서가 중앙당에 도착했다.

아주 많은 익명의 청원서가 북부, 중부, 남부 등 각처로부터 도착했다. 이 청원서의 내용은 손으로 썼든 타이핑을 했든 모두 네 가지 내용에 집중되어 있었다.

첫째, 근래에 찌엔탕 러이 동지의 계급관점과 정치사상의 입장이 많이 치우쳐 있으며, 사상적 인품이 추락하고 있는 징후가 보인다. 구체적으로는 러이 동지가 쩌우하, 쩐년 아잉, 부이 다오 응웬 등과 같은 과격한 작가들에게 압력을 넣어 친동생 응웬끼 비를 재교육 캠프에서 빼내려고 했다. 사회주의에 대항하고, 역행하는 작가 응웬끼 비를 석방한 일은 전국의 독자와 아주 많은 작가들의 불평과 분노를 일으켰다.

찌엔탕 러이의 비뚤어진 사상적 입장은 또한 이 동지가, 작가 쩌우하를 사회주의 혁명문학의 방향과 선봉적 위치를 가진 신문인 <문장> 신문의 편집장으로 만들기 위해 운동을 하고 있는 점에서도 나타나고 있다. 쩌우하는 두 번의 전쟁에서 성과를 낸 작가이지만 최근에 논공행상을 요구하는 병에 걸렸으며, 특히 최근에는 아주 위험한 다원 민주주의 경향을 띠고 있다….

둘째, 중앙당에서 찌엔탕 러이를 경제부장관 및 각 경제활동 책임자로 임명하려는 것은 그 동지의 장단점에 반하는 것이다. 찌엔탕 러이는 항전 지주 가정 출신이고, 자신은 혁명을 추구한 농촌 학생이었기 때문에 경제에 관해 알지 못한다. 최근에 벌어진 '시인에게 경제를 맡기고, 군인에게 피임시술을 맡기는' 일과 같은 규칙에 반하는 경우를 반복해서는 안 된다.

셋째, 특히 위험한 것은 찌엔탕 러이가 조직을 속이고, 숨기기 위해 이력서를 허위로 기재한 것이다. 러이는 전통적으로 타락한 자이다. 적 후방에서 활동할 때, 찌엔탕 러이는 히우응안 지구 당위원 레투엣의 아내인 다오티 깜과 간통을 해서 레끼 쭈라는 사생아를 낳았다. 그 뒤 전쟁지구로 올라갔을 때, 제 버릇 개 못준다는 말처럼, 찌엔탕 러이는 계속해서 조직을 속이고 주둔지에서 따이족 처녀 마이티 라와 간음을 했다. 기관에서 그 부정한 관계를 안 뒤에 러이는 억지로 라와 결혼해야 했다. 찌엔탕 러이는 고의로 깜 동지와의 몰래한 연애를 보고하지 않았고, 사생아 레끼 쭈를 낳은 일은 조직에 대한 맹세를 위반한 것이며, 국가와 상부를 속인 것이다.

넷째, 찌엔탕 러이는 전 민족의 구국 대미항전을 배반한 죄가 있다. 그것은 수백만 명의 청년들이 나라를 구하기 위해 쯔엉선 산맥을 넘고, 수만 명이 전선에서 희생될 때 찌엔탕 러이와 다오티 깜은 자신의 권한을 이용해서, 우리 민담에 나오는 리통이 계략을 써서 타익 사잉을 곤경에 빠뜨린 것처럼 자기 자식의 자리에 다른 사람을 집어넣고, 사생아 쭈를

B전투지역에서 빼내 목숨도 부지하고, 나중에 출세할 수 있도록 소련으로 유학을 보낸 일이다….

수년이 흐른 뒤, 퇴직했을 때, 찌엔탕 러이를 익명으로 고소했던 자가 갑자기 얼굴을 드러냈다. 해외에서 운용하는 베트남인 인터넷 잡지, 딸라비엣에 회고록을 실은 것이다. 그러나 그 당시에 반꾸엔은 전혀 모르는 사람처럼 행동했고, 심지어 찌엔탕 러이 면전에서 그 무고한 자들에 대해 대단한 분노를 드러내기도 했었다.

"조직에 보고해서 내부 단결을 해치고, 간부를 욕되게 한 나쁜 놈을 찾아내야 합니다." 반꾸엔이 두툼한 청원서를 러이의 책상에 올려놓으며, 사부를 대신해서 억울한 것처럼 눈물을 글썽거리며 말했다. "쩌우하 외에 형님과 깜 누나와의 관계를 아는 사람은 없습니다. 문학잡지에 다쟝이 실었던 「썬밍의 아름다운 여인인가 여승 담허엔의 사실인가」라는 글을 기억하시지요?"

"그렇지만 그 친구가 스스로 나와 갈등을 일으킨다고? 그 친구가 자기를 〈문장〉 신문 편집장 자리에 천거하려고 했다고 내가 공격한단 말인가?"

"형님, 그렇기 때문에 쩌우하만 할 수 있는 것입니다. 그 녀석 벼룩같이 영리하고, 제갈공명처럼 계략이 많습니다. 그렇게 써야 형님이 그를 자기 편, 응웬끼 비의 편이라고 생각하지요. 그렇게 쓰는 것이 또한 자신의 이름을 스스로 더 빛나게 하는 것이지요. 전쟁터를 누빈 작가이며 급진적이어서, 찌엔탕 러이 동지나 뜨부옹 동지도 추천할 수 있는 인물인데, 〈문장〉 신문의 편집장 정도는 작다고 생각할 겁니다."

"그런데 쭈가 소련에 유학 간 일을 어떻게 쩌우하가 알 수 있지? 그때 내가 직접 쩌우하와 한텀뇨를 전쟁터에 보냈는데…."

"나중에 수엔썬으로 이름을 바꾼, 남쪽으로 귀순해서 반공작가로 이름을 날린 주산도 있었잖아요." 반꾸엔의 눈에 마귀의 빛이 서려 있었다.

"쩌우하는 모르는 것이 없지요. 저는 왜 쩌우하가 형님에게 악감정을 갖고 있는지 이해할 수 없어요. 그가 돌아다니면서 형님이 중앙당에 근무하면서 애국시인인 동생을 감옥에 보낸 것은, 조조나 괴벨스가 다시 살아난다면 그들이 형님을 사부님이라고 부를 거라고 했답니다…."

"그렇다면 이 친구 정말 위험하구먼. 그때 그것을 알았다면, 내가 자네를 추천했던 생각을 강력히 지켰을 것인데. 나는 아직도 자네가 <문장> 신문의 편집장을 맡는 것이 더 합리적이라고 생각하고 있어. 자네는 작가동맹 회원이고, 시를 출판한 적도 있고, 언론 홍보활동과 정치활동의 경험도 있으니…. 만약 뜨부옹 씨가 내 말을 듣는다면…."

"지금은 뜨부옹 동지도 다시 생각할 것입니다…. 만일 형님이 계속 제안한다면 조직에서는 쩌우하가 아니라 저를 지원할 것입니다. 지금은 옛날 잡지 때처럼 순수 문학 창작이 아니라 사회주의 경향의 문학 신문입니다. 제가 수십 년 동안 이 신문을 봐왔기 때문에 편집인과 기자들은 물론 각 칼럼도 잘 알고 있습니다. 쩌우하가 글 쓰는 것은 괜찮지만 신문을 맡으면 버립니다. 이번에 쩌우하가 스스로 얼굴을 드러냈습니다. 그기 편집 장 자리가 아니라 형님의 자리를 탐낸다는 얘기가 있습니다. 그가 그러고 싶다면 형님 앞에 무릎을 꿇어야지요. 형님에게 겨눈 네 가지 화살 중에서, 그가 한 개만 명중시켜도 큰일이라는 것을 명심하십시오. 그것은 형님이 조직을 속였다고 고소한 것입니다. 이것은 첫 번째 맹세를 위반한 것입니다. 절대적 충성을 위반한 것이지요…."

추운 날씨였지만 러이의 앞이마와 얼굴이 땀으로 젖었다. 그는 순간 10여 년 전에 자신을 찾고 있는 깜의 모습이 아른거리는 것을 느꼈다. 프엉딩 거리에서의 3일간의 격정적인 사랑의 결과물인, 그들의 아들이 있다는 것을 깜이 처음으로 밝힌 날이었다.

"15분만 시간을 내주세요." 그녀가 가방에서 손바닥 크기의 흑백 인물사진 한 장을 꺼내 러이의 얼굴 앞에 들이댔다. "당신 누군지 알겠어요?"

"깜, 아직도 그때의 내 사진을 갖고 있어?"

"틀렸어요. 나는 프엉딩에서 당신을 만난 이후로 응웬끼 코이의 사진을 태워버렸어요. 자세히 보세요. 당신과 똑같죠? 그 아이예요. 결코 말하지 않으려고 했는데…."

깜이 갑자기 울음을 터뜨렸다. 그리고 순간적으로 눈물을 닦고, 사진을 집어 가방 속에 넣었다.

러이는 옛날 말라리아에 걸렸을 때처럼 몸을 떨었다. 그의 목소리가 일그러졌다.

"정말이오? 진짜로 우리의 아이란 말이오? 지금 어디 있소?"

"진정하세요…. 그 아이 이름을 레끼 쭈라고 지었어요. 성은 레 씨 성을 따랐고, 쭈는 내 성을 따랐지요. 돌림자는 당신의 돌림자인 끼로 지었는데, 지금 당신은 그 이름도 버렸더군요. 당신은 그 아이를 원하지도 필요하지도 않다는 것을 알아요. 그 아이는 당신의 혁명 생활에 짐이 될 것이고, 심지어 당신의 승진을 가로막는 걸림돌이 될 것이에요. 그러나 저에게 그 아이는 모든 것이에요."

"나도 아주 행복하오. 나와 당신 사이에 어떤 신성한 것이 있다는 느낌이 항상 있었소…. 우리에게 혈육이 있다면 어떤 대가를 치르고라도 그 아이를 돌볼 것이라고 내가 얘기했잖소."

"그럴 필요는 없어요. 몇 분 지나서 진정하고 나면 당신은 당신의 그 말을 철회하고 싶을 거라는 것을 알아요. 우리 아이 쭈의 얘기가 새나간다면 당신 가정의 행복이 깨질 것이기 때문이지요. 당신은 조직에 거짓말한 죄가 생기는 것이고, 당신은 모든 것을 잃게 될 거예요. 당신의 자리를 차지하기 위해 수많은 사람이 이것을 이용할 겁니다."

땀이 러이의 이마를 타고 흘렀다.

"저도 다 잃게 되겠지요. 우리는 조직의 엄격함을 너무 잘 알고 있지요…. 그래서 이 일은 당신만 알고 있어요. 제가 당신에게 아주 긴 편지를 썼어요. 그런데 글로 남겨놓으면 아주 위험하다는 것을 알고 찢어버렸어요. 그리고 오늘 당신을 직접 만나러 온 거예요."

러이는 과거의 추억이 짓누르는 것 같았다. 그는 웅크리고 앉아 두 손으로 이마의 땀을 훔쳤다.

반꾸엔은 자신의 악한 장난 때문에 속으로 웃었다. 그러나 그는 울먹이는 목소리로 말했다.

"형님이 세 개가 아프다면 저도 한 개는 아픕니다. 이것이 제가 수집한 익명의 고소장입니다. 맹세코 저만 알고 있습니다. 이제 형님 면전에서 태우겠습니다…."

반꾸엔이 성냥을 켰다. 파란 불꽃이 마술처럼 글자 하나하나를 삼켰다.

"모두 태운다고 하더라도 조직의 눈과 귀를 가릴 수는 없어. 그들은 다 알고 있어." 러이가 자신에게 말하듯이 하면서 긴 한숨을 내뿜었다.

"올해 형님은 라후 별자리라서 8월에 큰 화가 있을 것입니다…."

"자네 사주도 볼 줄 알아?"

"예, 조금요. 제가 자주 찾는 뜨방 선생님이 정말 잘 봅니다. 저희 집 여자들은 남편의 사주를 보지 않아요. 그래서 지난주에 제가 사주를 보러간 김에 형님의 사주를 봤어요. 선생님이 형님의 올해 운수가 안 좋다고 합니다. 그러나 기다리면 귀인이 나타나 도움을 준다고 합니다."

"즉, 지나간다는 말이지?"

"형님은 가만히 계십시오. 서둘러 움직이지 마십시오. 제가 고소장을 다 모으겠습니다. 안심하세요. 제가 조직위원회, 검찰청, 법원, 사법부, 내무부의 사무실에 근무하는 사람들을 알고 있습니다. 제가 내부 보안위원회 부위원장에게 사정을 알아보았습니다. 형님과 같은 위치에 오르면, 특별 배급표가 나오고, 정기적으로 건강검진을 받을 수 있고, 즉 수뇌부는 확실하게 보증을 받는다고 합니다. 물론 인문가품 패거리나 수정주의자들처럼 조직을 배반하고, 이상을 배신한 경우는 제외되지만 그 외에는 생활에서 좀 불편한 것뿐이겠지요. 게다가 잘못을 안다면 무슨 수를 써서라도 조직이 끝까지 보호할 겁니다.”

***

반꾸엔이 나가자 러이가 문을 단단히 잠갔다. 그리고 깜 여사의 사무실로 전화를 걸었다. 그녀의 사무실은 하노이에 있는 중앙 여성연맹 지도부 내에 있었다.

전화 벨소리가 여러 번 울렸지만 수화기를 드는 사람이 없었다. 깜이 어디 갔지? 아직 근무시간인데, 그러나 그는 비서실에 전화하고 싶지는 않았다.

전화번호부를 뒤져서 그는 집으로 전화를 걸었다.

상대방 수화기에서 심하게 아픈 것 같은, 깜의 잠긴 목소리가 들렸다.

“아, 여보세요….”

“당신 지금 아프죠? 약 먹었어요? 필요하면 내가 사람을 보내 입원시킬게요.”

“고맙지만 내가 알아서 할 겁니다.”

“당신을 꼭 만날 일이 있는데. 우리가 자세히 협의해 말을 맞춰야 하는데….”

“나 역시 당신을 만나려고 했어요…. 쭈 녀석이 경천동지할 일을 저질렀어요. 나는 지금 초죽음이 되어 있어요….”

중간에 깜이 말을 멈췄다. 러이는 수화기를 바짝 귀에 대고 기다렸다.

수화기를 내려놓는 소리와 울음소리를 분명히 들을 수 있었다.

"무슨 일이오?"

러이는 창문을 열었다. 깜의 울음소리가 그 어디에선가 들리는 것 같았다. 조직이 그녀와 얘기한 것인가? 어째서 깜은 쭈 녀석이 경천동지할 일을 저질렀다고 말할까? 쭈가 무슨 죄를 지었나? 자기 어머니에게 어떤 영향을 끼쳤지?

최근의 쭈와 관련된 사건들을 훑어보고, 러이는 안심할 수 있었다. 지난 10년 동안, 깜이 중세의 기사 같은 빛나는 아들 쭈가 바로 러이의 혈육이라고 알려준 날부터 그는 소원을 이룬 것 같았다. 그는 모범적인 아버지로서의 책임감과 정으로 쭈의 성장과정을 늘 주시했으며, 속으로 돌보았다.

아, 엊그제 같은데 그의 레 씨 성을 가진 아들이 벌써 서른 살이 되었고, 아내와 자식을 두었다. 비록 아직도 비밀 속에 있었지만 그에게 손자가 생긴 것이다. 지금까지도 깜이 두 사람 사이의 신성한 절대 비밀을 털어놓을 때의 느낌이 남아 있었다. 그리고 썬떠이에서 곧 전선으로 출동하려는 군대 속에서 자신의 혈육인 준수한 청년을 직접 대면했을 때의 느낌이 엊그제 일처럼 지금도 선명했다. 그랬다. 그때 순간적으로 러이는 자신의 감정을 억누를 수 없었다. 그는 '우리 아들, 내가 너의 진짜 아버지다.'라고 소리칠 뻔했다. 다행히 오랜 정치적 경험으로 러이는 참아낼 수 있었다. 그는 신병의 튼튼한 어깨를 감쌌다. 열일곱 살의 건강한 청년의 몸에서 피가 러이의 몸을 타고 흐르는 느낌이었다. 혈육에 대한 느낌이 순간 러이의 눈을 쓰리게 했고, 깜에 대해 무한한 감사를 느꼈다. 깜이 엄청난 대가를 치르고 아들을 낳은 것을 보면 그녀는 멀리 그리고 넓게 볼 줄 알며, 정말 속이 깊었다. 러이는 이 귀한 혈육을 준 깜에게 천만 번 감사해야 했다. 그 아이는 깜이 원하는 것처럼 후방에 머물 것이다. 그 아이로 인해 지난

18년 동안 그녀가 겪은 고생과 고난의 결실인 신성한 혈육, 그녀의 삶에서 가장 귀한 보물을 빼앗을 권리는 아무에게도 없었다.

적시에 손을 썼고, 참모부의 보캉 대령의 도움으로 쭈는 아주 이상적으로 역행할 수 있었다. 나뭇잎으로 위장하고 나라를 구하기 위해 첩첩산중의 쯔엉선 산맥을 넘는 행군 대열을 떠나서 사회주의 신선의 나라로 날아갔다.

러이와 깜이 만든 아주 기발한 'B 회귀' 시나리오는 쭈는 물론 그 어느 누구도 영원히 알 수 없었다. 쭈가 소련으로 유학갈 수 있도록 직접 해결해준 사람인 보캉 대령조차도 그 시나리오를 알지 못했다. 그리고 지금 'B 회귀' 사건의 유일한 증인은 꽝다 전쟁터에 잠들어 있었다. 1970년 총참모부는 보캉 대령에게 5지구 전선에 병력을 증강하도록 지시했다. 그리고 그는 조그마한 강이 흐르는 그가 나고 자란 고향 집으로 가는 길에 매복해 있던 적에게 살해당했다. 그때 쭈가 전쟁터에 갔다면 틀림없이 보캉 대령처럼, 쯔엉선 산맥을 넘었던 수만 명의 스무 살 청년들처럼 죽었을 것이다.

10월 혁명의 진원지인 소련에서 레끼 쭈는 미사일 운용 사관학교에 배치되었다. 2년 뒤, 레끼 쭈 소위는 SAM2 미사일과 함께 귀국했다. 그리고 송다 미사일 대대의 첫 번째 전투는 하노이 서쪽 하늘에서 미국의 B52 전폭기 편대를 격추시킨 일이었다. 이 전투에서 미사일 운용 장교인 쭈가 큰 공을 세웠다.

러이에게 있어, 쭈의 성장은 항상 숨겨진 자랑거리였다. 쭈는 대위 계급장을 끝으로 전쟁터를 떠났다. 그렇지만 그것은 앞날을 위해 꼭 필요한 통행증 같은 것이었으며, 쭈가 하다 만 공부를 완성하기 위해 대학에 들어가기 위한 귀한 장식품이었다. 러이는 깜에게, 그들의 아들이 혁명의 후속세대 명단에 들어 있으며, 그들이 가고 있는 길을 이을 것이라고 한 번 이상 말했었다. 앞으로 다가올 10년은 자본주의가 과학적 사회주의를 죽일지 아니면 그 반대일지 아무도 모르는 격렬한 투쟁의 시기가 될 것이다.

경제와 지식에 의한 힘과 지식의 투쟁기가 될 것이다. 1977년, 레끼 쭈 대위가 하노이 공대 무선전자공학과에 합격했을 때, 러이는 숨겨진 아버지 역할을 그만두고, 청천백일 하에 볼가 자동차에 꽃다발을 싣고 가 깜 모자를 축하했다.

"당신 너무 무모한 것 아니에요? 천하의 눈과 귀가 겁나지 않아요?" 깜이 놀라서 어쩔 줄 몰라 했다. 그녀가 놀란 눈빛으로 러이와 쭈를 번갈아 바라보았다. 양 옆에 서 있는 두 사람이 마치 두 개의 물방울처럼 똑같았다.

"자네는 두려워? 나는 천하에 공개적으로 알리고 싶어. 나는 우리 아들이 자랑스러워…."

그 말이 깜의 마음을 얼마간 풀었지만 그러나 그녀는 러이를 빨리 보내야 할 방법을 찾아야 했다. 그녀는 두 부자의 장래가 아직도 먼 앞에 있다는 것을 알았다.

쭈가 교사인 링을 사랑해서 아직 대학생일 때 결혼하기로 결정한 뒤, 러이와 깜의 비밀은 그들만의 독점적인 것이 아닌 것 같았다.

쭈의 결혼은 정해진 운명 같았다.

송다 미사일 대대 장교시절, 미국 전폭기 편대를 격추시킨 공로와 각종 회의에서 보고하고 설명하는 능력이 출중하여, 쭈는 Z국 국장인 꽝락 대령으로부터 특별한 사랑을 받았다. 프랑스 지배시기에 하노이에 있던 꽝락 극장을 연상시키는 독특한 이름 때문에 군대 내에서는 농담으로 그를 전통극이라는 단어인 '뚜옹'을 붙여서 뚜옹 꽝락으로 불렀고, 나중에 장군으로 진급했을 때는 장군이라는 단어인 '뜨엉'을 붙여서 뜨엉 꽝락이라고 불렀다. 이 장군에 대해 군대 내외에 아주 많은 일화가 있었다. 그는 본래 하노이 외곽에서 시클로를 몰던 집안 출신이라고 했다. 혁명 이전에 그가 시클로를 몰고 손님을 찾으러 다닐 때, 빛바랜 중절모에 남루한 옷을 입은 한 사람이 헐레벌떡 꽝락의 시클로에 올라탔다. 그는 자신이 월맹군인데, 비밀경찰에 쫓기고 있다면서 빨리 달리라고 재촉하며, 손으로 시장 쪽을 가리켰다. 그 월맹군 간부를 탈출시킨 뒤, 꽝락은 수도방위 대대에 참여했다가 홍강을 건너 전쟁지구로 올라갔다. 하노이 수복 후에 군대에서 정훈교육을 받을 때, 꽝락은 옛날에 자신이 구해준 간부를 알아보았다. 그 강사가 바로 중앙당 고위 간부였다. 그러나 꽝락은 그 간부가 자기의 은인을 알아보는지 시험하려고 일부러 모른 척했다. 결국 서로는 잘 알고 있었다. 수업 시간 내내 그 간부는 꽝락에게서 눈을 떼지 못했다. 쉬는 시간에 그가 꽝락에게 다가와 옛날 얘기를 상기시켰는데, 회의장에 있던 사람들이 몰려와 그 얘기를 듣게 됐다. 시클로를 몰던 꽝락은 그 뒤 군대 내에서 유명인사가 되었고, 승승장구했다. 중대 부정치위원에서 정치교육을 이수한 뒤로 승진했고, 미국과 전쟁 중에는 이미 부국장까지 올랐다. 꽝락을 시기하는 사람이 적지 않았지만, 비록 학력은 부족해도 그가 아주 특별한 기억력의 소유자라는 것을 시인하지 않을 수 없었다. 프랑스 식민지 시대부터 지금까지 그가 본 것은 모두 다 그의 기억 속에 들어 있는 것 같았다. 수십 장에 이르는 의결서나 자료들을 기록할 필요 없이 모두 기억했다.

꽝락 장군의 기억력이 찌엔탕 러이의 심장을 찌른 적이 있었다. 그때는 고위 간부들이 바딩 대회의장에서 모여서 중앙당 의결을 학습하던 때였다. 꽝락 장군이 찌엔탕 러이 옆에 앉았다.

한나절 내내 그는 아무것도 적지 않고 앉아서 러이만 바라보고, 조용히 휴식을 취하는 것 같았다. 아주 직설적인 성격이라, 쉬는 시간에 꽝락이 러이를 이끌고 구내식당으로 가서 생맥주 두 잔과 땅콩 한 봉지를 시키고는 잔을 부딪치며 직설적으로 물었다.

"솔직하게 묻겠는데, 자네 썬밍 성 여성동맹 부회장 깜과 친하지?"

"왜 그렇게 묻지요?" 러이는 얼굴이 붉어졌다.

"송다 미사일 대대에서 쭈를 보았는데 빵틀에 찍어낸 듯 자네와 닮았어.

내 생각에 쭈가 레투엣의 아들이 아니라 자네 아들인 것 같아. 일본이 프랑스를 넘어뜨릴 때, 내가 레투엣 동지를 시클로에 태운 적이 있거든. 레투엣의 자식이라면 그 얼굴이 아니지. 솔직히 말하게. 나는 자네에게 손들었네. 자네가 썬밍의 미녀, 여승 담히엔, 깜과 잠을 잤다는 것은 일생의 행복이지…."

"나는 동지의 말을 이해하지 못하겠소." 러이의 대답이 시원찮았다.

"뻔한 거짓말해서 뭐 하게? 이 나이쯤 되면, 조직이 싫다고 밀어내면 나가면 되지, 어쨌다고? 내가 우리 딸을 쭈에게 시집보내고 싶어서 자네한테 그리 말하는 거야. 만일 쭈가 자네 아들이 맞는다면, 우리가 서로 사돈 맺으면 좋잖아…."

농담하는 것으로 생각했는데, 이듬해 꽝락 장군의 막내 딸, 교사인 꽝티 링을 아직 대학생인 쭈에게 시집보냈다.

***

쭈가 꽝락 장군의 딸과 결혼한 것은 쥐가 쌀독에 빠진 것과 같았다. 장인이 고위급 장교라서 시내에 집을 분배받았다. 리 왕조에서 레 왕조까지 왕궁 터였으며, 수도가 해방 된 뒤에는 국방부의 대본영이 자리 잡고 있는 지역이었다. 정부의 핵심 수뇌부 사무실이 자리 잡고 있는 것 외에, 성곽 주변으로는 군인 가족 거주지로 변했고, 사람들이 '병사의 집'이라고 불렀다. 배급 경제 시절 수십 년 동안 높은 벽으로 둘러싸여 있어서 한 집에서 다른 한 집으로 가려면 어둡고 좁은 구불구불한 골목길을 돌아가야 했다. 장군과 영관 장교들이 뒤쪽 성곽을 허물고 반듯한 길을 냈다. 그러자 집들이 도로를 마주하고 양쪽으로 늘어서 아주 가치 있는 집으로 바뀌었다. 식구가 많고, 초기부터 혁명에 참가했기 때문에 꽝락 장군은 옛 바익마이 비행장

지역에 택지를 분양받았다. 그는 아내와 막내아들과 함께 그곳에 정원이 있는 집을 짓고 이사 가면서, 국방부 지역에 있던 집을 쭈와 링 부부에게 양도했다. 그렇게 쭈 부부는 갑자기 도로변에 집을 갖게 된 것이다. 도로변 집은 현금과 마찬가지다. 도로변 주택은 관직에 있는 아버지보다 낫다. 그런 노래가 이때부터 생겨났다.

장인인 꽝락 장군의 독촉 때문에 링과 서둘러 결혼한 뒤 쭈는 아버지 레투엣의 묘지와 고향을 찾으려는 갈망을 갖게 됐다. 몇 번이나 그는 어머니에게 물었지만 깜 여사는 못 들은 체하거나 이런저런 이유로 무시했다.

"아버지와 엄마가 혼인 신고 없이 결혼했어. 게다가 네 아비가 고향에 대해 말한 적도 없어."

"아무리 그래도 이슬 한 방울 떨어질 고향이 없을 정도로 가난했단 말이에요? 조부모님이나 부모님의 뿌리는 있을 것 아닙니까?"

"엄마가 아는 것은 네 아빠의 고향이 타이빙이라는 것밖에 몰라. 열 살 때 네 조부모님이 네 아버지를 혼가이 탄광에 심부름꾼으로 보냈단다. 그리고 조부모님이 역병으로 돌아가셨다. 네 아비는 하이퐁으로 가 전등 회사에서 노동자로 일했다고 하더라."

그 제한된 초보적인 정보를 가지고, 쭈는 얼마나 여러 곳을 찾아다녔는지 모른다. 혼가이 탄광청의 문서보관소와 발전소 역사관, 하이퐁 시멘트 공장, 중앙당 조직위원회, 하이퐁과 꽝닝 성 그리고 타이빙 성 당지부 역사위원회 등을 뒤졌다. 완전히 희망이 없고, 길이 막혔다고 생각했을 때 아주 작은 빛줄기 하나가 갑자기 동굴의 끝에 나타났다. '항구 도시 노동운동사'를 최종 정리하던 중, 까잉부옴 출판사와 편집위원회가 레투엣 동지의 고향을 찾았고, 사람을 보내 확인하였다. 결국 레투엣은 혁명 활동을 위한 가명이었다. 그 동지의 진짜 이름은 호앙반 배오로, 고향은 타이빙 성 꼰꾸어 군, 지아 마을이었다.

이 소식을 듣고 쭈는 잠을 잘 수 없었다. 감동과 기쁨, 설렘과 안타까움, 자부심과 유감이 교차되었다. 그는 몰래 일어나 앉아 아내에게 키스를 하고 아들의 고추에도 키스를 하고 나서 "이제 우리 부자가 곧 뿌리를 찾게 될 것이다."라며 혼잣말을 했다.

다음 날 아침 쭈는 아내에게 므엉비에 볼일이 있다고 거짓말하고, 아이에게 다시 키스를 한 다음 혼다 67 오토바이에 외삼촌 꽈익 리에우를 태우고 타이빙으로 갔다. 꽈익 리에우는 깜의 이복동생으로, 므엉비 문화과 간부였다. 하노이 사람이었지만 쭈는 꽈익 리에우와 고향 므엉비를 자신의 혈육이라고 생각했다.

옛날의 지아 마을은 사회주의로 바뀐 날부터 선진 고급 농업합작사라는 아름다운 이름을 갖게 되었다. 여러 사람에게 물었지만 노인을 만나고 나서야 비로소 지아 마을이 지엠디엔 강 입구로 연결된 작은 강줄기 속에 있다는 것을 알게 되었다.

저녁때가 되어서야 두 사람은 열사 호앙반 배오의 동생 호앙반 보 씨의 집을 찾았다. 배오 씨에게는 무남독녀가 있었는데 결혼을 하고 나서 응이아로 신경제 지역으로 이사를 갔기 때문에 동생 집에서 제사를 모셨다. '애국지사 호앙반 배오 열사'라고 쓰여 있는 비석을 보고, 두 사람은 제대로 찾았다는 생각에 속으로 기쁨을 감추지 못했다.

보 씨는 이제 막 60세를 넘긴 나이였는데 80세 노인처럼 보였다. 두 조카들과 갑작스러운 만남은 보 씨로 하여금 외계인을 만난 것 같은 느낌이 들게 했다. 그들 사이의 대화는 완전히 거리가 있고 황당해서, 보 씨와 같은 순박한 농민은 혁명에 대한 경각심으로 피가 끓어오를 정도였다. 보씨는 대규모 농업생산을 추구하는 선진 합작사를 파괴하려는 두 명의 간첩을 만난 것 같다는 생각을 했다. 그는 화장실을 가는 척하고 짚 덤불 뒤로 가 며느리를 불러서 이장에게 알려 비상 상황에 대처하도록 했다.

얼마 되지 않아 마을 사람들이 마당을 둘러쌌다. 아이들은 손가락으로 가리키며 줄줄이 덤불 주위로 몰려들었고, 노인과 여자들은 귀를 쫑긋 세우고 소곤거렸다. "우리 마을 배오 씨가 아들이 있었네. 하이퐁 꺼우덧에서 프랑스 비밀경찰에게 피격을 당하기 전에 배오 씨가 혁명의 씨앗을 남겨놓았구먼." "어, 똑똑한 사람이 저런 실수를 할 수 있어! 조갯살 먹는 놈 따로 있고 껍질 치우는 놈 따로 있다더니! 어떻게 배오 씨 집에서 저런 얼굴이 나온단 말인가?" "무서워, 그런 독한 말을 하다니. 아니 땐 굴뚝에 연기 날까. 저렇게 잘생긴 사람이 무엇이 부족해서 아버지를 찾는대!"

집안에서는 꽉 리에우가 쭈를 도와 제단에 예물을 올리고, 향을 피운 다음에 합장을 했다.

"삼촌, 만약 삼촌이 제 아버지의 친동생이 맞는다면 저는 너무 기쁩니다." 쭈가 방문 목적을 설명한 뒤 현재 자신의 처지를 모두 얘기하고, 가방에서 조심스럽게 싼 종이를 꺼내 보 씨에게 건넸다.

"삼촌, 이것이 제 출생신고서입니다. 제가 바로 아버지 레투엣, 즉 호앙반 배오 열사의 아들 레끼 쭈입니다…"

한참 뒤에야 보 씨는 상황을 파악했다. 이 친구가 라디오에서 동료를 찾고 있는 사람과 같다는 것을 알았다. 보 씨는 쭈를 아래위로 뚫어지게 바라보았다. 배오 형님에게 사생아가 있다니 그것은 마을정자와 견줄 만한 큰 축복이었다. 배오 형님은 열네 살에 결혼했는데, 형수가 다섯 살이 위였다. 두 사람은 서로 상대방 책임이라고 놀려대기도 했는데, 몇 년 뒤에 딸 반을 낳았다. 배오 형님이 하이퐁에서 프랑스군에 살해당할 때 반은 겨우 두 살이었다.

"맞아. 우리 형님이 월맹군이었고 레투엣이라는 별명을 썼어. 우리 부모님이 혼가이로 가서 2년 동안 탄광 근로자로 일했고, 우리 가족이 열차에서 내린 후에 형을 잃어버렸는데, 우리 부모님은 나만 데리고 고향으로 왔지. 몇 년이 지나 형이 돌아왔고, 부모님 뜻에 따라 결혼을 했어. 결혼 후 몇 달 뒤에 형은 집을 나갔어. 형이 월맹군에 들어간 거였지…."

"여기는 이력서와 맞지 않네요." 쭈가 말했다.

"형의 실제 이력서는 이래. 월맹군에 들어간 뒤로 아버지는 감히 솔직하게 신고할 수 없었어. 이름이 망고라면 바나나라고 하고, 나이는 원숭이 띠면 호랑이 띠라고 신고했어. 그리고 부모와 형제들이 모두 죽었다고 신고했어. 그래서 프랑스 사람들이 더 이상 조사하지 않았지. 나는 틀리게 말하지 않아. 형님의 아내와 자식에 관한 얘긴데 감출 것이 없어. 고향에 있던 형수는 형님이 프랑스군에게 죽임을 당한 뒤 강 건너 사람에게 시집을 갔어. 그리고 나는 형님에게 둘째 부인이 있다는 것은 몰랐어."

"예, 제 어머니가 혼인 신고 없이 아버지와 결혼했습니다…. 두 분 모두 혁명에 참가했습니다…."

"그러면 자네 몇 년생인가?" 보 씨는 틀림없이 잘못 알고 있는 것이라고 생각하여 조사하듯이 물었다.

"예, 제 호적 원본입니다. 어머니가 저를 1949년에 낳았습니다."

보 씨가 손가락으로 연도를 계산했다.

"그러면 자네와 자네 어머니 모두 크게 잘못 안 거야. 자네가 막 도착했을 때부터 나는 잘못 찾아왔다는 것을 알아챘어. 우리 호앙 씨 집안에는 자네 같은 얼굴은 아무도 없거든. 내 형님 레투엣 열사는 하이퐁에서 1946년에 희생되었어. 열사 증명서에도 형님이 돌아가신 연도가 분명히 기록되어 있어. 어떻게 죽은 뒤 3년 후에 아이를 낳을 수 있겠는가?"

이야기가 끝나갈 무렵 면 지서장과 총을 멘 민병대 몇 명이 도착했다. 강 입구이고 바닷가라서 간첩들이 자주 침입하는 곳이기 때문이었다. 비록 통일을 이루었다고 하지만 완전한 혁명을 이루는 데 들이는 경각심은 대단한 것이었다.

지서장이 천천히 주변을 둘러보고는 차가운 눈빛으로 낯선 두 사람을 노려보았다.

"당신들 신분증 좀 봅시다."

그 말은 삼촌의 판정에 이어 당국자가 찬물을 끼얹은 격으로, 쭈는 상황이 묘하게 좋지 않은 쪽으로 흐르고 있다는 것을 느꼈다.

신분증을 제시했음에도 불구하고 결국 장인인 유명한 꽝락 장군 이름까지 대야 했다. 그러나 그날 밤 두 사람은 미국의 B52 폭격기가 면사무소를 폭격하듯, 배고픈 모기에게 목숨을 맡겨야 했다.

아버지가 없다는 아픔과 어머니에게 속임을 당했다는 배신감이 합쳐져 지아 마을에서 타이빙을 거쳐 하노이로 돌아오는 길 내내 설움이 복받쳐 올랐다.

"어머니가 저를 속였어요. 고의로 지난 30년 동안 저를 속였단 말이에요…." 깜 여사를 보자마자 쭈는 얼굴을 감싸고 울음을 터뜨렸다.

처음에는 목이 메었지만 나중에는 눈물이 콸콸 쏟아졌다. 막 아버지가 된 사람의 울음소리가 아니라 욕되고 속았다는 아픔 때문에 우는 어린아이의 울음소리였다.

"왜 저를 속였어요? 어떻게 어머니처럼 혁명하는 사람이 거짓 속에서 살 수 있어요? 제가 누구 자식인지는 어머니만 알 겁니다. 그런데 어머니는 숨겼죠. 아니면 제 아버지가 반동분자입니까? 조직에서 쫓겨날까 두려워서, 지위와 권력을 잃는 것이 두려워서입니까? 왜 어머니는 귀신의 그림자 밑에 숨는 것입니까? 결국 제가 사생아군요. 그런데 수십 년 동안 저는 아버지가 열사이고, 혁명전사라는 것에 자부심을 가졌던 것입니다. 정말 가짜이고 사기입니다. 정말 치욕스럽습니다…."

"그만, 그만해라…. 나를 용서해다오…."

"그러면 혁명전사의 아들이라는 껍데기를 쓴 사생아인 저는 누가 용서합니까? 정말 얼굴을 들 수 없습니다. 수만 명의 청년들이 전쟁터로 가고, 같은 반 친구들도 쯔엉선 산맥에 잠들었는데, 목숨을 보존하기 위해 고의로 열사의 자식이라는 외투를 입고, 전쟁터에서 빠져나와 외국으로 유학을 갔습니다. 아, 어째서 어머니는 제가 제대로 살게 두지 않았습니까? 어머니와 어머니의 동료들이 저를 거짓의 길로 밀어버렸습니다…."

"그렇게 말하지 마라. 그렇게 말하면 안 돼!" 깜 여사는 아들이 지나치다고 느꼈다.

"어머니 억울하죠? 어떻게 어머니는 30년 동안이나 속일 수 있단 말입니까? 그래요, 제가 사생아면 어떻습니까? 어머니는 누구의 아이든 자식을 낳을 권리가 있어요. 혁명하는 아버지든 그렇지 않든 저에게는 아무런 의미도 없어요. 우리 부자가 농민이든 짐꾼이든 아무 상관없어요. 높은 지위도 필요 없고, 오직 선량하고 사람이면 됩니다." 쭈가 눈물 젖은 어머니의 눈을 똑바로 쳐다보면서, 어머니의 어깨를 잡고 흔들었다.

아들이 아파하는 그 순간에 깜 여사는 자신의 심혼 끝까지 비추는 강렬한 빛이, 수년 동안 침묵해야만 했던 장애물을 이겨낼 수 있는 신기한 에너지가 그녀에게 전해지는 걸 느꼈다. 지금이 자식에게 비밀의 커튼을 벗겨주고, 더 이상 감출 필요도 없으며, 숨길 것도 없는 때라고 생각했다. 그리고 자신을 드러내고 사실대로 살기 시작하고, 자신의 참 모습을 볼 때라고 여겼다. 고무나무처럼 껍질이 두꺼운 씨앗에서 새싹을 틔우려면 껍질을 깨야 한다. 심지어 어떤 씨는 섭씨 100도의 물에 담그기도 한다. 껍질을 벗는 일은 언제나 아픔을 동반하고, 아주 어려운 경우도 있다. 깜 여사는 스스로 가리고 있던 껍질을 벗으려고 했다. 깜 여사는 자신을 오랫동안 덮고 있던 것을 벗어버리려는 듯, 방바닥에 주저앉았다.

"그래, 엄마를 더 경멸해라…. 나는 못된 사람이고, 저주받아 마땅하다. 나는 비겁하고 거짓 덩어리이며, 자신과 잠을 잔 사람을 말하지도 못한다.

나는 어머니라고 할 수 없어…."

깜 여사의 자책과 태도의 변화는 쭈를 당황하게 만들었다. 아이고! 어째서 어머니가 갑자기 70세 노인처럼 늙었지? 그는 순간적으로 어머니 머리에 너무나 많은 흰머리가 있는 것을 봤다. 그는 어머니가 가슴이 미어지게 불쌍하다고 느꼈고, 자신이 너무 지나쳤다는 것을 깨달았다.

"어머니! 저는 단지 사실을 알고 싶을 뿐이에요…."

"엄마만 알고 있는 더 씁쓸한 사실이 있단다. 그리고 엄마가 가슴속에 꼭 묻어두고, 묘지까지 가져가려고 했다…."

깜 여사가 눈물을 펑펑 쏟으며 말했다. 여사는 순간 그녀의 불쌍한 첫아들 꾹이 떠올랐다. 너무나 불쌍하고 안타깝지만 부끄럽고 씁쓸한 또 하나의 사실은 죽을 때까지 감추고 싶은 일이었다. 사생아지만 쭈는 나중에 그녀가 조직과 천하에 공개적으로 알릴 수 있었지만 꾹은 그 어떤 천재 수학자도 풀 수 없는 함수이자, 오직 그녀만이 풀 수 있는 문제였다. 그를 낳은 아버지이고, 리푹 씨와 또똠을 즐기러 수시로 드나들며 아이와 마주쳤던, 동 마을 초소장 쯔엉피엔조차도 자신의 혈육을 알아보지 못했다. 쯔엉피엔 준장은 이제 망명객이 되어 베트남을 다시 찾겠다는 조직에 가입하였고, 하루 종일 BBC 방송에 출연하여 베트남 공산체제를 넘어뜨려야 한다고 교포들에게 떠들어댔다. 만약 쯔엉피엔 장군이 깜 여사의 새로운 사실을 알게 된다면 어찌 될 것인가? 만약 지금 당장 꾹이 그녀의 숨겨진 생활과 사실을 벗기기 위해 동 마을에서 찾아온다면 그녀가 어떻게 살 수 있겠는가? 공산주의자라는 그녀가 어떻게 그렇게 음탕하고 추잡할 수 있지?

"됐어요, 누나. 얘가 잘못했어요…." 꽈익 리에우 삼촌이 손을 저으며 쭈에게 나가라는 신호를 보냈다.

쭈는 어머니 앞에 엎드렸다.

"어머니, 그렇게 스스로 자학하지 마세요. 제가 빕니다. 말하고 싶지 않으면 그냥 마음속에 두세요…"

깜 여사가 머리칼을 훔치고 눈물을 닦았다.

"이제 엄마도 너에 대해 안심한다… 너도 사실을 알 만큼 충분히 컸다. 오늘 꽈익 리에우 삼촌도 있으니 내가 사실을 말하고 싶다. 아들아, 내 말을 잘 들어라. 너는 내 사랑의 결실이다. 예정에 없던, 이익을 얻으려고 하지 않은 사랑이다. 너에게는 네가 충분히 자부심을 가질 만한 아버지가 있다…"

"어머니 말하세요. 제 아버지가 누굽니까?"

"네가 수오이하이에서 배낭을 메고 전쟁터로 가려고 집결했을 때 말을 했어야 했다. 그러나 여러 가지 이유로 그러지 못했다. 엄마는 네 아버지의 앞날에 영향을 끼치고 싶지 않았기 때문이었다. 엄마는 네 아버지 가정의 행복을 파괴하고 싶지 않았다. 게다가 네가 방금 말한 것처럼, 엄마가 조직에서 쫓겨날까봐 두려웠다. 엄마는 권력과 직책을 잃는 것을 겁낼 정도로 비겁했다…. 너를 소련으로 유학 보내겠다고 찾아온 사람을 기억하니?"

"그분은 레투엣 아버지와 혁명에 같이 참가한 친구잖아요…"

"레투엣 아저씨는 하이퐁에서 1946년에 희생되었다. 네 아버지는 레투엣 아저씨 세대가 아니라 혁명의 후배 세대다. 1948년 엄마가 처음 만났고, 네 아빠를 미친 듯이 사랑했다. 네 이름이 레끼 쭈이지. 네 아버지의 본명은 응웬끼 코이야…"

제22장 귀가

계속 비가 내려 밤이 더 길게 느껴졌다. 집 앞 나무의 마른 나뭇가지가 지붕에 떨어지며 마치 나무가 마른기침하는 것과 같은 소리처럼 분명하게 들렸다.

키엠은 그 마른 가지를 며칠 전부터 보았었다. 그리고 5일 밤 내내 그녀는 그것이 언제 떨어지는지 지켜봤다. 5일 밤 내내 몽롱한 상태로 잠들었다. 몇 달 전, 비가 재교육 캠프에서 돌아온 후로는 편안하게 잠을 잔 날이 없는 것 같았다.

K27 캠프의 소나기 내리던 밤처럼 신기했던 밤은 결코 없을 것 같았다. 그날 밤은 뼈가 시릴 정도로 추웠다. 바람이 일 때마다 거친 춤을 추는 것처럼 바람이 무섭게 숲을 흔들었다. 캠프의 초가집과 합판이, 엉켜서 뒹구는 두 몸의 격정과 무게를 견딜 수 없다는 듯 덜컹거리며 떨었었다. "죽을 것 같아요." 남편의 거친 행동과 무게에 짓눌려 무언가 부러지는

것처럼, 관절에서 힘이 빠져나갔을 때 내는 신음소리를 그녀가 들었을 때, 비에게 그렇게 말했던 것 같다. 그 신기한 밤은 바로 아버지의 얼굴도 모르고 세상에 태어나도록 정해진 운명 같았다. 그 뒤 여러 번 키엠은 막내를 얻으려고 엄마가 갈비뼈가 부러질 뻔했다고 말하곤 했다.

지금은 관절에서 나는 소리가 아니라 마른 나뭇가지 소리가 분명했다. 비는 더 이상 남자로서의 신기한 힘을 갖고 있지 않았다. 영원히 비는 남자가 아니었다.

눈물이 조용히 베개를 적셨다. 그녀는 얼마나 많은 밤을 울었는지 모른다. 누구에게도 말할 수 없는 아픔이었다. 고통이 밤마다 괴롭혔다. 비가 지난 7년 동안 그녀의 삶에서 사라졌던 것처럼 지금도 사라진 것 같았다. 비에게 그녀는 늙고, 추하고 아니면 무슨 질병이 있는 사람인가? 자신에게 너무 엄격한 것에 비해 그녀는 회춘의 나이에 접어들었다. 사랑을 모르거나 처녀시절을 누리지 못한 아주 많은 여자들에게는 자신의 일생에서 큰 축제의 날들인 나이였다. 세상의 맛을 보고 싶어 하는 노련한 남자들은 마흔 살의 사랑을 찾았다. 억지도 아니고 고지식하고 미숙하며 눈물 흘리는 사랑이 아니라 무르익고, 격정적이며 집중하는 사랑이었다. 키엠은 자신이 여자로서의 정점에 있다는 것을 느꼈다. 그녀는 처녀시절로 돌아간 것 같았다. 마르고 푸르스름했던 그녀의 피부가 지금은 통통해지고 매력이 있었다. 그녀가 길을 걸어가면 잘생긴 남자들이 스쳐 지나갔다가 다시 고개를 돌려 앙모와 갈망의 눈빛으로 그녀를 바라보는 것을 여러 번 느꼈다. 많은 남자들, 그중에서도 특히 반꾸엔은 그녀의 환경을 잘 알고 있었고, 일부러 찾아와 건드렸다. 가장 웃기는 것은 10디옵터의 두꺼운 근시 안경을 낀 수학 선생이 매일 찾아와 두껍고 동그란 안경 너머로 갈증을 감추지도 않고 그녀의 가슴을 노려보는 것이었다. 게다가 이 수학 선생은 시까지 썼다. 노트에 시를 썼는데, 여러 편이 구전시로 유명한 붓째 시인의 시를 흉내 낸 것으로,

가끔 무의식중에 그녀의 가방에 떨어뜨리기도 했다. 한번은 딸 마이가 그녀를 껴안더니 뒤로 물러가서 그녀를 물끄러미 바라보고는 "저 엄마가 걱정돼요. 제가 봐도 엄마가 이렇게 매력적인데, 엄마가 어떻게 자신을 숨기며 아빠가 돌아올 때까지 기다릴 수 있었어요?"라고 말한 적이 있었다. 아이가 사랑을 알 나이가 되어 엄마를 걱정했던 것이었다. 그 아이가 엄마를 걱정한 것은 당연했다. 키엠 자신도 유혹하는 웃음이나 눈빛 앞에서 본인을 걱정할 때도 있었다.

그러나 끝까지 키엠은 바로 설 수 있었다. 학교에서도 유혹의 포탄이 떨어졌지만 폭발하지 않았다. 나무에 매달린 다 익은 포도도 한참이 지나야 여우 입으로 들어가는 것이다. 그녀는 여전히 정절을 지켰고, 비가 돌아올 날을 학수고대했다.

비가 재교육 캠프에서 돌아온 첫날밤은 너무 힘든 밤이었다. 그녀와 어머니, 딸 마이와 아들 퐁 모두 너무나 갑작스러운 일이었기 때문에 충격을 받았다. 비는 하늘에서 떨어진 것처럼 갑자기 나타났다. 개가 짖을 사이가 없을 정도였다. 문을 두드리는 소리를 듣고 키엠은 사람이 아니라 귀신이라고 생각했다. 아니면 비의 혼이 그곳에서 찾아왔나? 만약 풀어주었다면 캠프에서 알려주었을 것 아닌가? 집에 연락해서 데려가라고 했을 것 아닌가? 그리고 어째서 한밤중에 집에 온단 말인가? 아니면 캠프를 탈출한 것? 아니면 무슨 큰일이 난 것? 키엠은 놀라서 어쩔 줄 몰랐다. 온 집안이 놀라고 당황했다.

그러나 가장 충격을 받은 것은 비였다. 키엠과 자식들을 만날 때까지도 비는 여전히 당황스러웠다. 기차역에서 집으로 오는 동안 순간순간 비는 자신을 꼬집었다. 아픔을 느끼면서 자신이 살아있다는 것을 믿었다.

한참 뒤, 비가 정신이 들었을 때 하는 얘기를 듣고 키엠은 황당함을 금할 수 없었다.

"당신 교도관 반 씨 기억하지?"

"어떻게 잊을 수 있겠어요. 그분이 없었다면 우리에게 아들 풍이 생겼겠어요?"

"그렇지. 세상에서 가장 인자하고 어질며, 하늘에서 내려온 사람이 교도소장이 됐어. 다음 날 아침, 운동을 마치고 나서 반 소장이 나를 사무실로 불러 가보니 타이핑된 종이를 건네주며 내가 오늘부터 자유라는 거야. 그리고 가서 사물함을 챙기라 하면서, 데리러 올 사람이 있으면 연락하라고 했어. 나는 잘못 들은 것 같아서 그런데 제가 자유고 집에 가도 되냐고 다시 물었어. 그는 당연하다면서 축하한다고 했지. 그리고 이 시간 이후로 내가 자유라는 거야. 나는 타이핑된 종이를 자세히 들여다보았지. 그래도 그 종이가 믿음이 가지 않는 거야. 그래서 내가 재판을 받아야 하지 않느냐고 다시 물었지. 내가 무슨 죄를 지었는지 판결문이 있어야 하는 것 아니냐고 그랬더니 그가 이렇게 말했어."

"아이고, 이 사람 일을 만드는구먼. 우리보고 풀어주라고 하면 우리는 풀어준다는 서류를 만드는 거야. 우리도 자네보다 더 아는 것이 없어. 수십 년 동안 수천 명이 여기로 들어왔다가 나갔지만 모두 그렇게 했어. 우리는 명령만을 따를 뿐이야. 죄명이 있든 없든 이곳에 들어오면 명령대로만 할 뿐이야. 누가 자네를 감옥에 가두라고 판결했나? 판결문이 어디 있어? 어떤 죄명이지? 몇 년 감옥이지? 나 같은 교도소장조차도 그런 서류가 없는데, 어떻게 자네를 처리하기 위한 재판을 연단 말인가?"

"예, 그러나 고향으로 돌아갔을 때, 내가 7년 동안 감옥에 있다가 풀려났다는 것을 설명하기 위한 증거가 없어요."

"자네 손에 쥐고 있는 것이 증거야. 이 감옥을 나갔다는 서류면 충분해. 자네가 아파서 입원할 수밖에 없어서 입원한 것과 같다고 생각하면 돼. 아무도 체포하지 않았어. 병이 있어서 자네가 스스로 병원에 왔거나 아니면

450

길가에 자네가 쓰러져서 착한 사람이 자네를 데려다 입원시킨 것이지. 그렇지? 병이 나으면 병원에서 퇴원 증서를 주는 거야" 교도소장이 말하면서 말도 안 되는 소리라는 것을 숨기지 않고, 억지로 웃음을 참고 있었다. "자네 감옥에 갔다 왔다고 말하면 안 되고, 개조학습을 갔다 왔다고 말해야 하네. 그리고 7년 동안 수감되었다고 말하면 안 돼. 두 번 이상 개조학습을 받았다고 해야 돼. 한 번 학습에 3년이거든. 귀인이 자네를 도왔네. 작가 쩌우하가 자네에게 아주 큰 걸 해줬어. 그분이 없었다면 자네가 여기를 언제 벗어날지 몰랐거든…."

비의 석방은 그렇게 간단했다. 한 사람의 정치적 생명과 공민의 자격이 고개 한 번 끄덕이면 끝나고, 종이 한 장이면 석방되었다. 그래서 그는 충격을 받았다. 자신이 꿈을 꾸고 있다는 생각이 들었다. 너무나 황당했다. 아마도 너무 힘들어서였는지, 아내와의 첫날밤에 별수를 다 써보았지만 무기력했다. 캠프 초가집에서 반 교도관이 아내를 면회시켜준 날과 같았다. 처음에 비는 실질적으로 자신이 성관계를 가질 능력이 없다는 것을 알았다. 그는 떨면서 열 손가락으로 그녀의 우윳빛 피부와 아름다운 곡선을 쓰다듬으면서 무기력 때문에 울고 싶었다. 그리고 키엠의 노력으로 그가 회생했던 것이다. 만개한 여자의 우윳빛 몸은 매혹적이고 정결하며 하얗게 활짝 핀, 한밤중에 피어나는 공작선인장 꽃 같았다. 처음에는 아름다운 춤을 추는 동작으로 은근하고 고혹적인 애무로 시작했고 뒤에는 발가벗고 격렬하고 거칠게 부딪히고 긁어댔다. 욕망을 억누르며 참고 기다렸고, 부끄러운 듯 그렇지 않은 듯 애무를 했다. 몇 시간이나 그렇게 했지만 비의 물건은 여전히 죽은 지렁이처럼 흐물흐물했다.

처음의 실패는 지나갈 것이라고 생각했다. 그러나 그 뒤로 여러 날 밤 여자의 본능적인 갈망이 활활 타오를 때도, 의사처럼 책임감과 안타까움이 있었고, 어머니처럼 안타까운 마음으로 이해를 할 때도 있었다. 그때마다 키엠은 모든 방법을 사용했다. 비가 남자로서의 감흥을 되찾도록 강장 특효약을 쓰기도 했고, 활성화 요법을 사용하기도 했다. 그러나 아무런 효과가 없었다. 비는 옛날에 막내 퐁을 임신시킬 정도로 충분한 에너지를 만들어냈던 회오리바람을 일으킬 신기한 힘은 결코 없는 것 같았다. T5 캠프와 T27 캠프가 비의 남성 기질을 점차 파괴시킨 것이다.

***

비의 남자 본능이 사라진 대신에 이성적인 부분이 채워졌는데, 비의 몸속에 있는 괴물처럼 뇌가 특히 발달했다. 달리 말하면 비의 양물은 일어서지 않는 발기부전이었지만 눈과 손, 입과 혀로 사랑을 할 수 있었다. 생리적인 무기력 때문에 치욕스럽고 부끄러웠던 시간이 지나가고 몇 주 뒤부터 비는 격렬한 섹스 병에 걸렸다. 매일 밤 그리고 낮에도 기회만 되면 비는 사지와 오장육부를 사용해서 아내의 몸을 탐색했다. 요약하면 육체적 갈등을 해소하려고 물어뜯고, 탐험하기 위해 몸 구석구석을 뒤졌다. 비는 아내의 나체를 바라보고, 그녀가 두려움에 떨 정도로 문지르고 묶는 것을 좋아했다. 우울증과 가학증이 날로 심해져갔다. 보통 때는 하루 종일 한 곳에 조용히 앉아있거나, 캠프에 있을 때 히우 히에우 씨가 알려준 비법으로 열심히 치질약을 조제했다. 그러나 누구든 남자가 찾아와 아내를 바라보거나 얘기하는 것을 보기만 하면 바로 질투로 바뀌었다. 비는 그 남자가 자신의 아내와 잠을 자려는 방법을 찾고 있다는 상상을 하며 온갖 질투로 그녀를 괴롭혔다. 비는 소유권을 잃어버릴까 두려워했다. 비는 그녀를 침대에 눕히거나 들어올렸다. 이해할 수 없는 것은 이때 그녀의 몸부림이 한낱 어린아이의 발버둥에 불과할 정도로 비의 힘이 셌다.

그렇지만 보통 그녀는 교육자 집안의 딸답게 싸움을 벌이기를 원하지 않았고, 어머니와 아이들이 알까봐 큰 소리를 내고 싶지 않았다. 그녀는 힘없이 고분고분 견뎌냈다. 비는 그녀의 옷을 실오라기 하나 남기지 않고 발가벗겼다. 마치 유명한 화가가 자신의 걸작을 감상하듯 그녀의 몸을 욕정에 가득 찬 눈으로 바라보았다. 그리고 비는 짐승이 먹이를 맛보는 것처럼 으르렁댔다. 빨고 할퀴고, 물어뜯고, 문지르고 울었다. 각종 거친 행동을 다했다. 키엠의 몸에는 물리고 할퀸 자국으로 여러 곳이 퍼렇게 멍들어 있었다. 여러 번 키엠의 입술이 부어 있었다. 키엠은 왜 이렇게 학대하느냐고 소리치고 그러지 말라고 사정했다. 딸 마이가 눈치를 채고 그녀를 외할머니에게 데리고 가 잔 적도 있었다. 키엠은 창피하고 가슴 아팠다.

작가 쩌우하가 집에 놀러 올 때마다 키엠의 목과 볼 그리고 입술에 멍이 든 흔적을 보았다. 그는 한숨을 쉬며 불쌍한 눈길로 바라보았다. 그가 물었지만 키엠은 피할 방법만 찾았다. 한번은 길을 건너던 키엠을 만난 적이 있었다. 그녀의 턱 밑에 깊이 팬 물린 자국을 보았다. 그는 그녀를 가까운 커피숍으로 데리고 갔다.

"나한테 더 이상 숨기지 마세요." 키엠이 비와 결혼할 때부터 다장과 그의 친구들은 그녀를 동생처럼 생각해 반말을 했었다. 그러나 비가 개조학습 캠프에서 출소한 뒤로, 다장이 해방작가 쩌우하로 이름을 바꾼 뒤로 그는 키엠에 대한 호칭을 바꿔 존대하기 시작했다. 옛말에 이르기를 스승의 딸과 친구의 아내 그리고 직장 내의 여직원과는 추문을 만들지 말라는 말이 있듯이, 거리를 두기 위해서 호칭을 바꾸었다.

쩌우하는 키엠이 스카프로 감추고 있는 멍든 자국을 뚫어지게 바라봤다. 키엠을 바라볼 때면 쩌우하는 언제나 그녀가 베트남 마당놀이에 나오는 여주인공 쩌우롱 같다는 생각이 들었다. 키엠은 남편과 자식을 위해 모든 것을 희생하고, 오직 남편만을 사랑하는 품행이 단정한 여인이었다. 오래전부터 쩌우하는 그녀를 주인공으로 하는 베트남 여성이나 사랑에 관한 소설을 쓰려고 했지만 여전히 생각만 하고 쓰지 못하고 있었다. 재능이 있지만 고생하는 친구 비는 남자 주인공인 리우빙인가 아니면 즈엉레인가? 누가 되었든지 그에게는 여전히 쩌우롱 같은 아내가 있었다. 그리고 쩌우하는 바깥에서 상상만 하는 관객에 불과했다.

"나는 사디즘에 대한 글을 읽었어요. 비처럼 너무 억눌린 상태에서 사는 사람들이 그 병에 자주 걸린다고 합니다. 내가 듣기에 한 한의사가 발기부전을 치료하는 깐룽 황제의 신기한 처방을 찾았다고 합니다. 내가 비를 위해 그 약을 찾아보겠소…."

키엠이 몸을 떨었다. 그녀의 볼이 붉어졌다. 그녀는 다른 사람이 자신의 사생활을 알고 있다는 생각에 너무나 부끄러웠다. 틀림없이 비가 쩌우하에게 말한 것일 수도 있었다. 그렇다면 숨길 필요가 없었다. 자연스럽게 그녀는 자신이 안됐다는 생각이 들었고, 다른 사람과 고통을 나누고 싶었다. 참았지만 눈물이 계속 흘러내렸다.

"남편이 계속 이렇게 학대를 해요. 저는 죽을 것 같아요…."

"좀 더 일찍 말을 했어야죠. 나를 집안사람이라고 생각하시오. 나는 모든 것을 비나 당신과 함께할 준비가 되어 있소. 딸내미 마이가 울면서 나를 찾아왔소. 그 아이가 말하길 아버지가 감옥에서 나온 뒤로 엄마가 더 고생한다고 합니다. 밤만 되면 아버지가 엄마를 때리는 것 같다고, 아침에 일어나보면 엄마의 눈이 붓고 할퀸 자국이 여러 군데 있었다고 합니다. 비가 늘 당신을 괴롭힌 것 맞지요? 그가 스트레스를 해소하려는 것입니다. 그가 할 수 없는 것을 얻으려고 하는 짓입니다. 일종의 병이죠. 의학에서는 사디즘이라고 하는데, 환경의 영향 때문입니다. 우리가 쯔엉선 산맥에 있을 때, 여러 연군 부대와 여성 청년 돌격대에서 갑자기 서로 끌어안고 할퀴고 머리가 아프고 구토가 나며 기절하는 일이 발생했습니다. 의학계에서는 히스테리아라고 하는데, 남자가 부족할 때 생기는 이상 흥분증세지요. 비의 병은 시간이 필요하고, 틀림없이 낫게 될 겁니다. 우선은 비를 당신과 격리시켜야 합니다. 가장 좋은 방법은 비를 따로 자도록 하는 것입니다…"

"저는 위층에 방 한 칸을 올리고, 또 사포딜라 나무 자리에 방을 한 칸 만들 생각입니다. 사포딜라 나무는 너무 늙었기 때문에 자르고 그 자리에 방을 만들어 비가 환자를 받고 약을 짓는 방으로 만들면 될 것 같아요. 비의 치질 처방은 아주 특효가 있어요. 비에게 찾아온 몇 명이 완치되었답니다."

"그래요. 며칠 전 응웻이 히우 히에우 아저씨를 데리고 왔지요. 퇴직한 뒤로 집안에 전해지는 비법으로 치질을 치료하는 일을 하는데, 손님이 끊어지지 않는다고 합니다. 그 아저씨가 남편을 아주 좋아해서, 아저씨가 지은 약을 갖고 와 남편에게 장사하라고 했어요. 솔직히 말하면 저와 엄마는 하늘이 남편을 구하라고 히에우 아저씨를 보냈다고 생각하고 있어요. 경제적 수입은 별것 아니에요. 남편이 약을 지어주고 돈을 받지 않는 때가 많기 때문이에요. 중요한 것은 남편에게 일이 있어서, 사람들이 들고 나가니 남편의 우울증이 덜해지는 것이지요…"

쩌우하가 가방을 열고 봉투 하나와 작은 봉지를 꺼냈다.

"우선 이 돈으로 집을 고치세요. 이 돈은 내 소설 『우리가 가는 큰길』의 재판 인세입니다. 얼마 되지는 않습니다. 내가 필요할 때 달라고 하겠습니다. 거절하지 마세요. 그리고 이것은 호랑이 뼈 두 냥인데, 나에게 배급된 것입니다. 의사가 나에게는 맞지 않으니 사용하지 말라고 했습니다. 이것을 갖다가 술에 담가 비를 먹이세요. 조금만 마셔야 해요. 매일 잠자기 전에 아주 작은 잔으로 한 잔을 마시게 하세요. 비의 병은 이것을 마시면 아주 좋아질 것 것입니다."

키엠이 밀치며 거절했지만 쩌우하가 그녀에게 억지로 떠맡기다시피

했다.

"나는 이 일을 전부터 계획해서 집에 찾아가서 전하려고 했어요. 그러나 비의 성격을 알고 있고, 최근에 그가 다른 사람 말을 듣지 않고 또 어떤 때는 미친 듯이 행동한다는 것도 알아요. 여기서 당신을 만나는 것이 더 편할 거라고 생각했소. 이 작은 일을 거절해서 나를 불편하게 하지 마시오…"

만날 때부터 키엠은 쩌우하가 항상 눈길을 피하고 있다는 것을 주목했다. 그의 말투 역시 차가웠고 일부러 어떤 감정도 섞고 있지 않다는 것을 느꼈다. 쩌우하는 비의 가장 좋은 친구였고, 키엠은 그를 항상 자신의 오빠처럼 생각했다.

쩌우하의 인세는 딸 마이의 방을 만드는 데 충분했다. 사춘기에 접어든 아이는 학교에서 가장 예쁜 아이로 유명했다. 2층 옆에 발코니처럼 내어 만든 방의 벽은 흙과 짚을 섞어서 발랐고, 지붕은 기름종이로 만들었다. 안쪽은 비의 침실이었고, 바깥쪽은 치질 환자를 받고 치료하는 방으로 만들었다.

아주 운 좋게도 비의 몸속에 있던 지식인의 기질이 점점 회복되었다. 따로 잠을 자면서 비는 용감하게 그녀의 매력으로부터 벗어날 수 있었다. 그 당시 비는 야수처럼 자신만의 굴속에 누워서 인생을 물어뜯었다. 그러나 이제 비는 아무것도 물어뜯지 않았다. 비는 머릿속을 비우기 위해 게으름을 피웠다. 그리고 그때 비의 머릿속은 바람을 빨아들이는 동굴 또는 텅 빈 무대와 같았다. 그리고 그 굴속에 구름과 이슬 바람을 불어넣었고, 무대에는 전통극의 인형과 정극, 희극의 인물들이 뒤섞여 춤을 추었다. 비의 머릿속에는 자신의 반평생과 관련된 사건과 만남, 사람들을 모두 지워버린 것 같았다. 이미 출판된 자신의 책과 시들도 아무리 머리를 쥐어짜도 생각나지 않았다.

쩐년 아잉과 쩌우하가 놀러온 적이 있었다. 쩐년 아잉이 쩐 교수가 서명한 『철학적 시각에서 본 베트남 사람』이라는 책을 비에게 건네고 비의 어깨를 두드리며 물었다.

"내가 최근에 쩐 교수님을 만났어. 네가 왔다는 얘기를 듣고 교수님이 아주 기뻐했어. 너 쩐 교수님 기억하지?"

"어떤 쩐? 쩐년 아잉은 지금 내 앞에 있는데!"

"이놈 머리가 비상해, 쩌우하! 이 녀석이 교도관의 심문에 대응하는 것에 익숙해져 있어. 묻기도 전에 바로 대답하네!"

"5초만 생각해봐." 쩌우하가 비의 눈앞에 다섯 손가락을 들어보였다. "베트남 최고의 철학자 쩐득 교수님, 생각나니?"

"생각 안 나. 나 그 사람 만난 적이 없어." 비가 고개를 저었다.

"하하하…" 쩌우하가 갑자기 큰소리로 웃으며 비의 면전에서 담뱃대를 꺼냈다. "인문가품 운동에 연루되고, 반은 수정주의자인 죄인아, 이 교도관이 묻는다. 전에 자전거 충돌 사건으로 경찰에 잡혀와 몸수색 당했지. 그리고 쩐득 교수 집을 찾아갔고, 네 집에서 미워하는 다장이라는 필명을 사용하는 친구인 작가 쩌우하의 『우리가 가는 큰길』이라는 책을 선물했지? 자네가 그 책을 국문서점에서 사자마자 바로 쩐득 교수에게 선물했지, 맞아? 여전히 고집스럽게 털어놓지 않는 거야?" 쩐년 아잉이 비의 얼굴을 바라보다가 연이어 질문을 던졌다. "그렇다면 이 친구 이력에 문제가 있어. 쩌우하! 이 친구 위나라 장수 방연과 같구먼. 능지처참 당할 죄를 졌어. 스스로 쩐득 교수를 사부라고 하고, 베트남의 천재 철학자라고 했던 놈이 7년 동안 타이응웬 성의 힐튼 호텔에서 쉬다 나오더니 사부를 잊어버리는 병에 걸렸어. 제자가 스승을 잊으면 대역죄에 해당하지. 춘추전국 시대에 방연이 친구를 속이고, 손빈을 죽일 계략을 여러 번 꾸몄음에도 귀곡 선생 앞에 엎드려 은사를 청했지. 자네 응웬끼 비라는 유명한 시인이라고 하던데, 옛날 사람보다 못하구나!"

비는 고개를 돌렸고 두 사람이 무슨 말을 하는지 전혀 이해하지 못했다.

재빨리 쩌우하가 책꽂이에서 『신의 시대』를 뽑아서 비의 눈앞에 들이밀었다.

"이 시집 자네가 쓴 것이 맞는가?"

비의 얼굴이 침울해지며 그 책을 빼앗아 침대 위에 던졌다.

"그것을 잊어라! 치질만도 못한 인생! 시가는 모두 쓰레기통에 던져라."

쩌우하와 쩐년 아잉이 서로 바라보며 고개를 저었다. 그들은 자신들의 친구가 기억 상실이거나 아니면 어떤 것도 잊지 않고 있다고 생각했다.

***

비는 현재 특별한 사람이었다. 감옥에서 나온 뒤로 그는 두 사람으로 존재했다. 하나는 인간 사랑에 최선을 다하는 한의사였고, 다른 하나는 게으르고 우울하며 기억력이 떨어진 이름만 있는 시인이었다.

비는 오전에는 진정한 한의사였다. 비는 보통 아침 6시에 일어났다. 한 시간 동안 운동하고 세수하고 키엠이 준비해준 식은 아침밥을 먹고 나서 일을 시작했다. 한의사로서의 일은 복잡하지 않았다. 히우 히에우 씨가 보내준 이미 조제된 약을 주거나 바로 자신이 직접 조제한 약을 처방했다. 환자들이 스스로 찾아오는 경우가 많았고 가끔 특별한 경우에 비가 환자 집을 찾아가는 경우도 있었다. 가장 힘들고 견디기 힘든 것은 진찰할 때와 약을 조제할 때였다. 환자가 바지를 내리고 엉덩이를 들이밀고 환부를 보여줄 때 냄새가 코를 찔렀다.

비의 우울증은 보통 환자가 다 돌아가고, 점심 식사를 마친 뒤에 나타났다. 음양설에 따르면 그 시각부터 밤 열두 시까지는 음에 속했다. 대략 오후 4시부터 비는 아무 일도 하지 않거나 방구석에 앉아서 계속 담배를 피우면서 허공만 바라보았다. 비가 머릿속을 비우는 시간이었다. 그때 비의 머릿속은 상상의 날개를 펼치는 곳이었다. 보통은 T5, T27 캠프에서 있었던 일들을 회상하며, 자신과 함께 고생한 사람들의 운명과 얼굴을 떠올렸다.

한참이 지난 뒤에야 키엠은 그것이 알츠하이머병이라는 것을 알았다. 병원에 가서 X레이를 찍고 초음파 검사를 해도 아무것도 나타나지 않았다. 의사들은 모두 우울증이라는 진단을 내렸다. 질병을 확실하게 알고 나서 키엠은 학생들이 사용하는 작은 칠판에다 흰색 페인트로 "매일 오전에만 환자를 받습니다."라고 써서 비의 방 앞에 걸어놓았다. 그것은 환자들에게 비의 근무 시간을 통보하는 방법이었다.

비가 집으로 돌아오면서 식구가 하나 늘었고, 또 여러 질병을 갖고 있었지만 쌀, 부식 배급표와 월급은 전혀 없었다. 이때는 쌀이 진주처럼 장작이 계피처럼 귀할 때였다. 베트남 농업은 마오쩌둥의 삼홍기 전략과 베트남 공산당 총서기 레주언의 세 가지 혁명의 물결 전략에 따른 사회주의 계획화와 대규모 생산을 시도했지만 매년 벼 1,900만 톤의 문턱을 넘지 못하고 헉헉대고 있었다. 주민들은 보리와 카사바 그리고 감자를 먹었다. 농촌에 사는 교사는 쌀 배급표를 가지고 상점에 가 가축용 쌀겨와 질소비료를 샀고, 쌀 배급량에서 공제 당했다. 공무원과 노동자들은 1년에 1개월분의 양곡, 즉 쌀 13킬로그램에 해당하는 배급표를 공제해야 했다. 그것을 보충하기 위하여 관공서와 학교가 두세 달 동안 문을 닫고 사람들을 구릉지로 데려가 카사바를 심거나 평야지역으로 가서 합작사에 버려진 땅을 빌려 벼를 심었다. "아버지의 죽음도 쌀 배급표 잃는 것만 못하다."는 얘기가 이 시기에 나타났다.

어떤 방법으로 비에게 최소한의 생활여건을 만들어줄 것인가? 그것이 키엠이 해야 할 가장 큰 목표였다. 징역형을 살지 않았기 때문에 비는 공민권을 박탈당하지 않았고, 국가 공무원의 명단에서 제외되지 않았다. 비에게 있어 이것은 아무런 의미도 없는 것이었다. 그러나 키엠에게는 모든 것이었다.

비가 전에 일했던 빙전출판사는 해체되고 영화사로 합병되었다. 그리고 그 뒤에 영화사도 완전히 해체되었다. 사장과 직원들이 사방으로 흩어졌다. 비의 권리와 일자리를 해결해달라고 조를 수 있는 사람인 띠엔 떠이 사장도 고향으로 가 그의 장점이자 단점에 딱 맞는 성 정치학교 교장이라는 이상한 일을 하고 있었다. 답답했다. 키엠은 청원서를 써서 각 기관에 제출했다. 비가 프랑스 항전 때부터 혁명에 참가했으며 그동안의 공헌을 검토해서 비에게 퇴직금을 지급하거나 노동력 일부 상실로 해서 보상을 해달라는 것이었다. 이런 방법은 쩌우하가 알려준 것이다. 그는 각 기관을 찾아다녔다. 그는 쩌엔탕 러이를 찾아가서 당신이 비를 죽일 수는 있지만 비의 두 자식이 굶거나 학교를 그만두게 할 수는 없다고 사정하다시피 말했다. 러이가 주저하는 것을 보고 쩌우하는 직접 뜨부옹 동지를 만나 상이군인 사회복지부에 공문을 보내 막다른 길에 다다른 사람을 돕는 것처럼 비가 작은 권리를 갖도록 검토하게 해달라고 제안했다.

***

비의 우울증이 요즘은 밤에 자주 폭발했다. 보통 오전 3시에 비가 일어나 책상에 전등을 켜고 아침까지 석상처럼 앉아 있었다.

그날 밤도 그랬다. 마른 나뭇가지가 지붕 위에 떨어질 때, 키엠은 비의 방에서 나는 마른 기침소리를 들었다. 눈을 뜨니 책상 전등 앞에 죽은 듯이 앉아 있는 비가 보였다. 비가 뭘 쓰고 있지? 아니면 글 쓰는 업이 재촉하는 것인가? 그가 창작력을 회복하기 시작한 것인가? 키엠은 몸을 떨었다.

그녀는 비의 원고를 보기가 겁이 났다. 그 원고는 그가 썼던 것들을 모두 대신할 정도로 큰 화를 부를 것이다. 월급도 없고, 원고료도 없고 유명세도 없을지라도 비를 그냥 치질을 치료하는 한의사로 남겨둘까? 한 사람의 일생에서 몸 편하고 맘 편하면 되는 것 아닌가? 비의 사디즘이 재발할 수 있다는 것도 잊었다. 키엠은 일어나서 스카프를 어깨에 걸치고 살금살금 비에게 다가갔다.

이상했다. 키엠이 학생들의 시험지를 가지고 만든 이면지 연습장을 앞에 두고 비가 조용히 담배를 피우고 있었다. 비가 교장 선생님이 상장에 서명하듯, 회사 사장이 수표에 서명하듯 한 장 한 장 무언가를 계속 써내려갔다. 망상의 지평선, 망상의 지평선, 망상의 지평선, 망상의 지평선, 망상의 지평선, 망상의 지평선….

비가 전에 쓰다 만 소설의 제목으로, 집안을 수색할 때 원고를 압수당했었는데, 지금까지도 비의 머릿속에 여전히 맴돌고 있었던 것이다.

키엠이 무언가를 말하려고 했지만 자신의 몸이 얼어붙는 것 같았다. 그녀는 망상에 빠져있는 자의 갈망을 깨뜨리고 싶지 않았다.

비가 기계적으로, 무의식적으로 하던 일을 갑자기 멈추었다. 그는 담배에 불을 붙이고 방금 쓴 종이를 뜯어내서 구긴 다음에 책상 밑으로 던졌다.

정신이 나갔어. 그러한 씁쓸한 생각이 키엠의 심장에서 머리끝으로 올라왔다. 비에게 글을 쓰도록 그녀가 공들여 만든 이면지 노트를 그렇게 허비하는 것이 안타까웠다. 비가 가장 깨끗한 종이를 골라 계속 쓰려 하는 것을 보고 비의 노망든 것 같은 장난을 막으려고 했지만 늦었다. 그녀가 손을 뻗어 볼펜을 뺐으려고 할 때 비는 이미 '아버지 제사'라는 글씨를 써버렸다.

비의 머릿속에 어떤 생각들이 춤추고 있기에 「망상의 지평선」에서 '아버지 제사'로 옮겨갔단 말인가? 미쳤다고 할 수 없었다. 그것은 단지 방향성을 상실한 뒤얽힌 의식일 뿐이었다. 벗어날 방향을 찾지 못하는 신경질적인 심혼의 고통이었다. 비는 여전히 아버지의 제삿날을 잊지 않고 있었다. 감옥에 있는 7년 동안 아무도 그 제삿날을 상기시킨 사람이 없었다.

키엠이 비의 어깨에 두 손을 올려놓았다.

"당신 잠이 안 와요?"

비가 놀라서 뒤를 돌아보았다. 두 눈에 눈물이 가득 차 있었다.

"4일 후면 아버지 제사야. 우리 모두 함께 고향에 가자."

"제가 깜박하고 당신에게 말 못한 것이 있어요. 러이 큰아버지와 라 형님이 말씀하시길 어머니가 사이공에 가서 봉 삼촌과 같이 산답니다. 고향의 제사는 꾹 삼촌이 지낸대요. 다음 주 일요일에 두 삼촌이 와서 여기에서 제사를 지낸대요."

"왜?"

"어제 오후에 라 형님을 만났어요. 라 형님이 제사를 그렇게 모신다고 말했어요. 지난달에 라 형님이 고향 아버님 묘의 흙을 좀 떠와 무당을 찾아가 제사를 올렸답니다. 거기에 아버님이 나타나서 몇 마디를 하셨고, 라 형님은 소름이 돋았답니다."

"그것이 사실이오?" 비의 기억 속에 꾹이 말해준 아버지의 불완전한 죽음의 모습이 희미하게 떠올랐다.

"저는 아버님이 어떻게 돌아가셨는지 몰라요. 라 형님도 모르죠. 그러나 라 형님이 점을 볼 때 아버님이 하얀 소복을 입고 바나나를 심는 것처럼 머리를 땅에 박고 계신 것을 보았답니다."

"고위 관료의 아내가 미신을 믿는다고?"

"무당이 고위층을 부르는 것이 아니에요. 그들이 줄줄이 찾아오는 것이죠. 가족의 미래, 승진, 재물, 토지, 외국 출장, 자식들의 학업에 대해 묻는답니다. 아버님이 얘기하지 않았으면 러이 큰아버지 부부가 최근에 헤어질 뻔했어요…. 그래서 이번 일요일에 러이 큰아버지 부부가 직접 제사를 지내고 싶다고 했대요. 우리 집 식구들도 다 와야 한다고 했답니다."

"무슨 말도 안 되는 소리를?"

"당신 아직도 몰라요? 큰아버지가 고소장을 중앙당에 직접 제출했대요. 지저분한 얘긴데요, 라 형님이 이틀 동안 울면서 아무것도 먹지 않고, 이혼신청서를 썼답니다. 당신 깜 여사의 아들 쭈라는 아이를 알죠? 그 아이가 당신의 친조카래요."

비는 황당한 얘기를 듣고 몸이 굳었다.

"라 형님이 중앙당 조직부를 만나서 쭈의 유전자 검사를 해달라고 했답니다. 조직에서는 말렸답니다. 사람들이 러이 큰아버지와 깜 여사의 위신을 지켜주고, 조용히 끝내려고 한대요. 그런데 아버님이 나타나서 라 형님을 말렸고, 형님이 비로소 받아들였답니다… 그래서 이번 주일에 러이 큰아버지 부부가 직접 제사를 올린다고 우리 집도 다 와야 한다고 했대요."

제23장 제사

무신론을 따른 날부터 찌엔탕 러이는 미신을 믿는 자들을 아주 경멸했다. 아주 여러 번 라는 조상의 제사를 모실 제단을 설치하고 싶어했지만 러이가 거절했다. 1969년부터 그의 집 가운데에 있는 옷장 위에 향로와 호찌민 주석의 영정을 올려놓았다. 그것은 러이가 사람이 된 때부터 절대적이고 유일한 존경의 표시였으며, 유신론적 처세였다. 그 후 한 조각가가 호찌민 주석의 반신상을 선물했고, 그는 영정사진 대신에 그 반신상을 올려놓았다.

그런데 어느 날 갑자기 이상한 일이 일어났다. 러이가 사람을 시켜 니스를 칠해 반짝이는 나무로 만든 제단을 가져와 철 받침대를 사용해서 벽에 고정시켰다. 제단은 부부의 침실 옆에 있는 2층 가운데 방에 설치했다. 제단에 놓인 물건은 비록 간소했지만 전통적인 제단의 모습을 갖추었다. 구리로 된 두 개의 촛대와 쟁반 위에는 술과 과일 그리고 3개의 향로가

464

있었다. 가운데에는 조상의 향로이고 양 옆에는 러이의 부모를 위한 향로였다. 리푹 씨의 영정은 검은 옷에 수건을 두른 모습이었고, 리푹 씨의 첫째 부인의 영정은 앞가리개에 수건을 두른 시골 처녀의 모습으로, 화가에 의해서 복제된 것이었다. 19세기 초의 사진처럼 흐릿하게 보였다. 리푹 씨의 첫째 부인은 러이가 두 살 때 죽었다. 그래서 그 전신사진이 정확한지 아닌지는 러이 자신도 분명치 않았다. 한편 리푹 씨에게 이것은 장남이 처음으로 세운 제단이었다.

무엇이 러이로 하여금 신앙에 대한 인식과 행동을 갑자기 바뀌게 만들었는가?

무신론에 회의가 생긴 것인가?

뿌리를 멀리하고 근본을 잊은 것에 대한 후회인가?

초자연적 힘의 징벌 앞에 두려움 때문인가?

아마도 러이는 그처럼 고귀하고 거시적이며 철학적인 범주까지 생각하지는 않은 것 같다. 연이어 벌어진 사고가 그의 지위와 권리, 사업과 가정에 영향을 끼치고 삶을 뒤집어놓았는데, 직접적인 원인은 일 년 내내 이어진 그와 깜 여사에 대한 고소장으로부터 시작된 것이다. 그래서 러이는 자신을 구할 방법을 찾아야 했던 것이다.

인간의 잠재력 연구에 최고 권위자인 한 친한 교수가 러이에게 말했다.

"자네 사주를 한 번 보시게. 그리고 특히 자네와 친한 사람들 중에서 돌아가신 분에 대한 응대를 잘 해야 하네. 자네를 아끼는 마음에 그런 말을 하는 것이네. 오해하지는 말게."

러이는 아무 말도 하지 않았다. 그는 일주일 내내 곰곰이 생각하다가 그 학자를 찾아갔다.

"자네 말이 맞아. 그러나 내 위치에서 그런 일을 하기는 아주 어렵다는 것을 이해해주기 바라네. 이 일에 대해서 자네가 내 아내를 만나주면 좋겠네…."

그 학자가 러이를 바라보며 웃었다. 그리고 러이의 아내 라를 만나겠다고 했다.

이즈음 러이 부부의 관계는 아주 긴장 상태였다. 익명으로 고소장을 쓴 자는 한 수 위였다. 고소장을 아내 라에게 직접 보냈던 것이다.

라처럼 남편을 존경하고 후덕하며 순박하고 숫자처럼 솔직한 여자가 자신의 남편이 혼외자식을 두었다는 소식을 접했을 때 쇼크를 어떻게 견딜 수 있겠는가? 그리고 그 여자는 현재 명망과 지위가 있으며, 매일 어떤 중요한 회의나 세미나에 참석하는 사람이었다.

소란을 피우거나 소리 지르지 않았고, 미치지도 않았지만 라는 너무나 아프고 놀라서 거의 기절할 뻔했다. 눈이 퉁퉁 부었고, 조용히 러이의 책상 위에 익명의 고소장을 올려놓고는 이틀 동안 아무것도 먹지 않고 침대에 누워있었다. 라는 죽고 싶었다. 만약 그녀가 고향 딩화에 있었다면 숲속으로 들어가 독초인 단장초를 찾았을 것이다. 단지 한 주먹을 씹어 목구멍으로 넘기면 끝나는 것이다. 그러니 아들 찌엔 퉁녓과 딸 씨엔 후엔리에게 엄마가 없다는 것을 생각하면 온몸에 힘이 빠지고 전신에 땀이 흘렀다. 라가 죽으면 기뻐서 펄펄 뛸 사람들이 있을 것이다. 라의 집과 남편 그리고 아들까지도 차지하고 합법화할 사람도 있었다. 한 번에 두세 명의 아내를 두는 사람도 있을 것이다. 손에 권력도 있고 재산도 많은데 열여덟, 스무 살 처녀들이 널려 있었다. 이 유부녀를 쫓아내는 것을 나환자를 문밖으로 쫓아내는 것만큼 좋아할 사람들이 있을 것이다. 결국 자신이 집 보는 사람, 두 아이와 한 남자에게 밥해주는 여자, 그리고 주인이 발동 걸리면 몽둥이로 짓누름을 당하는 한 개인 창녀처럼 간주하자고 생각했다. 절대로 잘못 생각해서는 안 된다. 수십 년 동안 러이와 살면서 라는 결코 사랑한다는 말이나 작은 선물 그리고 속내를 드러내는 말을 들은 적이 없었다. 부부는 격리된 두

466

세계처럼 살았다. 러이는 학력과 직책으로 라를 경멸했다. 손님이 오거나 일을 할 때 더욱 분명히 드러났다. 라가 음료를 준비하여 손님에게 권하며 사교적인 인사를 나누려고 하면 러이가 "됐소, 그만 나가봐요. 우리 일이 있으니."라고 말하며 맘에 안 든다는 표정으로 쫓아냈다. 가장 슬픈 것은 고향의 친정 부모가 아프거나 집안에 애경사가 있을 때였다. 남편이 ATK지역에 머물 때 주민들이 도와주고 보살펴주었는데 하노이로 간 뒤로는 그 사실을 완전히 잊었다. 그것을 생각나게 해서는 안 된다는 것이었다. 사람들이 높은 자리로 올라가면 가난한 사람을 쉽게 잊고 무시했다. 아이들을 데리고 고향에 갈 때마다 라는 자신이 안됐다는 생각이 들었지만 늘 몰래 선물을 사서 친정 부모와 마을 사람들에게 주면서 "남편이 보낸 것이에요." 또는 "남편이 너무 바빠서 다음에 찾아뵙는답니다."라고 거짓말했다. 러이의 욕정을 해소할 때는 라가 필요했다. 그때 러이는 비로소 아첨 떨며 라를 파란 구름 위로 올려놓기까지 했다. 러이는 라의 몸을 핥고 빨고 애무하고 신음소리를 내며 "당신은 세상의 선녀보다 좋아. 당신은 숲속의 미인이야." 라고 소리쳤다. 그러나 삶이란 그것만 있는 것이 아니었다. 잠자리 얘기는 나이 들고 세월가면서 시들해지는 것이다. 그리고 사랑과 공감, 의지하고 싶음에 대한 갈망 때문에 라에게는 언제나 고통이고 아픔이었다.

그래서 러이의 비밀이 드러났을 때, 남편의 혼외자식을 알았을 때, 라는 더욱 절망했다. 그녀는 죽어야 할 이유가 없다고 결정했다. 그녀는 자식들을 기르기 위해 살아야 했다. 그녀는 전세를 역전시키거나 러이를 굴복시키거나, 법원에 이혼신청을 하려고 했다. 러이의 가족과 친하게 지내는 조직위원회 부위원장 동지를 만날 방법을 찾았다.

"남편이 이 지경까지 왔어요…. 상부에서 어떤 말이라도 해주세요."

부위원장 동지는 알아보기 어려울 정도로 수척해진 라를 보고 놀랐다. 지난달에 만났을 때 통통하던 여자가 큰 병을 앓은 것처럼 말라 있었다.

"우리 역시 이 사건 때문에 머리가 아파요. 지난주에 적의 라디오에서 이 소식을 방송했어요. 적들이 우리 내부를 분열시키고 위신을 떨어뜨릴 기회를 잡은 거요. 나는 지금 선봉 전사로서의 책임과 의식을 가지라는 조직의 권고 외에 동지에게 어떤 말도 할 수 없소. 동지는 작년에 정식 당원이 된 것 맞지요?"

"예."

"지금은 상점의 책임자이고?"

"예."

"즉 조직에 대한 의식과 책임감이 더 높아진 것 맞지요?"

"예."

"그래서 내가 말을 많이 하지 않는 겁니다. 동지 스스로 이해할 수 있을 겁니다. 찌엔탕 러이 동지와 다오티 깜 동지의 얘기는 동지가 알고 있는 그대로입니다. 그들이 조직에 진술서를 제출했소. 레끼 쭈라는 아이는 그들의 아이요. 자, 동지, 울지 말고 진정하시오. 그것은 전쟁의 후과이고, 개인 행복의 희생이오…. 만약 둘이 떨어지지 않았다면 동지가 리이 동지의 아내가 되기 아주 힘들었을 수 있었고, 그것은 역사의 유물이 되었을 것이오. 지금 문제는 동지가 진정하고 모든 일을 잘 처리하는 것이오. 얘기는 이미 끝났고, 바꿀 방법도 없으니 그냥 받아들일 수밖에 없소. 이것이 변증법적 유물론이오. 남편의 명예와 사업 그리고 가족의 행복과 자식의 미래를 생각해야 하오. 남편이 욕먹으면 누가 부끄럽소? 그런 말이 있지 않소. 또 '물고기가 우리 연못으로 들어오면 내 것이다'라는 말도 있지 않소?"

"그렇지만 왜 남편이 숨겨야만 했지요?"

"우리는 그 두 동지가 조직에 대해 솔직하지 못한 태도에 대해 검토했고, 비판할 것이오. 당연히 러이 동지는 라 동지와 결혼하기 전에 조직에게 사실을 보고했어야죠. 그리고 깜 동지도 레투엣 동지의 이름을 남용해서도 안 되는 것이죠… 그러나 깊이 생각해보면 그것 역시 역사 유물이고, 전쟁 상황 때문인 것이지요… 우리는 일방적으로 덮거나 잘못을 봐주지는 않소. 그러나 러이 동지와 깜 동지는 모두 중앙당에서 관리하는 핵심 간부라는 것을 이해하기 바라오. 적들이 그 두 동지의 위신을 떨어뜨리고, 비방하려고 총구를 겨누고 있소. 이 경우에 대한 처리는 아주 신중해야 하오. 왜냐하면 이것은 내부 보안에 관한 중요한 내용이기 때문이오. 확고하고 청결한 조직에는 잘못이나 결점이 있는 사람이 있어서는 안 되기 때문이오. 파리가 국물을 버려서는 안 되지요. 그리고 이 국은 맛있는 게살 국, 생선 야채 국이오. 다시 말하지만 지도자 동지들을 보호하는 것은 마음대로 행동해도 용서하고 덮어주는 것을 의미하는 것이 아니고, 조직 계통의 위신과 명예를 지키는 것이오… 핵심간부의 자격으로 나는 동지가 자신의 눈앞에 있는 사람을 지키듯 조직의 청결을 지켜주기 바라고, 또 임무를 부여하는 바이오."

부위원장 동지의 지시 이후로, 라는 하나님과 소통하는 권리를 뺏긴 신도와 같았다. 러이를 괴롭힐 아무런 방법이 없었다. 조직의 사람이라면 서로 지켜주고 생사를 같이 할 줄 알아야 했다. 라는 러이의 동지였고, 게다가 상급자가 지시를 했기 때문에 러이를 배신할 수도 없었다. 또 러이는 조직의 중요한 인물이기 때문에 어떤 환경에 처해 있더라도 조직으로부터 끝까지 보호받을 것이다. 비 삼촌을 보고 거울로 삼을 만했다. 단지 조직에 대항하는 표현을 조금 했을 뿐인데 10년 동안 감옥에 보내는 것을 장난처럼 했던 것이다. 형이 고위직에 있었지만 동생을 구하지 못했다. 항전에서 세운 공로가 모두 물거품이 되었다. 감옥에서 나온 후에는 몸은 쇠해지고 명예는 날아갔다. 옛날에는 그렇게 활발하고 총명했던 사람이 이제는 여우 앞의 닭처럼 혼이 나간 사람이 되었다.

라가 작별 인사를 하고 돌아가려다가, 전쟁터에 나서기도 전에 항복할 필요는 없다고 생각해서 즉시 어젯밤에 쓴 이혼신청서를 꺼내서 부위원장에게 건넸다.

"그렇지만 저는 괴로워요. 저와 남편은 같이 살 수는 없어요. 위원회에
보고드리고, 이 신청서를 제출합니다."

***

라의 이혼신청서는 찌엔탕 러이에 대한 대부분의 고소장과 함께 바로
다음 날 러이의 가방 속으로 들어갔다.

그리고 일관라인처럼 며칠 후 인간의 잠재력을 연구하는 교수가 라를
찾아와 점쟁이에게 가보라고 권했다.

죽은 사람과의 만남은 한과 질투를 해소하고, 라의 본래의 성격처럼
이타적이고 후덕하며 포용력 있는 사람으로 돌려놓은 열쇠와 같았다. 리푹
씨가 재판장처럼 나타나서, 몇 년 뒤의 일도 투시하는 것 같았다. 그는
러이가 깜과 결혼했다면 어찌 찌엔 통녓과 찌엔 후엔리라는 두 손자를
얻을 수 있었겠느냐고 물었다. 그리고 용웬끼 집안이 수년 동안 흩어졌는데,
이제는 다시 모일 때라며 형제와 자손들이 우애하고 화목한 것을 보면
당신의 망령이 떠나갈 것이라고 말했다.

라는 러이에게 그녀가 고향에 가서 성묘를 하고 흙 한 줌 가져와 점쟁이를
찾아가서 리푹 씨의 영혼을 만난 일과 리푹 씨가 나타나서 어떤 말을 했는지
모두 얘기했다. 라의 그러한 얘기는 러이가 입고 있던 무신론의 갑옷에
큰 구멍을 냈다. 그리고 유신론의 먹구름이 그 구멍으로 밀려와 러이로
하여금 뼈가 시리고 손발에 닭살이 돋게 만들었다. 러이는 인간 잠재력
연구 교수에게 아버지 리푹 씨와 그의 죽음에 대해서 한마디도 하지 않았다.
그리고 그는 점쟁이를 만난 적도 없었다. 아니면 아내 라가 남편을 용서할
거리를 찾기 위해 꾸며낸 이야긴가?

며칠 동안 러이는 믿을 수도 안 믿을 수도 없는 심리 상태 속에 살았다. 아버지가 나타나서 그가 직면한 어려움을 해소하도록 도와준 것인가? 틀림없이 그런 것 같았다. 신통술을 쓴 것처럼 그가 교수의 말을 들은 날로부터 불과 일주일 만에 상황이 하루가 다르게 변하고 있었다. 어제는 뜨부옹 동지가 불러서 "상부에서 곧 자네에 대한 결론을 내릴 거야. 내 생각에는 잘 될 것 같아. 내 의견이 받아들여진다면, 이번에 상부에서 쩌우하에 대해서도 인사 발령을 낼 거야. 그가 <문장> 신문의 편집장을 맡으면 안심이 돼."라고 말했다. 러이는 구름 위에서 사는 사람 같았다. 걸어가도 발이 땅에 닿지 않는 것 같은 느낌이 들 때가 많았다. 그의 무신주의가 뿌리째 흔들리고 있었다. 그는 조용히 목수를 불러 조상과 부모의 제단을 만들었다. 그는 아내와 곧 있을 아버지 리푹 씨의 제사 준비에 필요한 일을 상의했다.

이상하게도 제단 설치가 끝나자마자 깜 여사가 전화를 걸어 온 것이다.

"이번 주 오전 9시에 이곳으로 오세요. 당신과 상의하고 싶은 일이 있어요. 반드시 와야 해요."

통상적인 협의가 아니고 명령이었다. 러이는 이 만남의 중요성을 분명히 이해했다.

약속한 시간에 깜 여사가 문 앞에서 그를 기다리고 있었다. 그들은 마약 밀매범처럼 함께한 때도 있었는데, 이제는 발각된 처지였다.

"나는 조직에게 모든 것을 보고했고, 최고의 징계를 받을 각오를 하고 있어요."

"나도 그래. 익명의 고소장에서 지적한 네 가지에 대해 나는 세 번째와 네 번째 내용에 대해서 다 진술했소. 우리는 정말 사랑했고 깨끗하고 진정으로 가까이 지냈다고 했어. 그러나 전쟁 상황 때문에 우리는 공동의 사업을 위해 개인적 행복을 희생해야 했다고 했지. 우리는 이것이 사생활이라고 생각하며, 또한 과거에 일어난 일이고, 조직에서 요구한다면 솔직하게 털어놓겠다고 했어…."

"그러면 아주 합리적이네요. 그런데 쭈가 소련에 가서 미사일 공부를
한 것은요?"

"그것은 완전히 조직에서 한 일이오. 나는 진술에서 그렇게 강조했는데
그것은 보캉 대령이 희생되었다는 것을 알았기 때문이오. 나는 쭈가 고등학
교 때 항상 우등생이었기 때문에 군에서도 계속 그 아이를 공부시킬 필요가
있었을 것이라고 말했소."

"됐어요. 당신이 그렇게 솔직하게 말했는데도 조직이 믿지 않는다면
그것은 운명이지요."

"운명이라고?" 러이는 갑자기 인생에는 자신이 끊어낼 수 없는 불가해한
일들이 있다는 것을 깨닫기 시작한 사람의 눈으로 깜 여사를 바라보았다.

"지금 당신에게 말하고 싶은 아주 중요한 얘기가 있는데, 이 상황에서
당신이 받아들일 정신적 준비가 되어 있는지 모르겠어요."

서로 눈을 마주쳤다.

프엉딩에서의 3일 동안의 추억이 갑자기 나타났다. 러이는 그 당시
언제나 극단적이고 격렬했던 자신을 죽을 때까지 검은 두 눈 속에 담아놓았던
청년의 모습을 떠올렸다. 옛날의 그 검은 눈이 이제는 눈물로 가득 찼다.

"당신이 아들에게 말했소?"

깜 여사가 고개를 끄덕였다.

"쭈가 레투엣 동지의 고향을 직접 다녀왔어요. 그리고 거기서부터 사실
을 찾아냈어요."

"그러면 나를 만나게 해주시오. 어디 있어? 그 아이 어디 있냐고?"

신통하게도 문을 두드리는 소리가 났다.

깜 여사가 "아들아, 아버지다!"라는 말을 다 하기도 전에, 쭈가 팔을
벌리고 다가와 러이를 껴안았다.

아버지와 아들은 껴안고 서 있었다. 반백의 남자와 검은 머리의 청년은 빵틀에서 찍어낸 것처럼 똑같았다. 그들은 껴안고 울었다.

깜 여사는 웃으며 입을 썰룩거렸고, 눈물이 쏟아졌다. 30년 넘게 아들에게 숨기고 치욕을 당하면서도 거짓말을 했었다. 그리고 이제야 비로소 완전히 소원을 풀었다. 아버지와 아들이 서로를 알아보았다. 결국 귀한 물건은 주인에게 돌아오는 법이었다.

쭈가 러이를 끌어당기며 깜 여사를 가까이 끌어안았다.

"저에게도 이제 아버지와 어머니가 있어요. 두 분이 함께 사신다면 저는 더 이상 행복할 수가 없어요."

깜 여사가 쭈로부터 팔을 뺐다.

"그것은 상상할 수 없는 일이다. 운명이 그렇게 허용치 않기 때문이야. 지금 엄마의 마지막 바람은 어떻게 하면 너희 부자가 이 어려움에서 벗어날 수 있게 하느냐는 것이야."

러이와 쭈가 의자에 앉아 깜 여사의 말을 기다렸다.

"이것은 여러 날 밤 내가 아주 깊이 생각해서 낸 결정이야." 깜 여사가 자신이 직접 쓴 종이를 탁자에 올려놓았다. 퇴직신청서, 당 생활 퇴직신청서였다.

"깜, 그러지마! 어디 봐!" 러이는 자신의 눈을 믿을 수 없다는 듯 종이를 집어 들었다. "왜 그래 당신? 다시 생각해봐!"

깜 여사가 시선을 멀리하고 허공에 대고 말했다.

"이 신청서는 나의 모든 잘못을 인정하는 것이에요. 찌엔탕 러이 동지는 이 일에서 죄가 없지요. 1947년, 1948년 무렵에 레투엣 동지가 희생된 후, 나는 정신이 없었고, 어쩔 줄 몰랐어요. 나는 아이를 갖고 싶어서 응웬끼 코이 동지를 속였지요…. 그것은 혁명을 위해 장기적으로 공헌하려는 믿음으로 나 자신에게 위안을 주려는 것이었어요. 나는 코이 동지와 결혼하려는 생각이 없었습니다. 그래서 내가 스스로 연락을 끊었던 것이오. 만약 내가 조직을 속이고, 충성하지 않고, 솔직하지 않다고 한다면 나는 가장 큰 징계를 받을 각오가 되어 있어요. 저를 조직에서 축출해주십시오. 저는 퇴직하고 싶습니다. 그래서 조직이 깨끗하고 더욱 확고해지도록⋯."

러이가 말을 막았다. "깜, 이 신청서를 조직에 제출해서는 안 되오. 아직도 근무할 수 있는 나이이고 또 중책을 맡고 있으니⋯. 당신, 신성한 맹세를 기억해야지⋯."

깜 여사가 고개를 저으며 짧고 가벼운 미소를 지었다.

"게다가 달리 생각할 때가 온 것 같아요⋯. 누구나 자유로운 공간이 아주 필요하지요. 나는 혁명을 위해 개인과 사적인 것을 너무 많이 희생했어요. 지금은 나 자신만을 위해 살 때가 된 것 같아요. 권력과 지위를 탐해서 무얼 하게요? 사생활이 조금만 흘러나가도 덮어씌우고, 설명하고 보고해야 하는데⋯."

그것은 깜 여사의 삶에서 가장 큰 깨달음이었다.

다음 날 그녀가 직접 신청서를 조직에 제출했다.

깜 여사가 판단한 대로 일이 진행되었다. 자신을 희생해서 왕을 구한 레라이[41]의 행동이었다. 러이에게 더 이상 죄를 묻지 않고 오히려 상공업개조위원회 부위원장이라는 중책을 맡겼다.

리푹 씨의 제사는 아주 여러 의미를 띠게 되었다.

***

41. Lê Lai(黎來, ?-1418). 명나라에 포위된 레러이(후에 레 왕조의 태조가 됨) 장군을 구하고 죽은 람썬 봉기군의 장군.

러이네 식구가 리트엉 끼엣 거리에 있는 로얄 오키드의 그림자가 드리워진 빌라로 이사 온 뒤, 처음으로 여러 사람들이 즐겁게 모였다.

이른 아침부터 키엠 모녀와 라의 가족이 바쁘게 시장을 보고 제사 준비를 했다. 키엠 모녀의 출현은 제사의 분위기를 축제날처럼 장중하고 활기차게 만들었다. 두 모녀는 자매처럼 화려하고 귀족 같았다. 가장 아름다운 사람은 마이였다. 큰 키에 하얀 피부, 벨벳 같은 검은 눈, 차 꽃잎 같은 입술이었다. 그녀는 파우토프스키의 소설에 나오는 노란 장미처럼 화려했다. 그녀의 출현은 처음부터 찌엔 후엔리를 푹 빠져들게 만들었다. 후엔리는 마이 주변을 맴돌며 쳐다보고 탄복했다.

"마이 언니는 『백설 공주와 일곱 난장이』에 나오는 백설 공주 같아."

"어! 후엔리 언니, 헷갈리지 마! 내가 동생이야, 알았어?" 마이는 후엔리의 통통한 볼에 뽀뽀를 하고 즐겁게 웃으며 오빠를 가리켰다. "그러면 찌엔 통넛 오빠는 대문호 톨스토이의 『전쟁과 평화』에 나오는 피에르 베주코프처럼 보이지?"

"너무 닮았어!" 퐁이 손뼉을 치면서 소리쳤다. "피에르 베주코프!"

퐁과 후엔리가 동시에 찌엔 통넛을 바라보고는 배꼽을 쥐고 웃었다. 영화에서 보았던 어리석은 청년 베주코프였다. 찌엔 통넛은 교통대학 졸업반이었는데, 몸집이 크고 얼굴이 통통하며 4디옵터의 근시 안경을 쓴 데다, 수컷 오리처럼 목소리가 걸걸했다. 찌엔 통넛이 감자와 무 껍질을 제대로 벗기지 못하는 것을 보면 누구도 웃음을 참을 수 없었다.

"마이 언니!" 후엔리는 여전히 부끄러워서 자신을 언니라고 말하지 못했다. "엄마가 말하길 언니와 나는 친사촌이라고 하는데 어째서 언니 성은 응웬 씨이고 내 성은 찌엔 씨야?"

마이는 어처구니가 없었지만 잠시 생각하다가 설명할 방법을 찾아냈다.

"후엔리 언니의 아버지는 관리이고, 우리 아빠는 일반인이기 때문이야.

관리의 성은 백성들과는 달라야 해. 예를 들어, 후엔리가 지금 살고 있는 이 거리의 이름이 리트엉 끼엣이잖아. 원래 그분의 부모님이 지어준 이름은 응오 뚜언으로, 호떠이 근처에 살았어. 그분이 재능이 출중해서 리 왕조를 도와 적을 물리쳤어. 그래서 왕이 성을 하사했고, 이름을 리트엉 끼엣으로 바꾼 거야."

"나는 찌엔이라는 성이 싫어. 우리 혼자만 쓰는 성은 재미없잖아. 나는 응웬 씨 성이 좋아. 마이 언니, 엄마가 말하는데, 저기 오빠 위로 오빠가 하나 더 있데." 후엔리가 아주 비밀스런 얘기를 하듯 마이의 귀에 대고 속삭였다.

"나도 기다리고 있어…" 마이가 곧 중대한 사건을 목격하는 것이 아주 즐겁다는 듯 연속 고개를 끄덕였다. "후엔리 언니, 우리 응웬끼 가문은 아주 신기한 얘기가 많은 것 같아. 우리 삼촌도 정말 이상해. 누가 자식의 이름을 응웬끼 꾹이라고 지었는지." 마이가 말을 하다가 갑자기 입을 닫고 대문을 바라보았다.

군모를 쓴 한 남자가 이깨에는 쌀을 메고, 손에는 임튐 두 마리가 든 닭장을 들고 비틀거리며 들어오고 있었다.

"아이고! 꾹 삼촌 참 신통하네요. 삼촌 얘기하고 있었는데 오시다니. 아이고! 그냥 몸만 오시라고 했는데…" 라 여사가 정이 담긴 책망을 했다. "고생했어요. 저기 우리 집 냉장고 보세요, 없는 것이 무엇인지? 쌀과 닭을 가져오느라 고생만 했어요…"

키엠이 부엌에서 불 때문에 빨개진 얼굴을 드러냈다.

"안녕하세요, 합작사 부주임님? 기른 닭이에요 아니면 동수언 시장에서 산 닭인가요? 야! 마이하고 후엔리 어디 있니? 삼촌 닭장을 들어드려라."

"숙모와 아이들은요? 주옹, 덧, 협, 딱은 어디 있어요? 왜 애들을 다 데려오지 않았어요?" 라 여사가 대문 쪽을 바라보았다. "남편이 삼촌에게 금년 아버님 제사에는 온 가족이 모인다고, 집 식구 모두 여기로 데려오라고 당부했잖아요."

"제 집사람은 집에서 내일 제사를 준비해야 합니다. 그래서 모두 여기로 데려올 수 없었어요. 큰형님 댁에서 드리는 제사는 정식 제사가 아닙니다. 어머니께서 그렇게 말했어요. 어머니께서는 내일 사당에서 제사를 드려야 한다고 당부했습니다. 내일 정오에 사이공에서 어머니와 봉 형님도 제사를 드리지만 정식 제사가 아니라고 했습니다. 제 집사람은 제삿밥 지을 쌀을 찧어야 합니다. 아이들은 학교에 갔다 와서 허우 동생과 함께 들판에 나가 오리를 돌보고 있어요. 어머니가 봉 형님과 사이공에서 사신 뒤로는 사람이 모자랍니다."

"옛날 어른들이 말했지요. 노모 한 명이 세 사람 몫을 한다고. 어머니가 그곳에 가신 것도 봉 삼촌의 집을 지키기 위한 거지요."

"저희 부부가 어머니를 모셔오기로 했습니다."

"됐어요. 향기는 골고루 나누어 맡아야지요." 라 여사가 거꾸로 말하는 것 같았다. "어머니가 오셔도 삼촌 차례는 아니에요. 남편이 장남인데 우리에게도 어머님께 조금 효도할 기회를 주어야지요…."

"예, 봉 형님 다음에 큰형님 차례지요. 그러나 어머니는 저희 부부와 같이 사시는 것을 좋아할 것이라고 단언할 수 있습니다…. 자, 무슨 일이든 제가 돕겠습니다…."

"무슨 일요? 여자들이 하게 놔두세요. 삼촌은 씻고 위층에 있는 형님이랑 쉬고 계세요. 위층에 비 삼촌도 와 있어요. 형제들이 한가하게 즐겨보세요…."

위층, 즉 2층은 리푹 씨의 제사를 지낼 곳이었다. 러이와 비는 마치 두 개의 그림자처럼 각각 방구석에 앉아 있었다.

형 집에 도착한 이후로 비는 침묵하고 있었다. 그 화려한 집이 비에게는 너무나 낯설었다. 처음에는 집 주변을 둘러보고, 물건들을 감상하고 만져보고, 농민이 처음 도시에 온 사람처럼 침실과 화장실, 발코니를 기웃거렸다. 혁명 관리는 달랐다. 보통 사람과 완전히 달랐다. 진열장에 놓인 중국, 소련, 폴란드, 동독, 라오스, 북한, 쿠바 등 여러 나라의 기념품과 상장, 훈장, 휘장들은 이집 주인이 지구 각처에 발길을 내디뎠다는 것을 알기에 충분했다. 마지막에 멈춘 곳은 제단이었다. 그는 무대장치 총감독처럼 서서 바라보다가 제기를 하나하나 재배치했다. 이어서 플라스틱 바구니에서 키엠이 어제 사온 바나나, 술, 라임, 향을 제단 가운데에 정중하게 올려놓았다. 향불에서 연기가 안개처럼 머리 위로 올라오는 가운데 비는 거의 한 시간이나 돌아가신 아버지의 위패 앞에서 열반한 사람처럼 꼿꼿하게 서 있었다.

동생의 마르고 무감각하며 고통스러운 모습과 노망든 것 같은 모든 행동은 러이의 관찰력과 널리 보는 눈을 벗어날 수 없었다. 러이는 갑자기 측은지심이 들었고 바로 자신에게 잘못이 있다고 느꼈다. 7년 동안의 감옥 생활은 비를 다른 사람으로 만들었다. 머리와 건강 모두 문제가 있었다. 지금 비는 국가 안보와 체제 안전에 더 이상 위험이 아니었으며 자신과 가족에게 아무런 이익도 되지 못했다. 그것은 바로 친형인 러이가 짊어져야 할 위험이었다. 그는 적시에 관여하지 못한 것에 대해 자책했다. 자신의 권리와 지위에만 몰두해서 모른 척 참았던 것이다. 만약 질병과 몇 년 동안의 정신적 압력이 폭발한다면 비가 어떻게 살 수 있을까? 집안의 수입을 키엠의 월급과 과외에만 의지한다면 비의 아내와 자식이 어찌 살 것인가? 거의 일 년이 되었지만 비에 대한 복직문제를 여전히 해결하지 못하고 있었다. 한 달에 몇십 동 받게 하는 일도, 어떤 기관 하급 공무원으로 취직시키는 일도 계속 축구공처럼 이리저리 여러 창구에 돌아다니고 있었다. 사람들은 계속해서 지식인을 욕되게 하려고 기본적인 생계, 의복과 먹을거리도 빼앗고, 비를 학대하고 싶어 하는 것 같았다. 고소장만 없었다면 러이는 비의 일에 관여할 수 있었다. 그러나 러이는 지금 제 코가 석 자라서 어디에 말을 할 수 있는 상황이 아니었다. 쩌우하와 문학하는 친구들이 비를 돕도록 둘 수밖에 없었다.

비가 K27 캠프에서 나오도록 하고, 비의 삶과 권리를 위해 뛰어다니는 사람이 자신이 아니라 왜 쩌우하여야 하는가라는 질문이 망치로 얻어맞은 것처럼 러이의 머릿속에서 맴돌았다.

지금 갑자기 그런 생각을 한 것은 아니었다. 비가 감옥에서 나온 뒤부터 몇 달 동안이나 계속해서 그 질문이 그의 머리를 아프게 두들겼다. 그것은 그로 하여금 동생과 대면하고, 동생의 얼굴을 똑바로 쳐다보지 못하게 만들었다. 이제는 그가 죄인이 되었고, 비는 교도관이 된 것 같았다. 비가 우울증, 알츠하이머병 아니면 그를 경멸해서 침묵하는 것인가?

러이는 아래층으로 내려가 아내에게 서랍 열쇠를 받아 두 냥의 호랑이 연고와 한국 인삼 한 상자를 꺼내 비의 손에 쥐어줬다.

"자네 이것으로 건강을 챙기게. 너무 약해 보여!"

"고마워요." 비가 손을 내밀고, 형의 얼굴을 뚫어지게 바라보았다. 비는 갑자기 자기 형의 코가 까마귀 부리처럼 뾰족하게 나왔다는 느낌이 들었다. 그리고 형의 얼굴이 옛날 파출소에서 만났던 붉은 완장을 찬 코가 뾰족한 자의 얼굴로 변했다. 비는 놀라서 호랑이 연고와 인삼을 러이에게 돌려주었다.

"받은 걸로 치지요. 형님이 가지고 계세요."

"자네가 가져가서 먹게."

비가 몸을 돌려 그것들을 제단에 올려놓았다. 그리고 중얼거리며 합장을 했다.

아주 다행스럽게 꾹이 나타나면서 무거운 분위기를 깼다. 러이는 꾹을 붙들고 농사며, 시골 소식 등을 물었다. 비는 조용히 앉아서 자신이 학창시절에 꾹과 벤 두 동생이 자치기나 구슬치기를 하던 모습을 바라보던 것처럼,

사랑이 가득 찬 눈으로 꾹을 바라보고 있었다. 꾹이 담배를 마는 것을 보고, 비는 재빨리 담뱃대를 찾았다. 한참을 찾아도 담뱃대를 찾지 못하자 비는 직접 신문지로 아주 길게 담배를 말아 꾹에게 건네주었다.

제사 음식 준비가 끝나고, 베주코프가 마이와 퐁 그리고 후엔리의 도움을 받아 제물을 제단 아래의 상 위에 차렸다. 장미꽃을 물고 있는 노랗게 물들인 거세된 수탉 한 마리가 구리로 만든 쟁반 위 찹쌀밥 옆에 넓게 자리를 차지하고 있었다. 이어서 다른 제사 음식들이 차려졌고, 아주 손재주 있는 여자들만이 만들 수 있는 하노이의 특별한 음식인 수제 햄이 향 연기가 모락모락 피어오르는 가운데 놓였다. 모두 키엠의 연출 하에 장중하게 진행된 의식이었다. 러이도 장중함에서 모자람이 없었다. 러이는 새 정복을 입고, 향 세 개를 피운 다음 조용히 합장했다. 그의 인생에서 처음으로, 누군가 또는 조직이 시키고 지도한 것이 아니라 바로 자기 자신이 스스로 원해서 이렇게 장엄하고 신성한 제사를 지내는 것이었다.

아래층에서 올라온 라 여사는 분주한 모습으로 시계를 보면서 자꾸 대문 쪽을 바라보았다. 러이가 절하는 것을 마치기를 기다렸다가 걱정스런 표정으로 남편에게 다가갔다.

"당신 날짜와 시간을 정확히 약속했어요? 어째서 아직도 오지 않지요? 꽝락 장군이 캄보디아 전선에서 아직 돌아오지 않았다고 하던데요."

러이는 아내보다 속이 더 탔다. 그의 심장이 불타는 것 같았다. 그도 꽝락 장군이 북부 국경 전선에서 서남부 전선으로 갔다는 얘기를 들은 것은 사실이었다. 그러나 오늘 그가 기다리는 주인공은 꽝락 장군과는 상관없는 사람이었다. 그의 큰아들 쭈였다. 향 연기로 가득 찬 제단 위에 앉아 있는 사람의 장손으로, 이 중대한 날의 중심인물이었다. 그가 공들여 준비한 제사는 친족들만 불렀고, 이 제삿날은 바로 쭈 부부를 조상님과 부모님께 자손으로 받아들여달라고 고하는 자리였다. 이 계획은 모두 그가 용의주도하게 준비했고, 아들 부부와도 상의했다.

　　그가 오늘 유일하게 초대한 외척은, 사돈이라는 명목으로 바이옌 부인과 꽝락 부부였다. 바이옌 부인은 몸이 불편하다고 거절했다. 그는 또 아내와 깜 여사의 일도 상의했다. 라 여사는 아량을 보이면서 초대하라고 했지만 그가 거절했다. 당연히 깜 여사를 초대한다고 하더라도 오지 않을 것이 분명했다.

　　대문 밖에서 자동차 클랙슨 소리가 들렸다. 먼지를 뒤집어쓴 소련제 지프차가 멈추고 별을 단 군모에 주름 잡힌 군복을 입고 꽝락 장군이 차에서 내렸다. 그 유명한 장군 뒤로 그의 딸인 여교사 링과 사위인 쭈와 외손자가 함께 내렸다.

　　온 집안이 대문 밖으로 나가 손님을 맞았다. 모두들 아내와 아들 옆에 있는 새신랑처럼 양복을 입은 키가 큰 청년에게 눈길을 주고 있었다. 한눈에 보아도 러이의 아들이라는 것을 알 수 있었다. 절대로 헷갈릴 수 없는 모습이었다. 사람들은 쭈를 의심하는 것이 아니라 오히려 찌엔 통녓을 의심할 정도였다. 라 여사와 키엠은 함께 팔을 뻗어 장손을 껴안았다.

　　라 여사가 코로 어린아이의 고추를 문지르자 깔깔대며 웃었다.

　　후엔리가 마이의 귀에 대고 속삭였다.

　　"너무 닮았어. 어쩜 저렇게 똑같아!"

　　그러고는 집안으로 달려가 준비했던 꽃다발을 들고 나와 오빠 부부 앞으로 살금살금 다가갔다.

　　"여러분 오래 기다리게 해서 죄송합니다." 꽝락 장군이 군인의 절도 있는 행동으로 한 사람씩 악수를 했다. "쭈 부부와 손자가 먼저 왔어야 하는데, 애들이 나를 계속 기다린다고 해서 늦었소. 공항에 도착하자마자 집에 들러서 애들을 데리고 바로 이곳으로 왔소."

　　비와 악수할 때 그는 한참을 서 있었다.

"내가 오래전에 당신 글을 읽었고 알고 있었지만 오늘 만나니 영광이오. 다음에 찾아뵙도록 하겠소."

전쟁 분위기와 시국상황이 장군의 발을 따라 응접실로 들어왔다. 전쟁 소식을 가장 애타게 기다렸던 사람은 꾹이었다. 그의 셋째 아들 까익이 캄보디아 전쟁터에 가 있었다. 꾹은 장군이 그곳에 있는 까익을 틀림없이 만났을 것이라고 믿고 있었다.

"그 친구 그곳에 오래 머물게 될 것이 확실하오." 꽝락 장군이 말했다. "상황이 아주 복잡해. 폴포트 군대가 산 속으로 도망쳐서 유격전을 펼치고 있소. 저들이 우리의 장점을 이용해 우리를 공격하고 있기 때문에 더 어려운 것이오. 폴포트 군과 대면하는 것 자체가 엄청 시간이 걸리고, 희생도 아주 큽니다."

"BBC에서 말하길 캄보디아 문제로 우리가 세계에서 비판을 많이 받는다고 하던데요." 꾹이 말했다.

"그래서 힘들어요. 우리가 수렁에 빠졌지만 발을 뺄 수가 없다는 것이오." 장군이 한숨을 쉬었다. 발을 뺄 수 없어서인지 아니면 시간이 얼마 남지 않아서 한숨을 쉬는지는 알 수 없었다.

바로 그때 그의 딸이 그의 귀에 대고 무슨 말을 하자 깜짝 놀라는 것 같았다. 그는 꾹과 비의 손을 잡고 2층으로 올라갔다. 제단 앞에 러이와 쭈가 마치 두 개의 물방울처럼 똑같이 서 있었다. 그들 옆에는 링과 아들이 서 있었다.

러이의 목소리는 대중 앞에서 연설하는 국가 원수처럼 감격스러움과 장엄함을 담고 있었다.

꽝티링의 친부이며 레끼 쭈의 장인이고, 레끼쩌우의 외할아버지이신 꽝락 준장 동지, 동생 응웬끼 비와 제수씨 다오찡 키엠, 동생 응웬끼 꽉,

내 아내 마 티 라 여사와 응웬끼 가문의 손자 여러분, 오늘은 가족의 중대한 날입니다. 우리 아버지 기일을 맞이하여, 우리 부부는 아버지 앞에 밥을 올리고 향을 피워 기념하고, 우리 아버지와 응웬끼 가문의 조상님들께 가족의 중요한 일을 보고드립니다. 본명으로는 응웬끼 코이, 혁명의 비명은 찌엔탕 러이인 나는 ○년 ○월 ○일에 태어난 레끼 쭈라는 아들이 있습니다. 전쟁 때문에 우리 부자는 지난 30년 동안 헤어져 있었습니다. 이제 조상의 은혜로 우리 부자가 만나게 되었습니다. 그래서 오늘 조상과 아버지의 영혼 앞에 쭈의 가족이 제물을 바치며 조상님께 고합니다. 저들이 응웬끼 가문의 친가와 외가의 친척들, 동생과 숙모, 삼촌, 부모와 조부모님으로 모시겠다고 하니, 받아주시기 바랍니다….

부자간임을 인정하는 제물은 쭈 부부가 미리 준비해 차로 싣고 왔는데, 통넛과 마이가 제단에 올려놨다. 쭈와 링 부부는 결혼식 때 조상에 고하듯 제단 앞에 엎드려 빌었다.

자식으로 인정하는 예식이 끝난 후 쭈가 일어서서 러이의 면전으로 다가갔다. 그리고 그가 아버지의 가슴속으로 쓰러졌다.

"아버지! 어머니에 대해서는 왜 말하지 않는 것입니까?" 쭈가 갑자기 울음을 터뜨렸다. "왜 아버지는 저의 어머니 다오티 깜을 초대하지 않았습니까? 어머니가 없었다면 어떻게 제게 이 만남이 있었겠습니까?"

바로 그때 뜨거운 바람이 뒷덜미로 불어오는 것 같았다. 쭈가 급히 고개를 돌렸다.

쭈는 이상한 눈빛으로 자신을 바라보고 있는 꾹의 눈길을 느꼈다. 정해진 운명처럼 20년이 지나서야 비로소 쭈는 비밀을 풀 수 있었다.

제24장 부러진 반평생

한 없이 그리운 당신에게,

우리 모녀는 수없이 많은 편지를 당신에게 보냈습니다만 여진히 아무 소식이 없습니다. 왜 회신을 안 하는 것입니까? 당신이 편지를 쓸 수 없는 것인가요, 아니면 편지가 당신께 도착하지 않는 것인가요? 당신이 어떤지 궁금합니다. 재교육 캠프로 갔나요? 연금되었나요?

탈출하고 나서 넓은 바다 위를 떠돌며 지내다가 구천의 지옥을 넘어 주님의 은총으로 저희 모녀는 안전하게 부두에 도착했습니다….

저희 모녀는 지금 당신과 지구 반대편에 있습니다. 그 거리는 그리움만이 가까이 끌어당길 수 있는 거리지요….

우리 딸 번과 비는 매일 아버지를 찾습니다. 영어공부가 안 되면 아버지가 생각나서 공부할 수 없다고 이유를 댑니다.

어제 탈출한 사람들의 배가 도착한다는 소식을 듣고 우리 모녀가 부두에 나가 10시간을 기다렸습니다. 그리고 터이 씨 가족을 만났습니다. 말할 수 없을 만큼 기뻤습니다. 당신은 어디 있냐고 물었습니다. 터이 씨가 당신을 무료로 태워준다고 했다는데, 당신이 너무 어리석게 굴었다고 흥분했습니다. 우리는 소리쳐 울었습니다. 여보, 당신이 우리를 잊은 것은 아니지요? 아니면 어떤 여자가 당신을 붙들고 있나요?

미엔의 편지를 읽고 봉은 눈물을 터뜨렸다. 편지의 글자들 사이로 마치 주님의 나라로 향하는 고통과 굴욕 속의 신도처럼 미엔의 얼굴이 아른거렸다.

미엔은 그에 대한 그리움으로 고통과 불안 속에서 지내고 있었다. 봉은 갑자기 후회가 밀려왔고, 미엔과 아이들이 갑자기 탈출한 뒤 그녀를 원망했던 자신을 책망했다. 봉은 그녀가 그렇게 강력하고 격렬하게 탈출하기로 결심했다는 것을 이해하지 못했었다. 그녀는 자신이 먼저 가려고 했던 것이다. 봉에게 어머니와 짧은 며칠이라도 같이 지내게 하고 싶었던 것이다. 가족과 시간을 보내고, 북쪽의 친척들과도 인사를 할 수 있도록 하기 위한 것이었다.

미엔이 편지에서 말한 보안 터이 씨는 미엔이 신뢰하는 사람으로 봉을 그녀에게 데려갈 사람이었다. 그는 그녀 오빠의 친구였고, 가족처럼 친한 사이였다. 터이 씨는 역사학자였다. 그는 반하잉 대학교에서 강의했다. 4월 30일 이후 바로 터이 씨는 봉 부부에게 조국의 재건에 기여하라고 여러 번 권유했던 사람이었다. 터이 씨는 공산주의와 가까운 사람이 아니었다. 그러나 민족정신이 강해 전 세계 강국들과 어깨를 견줄, 부강한 통일 베트남을 건설하기 위한 새 정부와 협력할 준비가 되어 있었다. 그는 "나는 공산주의자들을 옹호한다. 그것은 그들이 조국 통일에 대한 갈망을 갖고 있었기 때문이다. 그들은 침략자를 쫓아내고 민족의 독립과 자유를 원했을 뿐이다. 우리는 같은 황인종이며, 그들과 같은 갈망을 갖고 있다. 왜 외국으로 도망치느냐? 나와 봉은 지식인이다. 국가흥망, 필부유책, 나라가 위기에 처하면 보통 사람들이 구해야 한다는 말이 있다. 지식인이 보통 사람보다 나은 것은 공부를 했고, 시국을 다룰 줄 안다는 것이다…"라고 말하고 다녔고 봉에게도 여러 번 그렇게 말했었다. 그는 호찌민 시의 애국지식인회 설립운동에 열심히 참가했고, 아주 많은 과학자, 교수, 기사, 의사 등과 남아 새로운 정부와 협력하는 운동을 벌였다.

그러나 그의 꿈은 깨졌다. 그에게 역사 강의와 연구를 못하게 한 것이다. 왜냐하면 그는 근대 역사, 즉 응웬 왕조와 베트남인의 영토 확장 과정인 남진정책 과정을 가르쳤기 때문이었다. 터이 씨가 슬픈 얼굴로 봉에게 "사람들이 나의 연구 자료를 모두 쓰레기통에 버렸어. 사람들이 응웬 호앙, 응웬푹 응웬, 응웬푹 떤, 응웬푹 쭈, 응웬푹 코앗 왕과 투언호아에서 하띠엔까지 남쪽의 국경을 넓히는 데 결정적 공헌을 한 사람인 응웬 히우 까잉, 막끼우 장군 등과 관련된 지명이나 도로명을 모두 없애버렸어. 단 몇십 년의 공산주의 역사로 밀어주려고 천 년의 역사를 비틀고, 생략한 것이야…" 라고 말한 적이 있었다.

불과 2년 만에 애국지식인회 회원들이 차례로 나라를 버리고 떠났다. 탈출의 파도가 각 가정에 몰아치던 시기였고, 터미널, 식당, 시장의 얘깃거리는 단연 탈출이었다. 수천 명이 몰래 도망가다 붙잡혔고, 다시 탈출했다. 화교들이 줄지어 그들의 집단 거주지인 쩔런을 떠나갔다. 그리고 여러 개의 거의 공식적인 탈출 루트들이 생겨났다. 단지 돈이나 금을 내면 공해상까지 데려다 주었다.

어느 날 밤, 터이 씨가 비를 맞고 봉을 찾아왔다.

"모든 준비가 끝났네. 최대한 비밀을 지켜야 해. 배에는 나침판, 기름 그리고 한 달 치 식량을 충분히 실었어. 말레이시아에 도착하기만 하면 마중 나올 사람이 있을 거야. 자네가 원한다면 무료로 해주겠네. 신속히 준비해서 오게. 내일 오전 두 시 정각에 떤호이 방직공장에서 만나네."
터이 씨가 간략하게 통보하고 서둘러 돌아갔다.

아! 천금 같은 기회였다. 터이 씨와 같이 간다면 틀림없었을 것이다. 그는 용의주도하고 모든 상황을 철저히 계산했을 것이기 때문이다.

그러나 봉이 어떻게 타향 땅에 어머니를 홀로 두고 갈 수 있단 말인가? 리푹 부인이 이곳에서 봉과 함께 산 지도 1년이 되었다. 하오와 소안의 진정어린 도움으로 봉은 어머니의 주민등록을 이곳으로 옮길 수 있었다. 어머니를 이곳으로 모셔온 후로 멀리 출장을 갈 때도 봉은 시간을 내 어머니를 돌보았다. 어머니가 너무 약해서 그는 쩔런에 있는 한약 거리를 찾아 한약을 지어드렸다. 직접 약을 달여 매일 어머니에게 드렸던 것이다. 매주 한 번씩 바찌에우 시장에서 오골계를 사서 한약재를 넣고 삶아서 드시게 했다. 노인은 다 익은 과일 같아서 언제 떨어질지 몰랐다. 어머니가 음식을 제대로 씹지도 못하는 것을 보고 있으면, 음식을 드시면서도 북으로 가 비를 만나고 싶다고 조르거나 꾹 내외와 같이 살고 싶다고 조르는 것을 보고 있으면, 봉도 음식을 넘길 수 없었다. 어머니가 말했다.

"결국 비가 감옥에 갔어. 그런데 키엠이 나에게 남편이 외국으로 출장 갔다고 했어. 비에게 무슨 일이 있었기에 그 지경이 되었다는 말이냐?" 어머니의 자식 중에 봉은 자신이 가장 큰 불효자라고 느꼈다. 어머니를 떠나 소식 없이 수십 년을 보냈다. 그는 어머니를 돌보고 싶어서 몇 년 동안만 더 같이 있어달라고 붙잡았다.

터이 씨가 떠난 그날 밤 봉은 서둘러 옷과 물건을 정리했다. 그는 차고로 가 기름통에 감추어둔 금과 보석을 다 챙겨 둘로 나눈 다음에 하나는 몸에 지니고 하나는 꾹 앞으로 몇 줄의 글과 함께 남겨놓았다.

무엇이 더 남았을까? 집은 어찌 가져갈 수 있나? 봉이 간 뒤, 어머니는 코이, 비, 꾹 형을 불러서 이 집을 지키도록 할 것이라고 믿었다. 하오와 소안은 어머니를 도울 방법을 찾을 것이다. 게다가 이 마지막 길에 무엇을 더 안타깝게 생각할 것인가? 이번 탈출은 승률이 반반이었다. 잘못되면 물고기 밥이 되고, 잘되면 미엔과 두 딸 번과 비를 만날 수 있다.

봉은 살금살금 리푹 부인의 방으로 다가갔다. 어머니는 누리끼리한 희미한 불빛 아래에서 잠을 자고 있었다. 벽 쪽으로 얼굴을 돌리고 새끼 고양이처럼 누워, 이불은 가로로 덮고 있었다. 조용히 어머니를 바라보다가 눈물을 참기 위해 입술을 깨물었다. 봉은 엎드려 어머니께 세 번 절을 했다.

"뭣 때문에 이 밤에 그렇게 부산을 떠니?" 어머니는 주무시지 않고 있었던 것이다. 어머니가 돌아누우며 봉에게 말했다. "가서 자거라. 내일 출근해야 하잖니."

어머니의 그 한 마디는 봉을 더 이상 발걸음도 내딛지 못하게 하기에 충분했다.

그는 터이 씨 가족의 탈출이 그렇게 쉽게 성공하게 될 줄은 전혀 생각지 못했다. 4달 뒤에 그들은 미국 땅을 밟은 것이다.

***

번과 비의 편지는 봉의 심장에 소금을 뿌린 것 같았다.

아빠, 저희들 길게 쓸 수 없어요. 아빠에게 편지를 쓰려고 하면 눈물이 나서 쓸 수가 없어요. 저희 둘이 함께 이 몇 줄의 편지를 쓸 수밖에 없어요. 아빠를 만나면 할 얘기가 너무나 많아요.

아빠, 아직도 저희들 사랑하나요? 아빠는 저희들이 보고 싶나요? 아빠가 오지 않는다는 터이 아저씨 말을 듣고 저희들은 기절했어요. 아빠가 저희들을 잊은 것이지요? 타향 땅에 있는 불쌍한 두 딸은 고향도, 조국도 없고 이제 존경하고 사랑하는 아빠까지도 없어요. 미국은 합중국이라고 하지만 타향살이 하는 베트남 아이들에게는 마음을 둘 곳이 없어요.

저희들은 어찌 그리 사이공이 그립고, 베트남 고향 땅이 그리운지 모르겠어요. 응웬주 거리의 상점들도 그립고, 주이떤과 페투르수끼 거리의 고층 빌딩도 그리워요….

이곳의 가을은 너무 아름다워요. 그러나 어떻게 사이공의 우기를 잊을 수가 있겠어요. 비온 뒤 물에 젖은 가로수와 도로 그리고 뜨조 거리 입구에 있는 노인네 아이스크림 가게를 잊을 수가 없어요…. 뉴올리언스 중심지에 있는 공원을 돌아다니다가 엄마와 결혼하기 전에 아빠가 공부했던 이곳의 발자취를 찾으러 다닌 날도 있었어요…. 뉴올리언스는 아빠가 말씀했던 대로 아주 아름다운 관광 도시예요. 아빠, 아빠가 이곳에 오시면 미시건 호수로 놀러가요….

편지는 단 두 장뿐이었지만 봉은 몇 번이나 읽기를 멈추어야 했다. 아이들 공부하는 데 도움을 주려고 말했는데, 미국에서의 아빠의 추억을 아이들이 찾아다닐 줄은 전혀 상상도 못했었다. 지구 저편의 머나먼 루이지애나 주, 아이오아주, 인디애나 주 지역이 이제 수많은 혈육이 의지하는 땅이 되었다는 이 현실은 인연 때문인가? 처음으로 미국의 수도에 발을 내디딘 날, 봉은 놀라기보다는 공원에 수북이 쌓인 하얀 눈이며 도로 위의 지저분한 눈을 보고 추위와 무서움을 느꼈었다. 얼어붙은 미시간 호수를 보자 비로소 미합중국의 웅장함이 피부에 와 닿았다. 보수교육을 받기 위해 워싱턴 DC에서 일주일을 머문 뒤, 루이지애나로 돌아오는데 비행기가 시카고에서 3시간을 머물렀다. 아주 유용한 시간이었다. 두 번 없을 기회를 이용해 봉은 버스를 타고 미시간 호에 가 파도치는 호수 위로 솟은 갖가지 신기한 모양의 거대한 누각처럼 생긴 얼음덩어리를 감상했다.

뉴올리언스는 여행을 좋아하는 사람들에게는 과연 천국이었다. 봉은 잊을 수 없는 3일간의 여행에 참가했다. 첫날은 세계에서 가장 긴 24마일에 이르는 폰차트레인 철교를 보고, 세계에서 가장 높은 휴이 P. 롱 철교, 그리고 세계에서 가장 큰 십만 명을 수용하는 슈퍼 돔을 보았다. 둘째 날은 프렌치쿼터를 방문하여 전차를 타고 성 찰스 거리를 지나며 오크 나무가 우거진 사이사이로 프랑스풍으로 지어진 집들을 구경했다. 셋째 날은 아주 인상적인 관광이었다. 습지와 장 라피트 국립 역사공원을 방문했다. 배의 갑판 위에서 관광객들은 원시시대처럼 한가롭게 악어를 구경할 수 있었다… 봉이 두 달 동안 공부했던 루이지애나 지역은 고향 메콩델타와 유사한 수리, 지질구조를 갖고 있는 곳으로 그의 도로와 교량 공부에 아주 유익했다. 그런데 그 땅이 지금 수만 명의 베트남인 가족이 모여 살고, 아내 미엔과 딸들이 고통스러운 기다림 속에서 살고 있는 곳이 될 줄은 상상도 못했다.

대양 저쪽의 미국은 멀면서도 한이 서려 있었지만 봉의 머릿속에 매시간 떠올랐고, 밥을 먹을 때나 잠을 잘 때도 아른거렸다. 봉은 가슴 시릴 정도로 아내와 자식에 대한 그리움을 감출 수 없었다. 봉이 가끔 읽고 숨길 필요가 없다는 듯 아무 데나 놓은 편지는 글자마저 희미해져 있었다. 편지의 내용을 소안과 하오도 잘 알 수밖에 없었다.

"봉 오빠는 미엔을 잊을 수 없는 것 같아요." 리푹 부인이 감기에 걸리자, 간병 때문에 그 집에서 잠을 자게 된 소안이 한편으로는 자신을 변호하고, 한편으로는 봉을 책망하며 내뱉은 말이었다.

사이공에 온 날부터 소안은 리푹 부인의 심리적 친구가 되었다. 그녀는 리푹 부인과 성격이 맞았고, 노인을 잘 공경했으며, 얘기도 잘 했다. 특히 소안은 노인네가 매력적인 북부 전통극인 쩨오의 가락을 기억하는 데 도움을 주었다. 리푹 부인은 소안을 딸로, 자신을 어머니로 받아들였고, 소안이 그녀의 며느리가 되기를 바라는 속내를 숨기지 않았다.

"네가 어떻게 하든 봉이 제 식구들을 잊게 만들어라. 나를 봐서라도 그 녀석이 탈출하지 못하게 붙잡아. 보기에는 딱딱하지만 목석은 아니야. 부러진 반평생이지. 이제 갓 40을 넘은 남자가 성욕을 죽여야 하다니. 차라리 그 녀석 아내가 죽어버린다면⋯. 하루 종일 우울해 하고 있으니 내 속이 다 타는 것 같아⋯."

"저도 봉 오빠가 안타까워요. 그러나 오빠는 스님 같아요." 소안이 말했다.

"그래서 내가 너를 자주 놀러오라고 하는 거야. 이슬비도 오래 내리다 보면 바위를 뚫는단다⋯."

리푹 부인은 소안이 놀러올 기회를 만들고, 잠을 자고 갈 기회를 찾았다. 게살 국에 야채, 야채 생선국과 피클, 우렁이 국에 푸른 바나나, 두부와 삼겹살, 생선 코코넛 국, 고기 조림, 찹쌀밥에 연꽃씨 주스⋯. 고향의 향수를 불러일으키는 북쪽의 전통 음식을 먹고 싶다고 졸랐다.

그날 사이공은 40도까지 기온이 치솟았다. 방에 에어컨이 있었지만 리푹 부인은 사용할 줄 몰랐다. 부인이 항상 가지고 다니는 것은 종이부채였다. 어머니가 더위에 고생하는 것을 보고, 봉은 에어컨과 선풍기를 틀었다. 생각지도 못했는데, 저녁에 부인이 감기에 걸렸다. 봉은 혼자 어쩔 줄을 몰랐다. 리푹 부인이 봉에게 소안을 전화로 불러오라고 시켰다.

그녀는 산쑥 잎을 찾아 관자놀이에 문지르고, 파 죽을 끓여서 부인에게 먹였다. 한밤중이 되어서야 열이 내렸고, 부인은 깊이 잠이 들었다.

소안은 화장실로 들어가 물을 끼얹었다. 거울에 비친 자신의 하얀 피부를 바라보았다. 소안은 흥분되었고, 누가 만져주기를 바랐다. 그녀는 게슴츠레한 눈으로 봉과 하오를 떠올렸다. 하오가 세운 미인계에 대해서 정말 묘한 기분이 들었다.

하오는 가상전투 놀이라고 생각했다. 자신은 옛날 얘기에 나오는 미쩌우 공주, 즉 소안을 잡는 쫑투이 역할을 맡아 신궁을 훔치는 사람이라 여겼고, 역사는 반복된다고 생각했다. 소안은 영원히 자기의 사람이라고 생각했는데, 자신의 지팡이로 자신의 등을 맞게 될 줄은 의심조차 하지 못했다.

곰곰이 생각해보니 하오는 정말 멀리 볼 줄 아는 영리한 사람이었다. 봉의 빌라를 발견했을 때, 만약 봉이 탈출한다면 거대한 먹을거리라고 생각했다. 하오는 소안을 내부 첩자로 만들기 위해 미인계를 사용할 방법을 강구했다. "너는 봉을 넘어뜨려야 해. 너의 미모로는 쇠도 태울 수 있어." 하오가 소안에게 임무를 주었다. 봉의 이런 일 저런 일을 하오가 도와주려 했던 모든 노력과 움직임은 빌라라는 목표를 노린 것이었다. 이제 하오와 소안 모두 봉과 리푹 부인의 친한 친구가 되었다. 심지어 하오가 리푹 부인의 주민등록을 도와줄 때, 그는 봉을 설득해서 소안도 함께 주민등록에 올렸다. 모든 진행단계가 하오의 세밀한 계산에 의한 것이었다. 오직 H아워를 기다릴 뿐이었다. "H아워는 반드시 온다." 미엔 모녀가 미국에 안전하게 도착하고 편지를 보내왔을 때, 하오가 소안에게 그렇게 확신을 갖고 말했다. "내가 알기에 늦거나 빠르거나 할 뿐이지 봉은 반드시 도망칠 거야. 첫째, 봉은 순박한 사람으로 아내와 자식을 돌보는 일만 알지. 북부 지식인 기질을 갖고 있어서, 유교를 숭상하는 것을 봉에게서 분명히 볼 수 있어. 일생 동안 봉은 단지 부지런한 공무원이기를 바라고, 부부간의 정절을 지키며 평온한 가정을 원할 뿐이지. 둘째, 그는 교통국장 직을 역임하고, 특별 기사 자격증을 갖고 있으며, 영어와 불어에 능통하고, 전문서적을 쓴 지식인 이야. 국장과 장관에게 보고서를 써 올렸을 때 그들도 존중하지 않을 수 없었는데, 이제는 하급직원으로 쌀국수 몇십 그릇에 해당하는 월급을 받고 있지. 그와 같은 사람이 어떻게 공산주의 관리들의 과학수준과 관리 방법을 견뎌낼 수 있겠는가? 두 사상, 두 체제, 두 스타일… 모두가 서로 대적하고, 서로 제거하려고 하지. 총포가 난무하던 전쟁이 끝나자 사상, 사회문화, 경제개발 노선에 관한 전쟁이 시작되었어. 상장군이라 하더라도 빨간 졸이 밀어붙이는 것에는 어쩔 수 없는 것이야. 지금의 시국에서는 군졸들과 반대로 가는 길뿐이야. 그래서 튈 생각을 할 거야. 그의 사랑은 그 정도일 뿐이지…. 나라면 대양의 물고기에게 목숨을 주더라도 굿바이 할 거야."

하오는 정말 봉의 가슴속을 꿰뚫고 있었다. 그러나 아이러니하게도 봉과 만날수록 가까이 다가갈수록 소안은 봉에게 감화되어 봉과 하오는 하늘과 땅만큼 다르다는 것을 느꼈다. 하오는 단지 말만 잘하는 보통 사람일 뿐이고, 봉은 정말 인격을 갖춘 사람이었다… 요즘 며칠 동안 봉을 보면 정신이 나간 사람 같았다. 소안은 봉이 안타까웠다. 봉의 부족한 부분을 채워준다면? 리푹 부인의 소원대로 봉을 붙잡도록 도와준다면 나쁠 것도 없었다. 봉과 같은 사람은 나라에도 아주 필요하고, 모든 사람에게 이익이 될 것이다. 봉이 나라를 버린다면 얼마나 유감스런 일인가!

상큼한 비누 향과 함께 잠옷차림의 소안을 보고 봉은 정신이 아찔해졌다.

"잠을 잘 수가 없어요. 선풍기 좀 빌려주세요."

소안이 말하면서 쌍꺼풀진 눈에서 뜨거운 눈빛을 보내자 봉은 정신이 없어졌다.

봉은 오랫동안 바라볼 수 없었다. 그러나 하얗게 부풀어 오른 유방 사이로 깊이 파인 가슴골을 힐끗 보았을 뿐인데도 충분히 그녀의 벗은 몸을 연상할 수 있었고, 정신을 혼란스럽게 했다. 봉의 머릿속이 갑자기 술 취한 사람처럼 뒤집어졌다.

미엔이 간 뒤로 밤마다 봉은 예수상 앞에서 성경을 읽었고, 날마다 스스로 고해성사를 했다. 가장 최근에 한 고해성사는 두세 달 전이었다. 그것은 미엔의 동창생 바티의 막내 여동생 트엉의 짝사랑이었다. 4월 30일에 온 집안이 탈출했지만 막내 트엉은 혼자 남아 몸이 아픈 아버지를 돌보고 있었다. 탈출의 기회를 놓친 것이다. 그리고 그녀의 아버지가 롱카잉, 자라이에 있는 재교육 캠프로 가야 했다. 그녀의 환경이 어려운 것을 보고 가끔 봉은 그녀를 데리고 그녀 아버지의 면회를 갔다. 그런데 언제부터인가 트엉이 봉을 사랑하고 있었다. 자전거로 어두침침한 고무나무 숲을 지날 때 막내가 봉을 꽉 껴안으며 그의 어깨에 얼굴을 묻고 물었다. "오빠, 저 사랑해요? 미엔 언니가 있을 때는 제가 숨기고 있었어요. 이제 언니가 가서 말하는 거예요." 트엉의 말은 사실이었다. 트엉은 그녀를 앙모하는 수많은 남자들을 거절했다. 트엉은 오직 봉만 생각하고 있다고 했다. 갈림길에 도착했을 때, 트엉이 그를 멈춰 세웠고, 둘은 고무나무 숲으로 들어갔다. 단지 자전거를 세우고, 고무나무 숲으로 들어갔을 뿐인데 봉은 자신을 지킬 수 없을 것 같았고, 더 이상 미엔의 것이 아닐 것 같았다. 봉은 트엉에게 그가 탈출할 예정이라는 것을 말할 수밖에 없었다. 그는 미엔을 만날 때까지 완전하게 자신을 지키고 싶었다. 트엉은 울음을 터뜨리고 봉의 자전거에는 타시 않겠다며 영업하는 사전서로 시내에 돌아가겠나고 했나.

지금, 그의 방으로 들어온 사람은 또 다른 트엉이었다. 봉은 여러 번 혼을 빨아들일 것 같은 소안의 눈길을 피했었다. 소안은 항상 맛있는 비계였고, 봉은 여러 번 고양이의 본성을 숨길 수 없었다.

"봉 오빠, 몇 번이나 약속을 안 지켜?" 봉이 영어자료를 번역하고 있던 책상으로 소안이 다가왔다.

"내가 무슨 약속을?"

"알면서? 오빠 머릿속에 저를 생각할 구석이나 있나요?"

소안이 의자 뒤로 바짝 붙어 봉 쪽으로 몸을 숙였다. 그는 머리칼과 뒷덜미로 쏟아지는 그녀의 뜨거운 숨결을 분명히 느낄 수 있었고, 잘 익은 과일 같은 젖가슴이 그의 어깨 뒤에 있다가 가끔 그의 살에 부딪혔다.

너무나 뜨거웠다.

"기억 못해요? 제가 말할게요. 영어 가르쳐준다고 했었잖아요. 영국의 말 또는 오빠의 말."

소안이 웃었다. 바람에 흔들리는 종소리처럼 맑고 깨끗했다. 그리고 갑자기 새하얀 팔을 뻗어 봉을 껴안았다.

"오빠 테스트할 거예요. 영어로 러브 유가 뭐지요?"

소안의 가슴이 봉으로 하여금 숨을 쉬지 못하게 했다.

그는 정신없이 의자를 밀쳐냈다. 이때 그의 붉어진 얼굴 앞에 소안의 유방이 잘 익은 두 개의 천도복숭아처럼 잠옷 밖으로 나왔다. 오랫동안 눌러왔던 본능적인 욕망과 놀람은 봉이 미친 듯이 팔을 뻗어 그녀의 허리를 강하게 잡아당기게 만들었다.

"아! 저 죽어요." 소안의 신음이 터져 나왔다. 그녀가 격하게 흥분하고 있다는 증표였다.

소안은 봉이 쉽게 안고 침대로 가도록 도왔다.

소안의 손이 전등 스위치에 닿지 않았다면, 환락의 행위에서 너무 밝은 것을 부끄럽고 두려워하는 본능이 없었다면, 틀림없이 상황이 달라졌을 것이다. 그러나 소안이 전등을 껐을 때, 봉은 정신이 들었다. 제단 위의 붉은 등 때문에 고난의 예수상과 십자가를 더 두드러지게 보였고, 봉은 온몸을 땀으로 적셨다.

"미안해, 내가 지금 무슨 짓을 하는 거지?" 봉이 바로 자신에게 묻는 것처럼 말하더니 바닥에 주저앉았다.

놀이가 끝났다. 소안은 서서 죽은 사람처럼 두 손을 내려뜨렸다. 그리고 참을 수 없다는 듯이 얼굴이 붉어지더니 울음을 터뜨리며 방을 뛰쳐나갔다.

***

꾹의 아들 까익이 캄보디아 전선에서 부상을 입고 147 통합병원에서 치료받고 있다는 꾹의 편지를 받았다. 봉과 리푹 부인 그리고 소안이 함께 병문안을 갔다. 매주 쉬는 날마다 봉은 병원을 찾아가서 조카에게 먹을 것과 보약을 전해주었다.

까익의 부상은 뼈가 아닌 근육 부분이었다. 실탄이 어깨에서 가슴 쪽을 지나 오른팔 근육을 지나갔다. 의사의 말로는 까익처럼 젊은 사람들에게는 4달 정도만 치료하면 완치되고, 다시 전쟁터로 돌아갈 수 있다고 했다.

꾹이 봉에게 편지를 보냈다.

나는 캄보디아 전쟁이 언제 끝날지 모르겠다는 소식을 듣고도 동요하지 않았어. 러이 형님의 사돈 장군이, 우리 군의 사상자가 많이 나오고 있는데 이는 식량과 탄약이 부족한 데다 주민들의 상황을 잘 알지 못하기 때문이라고 했어. 우리 군대는 주민들과 가까운 곳에 주둔하고 있는데, 낮에는 그들이 우리에게 협조하고 밤에는 숲속으로 가서 크메르루주를 지원하고 총을 들고 우리를 쏜다고 해. 까익이 부상을 당한 것도 누가 몰래 뒤에서 쏜 것이라고 해. 그들과 게릴라전을 벌이면 우리는 이길 수 없다고 해. 까익이 부상을 당한 것이 다행이지. 죽음을 면한 것이니까. 형이 병원 관계자들에게 부탁해서 까익이 중상을 입었다는 증명서를 만들어 달라고 해. 그러면 까익이 귀향할 수 있어. 꽁과 까이가 쩌엉선에서 죽었는데, 이제 하나 남은 빙의 혈육이야… 까익이 어떻게 된다면 내가 어떻게 살아?

캄보디아 전쟁이 얼마나 격렬한지는 봉도 너무나 잘 알았다. 봉은 우리 탱크가 프놈펜으로 진입하는 도로 개설을 위해 20번 국도의 고저우하 다리 재건 기술팀에서 일했다. 아군 측의 최신 무기 전부와 우리가 노획한 미국의 최신 무기 전부를 캄보디아 전쟁터로 보냈지만 우리는 마치 솜에 부딪힌 것처럼, 귀신 그림자와 싸우는 형국이었다.

꾹의 편지는 봉을 곤란하게 만들었다. 돈이라면 어찌 되었든 만들어볼 수 있었다. 그러나 이것은 중상 증명서를 만드는 일이었다. 까익의 건강 상태는 진단서에 다 나와 있었다. 어떻게 공작을 까마귀로 만들 수 있단 말인가?

막막했다. 봉은 하오에게 말할 수밖에 없었다.

"조카가 147 통합병원에 있는 것 맞지요?" 하오가 잠시 미간을 찌푸리고 있다가 고개를 끄덕였다. "제게 방법이 있습니다. 소안의 집안 오빠가 거기 외과의사라는 말을 들었어요. 문제는…." 하오가 손가락으로 동그라미를 만들어 보였다.

"그것은 내가 준비할게." 봉은 하오의 손에 금 3냥을 쥐어주었다. "모자라면 내가 또 준비할게."

까익이 퇴원하기 며칠 전에 봉은 꾹에게 휴가를 내서 아들을 데려가라고 편지를 썼다. 봉은 두 사람의 기차표를 사 주겠다고 말했다.

꾹의 남부 방문은 예상치 않은 사이공에서의 응웬끼 가문의 모임이 되었다.

러이 집에서 아들 쭈를 받아들이고, 리푹 씨 제사를 지낼 때, 리푹 부인과 봉이 빠졌는데, 이번의 만남에는 비의 가족이 빠졌다.

꾹이 내려온 지 며칠 뒤 러이 부부와 딸 후엔리가 비행기로 사이공에 도착했다. 러이가 제2차 남부 상공업 개혁업무를 담당하고 있었기 때문에 비행기로 오가는 일이 밥 먹듯이 있어도 이렇게 날짜가 겹치는 경우는 아주 드물었다. 그러나 라 여사는 연가를 내야 했다. 게다가 후엔리는 국경일 휴무와 겹치는 날을 골랐던 것이다.

몇 년 동안 우울했던 빌라가 갑자기 축제를 연 것처럼 북적댔다. 라 여사 모녀는 2층의 미엔이 쓰던 방을 사용했다. 봉은 아내가 탈출한 뒤로 그 방에 거의 가보지 않았다. 아내의 옛 추억과 마주하고 싶지 않았던 것이다. 러이는 시청 게스트하우스에 머물렀고, 저녁과 일요일에 집에 와서 함께 식사를 했다. 러이는 여전히 정치가의 과묵하고 냉정한 모습으로, 3층 발코니에 서서 정원을 바라보거나 시내를 쳐다보면서 휴식을 취했다. 라 여사 역시 남편을 이해하는 것 같았다. 그녀는 빌라에 대해 특히 관심을 가졌다. 현대적인 건축양식과 방 배치를 부러워했다.

"봉 삼촌 부부가 전에는 장관보다도 더 잘 살았네요, 어머니!" 라 여사가 리푹 부인에게 속삭였다. "이 빌라는 저희 집보다 두 배는 크고, 방 배치나 건축이 현대적이에요."

"우리 고향보다 못해!" 리푹 부인이 입을 씰룩였다. "이번에는 무슨 일이 있어도 까익 아비를 따라서 고향으로 갈 거야. 봉의 집은 소안에게 맡기고."

"어머니, 봉 삼촌과 그녀를 엮어줄려는 거지요? 그 여자 괜찮은 것 같아요. 어머니 삼촌에게 탈출은 생각도 하지 말라고 당부하세요. 미국에 가면 밥은 먹겠지만 제국주의 늑대의 노예가 될 거예요. 남편이 그러는데 소련과 동독 그리고 우리 쪽 각 나라들이 곧 발전된 사회주의 건설을 완성한답니다. 그리고 우리 쪽 나라들이 우리도 그렇게 끌어올린다고 하네요. 남편은 누가 이기고 누가 쓰러질 것인지가 분명하답니다. 미 제국주의는 예전이나 앞으로도 종이 호랑이일 뿐이랍니다. 제가 삼촌에게 권하겠습니다. 미엔과 아이들은 그곳에 살도록 하구요. 소안과 지금 결혼한다면 아이도 충분히 낳을 수 있어요."

리푹 부인이 까익에게 속삭였다.

"할미가 짐을 다 꾸려놓겠다. 봉 큰아버지가 할미를 너희들과 같이 못 가게 하면 할미는 도망칠 거다."

까익이 친척들과 함께 병원에 다녀왔다. 새장에서 풀려난 새처럼 후엔리와 라 여사, 아버지를 데리고 사이공 시내 곳곳을 돌아다녔다.

까익은 포연 속이나 구사일생의 힘든 전쟁터와는 전혀 상관이 없는 듯 뽀얗고 살이 통통히 쪘다. 그의 부상증명서에는 신체의 3/4을 잃은 것으로 기록되어 있었고, 이것을 부상기준으로 보면 응웬끼 까익 상사는 3급 상이용사에 속했다.

퇴원 서류를 들고 꾹은 고개를 끄덕였다.

"이제 됐어. 까익의 생계는 이제 콘크리트보다 더 확고하게 되었어. 이번에 고향으로 돌아가면 녀석을 결혼시켜야겠어. 봉 형님도 참석해야죠?"

봉은 아무 말 없이 고개를 끄덕였다.

꾹은 그 부상증명서를 만들기 위해서 봉이 하오에게 금 두 냥을 주었다는 것을 알 리가 없었다.

그리고 까익의 결혼식은 말할 것도 없고 이번에 어머니와 라 여사 가족이 북으로 가기만 하면 봉이 영원히 떠날 것이라는 것은 더욱 알지 못했다. 그리고 결코 다시 만나지 못할 수도 있었다.

***

봉은 두 주일 동안 몰래 탈출계획을 준비했다.

탈출 주선자와 라인은 모르는 사람이 아닌 바로 하오였다.

얘기는 하오가 봉에게 도로교통국 지도자들이 봉을 캄보디아에 고문으로 파견하기로 결정했다는 통보를 한 날부터 시작되었다. 이것은 체제에 대한 충성심을 시험하는 것이었다. 수도 프놈펜이 아니라 격렬한 전투가 벌어지는 각 성으로 파견을 가는 것이었다. 도로와 교량 그리고 의료분야는 그 어떤 분야보다도 항상 군인들 및 전선과 밀접한 관련이 있는 분야였다.

그렇기 때문에 근무지가 곧 전쟁터라 할 수 있을 정도였다.

"깊이 생각해보세요." 하오가 말했다. "이런 소식을 전하게 돼서 아주 안타깝습니다. 관계기관 협의만 남았어요. 저들이 형님을 믿지 않기 때문에, 형님이 그곳으로 갔다가 미국으로 도망갈 것을 걱정하고 있어요."

"나도 그들이 어떻게 해야 나를 믿게 만들 수 있는지 모르겠네."

하오가 탐색하듯 봉을 한참 동안 쳐다보다가 당부할 것이 있는 것처럼 갑자기 목소리를 낮추었다.

"그곳에 간다는 것은 죽음으로 가는 것이나 마찬가집니다. 아홉이 가서 하나가 살아오지요. 크메르루주 군이 최근에 백발백중의 적외선 총을 갖추고 있답니다. 그들은 밤에만 쏜답니다. 아주 조심해야 돼요. 캄보디아로 가든 여기에 남아 있든 형님에게는 사지로 들어가는 것입니다. 이제 형은 토할 때가 되었어요. 공산정권도 형을 먹을 수 없고, 형 역시 그들을 먹을 수 없습니다. 이 경우 손자병법에 따르면 삼십육계 줄행랑밖에 없어요. 즉 서른여섯 가지 병법 중에서 도망가는 것이 상책이라는 거요."

봉은 놀랐다. 하오가 먼저 탈출한 터이 씨와 똑같은 말을 했기 때문이었다.

"그런데 어디로 날아가란 말이오?"

"저에게 감출 것 없습니다. 형님 몸은 오나라에 있지만 머리는 항상 초나라에 있지요. 매일 아내와 자식들이 있는 곳으로 보내달라고 주님께 기도하고 있잖아요?"

"어! 자네가 어떻게 알아?"

"형님, 저를 좀 무시하는 것 같네요. 제가 형님이라고 부르는데 형님이 저를 믿지 않으니 말하기 불편합니다. 단도직입적으로 물을게요. A부터 Z까지 전부를 책임지는 반공개적인 라인이 있어요. 안전하게 나간 뒤에 돈을 받지요. 형님, 원합니까?"

최근에 봉은 반공개적으로 탈출시켜주는 조직이 있다는 소리를 들었다. 실제로 정부기관 내의 일부 변질된 분자들이 탈출조직을 비호하며, 돈을 벌기 위해 조직한 것들이었다. 이 라인을 이용하면 틀림없이 공해상으로 나갈 수 있을 것이다. 그리고 공해상에서부터는 하늘의 뜻에 따를 수밖에 없었다. 배가 폭풍에 침몰하지 않거나, 해적들로부터 강도, 상해, 강간당하지 않는다면 운 좋게 약속의 땅에 도착할 수도 있을 것이다.

"자네만 믿겠네. 자네가 도와주게…."

"말뚝 박듯이 확실해야 형님께 말할 수 있어요."

"그러면 나에게 한 자리만 알선해주게. 모두 얼마인데?"

"형님을 가도록 할 수만 있다면 기쁜 일이지요. 돈은 큰 문제가 아닙니다. 그런데 왜 한 명만입니까? 그러면 어머니는?"

"어떻게 어머니를 모시고 갈 수 있나? 조카 까익이 여기 있다가 어머니를 모시고 북으로 갈 거야."

"좋아요!" 하오가 고개를 끄덕였다. "제가 소안에게 말해서 노모를 돌보라고 할게요. 언제 갈지만 얘기하십시오. 제가 배치를 하겠습니다."

계획은 쉽게 완성되었다. 탈출 경비는 금 20냥이었다. 그런데 하오는 우선 5냥만 먼저 받고, 나머지 15냥은 금 대신에 봉의 빌라를 저당 잡았다. 탈출에 문제가 있거나 봉이 체포된다면 하오가 건네준 금과 집 저당 문서 전부를 돌려주기로 약속했다.

탈출 여정의 시간이 다가오고 있었다. 봉은 ○일 ○시에 붕따우 끄어간 부두에 나타나기로 했다. 규정된 시간이 지나면 봉이 스스로 포기한 것으로 간주하고 탈출을 조직한 측은 책임이 없다고 했다.

그날은 리푹 부인과 꾹 부자가 빙찌에우 역에서 열차를 타고 북으로 가는 날이기도 했다.

리푹 부인의 예상과 달리, 봉은 어머니가 북으로 가는 것에 대해 쉽게 동의했다.

"어머니가 이곳에 있기 싫다면 저도 말리고 싶지 않습니다. 제 운명이 어머니를 모실 날을 이 정도로 정했나 봅니다."

"내가 소안에게 말했다. 그리고 소안이 여기로 와서 너를 돌봐주겠다고 약속했어. 내 말을 잘 들어라. 나는 고향에 가야 맘이 편해."

봉은 말없이 고개를 끄덕였다.

그리고 꾹 부자를 방으로 불러 문을 잠그고 잘 묶은 봉지를 꺼냈다.

"이 봉지는 까익이 보관해라. 배낭 속에 잘 보관하고 열차에서 잃어버리지 않도록 조심해라. 이것은 군인의 사명과 같은 임무라고 생각해라. 이 속에는 비 삼촌과 가족들에게 보내는 편지가 들어 있다. 꾹이 직접 열어보고 내가 당부한 대로 하기 바란다. 더 이상 말하지 않겠다. 절대로 열차 안에서 또 길 가는 중에 열어서는 안 된다. 집에 도착해서 열어보아라. 꾹과 까익 잘 들었지?"

꾹과 조카가 두 손을 모았다.

"예, 큰아버지께서 말씀하신 대로 하겠습니다."

봉이 까익의 배낭 밑에 봉지를 집어넣었다.

열차가 출발하기 전, 봉은 택시를 불러 자신이 직접 어머니와 꾹 부자를 데리고 빙쯔에우 역으로 갔다.

그것은 눈물로 가득 찬 이별이었다. 그날 아침은 햇볕이 따갑고 숨을 쉴 수 없을 만큼 무더웠다. 페이퍼플라워의 꽃잎이 반짝일 정도로, 봉황 꽃잎이 불타는 것처럼, 바로 쳐다볼 수 없을 정도로 햇볕이 따가웠다.

기차의 경적이 영원한 이별을 고하는 것처럼 처량하고 길게 울렸다. 열차가 시야에서 사라졌지만 봉은 여전히 정신 나간 사람처럼 역에 서 있었다.

잠시 후, 봉이 정신을 차렸다. 그는 북쪽을 향해 길게 합장을 하고 서둘러 여행용 가방과 짐을 어깨에 걸쳤다.

택시 한 대가 달려왔다. 봉이 문을 열고 운전수에게 곧바로 붕따우로 가자고 말했다.

15시간이 남았다.

집결지에 도착하기에 충분한 시간이었다.

내일 봉은 자신의 삶을 대양에 맡길 것이다.

제25장 금과 종이

꾹 부자가 리푹 부인을 모시고 고향에 도착하고 며칠이 지났지만 열차에서 너무 심한 고생을 한 부인은 아직도 몸을 제대로 가누지 못하고 있었다. 그 통일열차가 디에우찌 역 부근에서 탈선하는 바람에 상하행선이 모두 막혀 므엉만 역에서 하루를 보내야 했다. 피곤함을 모르는 대장정처럼 북으로 가는 상행선 열차에는 여전히 쌀, 과일, 천, 액젓, 조미료, 자전거 프레임, 폐전자제품과 인형 등을 가득 싣고 있었다. 3대의 상행선 열차가 냐짱에서부터 판티엣까지 꼬리를 물고 서 있었다. 국토의 절반인 북부지역의 가난과 부족함을 남북 종단철도 위에서도 숨기지 않고 있었다.

므엉만 역전은 음식과 샤워를 제공하는 서비스, 흥정, 욕지거리와 싸움 등으로 거대한 임시 시장 같았고, 거대한 쓰레기장이었다. 어린아이들이 울어댔다. 쓰레기, 휴지 조각, 속옷 등이 역전과 철로 위에 널브러져 있었다. 오줌과 똥이 곳곳에 흩어져 있었다. 수천 명의 사람 냄새가 탈출구가 없는 좁은 공간으로 모여들었다. 리푹 부인은 갈증과 소변을 참느라고 몇 번이나 기절할 뻔했다. 결국 바지에 오줌을 지렸다. 꾹 부자는 그것을 처리하고, 배낭을 지키느라고 연 이틀 동안 잠을 자지 못했다. 사람들이 차장과 철도청 지도자들에게 욕을 했다. "시팔, 통일열차는 무슨 얼어 죽을 통일열차! 이 열차 내가 다시 탄다면 개새끼다!"라고 말하는 사람도 있었다.

하노이에 도착하고 나서야 자신이 비로소 사람이라는 생각이 들었다. 비 큰아버지네 집에서 3일을 지내는 동안 까익은 봉 큰아버지가 준 봉투를 열어보자고 아버지를 졸랐지만 꾹은 허락하지 않았다. 집에 도착해서야 두 사람은 방으로 들어가 문을 단단히 잠그고, 마치 삼국지에서 관우가 반성에 도착해서 제갈량에게 무엇을 당부했는지 보기 위해 유비의 호리병을 열었던 것처럼 봉투를 열었다.

꾹 부자는 온몸에 땀이 났다. 성냥갑만 한 날 일자의 금괴가 반짝였고 꿈을 꾸는 것 같았다.

까익이 속삭였다.

"캄보디아에 있을 때 소대장이 이런 금괴를 갖고 있는 것을 봤어요. 그는 한 사찰의 불상 속에서 그것을 꺼냈어요. 다음 날 그는 다른 사찰도 찾아가 뒤졌지만 없었어요. 그런데 크메르루주가 그의 목을 자르고 그 금을 다시 가져갔다고 합니다. 그래서 사람들이 금을 주우면 안 좋다고 말해요."

"이 금은 달라. 이것은 봉 큰아버지의 땀과 눈물이야. 봉 큰아버지는 평생 공부만 했고, 성공했다. 우리나라의 교통과 교량분야에 봉 큰아버지처럼 재능을 가진 사람은 손가락을 꼽을 정도야. 옛날에 봉 큰아버지의 월급이 금 수십 냥이었어. 이삼 년이면 집과 자동차를 살 수 있었지. 어서 큰아버지 편지를 읽어봐라. 뭐라고 했니?"

꾹은 아들에게 금괴 사이에 끼워둔 편지를 건넸다.

존경하는 어머님께.

사랑하는 코이와 비 형님 그리고 제수씨와 조카들에게.

어머님과 우리 가족들이 이 편지를 읽을 때쯤에 어머니의 아들, 이 불효자, 응웬끼 가문을 버린 저는 바다 위를 떠다니고 있을 것입니다. 이것이 영원한 이별이 될 수도 있을 것 같습니다. 운이 좋다면 제가 살 수도 있겠지요. 그렇지 않다면 제가 바닷물고기의 먹이가 되었을 것이라고 생각하십시오. 그리고 제가 떠난 날을 제삿날로 간주해주십시오….

몇 줄을 읽다가 까익은 혀를 깨물었다. 읽는 것을 멈추고 밖에 대고 소리쳤다.

"할머니!"

그러나 꾹이 손을 뻗어 아들의 입을 막았다.

"그만해라! 할머니가 아시면 견뎌내실 수 없다. 이 얘기는 절대 비밀로 하고, 계속 읽어봐라."

이 금은 저희 부부가 수십 년 동안 모은 것입니다. 두 냥은 어머님의 노후를 위해 사용하십시오. 그리고 코이 형님, 비 형님과 꾹 동생에게 각각 한 냥씩 보냅니다. 나머지는 어머님이 꾹 동생을 시켜 토지개혁 때 빼앗겼던 땅과 응웬끼비엔을 다시 매입하는 데 사용하도록 하십시오. 그리고 남는 돈이 있다면 아버님 묘를 손보고 응웬끼 가문의 사당을 새로 지으십시오….

***

봉이 남긴 그 금을 써보지 못한 최초의 사람은 리푹 부인이었다. 아들이 탈출했다는 소식을 알고 리푹 부인은 3일 동안 곡기를 끊고는 3주 동안 침대에 누워 있다가 세상을 떴다.

리푹 부인이 돌아가신 지 100일을 기다렸다가 꾹 부부는 코이와 비형에게 편지와 금을 보여주었다.

코이는 봉이 준 금을 거절했다. 봉의 탈출은 그의 정치적 생명을 위협하는 아픈 주먹과도 같은 것이었다. 깜과 쭈 모자에 관한 고소 사건으로부터 막 벗어났는데, 이제 봉 사건을 중앙당에 보고해야 했다. 빌라를 차지하기 위해 동생을 탈출하도록 부추겼다고 말하는 사람도 있었다. 봉이 남베트남의 도로와 교량에 관한 비밀자료를 미국에 팔려고 가져갔다고 덮어씌우는 자도 있었다. 코이는 봉에 대해 너무나 화가 나 여러 날 밤잠을 이루지 못했고, 속이 부글부글 끓었다. 리푹 부인이 죽고 나서 그는 제를 지내야 했다. 그의 의붓어머니가 낳은 자식들 때문에 그의 목에 가시가 걸린 것처럼 거북했기 때문이었다.

비는 금괴를 들고 마치 이 세상에 태어나 처음으로 신기한 금속을 본 듯, 부어서 어리숙해 보이는 얼굴로 오랫동안 바라보다가 아무 말 없이 꾹에게 돌려주었다.

"우리가 받은 것으로 생각하세요." 키엠이 남편의 뜻을 알았다는 듯 설명을 했다. "삼촌이 가지고 있다가 부모님 묘지를 손질하는 데 쓰세요."

꾹은 본래 통통한 얼굴에 살이 더 쪄서 멍청해 보이는 비의 얼굴과 몇 개 남지 않은 머리칼이 이마로 흘러내려 얼굴이 더 무겁게 보이는 형의 모습을 보고 가슴이 터질 것 같았다. 비 가족의 상황은 꾹에 비해 더 어려웠다. 비는 근무를 계속할 수 없는 건강 때문에 일시에 퇴직금을 받고 일을 그만두었다. 그 일 역시 러이와 몇몇 문학 친구들이 도와주었기 때문이었다. 그렇지 않다면 재교육 수용소에 갔다 온 반동분자가 공민권을 박탈당하지도 않고 그 기간을 호봉에 계산해 준 것은 국가로부터 인도적이고 큰 우대를 받은 것이라는 말을 믿어야 했다. 게다가 꾹 부자가 리푹 부인을 사이공에서 데려온 일도 도움이 되었다. 허리가 구부러진 바이엔 부인이 대나무 돗자리에 앉아 플라스틱 슬리퍼를 진열하고 있었다. 특히 가장 비싼 것은 띠엔퐁 상표의 하얀색 슬리퍼였다. 그때 부인은 발자국 소리를 듣고, 세무 공무원이 쫓아온다고 생각했다. 더구나 까익이 군복을 입고 있었기 때문이었다. 부인은 정신없이 슬리퍼 몇 개를 챙기고 도망치다가 넘어졌다. 얼굴에 피가 가득했다. 허리가 굽은 데다 귀가 먹었지만 부인은 일을 멈추지 않았다. 부인에게는 아들 카잉의 열사 보조금이 있었지만 키엠 부부와 두 손녀가 불쌍해서 용돈이라도 벌기 위해 여전히 노점상을 하고 있었다. 집에 도착하니 비가 평상에 반쯤 누운 상태로 시퍼렇게 물든 치질환자의 엉덩이를 들여다보고 있었다. 리푹 부인이 그것을 보자마자 울음을 터뜨렸다. 비가 재교육 캠프로 간 뒤로 이제야 모자 상봉이 이루어진 것이다. 부인은 아들을 껴안았다. 부은 얼굴에 빠진 머리카락 그리고 멍청하게 보이는 눈망울은 그녀의 총명했던 둘째 아들의 모습이 아니었다. "아들아! 어찌하여 이 지경이 되었단 말이냐?" 부인의 울음소리는 꾹 부사로 하여금 같이 따라 울게 만들었다.

"저희는 봉 큰아버지의 선물을 전하는 것뿐이에요." 니가 금덩이를 키엠에게 밀어내며 강하게 거절했다. "삼촌들이 거절하면 저희가 봉 큰아버지에게 죄를 짓는 것이에요."

"나와 남편이 받은 것으로 치면 돼요. 이것은 우리가 부모님 묘지와 사당을 수리하는 데 내는 비용으로 칩시다." 키엠은 더 강하게 거절했다. 키엠 부부의 소자본가적이며 지식인적인 기질을 꾹이 흔들 수는 없었다.

"삼촌 부부도 참 짜증나게 하네요." 하노이에서 집으로 돌아와 니가 남편에게 말했다. "가족의 일을 그분들이 우리 부부에게 모두 미루었어요. 그렇다면 저에게 맡기세요. 제가 부모님의 옛 집과 땅을 모두 다시 사겠습니다. 그리고 얼마건 간에 남는 것은 돈으로 바꿔서 저축할게요. 봉 큰아버지가 돌아올 때까지 기다리다가 큰아버지가 손수 사당을 새로 짓도록 해줍시다."

"봉 형님은 바닷물고기 밥이 됐을 거야." 꾹이 한숨을 쉬었다.

"당신 입방정은 알아줘야 해. 누가 그래요?"

꾹이 방으로 들어가서 서랍을 뒤져 낡은 신문을 꺼내 니에게 건넸다.

"이 신문은 라 형수가 가져온 것이야. 경찰이 러이 형님을 만나서 신문에 실린 배가 봉 형님이 탈출한 배라고 확인해주었다고 하더군. 우리 부자와 어머니가 열차가 연착되어 브엉만 역에서 기다리고 있던 바로 그때였어. 그때 어머니가 음식을 토하고 기절했을 때인데 나는 갑자기 눈이 깜박거렸을 때였어. 봉 형님이 탈출하던 배가 붕따우에서 출발해서 공해상에 도착했을 때 기다리고 있던 해적이 배에 올라서 강탈해갔다고 해. 그들이 노인과 어린애를 바다에 던지고 남자는 다 죽였대. 여자들은 시합하듯 강간을 했다고 하더군."

"너무 무서워요. 소름이 다 돋아요…."

"신문에 그렇게 쓰여 있어. 내가 어떻게 꾸며대나?"

"그러면 집은요? 삼사 층이나 되는 큰 집인데 지금은 누가 살아요?"

"라 형수님 말로는 봉 형님이 탈출한 것을 알았을 때 러이 형님이 바로 비행기를 타고 내려갔었데. 결국 하오와 소안이 봉 형님을 속이고 그 빌라를 차지했다더군. 내가 그 두 사람을 알지. 어머니가 그곳에 있을 때, 형님동생하며, 어머니와 자식 사이처럼 달콤한 말만 했다고 해. 어머니는 봉 형님을 소안과 결혼시켜서 탈출하지 못하도록 하려 했지. 그렇지만 나는 한눈에 알아봤어. 하오와 소안이 서로 사랑하는 사이라는 것을. 나는 봉 형님이 사기당하지 않기만 바랐지. 그런데 결국 그들의 목표는 봉 형님의 빌라였고, 아주 오래전부터 계획된 거였어."

"그런데 러이 형님이 가만히 놔두었단 말이에요? 큰아버지처럼 직책과 권세가 있는 분이 그 빌라를 그냥 날렸단 말이에요?"

"그래서 러이 형님이 날아가서 해결했지… 우리 집안에 러이 형님처럼 직책과 권세가 있고, 똑똑한 사람이 누가 있어?"

"됐어요. 제가 봉 큰아버지가 당부한 것처럼 사당과 땅을 되찾을게요. 만일 봉 큰아버지가 운수가 사나워 돌아오지 못한다면 삼촌의 망령이 도와줄 것입니다…"

아주 운 좋게 바로 그때 동 마을은 송베 성 고무나무 지역과 럼동 성 커피농장 지역으로 자유롭게 이전하는 운동이 벌어지고 있었다.

처음으로 동 마을의 많은 사람들이 그들 마을이 너무 좁다는 것을 느꼈다. 옛말에 죽은 지 삼 년 된 여우도 머리를 산으로 향한다고 했다. 동 마을 사람들도 동쪽으로 갔던 서쪽으로 갔던 간에 말년에는 수단방법을 가리지 않고 마을로 돌아와서 집을 수리하고 밭을 가꾸고, 함께 즐기고 함께 죽는 것이 일상이었다. 그런데 이제는 달라졌다. 특히 흉년의 배고픔을 안 뒤부터는 합작사의 수확 때가 되면 벼를 베는 사람보다 이삭을 줍는 사람들이 더 많았다. 들판에는 사람들로 가득 찼고, 마을을 떠나 장사하러 가거나 하노이로 가서 넝마주이, 벽돌공, 식모살이 하는 사람도 있었다. 전국 농촌에 이른바 도급제라고 불리는 중앙당 지시 100호가 내려온 뒤로 두세 가족이 마을로 돌아왔다. 그러나 몇 마지기의 논을 도급받아서 농사를 지어도 머슴살이하는 것이나 마찬가지였다. 논갈이, 종자, 비료, 농약, 물세, 농업세, 관리자 접대비, 회의비 등을 빼고 나면 한 마지기에 벼 몇십 킬로그램만 남았다. 점쟁이가 하나를 먹으면 대나무 잡는 사람이 두 개를 먹는 격이었다. 일 년 내내 눈을 땅에 팔고 등을 하늘에 팔아도 쌀통은 여전히 텅 비었다.

그래서 웅아잉 버우가 말한 것처럼 삼십육계 줄행랑이 최선책이었다. 한자를 배우고, 붓글씨를 좀 쓴다고 하는 시골 청년은 바로 자신의 고향을 떠나야만 비로소 살 수 있을 지경이었다.

응아잉 버우도 몇 년 동안 군대를 다녀와서 합작사 주임을 맡았다. 1979년 동 마을에서 불법 도급제 사건이 터졌다. 몰래 도급을 준 일은 응아잉 버우가 지시한 일이었다. 그런데 언론과 지방 지도자들의 귀에 들어갔고, 목축 담당 합작사 부주임이었던 꾹도 현으로부터 징계를 받았다.

짜증이 난 응아잉 버우는 마을을 떠나 군대시절 알던 친구와 함께 송베로 가서 푸지엥 고무농장의 노동조합에서 일하고 있었다. 두 달 뒤에 응아잉 버우는 고향으로 돌아와 집과 논밭을 팔고 가족을 데리고 프엌롱으로 가 정착했다.

응아잉 버우는 중학교 다닐 때 사람들이 "고무농장에 일하러 가는 것은 쉽지만 돌아오는 것은 어렵다. 건강한 몸으로 갔다가 야윈 몸으로 돌아온다. 몸을 팔아 돈을 번다. 고무농장 흙 속에는 시체가 몇 층이나 쌓여 있다."고 하는 소리를 들었다. 모두가 헛소문이었다. 옛날에 말라리아와 콜레라가 없는 곳이 어디 있었나? 동 마을 벌목꾼들 중에 산에서 미끄러져 죽은 사람이 수도 없이 많았다. 게으르고 의지가 부족한 것이지. 송베에는 땅이 지천으로 널려 있어! 세 달 일하면 일 년을 살 수 있지. 우리 동 마을보다 만 배는 편하게 살 수 있어. 결국 열세 가족이 마을을 버리고 응아잉 버우를 따라 송베로 갔다.

나머지 여덟 가족은 꾸숩을 따라 럼동 성으로 갔다. 어른들은 배낭을 메고, 짐을 이고 지고 들고 갔고, 큰아이는 어린아이를 업고, 걸을 수 있는 애들은 뒤뚱거리며 남행열차를 타기 위해 줄지어 항꼬 역으로 갔다. 트엉 골목에 살던 사람들이 모두 가버렸다. 줄지어 늘어선 예닐곱 집이 텅 비었고, 밭에는 개가 똥을 싸고 잡초가 무성하고, 이끼가 방문 앞까지 올라왔다. 다른 골목에도 텅 빈 집들이 듬성듬성 있었다. 히엔홍 씨 집은 딸만 넷이 있었는데 모두 공부를 잘했다. 부모가 송베로 가기 위해 학교를 그만두게 하자 아이들은 서로를 끌어안고 눈물을 비 오듯 쏟았다. 호안방 씨 집은 마당에 연못이 있는 기와집이었는데, 노부모와 선천성 장애인인 동생을 남겨둔 채 세 아이를 데리고 항꼬 역으로 갔다. 먹고사는 문제를 해결하는 것이 우선이었다. 삼사 년이 지난 후 형편이 좀 나은 사람은 남고 어려운 사람들은 고향으로 돌아와 농사를 지었다.

한때 바람둥이로 소문이 났던 남동생 리우빅 응옥, 입영 신체검사 때마다 용과를 술에 타 마셔 혈압을 높여 입대를 피했었던 징병검사 회피 전문가 역시 응아잉 버우에게 설득 당해서 고향을 떠났었다. 그는 까이와 함께 입대했었는데, 성 고사포 부대에 배치되어 미국 전투기와 한 판을 벌이던 중 파리평화협정이 체결되었다. 그런데 이해할 수 없는 것은 제대했을 때 그가 4급 상이군인 증명서를 갖고 나와 매달 보조금을 받았다는 것이다. 응옥이 마을에 돌아오자 제 버릇 개 못준다는 말처럼 니와 잘 생각부터 했다. 니, 나이, 라잉 등은 그가 전에 잠자리를 했던 군인들의 아내들이었고, 그중에 니는 응옥의 아이를 임신하기도 했었기 때문에 응옥은 갈증이 더했다.

"나는 녀를 잊을 수가 없어. 밤에 누워 있으면 니 생각에 침이 흘러…" 꾹이 집을 비운 사이에 응옥이 찾아와 니의 부풀어 오른 통통한 엉덩이를 두드리며 은근한 목소리로 말했다.

"말도 안 되는 소리!" 니가 고개를 돌려 험상궂은 눈초리로 응옥에게 경고했다. "솔직히 말하면 우리 남편 꾹 씨는 못난 사람을 아내로 맞아들인 것이지 아내를 창녀로 만들 사람이 아니야!"

"그렇지만 꾹 씨가 어디 나만 하겠나?"

"아이고! 어떻게 똥과 석회를 비교하고, 나팔수의 입과 창녀의 그것을 비교할 수 있단 말인가! 당신은 우리 남편 꾹의 슬리퍼만도 못해! 게다가 남편은 아내에게 몸을 팔게 할 남자가 아니지. 옛날 얘기는 묻어두쇼. 땅에 묻었다가 쓰레기 더미에 던져버리소. 응웬끼 가문의 며느리에게 수작을 걸지 마소. 우리 아들 까익이나 딱이 알면 칼로 얼굴을 찢어놓을 것이오.”

“아이고, 무서워라! 말 꺼내기가 무섭네…. 그렇지만 그리워서 미칠 것 같소…. 총을 쏠 수 없다면 실탄이라도 주시오….”

“그렇게 말한다면 됐소.” 니가 화를 낮추었다. 그리고 잠시 생각한 후에 말했다. “나를 이모라고 부르시오. 그러면 내가 딸 주옹을 당신에게 시집보내겠소.”

“정말요? 니 이모님, 주옹을 나에게 주어야 해요!” 응옥의 눈이 빛났다. 몇 년 동안 군에 갔다 오니 주옹은 다 자라 있었다. 가슴은 자몽 같고 엉덩이는 동그랗게 부풀어 올라서 언제나 응옥의 눈길을 쏠리게 했다. 아주 여러 번 응옥은 대나무 숲 속에 숨어 연못에서 부평초를 건져내는 주옹의 모습을 몰래 훔쳐보았다. 걷어 올린 바지가 조금만 더 올라가면 어디가 보일지는 말할 필요도 없었다. 초등학교 시절 면장네 연못에서 목욕하던 여자들을 훔쳐보던 때가 생각났다. 그는 주옹이 통통하고 하얀 속살을 드러내고 목욕하는 상상을 했다. 주옹과 잠을 잘 수만 있다면 선녀보다 나을 것이라고 생각했다. 저 사나운 이모보다 만 배는 더 즐거울 것이었다. 그런 생각을 하니 온몸에 전율이 느껴졌다.

농담인 줄 알았는데 반년 뒤, 니는 응옥의 장모가 되었다.

이 결혼을 속으로 반대한 유일한 사람은 꾹이었다. 꾹은 아직도 전에 니가 응옥과 잠자리를 했다는 것을 속에 품고 있었다. 이제 자신의 딸과 결혼을 했으니 세상 사람들이 면전에서 비웃을 일이었다. 그러나 니가 남편을 설득했다. 옛날 얘기를 몸에 지니고 있으면 병이 난다. 아내가 자신을 사랑하고 자신에게 충실하면 됐다고 생각했다. 사랑하지 않고, 자신에게 정절을 지키지 않았다면 어떻게 자식을 셋이나 두었겠는가? 마을 사람들이 뭐라고 지껄이든 상관없다고 생각했다. 내 나락이라고 생각했는데 볏짚이었다. 자신이 두 아내와 일곱 자녀를 둔 것이 맞는 것 아닌가? 사람들은 꾹이 리푹 씨의 아들이었지만 다르다고 생각했다. 그렇기 때문에 자식들의 이름을 '토지개혁의 공'이라고 지었다고 생각했다. 누가 그렇게 지으라고 부추긴 것이 아니었다. 농민들은 쉽게 생각하지 않는다. 토지개혁과 소작료 인하하는 일이 자신의 손에 달렸다고 생각했는데, 결국 하늘의 것을 땅에 돌려준 격이었다. 모든 것이 합작사로 귀속되었다. 농민들의 공로는 이제 공공의 것이었다. 이제 자신의 딸 주옹을 데리고 있을 이유가 없었다. 도전이었다. 합작사가 해산되고 사람들은 땅을 버리고 읍내로 갔다. 주옹도 결혼할 나이가 되었다. 집에 둔다면 불발탄을 집에 두는 것과 마찬가지였고, 그렇다면 자신이 욕을 먹을 일이었다.

여기까지 생각하자 꾹은 자신이 동의하지 않으면 끝날 일이 아니라는 것을 알았다. 게다가 주옹 역시 웅옥에게 마음을 두고 있는 눈치였다. 두 집은 붙어 있었고, 짚더미가 준비되어 있었기 때문에 성냥을 긋기만 하면 활활 타오를 것이었다.

주옹을 웅옥에게 시집보내는 일을 계획할 때부터 니는 토지개혁 때 동민들에게 분배되었던 땅을 되찾아 웅웬끼비엔으로 돌려주겠다는 의도를 갖고 있었다. 과연 웅옥이 웅아잉 버우를 따라 주옹을 데리고 송베로 가려 할 때, 웅웬끼 가문의 며느리로서 자신의 의도를 펼칠 때가 왔음을 알았다. 웅옥과 주옹은 진심으로 도와줬다. 당연히 그들은 적절한 보상을 받았고, 봉이 남겨준 금의 절반으로 잃어버렸던 웅웬끼비엔의 땅 전부를 회수했을 뿐만 아니라 옆에 붙어있던 두 가족의 땅 200여 평까지도 구입할 수 있었다.

땅을 회수하고 나서 니는 사당을 수리하고, 반달 모양의 연못과 옛 건물을 원상태로 복구하려고 했다. 마을 어르신을 찾아가서 대문에 대해 묻고, 그림을 그리는 사람을 찾아서 한자로 웅웬끼비엔이라는 글자를 그려달라고 부탁했다.

꾹이 말했다.

"조상의 땅을 되찾은 것은 일단은 성공한 것이야. 그렇지만 다음 단계가 더 중요해. 나는 둘째이고 게다가 양자인데, 솔직히 말하면 머슴이나 같은 데…, 내 맘대로 사당을 지을 수는 없어…"

"그렇지만 제가 보기에 어머님이나 형님들 누구도 당신을 양자로 보는 사람이 없던데요? 이 집에서 공로를 말한다면 당신이 일등이지요. 두 삼촌은 전쟁터로 갔고, 한 분은 남쪽으로 내려갔고요. 오직 당신만이 집에 남아서 제사를 모셨고, 어머님과 허우 아가씨를 돌봤잖아요? 자식들 중에서 어머님은 우리와 사는 것을 가장 좋아했잖아요?"

"그리고 나도 내가 어머니 친자식이라고 생각하고 있어. 어머니도 나와 봉을 쌍둥이라고 말하지."

"그런데 당신은 무엇을 걱정해요? 삼촌들이 할 수 없다면 당신이 나서서 사당을 지으면 되지요. 봉 큰아버지가 돈을 남겨놓았잖아요. 당신은 힘만 보태면 되지요…"

니가 여러 번 꾹을 재촉했다. 꾹은 아내 복이 있었다. 두 명의 아내를 두었지만 둘 모두 복덩이였다. 빙과 비교하면 니는 빙보다 여성스럽지는 않았지만 일을 잘 했고 살림도 잘했다. 주옹을 시집보내고 나서 까익을 장가보냈다. 까익의 아내 봉은 몇 년 전 남편 호안 씨를 따라 푸지엥 고무농장으로 간 방의 여동생이었다. 까익이 결혼하고 난 지 얼마 되지 않아 주옹과 언니 방의 말을 듣고, 봉은 남편에게 송베로 가자고 졸랐다. 니는 즉시 찬성하고, 까익 부부에게 봉 큰아버지가 남겨준 금 다섯 돈을 주었다. 까익까지 결혼시키고 나니 동 마을에 전처소생은 한 명만이 남았다.

그러나 아직도 사당을 건축하는 일은 끝나지 않았다.

코이와 비 부부는 아무런 의견이 없었고, 그녀가 하고 싶은 대로 하라 했다. 말은 그렇게 했지만 시험하는 것이나 마찬가지였다. 누구의 아버지라고 감히 맘대로 하겠는가! 어려운 시절이었기 때문에 삼촌들은 늘 의식주와 자식들의 학업과 직장을 걱정했으며, 조상의 사당이나 묘지, 심령에 관한 것은 아무도 생각할 겨를이 없었다.

"집안에 금을 두고 있으니 늘 걱정이에요."

니가 남편 옆에 누워 한숨을 푹푹 쉬었다. 니는 봉 큰아버지가 보내준 금을 라와 키엠에게 한 냥씩 억지로 맡겼다. 어머니와 고모 허우에게 남겨진 금과 땅을 사고 남은 나머지 3냥이 전부였다. 이리저리 생각해도 어떻게 써야 할지 생각이 나지 않았다.

"모두 팔아서 쌀을 사서 나눠주거나 빌려주고 이자를 받든지 아니면 자전거를 사서 애들 학교에 타고 다니게 하든지, 어때요 당신은?"

"그렇게 하면 우리만 부자 되려고 이용하는 것과 다를 바 없지." 꾹이 잘라 말했다.

"그러면 제가 하노이로 가져가서 따이띠엔 고모에게 맡길게요. 집 안에 금을 오래 둘 수는 없어요. 따이띠엔 고모는 어머니와 사촌 간이에요. 전에 고모는 항다오 거리에서 가장 큰 금방을 운영했고, 하노이와 프엉딩 간을 오가는 비스를 운영했어요. 나라에서 금 거래를 금지한 날부터 고모는 여전히 밀거래를 했어요. 고모에게 맡기는 것이 가장 안전해요."

"당신 맘대로 해." 꾹이 몸을 돌리며 차가운 손으로 니의 젖을 만졌다. 젖꼭지가 용안 씨처럼 단단해졌다. 그것은 꾹에게 무조건으로 동의하겠다는 신호였다.

다음 날 니는 헤진 옷에 싼 금 6냥을 감자와 함께 왕골 백에 넣은 다음 차를 타고 하노이로 갔다.

따이띠엔 고모를 만나자마자 니는 그녀를 끌고 방으로 들어가서 조용히 속삭였다. 따이띠엔 여사는 놀라서 주변을 둘러보며 거절했다.

"근 10년 동안 남은 금을 본 적도 없어. 우리 집에 화를 입히지 마! 아주 위험해! 금은 국가에서 거래를 금지한 품목이야. 금이 있다고 생각되면 세무서에서 수시로 집을 뒤지고 있어. 책걸상은 물론 옷장, 베개, 매트리스, 부엌, 화장실 등을 다 뒤진다니까. 빗자루로 쓸고 쓸어도 안 나올 때 비로소 그만둔다니까. 가장 심한 놈은 후에 거리의 붉은 깃발 이발소 조합 트럭 노인의 사위, 사잉이야. 그놈은 세무서에서 높은 직책을 갖고 있어. 한 번은 그놈이 화장실 같이 썩은 입으로 내 얼굴에다 대고 '당신 금과 아편을 밀거래하면 땅에 머리를 박을 줄 알아! 언젠가는 내가 당신이 감춰둔 곳을 찾아내게 될 터이니 두고 보시오!'라고 하잖아. 저들은 아직도 내가 금 거래를 하고 있다고 의심하고 있어. 아이고, 얼마 전에 Z30 행정감사가 있었어. 깜박했으면 내가 감옥에 갈 뻔했지."

"Z30이 무엇이에요?"

"저들이 붙인 무슨 비밀 이름이지. 내가 어떻게 알아. 사람들 말로는 부자들에 대한 행정감사라고 하더라. 최근 몇 년 동안에 2층 이상의 집을 지은 형편이 좋은 하노이의 수백 가구가 그 행정감사 대상이라는 거야. 너희들 돈이 어디서 났어? 우리가 조국 해방을 위해 미국과 싸우면서 수백만 명이 죽고 지금 보리쌀도 없어서 끼니를 거르는데 너희들은 어찌하여 고층 집을 짓고, 오토바이 사고, 호의호식하고, 너희 자식들은 잘 입고 잘 먹니? 우리들은 평등한 무산계급의 사회를 위해 분투하고 있는데, 너희들이 감히 대들어? 경찰과 민병대가 집을 포위하고 수색한 다음에 재산을 몰수해갔어. 아이들과 노인들이 소나기처럼 울어댔어. 토지개혁 때보다 더 심했지. 몇 사람은 너무 억울해서 농약을 마시거나 목을 매어 죽었어…."

"진짜예요? 저희 시골에서는 전혀 몰랐어요."

"우리 고향 출신 찌엔 탕 러라는 놈이 이 사건의 지도위원회에 있다고 하더라. 그는 사이공으로 가서 상공업 개혁을 지도하고 나서 다시 북으로 올라와 Z30을 지도했단다…. 사람들이 '시인이 경제를 담당하고, 대장은 산아제한 운동을 한다'고 수군대고 있어. 완전히 세상이 뒤집어진 것이지.

살기가 아주 힘들어. 금을 가지고 가서 쌀로 바꾼 다음에 이자를 받고 빌려주는 것이 좋아. 나는 대신 맡아줄 수가 없어."

니는 금을 가지고 돌아와서 부엌에 있는 조왕신 상 아래에 땅을 파고 묻었다. 반 달 뒤 무슨 생각이었는지 다시 금을 파내 몰래 프엉딩 읍내로 나가서 모두 판 다음에 면 금고에 저금했다.

그 뒤, 정확히 2년 뒤에 니는 그것이 자신의 일생에서 가장 어리석은 행동이었다는 것을 절감했다. 금을 돈으로 바꿔 저금한 어리석은 행동은 봉이 자원하여 바닷물고기 밥이 되기 전에 가문의 사당을 지으라고 맡긴 돈 전부를 날리게 만들었다.

1985년의 화폐개혁은 금덩이를 흙으로 만들었고, 옛 화폐 자루를 휴지조 각으로 만들었다.

타이응웬 성 딩화에 살던 라 여사의 친조카인 농익로 씨는 일생 동안 고생하며 기른 물소 열두 마리를 팔아 집을 지으려고 했다. 목재, 석회, 벽돌 등을 구입하기 전에 화폐개혁이 실시되었고, 구권 10동을 신권 1동으로 교환했다. 세 달 뒤에는 물소 열두 마리를 판 돈으로 닭 한 마리를 사기도 힘들었다. 재산이 너무 아깝고 너무나 가슴이 아파서 로 씨는 독초를 씹고 자살했다.

니는 라 여사의 조카보다도 더 아팠다. 그 돈은 가문의 돈이었고, 봉 큰아버지가 맡긴 돈이었기 때문이었다. 니는 집안의 며느리였고, 더구나 양자의 며느리였다. 응웬끼 가문으로 시집온 날부터 니는 남편이 양자라는 손가락질을 받지 않게 항상 모든 노력을 다했었다. 니는 의식이 있었고 강철 같은 결심으로 동네와 집안에서 남편과 자식이 제대로 된 위치를 차지하도록 했었다. 그런데 갑자기 니가 순식간에 재산을 모두 날린 것이었 다. 니가 어처구니없는 일을 저지른 것이었다. 니가 칼 없이 남편과 자식, 집안을 죽인 것과 같았다. 니는 식음을 전폐하고, 몸이 야위어 갔다. 밤마다

니는 꿈을 꾸었다. 꿈속에서 그녀는 하얀 그림자가 나타나서 땅에 머리를 박고 있거나 바나나를 심거나, 어떤 때는 연못에서 머리칼을 풀어헤치고 올라오는 모습을 보았다. 그 사람은 우는 것처럼 말했는데, 자신이 머물 곳이 없다고 하면서 자손들이 곧 집을 지어준다고 했는데 아무리 기다려도 보이지 않는다고 말했다.

그러던 어느 날 밤, 거의 아침 무렵에 니는 소복차림의 그 사람이 나타나 자신의 이름을 정확하게 부르는 소리를 들었다. 아주 급한 일이 있는 것처럼 남편과 아이들에게 말할 틈도 없이 니는 그 소복을 입은 사람을 따라 연못 주변을 돌아서 야자나무가 쓰러진 곳에 도착했다. 니가 멈춰 서서 수면에 비친 자신의 모습을 바라보았다. 니가 뛰어들려다가 무슨 생각이 났는지 물을 퍼서 세수를 하고, 머리칼을 가다듬은 다음에 소복의 그림자를 따라 사당으로 향했다. 가는 길에 니는 순간적으로 무엇인가에 걸려 넘어질 뻔했는데, 허리를 굽혀 보니 어제 오후에 아들이 바꾼 물소 끈이었다. 니는 손을 뻗어 그 줄을 들고 따라갔다.

사람 발자국 소리를 듣고 쥐들이 찍찍 대며 처마 위로 도망갔다. 오래된 돌망고 나무 위에서 도마뱀이 다섯 번 울었다. 소복의 그림자가 사당 문 앞에서 돌연히 사라졌다. 마치 니를 기다린 것처럼 창문 하나가 니 앞에 있었다. 그녀는 그림자처럼 창문을 밀치고 들어갔다. 그녀는 몽유병 환자 같았다. 향 세 개를 피우고 제단 앞에 엎드려 "제가 죄인입니다. 제가 응웬씨 가문의 재산을 다 날렸습니다. 제 죄를 받겠습니다."라고 중얼거리며 천천히 의자에 올라 대들보에 밧줄을 걸었다….

***

한밤중에 나는 향내를 맡고 꿈은 니가 사당에 있다는 것을 재빨리 알아차렸다.

바로 몇 분 전 잠에서 깼을 때 옆에 아내가 없는 것을 알고, 꾹은 온몸으로 질투와 의심이 퍼지는 것을 느꼈다. 뭔가 큰 덩어리가 목에 걸린 것 같았다. 아무리 넘겨도 넘어가지 않았다. 꾹은 니의 바람기가 다시 일어선 것이라고 의심했다. 한 달 넘게 니의 행동이 아주 이상했었다. 언제나 남편에게 무엇인가를 숨기는 것 같았다. 가장 이상한 것은 매번 꾹이 그 일을 하려고 하면 밀어냈다. 개가 똥을 감추면 문제가 있는 것이다. 꾹은 토지개혁 때의 일이 생각났다. 꾹이 경각심을 일찍 갖지 않았다면 전처 빙은 팽끼우 띠우 손에 들어갔을 것이었다. 지금 니는 더더욱 그냥 두어서는 안 되었다. 니는 한참이고 꾹은 나이가 들어서 맘대로 안 될 때가 많았다. 마을에 어떤 놈이 나타났는지 알 수 없는 것 아닌가? 남편 옆에 잠들었다가 몰래 나갔다는 것은 무슨 일이 있는 것 아닌가? 바람 난 것이다. 그녀가 자신의 뒤통수를 쳤다고 생각했다.

꾹이 손전등을 들고 사당 앞에 도착하니 갑자기 불빛이 어른거렸다. 향내가 니는 것으로 보이 니기 안에 있는 것이 틀림없었다. 꾹은 안으로 들어가며 사당 안을 비추었다.

"어! 누구냐? 누가 제단 앞에 목을 매달고 있어?"

꾹이 손발을 떨며 창가로 쓰러졌다. "니! 니! 왜 그래? 누가 뭐라고 했다고 우리를 버리고 삶을 마감하느냐고? 애들아! 엄마 살려라!"

꾹이 소리 지르며 아내 쪽으로 뛰어갔다. 정신이 없었지만 조심스럽게 꾹은 의자에 올라가서 니의 몸을 들어 올렸다.

제26장 약속의 땅

우기 말 붕따우 오후는 햇볕도 좋고 꽃도 많이 피어 있었다. 사방의 햇볕과 방방곡곡의 꽃이 먼 길을 떠나는 나그네를 전송하기 위해 이곳에 모여든 것이라고 생각했다. 계절 끝자락의 꽃잎은 피처럼 붉었다. 하얀색, 오렌지색, 보라색 꽃잎이 마치 색종이처럼 각자의 색깔을 드러내고 있었다. 초록색 잎사귀 속에서 하얗고 붉은 플루메리아 꽃이 더 이상 향을 바칠 기회가 없다는 듯 진한 향기를 품어내고 있었다.

이 시간쯤이면 어머니와 꾹 부자가 탄 통일열차는 틀림없이 탑짬에 도착했을 것이다. 며칠 후면 어머니와 사람들은 내가 탈출했다는 것을 알게 될 것이다. 그들이 탄식하며 안타까워 할 때 나는 바다에 가라앉아 물고기 밥이 되어 있을 수도 있을 것이다.

나는 이 탈출의 성공 가능성을 반반으로 보았다. 이미 많은 사람들이 탈출에 실패했기 때문이었다. 바로 내 눈 앞에서, 니엣반 옆 아름다운 백사장에서 밀려온 네 구의 시체를 보았다. 사람들이 해변에서 어제 오후에 마흔일곱 구의 시체를 건졌으며, 그중에 열여섯 구는 어린아이라고 했다. 시체는 물에 불었고 얼굴은 변했고 물고기에 물어 뜯겨 나이를 분간할 수 없었다. 사이공이나 비엔호아 등 인근 지역에서 친척들이 오기를 기다리며 돗자리나 비닐로 시체를 덮어 놓았다. 많은 시체들이 내장이 없어졌고, 파리가 검게 들러붙어 있었다. 가끔 바람이 불면 썩은 냄새가 진동하여 사람들은 구역질을 해댔다. 온 시내가 시체 썩은 냄새로 진동했고, 붕따우의 특징인 플루메리아 꽃향기가 장례식 꽃향기로 바뀌었다. 주변의 사찰에서 피운 향내도 죽음의 냄새를 밀어내지 못했다.

나는 다리가 떨려서 제대로 서 있을 수 없었고, 정신이 나갔다. 삶과 죽음 사이, 대양 저편의 약속의 땅과 조국의 희망 없는 감옥 생활 사이의 투쟁이 내 몸속에서 격렬하게 벌어지고 있었다. 탈출하다가 내 시체도 저 사람들처럼 썩고, 부풀어 오를 것이다. 그렇다고 남아 있다면 내 장래는 더 나을 것인가?

출발도 안 했는데 의지가 꺾이고 그만두고 싶어졌다. 진정시키기 위해서 나는 억지로 태평양 저편에서 하루하루 나를 눈 빠지게 기다리고 있는 아내와 딸들의 모습을 생각했다. 나는 눈앞에 나타나는 어떤 것이든 하나하나를 세고 있었다. 결국 나는 운명에 맡기기로 결정했다.

D데이 H아워, 즉 몇 시간 후면 나는 끄어간 부두에 서게 될 것이다.

운명의 배가 맹그로브 숲에서 우리를 기다리고 있었다. 한밤중에 배는 사신의 그림자와 같은 검은 연기를 품어내고 있었다. 비록 반공개적이고 보증인도 있었지만 우리는 여전히 몰래 그룹별로 카누를 타고 배로 향했다. 손전등의 불빛 속에서 어른과 아이들이 짐을 메고, 안고 있는 모습이 아른거렸다. 삿갓을 쓰고 있는 선주는 얼굴이 확실치 않았지만 중부 억양이 강했다. 집결지는 미리 약속이 되었고, 보안대가 지키고 있었다. 선주가 보안대에게 건넬 금을 덜 지불한 사람의 명단을 넘겨주었다.

보안대가 돈을 덜 낸 사람의 이름을 부르더니 잔금을 내지 않은 사람은 갈 수 없다고 말했다. 내 이름은 부르지 않았다. 나는 하오가 내가 집문서를 건넨 후에 약속한 대로 나의 이번 탈출 경비를 모두 지불했다는 것을 알았다.

출발시간이 거의 되었을 때 배가 떠날 수 없다고 했다. 사람들이 소리 지르며 선주에게 대들었다. 엔진소리가 울리고, 스크루가 급하게 돌았다. 잠시 후 사람들은 선주가 자기 가족을 태우려고 시간을 끌었다는 것을 알게 되었다. 선주의 마지막 가족들이 모두 탔을 때 안내선의 도움을 받아 배가 맹그로브 숲을 떠나 동쪽을 향해 곧바로 나갔다.

새벽이 되었지만 배는 아직도 공해상에 도착하지 못하고 있었다. 아무리 바라보고 있어도 누이뇨 등대의 불빛을 벗어나지 못하고 있었다. 나는 배가 돌아가고 있다고 느껴졌다. 아니면 이 배에 탄 191명이 사기를 당한 것인가? 한참을 가도 여전히 붕따우에 있는 프랑스 총독의 별장과 예수상이 보였다.

이때 나는 비로소 내가 탄 배가 VT1413호라는 것을 분명히 볼 수 있었다. 합쳐서 9. 행운의 수였다. 그런데 자세히 보니 이 어선은 주로 연근해에서 조업하는 배로, 곧 폐선 시켜야 할 배였다. 배 옆의 파란색 페인트는 이곳저곳 이 벗겨져 있고, 갑판과 선창의 구멍 난 곳은 대충 때워져 있었다. 이 엉성한 배가 어떻게 바다를 건너 인도나 호주에 도착할 수 있단 말인가? 나는 모호한 두려움에 사로잡혔다.

"모두 선창 밑으로 내려가시오!" 선주가 거칠게 입을 놀렸다. "씨팔, 이 노인네 말 안 듣네. 해경이 어선이 아니라는 것을 알면 쫓아온다고! 갑판에 앉아서 풍경 구경하나? 그러고 싶으면 어망이라도 뒤집어쓰고 있던 지. 조금 있으면 공해상에 도착하니까 그때 맘대로 구경하쇼."

그때서야 나는 선주의 얼굴을 확실히 볼 수 있었다. 얼굴은 통통하고 눈은 작고 턱수염이 길고 팔자걸음을 걸었다. 그는 쉰 살 전후로 이름은 끼엥이라고 했다. 선주를 돕는 두 명의 조타수가 있었고, 이름은 꼰과 히에우였다. 몸집이 크고 가슴은 벌어졌으며 팔뚝은 실타래처럼 빛났다. 타익이라는 이름의 기관사는 체구는 작았지만 아주 일을 잘했다. 찌엔이라는 이름의 곱슬머리 여자가 늘 선주 옆에 붙어 있었는데, 딸처럼 보일 정도로 어려 보였고, 키가 컸으며 아주 매력적인 눈을 가졌다.

한참 후에 일이 터졌을 때, 나는 비로소 선주가 바다에 대해서는 아무것도 모른다는 것을 알게 되었다. 기관사의 말에 따르면 선주는 월북한 간부였고, 고향에 아내가 있었지만 북쪽으로 가서 새로 장가를 들었다고 했다. 1975년 이후 그는 아내와 자식들을 데리고 고향으로 내려와서 현의 상업분야 간부를 맡았다. 장사에서 사기를 쳤는지 어땠는지는 모르지만 그는 징계를 받고 잘렸다고 했다. 이때 그는 매혹적인 눈을 가진 생선 장사를 하던 여자 찌엔과 애인 사이가 되었다. 불만과 짜증이 난 그는 아내와 자식, 고향을 떠나 찌엔을 데리고 붕따우로 갔다. 내무국에서 일하는 친척의 주선으로 돈을 끌어모아 어선을 사 선주노릇을 하며 부안대와 손잡고 탈출 사업에 뛰어들었다고 한다.

붕따우 해변이 멀어졌을 때 갑자기 사람들이 이리저리 움직이고 있었다. 그때 조타수 꼰이 해경선이 뒤쫓아 오는 것을 발견했다. 선주는 어쩔 줄 몰라서 기관사와 조타수에게 엔진 출력을 최대로 높이라고 소리 질렀고, 배는 검은 연기를 내뿜으며 도망쳤다. 배가 공해상에 이르렀을 때 추격전이 끝났다.

순간 소나기가 몰려왔다. 어디에서 왔는지 큰 파도가 갑자기 밀려왔다. 배가 흔들리며 높이 솟구쳤다가 대양의 바닥에 처박힐 듯 내려갔다. 자연스럽게 나는 옛날에 어머니가 돼지죽을 끓이던 일이 생각났다. 쌀겨를 끓이면 방울이 생겨 솥 위로 솟구쳐 올랐다. 가끔 쌀겨가 높이 올라왔다가 다시 솥 바닥으로 가라앉았다. 우리가 탄 배는 옛날 어머니가 끓이던 돼지죽 솥에서 솟구치던 쌀겨와 똑같았다. 배는 언제든지 가라앉을 수 있었다.

하늘을 볼 수 없을 정도로 큰비가 내렸다. 빗방울과 파도가 갑판에 떨어져 선창으로 흘러들어갔다. 남자들은 어떤 것이든지 퍼낼 수 있는 것이면 들고 물을 퍼냈다. 비가 그쳤다가 다시 내렸다.

머리 위에는 검은 하늘이었고 발아래는 검은 바다였다. 어둠이 밀려올 때 배의 엔진이 꺼졌다.

나는 구토와 두려움으로 인해 겁먹고 아주 피곤했다. 내 주변에 있던 사람들은 어른이나 아이를 막론하고 토했고, 얼굴이 새파래져 쓰레기 더미처럼 이곳저곳에 널브러져 있었다. 배는 본래 근해에서 낚시하는 배로 폭이 3미터에 길이는 15미터 정도였다. 그 배에 200명 가까운 사람들과 물건들이 함께 섞여 있었고, 이제 사람들이 토한 음식물 냄새와 쓰레기 냄새로 배는 형언할 수 없는 깡통이 되어있었다.

선창의 붉은 전등 불빛 아래에서 나는 고양이 눈처럼 파란 눈을 가진 사람을 보았다. 그는 얼굴이 붉고 코는 삐뚤어져 있으며 눈이 불룩 튀어나왔는데, 아침에 선주로부터 욕을 먹던 자였다. 그는 배에 탄 사람들 중에서 유일하게 뱃멀미를 하지 않았다. 나는 그의 목적이 우리와는 다를 것이라는 의심이 강하게 들었다. 그가 배를 탄 것은 다른 일 때문인 것 같았다. 아니면 그가 바로 보안대에서 심어놓은 사람일 수도 있었다.

눈이 튀어나온 자는 내가 자신을 주목하고 있다는 것을 알지 못했다. 그는 손을 뻗어 어린 딸을 안고 누워 있는 여자의 몸을 더듬고 있었다. 여자는 대여섯 살 쯤 되는 쌍둥이 자매를 데리고 있었는데 큰아이는 말랐고, 작은아이는 작고 통통했다. 작은아이는 상한 우유를 마시고 어제부터 계속 설사를 했고, 이제 열도 펄펄 끓었다. 아이 엄마는 밤새 아이를 돌보느라 너무 피곤한 나머지 죽은 것처럼 깊은 잠에 빠져 있었다. 그녀는 타인이 자신의 몸을 더듬고 있다는 것을 알지 못하는 것 같았다. 아니면 남이 자신을 만져준다는 것을 즐기고 있는 것인지도 알 수 없었다.

나는 지퍼가 달린 손바닥 크기의 작은 수첩을 꺼냈다. 이것은 내가 이번에 탈출하면서 일기를 쓰기 위해 준비한 것으로, 1954년 북에서 남하하여 사이공에서 자립할 때 내가 썼던 회고록과 같은 것이었다. 이 일기는 ○일 ○시부터 시작되었다. 나는 일기책이 파도에 휩쓸리거나 물에 젖어 글씨가 번져서 읽을 수 없을 경우를 대비해 낙하산 줄을 연결하여 내 몸에 묶었다. 바다에 떠 있는 동안 매일 날짜를 표시해서 날짜를 기억했다. 이 경험은 로빈슨 크루소로부터 배운 것이다.

○년 ○월 ○일

배의 엔진은 여전히 꺼져 있었다. 기관장 타익과 기계에 대해 아는 몇 사람이 선창 밑에서 며칠 동안이나 몸부림쳤지만 엔진은 여전히 시동이 걸리지 않고 있다. 엔진을 분해하고 나서야 비로소 대부분의 부품이 교체된 것이라는 것을 알게 되었다. 끼엥이 배를 사기 전, 전 주인이 엔진 내부의 부품을 들어내고 중고 부품으로 교체한 것이었다. 대체할 부품이 없었다. 손을 놓을 수밖에 없다. 기관장 타익이 슬픔에 잠겨 식사를 걸렀다. 배에 탄 사람들은 타익의 식사를 가장 우선적으로 양보했었다. 그는 자신에게 잘못이 있다는 표정으로 사람들을 쳐다보았다. 구조선이나 외항선의 구조를 기다릴 수밖에 없었다. 파나마 국기를 단 하얀색 배 한 척이 나타났다. 여자와 아이들이 갑판 위에서 뛰며 불을 지피고 흰 수건을 흔들어댔다. 그러나 그 배의 선원은 힐끗 쳐다보고는 가버렸다.

끼엥이 선창에서 황금색 실탄이 장전된 M16 소총을 갖고 나왔다. 그가 파나마 선적의 배 위 허공을 향해 세 발을 발사하자 사람들은 새파랗게 질렸다. 그는 프랑스와의 항전 시기에 동부지역에서 유명한 사격수였다.

이 총은 금 두 냥을 주고 샀는데 아주 비밀스럽게 경찰의 눈을 피해 감추었던 것이다. 이 지역은 해적들이 출몰하는 지역이었다. 자신을 지키기 위해서 총은 필수였다. 끼엥은 모든 사람들이 들을 수 있을 정도로 큰소리를 내며 실탄을 장전했다. 총알 시위를 벌인 후, 그는 찌엔과 히에우와 상의를 하더니 사람들에게 기다리는 동안의 기름 값과 엔진 수리비로 돈을 더 내야 한다고 말했다. 돈을 내지 않는 사람은 바다에 던져버리겠다고 했다.

사람들은 아무 소리 못 하고 반지나 목걸이 등 돈이 될 만한 것들을 더 내놨다. 나는 차고 있던 금도금 된 론진 손목시계를 풀었다. "이 시계는 금 한 냥 값보다 비싼데, 받을 거요?" 끼엥이 흘겨보고는 고개를 끄덕였다. 갑자기 쌍둥이 딸 엄마가 "누가 내 금을 가져갔어요! 금 두 냥을 잃어버렸어요!" 하며 소리 질렀다. 작은아이는 여전히 열이 높았다. 엄마가 우는 것을 보고 그 아이가 엄마를 끌어안으며 따라 울었다.

나는 눈이 튀어나오고 코가 삐뚤어진 자를 바라보았다. 그가 고개를 숙이고 사람들 뒤로 빠졌다. 나는 그가 어젯밤에 그 여자를 더듬을 때 금을 훔쳤다는 것을 알았다. 지금 그 자를 고발할까? 그가 부인하면 괜히 끼어든 꼴이 되는 것은 아닌가? 그리고 그 자가 한을 품고 나를 바다에 던져버릴 수도 있는 것 아닌가? 그런 생각이 들자 나도 그 자처럼 얼굴을 숙였다. 이 지경까지 온 데다가 비겁하기까지 했으니 더 이상 무슨 말을 할 것인가!

○년 ○월 ○일
조타수 꼰의 의견에 따라 담요를 겹쳐 돛대를 만들었다. 배가 동남 방향으로 가도록 한다는 것이었다. 바람이 불었다. 배가 원형으로 흘러가는 것 같았다. 이런 식으로 간다면 언제 인도네시아나 말레이시아 해변에 도착할지 알 수 없었다.

가지고 온 식량이 다 떨어졌다. 만들어온 떡은 물에 젖고 쉬어서 냄새가 났다. 빵과 건조식품 역시 물에 젖었고, 상해서 억지로 넘겨야 했다. 물이 부족하기 시작했다. 선주는 아직도 하루에 두 끼를 먹었다. 가끔 끼엥이 찌엔을 시켜서 설익은 주먹밥을 환자나 아이들에게 나누어주었다.

○년 ○월 ○일

타는 듯이 더웠다. 선주도 식량과 물이 떨어졌다. 내 입술이 말라갔고, 눈은 충혈되고 흐릿해져갔다. 사람들이 움직이지 않고 가만히 있었다. 살기 위해 인육을 먹는 것 외에 빼앗을 것이 없어 싸울 거리도 없었다.

의사인 투언 씨가 바닷물을 식수로 만들기 위해 마지막 남은 장작을 태우고 있었다. 내가 침을 흘리며 바라보자 그가 몇 방울을 줬다. 입술을 적셨다. 배 구석에서 눈이 튀어나온 자가 바지를 내리고 콜라병에 오줌을 누어 받아 마셨다. 몇몇 여자들도 깡통에 아이들 오줌을 받아서 마셨다.

누군가 희미하게 보이는 섬을 보고 소리쳤다. 의사 투언 씨가 선주에게 말했다.

"배를 섬에 대서 엔진도 수리하고, 물과 식량을 얻지요."

"당신 저 섬이 꼰다오인지 푸꾸옥 섬인지 어떻게 알아? 공산당 손으로 다시 가고 싶은 거지?"

"공산당에 잡히는 것이 죽는 것보다 나을 것이오." 누군가 그렇게 말했다. 말은 그렇게 했지만 엔진이 죽은 배를 섬에 대는 것은 쉬운 일이 아니었다. 임시 돛대를 달았지만 배는 제 마음대로 흘러갔다.

○년 ○월 ○일

정신없이 자고 있는데, 갑작스런 총소리에 잠이 깼다. 나는 속으로 끼엥이 누구를 쏘아 죽였는가 아니면 해적이 왔는가 생각했다. 과연 낯선

배 한 척이 뒤쪽에 붙어 있었다. 싸우는 소리 속에서 가끔 영어가 들려왔다. 몸이 얼어붙었다. 갑자기 보물섬의 애꾸눈 선장이 떠올랐다. 저들의 배는 우리 배보다 더 작았다. 저들은 10명이 조금 넘은 듯했고, 모두 칼과 같은 무기를 들고 있었다. 대장으로 보이는 시커멓게 수염 난 자의 손에 유일하게 권총이 쥐어져 있었다. 권총을 가진 자는 얼굴에 흉터가 있고 무섭게 보였다. 다른 자들도 살기등등했다.

저들이 맨 처음 해적선으로 붙잡아 간 사람은 찌엔이었다. 찌엔을 힐끗 쳐다보고, 대장이 침을 흘렸다. 나머지 여자들은 의사 투언 씨가 어제 말라카 해협의 해적들 얘기를 하며 주의를 시킨 덕에 머리칼을 풀어헤치고 얼굴을 거지처럼 하고 있었다. 때문에 아직은 해적들의 눈에 들지 않은 것 같았다.

"히에우, 총 가져와라! 저놈들과 같이 죽겠어! 이놈들 칼만 가지고 있어. 열 놈도 겁나지 않아!"

말을 하고 있을 때, 대장이 목에 권총을 겨누었다. 끼엥은 즉시 입을 다물었다.

한 사람씩 차례차례 해적선으로 끌려가 몸수색을 당했다. 음료수를 보고는 사람들이 달려가 배부르게 마셨다.

대장의 방에서 여자의 비명소리가 들렸다. 찌엔이 강간을 당하고 있었지만 아무것도 할 수 없었다.

몸수색은 빨리 끝났다. 거지꼴을 하고 있던 여자들은 옷을 벗을 필요가 없었다. 자원하여 가지고 있던 금붙이를 내주었다. 해적들은 이렇게 많은 금과 금붙이를 얻으리라고 생각지 못했던 것 같았다. 대장은 부하가 끼엥의 M16 소총을 가져다주자 돼지 소리를 내며 웃었다. 그들은 내가 끼엥에게 주었던 론진 시계도 빼앗아 대장에게 바쳤다. 찌엔이 가장 고생했다. 그녀는 상처가 날 정도로 강간을 당했다. 눈은 부었고, 얼굴은 여러 곳에 이빨자국이 남았다. 아랫도리에서 선홍색 피가 발등으로 떨어졌다. 해적들이 그들의 배로 돌아간 후, 찌엔이 끼엥에게 달려가 그의 얼굴을 후려쳤다. 해적들이 찌엔을 보고는 웃음을 터뜨렸다. 대장이 손짓발짓으로 식은 밥과 몇 가지 음식을 주라고 지시했다. 사람들이 서로 받으려고 난리를 쳤다. 해적들이 바라보면서 경멸하듯 "베트남 노 굿"이라고 소리쳤다. 그리고 줄을 끊고 시동을 걸고 가버렸다.

　○년 ○월 ○일

　저녁에 다시 한 번 해적의 공격을 받았다. 이번에는 해적 수가 더 많았다. 그들은 총도 여러 정이었고 B40 포도 갖고 있었다. 가짜인지 진짜인지는 알 수 없었다. 남자들은 모두 냉장실에 밀어 넣었다. 수색을 쉽게 하고, 여자들을 강간하기 위해서였다. 당연히 선주의 아름다운 여자는 그들의 눈초리를 벗어날 수 없었다. 선창 아래에서 우리는 해적들이 여자들과 그 짓을 하는 소리와 울음소리를 분명히 들었다.

　해적 중에 영어를 하는 사람이 있었다. 배를 대표해서 나는 그들과 얘기했다.

　"우리들은 미국 정부가 보장하는 선원들이오. 현재 우리 배 엔진이 고장 났고 식량과 물도 다 떨어졌소. 당신들이 우리 배를 끌어다가 가장 가까운 피난 섬으로 데려다 주시오."

　"5천 달러!" 선장이 다섯 손가락을 펴면서 말했다.

　나는 다시 끼엥에게 전달했고, 그가 고개를 끄덕였다.

　"내 돈은 다 **빼앗겼소**. 누가 5천 달러 있으면 먼저 내주시오."

　협상은 실패했고, 해적들은 줄을 끊고 가버렸다. 엔진이 고장 난 우리 배는 대양을 표류했다.

　○년 ○월 ○일

배는 여전히 제자리에 있는 것 같았다. 타는 듯 더웠다. 하늘은 태풍 전야처럼 고요했다. 게다가 배고픔과 갈증이 더해 갔다. 너무 배가 고팠다. 이제 사람들은 해적이 오기만을 기다렸다. 해적들에게 강탈당하고 강간을 당하더라도 운 좋으면 배고픈 아이들에게 물과 밥이라도 먹일 수 있기를 바랐다. "해적들이 오기만 바랄 뿐이오." 눈이 튀어나온 자가 갑판에서 배고픈 짐승처럼 소리쳤다. 그는 미치고 싶어 하는 것 같았다. 그의 텅 빈 뱃속은 참을 수 없는 것 같았다. 이른 아침에 나는 그가 오줌을 마시고 하루 종일 앉아서 낚시를 하고 있는 것을 보았다. 손가락만 한 물고기 하나를 건지고 그의 눈이 빛났다. 그는 아이들이 사탕 먹듯이 그 생선을 먹었다.

○년 ○월 ○일

배가 너무 고팠다. 사람들은 전혀 움직임이 없었다.

이 상태로 가다가 며칠 후, 바다에 표류하던 배에서 이백여 구의 썩은 시체를 발견했을 때 온 세상은 경악할 것이다. 이 넓은 대양에 독수리나 곤충들이 올 수나 있을지?

○년 ○월 ○일

한밤중에 갑자기 태풍이 몰려왔다. 그처럼 무서운 태풍은 본 적이 없었다. 누구나 죽었다고 생각했다. 그 태풍에 대항할 수 있는 방법은 없었다. 손을 뻗어 배의 아무것이나 붙잡고 꽉 붙어 있으려 했지만 그조차도 쉽지 않았다. 아이들의 소리조차 들리지 않았다. 그들은 부모가 꽉 껴안고 있거나 공처럼 이리저리 굴러다녔다. 저 편의 파도와 바람이 얼마나 센지는 알 수 없었다. 배가 뒤집어져 바다에 가라앉을 것인가?

자연스럽게 나는 어머니와 아내, 두 딸이 생각났다. 지금쯤에는 어머니와 꾹 부자가 이미 고향에 도착했을 것이다. 바다에 떠다닌 지 9일이 되었다. 고향에서는 틀림없이 내가 탈출했고, 곧 약속의 땅에 도착할 것이라고 알고 있을 터였다. 이것이 약속의 땅이라는 것인가?

다행히 태풍이 빨리 지나갔다. 아마도 회오리바람이었던 것 같다. 태풍이었다면 이 배가 견딜 수 없었을 것이다.

물이 선창으로 밀려왔고, 배가 고팠지만 남자들은 물을 퍼내야 했다. 그러지 않으면 배가 가라앉을 것이기 때문이다.

○년 ○월 ○일

적지만 빗물을 받을 수 있었다. 그러나 식량이 없었다. 너무나 배가 고팠다. 그래서 다시 해적을 기다렸다. 그들이 먹을 것을 주고, 운 좋으면 섬으로 데려다 주기를 바랐다.

배고픔 속에서 나는 고기 굽는 냄새를 맡았다. 꿈인가? 내 후각이 틀리지 않은 것이 분명했다. 맛있는 고기 굽는 냄새가 입에 침을 고이게 했다. 옛날 *조조*가 갈증 난 병사들에게 매실 얘기를 해서 입에 침이 고이게 했다는 망매해갈의 고사가 생각났다. 지금 나는 배 뒤편에서 올라오는 고기 굽는 냄새 때문에 입에 침이 고였다.

내 옆에 누워 있던 의사 투언 씨가 몸을 틀며 일어나 "고기 굽는 냄새가 나네. 누가 생선이라도 낚았단 말인가! 아니, 생선 냄새가 아니야. 진짜 고기 냄샌데. 아니면 누가 쥐라도 잡았나?"라고 말했다.

갑자기 목이 메어 우는 소리가 났다.

"아이고! 누가 우리 후에를 보았나요? 어젯밤 내내 내가 안고 있었는데…. 한쪽에는 란을, 한쪽에는 후에를 안고 있었는데…."

후에가 실종되었다. 바다에 빠졌을 수도 있었다. 온 배 안이 술렁거렸다. 그러나 어떤 방법을 쓸 수도 없었다. 누구나 너무 배가 고파서 움직일 수 없었기 때문이었다.

"우리 딸 후에 좀 찾아줘요! 후에야! 후에야! 어디 갔니? 저편에 있는 네 아비에게 무슨 말을 할 수 있겠니…."

한참 후에 나는 그 쌍둥이 엄마의 이름이 바이짜이고, 남베트남 군 소령의 둘째 아내라는 것을 알게 되었다. 소령은 미군을 따라 먼저 갔는데, 바이짜는 쌍둥이를 임신 중이었다. 소령은 미국에서 사업이 잘 돼 아내와 자식을 데려가겠다고 소식을 전했던 것이다.

순간 갑판에서 쿵쿵거리는 소리가 들렸다. 나는 억지로 일어서 쳐다보았다. 조타수 꼰과 눈이 튀어나온 덩치가 큰 자가 갑판 위에서 밀고 당기다가 가끔 주먹질을 하고 있었다. 눈이 튀어나온 자의 입술이 터지고 피가 흘렀다. 콧대가 한쪽으로 비뚤어졌다.

"말해! 너 뭘 구워먹었어? 너 아이 시체를 바다에 버린 것 맞지?"

그 무시무시한 소리에 나는 머리가 아팠다. 나는 두 손으로 머리를 감쌌다. 인간이 짐승으로 변할 수 있는 것인가?

"씨팔 새끼, 말해! 네놈을 바다에 던져버릴 거야!" 꼰이 윗도리를 벗어 바닥에 던졌다. 구릿빛 가슴이 드러났다. "바다에 뭔가를 던지는 소리를 듣고 내가 생각이 났어! 네가 개 같은 놈이라고 생각했지. 어떤 고기를 구웠냐고?"

"예, 새우를 구웠어요. 새우를 잡았거든요…."

"나를 속일 수 있다고 생각했니?" 꼰이 발길질을 하자, 눈이 튀어나온 자가 갑판에 쓰러졌다. "내가 네놈을 새우와 같이 자도록 하겠다."

꼰이 몸을 숙여 눈이 튀어나온 자를 들어 올려 바다로 던지려고 했다. 적시에 찌엔이 말렸다. 눈이 튀어나온 자를 풀어주었다. 그는 갑판에서 개처럼 움츠리고 앉았다.

나는 얼굴을 감싸고 울었다. 베트남 사람의 운명이 너무나 안타까웠다.

○년 ○월 ○일

순간 엔진 소리가 울려 퍼졌다. 전등에 불이 들어왔다. 배 전체가 구세주를 만난 것이다.

최근 며칠 동안 기관장 타익과 기사 황이 엔진을 수리할 방법을 찾고 있었던 것이다. 그리고 그들은 성공했다. 배가 이곳을 벗어나 가장 가까운 섬으로 갈 수 있었다.

기쁨을 느끼기도 전에 그 기쁨이 식어버렸다. 해적선 한 척이 천천히 나타났다. 그들은 자신들을 알아볼 수 없도록 선박 번호를 가리고 있었다. 그들은 마치 맹수가 먹이를 사냥하기 전처럼 배 주변을 빙빙 돌았다. 우리가 총을 가지고 있을까 두려워서 경계할 수도 있었다. 베트남 사람들이 배가 고파 거의 죽을 지경이라는 것까지 파악하고 가까이 다가와 밧줄을 걸고 닻을 내렸다. 선장은 아주 잔학하고 흉악하게 생겼다. 그는 손에 번쩍이는 도끼를 들고, 부하들에게 한 사람씩 수색하라고 지시했다. 감출 것이 없었다. 그들은 우리를 겨리시키고 여자들을 발기벗기고 속옷 하나하나를 뒤지고, 혹시나 다이아몬드나 금붙이를 몸속에 숨겼을까봐 신체의 중요 부분까지도 검색했다. 도끼를 든 선장은 금을 감추었다고 의심이 가는 독^{dock}도 뒤졌다.

아무리 뒤져도 나오는 것이 없자 그들은 먼저 온 해적이 다 가져갔다는 것을 알았다. 그들은 욕을 해대고, 몇 개의 옷가지와 물건을 가지고 가버렸다.

○년 ○월 ○일

배가 서쪽을 향해 달렸다. 바닷새가 나는 것을 보고 우리는 육지가 가까워졌음을 알았다.

달빛이 수면 위에 금처럼 깔렸다. 나는 내가 처한 처지를 생각하며 속으로 울었다. 한밤중이 되어 모래 언덕과 야자수가 희미하게 나타났다.

이곳이 푸꾸옥 섬인지, 꼰다오인지, 태국인지, 말레이시아인지 알 수 없었다. 어디라도 상관없었다. 육지면 됐다. 바다에서의 열흘은 영혼을 모두 잃어버리게 만들었다. 사람들이 급하게 물로 뛰어들어 육지로 달려갔다. 선장네 사람들은 배에 남았다. 아마도 끼엥은 사람들이 다 내린 다음에 금을 감추어 놓은 창고를 열려고 하는 것 같았다. 아니면 그들이 배를 다른 곳으로 정박시키려고 할 수도 있었다. 아침이 되자 섬 주민들이 달려왔다. 그곳은 태국 땅이었다.

○년 ○월 ○일

이웃 나라였지만 불청객인 베트남 사람을 만났을 때 아무도 기뻐하지 않았다. 대부분이 우리 난민을 나환자나 페스트 환자처럼 바라보고, 멀리하려는 것을 감추지 않았다. 당연했다. 우리 베트남 사람끼리도 서로 덮어주고 도와주지 않고, 한 속에서 나왔지만 정을 끊고 서로에게 해를 끼치는데 외국인이 그렇게 대우하는 것은 당연했다.

후에 알게 되었지만 우리가 처음 도착한 사람들이 아니었다. 지난 몇 년 동안 수십 척의 배에 수천 명의 난민들이 이 작은 섬에 도착했던 것이다. 어민들의 생활이 순식간에 뒤집어졌다. 식량과 먹을 것이 말라갔다. 아무 데나 대소변을 보고, 싸우고, 도둑질했다. 옛말에 "부귀는 예절을 낳고, 빈곤은 도적을 낳는다."는 말이 있는데 틀린 말이 아니었다. 같이 간 베트남 사람들이 화가 미칠 일을 만든 것이었다.

지방 관리는 아주 불편한 표정을 보였다. 그들은 모래 언덕에 키수아리나 나무에 철조망을 둘러친 곳에 선주를 포함하여 우리 모두를 가두었다. 한 사람당 하루에 마른 생선 한 마리와 밥 한 그릇을 나누어주었다. 각 가족은 나무와 마른 야자수 잎을 구해서 임시 거처를 만들었다.

이때서야 사람들은 눈이 튀어나온 자가 사라졌다는 것을 알게 되었다.

그가 사람들에게 얼굴을 들 수 없었기 때문인지 아니면 엄청난 재물을 훔쳐서 귀국할 방법을 찾았는지 알 수 없었다. 그래, 됐다. 아직도 189명이 있다는 것은 행운이었다. 인육을 먹은 짐승과 멀어진 것이다.

로빈슨 크루소처럼 모래 언덕에서 11일을 살았는데, 수 세기처럼 길게 느껴졌다. 나는 장작처럼 말랐다. 온몸이 가려웠다. 머리칼과 수염이 자라서 마귀와 다를 바 없었다.

○년 ○월 ○일

난민들을 송클라 섬 난민캠프로 보냈다가 홍콩, 미국, 캐나다 등지로 보낼 것이라는 소문이 돌았다. 누구나 기뻐했다. 열대 비가 내리는 밤 쏟아지는 빗물 때문에 눈을 감을 수 없었던, 거적만 걸치고 거지처럼 살았던 열흘을 쉽게 잊어버렸다.

그러나 통상적인 장소 이동과는 다른 심각한 상황이 벌어졌다. 연발총을 휴대하고 셰퍼드를 데리고 얼룩무늬 군복을 입은 태국군이 선주와 난민을 이끌고 아주 먼 길을 갔다. 난민을 어디로 데려가지? 유배를 보내는 것인가 아니면 2차 세계대전 때 히틀러가 유태인을 학살한 것처럼 제거하려는 것인가? 우리의 긴장은 최고조에 달했다. 떠이선 시대에 쟈익검과 소아이릇 전투에서 승리한 후 20만 명의 사이암 군을 궤멸시킨 뒤로 태국 사람들은 베트남 사람을 좋아하지 않았다. 공산당이 남으로 내려온 후 캄보디아로 넘어가자 그들은 더욱 경계하고, 언제나 전쟁이 벌어질까 걱정하고 있었다.

우리 행렬이 3시간쯤 걸어서 10여 채의 집이 있는 부둣가에 도착했다. 선박 번호 VT1413호를 단 우리 배를 보고 우리는 모두 정신이 나갈 지경이었다. 지난 10여 일 동안 태국 사람들은 솜씨 좋은 기술자를 불러서 배를 고쳤던 것이다. 그 귀신같은 배와 불청객 베트남 사람들을 하루라도 빨리 자기 나라에서 떠나보내고 싶었던 것이다.

누가 누구에게 말할 필요도 없이 어른이나 아이들이나 모두 길바닥에 주저앉았다. 우리는 데모를 했다. 결사적으로 배를 타지 않을 것이며 바다로 가지 않겠다고 했다. 우리를 송클라로 데려가고, 적십자사와 유엔 난민 고등 판무관을 만나게 해달라고 요구했다.

나는 내가 아는 영어와 몇 마디의 태국어 그리고 손짓발짓을 섞어서 지휘관과 협상했다. 우리의 바람을 분명히 전했지만 무익했다. 지휘관은 철판 같은 얼굴로 "베트남 노 굿"이라고 영어 세 마디를 하더니 손을 들었다 내리면서 병사들에게 임무를 수행하라고 명령을 내렸다.

총에 실탄을 장전하고, 총검이 빛났다. 셰퍼드가 짖어대며 사람들을 선교 쪽으로 몰아붙였다. 두 명의 태국군이 짝을 이루어 한 사람씩 붙잡아 배에 던졌다. 마치 곧 지옥에 떨어지는 것처럼 울음소리가 메아리쳤다.

그러고 나서 한밤중에 태국 해군이 시동을 걸고 우리 배를 끌고 바다로 나갔다.

○년 ○월 ○일

태국 해군이 줄을 끊었고, 우리 배는 하루 밤낮을 달려 어느 섬에 도착했다. 야자수가 길게 늘어선 하얀 백사장과 깃발을 꽂아놓은 바닷가 집들이 보일락 말락 했다. 우리는 그곳이 휴양지라고 판단했다.

바닷가에 내리기 전 우리는 배를 침몰시키고, 엔진을 완전히 고장 내서 다시는 바다로 돌려보내지 못하도록 할 방법을 상의했다. 사람들이 더 이상 장난치지 못하도록 해달라고 용왕님께 수천, 수만 번 빌었다.

말레이시아 사람들이 우리를 맞이했다. 말레이시아 군인은 복장이 간소했고, 미 해병대처럼 장비를 휴대하고 있었다. 우리를 백사장에 모아놓고 한 사람씩 차례로 천막으로 불러서 건강검진을 했다. 그들은 이것이 안보의 문제라고 했다.

돈과 장신구는 그들이 보관한다고 했다. 여자들은 무서워서 몸을 움츠렸다. 그들은 군인들이 틀림없이 거짓말한다고 생각했다. 여러 번 해적들의 술수에 속아 발가벗긴 채 다 빼앗겼기 때문이었다. 그런데 아직도 많은 사람들이 금과 다이아몬드를 갖고 있었다. 일부 영리한 사람들은 뒤로 물러서서 모래 속에 감추었다. 그런데 건강진단을 받은 후 우리는 즉시 이동해야 했다. 모래 속에 감춘 물건은 찾을 기회가 없었다.

우리는 말레이시아 군인들에 의해 죄수처럼 호송되었다. 말레이시아 주민들은 베트남 사람을 경멸과 화난 눈빛으로 바라보았다. 서양 관광객들이 달려와서 사진을 찍었다. 내일이면 우리의 모습은 전 세계 매스컴에서 인류 중 가장 불쌍한, 비운의 사람들로 비칠 것이다.

○년 ○월 ○일

우리는 타국에서 말 그대로 죄인이 되었다. 말레이시아 군인들은 우리를, 한쪽에 깊은 해자가 있고 한쪽은 야자수 숲이며 앞에는 국경경비대 초소가 있는 지역에 가두었다. 우리보다 먼저 도착한, 껀서에서 출발한 선박 번호 DN2067호의 난민 서른일곱 명이 있었다. 그 배는 우리 배보다 작았고, 여든세 명을 태우고 우리보다 9일 먼저 출항했다고 한다. 그러나 현재 서른일곱 명만 살아남았다. 해적이 배를 빼앗고, 마흔여섯 명은 바다에 던져 죽였다고 한다.

선박을 파괴한 죄를 묻기 위해 말레이시아 당국자는 우리를 3일 동안 굶기고, 약을 주지도 않았다. 불쌍한 DN2067호 사람이 그 난리 속에서 아픔을 함께 했다. 몇몇 여자들이 몰래 초소로 가서 말레이시아 병사에게 몸을 맡기고 먹을 것과 약을 얻어왔다. 쌍둥이 엄마도 그 속에 있었다.

17일 동안 타국에 갇혀 있다가 야자수를 자르고, 나무를 구해서 오두막을 짓고, 땔감을 찾고 조개를 잡아서 판 돈으로 쌀을 샀다. 나는 기침을 하면 피가 나왔다. 다행히 적십자사 대표단을 만나 적시에 약을 받아먹자 기침이 멈추었다.

우리 배를 말레이시아 당국이 수리했다. 해군이 선교 앞에 서 있었다. 배가 사신의 그림자처럼 보였다. 우리 모두 갑판에 발을 내딛으며 경황이 없었다. 그러나 정해진 운명이었다. 어떻게 저항할 수도 없었다. 이번에는 서른일곱 명이 탄 DN2067호와 함께 바다로 나갔다.

말레이시아 해군이 차례로 배를 묶었다. 우리 배를 묶고 다시 우리 배에 DN2067호를 묶었다. 배와 배 사이의 간격은 약 100미터였다.

햇볕이 쨍쨍한 아침이었다. 내가 틀리지 않는다면 7년 전 바로 오늘이 사이공이 함락된 날이다. 4월 30일 오전 그때, 아내는 딸들과 함께 아버지와 오빠를 따라 탈출하기 위해 문 앞에서 기다리고 있었다. 그러나 나는 그 탈출을 강력히 반대했었다. 나는 어머니와 형제들을 만나야 했기 때문이었다. 나는 내 고향 동 마을에 가야 했다. 나는 베트남을 사랑한다.

지금 나의 탈출은 너무 늦었고, 하늘의 뜻을 따른 것 같지 않다는 생각이 든다. 우리는 어디에 가든 쫓겨났다. 우리가 몸을 둘 곳이 없었다….

말레이시아 해군은 우리 배를 동남쪽으로 아주 빠르게 끌고 갔다. 파도에 어느 정도 익숙해 있었지만 배가 너무 흔들렸고, 몇 명이 토했다. 뱃속에 든 것이 별로 없어 헛구역질만 났고, 목이 말랐다. 여러 사람이 물을 달라고 사정했지만 말레이시아 군인들은 바다로 향할 뿐이었다.

아침이 다 되어, 아마도 말레이시아 영해를 벗어난 것 같았고, 전함이 줄을 끊었다. 바로 이때 참상이 벌어졌다.

날은 어두운 데다가 파도가 크게 일고 있는 가운데 갑자기 줄이 끊어지자 빠르게 끌려가던 우리 배가 뒤로 밀리면서 원형으로 회전하며 높이 솟아올랐다. DN2067호 역시 방향을 잃고 밀려와 우리 배의 꽁무니를 박았다. 배가 반대방향으로 회전했다. 나는 어마어마한 충격 소리를 듣고는 기절했다.

깨어보니 사람들이 죽은 듯이 조용했다. 나는 기어가 한 사람씩 흔들었다. 충격이 너무 세서 다른 사람들도 나처럼 기절했던 것이다. 한 시간이 지난 후에 우리는 비로소 내막을 알게 되었다. 우리 배가 거의 가라앉을 순간에 조타수 히에우가 재빨리 줄을 끊었기 때문에 충돌은 했지만 배는 부서지지 않았다. 그러나 운수 사나운 뒷배는 방향타를 꽉 잡지 않아 균형을 잃고, 엄청난 원심력에 의해 빙빙 돌다가 큰 파도가 덮치자 뒤집어졌다. 사고는 순식간에 일어났다. 우리 배가 안정된 후 뒤를 돌아보니 그 배의 그림자도 볼 수 없었다.

운 나쁜 서른일곱 명의 난민들이 불쌍했다. 그들은 같이 배를 탔던 마흔여섯 명보다 운이 좋다고 생각했을 텐데, 그들 역시 바다 밑바닥에 묻히고 말았다.

○년 ○월 ○일

우리 배는 나침판을 잃어서 장님 배나 마찬가지였고, 해가 뜨는 방향으로 배를 몰았다.

오후가 되어 갑자기 하늘이 까맣게 어두워지더니 바람이 불기 시작했다. 스콜이 쏟아졌다. 배는 끓고 있는 돼지죽 속의 쌀겨와 같았다. 사람들이 부처님께 빌고 있었다. 나는 성호를 그었다. 신에게 기도하는 방법밖에 없었다.

앞에 전등 불빛이 있었다. 배가 어떤 섬에 도착했다는 것을 알았다. 사람들이 환호하며 배에서 내렸다. 발을 내디디자마자 산호초에 발이 찔려 피가 났기 때문에 소리를 질러댔다.

이번에는 하늘이 도왔다. 우리는 남양에 도착했고, 이곳 주민들은 우리를 친절하고 개방적으로 맞이해주었다.

영어를 할 줄 아는 한 남자가 자원하여 안내인이 되어 우리 배를 그곳에서

540

멀지 않은 레뚱이라고 곳으로 데려갔다. 안내인에 따르면 레뚱은 아주 많은 베트남 난민이 있는 곳이라고 했다.

***

29일 동안 바다 귀신의 발톱에 떨어질 뻔했던 구사일생의 위기를 넘긴 후에 레뚱에 도착했다. 나의 약속의 땅으로 향한 길이 비로소 조금씩 열리기 시작했다. 나는 아는 사람을 아주 많이 만났다. 여러 곳의 상황과 뉴스도 접했다. 나는 아내와 딸에게 즉시 소식을 전하고, 주소를 알려주었다.

레뚱은 남양에 속한 작은 네 개 섬의 중심지로, 말레이시아와 싱가포르와 아주 가까웠다. 1975년부터 지금까지 베트남 난민들이 몰려와서 이곳은 이제 번창한 도시가 형성되었다고 했다. 거리는 좁고 섬 가장자리를 따라 난 길은 구불구불했지만 가게가 줄지어 있고, 사이공 화흥역 근처의 응웬통 시장처럼 각종 물건을 팔았다. 장사하는 사람은 주로 화교나 인도 사람들이며, 구매자는 베트남 난민들이었다. 당국자의 말에 따르면 우리 배가 이 섬에 327번째 도착한 배라고 했다. 수천 명이 싱가포르로 가서 미국행 비행기에 올랐다고 했다. 그러나 수천 명은 건강이 좋지 않아서, 친척이 불분명해서, 보증인이 없어서 이곳에 머물고 있었다. 이 사람들은 장기적으로 살 방법을 찾고 있었다.

그들은 짐꾼, 물 긷는 일, 벌목꾼, 장작 줍는 일, 바닷가에서 조개 잡는 일, 잡화점, 이발소, 예방주사 놓는 일, 영어 교사, 거지, 도둑, 창녀 등 다양한 직업을 갖고 있었다. 아주 많은 사람들이 우리보다 6개월 전에 도착해 있었다. 그들은 줄서서 인터뷰와 건강진단을 기다리고 있었다.

레뚱에서 일주일을 머문 후 우리는 다시 약 2해리 정도 떨어진 주오이 섬으로 옮겨갔다. 유엔에서 운영하는 난민캠프였는데, 이때부터 우리는 유엔에서 지급하는 한 사람당 하루 3달러의 돈으로 생활했다.

주오이 섬이라고 부르는 이유는 이곳에 아주 많은 파리가 있기 때문이다. 수만 명의 난민들이 줄지어 늘어선 캠프에 살았다. 아침마다 사람들이 바닷가에 시커멓게 쪼그리고 앉아서 일을 보았다, 인도네시아 군인들이 몽둥이를 들고 쫓았지만 해결할 수 없었다. 긴 백사장에 오물 냄새가 진동했다. 백사장에 대소변을 보았기 때문에 파리가 생겨났고, 까맣게 무리지어 모여들었다. 낮에도 모기장 안에서 밥을 먹어야 했다. 여러 사람들이 뾰루지가 났지만 거즈가 없어서 신문지를 말아서 파리를 쫓아야 했다. 파리는 장티푸스를 일으켰고, 수십 명이 죽었다. 고등 판무관과 미국 대표단이 인터뷰하러 왔다가 파리 때문에 중간에 돌아갔다.

MH1172호를 타고 왔던 한 청년이 회교사원의 헌금함에서 돈을 훔친 죄로 인도네시아 사람에 의해 야자수에서 교수형을 당했다. 날이 갈수록 현지 주민들이 난민들을 미워하기 시작했다. 한 번은 조개를 주우러 갔다가 인도네시아 청년이 영어로 "베트남인은 개다."라고 욕을 하는 것을 듣고, 내가 그 녀석의 입에 주먹을 날린 적도 있었다.

나는 기다리는 동안 아는 사람들의 자녀들에게 영어를 가르쳤다.

다섯 달 넘게 기다렸다. 건강 진단을 받고, 사진을 찍고, 서류를 작성하고, 인터뷰를 했다. 결국 미국행 명단에 내 이름이 들어가는 기쁜 소식을 받았다.

29일 동안 바다에서 죽을 고생을 한 날을 포함하여 6개월 하고도 12일이 지난 후, 그 신선과도 같은 날 오전 미국 국적의 보잉 747기가 싱가포르 국제공항에서 고생했던 우리 난민들을 태우고 태평양을 건너 LA에 도착했다. 이제 10여 시간만 더 지나면 4년 동안 떨어져 있던 아내와 딸들을 만나게 될 것이다. 나는 내가 가려고 했던 곳, 약속의 땅에 도착할 것이다. 나는 죽음 속에서 삶을 찾았고, 치욕스러움을 목숨과 바꾸어야 했다. 그 무시무시한 날들은 지옥을 건너온 사람만이 알 수 있는 것이었다.

비행기 날개 밑의 태평양을 바라보며 나는 몇 번이나 울었다. 저 깊은 바다에서 산화한 운 나쁜 수만 명의 동포들을 위로하기 위해 꽃다발 하나를 창문을 열고 저 바다에 던지고 싶다는 바람이 솟구쳤다.

제27장 동서 대화

12년이 지난 후, 봉은 미국 땅에서 자신의 회고록 2집을 완성했다. 그는 뉴올리언스에 거주하는 베드님인 공동체 시설물 공사를 지휘하던 중 발이 접질리는 사고로 두 달 동안 병원에 입원해 있는 동안 그 글을 썼다. 일기책을 펴니 시간과 바닷물 때문에 낡아있었고, 특히 그 지옥 같았던 6개월 12일 동안 일기를 쓰면서 흘린 눈물로 여기저기 글씨가 번져 있었다.

이 세상에서 그 회고록을 운 좋게 최초로 그리고 유일무이하게 읽은 사람은 공산주의 작가 쩌우하였다.

쩌우하는 대부분 베트남전에 참가했던 자들이 만든 미국의 <전쟁문학 작가 모임>의 초청을 받아 『문장』지의 편집장을 단장으로 몇 명의 베트남 작가들과 함께 최초로 미국에 건너가 1개월 27일 동안 머물렀다.

이 방문은 양국 외교관계의 정상화 준비를 위한 일종의 민간외교 성격을 띠고 있었다. 이번 방문은 3차례의 연기 끝에 이루어진 것이다. 미국 측은 자신들이 지정한 아홉 명의 작가 명단을 제시했는데, 그 명단에 쩌우하와 시인 쩐년 아잉이 들어 있었다.

하노이 주재 미국 대표부는 그 사람들에게만 비자를 발급하였다. 베트남 측은 그 명단에서 몇 명을 빼고, 다른 사람으로 대체하고자 했다. 베트남 측이 가장 먼저 명단에서 제외시켜 달라고 한 사람이 쩌우하였다. 이유는 그가 지식인과 문인들의 최고의 언론기관인 『문장』지의 편집장이기 때문이라고 했다. 그는 중앙당이 관리하는 고위 간부이며 요인이었다. 그는 적어도 국가급의 방문자 명단에 올려야 될 사람이었다. 따라서 미국 정부는 외교경로를 통해서 정식으로 초청장을 보내야지 지금처럼 민간 레벨에서 초청해서는 안 된다는 것이었다.

그러나 실제로 쩌우하를 명단에서 제외시키려는 이유는 그처럼 화려한 것이 아니었다.

이 문제에 대해서 분명히 알고 있는 사람은 베일에 가려있었지만 반꾸엔 말고는 없었다. 『문장』잡지가 주간 <문장> 신문으로 개편되면서 편집장 자리가 쩌우하에게 돌아가 반꾸엔은 헛물켠 격이어서 쩌우하를 미워하게 되었다. <문장> 신문이 발행될 때마다 반꾸엔은 돋보기를 끼고 글자 하나하나, 쉼표 하나하나를 뒤졌다. 누가 신문에 게재한 단편 소설 「신령」이 우리의 지도자와 우상을 모욕했다고 중앙당에 보고했지? 누가 지도자를 만나서 「공산주의 문학에는 도덕이 있어야 한다」, 「규범적 문학시가를 위한 찬미가」, 「사회주의 사실 창작방법인가 아니면 빵 반 조각인가!」 등등과 같은 글들에 대해 최고의 경고를 해야 한다고 말했는가? 반꾸엔 말고는 그럴 사람이 없었다. 그는 X위원회 위원장 앞에서 눈물을 흘리며 보고했다. 그는 이 글을 쓴 자들과 이 글을 실어준 자, 구체적으로는 편집장 쩌우하가 사회주의를 팔아먹고, 교활하고 정교한 방법으로 평화를 깨뜨리기 위해

적대 세력과 손을 잡고 있다고 주장했다. 만일 중앙당이 경계심을 높이지 않으면 베트남은 소련이나 동유럽처럼 혁명의 모든 성과들이 붕괴될 것이라 했다. 수백만 명의 피와 땀이 무의미하게 될 것이며, 이것은 문인들과 지식인들 사이에 몰래 형성되고 있는 다원주의 초기의 동태라고 했다. 역사적으로 보면 옛날이나 지금이나 문인들과 지식인들은 보통 반역자들이 군사 쿠데타를 일으키도록 부추긴다고 했다.

위원장이 말했다.

"중앙당에서도 이 문제에 대해서 알고 있어. 그렇지만 문예란 민감한 영역이야. 응웬반링 서기장이 문예인들에게 스스로 멍에를 벗으라고 했어. 하늘이 구하기 전에 스스로 구하라고 했지. 우리가 타이트하게 다루면 자유와 민주적 권리를 위반하는 것이고, 미국과 유럽 국가들에게 우리의 인권을 고발하도록 기회를 만들어 주는 것이 돼. 게다가 쩌우하는 격렬한 전쟁을 경험한 친구야. 우리는 그 동지를 믿어야 하네."

반꾸엔이 가슴을 쿵쿵 두드리며 말했다.

"동지! 공산주의자로서, 적의 실탄을 아직도 머릿속에 갖고 있는 호찌민의 군인으로서 명예를 걸고 나는 중앙당에 지금의 쩌우하는 전과는 완전히 다른 사람이 되었다는 것을 보고합니다. 미국에 가면 귀화한 반동 작가 수엔썬을 만날 것이 틀림없습니다. 그들은 전에 친한 친구 사이였습니다. 신문을 거머쥔 날부터 쩌우하는 매주 응웬끼 비의 집에서 인문가품 운동에 참가한 친구들과 만났습니다. 그리고 프로이트, 니체, 가로디의 초현실주의, 실존주의, 포스트모더니즘 등과 같은 이론을 신문에 게재한 것은 쩌우하가 주문하고 응웬끼 비가 번역한 것입니다. 동지께서 저를 믿지 못하신다면 쩌우하가 작가대회에서 발표하려고 직접 쓴 글을 보여드릴 수도 있습니다. 그러나 다행히도 그 문건은 통과되지 못했습니다."

반꾸엔이 정중하게 위원장의 책상 위에 '인민과 동행하는 민족 정체성을 나타내는 문학을 위하여'라는 제목이 붙은, 쩌우하가 손으로 쓴 발표문을 올려놓았다. 그것을 읽고 나서 위원장은 온몸이 차가워지는 느낌이었다. 그는 반꾸엔에게 속으로 감사했다. 자신이 지방의 한 간부에서 시작하여 중앙당까지 올라왔지만 알 수 없었던 작가들 세계의 아주 복잡하고 심각한 문제를 알게 해주었기 때문이다. 이런 식이라면 나를 잃어버리는 것은 장난이었다. 작가들에게 권력을 갖게 한다면 저들은 자본주의 체제를 세우고, 다원제, 다당제를 주장할 것이고, 동유럽의 발자취를 따라갈 것이고, 지방 정권에도 저들의 세력을 심을 것이다. 그러면 무산계급 정권, 계급투쟁은 어디 묻을 곳도 없을 것이다….

X 위원장의 전화 한 통화로 쩌우하는 미국행 초청자 명단에서 제외되었다.

그러나 미국 측은 양보하지 않았다. 하노이 주재 미국 대표부는 <문장>지 편집장이 명단에 없다며 베트남 작가들에 대한 비자 발급을 거절했다.

X 위원장은 본래 문화나 문예를 잘 아는 인사가 아니었다. 그는 농촌출신으로 북베트남에서 가장 유명한 농업합작사의 주임을 역임했다. 미국 측과 우리 외교부의 압력으로 그는 공식적인 의견서를 내야 했다. 본래 신중하고 꼼꼼한 사람이었기에 그는 마지막 결정을 내리기 전에 뜨부옹 동지를 찾아갔다.

뜨부옹 동지는 은퇴했지만 휘하에 있던 현재의 지도자들에 대한 그의 역할과 영향력은 여전히 아주 중요했다. 그는 최고 자문평의회 위원이었고, 2000년 전략 연구위원회 위원이었다.

"쩌우하가 초고를 쓸 때부터 나는 이 발표문에 대해서 의견을 제시했었어." 뜨부옹 동지가 말했다. "이것은 시대를 앞서가는 아주 새로운 여러 문제, 문화, 문예에 대한 논점 체계에 관한 것이야. 나는 쩌우하가 전쟁터에서 막 돌아왔을 때 그가 작가들과 논쟁을 벌였던 것을 기억하지. 그때 그는 우리 혁명세력이 백전백승의 능력 외에 의심하는 것, 특히 문예인에 대해 의심을 하고 있다고 책망했었어. 그리고 그는 공개적으로 당의 의결에서 토론하고, 심지어 당서기장과도 감히 대화를 했었지. 이 친구는 대쪽 같아서 언제나 직설적이고 솔직하게 말하지. 이 발표문이 통과되지 못한 것은 그 내용이 잘못된 것이 아니라 그것의 관점과 사상이 소련과 사회주의가 붕괴되고, 베트남이 WTO 가입을 앞두고 있으며, 시장경제를 추구하고 있는 우리나라의 혁명 환경과 맞지 않는다는 것 때문이지."

"그렇다면 쩌우하가 이번에 미국에 가는 것은 더욱 이익이 안 되겠네요."

"그것은 동지의 생각이고." 뜨부옹 동지는 자신의 후임자가 자기의 뜻을 이해 못하는 것에 안타까움을 표시했다. "내 생각에, 미국에 대항할 대표적인 작가가 필요하다면 쩌우하야말로 가장 적임자일세…."

"그러면 그를 붙잡아둘까요, 아니면 맘대로 떠들게 놔둘까요? 유럽에 공연 갔던 가수가 도망쳤다가 미국으로 가려고 한 경우도 있었지 않았습니까?"

뜨부옹 동지는 허탈하게 웃으며, 후임자의 유치한 말투에 실망을 느꼈다.

"작가들에게는 여러 갈래의 길이 있어. 그러나 자신의 모국어인 베트남어로 자신의 작품을 쓰는 진정한 작가라면, 그를 몰아낸다고 해도 조국을 버리지 않을 것이야. 쩌우하는 그런 사람일세. 쩌우하를 이번에 보내는 것은 진시황을 암살하기 위해 형가荊軻를 진나라에 보내는 일과 같고, 호랑이를 유인하여 산에서 내려오게 한 후에 잡는 조호이산과 같은 것일세. 그것이 바로 일거양득이지. 어느 쪽이든지 자네는 쩌우하에 대한 대책을 세울 수 있을 거야. 더 하고 싶은 말 있는가?"

위원장은 이해할 수 없는 표정으로 말했다.

"그렇게 말씀하시는 것은…."

뜨부옹 동지는 다시 한 번 허탈하게 웃고는 목을 빼서 위원장의 귀에 대고 속삭였다.

X 위원장은 웃음을 띠며 냉철한 전임자를 존경한다는 듯 고개를 끄덕였다.

바로 다음 날 그는 반꾸엔을 불러 상의한 다음에 쩌우하를 미국에 보내기로 결정했다.

***

캘리포니아는 베트남 난민이 가장 많이 모여 있는 곳이었다. 미국에 처음 도착한 날, 다섯 명의 베트남 작가는 토마토와 달걀 세례 그리고 타도를 외치는 소리로 열렬한 환영을 받았다. 시인 쩐카잉은 이마 가운데에 토마토를 맞았다. 잘못했으면 병원 신세를 질 뻔했다.

참전 시인 윌리암 버튼의 고향인 루이지애나에서는 은근한 환영을 받을 것이라고 생각했다. 그러나 남부 베트남 국기를 들고 나타난 과격한 베트남인들이 공산주의를 극력 반대한다는 내용의 플래카드와 토마토, 달걀 세례로 환영했다.

그 반동적 망명자들을 선동한 자들은 쯔엉피엔 준장과 <복국전선>이라는 조직의 기관지이며, 귀화한 작가 수엔썬이 주필을 맡고 있는 <붉은 피 황인종>이라는 신문의 패거리들이었다.

쯔엉피엔은 이미 70세가 넘어 머리는 희고, 눈은 노란색에 움푹 파였으며 매일 반 리터의 술을 마셔대 언제나 싸움닭처럼 얼굴이 붉었고, 다리는 비틀거렸다. 그 노인네는 늘 가지고 다니는 지팡이가 없다면 아마도 바로 쓰러질 것 같았다. 미국으로 도망친 날부터, 세계 자유를 위해 참전한 용사에 주는 특별 보조금과 엄청난 퇴직금을 받았다. 할 일이 없어 그는 <애국의 신성한 검>, <불길을 고향으로>, <한스러운 강산> 등과 같은 조직에 참여했고, <붉은 피 황인종> 신문이 출간될 때 신이 나서 스스로 고문을 맡고, 후원자를 모집하고, 신문 발행에 참가했다.

옛날 주산이라는 이름으로 활동할 때의 여윈 모습과 달리, 지금의 수엔썬은 통통하고 더 세속적이 되어 있었다. 그의 술친구들은 그의 배를 맥주통이라고 불렀다. 실제로 그의 뱃속에는 모든 것이 들어갔다. 맥주와 여러 가지 술 외에도 온갖 음식이 들어갔다.

「백골의 베트남 땅」이라는 대미항전을 왜곡한 수필을 쓴 작가 수엔썬은 「사이공을 사수하자」라는 수필을 막 끝내고, 그것을 방송한 지 20시간도 안 되어, 사수하기는커녕 미군의 헬리콥터를 타고 먼 바다에서 기다리고 있던 7함대로 날아가 버렸다. 미국으로 건너오자 수엔썬은 글을 사용할 기회가 더 많아졌다. 고향과 그들을 연결시켜주는 신성한 혼과 같은 모국어인 베트남어, 고향을 그리워하는 이백만 명이 넘는 베트남 사람들이 있었던 것이다. 그러나 글을 쓰는 일은 너무나 힘들고 노력이 많이 들어 그는 거의 진이 빠져 있었다. 싸움질하고 놀라운 소식을 좋아하고, 시간은 많고 정보에 목마른 독자들을 위한 신문기사는 글 쓰는 것도 빠르고 논도 쉽게 벌 수 있었다. 그래서 수엔썬은 신문기자로 직업을 바꾸었다. 그는 여러 개의 필명을 사용했고, 어떤 때는 이름 없이 기사를 쓰기도 했다. 그는 몇몇 신문에 기사를 쓰기도 하고, 논평을 쓰기도 하며, 한 번에 대여섯 가지 이름을 사용했다.

사이공에서 가장 큰 재벌이었으며 귀순부 장관이었던 <복국전선>의 의장이 수엔썬을 불러 <붉은 피 황인종>이라는 신문을 발행하도록 했다. 신문의 제호는 해외거주 베트남 교포들이 '용과 신선의 자손'을 쉽게 연상하게 하는 사이비였다.

수엔썬의 강점은 문학이었다. 베트남 작가들이 뉴올리언스를 방문한다는 소식을 듣자, 그가 주필로 있는 신문에 베트남 <문장> 신문에 실렸던 문제작 「공산주의 문학에는 도덕이 있어야 한다」, 「삽화문학 단계를 위한 찬미가」, 「찬양문학의 흐름을 고발한다」, 「사회주의 사실 창작방법인가 아니면 빵 반 조각인가!」 등과 같은 글을 연속적으로 게재했다. 물론 잘못했으면 편집장 쩌우하의 목이 날아갈 뻔했던 가장 위험한 「신령」이라는 단편도 게재했다.

해외에서 신문을 제작하거나 문학을 좋아하는 사람들은 최근 몇 년 동안 <문장> 신문이 국내의 유일한 신문이었으며 그들에게 새로운 공기를 불어넣어주는 신문이었다. 그들은 작가들의 새로운 창작물과 글을 통해 국내의 정치적 분위기를 느꼈다. 그들은 편집장 쩌우하를, <문장> 신문을 부흥시켰고 도이머이[42] 사업의 영웅이며, 마지막 공산체제 중의 하나인 베트남에서 검은 장막을 걷어낸 용감한 혁명가라고 간주했다.

수엔썬은 미국을 방문한 베트남 작가단에 쩌우하가 포함된 것을 알 수 없었다. 친구로서의 우정 말고도 응웬끼 비와 쩌우하는 수엔썬이 존경하는 작가였다. 쩌우하가 <문장> 신문의 편집장이 된 뒤로는 그를 더욱 존경했다.

<문장> 신문의 글들을 연재한 <붉은 피 황인종>의 편집실은, 문예는 정치와 분리되어야 하며, 인권을 보호하는 사회의 역량이며, 문학과 신문은 제4의 권력이고, 자유와 민주화를 촉진하는 데 기여해야 한다는 관점이 <문장> 신문과 같음을 열렬히 드러내고 있었다. 1면에 큰 글씨로 "공산주의의 억눌린 체제에서 모든 통신 홍보수단이 거짓이나 속임수라는 한 목소리를 내는 데 반해서 베트남 작가들의 목소리인 <문장> 신문은 전국 독자들의 심금을 울리고, 흔드는 기사를 연달아 게재했고, 조국과 민족에 봉사하는

42. 1986년 12월 제6차 베트남 공산당 전당대회에서 선언한 베트남의 개혁 개방 정책을 일컫는 베트남어로, 의미는 '새롭게 바꾸다'이다.

사실을 기록해야 한다는 작가의 새로운 사명인 문학에서의 자유와 민주화의 노선"을 분명히 드러냈다고 썼다.

특별호를 더 풍부하게 하고, 독자들을 끌어들이기 위해 수엔썬은 <문장> 신문의 편집장과 자신과의 우정에 관한 회고록을 실었다. 그 글은 자신이 쩌우하와 같은 친구가 있다는 것을 자랑하는 동시에 자신들은 <문장> 신문의 편집장과 같은 용기 있고 심혈을 기울여 글을 쓰는 작가들을 존경하고, 공산주의 문학에는 관심이 없다는 것을 알리는 것이기도 했다.

회고록에서 그는 쩌우하, 쩐년 아잉, 응웬끼 비 등과 같은 작가들과의 추억에 대해 썼다. 미국이 남부 베트남으로 몰려오고, 북베트남을 폭격할 때, 그들이 비의 집에 모여 전쟁터로 보내달라는 혈서에 대해 의논했던 얘기를 썼다.

몇몇 젊은 작가들이 1950년대 중반 북베트남에서의 토지개혁 때 있었던 처참한 사실을 작품에 썼다가 블랙리스트에 올랐고, 책은 회수 당했다. 그들은 그 블랙리스트에서 자기의 이름을 지우려면 공산당으로부터 신임을 얻는 길 외에는 아무것도 없다는 것을 알고, 공산당의 신임을 얻으려고 안달하고 있었다. 쩌우하가 혈서를 쓰는 것을 보고, 수엔썬이 거머리 피나 황궁채로 쓴 것 아니냐고 놀렸다. 쩌우하는 미칠 듯이 화가 나서 담뱃대를 집어던졌다. 그리고 그들은 서로 끌어안고 울었다. 국외자로 몰리고, 의심받는 소자본가 출신 글쟁이의 신세가 불쌍했다. 수엔썬은 "여러 번, 내 얼굴에 똥을 묻힌 것 같은 느낌이 들었어. 공산당 지부 모임 중에 나에게 밖에 나가라고 하고, 자기들끼리 의논할 때는 정말 자존심이 상했지. 나중에 알게 됐는데, 그 모임은 단지 자전거 타이어나 담요 한 장을 나누기 위한 모임이었다는 거야. 혈서를 써서 믿어주기만 한다면 얼굴에 묻은 똥을 깨끗이 닦는 것보다 더 기쁠 거야, 그렇지?"라고 말했었다.

1천 부의 <붉은 피 황인종> 신문 특별호가 공산주의 작가들을 배격하는 데모에 사람들을 끌어들이기 위해 무료로 배포되었다.

데모대가 5천여 명의 베트남인들이 살고 있는 시내 동쪽 지역에 줄을 잇고 있었다. 미국 경찰은 질서를 파괴하는 자를 체포할 준비를 하고 있었다.

정말 오랜만에 쯔엉피엔은 아주 분격한 날을 맞았다. 그는 타도라는 말을 너무 많이 외쳐서 목이 쉬었다. 그는 옆구리에 토마토가 든 가방을 메고 있었다. 미국 경찰차의 호위를 받으며 다섯 명의 공산주의 작가들, 그중에서도 두 명이 해방군 군복과 군모를 쓰고 두 명의 미국 참전 작가와 함께 가는 것을 보고, 그는 몸을 부들부들 떨었다. 해방군 군복과 군모를 보기만 하면 그는 정신이 나갔다. 그것은 그의 인생에서 악마이고, 사신의 그림자이며, 피와 불을 연상케 하는 것이었다. 그것은 그가 지구 저편의 먼 곳으로부터 왔지만 아직도 여전히 해방군의 그림자에서 벗어나지 못하고 있음을 표현하고 있었다. 해방군의 군모가 첩첩산중으로 그를 사방에서 둘러싸고 북 치고 장구 치며 다가오는 것 같았다.

제1 전술지역의 케사잉, 꼰띠엔, 족미에우 그리고 고원지역의 닥또, 플레이쿠, 아숩 또 동부지역의 쭝펀, 빙롱, 동소아이, 벤깟 등과 같은 지명들이 그의 머릿속에서 윙윙거리며 불타고 있어서, 마치 수백 개의 전선을 한꺼번에 합선시킨 것과 같았다.

쯔엉피엔은 토마토 하나를 움켜쥐고 차에 탄 군복 입은 자를 겨냥했다. 그러나 그는 던질 수 없었다. 마치 그가 풍을 맞은 것처럼 길바닥에 쓰러졌다.

***

공산주의 작가들에 대한 데모는 순식간에 180도 달라졌다.

쯔엉피엔 준장이 쓰러진 것 때문이 아니었다. <붉은 피 황인종> 신문의 주필이 스스로 자신이 세운 시나리오를 불태운 것이다.

수엔썬이 베트남 문화회관을 향하던 차 속에서 해방군 군복을 입은 쩌우하를 보았기 때문이었다.

"쩌우하! 작가 쩌우하!" 수엔썬이 그의 이름을 부르며 차를 쫓아가면서 정신없이 손을 흔들어댔다.

경찰이 수엔썬을 가로막았다.

"내 친구를 만나게 해주세요! 저 차 안에 있는 공산당 놈 말이에요!" 수엔썬은 흑인 경찰에게 영어로 정확한 인칭대명사를 표현할 겨를이 없었다. "멈춰, 쩌우하! 나야, 나 수엔썬!"

자신의 이름을 부르는 소리를 듣고 쩌우하가 고개를 돌렸다. 수엔썬이었다. 그는 오리처럼 뒤뚱거리며 달려오고 있었다. 불룩 튀어나온 배가 출렁거렸다. 그는 자신의 아버지가 살아 돌아온 것처럼 기뻐하는 것 같았다. 쩌우하는 운전수에게 천천히 가라고 말했다.

"아이고! 자네가 미국 땅을 밟을 것이라고는 생각도 못했네…" 수엔썬이 숨을 몰아쉬며 쩌우하 쪽으로 손을 뻗으며 말했다. "자네를 알아보고 너무 기뻤네. 내 영감이 맞았어! 자네를 환영하려고 신문에 특집을 실었지."

수엔썬은 한 손으로 쩌우하의 손을 잡고, 다른 손으로는 <붉은 피 황인종> 신문을 치켜들었다.

"환영할 일이 무엇이 있다고! 우리는 베트남 백골의 일부일 뿐인데…"

"됐어! 그만 놀려라! 쩌우하… 잊어버려라! 우리가 이 미국 땅에서 만나게 되다니!"

자동차가 재촉하듯 클랙슨을 울렸고, 수엔썬은 길 양쪽에 모여 있는 군중 속으로 뱀이 머리를 감추듯 사라졌다.

"형제들이여! 해산하시오! 우리 편입니다. <문장> 신문의 편집장, 내 친구요! 우리가 신문에 특집을 실은 것은 저들을 환영하기 위한 것이었소. 자, 이제 우리 함께 베트남 문화회관으로 갑시다!"

남베트남 국기와 표어, 플래카드가 길에 버려졌다. 사람들이 수엔썬을 따라 버스에 올랐다.

베트남 문화회관은 수시로 뉴올리언스에 사는 베트남 공동체의 큰 행사나 문예, 문화 활동을 하는 곳이었다. 회관은 600여 명을 수용하는 큰 규모였는데, 베트남 작가들이 도착했을 때는 사람들로 가득 찼다. 그들을 영접한 것은 루이지애나 주 베트남인회로, 집행위원회 위원장은 특별 건설기사 응웬끼 봉이었다.

쩌우하는 지구 저편의 먼 곳에 떨어져 있다가 베트남 문화회관에서 응웬끼 봉을 만난 기쁨을 말로 표현할 수 없었다.

그들은 서로를 끌어안고 얼굴을 상대방의 어깨에 기대고 소리 없이 울었다. 쩌우하가 키엠의 집에서 봉을 만난 날로부터 어느덧 16년이 흘렀다. 그 당시 쩌우하는 봉이 응웬끼 비를 면회할 수 있게 K27 캠프로 출발할 준비를 하고 있었다. 검정색 볼가 승용차였다. 그의 친구인 <띠아상> 신문의 편집장이 직접 두 사람을 태우고 반혁명 분자이며 위험한 수정주의자인 봉의 형을 면회 가려고 했었다. 그런데 그 면회를 연기해야만 했었다. 봉은 사이공으로 급히 복귀하라는 전보를 받았다. 아내와 두 딸이 탈출했다. 4년 뒤 봉 역시 탈출했다. 그렇게 십수 년이 지났지만 봉과 비는 여전히 멀리 떨어져 살고 있었다.

"형을 보는 순간 제가 꿈을 꾸는 것 같았어요. 우리들이 이렇게 다시 만나게 될 줄은 생각도 못했지요. 요즘 비 형님은 자주 만나나요?"

"매주 만나지…. 내가 여기서 자네를 만났다는 것을 알면 비가 아주 부러워할 걸세."

"여기에서 제가 <문장> 신문을 늘 보고 있습니다. 석 달 전에 비 형님처럼 형도 감옥에 갈 거라는 소문이 있던데요?"

"그 소문이 여기까지 났나? 그러면 우리 공산주의자들에게는 억울한 일인데…."

"여기 우리들은 아직도 형님 같은 공산주의자들을 믿지 않습니다. 오늘 형님은 나라의 상황과 형 신문에 대해서 말할 거지요? 이곳 사람들이 형님들을 어떻게 환영하는지 잘 보았지요?"

"좋아! 아주 좋아!" 쩌우하는 빈자리 없이 가득 찬 회관을 바라보며, 자기 자신에게 말하듯 봉의 말에 대답했다.

한 맺힌 눈빛은 없었다.

동포애와 따뜻한 정이 회관에 가득 찼다.

일생 동안 수천 명의 고등학생들과 대학생들 그리고 수만 명의 광부, 노동자, 농민, 방공청년대[43], 군인들 앞에서 수백 번의 연설을 했지만 오늘처럼 감동적인 날은 없었다. 그것은 그가 처음으로 조직이나 단체 누구의 말이나 자신의 생각이 아닌 말, 정훈 작가로서의 역할을 벗어났기 때문이었다. 이제야 그는 바로 자신이었고, 마이반냐라고 출생 신고했던 호찌민의 군인이었고, 다쟝과 쩌우하라는 필명을 사용하는 작가였다. 그는 사랑하는 조국의 같은 피를 나눈 동포들과 얘기하고 있었다. 그의 눈앞에는 피로 얼룩진 전쟁의 상흔을 몸에 지닌, 탈출하면서 겪었던 무시무시한 갈증과 배고픔, 무서움을 그대로 지니고 있는 사람들이 있었다. 그들은 이곳 타향 땅에 오기 위해 일생 동안 고생하며 이룩했던 고향과 형제, 집과 논밭을 버려야 했다. 경멸과 멸시, 냉대를 견디며 도움을 청했던 것이다. 그리고 지금 그들은 베트콩이라고 불리던 저쪽 사람, 그들을 조국에서 밀어내는 데 기여했던 자의 말을 들으려고 자신들의 지붕 아래에 앉아 있었다.

"친애하는 동포 여러분, 베트남전 참전용사인 윌리엄 버튼과 톰 조이스

---

43. 베트남전쟁 당시 청년들의 자발적인 지원으로 결성된 무장조직으로 1965년 6월에 정식으로 설립되었다.

와 함께 우리 다섯 명이 이 진정어리고 따뜻한 만남에 참석한 것은 오늘 우리 만남이 원한을 없애기 위한 것이라는 것을 충분히 보여주고 있습니다. 제가 이 군복을 입고, 톰과 윌리암 역시 군복을 입은 것은 우리가 서로 다른 편에 있었다는 것을 알리기 위한 것입니다. 제 기억이 틀리지 않는다면 저는 1970년 여름 꽝다 전쟁터에서 윌리암을 만났었습니다. 우리는 서로에게 총구를 겨누었고 발사했습니다. 그런데 하늘이 도와서 실탄이 빗나갔습니다.”

“저는 허공에다 대고 쏘았습니다.” 시인 띠엔카잉이 끼어들어 회관을 웃음바다로 만들었다.

쩌우하가 말을 이어갔다.

“지금 윌리암과 톰 그리고 우리는 이곳에서 만나 과거를 덮고 친구가 되었습니다. 그리고 우리는 이 뉴올리언스에 베트남인의 씨를 뿌린 여러분에게 보다 아름답고 정돈된 사랑하는 베트남을 건설하고, 미래를 향해 과거를 덮을 방법을 찾아야 할 때가 되었다는 말씀을 드리고 싶습니다.”

박수소리가 터질 때마다 쩌우하는 연설을 멈추어야 했다.

여성과 노인들이 훌쩍거리는 소리가 들렸다.

회관의 끝 쪽에서 특이한 박수소리가 들렸다. 쩌우하가 내려다보았다. 수엔썬의 분격한 얼굴을 볼 수 있었다.

<붉은 피 황인종> 신문의 편집장이 과격분자로 등록되어 있어서 초청을 받지 못했던 것이다. 응웬끼 봉이 직접 주최 측에 얘기해서 『백골의 베트남 땅』 저자가 입장할 수 있었다.

**

뉴올리언스에 비가 내렸다.

폰차트레인 다리, 슈퍼 돔, 프렌치퀴터, 장 라피트 국립 역사공원 탐방 계획은 연기해야 했다. 네 명의 작가들은 기차를 타고 톰 조이스의 농장을 방문했다. 쩌우하는 봉의 집을 방문했다.

지난 6년 가까이 봉은 독신으로 살고 있었다. 친구나 친척들도 아주 극소수만이 이 사실을 알고 있었다. 그것은 그가 누구에게도 말하고 싶어 하지 않는 가슴 아픈 얘기였다.

"자네 아내와 딸들은…."

말을 다 마치기도 전에 쩌우하는 책장 위에 놓여 있는 검은 액자 속에 열 살쯤 되는 여자아이 사진을 보고는 자신이 실수했다는 것을 알아차렸다.

"비의 언니인 번의 사진입니다. 살아있다면 지금 서른 살이 되었지요. 그 아이는 탈출할 때 바다에서 죽었답니다. 아내와 딸이 저에게 거짓말을 했고, 미국에 도착해서야 알게 되었습니다. 저에게 편지를 쓸 때마다 비가 언니의 필적을 흉내 내서 편지를 보냈던 것입니다. 4년 내내 저는 그 아이가 살아 있다고 믿고 있었습니다…."

"이이가 바다에서 죽었다고?" 쩌우하가 잘못 알아들었다는 듯 다시 물었다.

"예. 그 아이는 운 나쁜 탈출자였어요. 얼마나 많은 우리 베트남 사람들이 조국을 탈출하다가 바다생선의 먹이가 된 줄 아십니까?"

봉의 눈빛이 사나워지고 있었다. 두 눈을 부릅뜨고 쩌우하를 직시하고 있어서, 쩌우하는 놀라 고개를 돌렸다.

"아무도 그 숫자에 대해 알 수 없습니다." 봉이 말을 이어갔다. "만 명? 십만 명 아니면 그 이상? 탈출자가 이백만 명이라고 하고, 그중 1%가 바다에 빠졌다고 계산해 봅시다…."

"이만 명이겠지."

"그것은 누구도 돌보지 못하는 바다 속의 엄청난 무덤이지요. 그런데 왜 1%만 있겠어요? 왜 2만 명밖에 안 돼요? 수십만 명이 될 것입니다. 가슴 아픈 역사를 지금 억지로 모른 척하고 있는 것입니다. 정말 무시무시합니다. 정말 무감각합니다."

"그렇게 많아?" 쩌우하는 그 숫자에 너무 놀랐다.

"형님은 작가이고, 베트남 역사에서 가장 무시무시하고 아픈 탈출에 관한 사실을 모를 수가 없지요. 이 회고록을 제 형님 비에게 드립니다. 그런데 그 형님은 이제 폐인이 됐잖아요…."

봉이 서랍에서 바닷물 색깔의 파란색 표지로 된 회고록 초안을 꺼내 쩌우하에게 건넸다. '타향살이'라는 제목이었다.

오후 내내 그리고 저녁까지도 쩌우하는 열이 나는 것 같았다. 그 회고록이 그를 태우고 있었다. 그는 그 무엇인가를 찢고 깨뜨리고 싶었다. 그는 양주를 벌컥벌컥 들이켰다. 그날부터 그의 삶은 편안할 날이 없을 것 같았다.

"우리 딸의 죽음이 너무 비참합니다." 봉이 말했다. "해적들이 배에 올라와 약탈하고 여자들을 강간했어요. 열세 살의 번은 이제 막 사춘기가 시작되었지요. 욕을 당하고 나서 정신이 나갔고, 소리를 지르다가 바다에 몸을 던졌습니다."

쩌우하의 눈이 붉게 물들었다. 그는 주변을 둘러보며 향을 찾았다. 그러나 향이 없었다. 그는 그 아이의 영정 앞에 합장을 했다.

"애야, 나를 용서해다오…. 너를 위해 무엇을 해야 할지 알 수 없구나."

"아마도 저에 대한 아내의 감정도 그 아이가 죽은 이후로 깨진 것 같습니다." 봉은 공감해줄 사람을 만난 듯, 자신의 속내를 털어놓고 싶어 했다. "아내는 저에게 무책임하다고 질책했어요. 아내는 저를 기다리는 4년 동안 지쳤고, 타국에서 이루 말할 수 없는 온갖 고생을 혼자서 했습니다. 우리 부부가 다시 만났을 때 아내의 사랑은 이미 죽어 있었습니다…"

"순수하게 그 이유 때문만은 아닌 것 같은데…, 내 느낌으로는 다른 원인이 있을 것 같아."

"맞아요. 형님께는 감출 수가 없군요. 아내와 딸이 캘리포니아에서 저를 기다리는 동안에 멕시코 출신의 남자가 늘 도와주었다고 합니다. 그들은 마음이 맞았지요. 아내는 모든 베트남 남자들에게는 알레르기 반응이 생긴다고 했습니다. 모두 무책임하고 비겁하다고 했어요. 아내는 법원에 여러 번 이혼신청을 했습니다. 그렇지만 저는 딸이 의과대학을 졸업하고 직업을 갖고, 결혼할 때까지 일부러 이혼을 해주지 않았습니다. 그리고 이제야 정식으로 이혼을 했습니다."

"비참한 결론이군!"

"다른 방법이 없었습니다. 저는 잊기 위해 일에 몰두했습니다. 그 사이 저는 특별 건설기사로 승진했고, 미시시피 강변도로 건설 공로로 뉴올리언스 의회로부터 표창을 받았습니다. 어릴 적 하노이에 살던 여자 친구가 남은 삶을 채워주었습니다. 우리는 오래된 친구처럼 같이 살고 있습니다. 가끔 그녀가 보스턴에서 이곳으로 오거나 제가 보스턴으로 올라갑니다…"

"자네 회고록에 나오는 어여쁜 어자 그리고 저 사진 속의 여자, 따 투우옌 맞지?"

"예, 투우옌입니다. 그녀는 저의 첫사랑입니다. 저와 함께 남으로 이주했었지요. 아내와 결혼하기 위해 그녀를 거절했고, 투우옌은 그녀를 따르던 소위와 결혼했는데, 정말 후회스럽습니다. 그는 대령까지 올라갔지요. 그러나 그 대령이 사이공이 함락되기 전날 저우저이 입구에서 사망했어요."

"자네의 재회를 축하하네." 쩌우하가 술을 따르고 한 잔을 봉에게 건넸다. "내가 미국에 있는 동안에 투우옌을 만나기를 희망하네. 나는 어린 시절의 하노이 소녀의 모습을 그리고 있어. 상전벽해의 난리를 수없이 겪었지만 여전히 매력적일 것이라고…"

"형님이 민족의 정체성과 문화적 기반에 대해 말하고 있다는 것을 압니다. 이 세상 끝까지 간다고 하더라도 우리 베트남 사람들은 지구촌 사람들 속에 녹아들거나 사라질 수 없습니다. 캘리포니아의 리틀 사이공에 가보세요. 아니면 뉴올리언스의 벡사이에 가보면 분명히 알 수 있을 것입니다. 베트남 사람들은 비록 조국을 벗어났다고 하더라도 그들은 모국의 주변을 도는 작은 행성이 되는 것입니다."

"자네야말로 진정한 작가야. 자네는 응웬끼 비의 유전자를 갖고 있어. 자네의 회고록을 읽고 나서 자네의 말을 들으니 그렇게 믿지 않을 수 없구먼. 자네 소설을 쓰지 않겠나?"

"그럴 계획은 없습니다. 게다가 해외에 사는 많은 베트남 사람들이 영어책을 읽기 시작했어요. 이곳 작가들은 독자가 없어요. 형님 같은 분들의 장점은 8천만 명의 독자가 있다는 것입니다…. 그런데 정말 유감스러운 것은 어찌하여 우리의 글들은 무슨 보고서처럼 싱겁냐는 것입니다."

쩌우하는 놀랐다. 그는 자신의 볼이나 얼굴 어디에 상처가 난 것 같은 느낌이 들었다.

"화를 내실 필요는 없습니다. 저 자신도 4년 동안 공산당의 월급을 받던 공무원이었으니까요. 그 기간 동안 저는 형님 세대의 문학 작품을 거의 다 읽었습니다…. 저는 이곳 수엔썬의 신문에 실린 글들을 형님의 <문장> 신문이 싣도록 허락했다는 것이 아주 기쁩니다. 당신들은 병의 원인을 찾았습니다. 그러나 치료할 용기가 부족한 것이지요."

"사회의 병리적 현상 아니면 문학의 병적현상?"

"둘 다입니다. 당신들의 문학은 삽화와 같기 때문입니다. 사회와 마찬가지로 문학 역시 심각한 거짓병에 걸렸습니다. 우리나라의 사회생활은 그것이 본래 갖고 있어야 하는 자연스러움이 없습니다. 사람들은 언제나 엄격합니다. 아버지는 자식에게, 남편은 아내에게 그리고 상급자는 하급자에게 엄격합니다. 유치원생은 애늙은이 같습니다. 억지로 조국을 사랑하고 동포를 사랑하도록 내용도 없는 허망한 것을 배웁니다. 그들은 보다 큰 것을 사랑하기 전에, 자신의 조부모와 부모 그리고 자그마한 가족을 사랑하도록 가르침 받지 못하고 있습니다. 문학은 단지 장식품에 불과하고, 베트남 혁명이야말로 세계 제일이며 인류의 선봉이라고 간주합니다. 사회주의는 천당이고, 자본주의는 죽어가고 있는 아주 나쁜 것이라고 합니다. 교조적이고 주관적인 병은 가짜 도덕과 거짓 습관이라는 질병의 원인이 되었습니다. 남부 도로국에 있을 때, 몇 년 동안 연말결산 보고서를 보면 올해는 전해보다 뛰어나고 성공적이라고 말했습니다. 그러나 실제는 모두 반대였습니다." 봉이 말을 멈추고 이마를 두드리며 쩌우하 쪽으로 고개를 돌렸다. "마대를 메고 코메콘에 가서 원조를 요청한 우리나라 부수상이 누구였더라?"

"레타잉응이지."

"맞아요. 그 사람이 위대한 사람이지. 이곳에서는 소련이 붕괴될 때 베트남이 반년을 못 버틸 것이라고 생각했지요."

"그때 우리나라가 가장 어려운 시기였지." 쩌우하가 술잔을 비우고 집 뒤편의 숲 쪽을 멀리 바라보았다. "사람들은 자신의 먹을 것만 생각했지 나라의 운명에 대해서는 보지 못했어. 70년대 말과 80년대 중반 내내 아무도 우리가 평화롭게 지내도록 놔두지 않았어. 서남부 국경, 즉 캄보디아와의 전쟁이 있었고 이어서 북부 국경에서 중국과의 전쟁이 벌어졌지. 미국은 10년 넘게 경제봉쇄정책을 펴고 있었지. 국내의 패거리는 서로를 물어뜯고 있었어. 어디를 봐도 희미하고 방향을 확정할 수 없었어. 자네 화폐개혁 이후에 경제상황이 어떠했는지 알아? 1986년 인플레이션이 세계기록을 경신했는데, 780%에 달했어."

"뭐라고요? 다시 말해보세요. 그런 인플레이션에 대해서는 들어본 적이 없습니다."

"우리 경제상황이 그처럼 참혹했어. 1987년 예안과 타잉화에서는 배고품으로 죽는 사람도 있었지. 교사들은 조미료나 비료로 월급을 받았어. 갓난아이들은 엄마의 젖이 모자란다는 의사의 확인이 있어야 한 달분의 연유를 살 수 있었어…"

"아이고! 유엔의 구호품을 받은 우리 피난민들이 더 나았군요."

"그 당시 자유롭게 문을 열었다면 국민의 반이 나갔을 거야. 수천만 명이 나갔을 거야. 미국, 서유럽뿐만 아니라 살 만한 곳이라면 어디든지 달려갔을 것이야. 소련과 동유럽이 붕괴될 때 50만 명 가까운 사람들이 귀국하지 않았어. 불법체류자로 망명생활을 할지언정 귀국해서 농사지으며 원조 보리나 밀가루는 먹지 않겠다고 했지. 30년 동안 전쟁을 겪은 후유증을 이제야 확실하게 알게 된 것이야."

"그런데 저는 상상이 안 돼요. 당의 공로인지 백성의 공로인지?"

"둘 다지. 그것은 도이머이의 성과지. 먹을 것을 구걸하다가 정식으로 식량을 수입했지. 그리고 1989년부터 우리는 쌀을 수출하기 시작했어. 1990년에는 거의 2백만 톤을 수출했지. 그리고 지금은 4, 5백만 톤을 수출하여, 태국 다음으로 세계 제2위의 쌀 수출국이 되었지. 우리는 이제 확고하게 자리를 잡았을 뿐만 아니라 발전의 추세로 나가고 있어."

"내가 틀리지 않았다면 배고픔에서 벗어난 것은 국민들의 노력 때문이라고 봅니다. 지금 개인경제를 하는 것도 국민들이지요. 우리 백성들은 당신들 지도자들이 상상하는 것보다 위대합니다. 권투를 자주 봅니까? 선수가 링에 올라 싸우다가 녹다운 당하고 파랗게 멍든 얼굴로 간신히 일어서면서도 결코 포기하는 법이 없지요. 자신이 진 것은 주관적인 판단으로 주먹을 피하지 못했기 때문이라고 생각합니다. 재 시합하면 반드시 이길 것이라고 하지요. 정치란 것이 그렇습니다. 실패 앞에서도 고집을 부리는 것이지요. 깨지거나 붕괴되지 않은 것은 우리 백성들이 너무 좋기 때문이지요. 우리 백성들이 혁명을 너무 좋아하고 신뢰하기 때문이지 당신들이 재주가 있어서

가 아닙니다. 호찌민이 백성은 물이고 당은 배라고 했는데, 맞는 말입니다. 당신들이 배를 빙빙 돌리고 여러 번 방향을 바꾸었지요. 사람들은 한 번이면 끝납니다. 그러나 당신들은 고치고 또 고쳤지요. 이 의결이 저 의결을 부정했지요. 1930년 하띵과 예안에서의 봉기, 1940년 남베트남에서의 무장봉기 그리고 1968년 무신년 구정공세와 1972년 꽝찌 전투에서 수만 명의 민족의 우수한 인재들과 핵심 역량 전부가 희생되었을 때 당신들은 훈련이며, 사전 봉기이며, 혁명의 전야라고 했지요. 인민은 항상 실험 대상이었지요. 그리고 당신들은 다른 사람 말만 듣다가 망하거나 신발에 발을 맞추는 사람과 같지요. 이쪽에서 우리는 아직도 '흉년이 든 것은 재해 때문이고, 풍년이 든 것은 우리 당의 재주 때문이다'라는 말을 기억하고 있습니다. 백성들은 다 압니다. 그러나 우리 백성들은 어질지요. 쥐새끼 때문에 화를 내서 귀한 병을 깨지는 않습니다. 큰 것을 중시하고 작은 것에 관심을 두지 않잖아요. 우리 민족이 그런 민족입니다. 우리 문화와 역사가 그래요. 강산이 그렇고요. 태국이나 한국, 일본에 뒤질 것이 없어요…. 그런데 여전히 강국이 되지 못하고 세계의 후진국 내열에 서 있습니다. 가슴이 아픕니다…"

찌우하는 봉이 그처럼 격렬하고 심하게 말할 줄은 몰랐다. 봉은 공산주의 작가의 머리 위에 억울함과 화를 쏟아붓고 싶어 하는 것 같았다.

"자네처럼 말한다면 할 말이 없네. 우리 베트남 민족의 혁명은 준비된 시나리오가 없었기 때문이지. 그런데 어째서 자네는 국외자처럼 있었지? 가장 어려울 때 자네들은 팔 걷어붙이고 외국으로 나갔잖아?" 찌우하는 쏠쏠했다. 자신이 상처를 입고 있다는 느낌이 들었다.

"누가 나를 믿었나요? 누가 나에게 공헌할 기회를 주었나요?" 봉 역시 술 한 잔을 들이켜고 나서 찌우하를 벽으로 밀어붙일 듯이 들이댔다. "당신들은 권력자를 고르기 위해 기초단위에서 중앙까지 조직적으로 움직이지 않습니까? 지부장 이상은 선발하기 전에 체계적으로 걸러지지요. 보통 사람은 누구도 끼어들 수 없지요. 당신들 나라는 모든 베트남 사람들의 것이 아니지요? 내 친구인 사학자 보안터이가 뭐라고 했는지 압니까? 그가 말하길 당신들이 역사를 모두 부인했다고 합니다. 나라를 얻은 것이 사적인 재물처럼 여러분의 주머니에 넣었지요. 당신들은 은혜를 잊은 겁니다. 이 나라가 세워지고 지켜지는 데 4천 년이 흘렀다는 것을 알 필요도 없었겠지요. 그렇게 본다면 당신들의 시간은 순간에 불과하고, 당신들의 공로는 손톱만 한 것일 뿐입니다. 리 왕조와 쩐 왕조 시대의 조상들이 나라를 열지 않았다면, 1558년 응웬황 중부지역을 넘어가지 않았다면 그리고 응웬 씨 가문에서 주민들을 남부로 보내 개발하지 않았다면 어떻게 사이공이나 까마우, 푸꾸옥이 베트남 땅이 되었고, 당신들이 해방시킬 수 있었을까요? 그리고 사이공에 들어와서 응웬황과 그 후예들 그리고 공신들의 이름을 딴 거리를 지우는 일을 먼저 했지요? 이와 비슷한 일은 러시아 사람들이 우리보다 더 공평합니다. 그들은 발틱 해변에 도시를 건설한 위대한 영웅이며, 낙후된 러시아를 유럽의 강대국으로 만든 피에르 대제를 기리기 위해 레닌그라드를 상트페테르부르크로 개명했습니다. 우리는 달랐지요. 모든 것을 독점했지요. 성스럽고 조그마한 나라를 사랑하는 마음까지도⋯." 봉은 목이 메었고 눈물을 쏟았다. "이곳 타국에 건너와서, 일자리를 찾기 위해 이곳저곳을 돌아다녔고, 각종 자격증을 따서 능력을 증명해 보이려고 할 때, 미국인처럼 신임을 받아서 특별 건설기사가 되었고, 시장에 뒤지 않는 월급을 받게 되었지요. 그들은 내가 친 공산주의자인지 아닌지, 베트남 사람인지 아닌지에 대해 관심이 없었고 오직 내가 업무 능력이 있으며 양심이 있다는 것을 알고, 그들은 나를 신뢰하고 중책을 맡겼습니다. 그런데 내가 도로국에서 일할 때는 미래를 전혀 볼 수가 없었지요. 나는 항상 통제되고 억눌림을 받는 생활 방식에 적응할 수가 없었습니다. 상품과 발명에서의 독점과 재능은 경쟁과 창조를 만들어내지만 애국을 독점하는 것은 모든 갈망과 자유,

민주를 말살하게 됩니다. 형님은 자신이 지금 어떤 종교의 신도라고 생각해 본 적이 있습니까? 당신들과 몇 년 일하고 나서, 나는 사람들이 마르크스의 학설을 종교로, 지도자를 교주로 만들고 있다고 이해했습니다. 그래서 국가의 모든 형태나 선거가 가짜라고 생각했습니다. 작가나 기자들 모두 가짜를 쓴다고 생각했습니다. 당신들은 옛날 작가들인 남까오나 부쭝풍이나 웅오땃 또와 비교하면 한참 뒤떨어집니다. 솔직하게 묻겠습니다. 우리가 괴짜의 비극에 빠지고 있다는 고민을 해본 적이 있는지요? 세계가 다양한 엔진을 장착한 차량으로 서로 다른 속도로 여러 차선이 그려진 큰 도로를 달리고 있는 중인데 우리만이 정해지지 않은 길을 선택한다면…. 정말 이상한 것 아닌가요? 결국은 시장경제를 인정해야 했지만 다시 사회주의를 지향하는 시장경제라는 꼬리를 붙였지요…."

"인식은 과정이야…. 사유와 인식 및 행동 속에서의 유치한 시기는 곧 지나갈 것이야…. 우리는 경제 건설에서 교훈을 도출했어. 우리는 곧 WTO에 가입하게 돼. 베트남은 세계로부터 기적적인 발전을 이룩한 국가로 평가받고 있어…."

"형은 종합하고 경험을 도출하는 것을 좋아하는 병에 걸렸군요. 당신들이 종합하고 경험을 도출할 때 역사는 저 멀리 가버렸을 것입니다. 토지개혁이 한 예입니다. 우리가 잘못을 수정할 때, 수만 명의 우수한 당원과 수만 명의 능력 있는 농업관리자들이 억울하게 간악한 지주로 몰려서 죽임을 당했지요. 우리 아버지가 그 역사적 죄악의 피해자지요. 빙푸 성에서의 낌응옥 씨가 실시했던 도급제는 다른 예입니다. 잘못을 알아차렸을 때 농업, 농민은 말라버렸지요. 지금, 우리가 왜 소련과 동유럽이 붕괴되었는지 경험을 도출할 때 러시아, 폴란드, 헝가리, 불가리아와 인접국인 태국, 말레이시아, 싱가포르는 우리보다 수십 년은 더 멀리 가버렸습니다. 그리고 이렇게 낙후된 것에 관해서 역사 앞에 누가 책임을 질 것입니까?"

"됐어. 정치 얘기는 그만하지…. 머리 아파!" 쩌우하가 한숨을 쉬며 양팔을 내저었다. 그는 봉이 사회학자 못지않은 깊은 지식을 갖고 있다는 것을 알았다. 봉은 반박하기 어려운 증거들을 제시했다.

"우리가 이렇게 만날 수 있는 것은 아주 드문 일이지요. 그래서 마음의 짐을 덜기 위해 속내를 털어놓은 것입니다. 형은 작가이기 때문에 저보다 훨씬 더 고민할 것이라고 생각합니다. 문학이 어떤 것을 맡지 못한다면 무익한 것이 될 것입니다. 작가가 사회의 비판자가 아니라면 무슨 이익이 있겠습니까? 문화회관에서 당신들을 만난 밤 이후로 제가 무슨 꿈을 꿨는지 압니까?"

"무슨 꿈?"

"화내지 마십시오. 저를 엉뚱한 놈이라고 하지 않는다면 말하겠습니다."

"내가 지금 미국 땅, 세계에서 가장 자유롭다는 나라에 있잖아."

"비 형을 만나는 꿈을 꾸었어요. 비 형이 흰옷을 입고 응웬끼 비 사당 앞에 심어놓은 바나나처럼 거꾸로 매달려 있었습니다. 밧줄을 풀어주려고 다가가려 할 때 형이 손을 저으면서 더 이상 살고 싶지 않다고 말했습니다. 왜 그러느냐고 물으니, 어떤 사학자가 우리나라 혁명은 1945년 8월 혁명이 성공한 것이 아니라 1930년에 프랑스 식민지 당국으로부터 정권을 쟁취한 것이라고 했다는 것입니다. 그리고 거기까지 읽고는 더 이상 살고 싶지 않다고 했습니다. 만약에 그렇다면 우리나라의 문학예술에서 신시나 토요소설, 자력문단, 서양음악, 인도차이나 미술과 같은 사조와 남까오, 부쫑풍, 응오떳또, 응웬꽁환, 한막뜨, 수언지에우, 후이껀, 쩨란비엔, 반까오, 도안쭈언, 응웬반트엉, 응웬수언콱, 응웬자찌, 또응옥번, 부이수언파이, 응웬뜨응이엠, 응웬상, 즈엉빅리엔[44] 등과 같은 나라를 빛낸 작가들이 어떻게 나올

<hr />

44. Nam Cao(1917-1951). 대표적인 현실주의 작가. / Vũ Trọng Phụng(1912-1939). 북부

수 있었겠습니까? 그때 놀라서 잠이 깼고, 온몸이 땀으로 젖었습니다."

쩌우하는 봉이 그렇게 꿈을 지어냈는지 아닌지 알 수 없었다.

그리고 그도 온몸이 땀으로 젖었다.

***

베트남 작가들이 뉴올리언스를 떠나 워싱턴 DC로 가기 전에 수엔썬이 쩌우하에게 전화를 걸어 작가들과 만나고 싶다고 간절하게 말했다.

쩌우하는 단칼에 거절했다. 그는 이상을 배반한 자와는 얘기를 나눌 거리가 없다고 느꼈다. 그러나 수엔썬이 울며 애걸했다. 수화기를 타고 눈물과 콧물이 쩌우하의 귀로 흘러드는 것 같았다. 본래 모질지 못한 성격이어서 쩌우하는 할 수 없이 받아들였다.

그들은 세도우 브룩 근처의 하노이 식당에서 만나기로 약속했다. 수엔썬과 쯔엉피엔 그리고 몇 명이 미리 와서 아주 제대로 된 식사를 준비하고 있었다.

"오늘 우리는 고향을 그리며 아주 순수한 베트남 음식을 즐기게 될 걸세. 이것은 음식 전문가인 쯔엉피엔 씨의 생각입니다." 수엔썬이 쯔엉피엔과 몇 명의 친구들을 작가들에게 소개했다.

••
베트남 풍자소설의 왕. / Ngô Tất Tố(1894-1954). 현실비판주의 작가, 기자. / Nguyễn Công Hoan(1903-1977). 현실비판주의 작가. / Hàn Mặc Tử(1912-1940). 베트남 낭만주의 시의 효시. / Xuân Diệu(1916-1985). 신시운동을 주도한 서정시의 왕자. / Huy Cận(1919-2005). 신시운동에서 두각을 보인 시인이며 수언지에우와 오랫동안 친구로 지냄. / Chế Lan Viên(1920-1989). 시인이며 소설가. / Văn Cao(1923-1995). 베트남 국가를 작곡한 작곡가. / Đoàn Chuẩn(1924-2001). 작곡가. / Nguyễn Văn Thương(1919-2002). 작곡가. / Nguyễn Xuân Khoát(1910-1993). 작곡가, 초대 작곡가협회장. / Nguyễn Gia Trí(1908-1993). 화가, 옻칠회화로 유명함. / Tô Ngọc Vân(1906-1954). 화가. / Dương Bích Liên(1924-1988). 유화로 유명한 화가.

사람들이 서로 인사를 나누며 사진을 찍는 동안에 수엔썬이 쩌우하를 구석으로 끌고 가서 자신의 잘못을 용서해달라고 애걸복걸했다. 그리고 그가 손뼉을 쳐 신호를 보내자 꽃을 수놓은 아오자이를 입은 아가씨가 자기 접시에 봉투와 신문 한 장을 가지고 왔다.

"자네가 나를 경멸하거나 복수할 수도 있을 거네, 그러나 그것은 자네의 권리이고 그렇지만 자네에 대한 내 마음은 옛날 다쟝과 주산 사이의 감정 그대로네. 자네가 이곳을 방문하는 계기로 나는 <문장> 신문의 글을 허락 없이 실었네. 그리고 이것은 원고료인데 천 달러네…."

감전된 듯 쩌우하는 손을 뿌리쳤다.

"나는 저자가 아니야! 그리고 우리가 당신들에게 글을 보내지도 않았어!"

"자네 그냥 받아서 쓰게. 이것은 우리 신문의 원칙이야. 당연히 우리가 신문에 싣기 전에 허가를 받아야 했지." 수엔썬이 봉투를 집어서 쩌우하의 손에 쥐어주며, 목소리를 낮추었다. "그리고 이것은 내가 주는 오백 달러인데, 자네가 비에게 전해주게. 이곳에서 나 같은 글쟁이도 살기 어려워. 대마를 심어서 돈을 버는 거야. 비가 감옥에서 나온 뒤로 건강이 아주 안 좋다고 하던데?"

"괜찮아졌어. 내가 여기 가는 것을 알고 비가 자네를 만나지 말라고 했네…. 다른 사람에게 부탁하게."

"아이고!" 수엔썬의 눈에 눈물이 고였다. "그 친구는 누구에 대한 고정관념을 가지면 아예 대면하려고 하지 않지. 그런데 내가 반동이지 이 달러가 무슨 죄인가? 그 친구가 그런다니까 내 죄가 더욱 죽을죄라고 느껴지는군. 쩌우하, 가져가서 비의 병을 치료하는 데 쓰게. 내가 보냈다는 말을 하지 말고."

"뭐합니까? 왜 작가들은 이렇게 재미없어요?" 검은 수염을 기른 중년의 식당 주인이 언제부터인지 수엔썬의 옆에 서 있었다. "됐습니다. 두 분과 여러분 식사를 시작하시지요.”

　“우리는 여러분에게 음식으로 유명한 프엉딩 지역의 요리방식으로 만든 일곱 가지 개고기 요리를 대접하겠습니다.” 쯔엉피엔이 정중하게 소개를 했다. “내가 동 마을에 주둔하고 있을 때, 시인 응웬끼 비와 뉴올리언스 베트남인회 회장인 응웬끼 봉의 아버지인 리푹 씨가 나에게 이 음식을 맛보도록 했습니다. 그리고 지금까지도 이 음식에 중독되어 있습니다.”

　베트남에서 온 작가들은 자신이 넛떤의 쩐묵 식당 또는 대나무 울타리 뒤에 있는 그 어느 집에 앉아 있으며, 강가에서 낭만적인 메아리 소리를 듣는 것과 같은 착각에 빠졌다. 개고기 찜과 수육, 갈비 등은 물론 새우젓과 각종 향채, 고추 등 양념의 조화는 아주 매력적이었다.

　“개고기가 나라의 혼, 국혼이라고 한다면 나라의 술, 국주가 있어야지요.” 주인이 바나나 잎으로 싼 술병을 가지고 나왔다. “이것은 박닝에서 제 친구가 막 보내온 번이라는 술입니다. 식탁 위에 각종 술과 맥주, 음료가 있습니다. 여러분 마음대로 드십시오. 그러나 오늘의 이 기쁨을 표현하기 위해서 우리 고향에서 가져온 이 술로 민찬을 시작하겠습니다.”

　잔에 술이 채워졌다.

　“그리고 타향에서 고향의 정을 느끼도록 만찬을 시작하면서 우리 하노이 식당의 공연단이 개막의 인사를 올리겠습니다.”

　하노이 식당 주인의 말이 끝나자마자 이현금 소리가 울려 퍼졌다. 마치 관호의 고향에서 막 건너온 것처럼 사신복을 입고 머리를 뒤로 쪽진 여섯 명의 소녀가 술잔을 들어 손님에게 권했다.

　손님이 왔습니다. 오늘 아가씨를 찾아왔습니다. 맛있는 술을 아가씨가 따릅니다. 맛있는 술을 아가씨가 따릅니다. 팔을 들어 술잔을 올립니다….

　“자, 건배합시다! 나라의 평안을 기원하고, 베트남 국민들이 복수심을 버리고 뿌리를 향하도록 기원합시다!”

"축하합니다!"

"축하합니다!"

띠엔카잉이 쩌우하를 꼬집으면서 속삭였다.

"일을 그르치지 않도록 조심해."

쩌우하가 고개를 끄덕였다.

"우리는 평화의 사절단입니다. 타향에서 살고 있는 베트남인들은 참 안됐습니다."

흘러가는 저 구름아!

당신을 실어갔지만, 저는 아직도 기다립니다. 흘러가는 저 구름아, 하늘을 나는 저 새들아, 오늘도 기다리고, 내일도 기다린다고 전해다오.

어찌하여 아직도 당신을 볼 수 없나요!

노랫소리가 쩌우하의 눈을 쓰리게 만들었다. 노랫소리가 눈물을 자아내며 책망하는 것 같았다. 고향에서 수만 리 떨어진 태평양 건너 이곳에서 고향의 꽌호[45]를 들으니 감동하지 않을 수 없었다. 아, 베트남 문화는 정말 신기한 것이다. 그것이 사람들을 얽어맸다. 그것은 복수심을 벗어던지게 했다.

"쩌우하, 이제 나를 용서할 수 있겠나?" 촉촉하게 젖은 눈으로 수엔썬이 쩌우하에게 다가왔다. "나는 배신자와 귀순자라는 죄를 진 사람이야. 그러나 그날, 솔직하게 말하면 우리가 이길 것이라고 믿지 않았어. 너무 힘들었어. 너무 격렬했어. 나는 견딜 수 없었지…."

"됐어, 지난 얘기야…. 아직도 자네가 베트남 사람이라는 것 때문에 나는 기쁘네."

"나는 더 이상 글을 쓰지 않아. 펜을 잡을 자격이 없어. 지금 나는 먹고살려는 2류 작가일 뿐이지. 시인 냐가가 성 바꾸고 이름 바꿔서 글 쓰고 기자질 한다네. 먹을 것과 입을 것이 거짓말하도록 가르친다고 했던 말이 생각나. 그러나 자네가 믿을지는 모르겠지만 나는 베트남을 사랑한다 네. 고향을 방문하고 싶어. 내가 고향을 방문하도록 도와줄 수 있는가?"

"지금 베트남은 양팔을 벌리고 멀리 떠났던 사람들을 환영하고 있어."

"정말이야? 자네들이 우리들에게 애국할 수 있도록 했다는 거지? 베트남 정부가 교포를 민족과 분리될 수 없는 일부분으로 본다는 얘기가 있던데. 자네 말을 듣고서야 비로소 믿어지네."

"나도 고향에 가고 싶소." 쯔엉피엔이 조금 취한 것 같았다. 그가 수엔썬을 데리고 나가 쩌우하 옆에 앉았다. 두 잔에 술을 따랐다. "오래전에 나는 <베트남 복국> 조직을 떠났소. 나는 내 죄를 분명히 볼 수 있도록 거리를 두고 있다오. 나는 무고한 수많은 베트남 사람들을 죽였기 때문에 찢어 죽여도 마땅하오. 그러나 어찌 알 수 있었겠소? 우리는 세상의 장기판 위의 졸에 불과한데…. 됐소. 이제 곧 죽을 때가 되었으나 용서해주시오. 당신 같은 진정한 작가를 존경하는 마음이 표시로 잔을 듭시다. 건배! 고맙소. 나 지금 이것을 묻고 싶었소. 당신은 간부이니 다오티 깜 여사를 알겠지요?"

쩌우하가 쯔엉피엔을 물끄러미 바라보았다.

"프랑스 항전기에 썬밍에서 활동하던 다오티 깜 여사… 부녀회 조직에서 상당히 높은 직책에 있다는 소리를 들었소. 그분은 내 작품의 주인공이었소." 쩌우하는 순간 「썬밍의 아름다운 여인인가 여승 담히엔의 사실인가」라는 글이 생각났다. "당신이 깜 여사를 알아요? 그녀는 부녀회 지도부에 있었지 요. 그러나 퇴직한 지 오래 되었습니다."

"그 사람은 내가 결코 잊을 수 없는 여자지요." 쯔엉피엔이 머뭇거렸다. 그러한 행동은 그가 젊은 시절로 돌아가는 것 같았다. "내 반평생을 썬밍에서 보냈소. 유명한 동 마을회관이 우리가 철수한 뒤로 무너졌다고 하던데….

하늘에 맹세코 내가 한 일이 아니오. 나는 동 마을과 깜 여사에게 큰 죄를 지었소… 그녀에게 안부를 전해주시오." 쯔엉피엔이 미리 준비한 듯 윗도리에서 작은 상자를 꺼냈다. "당신에게 폐가 되지 않는다면 그녀에게 작은 선물을 보내고 싶소. 비밀스러운 것은 아니오. 이것은 내 딸이 나에게 선물한 십자가 목걸이라오. 깜 여사의 건강을 기원하고 내 모든 죄를 용서해 달라고 보내는 것이오."

"내가 이 중요한 일을 책임질 만한 사람인지 모르겠소." 쩌우하가 이해한다는 표정으로 쯔엉피엔을 바라보았다.

"꼭 좀 도와주시오." 쯔엉피엔이 사정하면서 주머니에서 사진 한 장을 꺼냈다. "그리고 이것은 당신에게 기념으로 주고 싶소. 이것은 전쟁소설을 쓰기 위한 자료라고 생각해주시오. 이 사진 속의 해방군 병사가 지금까지도 내 머릿속에 맴돌고 있다오."

쩌우하는 노랗게 빛이 바랜 그 흑백사진을 자세히 들여다보았다. 들판에 일곱 명이 땅에 심겨져 있는 모습이었다. 그중 아주 어린 청년 하나가 가슴까지 묻혀있는데, 다른 여섯 명의 동료보다도 아주 커보였다. 그는 복수심에 불타는 눈빛으로 바라보고 있었다.

"이 사진을 어디에서 찍은 거지요?"

"이것은 내가 성장으로 근무하던 안록을 북베트남군이 공격하기 전날 밤에 우리가 생포한 일곱 명의 베트콩 정찰대요. 바로 건설국장이던 봉이 그들을 구해주었소. 바로 그날 밤 북베트남군이 읍내로 몰려왔소. 그리고 이 병사와 나머지 여섯 명의 정찰대원이 도망쳤소. 이 사진은 내 부하가 찍은 것이오. 그 당시 나는 미쳐있었소. 나는 사람을 학대하는 것을 즐겼소. 이 사진 속의 병사가 나를 너무 닮지 않았소? 그리고 아주 자연스럽게 나와 닮은 사람을 보면 육체적 고통을 주고 싶어 미칠 것 같았소. 자세히 보시오. 내가 젊었을 때와 똑같지 않소? 사진을 보면 나는 놀라서 그 청년이

내 아들 아니면 손주인 것 같은 생각이 들기도 하오. 아! 그럴 가능성이
아주 높아요. 군대시절에 나는 수많은 여자들과 잠을 잤소. 미안합니다.
이 미친 짓을 용서해주시오. 그리고 그때부터 순간적으로 내 혈육을 죽일
뻔했다는 생각이 늘 맴돌고 있소. 후회하고 있소. 성당이나 절, 어디를
가든지 나는 용서를 구하고 있소. 나는 항상 내가 이 세상에서 가장 잔인한
살인자라고 생각하오…."

　　쯔엉피엔이 고개를 젖히며 술잔을 비웠다. 눈에 고통이 서렸다. 그리고
갑자기 가슴을 치며 울음을 터뜨렸다.

제28장 수족 같은 형제

결국 동 마을 사람들은 응웬끼비엔의 땅을 다시 사들이고 응웬끼 가문의 사당을 새로 짓는 일을 한 사람이 미국에 사는 애국 교포 응웬끼 봉이라는 것을 알게 되었다. 동네 사람들은 봉이 탈출하기 전에 꾹의 집에 금 한 박스를 보냈고, 미국에 가서 봉은 다시 달러를 몇 박스나 보냈다고 수군거렸다. 이 마을은 잘못 했으면 큰 실수를 할 뻔했다. 러이 부자가 건축비를 댄다고 하면 한참 걸렸을 것이고, 꾹 가족은 자기 먹고살기도 바쁜 형편이었다. 그래서 사당을 건축하는 일은 마치 똥 싸고 밑 안 닦은 것 같다고 수군거렸다.

봉이 처음으로 고향에 돌아온 날, 니 여사는 닭을 잡고, 제사상을 차리고, 남편 꾹에게 두건을 두르고 아오자이를 입혀서 사당에 올라가 조상과 부모님께 인사를 하도록 시켰다. 형제들이 식사를 하기 전에, 니 여사는 봉 큰아버지에게 3번을 절하면서 마치 아버지가 죽은 것처럼 울면서 말했다.

"큰아버지께서 용서하지 못하겠으면 저를 죽이십시오. 저는 죽어도 쌉니다. 저는 응웬끼 가문의 못된 며느리입니다. 제가 어리석었기 때문입니다. 큰아버지가 준 금을 다 팔아서 저축했다가 화폐개혁 하는 날 다 잃어버렸습니다. 우리 가족 모두가 일생 동안 물소처럼 일해도 그 돈을 보충할 수는 없을 것입니다…"

봉이 서둘러 니 여사를 부축했다.

"제수씨 걱정 마세요. 키엠 형수와 라 형수님께서 저에게 다 얘기해주었습니다. 그날 꾹이 일찍 발견해서 구하지 못했다면 우리 집에 억울하게 죽은 사람이 하나 더 느는 것이잖아요? 변동이 심한 시대인데 어찌 재난을 피할 수 있겠습니까?"

"예, 그렇다면 큰아버지 저를 용서해주시는 건가요?" 니 여사는 남편의 형을 바라보며 꿈을 꾸고 있다고 생각했다.

"저처럼 바닷물고기 밥이 될 뻔했던 사람에게 돈은 아무것도 아닙니다. 됐습니다. 옛날 얘기는 잊어버립시다. 땅을 다시 사들인 것만 해도 큰 복입니다. 이번에 돌아가서 사당 건축에 대해 생각해보겠습니다."

봉은 하노이로 가서 두 형님의 의견을 듣기로 했다. 비의 집은 쭝화로 이사를 갔다. 바이엔 부인은 공사합영 개혁 때의 잘못을 보상받아서 장보에 집 한 칸을 마련했다. 키엠은 옛날 집과 어머니가 보상 받은 집을 팔고 돈을 보태 땅을 사서 3층짜리 단독주택을 지었다. 퇴직했지만 키엠은 아직도 가르칠 학생들이 있었다. 3층 옥상에 지붕을 이어 교실로 사용했다. 매월 수입이 퇴직 수당보다 두 배나 되었다.

새 집으로 이사한 후 비는 실업자가 되었다. 치질 치료는 이제 병원에서 하는 것이 더 효과가 있었기 때문이었다. 아내인 키엠도 남편이 지저분한 일을 하는 것을 원치 않았다. 게다가 비는 나이가 들수록 더 심리적으로 약해졌다. 지금은 한쪽 귀가 잘 들리지 않았다. 집안에 두 사람이나 귀가 먹었다. 장모는 귀도 먹었지만 새우처럼 등이 휘었고, 늘 1층 부엌 주변을 서성거렸다. 사위는 한쪽 귀를 막으면 다른 쪽 귀가 들리지 않았다. 낡은 원고를 열심히 정리하고 있었는데, 종이의 모서리가 낡은 것으로 보아 아주 오래전부터 써오고 있다는 것을 알 수 있었다. 아마도 결코 끝을 맺을 수 없는 것 같았다. 그것은 「망상의 지평선」이라는 소설로, 날마다 그것과 몇 시간씩 씨름을 하고 있었다. 인기척을 느끼고 비가 천천히 몸을 돌려 안경 너머로 자세히 바라보았다.

"누구시죠?"

형제지간이었지만 40여 년을 떨어져 살았으니, 동생을 몰라보는 이 현실이 기가 막혔다. 봉은 조용히 서있었다. 설움이 복받쳐 올랐다.

비가 뒤로 물러서서 머리끝에서 발끝까지 훑어보았다.

"봉, 맞아? 어디서 오는 거야?"

"저예요. 봉입니다."

봉은 형을 끌어안고 엉엉 울었다. 한 인재가 시들어버린 것이 안타까웠다. 그렇게 총명하고 예리했었는데, 이제 옛날 노인처럼 되어 있었다.

키엠이 두 사람을 보고 같이 따라 울었다.

"봉 삼촌, 미국에서 막 왔어요. 쩌우하 씨가 삼촌 얘기를 끝없이 했잖아요, 당신 기억하지요?"

비가 듬성듬성한 머리칼을 이마 위로 쓸어 넘겼다.

"아, 생각났소. 통통하고 사람 좋아 보인다는 베트남 교포 말이지? 쩌우하가 미국 갔다 오면서 자네가 보낸 돈을 가져왔었지. 고마워! 내가 집사람에게 잘 두라고 했어. 꾹의 돈과 합쳐서 사당을 짓는 데 쓰려고."

키엠이 장롱에서 봉투를 꺼내왔다.

"삼촌이 쩌우하를 통해 보낸 돈이에요. 그대로 갖고 있어요. 형님이 꾹 삼촌에게 가져다주라고 했지만 제가 삼촌의 생각을 듣고 나서 결정하자고 기다리고 있었어요. 니 동서에게 맡겼다가 지난번처럼… 삼촌과 상의하고 싶었는데, 삼촌이 집을 짓거나 하노이에 아파트를 사면 어떨까 싶은데요. 늙어서 고향에 와서 살아야지요. 형제와 조카들이 있잖아요. 우리 애들 마이와 퐁이 삼촌 얘기만 나오면 안타까워해요. 그 애들은 삼촌만이 고향을 가장 사랑하는 사람이라고 말합니다. 단지 삼촌이 혼자라서 안타깝다고 말해요. 삼촌 딸도 결혼을 시켜야지요. 나이가 찼는데 타향 땅에서 저렇게 둘 수는 없잖아요…."

키엠 형수의 눈이 붉어지는 것을 보고 봉은 우울해졌다. 시간은 아무도 그대로 두지 않았다. 그가 결코 늙지 않을 거라고 생각했던 형수조차도. 통일되고 나서 처음 하노이에 갔을 때 만났던 형수는 아직도 젊었었다. 그런데 지금 보니 몸이 여위고 머리칼은 희어졌고 피부는 주글주글해졌다. 운 좋게 비 형은 착한 아내를 얻었다. 가난한 글쟁이에 교도소까지 갔다 와서 병까지 걸렸으니 형수가 없었다면 엄청나게 힘들었을 것이다. 그런데 형수가 두 아이를 대학까지 졸업시키고, 취직도 잘 했으니, 그때보다 더한 고생이 있겠나 싶었다.

"내년에 제가 퇴직합니다. 그때 가서 생각해보겠습니다. 고향에 가서 막내 허우와 같이 살 수도 있습니다. 우리 집에서 허우가 가장 고생스러우니 까요."

"마이가 결혼할 때, 집안에 사람도 없고 적적해서 우리 어머니가 허우 아가씨를 데려다 같이 살자고 했어요. 그런데 아가씨가 완강히 반대했지요."

"아, 마이와 퐁 조카는 어때요? 마이가 호주 남자와 결혼했다고 하던데?"

"예. 마이는 베트남 뉴스에서 근무해요. 그 아이 남편이 FAO 프로젝트 전문가랍니다. 두 사람 지금은 호주에서 살고 있어요. 퐁은 공대 컴퓨터공학과를 졸업하고 일본 유학 장학금을 기다리고 있어요."

"축하드립니다. 비극은 지나갔군요." 봉은 봉투를 다시 형수에게 돌려주었다. "이번에 사당 건축에 대해 형님들, 형수님들과 상의하고 싶습니다."

비가 거들었다.

"좋아, 상의할 것도 없어. 그대로 진행해!"

키엠이 무엇인가를 생각해 낸 듯했다.

"봉 삼촌, 하노이 친구 중에 이름이 레도안이라는 사람 있어요?"

"형수님이 그를 알아요? 그 친구 어디에 있는지 제가 떻겐 식물원 근처를 다 찾아다녔는데, 아는 사람이 없더군요."

"레도안은 제 동생 카잉의 아주 친한 친구입니다. 꽌찌 농장의 하노이 청년 소대원 중에서 꽝찌 전투에서 유일하게 살아 돌아온 사람이 도안과 두 사람이었지요. 도안이 카잉의 유품을 가지고 온 날, 우리 어머니는 더 이상 살 수 없을 것이라는 생각이 들 정도였어요…."

"열두 살 때부터 도안은 불어에 능통했어요. 제가 남쪽으로 내려가기 전날 그 친구가 프랑스 군인의 권총과 실탄 167발을 훔쳐서 우리 군이 하노이를 접수하러 오면 축하하는 의미로 총을 쏠 것이라고 했던 말이 생각납니다."

"제대 후 레도안은 항브옴 거리에 사는 화교의 딸과 결혼했고, 하노이 사범대학교에서 프랑스어를 가르쳤어요. 그런데 화교 탄압 사건이 벌어지자 그들 부부는 홍콩으로 탈출했다가 프랑스에 정착했답니다. 얼마 전에 귀국해서 우리 집에 놀러왔어요. 그가 삼촌의 안부와 주소를 물었어요."

"그래요? 프랑스 식민지를 그렇게 미워하던 그 친구가 지금 프랑스에서 살고 있다니 상상이 안 되네요."

봉은 슬퍼졌다. 그는 갑자기 레도안이 자신을 데리고 장보에 있던 썩는 냄새가 진동하는 인분을 말리던 곳으로 데려가서 대국 프랑스가 식민지의 똥까지 가져가 보르도나 부르고뉴의 포도주 양조장을 부자로 만든다고 경멸하던 말이 생각났다. 이번에 하노이 방문을 기회로 그곳을 찾아갔었는데, 그곳에는 4성급 호텔이 들어서 있었다.

키엠이 화제를 돌리려고 했다.

"미국에 사는 끼랑 오빠와 친척들이 놀러왔어요. 요즘 해외교포를 국가가 귀빈처럼 대우하는 것 같아요. 아, 작가 쩌우하 소식 들었나요?"

"저도 그분을 만나고 싶어요. <문장> 신문에 전화를 걸었지만 그들 말로는 자리를 옮겼다고 하던데요."

자리를 옮긴 것은 맞았다. 조직에서 그를 더 높은 자리로 승진시켰다. 작가 쩌우하는 지금 그렇게 행복했다. 새로 옮긴 곳은 80세가 되어야 퇴직하는 곳이었다.

"정말요? 쩌우하가 <문장> 신문의 편집장을 그만두었다고요?"

비가 한쪽 귀를 쫑긋 세우고 듣고 있었다. 그리고 그의 눈이 막 스위치를 넣은 전등처럼 빛났다.

"쩌우하의 새로운 직책은 유명무실한 것이야…. 반꾸엔 놈이 <문장> 신문의 편집장 자리에 앉으려고 쿠데타를 모의한 것이지. 네 살이나 어리다고 신고했지. 마치 황소가 뿔 자르고 송아지인 척하는 것이야. 쩌우하가 미국에 갈 때 그를 둘러쌌지. 그곳에 사람을 심어놓은 것이야. 그리고 쩌우하가 수엔썬의 돈을 받을 때 사진을 찍은 거야. 정당한 원고료였을 뿐인데. 그런데 문제는 수엔썬이 나에게 보낸 몇백 달러였어. 억울했지, 그러나 어쩔 수 없었어. 그는 자신이 배신당했다는 것을 알고 너무나 가슴 아파했지…. 어찌 되었든 그는 옛 친구였지. 쩌우하가 어떻게 피할 수 있었겠어? 쩌우하에 대해서 호랑이를 꾀어 산을 떠나게 만든다는 조호이산의 계책을 쓴 것이지. 그를 속여서 중간에 말을 갈아타는 것이지. 문학계에서 벌어진 일이야. 서로 높은 자리를 차지하려고 싸우고, 다투고, 상을 주고 하는 일을 보면 할 말이 없어."

잠시 동안 애기하는 중에, 그의 뇌가 정상적으로 돌아가는 것 같았다.

그의 지적은 날카롭고, 아이러니하기도 했다. 결국 그의 엔터키 부분이 고장 난 것 같다고 봉은 생각했다.

***

봉은 러이와 사당 건축문제를 상의했다.

퇴직한 뒤로 러이는 갑자기 높은 곳에서 맨땅으로 추락한 사람처럼 정신이 없었다. 러이는 중앙당 집행위원을 한 임기 더 했어야 했다. 그는 이력서를 재작성하면서 규정보다 세 살을 줄여서, 재선출 될 수 있는 명단에 들어 있었다. 그러나 질투의 시대에 살고 있었다. 반대파가 굶주린 호랑이처럼 달려들었다. 이력서 허위신고 문제가 끝나자 깜 여사와의 부정한 관계를 들추기 시작했다. 그리고 베를린 장벽 붕괴 사건이 일어났다. 깜 여사와의 혼외자인 레끼 쭈에게 박사 학위를 따오라고 동독으로 보냈었는데, 서독으로 도망쳤다. 이 일로 러이는 정계에서 완전히 떠나야 했다. 심지어 2000년 전략 초안위원회에서도 제외되었다

세상을 잘못 만난 자의 슬픔과 밀려났다는 아프고 쓰린 마음으로 낙향했다. 자기편이 흩어졌다는 것에 황망하고, 자기들 조직의 큰형, 기둥, 지도자가 모래 위에 서 있는 거인처럼 흔적도 없이 지상에서 사라졌다.

처음 몇 달은 바딩 은퇴자 클럽에서 시간을 보냈다. 배드민턴, 장기, 탁구, 수영을 마치고 매점에서 맥주를 마시고, 신문을 읽고, 국내외 소식에 대해 토론하며 보냈다. 두 사람이 생맥주 한 통 또는 석 잔을 마셨다. 두 사람 모두 고혈압, 심장병에 당뇨가 있었기 때문이었다. 꽝락 장군은 오후에 수영장을 다섯 번 왕복하고, 땅콩 한 봉지에 세 통의 생맥주를 마셨다. 마실수록 얼굴은 더 하얗게 되고, 말은 더 많아졌다. 러이는 이 장군의 입이 스피커 같다는 느낌이 들었다. 생맥주집에서 집안 얘기, 자식 얘기를

창피한 줄도 모르고 다른 사람들이 다 들을 정도로 큰소리로 떠들었다.

　"러이 씨, 쭈가 아내와 자식들의 독일 국적 취득을 위해 애쓰고 있다고 하더군. 딸이 전화를 걸어와 의견을 묻기에 무슨 수를 써서라도 국적을 취득하라고 했네. 그곳에서 살다가 하층민이나 외국인으로 취급 받으면 고향으로 돌아와서 장사나 하면 되지. 달러나 독일 마르크를 여기로 가져와 부동산 투자를 하면 돼. 우리나라에서 지금 달러를 쓰는 것이 가장 행복하지. 러이 씨, 쭈 부부가 러시아로 가서 봄 시장에 베트남인 슈퍼마켓을 세우려고 하는 모양이야. 자네 며느리, 즉 내 딸이 남편보다 장사를 잘할 줄 누가 알았는가? 러시아로 옮길 생각은 딸이 했다는군. 그들은 모스크바에 라면공장을 세울 계획을 갖고 있어. 국내의 화선 회사와의 합작 계획이 거의 끝났다더군. 요즘 젊은 애들은 아주 영리해. 그리고 저들이 우리를 대신해서 다 새로 하잖아. 곧 칼 마르크스와 레닌의 뒤를 따라갈 나이인데 아직도 입만 열면 세계 무산계급 혁명이 위기에 처했다든가, 평화를 해치려는 음모를 얘기하고 있어. 나는 인간이 해결할 수 없는 것을 역사에서 제시한 적이 없다는 마르크스의 말을 가장 좋아해. 우리가 해야 할 일은 끝났어. 자신이 잘못한 것을 알았을 때 체면치레로, 교조적이며 보수적인 아버지처럼 억눌러서는 안 돼. 젊은 세대는 우리나라를 세계로 편입시키는 방법을 알아."

　꽝락 장군이 자식 자랑과 시국에 대해 얘기하는 말을 듣고 러이는 땅속으로 기어들어가고 싶었을 뿐이다. 실제로 아무것도 아니었다. 어떤 사상도 남아 있지 않았다. 다른 사람들의 자식이 전선에 나갔을 때 자신의 자식은 물러나서 소련으로 가고, 제대로 공부하여 미사일 장교가 되었다. 두세 번 전투에 참가하고 당과 국가로부터 은총을 받아 대학에 가고, 다시 외국에 연수까지 가게 되었다. 그리고 지금은 자본주의 국가로 도망쳤다. 배은망덕에다가 부끄러운 줄도 모른다. 그런데 그의 아버지는 딸과 사위가 재능 있고, 시기를 잘 만났다고 앙앙대며 자랑하고 있다. 귀가 아팠다. 러이는 바딩 클럽에 더 이상 나가지 않았다.

잠이 오지 않는 밤에 러이는 눈을 뜨고 누워 벽에 걸린 호찌민의 사진을 바라보았다. 밤마다 그는 호찌민의 제단에 촛불 대신 작은 빨간색 전등 세 개를 켜놓았다. 붉은 색 전등 불빛이 러이로 하여금 호찌민이 후광 가운데에 빛나는 신선 같은 느낌이 들게 만들었다. 어떤 때는 호찌민의 두 눈이 러이를 주시하고 있는 것 같았다. 그는 눈을 감았다. 북부 지구에 있을 때 호찌민 주석을 만났던 모습이 아른거렸다. 러이의 삶에서 가장 큰 복은 여러 번 호찌민 주석과 직접 악수하고 가까이 지냈던 것이었다. 이 세상에서 호찌민 주석과 같은 성인은 오직 한 분이었다. 베트남이 그분과 같은 위인을 가졌다는 것은 큰 복이었다. 만약 그분이 살아계셨다면 우리 편, 우리나라는 틀림없이 달라졌을 것이다. 사회주의가 다시 설 수도 있을 것이다. 부정부패, 파벌주의, 도덕적 추락을 막을 수도 있었을 것이다. 옛날이나 지금이나 위인은 보통 역사를 바꾸는 데 결정적인 역할을 한다. 그분은 가셨고, 나라의 미래가 쭈나 넛과 같은 젊은 애들에게 넘어간다면 어찌 되겠는가?

러이는 쭈 부부가 서독으로 탈출한 것이 동생 봉이 조국을 버리고 미국으로 간 것과 다를 바 없다는 생각에 슬픔이 밀려왔다. 가끔 러이는 자신이 쭈를 아들로 입적하는 것을 서둘지 않았다면 이렇게 고민스럽지는 않았을 것이라는 생각이 들 때도 있었다. 쭈 부부가 그와 깜 여사의 얼굴에 먹칠한 셈이었다.

게다가 라 여사와 애들은 그를 싫어했다. 넛이 결혼한 이후로 아내와 아들 부부, 딸은 다른 곳으로 가서 살았다. 그들은 공개적으로 그가 고루하고 시대에 뒤떨어진 사람이라고 놀렸다. 그들은 가짜 은을 거래하는 사람처럼 자기들끼리만 소곤거렸다. 그는 눈곱이 낀 눈으로 철창 너머를 바라보고 있는 동물원의 늙은 호랑이처럼 고독했다. 그런데 그가 속으로 세태의 아픔을 삭이고 있을 때, 그들 모자는 엄청난 일을 꾸미고 있었다. 아들 넷이 한 발은 안에 담그고 다른 발은 밖에 담그고 있었다. 안에 발을 담갔다는 것은 그가 공대를 졸업하자마자 경제부에 당원으로 심었다가 수석 차관의 사위가 되었고, 일 년 뒤에는 TC99 프로젝트 회장의 보좌관이 된 것이다. 집안 형편이 상당히 좋았음에도 그 경솔하고 어리숙한 청년은 즉시 밖에 발을 담갔다. 그것은 대월종합회사 부사장을 맡은 것이다. 대월 사기꾼이 아니면 다행이었다. 그들의 뒷마당에는 부정부패의 무리가 있었다. 그는 "심사숙고해서 사업을 해라. 그리고 사기, 부정부패, 서로 내통하는 일이 끊어지지 않을 것이다."라고 경고했다. 넷이 아내에게 눈길을 주었었다. 며느리 투이가 서둘러 남편을 변호하고 나섰다. "아버님, 안심하세요! 저희 아버님이 아버님보다 더 걱정하고 있어요." 러이는 '너희 애비가 감옥에 가고 나면 나에게 구해달라고 할까봐 겁난다.'라는 말을 하고 싶었지만 참았다.

러이 집안은 그만 빼놓고, 이제 돈을 생산하는 공장이 되어 있었다. 가장 고수, 더 정확히 말하면 슈퍼 고수는 그의 아내인 라 여사였다. 옛날의 솔직하고 어질고 착했던 소수 종족 출신의 라 여사는 이제 부동산 업계에서 유명하고 재능이 출중한 사람으로 알려졌다. 은퇴할 때부터 라 여사는 공개적으로 땅과 집을 사고팔았다. 그 돈이 어디에서 나왔을까? 그 여자가 부정부패할 이유는 없고 도둑질 아니면 마약을 팔았을 것이라고 생각하고 러이는 조사를 해야 했다. 고향에서 아편을 가져다 팔았다고 하는 소문이 있고, 또 몇몇 사장들과 잠자리를 같이 했다고 말하는 사람이 있다고 위협하면서 심문을 해야 했다. 결국 그녀는 너무 두려워 울면서 털어놓기 시작했다.

"고위 간부에다가 중책을 맡았던 당신에게 누가 되는 하찮은 일을 하게 둘 수는 없었지요. 나는 단지 소규모로 선량한 일만 했어요. 그리고 당신이 나에게 일자리를 만들어주었던 똔단 상점과 거래를 했을 뿐이에요. 어디나 힘들고, 쥐가 쌀독에 빠진 것 같은 곳은 없지요. 기뻤지만 멀리 보고 적게 먹고 열심히 모았어요. 손님들이 사고 남은 작은 것이라도 그 배급표를 사서 모았습니다. 설탕, 조미료, 두부, 돼지 내장 등을 사서 매달 항다오에 사는 따이이띠엔 아주머니에게 가져다주고 금으로 바꿔서 보관했어요. 수십 년을 그렇게 모았고, 금 몇십 냥이 되었지요. 내가 금을 옷장 바닥에 감추어두었는데, 당신은 늘 나랏일만 생각하던 때라서 알 수 없었지요. 당신이 중앙 화폐개혁 위원회에서 일할 때 당신이 하는 말을 듣고, 금을 준비하고 있다가 구 화폐를 사 모았어요. 그리고 다시 금으로 바꾼 것이지요. 화폐가치가 떨어졌을 때 옷장 바닥은 수백 마리의 닭이 황금 달걀을 낳은 것과 같았어요. 나는 다시 그 금으로 땅과 집을 샀어요…."

"그것이 사실이야?" 러이가 당황했다.

"내가 거짓말하면 죽어도 싸지요. 외삼촌 로가 불쌍할 뿐입니다. 집을 짓는다고 물소 열두 마리를 팔았지요. 나라를 믿고 저금을 했어요. 그런데 화폐개혁 이후 그 열두 마리의 물소 값으로 닭 한 마리도 못 사게 되었지요. 로 삼촌은 물소가 불쌍하고 너무 억울해서 독초를 씹고 자살을 했어요. 외삼촌이 물소를 팔았다는 것을 알았으면 내가 금으로 바꿔주었을 것이고, 그러면 이런 일을 생기지 않았을 것인데…."

외삼촌이 불쌍해서 라 여사가 비 오듯 눈물을 쏟았고, 러이로 하여금 당황하게 만들었다. 이제 막 첫 수업을 마친 어린 학생 같았다. 그리고 그는 아내를 끌어안고 생각에 잠겼다. 이 여자 생각이 정말 깊구나! 자신은 아내의 하인 노릇할 만큼도 못 되었다. 정말 순수한 비즈니스였다. 그녀는 정당한 틈을 이용했을 뿐이었다. 아주 실질적이고 허황된 꿈을 꾼 것이 아니었다. 시기를 잘 잡고 장사를 할 줄 아는 것이야말로 실패를 성공으로 바꾸는 요소인 것이다. 라 여사는 군졸에 불과하지만 용감하게 강을 건널 줄 알고, 상대방의 포와 말을 피해서 궁으로 진격하여 왕을 잡을 수 있는 사람이었다.

라 여사의 비즈니스 얘기는 러이의 머릿속을 번쩍하게 만들었다. 그것은 자신이 스스로 쳐놓은 거미줄에 걸린 거미처럼 복잡하고 고귀한 이론체계 및 관점에 관한 막힘을 모두 풀어주었다. 그는 순간에 자신이 정치로부터 벗어나서 가슴속에서부터 아내에게 감복한 아내를 사랑하는 남편이 되었다. 말할 필요도 없이 라 여사도 그가 스스로의 잘못을 인정하고 있다는 것을 알았다. 아주 오랜만에, 그날 밤 그녀는 옛날의 남편, 젊은 시절의 남편을 만났다.

***

러이의 그 기쁨이 봉이 집을 찾아올 때까지 남아 있었다.

대문을 들어서는 봉을 보고 러이는 달려 나가 반갑게 맞이했다. 그가 동생을 자기 쪽으로 끌어당겨 한참 동안 안고 있었다. 떨어져 지냈던 골육지 정의 기쁨과 안타까움을 드러냈다. 그것은 이별 후 미국과 전쟁이 끝나고 만났을 때보다 더 진했다.

"외무부 사람들이 뉴올리언스에 있는 베트남 교포의 활동과 자네의 역할에 대해 칭찬이 자자하더군. 내가 쿠바를 방문하면서 뉴욕을 거쳐 갔는데 자네를 만나러 갈 수가 없었네. 게다가 그 당시 자네가 이혼했다는 소리도 있어서 신경질도 나고… 자네야 내가 믿지. 그러나 제수씨는 그곳에 가서 미국식 실용주의 삶에 젖었으니 지키기가 힘들었을 거야…"

라 여사가 건포도와 과일을 가지고 와서 봉의 얼굴이 밝지 않을 것을 보고, 남편의 다리를 꼬집으며 말했다.

"삼촌, 오늘 우리 집에서 식사하고 주무시고 가야 해요. 조금 있다가 비 삼촌과 키엠 동서도 오라고 전화할게요. 형님이 퇴직한 후로는 아주 착해졌어요…. 삼촌한테 자랑 좀 해야겠네. 막내 후엔리가 미국으로 유학가게 되었어요. 하버드인지 허버드인지 모르겠는데, 부잣집 자식들만 가르친다고 하던데요. 그런데 삼촌 조카는 시험에 합격해서 장학금을 받아 가는 것이지 돈 많은 사장이나 장차관 자식들처럼 자비 유학이 아니에요. 그리고 삼촌 조카 넛도 지금 아주 잘 나가요. 화락에 정자를 지어놨어요. 저녁에는 식구들이랑 차를 타고 거기에 가서 바람을 쐬는 건 어때요?"

"제가 여기에 한참 머물 것입니다. 먹는 것은 아무 때나 해도 돼요. 제가 아주 걱정하는 문제가 있어서 형수님께 상의드리고 싶습니다."

"베트남에서 아내를 찾고 싶다는 말이지요?" 러이가 하다만 얘기를 계속하고 싶다는 표정으로 이상한 웃음을 지으며 눈을 찡긋했다.

라 여사가 남편의 다리를 꼬집었다.

"무슨 얘기인지 해보세요, 삼촌. 봉 삼촌이 지금 가장 우선이지요."

"며칠 동안 사당에 누워있었지만 눈을 감을 수 없었습니다."

"아이고, 삼촌 건강이 안 좋군요. 아니면 꾹 삼촌과 니 동서가 바나나 나무를 심는 소복 입은 귀신 얘기를 했나요? 동서가 말하는 화폐개혁으로 돈을 날린 얘기는 꾸며낸 것이 분명해요. 따이띠엔 아줌마에게 동서가 금을 가져와서 맡기려고 했다는 얘기를 듣는 즉시 의심했지요. 동서 같은 사람이 사당을 짓기 위해 삼촌이 보낸 금을 다 잃어버렸다는 것을 나는 믿지 않아요…."

"하나를 잃어버리면 열 가지를 의심한다는 말이 있잖아요. 저는 제수씨 말을 믿습니다. 지나간 얘기는 묻어둡시다. 우리 사당이 곧 쓰러질 것 같다는 말씀을 드리고 싶어요. 토지개혁 때 꼰 씨 가족이 한쪽 두 칸을 건드려서 처마가 한쪽으로 기울었어요. 게다가 교육청장을 지내신 할아버지 때 사당을 지었으니 거의 150년이 되었습니다…."

러이는 순간 놀랐다.

"그렇게 오래됐어? 원래 오래됐지. 내가 알기로 하노이에는 흐엉웅아이에 있는 피 씨 집이 약 200년 정도로 가장 오래돼 문화부에서 고택으로 지정하여 수리하려고 한다던데. 아버지가 살아 계실 때 응웬끼비엔이란 세 글자가 시인 응웬쿠엔의 글씨라고 말씀하셨지." 말을 하면서 순간 목을 길게 빼고 모든 기억을 되살리려는 것 같았다. "그리고 제단 위에 새겨진 세 글자 역시 그분의 글씨라고 했는데, 자네 무슨 글자였는지 기억하나?"

"예, 양일진養一眞이라는 글자지요. 그것은 '부자 되거나 가난해지는 것에 상관없이 오직 있는 그대로 약을 지으며 평생을 보내겠다.'는 뜻으로, 흐엉썬에서 수도 탕롱으로 가는 길에 명의 레히우짝이 썼다는 시구에서 따온 말이지요."

"옛날 어른들은 정말 유학에 깊이가 있었어." 러이가 고개를 끄덕였다. "자신의 순결한 것을 지키려 약을 지으며 평생을 보낸 거지. 부자 되는 것이나 가난한 것을 알 필요가 없었지. 그 말의 뜻이 그런 것이 맞나?"

"예, 맞아요. 그 어르신께서는 우리 응웬끼 가문에서 한의사를 하는 사람이 나오기를 바라는 마음을 표현한 것이고, 바로 우리 아버지 때 실현되었지요."

"우리의 치질 치료사 응웬끼 비도 있잖아?" 러이가 갑자기 웃음을 터뜨렸다. 아주 오랜만에 그의 웃음소리를 들을 수 있었다. "그리고 그 족자를 떼어서 꼰 씨 집이 돼지우리를 짓는 데 사용했다고 하더군. 너무 한 거야. 그 족자는 국가의 보물이고, 지금 남아 있다면 가치를 말할 수도 없을 거야."

순간 봉이 한숨을 쉬었다. 생각 없이 즐거워하는 형을 바라보다가 서유기에 나오는 귀왕이 연상되었다. 현장법사를 잡아먹으려고 소녀로 가장해서 저팔계를 속인 귀왕이었다. 자신의 형이 토지개혁 때는 귀왕이었고, 타이빙

성 토지개혁단 부단장으로 얼마나 많은 억울한 지주들을 사형시키라는 명령서에 서명했는지 모르는데, 이제는 아무 죄 없는 사람처럼 행동하고 있었다.

사당 재건축은 러이의 열렬한 지원을 받기는 어려워 보였다.

"자네가 앞장서는 것이 가장 합리적인 것 같아. 내가 깊이 생각해 봤는데, 이 일은 자네가 건설 전문가니까 적임자야. 오래되었는데, 내가 퇴직한 뒤로 마을에 갔다가 자세히 둘러볼 시간이 있었어. 결국 베트남 마을의 생명력이 우리들이 생각하는 것보다 훨씬 장수한다는 거야. 마을 사람들 반 이상이 하노이로 전국 방방곡곡으로 심지어 러시아, 체코, 프랑스, 미국, 캐나다 등지로 가서 먹고살기 위해 온갖 직업을 가지고 온갖 일들을 했지. 그런데 지금 우리 마을은 옛날보다 사람도 더 많아지고 더 부자 되고 발전되고 활기차. 도시화 속도가 너무 빨라. 어렸을 때 우리가 헤엄치고, 설날에는 둑에 올라 시합하듯 폭죽을 터뜨리던 마을회관 앞 하천은 이제 메꾸어졌고, 집들이 줄줄이 들어선 거리로 변했어. 새로 지은 마을회관은 옛날 것보다 더 커. 특히 황 씨, 쩐 씨, 판 씨 가문의 사당은 경쟁하듯 크게 짓고 있어. 이번에 자네가 응웬끼비엔을 수리한다면…, 나는 자네에게 전권을 넘기겠네. 그러니까 자네가 꾹과 상의해서 집안 어르신들의 의견을 들은 다음에 계획을 세워 진행하게…."

"예, 형님의 의견대로 최선을 다하겠습니다." 봉은 러이의 손을 한참 동안 잡고 있었다. 봉은 오랫동안 자신의 형을 바로 이해하지 못한 것이 후회스럽다고 느껴졌다.

봉을 전송하기 전에 러이가 봉의 귀에 대고 속삭였다.

"당연히 내가 장남이며 장손이기 때문에 모든 것을 앞장서서 해야 한다는 것을 알고 있어. 그러나 어찌 되었든 나는 혁명의 간부라서 앞장서는 것이 불편하네. 돈을 내는 일은…, 자네가 돈이 있다는 것을 알지만 자네에게

만 부담시킬 수는 없지. 비와 꾹은 그럴 형편이 안 되지. 우리 부부가 퇴직했고 부자는 아니지만 돈을 보태겠네."

"그 문제는 저에게 맡기십시오. 제가 원해서 하는 일이니까요…."

"안 돼. 나한테도 낼 수 있는 기회를 줘야지. 아내와 아들놈이 요즘 사업이 잘 돼. 게다가 사이공에 있는 자네 집도…."

"저는 그 집을 잊은 지 오래됐습니다…. 제가 떠나기 전에 하오에게 명의를 넘겼어요."

"그 하오 녀석과 그의 애인 소안은 아주 나쁜 사람들이야. 그들이 그 빌라를 차지하려고 자네를 속인 거야. 자네가 떠난 뒤, 내가 바로 날아갔지. 내가 불쌍히 생각해서 감옥에 안 처넣은 것이지. 내 부하들이 하오와 소안을 체포했고, 그들은 탈출자의 재산을 점탈하기 위해 어떻게 자네를 속였는지 다 불었어. 내가 그 집을 몰수하도록 했지. 당연히 그들은 그 집 대신에 다른 집으로 배상해주었지."

봉은 송골송골 땀이 맺혔다. 자신의 형이 상상할 수 없는 계략을 가진 자라고 생각해본 적이 없었기 때문이었다.

"그 집 말인데, 나 혼자 먹지는 않겠네. 자네가 원하면 언제든지 가져가게. 내가 아내와 상의했는데 사당 짓는 데 필요한 벽돌을 대겠네. 이 일은 자네에게만 말하는 것이니 다른 사람들에게는 말하지 말게."

비의 집으로 택시를 타고 오는 길에 봉은 러이와의 대화에 대해서 계속 생각했다. 옛날에 느꼈던 큰형으로서의 성격이 전혀 남아있지 않았다.

"아무것도 없어…." 봉이 중얼거렸다.

운전사가 어디로 가느냐고 물을 때 비로소 정신이 들었다. 그는 비 집의 번지와 거리 이름이 생각나지 않았다.

"됐어요. 일단 시내를 한 바퀴 돕시다. 아무 길이나 아저씨 맘대로 갑시다. 시내를 놀러 다닌다고 생각하시고, 하노이 요즘 너무 많이 바뀌었어요. 가다보면 우리 형님 집이 생각나겠지요."

***

봉이 미국에서의 퇴직 절차를 마치고 두 번째 귀국했을 때 비로소 응웬끼비엔의 공사가 시작되었다.

2년 내내 동 마을 입구의 7천 헥타르의 땅은 대공사장이나 마찬가지였다. 마을회관 입구에 있던 딩만 씨의 제재소에는 목수 몇 명만 남겨놓고 기계를 모두 사당 터로 옮겨와서 현장에서 제작하고 조립했다.

딩만 씨는 정교한 조각 및 부조 전문가 팀을 썬동과 타익텃에서 직접 고용했다. 이 기술자 팀 대목장의 할아버지는 떠이프엉사를 직접 지었으며, 그곳에 있는 불후의 나한상을 조각한 사람이었다. 또 다른 기술자 팀은 대들보와 기중, 서까래 등 건물 구조를 제작하는 목수 팀으로, 이들은 쇠나 못을 전혀 사용하지 않았다. 이들은 최근에 하노이에 있는 국자감의 태학당을 지었던 사람들이었다.

미장은 황타익 시멘트 400번으로 하고, 낌보이 모래를 썼다. 적벽돌과 문양 타일은 밧짱이나 지엥다이의 고급품을 사용했다. 일반 벽돌은 대략 수십만 개가 필요했고 현장에서 직접 제작했다. 벽돌을 굽는 로를 정원에 한국식으로 세웠다. 호수에서 퍼낸 흙은 벽돌을 만드는 데 사용했다.

봉을 응웬끼비엔 공사의 총책임자라고 하면, 젊은 건축사 딱은 기술 감리이고, 니 여사는 출납담당 겸 지원부 사장이었다. 그리고 꾹은 전문적으로 잔일을 시키는 사람이었다. 봉의 비자는 3개월 단수비자라서 오랫동안 베트남에 머물 수 없었다. 그래서 아주 중요한 역할을 하는 사람, 일을 시킬 수 있는 사람, 물자의 구입에서 공사의 진도까지를 책임질 수 있는 사람이 있어야 했다. 정식 직함은 없었지만 실질적으로 사장에 해당되는 사람은 협의 남편인 딩만이었다.

사위를 고르던 니 여사의 눈은 정말 예리했다. 딩만이 하쟝 전선에서 부상을 입고 제대했을 때 협은 이것저것 트집을 잡았었다. 그의 팔뚝에 그려진 하트에 화살이 관통하는 모양의 문신은 협으로 하여금 처음 얼굴을 대면한 날부터 선입견을 갖게 만들었다. 그런 사람은 틀림없이 엄청난 여자를 사귀었을 것이라고 생각했다. 네모 턱에 낮은 코도 변변찮다고 생각했다. 잘못하면 깡통 두드리듯 아내를 구타하는 덧 언니의 남편 께우 씨와 같을 수도 있었다.

협은 딩만을 놀렸다. 당시 그녀는 읍내 금방 집 아들인 잘생긴 청년을 생각하고 있었기 때문이었다. 니 여사는 금방 집 청년이 현 부주석의 딸과 결혼할 때까지 달래고 꼬드겼다. 그가 결혼하고 나서 협은 비로소 자신의 기준을 낮추었다. 협은 자만심도 내려놓아야 했다. 그녀는 동 마을에서 가장 예뻤다. 혼혈아처럼 큰 키와 하얀 피부, 오똑한 코와 붉은 입술을 가졌다. 만약 대학에 합격해서 도시로 나간다면 협은 결코 딩만과 결혼하지 않았을 것이다. 그러나 하늘이 정한 인연을 어찌 피할 수 있었겠는가?

딩만과 결혼하고 나서 일 년이 조금 넘어 협이 제재소의 안주인이 되리라고 생각한 사람은 아무도 없었다. 공장을 연 지 몇 달 만에 딩만의 제재소는 지역의 고객을 거의 다 흡수했다. 그리고 딩만은 각 학교 책걸상 납품과 하노이의 고층집의 계단과 창문을 납품하는 몇 개의 계약을 맺었다. 딩만의 사업 비결은 위신과 품질을 최우선에 두는 것이었다. 그리고 파트너에게 충분한 보상을 해주는 것이었다.

본채에 대들보를 올리는 날 찌엔 퉁넛이 검은 색의 빛나는 벤츠를 타고 라 여사와 차관의 딸인 아름다운 아내 투이와 함께 마을에 도착했다.

동 마을 사람들은 찌엔 퉁넛의 자동차를 보고 놀라고 너무나 아름다운 그의 아내를 보고 더 놀랐다. 미스 베트남과 다를 바 없었다. 마을 아이들이 자동차를 줄줄이 따라다니면서 "야, 미스 베트남이다! 어떻게 저리 예쁠 수가 있지?" 하며 소리 질렀다.

투이는 얼굴이 붉어졌고 만족한 웃음을 지으면서도 "무식한 놈들!" 하며 중얼거렸다.

라 여사가 기쁜 얼굴을 드러냈다. 이렇게 규모가 클 줄은 생각 못했던 것 같았다. 꾹 삼촌이 저리 어리숙해 보이는데 기술자들은 아주 좋은 사람들만 뽑은 것 같았다.

찌엔 통녓과 미스 베트남 같은 아내도 공사현장을 보고는 칭찬을 아끼지 않았다. 그러나 마을을 한 바퀴 돌며 최근에 지어진 쩐 씨와 당 씨, 황 씨의 사당을 보고는 갑자기 생각을 바꾸었다.

녓은 당 씨의 사당을 보고 놀랐다. 북경에 있는 천안문처럼 크고, 바로 입구에 조조의 묘처럼 큰 묘가 있었으며, 축구 골대 크기의 검은 비석에 조상의 공덕을 새겨 넣은 것이었다. 또 황 씨 사당의 대문은 정말로 위대했다. 하노이 북문과 다를 바 없었다. 쩐 씨 사당의 용의 눈처럼 생긴 두 개의 연못을 보고는 쉽게 칭찬을 하지 않는 투이도 탄복하지 않을 수 없었다. 그녀는 어린 시절로 돌아간 듯 서둘러 바짓가랑이를 접고 연못 계단으로 내려가 몸을 굽혀 연꽃을 따려고 했다. 잘 빠진 다리가 자전거를 타고 지나가던 청년의 혼을 빼앗들였고, 자전거를 탄 채로 봉황나무에 처박혔다.

"꾹 삼촌, 다시 만들어야 될 것 같아요." 병 밑바닥처럼 두꺼운 안경을 쓰고 본채의 크기와 규모를 둘러보고 나서 녓이 그렇게 말했다.

10여 년 전에 그의 별명이 피에르 베드코프였다는 것을 알면 사람들은 경악할 것이다.

행동이 느리고 어리숙할 정도로 솔직한 고등학생에서 차관의 딸과 결혼한 뒤로 회장의 보좌관이었다가 대월회사의 부사장이 된 뒤로 그는 갑자기 성격이 바뀌었다. 무모할 정도로 자신감이 넘치고, 거만해졌으며 말투가 오만해졌다.

"무슨 말이니?" 꾹이 무슨 말인지 이해를 못해서 대답하지 못했다. 딩만이 옆에 와서 장인을 도우려고 했다.

"너하고는 얘기 안 해!" 넛이 아이들과는 얘기하고 싶지 않다는 듯 손을 저었다. 그러나 다시 꾹을 바라보고는 "더 나빠지지 않게 다시 해야 돼요."라고 말했다.

"삼촌은 네가 무슨 말을 하는지 이해할 수 없다. 더 나빠지지 않게라는 말이 무슨 말이냐?"

"말 그대로지 무슨 말이라니요? 삼촌 이해가 늦네요. 즉 요구에 미치지 못한단 말입니다. 다시 해야 돼요!"

사람들이 웅웬끼 가문의 장손을 바라보았다. 꾹은 고개를 젓고 있는 목수를 바라보았다.

동 마을 사람들은 대부분 러이가 레끼 쭈라는 혼외자가 있다는 것을 알고 있었음에도 사람들은 그를 정식 자식이 아니라고 간주했다. 찌엔 통넛이 바로 장손이었다.

딩만의 얼굴이 붉어지며 눈에 핏발이 섰다.

"무슨 말을 그렇게 해? 왜 다시 해야 되는데? 어디를 다시 하나? 말해봐!"

"딩만 말이 맞아! 나 역시 어느 곳을 다시 해야 할지 모르겠다." 꾹이 거들었다.

"그러면 확실히 말할게요." 넛이 앞쪽을 가리키며 말했다. "바로 본채를 두 칸을 더 늘려야 합니다. 사당을 누가 다섯 칸으로 만듭니까? 일곱 칸 아니면 아홉 칸으로 해야 비로소 위엄이 있지요."

"왜 형님은 설계 초기부터 셋째 봉 삼촌에게 그런 말을 하지 않았지요?" 딩만이 웃으며 입을 씰룩거렸다. 형님이 기술적인 것을 잘 몰라서 해보는 소리라는 것을 알았다. 딩만은 쓸데없이 싸우고 싶지 않았다. 봉 삼촌의 뜻대로만 하면 된다고 생각했다. 그리고 손을 털고 가려 했다.

"누가 나에게 설계도를 보여줬나? 당신들 장손인 나를 너무 무시하는 거야!"

"교포이신 셋째 봉 삼촌 말고 누가 그 권리를 가졌나?" 딩만이 여전히 직설적으로 쏘아붙였다.

"봉 삼촌이 이곳에 계신다고 해도 나는 다시 하라고 할 거야! 누가 애들 장난처럼 저렇게 만들어! 마을 다른 집 사당을 둘러보니 화려하면서도 위엄이 있어. 그런데 이런 식으로 만들면 우리 응웬끼 가문은 너무 유치하고 초라하다고!"

"그런데 그 사람들은 돈이 많아. 당 씨 네는 미국, 캐나다, 호주에 교포가 살고 있어. 쩐 씨 네는 특히 장손이 높은 직책에 있고, 30억 동을 보내왔어. 황 씨 네는 마을에서 가장 큰데, 딸이 스웨덴 사람과 결혼해 13만 유로를 보내왔대. 그런데 그들은 여자는 출가외인이라고 거절했다는 거야. 결국 사람 수대로 분배하기로 해서, 한 사람당 이백오십만 동을 냈어." 꾹이 조카에게 천천히 설명했다.

"우리 집안에 교포가 적다면 제가 내지요. 우리 부자가 내겠습니다. 다시 짓기만 하세요! 돈이 얼마가 들던 제가 부담하겠습니다." 넛은 골격이 갖추어진 다섯 칸의 집을 바로 허물 듯이 손으로 허공을 가르며 앙앙댔다.

"미쳤구먼, 미쳤어!" 딩만이 침을 뱉고 가버렸다.

"누가 미쳤다고?" 그때 라 여사와 며느리가 묘지에 가서 분향을 하고 오는 길이었다. 아들이 큰소리치는 것을 보고 라 여사가 놀라서 달려왔다.

"이 새끼! 네놈이 누군데 이집에서 까불어?" 넛이 주먹을 날렸다.

"그만!" 라 여사가 막았다. "무슨 일인데 온순하게 말해야지, 누가 그렇게 행동하니?"

"저는 이렇게 소규모로 짓는 것을 두고 볼 수 없어요. 장손이잖아요."

"잘못 안 거야!" 라 여사가 아들에게 속삭였다. "쭈도 있잖아. 쭈가 장손이야. 알았니?"

"그렇다면 쭈 형에게 귀국하라고 전보를 치겠습니다."

넛은 한참 동안 더 불평하다가 시공한 사람을 행정기관에 고소할 것이라고 위협하고는 어머니와 아내와 함께 차를 타고 하노이로 갔다.

***

그것은 전주곡에 불과했다.

몇 달 뒤 넛이 러시아에 있는 형에게 전보를 쳤는지는 모르겠지만 노이바이 공항에 내리자마자 쭈가 동 마을로 급히 가자고 말했다.

레끼 쭈는 동독으로 유학 가기 전에 성을 바꾸는 절차를 밟았다. 1985년 국경을 벗어날 때 그의 이력서와 여권에는 응웬끼 쭈라는 새로운 이름이 사용되었다.

일 년만 더 있으면 전자공학 박사학위를 받을 수 있었는데, 베를린 장벽이 무너졌다. 그는 귀국해서 박사학위를 계속하든가 아니면 다른 나라로 가서 학위를 계속해야 했다. 그러나 쭈는 학위와 공대에서의 강사 자리, 그리고 미래의 교수 자리를 버렸다. 쭈는 서독으로 도망쳤고, 자원하여 정치 난민 캠프로 들어갔다. 그때는 아주 힘든 시기였다. 그는 부모와 가족, 자식과 아내, 명예, 직업과 조국까지도 잃었다. 그러나 그는 가난을 벗어날 길을 찾아야 했다. 배급표와 쓸데없는 무익한 이런저런 회의로부터 벗어나야 했다. 쭈는 독일에서 탈출구를 찾을 수 있을 것이라고 믿었다. 히틀러의 잔학한 범죄 이후로 독일인들은 세계와 잘 지낼 방법을 알고 또 독일은 칼 마르크스가 태어난 곳이기 때문이었다. 그러나 그들은 마르크스를 역사의 한 순간으로만 알고 있었다. 후에 아내를 통해서 들은 바로는, 쭈가 난민신청을 했다는 것을 안 아버지와 장인은 조국과 당을 배신한 자식을 경멸하며 소리 질렀다고 했다. 러이는 자식으로 입적한 것을 후회했고, 깜 여사는 3일 동안 식음을 전폐하다가 수면제를 먹고 자살하려고 했다. 아내는 학교로부터 강제로 휴직 당했다. 친구와 동료들이 멀리했다. 꽝락 장군은 가끔 K54 소총을 들고 사위를 만나면 머리통을 쏴 버리겠다고 위협했다.

난민 캠프를 나와서 쭈는 하역작업, 눈 쓸기, 화장실 청소 등을 했다. 돈을 벌 수만 있다면 가리지 않고 닥치는 대로 했다. 그리고 친구들을 모아 가죽점퍼, 항공점퍼와 양약을 러시아를 거쳐 베트남으로 보내는 장사를 시작했다. 차를 타고 숲을 지나 얼음길을 지나서 체코와 폴란드로 가다가 국경수비대에 쫓겨서 죽을 뻔한 적도 여러 번 있었다. 드레스덴에서 가게를 얻을 때까지 쭈는 헝가리 불법 관광조직을 통해서 아내와 자식에게 연락할 수 있었다. 그리고 쭈의 아내 링은 친척들을 더 데려왔다. 쭈는 므엉비에 살던 외삼촌과 형제들을 데려와서 독일에 베트남 마을을 형성했다. 이제 기업형태의 모형이 막 싹을 틔우기 시작했다.

그들 부부가 러시아로 사업체를 이전할 때까지 쭈는 장사와 사회활동에서 베트남인의 새로운 세력처럼 두드러졌다. 러시아 봄 시장의 주인이 되고, 러시아 전역과 동유럽 각국에서의 베트남인의 장사를 통제할 수 있게 되었다.

친구들은 쭈의 별명을 타바리츠 쩌우라고 불렀다. 쭈라는 발음은 중부지역 사투리로는 쩌우, 즉 물소를 의미했다. 물소 동지, 즉 타바리츠 쩌우는 대부와 같았고, 러시아 우두머리도 꺼리는 대상이 되었다.

보리스 엘친 대통령 시대에 러시아에서 돈을 버는 것은 정말 쉬웠다. 러시아 사람들은 70년 동안 사회주의 체제 아래에서 살았고, 양계장의 닭처럼 어리숙했다. 각 국영상점은 텅 비었다. 압력솥, 다리미, 전열 코일, 사라토프 냉장고 등을 검은 머리 사람들이 재빨리 차지했다. 참전용사들은 빵을 사려고 훈장과 기념품을 바구니로 들고 나와 팔았다. 검은 머리 베트남인은 동양의 유태인이라고 할 수 있었다. 베트남, 태국, 홍콩, 중국 등의 다양한 식품과 니트, 플라스틱 제품, 기성복, 라면 등을 팔았으며 대규모로 닭을 길렀다.

이제 승리라는 뜻의 탕러이 합작회사는 응웬끼 쭈가 이사장을 꽝티링이 회장을 맡았다. 이 회사는 러시아와 독일, 베트남에 본사를 둔 다국적 종합기업이었다. 찌엔 퉁녓의 대월회사는 계열사로, 자동차와 부속품 그리고 건설자재 생산을 주로 하는 기업이었다. 베트남이 세계무역기구에 가입하기 전에 쭈는 전략적인 결정을 내렸다. 자본을 국내로 가져가서 부동산과 관광호텔 그리고 철강을 생산하는 일이었다. 미딩지역에 36층짜리 쌍둥이 빌딩을 짓는 허가 절차를 진행 중이었다. 그곳에 증권거래소, 사무실 임대 및 슈퍼마켓을 개장할 예정이었다. 전문가들에 따르면 몇 년 뒤에 쭈의 탕러이 합작회사는 자라이의 황아잉사, 롱안의 동떰 타일, 하노이의 화팟사, 쭝으웬 커피, 타이뚜언 직조공장, 비엣띠엔 봉제공장, 밍푸 수산물공장, 쯔엉하이 자동차, 밍롱 도자기 등과 맞먹는 베트남 10대 개인 기업이 될 것이라고 했다.

레 씨와 찌엔 씨라는 서로 다른 이상한 성을 가진 이복형제인 쭈와 녓은 아주 죽이 잘 맞았고 서로를 귀하게 여겼다. 친부인 찌엔탕 러이의 세력과 경제부 차관인 장인의 권력 그리고 똑똑한 아내 투이의 매력과 미모가 녓에게 사람 관계와 거래에서 이점을 만들어 낸다면, 응웬끼 쭈는 동생에게 비즈니스에서의 영업에 관한 고귀한 경험을 알려주었다. 반대로, 녓이 베트남에서 자신을 보좌하기 때문에 쭈의 합작회사는 문어발처럼 수백 개의 대리점을 형성할 수 있었고, 거시경제 정책과 각종 사업 및 수출가공구에 참여할 수 있었다. 이것은 외국회사나 다른 합작회사는 가질 수 없는 것이었다.

"교통난 해소를 위해 승용차의 수입 관세를 80% 올려달라는 교통부와 경제부의 제의를 받아 재정부가 이를 정부에 제출했는데 정부가 승인했다고 장인어른이 말했습니다." 동 마을로 가는 차 안에서 넛이 쭈에게 말했다. "형님이 200대의 벤츠 수입 건을 빨리 처리해야 돼요. 8월 이전에 물건이 사이공 항구에 도착하도록. 남부 사람들은 요즘 돈을 많이 벌고 돈을 잘 써요. 제가 세관과 얘기를 끝냈습니다."

"안심해! 내가 꽈익 리에우 삼촌에게 이 건을 처리하도록 전화할게. 내일 나와 함께 호앗을 만나러 가지. 그가 수수료를 올렸어. 대당 3%야. 그리고 뜨 씨와 오아잉 여사도 만나야 돼. 이번 수입 비용이 최소한 200만 달러야. 자네와 내가 직접 돈을 만들어야 해."

그와 같은 대화는 그들 형제의 비즈니스 중의 하나일 뿐이었다. 보통은 차안에서 사업 얘기를 하는 경우는 드물었다. 장거리 운전을 할 때는 보통 잠을 쫓기 위해 우스갯소리나 허풍 떠는 얘기를 했다.

"어젯밤 자네 소냐가 맘에 들었어? 내 친구 페투킨은 아주 좋았다고, 최고라고 하던데."

쭈가 호떠이 근처 백조호텔에서의 접대 얘기를 꺼냈다. 쭈 친구의 라인을 통해서 오리지널 제품을 막 가져온 얘기였다. 세 명의 남자가 스미르노프 한 병과 월스트리트 두 병을 고등학교를 막 졸업한 러시아 아가씨 세 명과 함께 마셨다. 파라다이스보다 더 즐거웠다.

"집에 가니 집사람이 온통 서양 냄새가 난다며 킁킁거리잖아요. 아내가 정말 예민해요. 호텔을 나서기 전에 제가 신경 써서 씻었는데도 여전히 냄새를 맡더라고요. 그래서 형과 고등학교 친구 몇 명이 술 마시러 갔다고 거짓말 했지요. 제 아내는 I자를 1자로 읽는 습관이 있어요. 그래서 이란을 일란, 이라크를 일라크라고 읽어요. 그렇게 놀려서 웃기면 러시아 아가씨 냄새를 잊잖아요."

"왜 미리 얘기 안했어? 오늘 아침에 제수씨가 묻기에 아주 당황했어."

"형 때문에 미치겠네. 그래서 뭐라고 말했어요?"

"한참 망설이다가 추측했어. 그리고 내가 바쁜 일이 있었다고 했지. 그래서 자네가 페투킨과 러시아에서 막 온 몇 명의 친구들과 같이 갔다고 했어."

넷이 킥킥대며 웃었다.

"살았네. 형수님은 쉽죠. 그러나 제 집사람은 암컷 호랑이 같이 사나워요. 제가 '쌀국수'를 먹은 것을 알면 찢어 죽이려고 할 겁니다. 아, 형 투이띠엔 휴양지 알아요? 물은 좀 탁하지만 진짜 끝내줍니다. 막 오픈했는데 가격이 상상할 수 없을 만큼 싸요. 얼마인지 아세요? A부터 Z까지 다 포함해서 8만 동입니다. 지난주에 여섯 명이 차를 타고 갔어요. 전부 열여덟, 열아홉 살 영계들이에요. 그리고 맘대로 골라요. 가장 신기했던 것은 일흔은 넘어 보이는 노인네가 대기실에 앉아 있는 거예요. 노인네가 뭐 하러 여기에 왔지? 누구를 기다리나? 아니면 여기 종업원인가? 궁금해서 물어보려고 하다가 그분이 부끄러워할까봐 참았어요. 그런데 잠시 후 여주인이 '거기 흰머리 아저씨 들어가세요. 방 비었어요!'라고 하잖아요. 깜짝 놀랐지요. 결국 그분도 우리와 같이 놀러온 사람이었어요. 잠시 후 목에 개목걸이 같은 금목걸이를 건 남자가 제 옆에 앉는 거예요. 그리고 말을 걸대요. 그분이 자기의 친아버지라는 거예요. 자기가 열두 살 때 어머니가 돌아가셨고, 그 뒤로 아버지가 자기를 돌보며 혼자 살았다는 겁니다. 홍콩으로 탈출했다가 캐나다로 가서 정착했는데, 수년 동안 어떻게 하면 효도를 할 수 있을까를 생각했다는 것입니다. 그리고 이번에 귀국해서 아버지에게 세상의 맛을 보여주리라 결심했답니다."

두 사람은 차가 부서질 정도로 웃었다.

"이번에 우리 봉 삼촌을 투이띠엔으로 모시는 것이 어떤가?" 쭈가 의견을 제시했다. "봉 삼촌이 불쌍해. 아마도 삼촌이 수십 년 동안 못한 것 같지?"

"어리석게 굴지 마세요. 욕먹어요. 봉 삼촌은 우리 아버지보다 더 순수한 분이에요. 삼촌 만나면 응웬끼비엔 수리에 대한 말만 해야 해요."

"일단 공사가 어떻게 되고 있는지 본 다음에…."

"더 볼 것이 뭐 있나요? 제 생각에는 다시 지어야 해요. 조상의 묘와 사당을 잘 돌보지 않고 제사를 제대로 모시지 않으면 사업에 실패할 수밖에 없어요. 제가 얼마 전에 하이즈엉에 있는 장인의 사당을 보고 왔습니다. 북경에 있는 이화원과 다를 바 없었어요. 우리 집은 7천 평방미터나 되는 넓은 땅이 있잖아요. 흙을 실어다가 산도 만들 수 있고, 미국 잔디를 심을 수도 있어요. 그리고 연못도 네 배 정도 넓히고 주변에는 산책로를 만들어야 죠. 그리고 적어도 5성급 미니호텔을 지어서 주말에는 형제들이나 친구들 그리고 사업 파트너를 불러 쉴 수 있게 합시다. 그리고 음식을 만드는 곳도 있어야 해요. 여기 프엉딩의 특산물인 개고기와 오리고기가 있다면 더 바랄 것이 없지요. 현재 봉 삼촌이 짓는 형태는 너무 고루하고 규모가 작아요."

"이번에 내가 삼촌에게 보낼 돈을 좀 가져왔어. 봉 삼촌이 먼저 지불하는 것처럼 하고 내가 모두 계산할 거야. 나는 세상 사람들에게 비록 사생아로 태어났지만 응웬끼 가문을 빛내고 조상의 이름을 빛냈다는 것을 증명하고 싶어. 봉 삼촌 혼자서 다 감당하게 하는 것은 야만적이지. 비 삼촌과 꾹 삼촌은 말할 것도 없고, 우리 아버지가 모른 척한다면 세상 사람들이 우리를 욕할 거야. 미국 교포라고는 하지만 그 돈은 삼촌이 수십 년 동안 아껴서 모은 돈이야. 그런데 그 정도는 나와 자네가 한 건 한 것과 같지."

"저도 내겠습니다. 복을 받아야지요. 생각할수록 봉 삼촌이 안됐어요. 삼촌이 사당 지을 돈을 어떻게 모았는지를 물었어요. 삼촌은 그 비결은 절약이라고 말했어요. 자신에게는 힘들고 소박하게 살면서 다른 사람에게는 아량을 베푼다고 했어요. 사이공으로 내려간 날부터 미국으로 건너갈 때까지 버스를 타는 습관이 있었답니다. 자동차는 아내와 자식들에게 양보했답니다. 그리고 오전 6시에 차가 막히지 않을 때 출근해서 그날의 일을 정리하는 습관이 있답니다. 그리고 출근할 때는 보통 두 개의 도시락을 가지고 간답니다. 하나는 아침용이고 하나는 점심이랍니다. 그래서 돈을 쓸 일이 별로 없답니다. 한번 계산해보세요. 보통 미국 사람들이 아침식사로 5달러, 점심으로 8달러를 쓴다고 하고, 15년을 계산하면 삼촌이 얼마를 절약했다는 것이 나오지요."

"그래서 우리가 미국에서보다 몇 배나 쉽게 돈을 번다는 거지. 이번 자동차건만 잘 마무리하면 봉 삼촌이 평생 번만큼 버는 거야."

"형이 장손이니까 저는 한 발 물러서 있을게요. 저는 10억 동을 낼게요. 이 돈으로 대문을 짓고 연못을 파는 데 쓰지요. 저는 아직도 대문이 맘에 안 들어요. 방향을 틀어야 합니다. 옛날에 니에우 비에우 선생께서 우리 집 대문이 그 방향이면 형제간에 다툼이 끊이지 않는다고 했어요. 할아버지가 전에 우리에게 형제는 손과 발 같은 것이라고 가르쳤다고 봉 삼촌이 말했어요. 한자로는 뭐라고 하지요?"

"형제는 수족이고, 처첩은 의복이다."

"맞아요! 형제는 머리와 손발과 같고, 아내는 옷과 같다는 말이지요. 옷은 아무 때나 갈아입을 수 있지만 형제지간에 이 팔이 저 팔을 자를 수는 없는 것이지요."

"그래서 자네와 내가 서로를 감싸고, 우리 아버지가 하다만 일들을 짊어져야지."

"저희 조부모님 세대는 이미 제단에 올라갔지요. 저는 우리 고향, 응웬끼 비엔을 관광하는 투어프로그램을 개설할 생각을 하고 있습니다."

"집에 가서 상의하지. 봉 삼촌을 만나면 더욱 좋고…."

***

동 마을에 도착하기 전 두 사람은 프엉딩 읍내에 들러서 특산물인 오리고기와 술을 마셨다. 집에 도착해서도 장비처럼 얼굴이 불그스레한 상태였다.

꾹 부부가 군청색 캠리 자동차를 보고 달려 나왔다. 이번 방문은 쭈의 두 번째 고향 방문이었다. 첫 번째는 리푹 조부의 제사와 러이의 아들로 입적할 때였다. 그때 쭈는 아내와 자식은 물론 장인까지도 동행했었다.

"온 집안이 장손을 눈 빠지게 기다렸어요." 남편 꾹이 형언할 수 없는 눈빛으로 쭈를 계속 바라보고 있는 것을 보고 니 여사가 거들었다. 쭈가 러이의 아들이라는 것을 안 날부터 꾹은 그 장손에게 특별한 감정을 가졌다.

쭈가 건네주는 선물을 받고 꾹은 감동해서 어쩔 줄 몰랐다. 아주 큰 박스에 옷과 과자, 연유가 들어 있었는데, 쭈가 고향에 간다는 것을 알고 깜 여사가 직접 준비한 것이었다.

"이번에는 자네가 오래 머문다니 반드시 봉 삼촌을 만나고 가게. 봉 삼촌이 온다고 미국에서 전보를 보내왔어. 귀국해서 오랫동안 지낼 수 있도록 서류 절차를 마무리 했다더군. 다음 주에는 형님이 도착할 거야."

젊은 귀족이 집을 떠나 떠돌다가 돌아와서 할아버지의 하인을 만난 것처럼 쭈가 꾹을 머리끝에서 발끝까지, 안타까움과 존경의 마음으로 바라보았다. 꾹의 모습에서 몰락한 가문의 기품도 보이고, 늘 자신의 신세에 만족하는 충성스런 노복의 모습도 보였다. 비 삼촌이나 봉 삼촌과는 확연히 달랐고 자신감이 부족했지만 꾹 삼촌은 이타적이고 아주 솔직했다. 가문에 입적이 된 뒤로 쭈는 꾹 삼촌과 얘기할 기회가 없었다. 그러나 어머니 말에 따르면 그는 응웬끼 가문에서 아주 중요한 사람이라고 했다. 그 가문이 뿌리와 가풍을 지키고 지금처럼 형제들이 우애하게 된 것은 장애인이며 양자인 그의 덕이라고 했다. 쭈의 어머니는 "너는 그 삼촌을 양자라고 무시해서는 절대로 안 된다. 옛날에 내가 네 할아버지와 일을 할 때도 내가 봉과 꾹 형제에게 선물을 했었다. 나는 꾹 삼촌이 안타까우면서도 정감이 있어. 여건이 허락한다면 너도 그 삼촌과 숙모를 도와줘라."라고 말했다. 이상한 것은 어머니가 꾹 삼촌에 대해 말을 할 때는 아주 특별한 감정을 갖고 있는 듯했다.

처음으로 모양을 갖추어 가는 사당과 부속시설을 둘러보았다. 가로로 늘어선 건물과 빨간색 기와 그리고 연못과 정원 담장들이 모습을 갖추어 가고 있었다. 쭈는 놀라지 않을 수 없었다. 동생 넛은 생각이 깊지 않았다. 귀국하라고 전보치고, 귀국하니 다시 지어야 한다고 했다. 사당 본채가 닭장 같다고 하고, 대문 앞 연못은 물소가 들어갈 만큼 작다고 했었다. 마을의 다른 집 사당과 비교하면 창피하다고 했었다. 그런데 와서 보니 그렇게 말하는 것은 옳지 않았다. 다행히도 넛의 성격이 불같아서, 집을 활활 태울 듯하다가도 순간에 가라앉는 성격이었다. 그래서 고집을 피우거나 싸움이 나지 않았다. 공평하게 말하면 한 가문의 사당을 이 정도로 설계한다면 아주 화려한 것이라고 할 수 있었다. 봉 삼촌과 꾹 삼촌 부부의 공로는 비석에 새길 만했다.

삼촌과 조카가 안부를 물으며 얘기하고 있을 때 허우가 달려와서, 무슨 말을 하고 싶은지 중얼거리며 그의 손을 잡아끌었다. 인부들이 시멘트를 붓고 있는 대문 쪽에서 싸우는 것같이 앙앙거리는 넛의 목소리가 들렸다.

"대문을 이 방향으로 하지 말라고 했는데. 이 방향은 주인을 죽이는 방향이야! 우리 아버지가 말했어. 대문이 공동묘지 쪽을 바로 보고 있고, 게다가 하수구를 가로막고 있어. 냄새를 견딜 수 있어? 멍청하구먼!"

"누구 보고 멍청하다고 그래?" 딩만이 어디서 술을 마시고 오다가 그

소리를 듣고 새파랗게 질려 주먹을 쥐고 달려들었다. 딩만은 넛이 온 것을 보고 한판 붙을 생각을 한 것이 분명했다. "우리 부자가 바보라서 자진해서 이 집 목탁을 만든다!"

"이 집 목탁을 만드는 것은 큰 행운이지. 너는 이 집 사위이고 그리고 고용된 일꾼이야. 주인 앞에서 농담할 생각 마라! 알았어?"

"주인 노릇하고 싶으면 돈을 내야지. 네 부모가 벽돌 5만개를 냈다고 하던데, 그것으로는 화장실이나 겨우 짓지. 더러운 얼굴을 내밀지 마라, 냄새 난다!"

"씨팔놈, 개새끼! 누가 화장실 짓는다고? 누가 벽돌 몇만 개밖에 안냈다고?"

"봉 씨를 만나봐라! 이 동네 사람들에게 물어봐, 누가 재물과 노력을 들여서 이것을 짓는지. 우리 부자는 봉 씨의 명령만 따를 뿐이야!"

"내가 하라면 그대로 해! 너 대문 다시 해. 부숴버리고, 저쪽에다 똑바로 길을 내고 시멘트로 포장해!"

"다섯 손가락으로 나를 가리키지 마라! 몇 년 동안이나 코빼기도 안 보이던 놈이 이제 와서 지시를 해?"

"그래서 지금 우리 큰형과 내가 왔다. 우리 형제가 장손이다…."

"저기 저 망명자 말이지? 사생아가 어떻게 장손이 되나…."

"씨팔놈, 무식한 놈. 누구한테 사생아라고? 쭈 형님! 이 새끼 뭉개버려야 겠어요."

넛이 달려들며 딩만의 모가지를 움켜쥐었다.

딩만의 윗도리가 찢기자 팔뚝에 새겨진 화살과 가슴에 새긴 두 마리의 용이 드러났다. 운동한 사람의 자세로 딩만이 넛의 턱에 주먹을 날렸다. 근시 안경이 날아가 부서졌다.

넛이 부르는 소리를 듣고, 번개처럼 달려 온 쭈가 딩만의 머리칼을 잡고 한 방을 날렸다. 그러나 딩만은 너무 강했다. 몸을 굽혔다가 다시 일어서면서 두 방을 날렸다. 한 방은 쭈의 갈비뼈에 명중했고, 한 방은 비틀거리며 일어서던 넛의 어깨에 명중했다.

열에 받쳐 넛이 안경을 찾으려고 더듬다가 순간 벽돌 한 개를 집어 던졌다. 그런데 딩만이 더 빨랐다. 재빨리 피하면서 손을 뻗어 삽자루를 집어 휘둘렀다.

"넛, 엎드려!" 쭈가 소리 지르며 옆에 있던 몽둥이를 집어 들어 삽자루 쪽으로 날렸다.

소스라치는 소리가 들렸다. 꾹이 머리를 감싸고 쓰러졌다. 몽둥이가 날아오는 순간 꾹이 말리기 위해서 끼어들었던 것이다.

니 여사가 소리 지르며 머리에서 피를 흘리며 누워 있던 꾹을 껴안았다.

"아이고! 마을 사람들! 우리 남편 좀 살려줘요! 장손이 우리 남편을 죽였어요!"

제29장 어머니

쯔 엉피엔 준장이 선물하여 쩌우하가 가져온 사진은 급하게 작성하고
있던 동남부 지역 K사단의 역사를 보완하는 데 아주 중요한 사실을
제공했다. 군 역사학자들은 응웬끼 꽁 상사를 팀장으로 한 여섯 명의 정찰대
가 안록 읍내에 침투했다는 것을 확인했다. 깜빡했으면 불도저가 그들의
머리를 밀어버렸을 수도 있었다. 그날 밤 그들은 도망칠 계획을 세웠지만
성공하지 못했다. 여섯 명의 정찰대원과 땀바우가 희생되었다. 다행히 꽁은
적시에 지휘부에 정보를 제공했다. 전선 사령부는 계획이 탄로 난 것을
알고, 상대방의 대응을 차단하기 위해 읍내로의 기습 공격을 감행하기로
결정했다. 그리고 18일 밤낮으로 안록 읍내를 포위하여 승리로 이끌었다.
보병 제5사단과 남베트남군 보병 18사단, 21사단, 25사단의 증원 병력 그리고
쯔엉피엔 준장의 현장에 있던 병력이 모두 대패했다. 사이공 정권은 쯔엉피
엔을 대령에서 준장으로 급속 승진을 시켰다. 이는 목숨 걸고 안록을 지키라

는 격려 차원의 승진이었다. 그럼에도 불구하고 그들은 대패했다. 죽음의 도로라는 13번 국도가 록닝에서 쩐타잉, 벤깟 등지로 개통되었다.

꽁의 정찰대는 안록 승리에 커다란 기여를 했다. 응웬끼 꽁 열사에게 영웅훈장을 수여하기 위해 서류가 작성되었다.

깜 여사는 이 같은 소식을 갑작스럽게 찾아온 작가 쩌우하를 통해서 알게 되었다. <문장> 신문의 편집장을 그만두고 쩌우하는 최근에 사망한 친선협회 회장을 대신해 회장직을 맡게 되었다. 업무 인수인계를 기다리는 동안 그는 국방부, 군단, 관구, 관련 사단 등 여러 곳을 방문했다. 안록 읍내 공격 직전 불도저로 사형을 집행 당하려는 일곱 명의 사진에 관한 사실을 확인하기 위해 온 힘을 기울였던 것이다.

"원본은 정치총국에 제출했습니다. 이것은 복사본입니다."

깜 여사는 산 채로 묻혀있는 일곱 명의 전사 중에서 확연히 키가 커 보이는 자신의 친손자를 보고 몸이 얼어붙는 것 같았다.

"상급부대에서 이 응웬끼 꽁 청년이 동 마을의 응웬끼 꽉의 아들이며, 시인 응웬끼 비와 찌엔탕 러이 동지의 조카라는 것을 확인했습니다. 별 이상이 없다면 9월 2일 독립기념일에 발표되는 영웅 명단에 들어갈 것입니다."

깜 여사가 심장이 아픈 듯 약간 몸을 굽혔다. 여사는 눈물을 흘리고 있었다. 아픔 때문이 아니라 자부심과 안타까움 때문이었다. 자신의 손자이며 꾹의 장남 꽁이 틀림없었다. 그는 채 열일곱 살이 안 된 나이에 미국 비행기 폭격으로 죽은 어머니의 원수를 갚겠다고 군대에 갔다. 이어서 그의 두 동생인 까이와 까익이 군대에 갔다. 두 아이는 전쟁터에서 죽었다. 까익의 시체는 돌아왔다. 까이는 전사통지서만 받았다. 그리고 꽁은 소식이 없었다. 다행히 이제 소식을 알게 된 것이다.

"내가 러이 씨에게 연락해서 동 마을 꾹에게 소식을 전하라고 하겠습니다." 깜 여사가 말했다. 그리고 어째서 쩌우하가 자신에게 이 소식을 전하는 것인지 걱정하고 있었다.

"러이 씨도 이 소식을 틀림없이 알고 있을 것입니다. 내가 방문한 것은 이 기회에 사진에 대해서 묻고 싶은 것이 있기 때문입니다. 사진을 준 사람이 바로 당신에게 이 선물을 전해달라고 보낸 사람입니다. 확실한 것은 아니지만 내 생각에 그는 꽁 열사와 어떤 숨겨진 관계가 있는 것 같습니다. 바로 그 자신이 이 사진을 오랫동안 갖고 있는 이유는 그 사진을 보면 그 청년이 내 아들 아니면 손자가 아닌가라는 생각이 들기 때문이라고 했습니다. 그리고 잘못했으면 자신의 손으로 혈육을 죽일 뻔했다고 말했습니다."

쩌우하가 깜 여사에게 조각된 돌 상자를 건넸다.

"누가 보냈어요? 무슨 선물인가요?"

"직접 열어 보십시오."

쩌우하는 조용히 소설가의 판단력과 시각으로 깜 여사의 반응과 심리 상태를 살폈다. 과연 TP라는 글자가 새겨진 백금 십자가 목걸이를 보고 깜 여사의 얼굴이 새파랗게 질리고, 입 가장자리가 떨렸다.

"받을 수 없습니다. 왜 당신이 이 선물을 나에게 전달하는 거죠? 실수한 것 같은데…."

"저도 당신이 거절할까봐 받지 않으려고 했지요…. 그런데 그가 너무나 간절하게 사정을 했어요. 그는 이것이 선물이 아니라 후회와 축하의 인사를 표하는 것이라고 했습니다…."

깜 여사의 두 눈이 아픈 과거의 먼 곳을 바라보는 것 같았다.

"당신이 글을 쓰려고 우수병사 경진대회에서 나를 만났을 때, 당신에게 다 말하지 못한 것이 있어요. 왜 내가 포호엉사에 갔는지, 왜 내가 여승 담히엔이 되었는지에 대해서 말하지 않았지요."

"당신의 감추어진 공간이 있다는 것을 알았지만 질문하는 것이 불편했지요. 이제는 말할 수 있을 것 같은데…"

"상상력이 풍부한 당신과 같은 작가들이라고 해도 내가 어떤 고통을 겪었는지는 생각해내지 못할 것입니다."

"당신이 만난 그 사람이 나를 죽음으로 밀어 넣었지요. 운 좋게 부처님의 도움으로 살았지요…" 깜 여사가 한숨을 억누르며 한참을 멈추었다가 말을 이어갔다. "당신들이 미국에 갔을 때 쯔엉피엔과 반동세력들이 곤란하게 만들지 않았나요?"

"뉴올리언스에서 첫날은 몇몇 그룹이 데모를 했어요. 그러나 그 뒤로는 아주 친절하게 대했습니다. 쯔엉피엔 준장이 중간에 사람을 넣어서 직접 우리를 찾아왔지요. 그는 후회하고 있으며 용서 받기를 원했어요…"

"제 얘기를 할게요. 그리고 곧 영웅으로 추대되는 이 해방군 사진에 대해서도 말하겠습니다…. 그런데 지금은 때가 아닙니다…" 소설가의 날카로운 칼과 같은 시선을 피하면서 깜 여사는 자신의 마음속 밑바닥을 들여다보는 것처럼 반쯤 눈을 감았다.

그녀는 그녀의 머릿속에서 울려 퍼지는 질문을 들을 수 있었다. 그러면 언제 말할 것인가? 언제 상처를 터뜨릴 것인가? 내 인생의 사실을 말해야 한다. 그러나 언제? 오늘? 내일? 아니면 결코 말하지 않는다?

"어… 여보세요! 애야!" 주변에서 지켜보던 어린 여자아이가 순식간에 뛰어왔다. "할머니 저혈압이에요."

"여사님, 아주 피곤하지요?" 깜 여사의 얼굴이 새파랗게 변하는 것을 보고 쩌우하가 놀라서 부축하려고 했다. 그는 아이에게 마사지 오일과 생강차를 가져오라고 한 후, 여사를 침대에 눕혔다.

잠시 후, 여사가 천천히 깨어났다.

"머리가 너무 아파요. 내가 작가와 여러 사람에게 빚을 졌습니다…"

610

깜 여사가 쩌우하가 돌아가기 전에 힘없이 그렇게 말했다.

***

꾹이 긴급 후송되었다는 소식이 왔다. 까딱했으면 생명을 잃을 수도 있었으며, 상해한 자는 바로 쭈라는 것이었다. 소식을 듣자마자 깜 여사는 기절했다. 일주일을 병원에 있는 동안 여러 번 아주 깊이 혼미한 상태에 빠졌고, 인공호흡기를 부착해야 했다. 쭈는 어머니를 돌보기 위해 러시아행 계획을 취소해야 했다.

"꾹은 어떻게 됐니, 아들아?" 그것은 깜 여사가 혼절 상태에서 잠깐 깨어날 때마다 묻는 유일한 말이었다. 여사는 쭈에게 물었다. 그를 책망하는 듯한 눈초리였다.

"아직도 성 요양병원에 있어요. 그렇지만 그분은 깨어났어요. 왼쪽 머리통이 깨졌고, 뇌에 피가 고였답니다. 초기 며칠 동안은 회복하기 어려울 줄 알았어요…. 제 잘못입니다. 제가 그 삼촌을 겨냥한 것이 아니라 동생 녓을 구하려던 것뿐이었어요. 만약 딩만의 삽자루를 막지 않았다면 동생 녓은 저세상으로 갔을 겁니다…."

깜 여사는 무엇인가를 말하고 싶었지만 표현할 방법이 없었다. 그녀의 머릿속은 짙은 안개가 낀 오후처럼 어두웠다. 모든 것이 회색이었다. 대나무 가 부딪히는 소리, 일정한 간격으로 부는 바람소리가 여기저기에서 메아리쳤 다. 부엉이 울음소리가 사람을 놀라게 했다. 그리고 찔레꽃 덤불 속에서 옹동 언덕이 희미하게 나타났다. 부엉이가 사신의 차가운 바람을 따라 날갯짓을 하며 날아간다. 그리고 갑자기 아이의 울음소리가 났다. 그 울음소 리가 고막을 찢었다. 깜 여사는 순간적으로 놀라서 깨어났고, 온몸은 땀범벅 이었다.

"어머니! 어머니, 몸이 어때요?" 쭈가 몸을 숙여 어머니를 껴안았다. 그는 어머니가 움직일 때마다 자신이 아픈 것같이 느껴졌다. 십수 년 동안 외국을 떠돌면서 그가 가장 걱정하고 가장 약점이라고 생각한 것은 어머니가 아프다거나 무슨 사고가 났다는 소식을 듣는 것이었다.

쭈가 손수건으로 어머니의 눈물을 닦았다. 쭈를 바라볼 때마다 어머니가 눈물을 흘렸다. 쭈가 불쌍해서인지 아니면 그에게 무슨 말을 하고 싶어 하는 것인지 알 수 없었다.

"아내에게 손자들 데리고 오라고 전보를 쳤습니다. 집사람이 일을 조정하고 있어요. 꽈익 리에우 삼촌도 어머니가 중병에 걸렸다는 소식을 듣고는 오겠다고 합니다. 손녀딸 리엔은 오기 힘들 것 같습니다. 이번에 마지막 학기 시험이 있거든요."

깜 여사가 고개를 끄덕였다.

"지난 며칠 동안 얼마나 많은 사람들이 어머니 문병을 왔는지 아세요? 여성연맹에서 어머니와 같이 일했던 분들이 한 분도 빠짐없이 다 왔어요. 중앙당 조직위원회, 조국전선, 국회사무처, 썬밍 성 인민위원회에서 방문했고 선물을 보내왔어요. 아버지와 라 이모, 동생 넛은 날마다 병원에 찾아오고 있어요. 비 삼촌과 키엠 숙모네 식구들도요. 미국에서 막 도착하신 봉 삼촌도 바로 다녀갔어요. 고향에서는 한 사람도 빠지지 않고 다녀갔고요. 므엉비는 물론 동 마을도 다 다녀갔어요. 어머니 힘내세요…."

쭈는 목이 메었다. 눈이 젖었다. 사람들이 그렇게 찾아온 것이 그의 어머니를 마지막으로 전송하러 온 것 같다는 느낌이었다.

깜 여사가 벽 쪽으로 고개를 돌렸다. 꿈속에서 여사는 다시 들판 가운데 옹동 언덕의 찔레꽃 덤불 속에서 아이의 울음소리를 들었다. 들판 쥐들의 찍찍거리는 소리가 엄청나게 들렸다. 안개를 찢는 것 같은 까마귀 울음소리가 들렸다. 바람과 낙엽이 부딪히는 소리가 들렸다. 그것은 개미떼의 행군 신호였다. 수백 수천만 마리의 불개미가 꼬리를 물고 가는 모습이 움직이는 빨간 줄과 같았다. 아이가 갑자기 외마디 소리를 질렀다. 마치 한꺼번에 쥐 떼와 까마귀 떼 그리고 개미 떼가 동시에 어린애를 공격하는 것 같았다.

깜 여사가 신음소리를 내며 잠자리를 잡으려는 듯 팔을 휘휘 저었다.

쭈가 놀라서 급하게 의사를 불렀다.

"어머니 증상이 이상한 것 같습니다. 의사 선생님들께서 상의해서 원인을 찾아주십시오." 쭈가 과장을 만나 사정했다. 물론 그는 잘 봐달라는 의미로 아는 의사를 통해 10여 개의 봉투를 전달하는 것을 잊지 않았다.

4일 뒤 담당 과장이 쭈를 자기 방으로 불렀다.

"내가 의사 생활을 하는 동안 이처럼 이상한 증세를 보이는 환자는 처음이네…."

쭈는 몸이 떨렸다.

"선생님, 말씀하세요. 제 어머니가…."

"자네 아주 진정해야 하네. 자네가 어머니를 아주 사랑한다는 것을 알아. 그러나 우리는 사실을 직시해야 돼. 여사의 병세가 아주 이상해. 입원하던 날 우리가 전신 촬영을 했는데, 간에서 아무것도 발견하지 못했어. 그런데 상황이 완전히 달라졌어. 여사의 종양이 날로 커지고 있어."

"선생님, 그럼 제 어머니가…." 쭈가 울음을 터뜨렸다. "선생님 조직검사를 했습니까? K병원으로 보내야 할 필요가 있는지요?"

"우리는 K병원에 조직검사를 의뢰했어. 그리고 K병원의 최고의 의사 선생님을 모셔다가 회진을 했지. 그리고 우리는 병명에 대해서 의견 일치를 보았네…."

쭈가 의자에 쓰러졌다. 그는 자신을 주체할 수 없었고, 울음을 터뜨렸다. 그는 속으로 너무 가슴이 아프다고 외쳤다. 자식을 위해 엄청난 고생을 견뎌냈던 어머니였다. 자신은 므엉비의 고아처럼 자랐다. 그의 어린 시절은 어머니의 그림자도 없었다. 고아나 마찬가지였고 늘 부모의 정을 그리워하며 자랐다. 그리고 점점 이해하게 되었다. 나라의 큰일을 위해 모자의 정을 희생시킬 수밖에 없었다는 것을 알았다. 그가 아버지를 찾기 전까지 어머니는 얼마나 많은 손실을 입었는지 알 수 없었다. 조직에게 탈당 신청서를 쓸 때, 훈장과 표창장, 명예칭호를 모두 반납할 때 어머니가 얼마나 가슴 아팠는지 알았다. 어머니는 선택한 길과 이상을 배신한 사람이 아니었다. 그러나 자식을 위해 어머니는 커다란 것을 잃었고, 손상을 견뎠다. 이런 일들은 어머니에게는 너무나 힘든 일이었고 한없이 가슴 아픈 일이었다. 아직도 어머니가 그 아픔에서 완전히 벗어나지 못했다는 것을 알았다. 어머니는 아직도 그 어떤 것을 숨기고 있는 것 같았다. 그것이 어떤 아픔인지 묻고 싶었다.

쭈는 소리를 지르고 싶었다. 하늘에게 묻고 싶었다. 그가 비틀거리며 의사의 방을 나왔다. 그러다 문턱에 부딪혔다.

깜 여사의 증상이 아주 위험한 지경에 이르렀다.

***

쭈는 어머니를 싱가포르나 중국으로 옮기기로 결정했다. 그러나 의사들이 말렸다. 깜 여사는 장거리 이동을 견딜 수 없을 것이라고 했다. 병원 전용기라고 할지라도.

몇 주일 동안 방사선 치료를 받고 나니 깜 여사의 머리칼이 다 빠졌다. 여사는 이제 하얀 병실에서 뼈만 남은 상태로 가늘게 숨을 쉬고 있었다.

어느 이른 아침 여사가 억지로 일어나서 눈을 들어 바라보았다.

"어머니! 어머니, 깨어났어요!" 쭈와 아내 링이 소리쳤다. "저예요, 어머니. 며느리와 두 손자, 쩌우와 리엔이 여기 왔어요, 어머니!"

"모두 다 왔어?" 깜 여사가 마치 누군가를 찾듯이 주변을 둘러보았다. "꾹 삼촌은 어디 있어?"

"예, 꾹 삼촌은 퇴원했습니다. 국가에서 이번에 발표한 영웅 칭호 명단에 응웬끼 꽁이 들어 있답니다. 꾹 삼촌과 집안 그리고 동 마을 전체가 아주 난리에요."

깜 여사의 입술에 미소가 번졌다. 아주 오랜만에 쭈는 어머니의 웃음을 보았다.

"어머니, 꾹 삼촌을 만나고 싶군요? 영웅 꽁을 축하해주고 싶으신 거죠?"

깜 여사가 완강히 집으로 가겠다고 했다. 쭈 부부는 퇴원 절차를 밟을 수밖에 없었다.

깜 여사를 맞아들이기 위해 집을 수리하고 하얗게 석회를 칠했다.

그날부터 깜 여사는 건강해진 것 같았다. 등을 기대고 몇 시간 동안 앉아 있었다. 여사가 몸을 씻겨달라고 하고 새 옷을 입었다.

쭈는 어머니의 일생에서 아주 중요한 날이 다가오고 있음을 알았다.

그날 어머니의 당부에 따라, 쭈는 응웬끼 가문의 사람들을 모두 초대했다. 러이 부부, 비 부부, 봉 삼촌, 꾹 부부, 꽈익 리에우 외삼촌과 깜 여사의 사돈인 꽝락 장군 등이었다. 깜 여사가 초대한, 가족이 아닌 유일한 외부 사람은 작가인 쩌우하였다.

누구나 마치 추도 예불에 참석하는 것처럼 조용히 들어왔다.

깜 여사는 마치 잠을 자는 듯 얇은 담요를 가지런히 덮고 누워있었다. 얼굴은 세월과 병마로 인해 상했고 뼈만 남아있었다. 두 눈은 움푹 들어가 있었지만 여전히 순간순간 젊은 시절의 곡선이 남아 있었다. 빠진 머리를 가리기 위해 손녀딸이 만든 갈색 수건은 방으로 들어오던 러이와 작가 쩌우하로 하여금 놀라게 만들었다. 옛날 포호영사의 승려 담히엔이 연상되었기 때문이었다.

조용히 누워있었지만 깜 여사는 모든 것을 알고 있는 것 같았다. 여사는 자신을 바라보고 있는 러이의 눈빛을 느끼고 있는 것 같았다. 여사는 쭈 바로 옆으로 다가오는 꾹의 비틀거리는 발걸음 소리를 아는 것 같았다.

모든 사람들이 병상을 둘러싸고 모였을 때, 깜 여사가 팔을 집고 일어나 앉았다. 쭈와 링 그리고 니와 키엠, 라 여사가 가까이 다가와서 어깨와 겨드랑이를 받쳐주었다.

"이렇게 와 주셔서 감사합니다." 탁하고 작지만 생각보다 또박또박한 목소리로 깜 여사가 말문을 열었다. "내가 여러분과 오랫동안 같이 지낼 수 없음을 알고 있습니다. 그래서 쭈 부부에게 오늘의 이 만남을 주선하라고 했습니다. 옛말에 새가 죽기 전에는 구슬피 운다고 합니다. 사람은 죽기 전에 진실을 말한다고 합니다. 그런가요, 쩌우하 씨?"

"예, 그것은 논어에 있는 말입니다. 증자가 중병에 걸렸을 때 맹자에게 그렇게 말했다고 합니다." 쩌우하가 말했다.

"이제 여러분을 이렇게 모신 것은 어떤 사실의 증인이 돼달라고 하는 것입니다. 이것은 제 생각으로는 묘지까지 가져가야 할 일입니다. 그러나 나는 그럴 수 없었습니다…."

깜 여사의 눈에서 눈물이 흘러 볼을 타고 흘러내렸다.

쭈가 훌쩍이며 어머니를 껴안았다. 여자들은 따라서 훌쩍거렸다.

"울지 마라! 꾹 어디 있어? 쭈 어디 있니? 내 손 좀 잡아다오."

올 때부터 어떤 느낌이 있었는지 꾹이 침대 옆에 고개 숙이고 있었다.

깜 여사가 쭈의 손을 잡아서 꾹의 손에 올려놓았다.

"쭈야, 이 사람이 너의 형이다. 내가 낳은 혈육이다. 꾹 형님을 사랑해라. 형제간에 한 뿌리에서 자란 나뭇가지처럼 둘이 서로 사랑해라. 여러분은 이들이 나의 두 아들이라는 것에 대해 증인이 되었습니다. 이들에게는 아버지가 두 명입니다. 그들의 아버지는 서로 적이며 서로 다른 편입니다.

그러나 그들은 선량하지만 비극적이고 고생스런 한 어머니로부터 태어났습니다. 러이 씨, 만약 당신이 내가 아무하고나 잠자리를 하고 다니는 화냥년이라고 경멸한다면 나는 그대로 받아들일 수밖에 없지만, 그런 시대에 태어난 것을 어쩌겠습니까? 우리나라가 그런 비참한 곡절을 겪은 것을 어떡합니까? 우리 모두는 베트남 어머니의 고생스런 자식들입니다. 베트남 어머니는 어떤 자식도 버리지 않습니다. 그런데 내 두 아들은 무슨 죄를 지었기에 내가 수년 동안 버려야 했습니까? 내가 바로 저들을 낳은 어머니라고 인정하지 않고, 내 잘못과 대면하기를 겁내고, 비겁과 거짓 그리고 이기적인 것을 탈피하지 못한다면 나는 어머니의 자격이 없습니다. 나의 저 두 아들이 서로가 형제라는 것을 모른다면 이 세상에 있는 모든 것이 무슨 의미가 있을까요? 꾹아, 너 배꼽 아래에 회색 흉터가 있지? 잘못했으면 이 엄마가 한 영웅의 아버지를 죽일 뻔했구나! 아들 꾹아, 그런 아버지와 어머니를 만났지만 너는 영웅을 낳았다. 미국에서 손자 꽁의 사진을 가져온 작가 쩌우하에게 감사해라. 그 사진이 증거가 되어 손자에게 가장 고귀한 칭호를 받게 된 것이다. 이 기회에 봉 삼촌에게 감사드립니다. 이제 삼촌과 이 자리에 함께한 모든 사람들에게 내가 삼촌의 형수이며 응웬끼 가문의 며느리로 받아 달라고 청합니다. 나는 아직도 봉과 꾹이 리푹 어르신의 쌍둥이라고 기억하고 있습니다. 봉 삼촌은 그 할아버지의 어리석은 복수심으로부터 조카 꽁을 구했습니다. 이제 손자 꽁은 영웅이 되었습니다. 그러나 나와 손자 그리고 돌아가신 수백만 명은 그 신성한 칭호를 수여받는 날을 볼 수 없습니다. 응웬끼 가문은 영광으로 받아들이고, 복수심을 버리고 서로 사랑하십시오. 꾹아, 한때 우리에게 한없는 아픔을 안겨주었던 나라인 미국에서 쩌우하 아저씨가 너에게 이것을 가져왔다. 이것은 후회와 용서를 구한다는 증거이다…"

깜 여사가 주머니에서 백금 십자가 목걸이를 꺼내 꾹의 손에 올려놓았다.

언제부터인지 꾹은 호랑이가 새겨진 은팔찌를 손에 들고 있었다. 그가 수년 동안 보관해온 그 기념물을 깜 여사의 손에 쥐어주었다. 그리고 소리쳤다.

"어머니! 어머니!"

꾹이 처음 부르는 그 어머니라는 말은 또한 61년 만에 만난 친어머니를 마지막으로 전송하는 울음소리이기도 했다.

깜 여사의 온몸이 차가워졌다. 여사가 팔을 늘어뜨리고, 머리를 쭈에게 완전히 기댔다. 입술에는 미소가 번졌다. 죽기 전 소원을 이룬 어머니의 웃음이었다.

옮긴이 후기

　　하노이 의과대학을 졸업하고 스물네 살의 나이에 군의관으로 입대하여
베트남 중부지역 야전병원에 근무하던 한 여성이 스물일곱 살 나이에 미군의
폭격으로 사망하게 된다. 그리고 미군 정보부대가 그곳에 도착하여 자료를
분류, 폐기하던 중에 그녀의 일기를 보게 된다. 미군 병사는 통역병으로부터
그것이 일기라는 얘기를 듣고 불 속에 던지려고 했다. 그때 베트남 통역병은
"태우지 마시오. 그 속에는 이미 불이 있소."라고 말했다. 미군 병사는
그 일기를 품속에 넣고 귀국했고, 한참이 지난 뒤에 그 일기의 내용을
알게 되었다. 그리고 그녀의 가족을 찾는 일을 시작했고, 베트남 전쟁이
끝난 지 30년 되던 해인 2005년에 그는 하노이에 살고 있던 그녀의 어머니와
자매들을 만나게 된다. 그리고 그 일기의 원본은 미국 텍사스텍 대학교
베트남센터에 기증하여 보관하도록 했다. 물론 하노이의 가족들도 동의하였
다고 한다. 2005년 그 일기가 베트남에서 출판되었는데, 수십만 부가 팔렸다.

그 수익금으로 그녀가 전사한 지역에 그녀의 이름을 딴 병원을 세웠다. 그녀의 이름은 당투이쩜이다.

2008년 나는 그 일기 원본이 보관되어 있는 텍사스텍 대학교 베트남센터에 객원교수로 방문하였다. 그곳에서 베트남 유학생을 만나서 가끔 이런저런 얘기를 나누곤 했다. 그해 여름 비자 갱신을 위해 베트남을 다녀온 그 친구가 소설 『시인, 강을 건너다』를 가져왔다. 그는 이 책이 판매가 금지된 책이라고 했다.

이 소설은 북베트남 홍하델타 지역 농촌 명문가에서 50여 년 동안에 벌어진 비극적인 가족사를 그리고 있다. 프랑스 식민지 투쟁으로부터 1945년의 8월 혁명, 특히 토지개혁, 인문가품 운동, 통일과 남부개혁, 탈출과 도이머이까지 베트남 현대사의 주요 사건을 관통하고 있다.

베트남 현대사에서 벌어진 중요한 사건들 속에서 한 가족의 이별과 우애 그리고 그들의 사랑과 비극이 때로는 자의로 때로는 타의에 의해 반전되고, 그 역사적 사건 속에서 한 가족, 한 개인의 행복과 불행이 휩쓸리는 것을 담담한 문체와 인물들의 대화를 통해 묘사되고 있다.

작가는 이 소설의 제목을 '졸卒, 강을 건너다'로 정하고 출판사에 제출했는데, 출판사 사장이 이미 『졸이 강을 건널 때』라는 제목의 작품이 있다고 하여, 고민 끝에 작중 인물인 응웬끼 비가 쓴 시의 제목인 『신의 시대』로 바꾸었다고 한다. 그런데 한국어판은 출판사와 협의하여 『시인, 강을 건너다』로 정하게 되었는데 이는 저자가 생각했던 제목과 원저의 제목의 의미를 포함하는 의도를 가지고 있다. 『신의 시대』는 인쇄되어 배포되자마자 당국은 배포금지 결정을 내렸고, 출판사와 작가는 이미 배포된 서점을 다니면서 90여 권을 회수했다고 한다. 판금의 이유는 출판법을 위반했기 때문이라고 한다. 베트남 출판법에는 납본 후 10일 후에 배포하도록 되어 있는데, 8일 반나절 만에 미리 배포했기 때문이라고 하지만 대다수 베트남 사람들은 내용 때문이라고 생각하고 있다. 그럼에도 이 책은 하노이의 서점이나 길거리에서 판매되고 있으며, 인터넷 베트남 문학관련 사이트에는 소설 전문이 실려 있어서 누구나 쉽게 접할 수 있다. 불법 인쇄되어 팔린 책만도 수만 권에 이른다고 한다.

베트남을 방문하는 많은 우리나라 사람들이 한국과 베트남은 문화적으로 유사성이 많다고 말한다. 맞는 말인 것 같다. 이 소설을 읽으면서 인명과 지명을 제외하면 우리 정서에 크게 어긋나지 않는다는 느낌을 받게 될 뿐만 아니라 우리나라의 현대사와도 유사한 점이 있다는 생각을 하게 된다. 남북 분단과 동족 간의 전쟁, 이데올로기의 대립 등 우리가 겪었던 사건들을 베트남에서 보게 된다. 물론 우리와 다른 처지에서 얘기하고 있다. 그럼에도 불구하고 우리나라에서도 있었을 법한 얘기라는 느낌이 든다.

작가는 아직은 베트남 사회에서 민감하게 반응할 수 있는 문제에 대해 최대한 객관성을 유지하며 절제된 언어로 접근하고 있는 것으로 보인다. 베트남 현대사의 비극에 대한 평가는 독자들의 몫으로 남겨두고 있다.

나는 2010년 초, 하노이에서 베트남 작가동맹이 주최한 <세계 베트남 문학 번역가 대회>에서 작가 호앙 밍 뜨엉을 만났다. 수인사를 건넨 후, 당신의 작품을 읽었다고 하니, 그가 숙소로 올라가서 『시인, 강을 건너다』를 들고 내려와 서명하여 선물하였다. 2014년에 11월 1일에 불어 번역판이 출판되었다. 그리고 일본어와 중국어로 번역 중에 있다고 한다.

오랫동안 번역에 엄두를 내지 못하다가 작년에 우연히 번역을 시작하였다. 그리고 도서출판 b와 인연이 되어 이 책을 출간하게 되었다. 이 책이 나올 수 있도록 도움을 준 조기조 사장님과 도서출판 b에 감사의 인사를 드린다.

끝으로, 이 책에는 많은 속담이 나온다. 그 속담을 일일이 찾아 표시를 해준 웅웬반히에우 교수님께 감사드린다. 그리고 부산외대에 초빙교수로

와 계신 응웬타잉뚱 교수님 그리고 풍응옥끼엠 교수님과 다오묵딕 교수님께
도 감사를 드린다. 그분들의 격려와 도움이 없었다면 이 번역본이 나오기
힘들었을 것이다.

모쪼록 이 책이 베트남에 관심을 가진 분들에게 베트남을 더 깊이
이해할 수 있고, 베트남인들과 공감할 수 있는 계기를 만들기를 바라는
마음이 간절하다. 베트남 민주공화국 탄생 70주년이며, 베트남 통일 40주년
을 맞이하는 해에 이 책이 나올 수 있었던 것도 큰 의미가 있다고 생각한다.

2015년 3월
배양수

| 베트남 지도 |

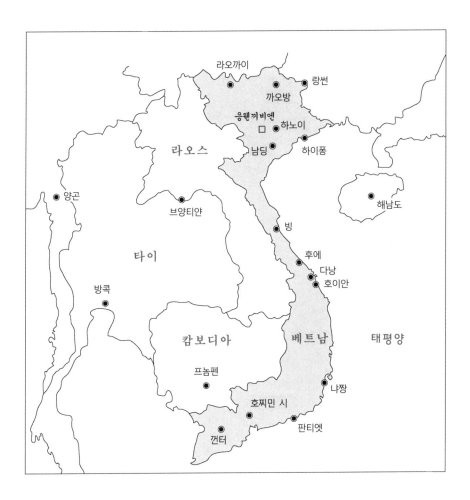

라오까이

랑썬

까오방

응웬끼비엔

하노이

라오스

남딩

하이퐁

양곤

브양티얀

해남도

빙

타이

후에

다낭

호이안

방콕

캄보디아

베트남

태평양

프놈펜

호찌민 시

나짱

껀터

판티엣

한국어판 ⓒ 도서출판 b, 2015

비판세계문학 ①

시인, 강을 건너다

초판 1쇄 발행 2015년 10월 10일

지은이 호앙 밍 뜨엉 | 옮긴이 배양수 | 펴낸이 조기조 | 기획 이성민, 이신철, 이충훈, 정지은, 조영일 | 편집 김장미, 백은주 | 교정 신동완 | 인쇄 주)상지사P&B | 펴낸곳 도서출판 b | 등록 2003년 2월 24일 제12-348호 | 주소 151-899 서울특별시 관악구 난곡로 288 남진빌딩 401호 | 전화 02-6293-7070(대) | 팩시밀리 02-6293-8080 | 홈페이지 b-book.co.kr / 이메일 bbooks@naver.com

ISBN 978-89-91706-96-5 03830
값 18,000원